茅盾文学奖获奖作品全集

荒原纪事

你在高原 第九部

张炜 著

人民文学出版社

目录

卷一

卷二

卷　三

卷　四

卷一

第一章

雨夜

一

雨下了三天，时急时缓，大地一直笼着茫茫雾气。所有的村庄都隐入混沌，所有的人都消失得无踪无影。“怪矣人都哪去了？我也找不着。想打个电话吧，又不让……”红脸老健急得骂人，搓手，站起又坐下。这人长得像熊，手掌也像熊掌一样厚壮，往桌上一拍震得满屋响。旁边的人小声说：“我看还是打个电话吧。”这话刚落就有人在角落里说一句：“不行！不能这样……说好了的，这不行。谁也不准用电话找人！”

我听出说话的是眼镜小白。他京腔细细的，像姑娘。可就是这个人，顽固得像块石头，里面包裹了砸人的主意。他是整个屋子里沉甸甸的心，他的话没有人不听。老健不做声了，急得团团转，抓耳挠腮的，看我一眼，又看小白。我一直没有说话。我也不知该怎么办，我在这帮人当中无足轻重，只是心里有些焦急。我的酒杯被来回走动的老健给斟满了，我抿了一小口。我不想借酒浇愁，因为我没什么酒量。老健已经喝了不少，所以脸更红了，脾气也更暴。我想这个家伙真的急起来，没准会领上人闹出大事的，所以一直担心什么，害怕他被逼无奈时会走得太远。我这会儿特别想提醒眼镜小白一句,因为在这儿只有他说话才管事儿。可是以前小白不止一次听过我的劝阻,总说:“没事儿。这是争取合法权益。跟那些人动武,用得着吗?哪个年头的事儿啦?”可是眼下这一切又太像这么一回事儿了:不准用电话、不准多头联系、不准……小白为他们定的禁忌这么多这么细,让人想到了他们正在准备一场隐秘的、谋划日久的大事。

矿区和周围的集团就是他们的死对头。两边积怨日深。双方紧张对峙,很多时候简直是一触即发,所以那边的人一直盯着这里。几年来,这些村子已经被一片片的脏水和毒烟、日夜轰鸣的噪声给害苦了,坐卧不安且无处躲藏,大片的土地没法耕种,背井离乡的人越来越多。特别是近几年,得恶性病的人突然增多,常常是一个村子一下出现十几个人。不止一家生出了怪胎,这被指认为末世之兆。“妈的,不反不行了!真的不行了!”大街上火暴的汉子一喊,立刻引来满街的村民,大家挽袖子撸胳膊,跳着高儿浑骂。都骂管事的,因为那些人与周边的害人虫明明白白是一伙的。村民们结伙儿去投诉,一开始上边有人还全力搪塞,说做什么事都得有个过程啊,再等等吧之类。再后来谁投诉谁倒霉:集团的人很快就知道是谁干的,结果这个人的日子就算完了,不是蒙面人深夜袭扰,就是其他更大的麻烦。村子开始无声无息……

“咱得想想办法了!要不咱这村子、咱今后祖祖辈辈全都完了!”这句话是红脸老健说的。他把最要好的几个人招到一块儿议事,这些人都恨不得一股劲儿把集团全砸了。老健沉得住气,他说:“这种事儿蛮不得,有理走遍天下,不‘走’不行哩,这里弄不赢,咱就备个‘万民折’再往上走吧!”老健早年在城里打工,经多见广,胆气也特大:有一天夜里来了几个蒙面汉子,结果被他手持钢叉追出了好几里路。

几天的时间都在准备上路的事,准备“万民折”和盘缠。老健是领头的,他要带上身边几个汉子——这三五个壮实男人是他的左膀右臂,平时都听他的话,遇上事情总是找他商量。这种信任是血和汗换来的。有一年与邻村争一个百亩苇塘,最后闹到了动武的地步。村头叫独蛋老荒,那会儿事情刚开头就吓得趴下了。因为对方由一个百万富户领头儿,人家有一支棒子队,平时该干活就干活,一有了事情就携上家什动手,棒子抓钩,长刀火枪一齐上。老健对三五个弟兄说:“独蛋老荒是怕啊,怕剩下的一个蛋也让人摘了去,这不怪他。”几个人红着眼,顾不得笑。都知道老荒小时候爬树掏鸟窝出了事故:被一个树杈刺中了下身,结果将一个睾丸搞丢了。老健拉着长脸:“这回也是要流血的事儿,咱们不出头干一家伙,一百多亩大苇塘就归了棒子队——这年头蛮性大的是爷爷,讲斯文的是孙子!”谁都明白他说的是实话,因为独蛋老荒这之前找出了一本老辈的地账,带上它出门跑了一个多月,什么事儿都不顶。“那好,开家伙吧!”就这样,由老健领头,一村人红着眼杀上田野。直打了半个月,硬是把大苇塘给夺了回来,尽管有人负伤,总算没丢一兵一卒。对方重伤好几个人,却不敢吱声,因为这场打斗是棒子队先挑起来的,而且他们是平原一霸,早已臭名远扬。

从那以后,红脸老健成了大家心中的头儿。

我听了许多老健的故事,就对眼镜小白讲过这个人。小白是我的朋友,他每次来平原上都要住进我们园子里的茅屋,即便去四周的城乡转上一圈,也还是要回到那里。他的职业换过多次,先在京城机关上干,后来又去了一个基金会——这个基金会是以一个历史人物命名的,工作十分宽松,而且常常要与这个平原东部那个著名的葡萄酒城打交道。这一来他就与我的另一个好朋友——酿酒师武早结识了,两人形影不离。大约一年前武早因为精神失常失踪了,这让小白懊恼不堪,简直是难以忍受的打击。我们一起陷入了深深的痛楚之中……如果我离开了,小白在茅屋也待不下,他就把更多的时光用在村子里。日子长了,他与红脸老健成为无话不谈的挚友,两人的友谊似乎变得深刻而神秘。我终于发现小白已经深深地卷进了几个村子的事情,不得不给予提醒——他却对其中隐含的巨大危险浑然不察。

这段时间,红脸老健一直在实施那件大事。一切开头还算顺利,可是没有几天,集团的保安就出现了。老健十二分纳闷的是,那些家伙是怎么知道的?而且行动又如此迅速?老健认为自己身边没有一个是孬种。他心里装下种种疑惑,做起来倍加小心。可是刚刚与邻村几个最好的朋友商量过,一两天刚过,其中的一个就遭了黑手:深夜里有一伙人把他扭着胳膊押到了野地里,狠狠地折磨了一番,临走丢下一句:老实点,再跟上红脸老健干就等于找死。

老健不怕死。他挓挲着大手问眼镜小白:"这是怎么回事?怎么就走漏了消息?"

小白皱着眉头思忖,前前后后问了许多,最后认定是集团那一伙备下了特别设备。他指指电话机说:"再不要用它吧。"

二

雨还是下个不停。红脸老健让人为我和小白准备了一壶老酒:"喝吧,阴雨天里就是喝这东西好。"我一直陪着小白,宿在村里一个废弃的牲口棚改成的客房里。这儿没有床,只有一个长长的地铺,有点像日本人的榻榻米。我和眼镜小白各睡地铺的一端,讲到高兴时就往一块儿凑,结果最后发现两人已经相邻而居。这样说话就方便了。老酒由当地人自酿,一开始喝没什么滋味,可是喝得多了就觉得有一股内劲泛上来,而且越来越大。我和小白不知不觉都喝得有点多,都觉得对方的脸有点红。

"老兄,事情快要发展到了一个临界点上。"

"你是说村里和集团?"

“许多,当然包括村里和他们……”

小白躺在那儿,因为要不停地转头,眼镜摘了又戴。他咕哝:“嗯,红脸老健说得对,这回要摊牌了。”

“我担心流血。小白,我们得想法稳住他们。如果动了手,后果不堪设想。”

“嗯,看看吧,我也担心。”

“你得担保别让他们闹起来。”

“怎么会!这事谁左右得了。你都看到了——你也是受害者,你其实应该比我更急、更明白。”

我在昏黄的灯光下看着他,没有说话。他在说我那片园子的处境,那儿也同样悲惨。一方是绝对的强势,另一方是弱小的一群,分布在无边的田野上……雨时大时小,我听着屋檐的滴水声。

眼镜小白又坐起来饮了一大口酒。他看看黑乎乎的窗子,再次仰脸躺卧,长叹一声:“唉,这个年头,像我们这些失恋的人……”

我想说“我和你可不一样,我没有失恋啊”,但没有说出口。接下去听他的自言自语:

“人这一辈子啊,常说‘上半生下半生’‘结婚前结婚后’……其实最好的划分法儿应该是‘失恋前失恋后’——这对人的一辈子才是最大的事,对所有人,概无例外……”

我屏住呼吸听他说下去。

“老兄真的没有失恋过吗?”

我摇头。这种事儿可不是一两句话能够说得完的。

“你该说话。黑影里摇头我又看不见。”

我还是摇头,说:“现在没有……”

“可我总觉得你也是一个失恋的人,真的。以前我也这样想过,只是没有问。”

我不想在这种事上与他争论,也不想讨论。

小白伸手顶一下眼镜:"你看过京剧《锁麟囊》没有? 没有? 真可惜! 那可是最棒的艺术了! 我不知看了多少遍。当然,我一开始也不太迷京剧,那是因为后来……她是青年京剧院的一个演员,我到剧院是看她的。现在我能背得上那出戏的每一句。她是主角,她叫——喏,她的演出录像我一直带在身上。我第一次去剧院给惊呆了。怎么说呢? 那会儿我觉得这个人和角色完全融合在一块儿了,谁是谁都无法分开。真让人疼怜——疼爱。后来……老天爷,我见到了卸妆的她。瞧啊,我觉得她压根就不是为浑浑浊浊的人世间生出来的! 她好像不属于这个世界……直到现在,我都没遇见一个能与她般配的男人! 你遇见过?"

我没法回答,只是听。

"我这一辈子最大的错误就是爱上了她。我们不久结婚了——你瞧我的胆子多大啊! 所以今后我受什么苦都是自然的,这是报应……不说别的了,只告诉你吧,我后来就一直陪她,宁可扔下自己的工作。两年时间一晃就过去了。可怕的第三年来到了……有一天,我记得那是一个雨天,她回家对我抱怨说,这样的天气也要排练,就因为一个大人物要来看戏,这个人是数一数二的大官商,一开口就给了剧院一大笔钱。我陪她去剧院,出门时雨变大了……"

三

眼镜小白说到大雨之后就不讲了。可是我差不多猜到了结局。大概是为了验证一下自己的判断吧,我请他讲下去。小白摇头。天底下还有这样的人,把别人的胃口吊起来了,他自己却闷住了。

"为什么不说了?"

"下边的不好听了。"

我坐起来,心里充满怜悯。我看着他突然变得芜乱的头发,想着他这几年在东部平原的奔波。是的,一个真正的失恋者……他长长叹息一声,咬咬牙关。“这雨慢一阵急一阵的,不想停了……”我不知他在说今夜的雨还是那一天的雨,“简直一模一样,有雾,”小白看我一眼,又望着窗外,“那一天刚出门她就阻止了我,说有车来接。我不放心,就在窗前看着:她在哭呢,雨伞掉在了地上……一辆豪华轿车,一个穿制服戴白手套的小伙子,他殷勤地撑伞……这不过是她认识那个狗娘养的十几天之后的事。你敢相信吗?”

我明白了大概。

“问题简单明了,她跟上了那个官商。这是真的。那个家伙胖胖的,看上去就像一个做坏了的雕塑。十几天的时间,就这么短,一个比我的生命都要宝贵的人就……就没了——你能相信?”

我默默不语。雨变小了,淅淅沥沥。

“我的胆子太大了,所以也就……遭了报应……这以后怎么办?活着还是死去?就像莎士比亚笔下的那个人一样,突然觉得‘这是一个问题’!那个雨夜才让我明白,原来一大笔钱会有这样大的力量,毁灭的力量……”

我这时想到了另一个人,他就是我们共同的好朋友武早。是的,像小白一样,他苦苦相恋的女人后来也离开了,让他痛不欲生,先是像小白一样四处游荡,最后从人间蒸发了……男人哪,如果跋涉不停,那就十有八九是一个失恋者——想到这里我心里一怔,赶紧把脸转开。

眼镜小白大口呼气,缓缓摇头:“真的,我这一辈子就是被那个雨夜一分为二的。在我这儿爱情就是人生的全部内容,一切都是爱情——只不过它会以不同的方式出现而已。一个人失恋了也就失去了一切,不过这常常是他不愿承认的。我倒要直接把话说出来。”

我在想他的话。他却在黑影里紧紧盯过来:“你也是一个失恋者,你的眼神告诉我你是这样的人——我们第一次见面就想说。你可能不相信我这人的本事:一眼就能看出一个人失没失恋。因为这是藏不住的!也有人想伪装成失恋的人,可惜那也装不像。他们心里从来就没有铭心刻骨、痛不欲生的爱,又怎么会失恋?我和你,还有武早,咱们是为了爱一直走到死的那种人……”

我不得不打断他的话:“不,我和梅子,我们感情深笃……”

他闭上了眼睛。他大概不想多看我一眼。这样许久,他站起来搬弄酒壶,轻轻呷着。他喝得太多了。

“今夜武早会在哪里?”我像自语一样。

“不知道——他的那个疯浪娘儿们叫什么?”

“象兰。”

“哦,书上叫她们这一类人为‘尤物’……”

雨又变得大了。我们都知道它不会停。

四

天刚刚亮,有人砰砰砸门。是红脸老健,他一进门就冲着小白说:“昨夜我没睡,穿着蓑衣串了一夜。那些家伙都被我一个个揪着耳朵拉起来。都什么时候啦,还是死睡。咱得把那些王八羔子收拾了才睡得香甜。这会儿是拼着老命护窝的时候。咱不能让老辈留下的好窝被土狼就这么连根掘了!”

他们两人凑近了小声说着什么,刚说了几句老健就大声嚷道:“这到最后是保不住的密——那么多人一齐干,那帮人还能嗅不到一点味儿?”

小白耐心劝导:“我是说尽可能人多一点才行——我们不过是要个说法,并不想动武动粗。关键是到时候几个村的人全要出来,那样力量就大了。人数才是关键。”

红脸老健咬着嘴唇:“嗯,我琢磨这几个村子想的都一样,怕的是到了节骨眼上人心不齐——狗上狼不上,什么事都办不成。这和打日本时村里总出汉奸是一个理儿,那些暗中得了集团好处的人个个都是孬货。他们表面上随你骂娘,暗地里却给人家送信。有的村头儿最坏,他们私下里得了不干不净的钱,嘴巴全是歪的。我知道一个村头一年里换了两辆小汽车,都是集团白给的,条件就是把那个村里的地拿走。你遇上这样的村头儿,最后只剩下了一个办法,就是让那些有血性的小伙子把他掐死!就这样。”他说着两手合着一对,做了个掐人的姿势。

“独蛋老荒还不至于吧?”我问了一句。

“他嘛,”老健看了小白一眼,“他也不是什么好东西!”

小白说:“老荒不至于走得太远。他当然也占了集团的便宜,再加上胆子小……”

“他女婿苇子不错。这小伙子别看长得像根苇子,可就是有根犟筋哪!有一回我和他掰腕子,结果被他胜了。嘿,想不到。你猜怎么?我把他的袖撸开一看,老天,全身都是筋疙瘩襻着!苇子心性艮呢,他跟我说,总有一天把那些糟蹋庄稼人的畜牲脖子全拧断,一个也不留!当年他和独蛋老荒的闺女好上了,独蛋不干,他喝了一瓶白酒,进门扛起人就跑。这一跑就是整整两年,一口气让她怀上了孩子,这才回到村里,把刚生下的孩子噗啦一声放到独蛋老荒的炕头上……”

老健说着哈哈大笑。

小白听得神往。过一会儿他才皱起眉头,问:“你估计到时候能出来多少人?”

“嗯,少说一千吧!”

小白拍手:“成,只要有一千人,那就成!现在剩下的问题是把各村领头的找准,关键还是保密,不然那些混蛋会用各种法儿把事情摆平,一切又得从头来过……”

老健想起了什么,恨得咬牙切齿:“我有一个朋友夜里遭了恶手,就是前几天的事。那些人真狠,他们进门后二话不说,先把他的嘴堵上,然后硬揍,一口气打断了三根肋骨。我那朋友气盛啊,他躺在炕上,说只要有一口气就得拼命!他说要自制一杆土枪,再把刀子磨快。另一个朋友老冬子……”

小白不语。我看小白一眼,转向老健:“你得劝劝他啊,这事不能冲动……”

“都说不能冲动,可那边全是一伙儿;咱们呢,死不了又活不成。这就指望老天爷发个滚雷把他们劈了——可这样的滚雷又没有!”老健甩着巴掌,眼白上充满血丝。

小白:“一切都按计划来吧。只有这样了。我们只能以人数来取胜。在最吵的年头,一般的大声他们是听不到的,一千个嗓子一齐大喊,大概他们总能听得到吧!我们现在不过是在找这一千个嗓子!”

老健往小白身边凑了凑,压低声音说:“我们村应该是领头的。我如果是独蛋老荒就好了,可不到最后一刻是不能跟他说的。我原想让苇子找他,谁知苇子一提岳父就骂。他们合不到一块儿。我们村最少也得出来四百!这里才是集团的对头冤家,死的人最多,被糟蹋的地也最多……我今夜再串通一些人吧,找靠得住的做牵头人!”

小白说这样最好,并一再叮嘱老健。

老健走了。我看着小白:这人在我眼里突然高大起来。他本来是个文弱书生,一口京腔细声细气的,可这些天里一直像在部署一个战役。我还是提醒他:无论如何要想得周到一些,悠着点儿,因为事态一旦哄起来是无法控制的,老百姓也难以承受。

小白眼角似乎有什么东西,因为他擦了一下才转过脸来。奇怪的是他并不接答我的问题,而是说起了别的:“你不想知道她现在的情况吗?”

“谁的情况?”

“《锁麟囊》的录像就在我包里,你不想看看吗?”

“当然。这得有录像机才行。等等吧。”

“我想看了,”小白抿抿嘴,“就像跟她在一块儿似的,就像她刚刚出门去了——不同的是再也等不回这个人了。”

我想说一句:快把她忘掉算了。说不出口。我问:“你们后来联系过吗?”

“哦,怎么能不联系。那个混蛋并没有跟她结婚,理由是他已经‘没有结婚的习惯’——她一直被他带在身边,已经不怎么演出了。”

独蛋老荒

一

独蛋老荒六十来岁,剃了板寸头,看上去比实际年龄要小,一双眼睛虎气生生。他的嘴巴有点歪,所以用力闭合时显得十分拗气。但只要一开口就显得和蔼多了:“你们鸡鸡分子啊,常来咱乡里乡间吧。前一段有个鸡鸡分子是个记者,京城来的,一来就在咱家喝酒哩。他的名儿特怪:溜溜!还有这么怪的名儿,我也不好意思问他。”我告诉他那可能是一个笔名。

老荒说到溜溜就笑,搓着手。

这个人有点咬字不清,所以我对“鸡鸡分子”的叫法也没法过分挑剔。说到集团对村子的祸害、村民的情绪,他立刻板起脸,像害冷一样咝咝吸气，一下下摇头："木（没）有办法，什么办法也木有！上级说得明明白白，要发展就得这样哩，前些年水好田好，可就是穷得要死。现在钱就是多了嘛，看看四周有多少汽车吧。这要在过去，谁家里养得起汽车啊！那还不是大地主吗？可地主也不过是几辆老马车是吧……"

我打断他的话："要发展就一定得搞成这样？民不聊生？坏人横行？你们村里连一口干净水都喝不上，有地没法种，不止一户人家生出了畸形儿……这不是穷和富的问题，这是生死存亡的问题！"

老荒瞥瞥我："那是！那当然是哩！我操他祖宗，不过凡是祸害咱庄稼人的，我敢说没一个有好下场！不信就等着看吧，有他们的好！我这头儿只要当上一天，就不能眼瞅着不管。不过，不过这事也得一步一步来呀，像红脸老健那样穷鸡巴发蛮也不行哩！他这个人，天老爷老大，他老二。他眼里除了他爹，谁的话都不听。"

"他听爹的话？"

"这倒是，他是个孝子。不过他爹前两年死了，天底下就再也没人管得了他啦。我？我就算是他爷吧，也早被他气死了。他一开口就叫我外号，一口一个'独蛋'，这也是他叫的？我总比他大两岁吧，总还算一村的领导吧？"

我点头称是。

"你们鸡鸡分子喜欢他这样的，那个眼镜小白跟他穿一条裤子还嫌肥哩，这我看出来了。不过你可得劝劝小白，别谁的嗓门大听谁的，我在这村里才是做主的人。"

我想到了什么，这会儿故意为小白开脱："不，小白是我的朋友，他只听我的；他与红脸老健来往，那是为了喝他的酒。"

"要说喝酒那也得找我呀！那个记者溜溜就知道我有好酒，这些酒满村里只我才有——那些厂长矿长不送我酒，我就给他们拉长了脸看……”他说到这里觉得走了嘴，擦一下嘴巴，“那是玩笑，他们躲着我哩。”

“为什么要躲？”

“为什么，嗯，因为我见面就跟他们要钱、跟他们算账呀！咱是一村的头儿，要代表村子讨个公道！唉，这年头村头儿最难干了，咱就是累死气死，也还是两边都不赚好。村里人埋怨咱不出力，嫌咱没替他们撞个头破血流；那一边呢，硬把咱当成了眼中钉，恨不得从根上除了。你知道如今过日子了得？凶险哩，咱村里就有人夜里被一伙蒙面人打伤了，还有的被打掉了魂儿，到现在卧床不起……”

“凶手是谁？受害者心里有数吧？”

“那是自然。他得罪了谁自己知道，不过咬住牙不说罢了。我请三先生给他看了几回，没用。三先生是这三疃五乡里最有名的药匠了，药到病除，百发百中啊，这回也是干瞪眼——就因为缺两味大药啊！”

“什么药？”

“是人身上的什么东西，我说不明白。反正那物件难求哩。唉，打走了魂的人叫老冬子，从年轻时候就生猛啊！这会儿跟我年纪差不多了，平时像头老豹，这不，老豹得罪了人，人家给他下了套儿……”

“他得罪的是集团那一伙吧？”

“八成。这我可不敢乱说。我又没有逮住人家。如今这平原上不比过去，什么人什么事都有，开矿的，城里来雇工的，政府的，集团的，还有蓝眼珠的外国人——有一天，一个大鼻子胳膊挎着咱当地小妞儿从庄稼地里蹚过去了，这可是我亲眼见的！你不想想，如今要是出了什么事儿，咱找谁去？这是个猪栏里趴鬼的年头啊，我不是说这样的盛世不好，我可没那样说啊；我是说这样的年头不好琢磨不好对付哩,出了事谁也找不到主儿。这不,那天老冬子给砸个半死,直到现在还找不到凶手!”

“那么公安呢?不是有个叫老疙的破案能手吗?他们不管?”

“呸!那是胡吹!老疙他们那一套对付烧香的行,见了扛枪的就尿裤子!老百姓怕他们,强盗不怕他们,有时他们还得看人家的脸色行事——哦哟,老天,这话权当我没说,你可不要说是我说的啊……”

正说着门响了,进来一个肚子高挺的孕妇。老荒看看她,耷拉着眼皮说:“你叔在这儿。”“叔好,”她说了一声,马上转向老荒:

“爸,你快去看看吧,老健又找苇子了,两人喝酒呢,苇子一火就把桌子掀了。”

“他们打起来了?”

“不知在合计什么事儿,说着说着就火了人……”

二

我随老荒父女一起赶到时,苇子和老健还在吵吵嚷嚷。老荒劈头就问:“老健,你又在这儿鼓捣什么?闲了没事出去打工多好!我拨给你三百人,你领他们进城不行吗?看看邻村,地不能种了就进城,哪月里不是成千上万往回捎票子!”

老健蹲在一个小方凳上,笑嘻嘻看一眼苇子:“你岳父又往城里赶咱了,咱俩明儿真的动身?”

女人带着哭腔:“孩子就要生了,他可不能去。你快领别人走吧。”

老健冲着老荒说:“听听,谁都不让自己男人出门,不是这样事就是那样事,这叫故土难离。我进城打过工,知道那是怎么一回事,夜夜挂记田里的庄稼圈里的猪,还有老婆——老婆这东西离得近了要挨我的皮锤,离远了呢又想得慌。庄稼人的东西可不是闹着玩的,一样一样都得看住,不远不近地看住才行。"

苇子看一眼老健,咬着牙。

老荒厌恶地盯着女婿,一会儿扭着头像是说给我听:"真是怪啊,咱这片村子地不成地,水也喝不得了,头顶上烟乎淋拉的,有人就是不愿挪窝儿……"

老健朝他点头:"就是,咱这是八百年老村!你翻翻家谱吧,不长不短八百年!这个村子如今要毁在咱手里,祖宗不让!咱这辈人没别的本事,也用不着大富大贵,只要能守住村子就行。打死不挪窝儿,饿死不离土,就跟那些祸害人的东西赌上劲儿干,谁趴下谁不是人养的,谁低了头谁就是狗杂碎——老荒你是一村的头儿,你把大耳朵支棱起来听好了,你独蛋要做一个有种的人!"

老荒看看我又看看苇子,嗓子有些变音:"这是说了些什么话,这话连一点良心都没有!我为这村子操碎了心跑断了腿,有眼的都看见了,你瞎吹什么!上一次记者溜溜来了,不是我鼓动他给咱做件大事?"

苇子把烟蒂扔在地上:"那也不是个好物件,那家伙从来就没为咱村子做成一点好事,酒没少喝东西没少拿……"

苇子问我认识溜溜吧?我摇摇头。

老荒嘴角翘起来:"你以为大事儿是一朝做起的?那得一点一点来!溜溜要不就不做,他要做,那一招下去才是狠的!"

我有点好奇:"哪一招?"

老荒故意把话吞进肚里,瞥我一眼,好像示意我不能当众乱问。

老健说:"得了吧。溜溜得了吧。那小子长毛挓挲的,长得像个饿死鬼,见了女人两眼直勾勾的,他能做成什么大事!"

老荒甩手骂着:"这是什么道理,看人也不能光看长相吧。盯着女人?年轻人有这点毛病又算什么!你们几个谁没打年轻时候过来？有的人……哼，不说也罢！”

他的话立刻让我想起苇子抢走老荒女儿的事。我知道他在指责女婿。

“人为财死鸟为食亡，谁也不为谁白做事情。你这做村头的可要明白，溜溜不是靠得住的人。我的话你就等着应验吧。”老健嗓子低下来。

老荒使劲摇头：“这你就错了，溜溜有的是钱，他才不是为了咱这几个钱！”

“那为了什么？为了咱村大闺女？”老健嘲弄地盯着他。

“溜溜是个仗义人！你不就是佩服仗义人吗？”

老健哈哈笑：“我就怕他不是那样人哩！一把鸡骨头，尖头鼠脑的，还仗义。这家伙总有一天露出尾巴，让咱苇子把他的头拧下来。”

苇子把手里的一块瓷片掰碎了，挑衅地看着岳父。

这会儿女人捂着肚子蹲下来，苇子赶紧去扶她。“不要紧？快了吗？”女人咬咬牙，摇头。

“你还是叫接生的来看看吧，也让三先生来。”老荒没好气地冲女婿说。

女人脸色好一点了，小声对男人说：“不要紧，就这样，一天两日还不能生——不过你千万别走远了啊。”

苇子点头，然后对红脸老健使个眼色：“你先回吧，得空了我去找你。”

我和老健一块儿出来。路上他说：“我们正商议大事呢。苇子可是把好手，他一个人顶多少人哪。他说自己岳父靠不住，说他拿了人家的手短，平时跟集团的人过从不少，那些家伙正经给了他一些甜头。不过苇子说大的便宜也没占，像私下给一辆小汽车这样的事大约还没有……怕就怕苇子老婆这几天生，那样苇子就给缠住了,他就没有心思了。你瞧老荒这一家人吧,生孩子都不会挑个好日子!”

老健净说气话。我问眼镜小白哪去了?他说小白去别的村了。我知道小白是最忙的一个人:他整夜都在忙一份材料,它长长的有好几页,写得蛮扎实,大部分都是他一个人搞成的,曾一句句读给老健听过。这份材料要做“万民折”,除了那一天要用,还有别的用场。这些文字没有夸张,仅以事实说话,数字凿实有力。整篇的主题只有一个:生死存亡。

“这一天早些来吧!事情一开了头就不会停下,没有结果就不会停下。不是鱼死就是网破,小白说得对:锅快开了!”

我更正:“他是说到了‘临界点’。”

“嗯,那意思也差不多。庄稼人的路四下里全堵上了,他们总得给咱一条路啊!咱们那一天没有别的,只伸手跟他们要一条路……”

“可是,”我琢磨着该怎样说,“我想,我们主要是陈述道理,这可能也是小白的意思;因为任何暴力的结果都不会好的。我们要相信基本的道义,相信它的力量。简单点说,我怀疑暴力,也反对任何人这样尝试……”

老健的脸越来越红。他没有说话。

三

小白回来了,人很疲惫。我突然有了一个念头,就提议说:是不是回我们的茅屋去待几天?小白皱皱眉头。我的建议可能让他不高兴了。但我只管说下去:“四哥和大老婆万蕙的烧鱼做得好极了,我们热上一壶酒,在那儿歇上几天吧。”

“老宁,不是我指责你,”小白扬眉看着我,“你变得畏手畏脚的,不像以前了。其实你和村里人一样,是最大的受害者。你和我不一样,你在这片平原上有自己的小窝,如今正和村里人一样挣扎呢！你该和周围这些村里的人拧成一股绳。我不知道你和四哥他们说了没有？你该跟他们说,说说我这个意思！”

我苦笑一下:“我甚至不知道你们的真正意图,你让我说什么？说你和红脸老健几个人要大闹一场？如果它真的演变成一场暴力——或者和这差不多,你想没想过它的后果？我一直担忧的是这些,我不是畏手畏脚。”

“算了,你心里明白,我们不过是给逼的,不过是想大幅度提高声音的分贝,如此而已！我们想让那些人听一听这个世界上最危急的呼号,如此而已！”

“可是这会惹起一场大火,到时候你和我想扑灭都来不及！这是大地上的野火,是不能尝试的,老弟！”

小白的拳头撞到一起,又平端到胸前:“老兄,这是什么时候了,你还顾虑成这样！都像你,那就什么事也做不成。我们可以忍住,但对方就会越来越放手大干,这样整个平原就全完了,老百姓全完了。集团什么时候让过一步？我不过是这里的一个过客,你知道我在这里来来往往日子久了,实在是看不下去。这里有红脸老健和许多好朋友。而你呢？你就不同了,你是这里出生的人,别看在城里安了家,根还留在这里。那些人等于是在掘你的根哪！老宁,你听见了吗？”

我的脖子发胀。我的眼睛也胀。我抬头看他,看见小白的眼睛里有泪丝丝的样子。我的手按在他的肩上:“小白,再也没有比我更了解你的了。你从经历了婚变以后,就恨起来,恨那些人,恨所有那些家伙。我理解你……”

“不,不是这样！我在这里待的时间久了,和大家成了多好的朋友,有了感情。我一想起这些村子,夜里就睡不好。我老想着能为这里做一些事、做成一些事,这已经是我生活的一部分,它对我非常重要——我今年三十多岁了,想一想前些年都忙了些什么,我简直就没有做成一件真正有意义的事,只围绕着一个人在活:老婆!一点不错,就是她,我好像生下来就为了遇见她,然后是失去她、想她、找她、念她、让她折磨。我就这样一辈子?我总得干点别的吧……"

小白眼里的泪水大概流下来了,我看见他转身时似乎揩了一下。他回过身来时,我发现整个人脸色有些发青、身上有些抖。我点点头又摇摇头,想找到什么话来安慰他。我为自己刚才的话后悔。我说:"如果我没有说错的话,那么你现在仍然还在围绕着她生活。你现在这样激烈,这样奔波,还是没有忘她——你一天都没有忘她。"

小白低头看着自己的脚,咂咂嘴:"没什么。嗯,不会流血的。你担心的,我也同样;我会记住的……哪一天我们先一起看看她的录像吧……"

这一夜开始没有雨,只是雾更浓了;半夜里小雨滴下来,然后越下越大。我和小白都是被雷声惊醒的。雷好像贴着我们的窗户炸响了,小白一个翻身爬起,马上抓了眼镜戴上。有人敲门,可能是老健,果然,他提着一大包冒热气的早餐进来了。我们吃饭时老健用心地卷一支烟,抿一抿点上火,大吸一口说:"生了。"

小白抬起头看他。

"老荒的闺女昨个生了。"

"男孩女孩?"

老健哼一声:"不知道。连接生的人也不知道。"

我愣了:"这怎么回事?"

"怎么回事,怪胎呗。模样吓人……没有活下来。苇子疯了一样,他老婆哭得昏过去了。"

我和小白要去看苇子,老健阻止说:"先别去了,这事儿还没有多少人知道。独蛋老荒爱面子,他不让接生的人张扬出去。”

“那你怎么知道的?”

“苇子告诉我的——他什么事都不瞒我。”

小白看看窗外的雨,咕哝着:“四周村子里这样的事多了,已经想不起是第几个了……这都是喝的水、是四周的毒气搞成的,已经没法过下去了……”

“我想不到这样的事能摊到独蛋家里,”老健拍腿,“这一下还有什么可说的,这不是刀架在了你独蛋的脖子上吗?”

四

因为苇子坚持要为媳妇看病,老荒挡不住。三先生被请来了,他让我和小白吃了一惊。没见过这样的人:七十来岁,瘦,全身像有一层荧光,嘴唇翻得十分厉害,眼皮双了好几层;他的胡子全白了,目光迷离,给人一种茫然四顾的感觉,见了生人十分平静,只微微点头而已。我和小白坐在外间等苇子出来,因为老荒把门将军一样怒冲冲守在一个地方。苇子叫我们进去,他的嗓子沙沙的。

三先生正给炕上的女人号脉,头使劲低下,像是十分疲倦的样子。他号过了右手又号左手,让女人伸出舌头看了,然后转脸,像是以侧目观察女人。他闭上眼,下巴扣在自己的胸骨上,同时一双手大伸十指——我们都发现了这双手的特异,手指特长,软弱无力,此刻在一丝丝翘动……“嗯,着。”他咕哝,打开随身带来的布褡子,从中抽出一张黄纸写起来。

老荒捏着黄纸跑走了,跑在三先生前边。

外间屋里只剩下我们三人时,苇子咬牙咯咯响,举了举拳头。小白安慰他,说让事情快些过去吧,但愿家人快些好起来,别落下病根。苇子对这个倒不担心,说:“没事,这也就是三两天的事,她没事,三先生看过了嘛。”

苇子的前一个孩子是女孩，老荒特别挂记的就是生个男孩。老荒失望至极。苇子埋了一会儿头，抬头时让我们大吃一惊：脸色变得发青，下巴骨好像歪到了一边，一只耳朵也比平时大了许多，像折断了一样耷拉着；一双眼睛往上眦着，只把那耷拉的耳朵冲向我们；他的鼻孔张大，一动一动像是要代替嘴巴说话……“老天这是怎么了？老天你可别吓人。”我心里嘀咕一声，去看小白。小白脸上也有惊慌之色，但他敢于上前去抚摸对方的脊背，去拍他。这样一会儿，苇子喘气均匀了，正眼对着我们，可是一口大牙龇着嘴巴翕动着，像是要咬人。这模样马上让我想起了老健的话，他说苇子可不是一般的人，这家伙恼怒起来一人能抵一群——这一围遭的厉害家伙不少，最厉害的有两个，一是苇子，二是那个给吓走了魂的老冬子，他们两人合在一起，再难对付的主儿都得认输——当年大苇塘那一仗，主要就是他们两人配合了红脸老健。

“她爹的事包在我身上，你们回去跟老健说吧。”

小白说：“你先照看媳妇吧，别的事等等再说。”

“我要等、等，我……我……”苇子的嘴巴又歪到一边去了，耳朵又耷拉下来。

小白赶忙说：“那好吧，让你岳父赶空儿去我们那儿，这边不方便。我也叫上老健。”

直到临走苇子还在叮嘱：“该怎么还怎么，按着原来的日期来吧，别管我，我误不了事。”

我们回到住处时老健也回来了，他说又去看过老冬子，说那家伙一时半会儿恐怕还不行。“也忒狠了！老冬子是谁呀？他这辈子怕过谁呀？他都整成了这样，你哥俩想想那些东西使了什么绝法儿？再加上苇子家里出了这事儿，看来日期不得不往后拖一拖了。嗯？”他仰脸看小白。

小白不语。

我忍不住问:“既然不想和对方冲突,那为什么非得等他们不可啊?我们要的是和平的方式嘛。”

老健不理我的茬儿,只对小白一人说话:“听听吧,他读的书大半比你多,正经是个书呆子。”

小白笑。

“你笑什么?你头脑可要清醒啊!”我不太高兴。

老健眯眯眼,点上一支烟:“伙计呀,老伙计呀,谁不怕动刀动枪的?最厉害的家巴什儿咱可没有,人家有哩!要不说如今难办事嘛,不说别的,连个电话都不敢打,一打他们就听了去,你说这事还怎么办?要不说这是个细发活儿嘛,心粗了不行,少了胆气更不行。咱仔仔细细准备多一些人手,还不就为了防他们一下?到时候人家浑不讲理,要往死里办,咱怎么办?咱就死挨死受?我这一说,你大概也就明白了七八成吧!”

我无话可说。我当然能听懂他在说什么,因此也越发担心了。

苇子来了,探头看了看又缩回去,在门外对人说:“你们谈去,我有事。”门再次打开,进来的是独蛋老荒。

他一进来满屋寂静。

老健说:“来了?”

老荒无语。老健卷好一支烟扔给他,他赶紧接了。

“你女婿跟你说了什么?”老健问。

老荒像没听见,只瓮声瓮气说:“他们想给我绝后啊!伤天害理啊!咱庄里人待他们不薄啊,就得了这报应——喝不上一口好水,喘不上一口好气,先是河里的水变了色,后来连井里的水也完了。这是让咱断子绝孙哪!”

老健蹦过来:“你算是说了句人话!就为了这句人话,我老健要好好待你!你女婿没说完的,我来说吧:咱这几个村子合计了不少日子,要弄出个大动静来,逼着他们从根上服咱,给咱庄稼人留一条路——这条路不给,硬往绝路上堵和逼,那时不是鱼死就是网破!你是村头儿,咱都在一条船上,你咬不紧牙关,咱全都完了!我今个就问你一句:敢不敢干?"

老荒哼哼着,像受伤的猪一样,就这样哼着站起,瞧着离得很近的老健:"我怎么了?我怎么不敢?"

"你敢承着?"

"我敢!"

红脸老健猛一拍他的肩:"我的老独蛋,你这回算是像个人样了!行,记住,咱从今以后合计的事儿,一个字也不能让别人知道!"

小白看着我。我心上有些发烫。

溜 溜

一

老荒找到我和小白说:"过去我是不跟你们说的,这一回说了吧,因为文墨事情还是你们鸡鸡分子最懂。是不是?"

"到底什么事啊?"小白问。

"溜溜来了。"

原来是这样。我想起了苇子的话,很烦这个人。小白大概与我的感觉一样,说:"来就来呗,你还以为他算个人物啊。"

"哦哟,"老荒像被火烫了一样呼着气叫道,"这可是个能人啊,要不是有人挡着路,他一个人就把咱这村里——这十疃八乡的事儿全办了,还用得着咱们费那么多心思,用得着红脸老健整天吆五喝六的?溜溜可不是一般的人!"

小白看着他:“他能干什么？你从头说了我听听。”

老荒真的盘腿坐下,捋了一下嘴巴:“他去的地方大了去了,南方北方,走哪儿都是当地最高首长陪着,大鱼大肉一口不吃,因为吃腻了。人家为什么这么宠他？就看上了他包里那两件东西:纸和笔。什么事经他一写,报上一登就中,说你好你就好,说你不好你就算完了！那可不是一般的报,那报多少人看哩!”

小白从桌上捏起几张纸和一支笔:“就这东西呀,咱这里不是也有嘛!”

“你那个不行。你那个行吗?”

我说:“怎么不行？溜溜的纸和笔又不是金子做的。”

老荒宽宽的上唇像咬人的狗一样翘起:“金子？那还真差不多！他可是个见过大世面的人,走的地方多了。他什么没见过呀!”

“那他为什么见了咱这儿的大闺女就两眼直勾勾看啊？这可是苇子亲眼看见的。”小白说。

“我那女婿懂个狗蛋。那不过是个爱好,在这方面他偏重一些罢了。接上说正经的。他来咱这儿几回,都是顺路过来,每一回都必定找我,因为跟咱有了交情嘛。他看了咱这里的地呀水呀,咱和矿上、集团那边吵闹的事呀,气得拍腿捋胳膊的,说:‘这还了得！这还了得！这得反映一下了……’然后就藏在一个小屋写起来,告诉我:这些字归总也不一定见报,倒是要印出不多几份送给最管事的人,那些人啊,只要在上面随便划拉几个字,你就等着看吧……我问会怎么？他说:还怎么？矿上、集团他们这一伙,这辈子就倒了血霉了!”

小白与我对视一下,哈哈大笑,问:“那他认识你这么久了,写出了多少?”

“写出了不少,最后送不出去啊!”

“怎么就送不出去?”

“怎么?就因为他的名声太大了。人哪,名声大也有名声大的坏处。这不,哪一回都有那边的人打听了去——也可能是从京城一直跟着走下来,一路跟到这里也说不定!反正他们随后就缠上了他,用各种办法挡住他这么办……”

“怎么办?”我问。

“把写的字交上去啊!”

“他就这么听那边的话?”

“他也不想听,没法子啊!你不知道那边的人多么有势力,他们什么办法没有?如果咬了牙就是不让办,软的硬的都使上,你想溜溜又能怎么?只好先依了他们。好在他帮咱的心不死,他对咱说了,这事儿归总我还是听你的,你要说一定要办,我还是得办!说实话我这人也是心太软啊,集团的人回头老要找我,说问题解决还不是早晚的事儿?你让你的朋友溜溜先停下,别跟咱闹玄,捅下大娄子可了不得!一切都好说好商量。我也就轻信了他们。加上溜溜也被他们缠得不轻,这事就拖下来了。反正他是一定要办的……”

我说:“就怕是个白吃白喝的家伙。这种骗子城里很多,老荒你可不要抱太大希望。”

小白说:“办是要办的,可一办办了好几年,就是这样,是吧?他来你这儿都干了些什么?”

“他嘛,忙着调查哩!找各方面人士谈话,教师,会计,种地的做副业的;因为生怪胎的事,也找了女的去……”

小白打断他的话:“等等,女人的问题就出在这里是吧?”

老荒挠着脖子:“也不全是我那熊女婿说的那样。事儿是有一些,不太严重的。因为要谈话也只能一对一,保密嘛,少不了眉来眼去的,也就生出了火苗,结果动了一点手脚,女方事后反了目——你们不知道,咱这村里的女人有个特点,就愿事后反目——这就糟蹋了人家男方的名声。这不,有的出来说:'人看上去瘦筋筋的,想不到手劲儿忒大,三两下扭住了咱,挣也挣不开,咱也就被他摸了。'还有的说:'这人腰带太松了,一出溜裤子就下来了,老天,吓死个人!'听听,这些贱嘴娘儿们什么难听说什么,她们出来瞎编派一通,溜溜的名声就坏了。其实我背后问过他:你喜好娘儿们?他摇头说:'没那回事!娘儿们,娘儿们算什么,我在新闻单位干,多少大姑娘想跟咱好,往黑影里拉咱,咱就是不应!这年头有才的人吃香啊,谁让咱有才呢!'这才是朋友之间实话实说,也放心多了。肯定是这样,乡下娘儿们没见过什么世面,别人一碰就穷咋呼……"

小白吐了一口。

我也觉得溜溜这家伙够恶心的了。我想起一个事,就对小白低声说了。小白立刻揪了一下老荒:"你可记住老健对你叮嘱的事儿?千万别跟那个溜溜说什么,千万!"

"这是嘴上挂锁的事儿。这个你们一百个放心。不过我也劝你们好生待溜溜,他真能办些事儿。他这回要出了真力,我们平时商量那些事儿也就简单了,也许压根就用不着咱动手了。"

我说:"但愿吧。不过天上不会掉馅饼,免费的午餐早就停了。"

老荒没听明白,大声问:"什么餐?什么时候停的?"

小白笑答:"早就停了,停止供应了。"

二

尽管村头老荒这些天心情极其恶劣,但因为溜溜来了,他还是照例为这个京城客人准备了大宴。村里的人一看街上驶来了一辆浅蓝色高级轿车,就知道是溜溜来了。"听说这人从京城一路开车出来,走哪儿都是一站,都有老荒这样的朋友招待。”“哦咦,比老荒大的官儿多了去了,人家溜溜命好,别看长得不怎么样,一辈子就这么吃香喝辣的过来了,活儿也不累。”“不累?干什么都不容易啊,听说他半夜里写稿,写不出来,让一个词儿憋住了,就使劲挤自己的脑门——咱有一回看见他脑门那儿红不拉刺的,那就是。”街上的人议论不休,抄着手看光景。

我和小白破例被请来陪宴。我们都有兴趣看看这个奇人,还提议他请请红脸老健,被老荒一口拒绝:“他算了吧,他没有文化,与溜溜说不到一起,到时候净给咱村丢人。”

浅蓝色轿车真没说的,小白凑近了看看,说起码也值个一百几十万。车里装了各种东西,花花玩意儿真不少。听人说他从来不喝村里的水,都是自己带水,车子后备箱里装了不少高级矿泉水。还有一个简易帐篷,深棕色,带充气垫的那种,这会儿就折起放在后座那儿,让我好好看了一会儿。

我们进屋时溜溜已经大模大样地坐在了正座上,第一面把我们吓了一跳:瘦脸发青,满是疙瘩,稀疏的头发披在了两肩,眼眍眍着,眼珠蜡黄,全身上下没有一点水气。我对小白小声说:“真像一个饿鬼啊。”小白不吭一声看着这个人。对方在老荒介绍之后伸出了手。这手又凉又黏,让人想起蜥蜴。没办法,要一起吃饭就得握一下这只手。

这家伙吃相坏极了,旁若无人地大嚼大咽,偶尔打一个响嗝。我和小白都没怎么吃,只看着他和老荒对饮。老荒看来与他真是相处很久的朋友了,两人一喝起来就顾不得其他,一段时间里好像没有我和小白在场一样。他们比比划划吵吵嚷嚷,声音震得满屋子响。老荒的好酒真的很多,几乎全是白酒。溜溜酒量果然很大,这使老荒一会儿就喝多了。老荒哭了起来。“你这是怎么回事?”溜溜问他,见他不应,就托起他的下巴。“怎么回事怎么回事?”溜溜问着、拍打着，他还是不应。“肯定是你两个欺负他了，是不是?”溜溜指指我们，没等回应，又回身去拍打老荒的脸了。小白忍住了笑。老荒哭着说起女儿生怪胎的事，“我，我这把年纪就盼一个外孙啊!”

溜溜在哭声里一声不吭，低着头。他这样闷了一会儿突然抬起头来，扬着左手喊道:“是可忍孰不可忍！哦嗯？这必须然而既然如此何等可气无耻之尤！我今天要注重研究这个问题，了解事实真相然后，”他捋了一把披肩的长发，“我今夜不睡了，真是没有王法了，没有了，一切那就从头开始……问题的关键在于内部和一些重要的部门，领导，以及，非常可怕的现实是，是这些一系列的种种问题！当然，关键还在于落实——你们应该明白这个道理!”

我一句都没听明白。可是老荒竟然连连点头，对方刚落下话音就跟上一句:“我明白!”

溜溜站起来大喊大叫:“我们必须从头开始了，难道今天的一切和……我们的事业、计划，上次会议精神落实起来！什么也别想难住我吓住我，我这人就是有这么一股犟劲儿，不信咱们就从头较量较量，比比看谁更有韧劲儿狠劲儿艮劲儿。妥协？妥协的永远不是我们，无产阶级最后失去的只能是锁链！是吧，只能是锁链!”

他这样呼喊了一会儿，直到口水和汗水一齐流下来，他的手还在猛力挥动，衣衫不整，裤子耷拉下半截，以至于端菜的女人进来瞥了一眼，慌得手一松砸碎了一个碟子。“少见多怪!”溜溜恨恨地盯着女人的背影。

我似乎想起了类似的一个熟人——这人就像他一样，总是突如其来地激动起来，全然没有预热和铺垫，这人就是我初中时候的一个同学，外号叫斗眼小焕。像他一样，他们都善于背书，是颇能唬人的，不少人总要把他们当成天才，愿意原谅他们的一切，这真是没有办法。眼前的溜溜显然就用这种办法唬住了老荒和一大批与之过往的人。

“你可得管一管了,你这回办也得办,不办也得办。你再不办,我们村里的人也只好跟他们拼命了……”老荒拍打溜溜,哭得像个女人。

“这话我信。这话你说了至少也有个七八十来次了吧?不过这回我是要办的。我是要办的。”

小白随溜溜说了一句:“你是要办的。”

“对,”溜溜斜眼瞟了一眼小白,“我是要办地。嗯,这是一点不差地。那些家伙用不了多久就要倒霉地、我们就要胜利地、谁来讲情也是没用地、事情就要水落石出地!”这家伙一连用了许多“地”,让我觉得起码是蛮有趣。这是个有趣的混蛋。我在小白耳边讲了这句话。溜溜立刻对老荒说:

“你得管管他们啊,他俩老要小声嘀咕,这可不行!这不礼猫地!”

老荒大声冲我们叫起来:“大声大声,小声嘀咕,这可不行!这不礼猫地!”

我和小白都笑了。两个人都把“礼貌”叫成了“礼猫”。

溜溜想起了什么,红着眼圈对老荒说:“赶明天或者夜里,我得跟你女儿拉一拉了——上次俺俩刚拉了几句,就让你那个不懂事的女婿搅了堂!你闺女倒是通情达理的人,你女婿呢,哼,不是我揭你的短——你家怎么找了这么个不像样子的东西呢?嗯?”

老荒咬着牙:“谁说不是呢!这小子正经欠揍了。不过你跟我闺女也就别拉了,她一个乡下婆娘什么见识也没有,身子又不好,病着呢,三先生看着呢。”

溜溜拍头:“哦,病着呢,你看我就忘了这一截!行,还是找别人吧。不过我记得上次和她拉得不错,她是个胖乎乎的姑娘,嘴头子火辣辣的——村姑性格嘛!”

“瞧你夸她，她听了还不知要怂成什么呢！”老荒眯着眼看溜溜。

“喂，该你俩好好说说了，你俩一直这么听着，酒也不喝——哪个单位的？”溜溜突然想起了我和小白，指着我们问。

老荒接过他的话头：“我早就介绍了嘛。他们都是鸡鸡分子，和你一样，会弄这个，”他比划了一下写字的样子，“他们听说你来了，欢喜啊，这不，就跑着赶着来会你了。”

“嗯，是这样啊。知道我的大名吗？”溜溜伸出大拇指比划他自己。

小白说：“你是这一带的名人嘛，怎么能没听说？”

“你呢？”溜溜又指着我。

我说：“如雷贯耳。”

三

溜溜一直在这里待了两天，两天里并非总是待在村里，而是四处转悠，那辆高级轿车在街巷里钻进钻出，不停地按着高音喇叭。他夜间不知在哪儿睡觉，半上午才开着车进村。在村头巷尾都有人盯着他的车看。红脸老健目送车子走远，问村头老荒：“这小兔崽子胡窜什么？”老荒说：“他的事多了。他来一趟要办多少事，上城下县的，找多少人、调查多少事，能顾上咱村也就不错了。”“可我见他在咱村小学校赖着不走，缠磨女教师呢！”老荒摇头：“她们个个跟他都熟，有什么好缠的？你是说那个新来的女教师？”

他们说话时，苇子正和我们站在一旁，这会儿插嘴说：“他拉上人家出去两回了，你没看见？人家要在咱村里出了事，你这个当村头的吃不了兜着走。”

老荒火暴暴地望过来：“我他妈管得了他们的事儿？教育界和新闻界的事儿，也是咱该管的？”

“是你招来这么个物件！人家会说是你和他打了勾联手……”苇子说。

小白想笑还没笑出来，老荒就大怒起来：“我揍死你嘴上没锁！我能和他勾连什么？那种事也是我去勾连的？反了你了，啊呀反了你了！”老荒扦着腰，脸上流汗大口喘息，人恼怒成这样，我们还是第一次见。苇子往旁一躲，老荒更起劲了，斜着膀子冲过去。我们几个赶紧把他架住了。

老健拉上喋喋不休的老荒走了。苇子盯着岳父的背影说：“等着看吧，他早晚得被那个长毛鬼给祸害了。我集团里有不少朋友，溜溜的事瞒不了他们——这家伙你们知道是怎么回事吗？”

小白问：“怎么回事？”

“他那车子、钱，都是两头骗来的！”

“两头骗？”

苇子点头：“就是。他听说哪里有村子闹事就往哪里跑，一头扎到村子里，吵吵嚷嚷的，说要从头调查、写内参。集团和矿上的人一听就慌了，找到他说千万不能这样干，他装作不听。他钻进车里走开的时候，这边就专门派人跟上他，从半路、有时还要从京城拦住他哩，干什么？拿出大把的票子塞给他！你想想他挣钱多容易，他每年里都要来这一围遭转上两趟，每一回口袋里都鼓鼓的，车厢里装满了东西！”

小白点头：“溜溜这种人可不少见。他们就是吃这碗饭的。真要为老百姓说话，那说就是了，干吗事情没办就喊得山响？就为了让另一边的人听见，因为那些人有钱！溜溜这一伙发的是什么财啊，他们干的是天底下最伤天害理的事！”

苇子说：“溜溜这个狗东西什么都要，上一次他在老会计家里看见了一个古物，是人家祖传下来的，硬要拿走，人家不干，他就扔下了二百块钱，等于明抢。还有一回半夜钻到小学校里，装醉往女教师屋里拱,人家屋里两个人,都看见他耷拉着裤子进来了……那一回我听说了,第二天想揪住他一头长毛往死里打,被我岳父硬是拦住了。岳父后来问了他,他说哪里呀,不过是喝多了酒再加上黑灯瞎火的,摸错了厕所。你俩听听,他以为人家大闺女宿舍是随便撒尿的地方哩!我岳父就信他这一套!”

正说着一辆浅蓝色轿车从不远处开过去,是溜溜。我们都看清车里还有一个人,是女的。车子在街上没有停,而是一直往小学校那儿开去了。苇子盯住说:“错不了,他又拉着人家进城了,其实没安好心。这家伙在乡下什么都不怕,他太小看咱这地方了。等着吧,等着看我怎么收拾他。”

这天下午老荒找到我和小白,说人家记者眼看就要回去了,走前想和我们几个座谈座谈哩,全面研究一下情况,也想听听我们的意见。我看看小白,小白说:“那当然好啊,那就座谈吧。”

村委办公室的几张白木桌上摆了些桃子,还有茶。一个戴白套袖的女人正忙着擦桌子、倒茶。溜溜跟这个女人很熟了,叫着她的小名开玩笑:“‘蔫儿’,想叔叔不?”对方红着脸擦桌子:“俺不想!”“这么长日子也不想?”“就不想!”溜溜笑了,转向我们:“乡下姑娘,刀子嘴豆腐心,想死也不说。咱们座谈吧。”

我不知跟这样的人有什么好说的,瞧他装模作样掏出了一个笔记本,放在自己面前。我早想刺他一下,这会儿开口就问:“你在这儿很熟了,比我们熟得多。你答应老乡的事几年都没有做成,村子已经变成了这样,你大概是在逗他们玩吧?”

溜溜一愣:“逗玩?那些集团的人吓得屁滚尿流,这也是逗玩?”

小白哼一声:“屁滚尿流以后呢?”

“以后,以后就是……”溜溜舌头开始打结。

“以后就是集团的人塞给你钱,把你买通了是吧!”小白冷冷一句。

“嗯？什么意思?”溜溜回头看老荒。

小白伸手指住他的脑门:“你是两头通吃的那种人！你要小心!”

溜溜拍桌子,跺脚,看着老荒:“要不是、要不是看着你的面子,我饶得了他们？他们敢对我这样说话,真是欺人太甚……”

“两个鸡鸡分子,好生说话啊！都是鸡鸡分子,怎么不能好生说话呢?”老荒站起来规劝,很为难的样子。

我告诉老荒:“你的心太软太实了。他这样的骗术其实并不高明,却能让你一再上当。从今以后就让他远离这个村子吧——也顺便告诉周围的村子,要像养鸡户提防黄鼠狼一样提防他这一类人!”

“你是黄鼠狼！你是黄鼠狼!”溜溜叫着,身子往上一蹿一蹿。

老荒发出了哭腔:“老天,早知道是这样,座什么谈哪！好生生的事儿就这么给搅了席,完了,完了,这事儿今后麻烦了……”

四

我和小白都以为经过了一场座谈,溜溜会马上走掉,可是想不到他的车子还是在村子里出现过两次。“这个人的脸皮可真厚！这个人根本就不要脸!”小白生气了。我说:“他们有什么自尊？骗子嘛,还讲什么脸皮。”

有一次溜溜的汽车再次从小学校那儿拐出来,这让我们明白他留恋的是什么。我们都替那个新来的女教师担心了。

老荒找到我们说:“这一下坏了,溜溜火气大了!”

“他有什么火气?”我问。

“他说如果村子不把你俩赶走,咱村的事他是不管了。”

小白笑了:“那最好不过。我们那天不是说了嘛,让他快些滚蛋。那最好不过。”

老荒叹气:“唉,他要使上反劲怎么办?”

“什么反劲?”

“他要站到集团一边,咱不就更没好日子过了吗?”

小白用商量的口气对我说:“老宁,咱让老荒这么犯愁,还不如自己走开得了。人家溜溜不来村里了,村头作大难了,咱还是知趣些更好,咱们走开吧?”

老荒一个劲儿摆手:“别价别价,我不是那个意思。再说你们都是老健的左膀右臂,老天,我要把你们赶开,老健还不要吃了我啊!”

“那你说怎么办?”小白问。

“我的意思嘛,是说……嗯,这么着,你们别管溜溜的事,溜溜也不管你们的事,井水不犯河水,各有各的朋友,这样总行了吧?”

“这样不行,”小白皱着眉头,“这样非坏事不可——想想吧,我们正合计大事儿,有个贼头鼠脑的家伙在村里村外乱窜,最后咱们非得遭殃不可。这是早晚的事,老荒,我们是认真说的,你得好好提防他了,这人是个大祸害!你听明白了没有?”

老荒低头沉思,咬咬嘴唇,摇摇头,走开了。

我看着他的背影说:“一物降一物,他就是迷信溜溜,你等着看吧。”

“我明白。这村里不止一个人能赶走溜溜。”

“谁?老健能,老冬子不得病也能;对,苇子最合适。”

“不把他赶走,到了那一天一准坏事。这得跟苇子说说了。”

我们两人正想着怎么跟苇子说,没想到两天后苇子自己就把事情办好了。

那天苇子正在芋头地里浇水,一抬头看见汽车从村口拐进来了。这车子开得不稳,一抖三扭的。天快黑了,有雾,汽车里的人显然没看见这边的人,车子开到很近处竟停了下来。苇子倚在柳树上看着停下的汽车,认出是溜溜。他卷了支烟点上,慢慢看。好像车里有两个人在折腾,但看不清。苇子蹲下来吸烟。这样过去大约有十来分钟,车门嘭一下顶开了。

冲下一个女的,苇子一看就认出是小学校新来的女教师,她头发显然被抓乱了,脖子上的围巾也快扯掉了,一下车就大口喘气。她回头看看车里的人,气冲冲往前走去。车上很快下来了一个披头散发的人,正是溜溜。溜溜这会儿眼珠快瞪出来了,踉踉跄跄往前跟,嘴里说:"我就要离开了,就这一天半天的事儿了,你回头再想找我也找不见!"

女教师一声不应往前,步子加快了。

溜溜拦住了她。她绕开他。他再次拦住她。

女教师愤愤的目光盯住溜溜时,苇子再也忍不住了。他把铁锹往地上一插,烟蒂一抛,几步跨了过去。

溜溜听到声音,一回身看见苇子,对他说:"还不快些回避!"

苇子不吱声,站在了溜溜和女教师之间,面对着溜溜。

"还不快些回避……"

苇子咬了一会儿牙关,突然飞快出手,只一下就扼住了他的脖子。苇子好像再也不想松手了。

女教师哭了:"您大哥饶了他吧,快啊,他脸都白了……"

苇子又用了几下力,这才松开。

溜溜躺在地上,身上沾满了土末。这样躺了足有十几分钟,一双凹眼慢慢睁开了。他一个一个瞄着,看过了苇子又看女教师,最后死盯住苇子不放。

苇子再次朝他伸出手去,他吓得两手一举,腿也拳了。女教师按住了苇子的手。

溜溜爬进车里。车子艰难喘息着。

苇子想起了什么,从干涸的水道边捡起一块大石头,费力地举过头顶,然后轰嗵一声砸在了车上。

魂魄收集者

一

我还从来没有遇到一个乡村医生会像三先生一样荣耀,在这么大的一片土地上享有如此崇高的声誉。他行医的过程我目睹过几次,得出的观感可用八个字概括:印象深刻,不敢恭维。真的,一个奇形怪状的异人,一个无法对话无法理喻的遗老,一个技艺超凡却又令人生疑的江湖术士。总之这个人让我多少有点害怕。可是这一带的村民却绝不这样看,他们不容他人吐露一字不恭,不仅将其看成一个好医生、一个治病救人的人,而是直接就把他当成了起死回生的圣手、一个半仙之人。大概在方圆几百里都流传了关于他的神奇故事,单听这些故事,你甚至会近前却步,惮于见他,因为他整个人都镶了一道神秘的光圈,你会担心见面时被这光刺伤。

他与一般意义上的医生当然大为不同,单是行头就有些古怪:不提包不背药箱,而是一直在肩上搭一个土黄色的药褡子。据上年纪的人说最早的记忆中就是这样,这才是正经的乡间医生呢,过去年代里过路行医的老先生人人如此。别看行头古旧简单,褡子里装的东西也不多,无非是几把铁制的小器具,一点膏丸丹散等等。那里面绝没有什么温度计和血压表之类,因为那都是花花哨哨的新兴物件,只能加重人们对医术的担忧。许多老年人对它们的功效将信将疑,有时干脆断言:只有不中用的医生才借助那样的机器哩,为什么?就因为他们“脉手”不好。把脉万能论在这里是颇有市场的，评判一个医生手段如何，第一句话就问："脉手咋样？"脉手差的，即不可信用，其他一概不再多问。

这里的乡村习俗、规则，照样是以老年人为根据和基准的。比如医疗问题，年轻人的见解并不占上风。可能是他们身体尚好不太考虑这一类问题吧，对行医的方法效用等等还未拥有发言权。直到今天，按村里大多数人的观点，还是固执地认为西医不能治病——"西医不过是使使止药，西医怎么能治病？"有人指问一个刚刚被西医抢救过来的病人："他不是被西医治好的吗？"他们说："那不过是止住了。西医哪能治好病呢？他身上该有什么病还有什么病。"有人又以一个开刀手术治愈的人为例："这人不是西医救过来的吗？"他们说："动刀儿自古就是咱中医的拿手活计，这算不得西医。"

相传三先生与路人同行半里，就能清清楚楚得知对方身上有什么病。他如果在一户人家屋外瞅上一会儿，还能预言这一家的"人气"——气旺能祛百病，气衰则五乱滋扰。他认为人身上的气味是最不可忽视的，就像天气预报中的云彩气雾一样。有一次一个中年壮汉得了怪病，亲疏不辨，动辄妄言，村头正想捆绑起来送到林泉精神病院，被三先生当街拦住了。他先是端量一会儿，而后取出一根银针，乘其不备一个箭步冲了上去，直刺穴门——刚刚还在狂呼乱叫的病人立刻萎靡。紧接着三先生收回弓步，出掌凌厉，拍击频仍，什么命门、印堂、人中，一一开伐。那壮汉随着击打先是一下下摇晃，接着就当街倒地大睡起来，一直睡了三天三夜，醒来后即微笑如常，见人频频颔首颇有礼数。还有一个绝不相信中医的人背生恶疾，痛不欲生，跑了几次大医院都说要全麻动刀，还说至少要剜去一大块背肉。那人平生最怕的就是刀子，于是家里人只好在他令人恐惧的呻吟声中出门去寻三先生。三先生当时正好因事路过这里，身上连褡子都没带，看了看病人，哼了一声。他反身出门,到就近的田里转了转,随手采了几味草药,嘱其家人:一半炙成粉面搽用,一半煮水服用,一周为限。七天刚过,病人果然背疾痊愈。

三先生最看重的就是药材,以他看来,有些名医手到而病不能除,其主要原因就是药材不好:或成色不足,或直接就是有名无实——产地不同,药力实质则大相径庭。还有一些药原本就得医家亲自摘取,他人不得代手,因为这其中满是玄机,差之毫厘失之千里,必成虚妄。人们说三先生的奇绝之处,有一多半就来自他的隐秘不宣之药。比如老冬子迟迟不能治愈,绝不是因为医术,而是寻药艰难。有人曾问他那到底是什么药?他闭口不答。

当地人叫随从为“跟包”,意思和秘书差不多——一位跟随老人多年的“跟包”酒后透露:治老冬子的病必要两味不可或缺的药,一味叫“魂”,一味叫“魄”。两味药都属无影无形之物,摘取艰难,非大药匠而不能为。所以三先生必要亲自动手,而且也保不准就能志在必得。

先说“魂”。这需要取药者征得家人同意,然后站在即将过世的人床边,伺机动作。那时节要以心悟而不以目视,全凭一个寸劲儿,将刚刚飘游离体之魂收入囊中:方法是手持一洁白口袋,于半空捕获并速速扎紧,然后当场以朱砂点红。如此,一个“魂”即告采收。据说魂是吱吱有声的,只是一般耳朵根本无法听到——它的欢叫或哭泣只有采摘老手才能知道。一般人以为魂在那一刻必要哭泣悲伤,其实不然。魂离开了躯体就等于一个客人离开了常住的寓所,其高兴与否完全要看它住得舒服不舒服。有的刚一离开即欢叫不止,有的则恋恋不舍。魂其实是纯稚如儿童的,它天真极了,只是和肮脏的皮囊合在一处才变得形形色色。采魂的人要如实相告家人:这一次相助阳间只会积累功德,大有益于来世。所以一般人家都会同意采取。

魂在一个小白口袋里欢叫着，不时蹿动几下，吱吱叫，又像蝈蝈一样唱起来。它有时还要逗弄提袋子的人，当他举起口袋想要听一下有无动静时，它先是不吱一声，而后猛地大哭起来，让其吓上一大跳。一般来说，魂刚刚离开躯体还是轻松活泼的，它们觉得一切都十分好玩。这些年来魂是不难采的，所以三先生已经积了许多扎好的、上面有朱砂红点的白口袋。最难的是寻“魄”——它不像魂一样往上飞扬，而恰恰相反，它的心事太重了，主意太大了，一离开人体总是往下沉、沉，一直沉到地底下去，去那儿待着。它一般于瞬间落地入土，然后慢慢渗入土壤。它会在挨上水流的那一刻飞速漂移，就像乘船一样。所以在水皮浅的地段要找一个“魄”是非常困难的。

另一个采集的难处在于其他：“魄”离开躯体是必要从脚尖开始的，于是过世者的脚尖指向就成为至关重要的因素。脚尖向上，“魄”即要披散而落，这样到底从哪里入地也就难说了。有经验的老药匠都知道，除非是上吊的人，不然要准确地挖到一个“魄”是难上加难了。

二

三先生四处打听并叮嘱他人：如果听说哪里有悬梁自尽的人要速速告知。其实这样的消息近年并不少见，四周村子里每年都有几个。收集“魄”之难，不仅在于信息灵通，要在事发当日赶到，以防其沉入深处或借水游走，更有其他种种因素。三先生感叹：“我一生收集此物件难则难矣，扳指算来也不计其数，惟在如今，一‘魄’难求！”

有一天跟包匆匆来报，说快也，一个叫“二里外”的村子出事了，昨夜里才有人那样自尽了。三先生扳指算算时间，带上器具急急上路了。

“二里外”是个只有一百多户的小村，因为靠近另一个大村，在一年前被“兼并”了。这个大村现已照例改名“集团”，村头儿改名董事长，搞起了各种工企业，于几年前开始圈占大片土地——低价租用不成则兼并村落，这样属于原村的土地即全部划归这个集团。“二里外”成为集团中的一员，所有村民及土地财物统统归了新的主人。类似的兼并在这一带经常发生，于是不断传出一些惊人的消息：有人被强逼搬迁新区，可就是缴纳不起一笔费用，只好赖在祖传的小屋中，结果被无名无姓的闯入者暴打致残；还有的孤苦老汉干脆服药自杀。光是半年的时间，三先生就往“二里半”跑了两次，一次听说一个中年妇女上吊了，可是匆忙赶到时才知道已经迟了整整十个小时，“魄”自然是找不到了。另一次倒是及时赶到了现场，但细细勘察出事地点，发现此行仍然无效：死者吊死在中间隔壁的门梁上，其脚尖下垂处除了门槛，还有一块厚厚的青石。三先生虽然知道机会甚微，也还是耐心地揭开了石板，然后又用一个桃形铁铲细细挖掘。果然不出所料，石板下土色如常，什么迹象都没有。原本如此，“魄”再多能，怎会穿越硬硬的石板呢？

一路上，跟包咕哝着出事的缘由：想不开的是一个小伙子，二十岁左右，在集团里看仓库，好像是因为玩耍耽误了工作，仓库丢失了什么东西，遂造成这个可怕的结局。真是玩物丧志啊，老大不小一个男人了，那么喜欢猫，养了不止一只，养得又肥又大。“人家不让带猫上班，他就偷着揣去。嘿唉，连吃饭都一个碗，恶心！”三先生听着，只不吭声。据说这个老人最大的癖好也是养猫，一辈子就是因为太喜欢猫了，连老婆都没娶。跟包一路上许多时间都在谴责猫的罪过，后来没听到一声回应，才把嘴巴收住。三先生见他不说话了，就回头瞥瞥。跟包立刻说：“他是害怕怪罪下来，再加上被人打了一顿，就在半夜偷偷吊在仓库前边不远的一棵歪脖子树上了。”

跟包后来对人说，当时老先生听了这句话以后，眉头一直锁着，步子快得追不上，一会儿就到了那个集团所在地了。

“集团的人不让靠近，不管是穿制服的还是什么别的人，谁也不让到出事地点去。谁要是不听劝告硬是往前挤，就咔嚓一棍打过来……”跟包描述那一天的场景，十分兴奋。

他说由于和三先生在一块儿，这就完全不同了。为什么？就因为这当中有人认出了背褡子的人，接着又抱拳又作揖的，知道老人是取一味药来了。他们不光是将二人从一群咋咋呼呼的村里人中间拉出，还由一个保安模样的手扯着手领到那棵歪脖子树下。那人指指点点，取了一根粉笔，在地上描了一个圆圈。可是三先生并没有开挖，像过去一样，如果有可能的话，一定要亲眼看看这个不幸的死者。老人要在死者面前站上好一会儿，咕哝一些别人听不明白的话。那个保卫说这回可不行，这回得请示一下。保卫找地方打电话去了，半天才转回来：“看就看吧，领导说瞅上一眼就行了，外面家属正闹哩。”

三先生那天可不是瞅了一眼。他看得太细了。最后走出来，走到那棵歪脖子树下，看着那个粉笔画上的圆圈，摇摇头。跟包催他快些挖吧，他还是摇头。“怎么了？”“咱白跑了一趟，下边什么都没有。”“不挖咋就知道？”三先生小声对在跟包耳边说：“这孩子是被人打死的，他给移在了这棵歪脖子树下。”跟包将信将疑，还是从老人手里取过桃形铲挖起来。一直挖下了一尺多深——通常只要五寸即可——什么痕迹都没有。老人拍拍他的肩膀：“咱走吧。”

有一个巧嘴滑舌的乡头儿曾以三先生取“魄”之难为例，大谈这一围遭治理之好、生活之美：“想想看吧，咱这地方什么多了？电视机多了，小汽车多了，楼房多了！什么少了？冤死的人少了，上吊的人少了——不信问问三先生去，他这一年里硬是弄不到一个‘魄’！这有事实为证哩，这可不是胡吹着玩的吧？嗯哼？”跟包告

诉了三先生,三先生摇头:

“那是因为水泥地多了。”

的确,有许多次急匆匆赶去,最后还是无功而返,都因为死者垂挂之处恰好是水泥地面——“魄”根本不可能穿破坚硬的水泥。

三先生的跟包只要一有机会就嚷嚷,像是在当众做出一个重大宣示:“现在的人哪,又自私又懒惰,都到了最后光景了,也不在乎多跑那几步吧?跑到一个有土的地方多好,那时候再拴绳子什么的也不晚哪!”周围的人听多了,总算知道了他的意图,都说:干什么想什么,这家伙说得多少在理呢。

大约在跟包胡嚷了一阵之后,真的有个人在自家门口的野地上吊死了:清晨起来,许多人都看到一个男人直挺挺地挂在那儿。

这个人一直在外地打工,半年后揣了一笔钱回家,发现老婆跑了。这就是村里人知道的全部故事。这个人平时闷声不响,谁也不清楚更多的缘故,直到等来这个结局。那一天大伙把人移走,太阳已升到了树梢那么高,跟包领来三先生说:“该动手了。”

三先生用一把桃形铲把周边浮土和杂草除掉,在大约七寸半径的圆周内由外往里开挖,动作小心谨慎到极点。跟包蹲在旁边,呼吸都停止了。挖出了一个小小的孤岛时,三先生开始轻轻拨动:一层黑如墨炭的泥土,状似枣核,厚二寸许,大如童掌。他一点点将其从中剥离开来,再缓缓移至桃形铲上,取过一旁的深棕色布袋,一抬铲柄倾入。

三

红脸老健特别兴奋的是老冬子有救了。我问他肯定能治好吗?老健笑吟吟吸烟说:“那还不能?药齐了嘛!”

一连几天都有人去老冬子家看光景,这让他的家里人烦了。老冬子的老婆只信服红脸老健,说他叔你把这些闲人赶开吧,这样拥着,老冬子神药也治不好,你没听他从早上起来就打嗝?他过去十来天也不打一个嗝!老健像轰一群麻雀一样扬手赶那些进门的人,只留下我和小白。有人愤愤说:“他俩怎么就能待?”老健说:“他们是我的贵客。”

三先生一连三天指挥跟包干活,自己在另一间屋里喝茶。老人坐在那儿,眯着眼,若有所思。他的脸上有许多十字形的皱纹,鼻翼下垂,气息奄奄,给人一种不久于世的感觉。如果有人在一旁看他,只要不开口呼叫,他权当没人一样自顾安息。尽管他没有睁眼,跟包在另一间屋里做了什么、做到了哪一节上,他全了然于心,一会儿就哼一句:“再加水。”“搅到七八分,撤火。”那边的人边应边忙,突然老冬子皱眉瘪嘴,跟包正要去隔壁告诉什么,老人就大声喊:“按人中,揉丹田。”跟包回身做了,病人遂平息。

我们一直没见三先生拿出褡子里的白色袋子,更没有深棕色布包。那边有文火煎了草药,一连三服服下后,跟包来报告说:老冬子只是睡呢。三先生说:睡吧,睡上一天一夜,睡到磨牙。说完背起褡子要走。老冬子的老婆站在门口挽留,说就这样了?人还不见睁眼呢。跟包说:睁眼?前些天不是一直大睁着吗?没吓死你?他该闭闭眼养神了!

三先生和跟包走后,我们几个就回到老冬子床前,发现他正打着呼噜,胸脯急剧起伏。被子下的人显得有点瘦弱,老健掀了被子捋着他的胳膊说:“这人过去多壮,腱子肉鼓鼓的,这会儿看看吧,才几天的工夫就折腾成这样。咱还能饶了他们?”他说着回头看我们几个。老冬子磨起了牙齿,嘴唇也随之嚅动,口沫一会儿渗出来。小白说:真是的,老先生说得一点不错。老健说:那是当然了,那怎么会错?老冬子老婆问那两味大药到底放了没有?都说没见。

跟包送三先生走后,复又返回,问了病人一些情况。都回跟包说:磨牙了。然后问:为什么还不使上那两味大药?跟包答:那要等睡上一天一夜有了力气才行——魂魄一加人就生猛起来,太弱的身子承不住啊!老健问:我怎么没见那物件啊?也没听见动静——“你不是说它们会叫唤吗?”

老健问过之后,我们都盯着跟包。

“老人藏了哩!为什么?风声不对哩!只等时辰一到,下了药便是……”

老健脸色由红转成铁青,鼻子里发出“哞”的一声,像老牛一样,眼都瞪出来了。跟包小声对在他耳朵上说起来,声音渐大,我们都听得清了:“……三先生一看就不是那么回事!他从‘二里外’回来,就在纸上写了——我还以为是药方呢,谁知道那是一张什么啊。这不,几天没过穿制服的就来了,问这问那。老人只一句话:那小伙子不是上吊死的。来人问:绳子从脖子上刚解哩,这怎么讲?老先生不语。隔一天集团保卫部的人也来了,吹胡子瞪眼说:敬酒不吃吃罚酒啊,你可真敢说!老人不语。后来那些人就在屋里乱搜,幸亏老人事前把两味大药藏了。”

老健拍腿:“这是逼得咱往绝路上撞啊!咱可不想这样!”他转脸看看老冬子,咕哝:“老伙计啊你快些好起来吧,好起来咱一起干点大事。你如今这么躺着像个小媳妇,以前哩?一头豹子!你是豹子,苇子是瘦狼,哥儿几个都不是省油的灯!打从大苇塘那一仗过去咱们再没提过镢头搬弄过铁家什,今后嘛,也就难说了……”

小白皱眉。

“四疃八乡的人可都看咱们的了。咱们村子一动,这一块儿的村子都会跟上。老伙计快好起来吧,夜里多长着神儿,多几个提防。我老健风声一紧就没在一个地方睡过觉。还有独蛋老荒,他该发话让人值夜……”

小白终于扯了扯老健的衣袖。老健立刻不语。

一天一夜过去,我们都在等一个时辰。可是原来说好三先生一大早就到的,直到太阳升起树梢那么高还没见人影。老冬子老婆一直站在门口等人。又过了一会儿,老冬子老婆在门外嚷叫:“来了来了!天,这是怎么了?”

我们都跑到门外,这才看到一个人——是跟包,他背着人往这边缓缓走来。我们赶到跟前一看,原来背上的人正是三先生,老人闭着眼,额头青肿,衣服也撕破了好几处。老健大声问着什么,跟包以手势制止。

赶紧进屋。一屋的人脸色肃穆。三先生被放到隔壁的床上,仰躺下之后,才让人看清伤有多重。老人除了脸上的擦伤,还有肩部胸部的纱布包裹,有的地方血已洇出,一条腿也不能动。三先生睁开眼四下瞄瞄,艰难喘息,对跟包说:“煎一刻。冲二味。温服。防嗝逆。”

几个人都去了病人的屋子,只有红脸老健待在三先生身边。老人闭着眼睛。老健走出来,瞅个工夫问跟包:“到底怎么回事?不要紧吧?”跟包泪水哗一下流到鼻子两侧:“夜里闯进先生屋里几个黑心人。他们原是要给他留下内伤的,让老人再也不能出门,再也活不久……”老健流出了眼泪。“幸亏先生备有跌打散,要不今个连门都出不了。”“不要紧吧?”“难说,也许养上半月会好,幸亏服了跌打散。”正说着三先生有了声音,几个人赶紧跑去,一进门见老人竖起了两根手指。跟包凑向跟前,帮老人解了一个扣子,然后从贴胸处取出了一白一棕两个袋子。

这边的药已熬过一刻。跟包祷告几声,把两个袋子投在一个瓷碗中,端起药汤时又贴近了听了听,回头对红脸老健说:“‘魂’正吱吱叫呢!”老健说:“该不是怕烫吧?”“哪里,它哪里会怕。它为有了用场欢喜哩。”老健又问:“‘魄’呢?它这会儿怎样?”“它从来不吱一声,它一辈子都不说一句话的。”

滚烫的汤药冲在那两个口袋上,竟发出了一股从没嗅过的异香。

等待汤药温凉下来的这一段时间,跟包一直合掌站立。

有人把仍然瞌睡的老冬子扶起来,他老婆对在他耳边像哄孩子一样说:"快喝了吧,喝了吧,小口别呛着啊,这里面有宝物哩,喝了就立马精神头儿足壮哩。喝了吧喝了吧……"先是用汤勺喂,后来剩下半碗就直接倾入口中。喝过后想让他躺下,可他抿着嘴眨巴了几下眼,眼睛越瞪越大,也越来越亮,竟四下里找起人来。红脸老健猛一砸手掌说:"老冬子啊,咱在这里哩,你看不见?"老冬子打一愣怔,一下抱住了老健的胳膊。老健流着泪笑了,骂着粗话,拍打对方的背。

四

我只要一闭眼睛,脑海里就会出现三先生的模样,他奇怪的眼神,脸上的皱纹,特别是遭遇毒手之后的那个样子。我几乎没听老人说过几句完整的话,一种崇敬之情混合着难言的神秘,长时间笼罩了我。我和小白在后来曾去看过老人,发现老人住在一个偏僻的地方:一大片梧桐树和椿树间杂混生,形成黑乌乌一片,远看只是一个小树林;走近了,觉得有一股柔和的香风在荡漾;几只老鸦蹲在枝丫上咳嗽,见了来人也不惊慌;更近了,可见小林中有一幢大顶茅屋,旁边则是更小的一幢,两幢对角相连;小林四周由竹篱围起,大白鹅共有三只,正沿竹篱缓缓走动,见了我们即仰脖叫道:啊,啊啊!

跟包听见鹅叫就走出来了,一拍手把我们领进去。

进得里边才发现,这幢大顶茅屋敞亮无比,里面东西甚少,无非一床一桌一地铺。地铺光洁可人,上面有叠得十分整齐的行李,跟包说这是老人打坐用的,有时他就睡在这里。原来与小屋对角相连处恰是一道小门,由小门进入即是全部的医家设备了:药味扑鼻,药碾子,百屉橱,铜杵铜钵,还有看不明白的一大堆物件。

三先生正在床上歇息,听见声音微微睁眼,点了点头重新闭上。跟包对我们小声说:“不要紧了,已经能起来打坐了。”然后又领我们走到屋外说:“看到了吧?”我们什么都看不到,眼前不过是树和鹅。“有两个小伙子在林子里,他们是红脸老健指派来的,值夜,身上带了镖。”我们都觉得老健想得十分周到。我问镖是什么模样?跟包说:“说不明白,什么样的都有,他们带的就像短攮子。”小白又问:“‘攮子’是什么?”“就是小匕首。”小白咝咝吸一口冷气。“没有办法,这年头又有了蒙面人,他们半夜行事,办完就走,谁也不知道是哪来的、受谁指使。老健对值夜的说:不用怕,他们只要敢来,咱就敢一镖封喉!”跟包一边比划一边说,让人害怕。我们都说这事最好让村头老荒知道,他可是一村的负责人哪,有事先向上级报告。跟包说:“我看也是,你们问老健去吧。”

回去的路上正好遇到了老健,他匆匆沿街行走。我们对他说了三先生的情形,然后问村头老荒怎么不见了?真的,这些天就没见这个人!老健马上骂起了独蛋:“这家伙肯定是为了保住最后的一个蛋,他这样孬我也不计较,怕就怕出了别的事哩!”“会是什么事?”老健蹲下,卷了一支烟吸上,盯着一个巷口说:

“这几天集团的人、保卫部的人,一些贼眉鼠眼的东西没少往村里窜。还有穿制服的人,叫上这个那个谈话……我怕又是走漏了消息。我找苇子商量,苇子第一个就怀疑他岳父,说与矿区那一拨人来来往往的就他了,再说那个记者溜溜也不会跟他断了线。我开始还摇头,说你也太小看他了,他这回可是跟我老健拍了胸脯的!再说亲闺女遭了那么大的事,他也不至于丧这么大的良心吧!我这样说,苇子不吭一声,脸青着,后来才算交了个底:听他媳妇说,老荒被一些人许了大礼,说事成之后给一辆高级轿车坐呢——

还让她叮嘱自己男人,无论别人怎么鼓动,往后齐伙干的事儿千万不要掺和,就在家待着,不然后悔就来不及了!"

小白的脸色变了。他盯我一眼,又看老健,说:"明白了。"

老健问:"你说怎么办呢?"

小白咬咬牙关:"没有别的办法,看来他们肯定作好了一切准备——到了那一天会封我们的路。如果各村联系人不出问题,最好咱们提前行动。这样算是给他们一个措手不及。"

老健嗯嗯点头:"一点不错,我也这么寻思!这是他们逼出的一个法儿了,妈的,等事情过后,不用别人,就由我把他剩下的那个蛋给他整掉!咱村里出了这样的奸人,你做梦能想得到?"

"就这样办吧,明天——不,后天就起手吧!"小白又转头问我:"你说呢?"

我一直在听。我说没有别的,只强调一定要是和平的手段,要千方百计避免冲突——一旦冲突起来就无法控制了。小白说:"这你放心,我和老健也怕打起来。我们有苇子和老冬子,他们会管住这几个村里的人,老健交代给他们:谁要耍泼发蛮,就揍谁!咱是以合法的、和平的方式……"

这天晚上,小白不知从哪里找来了一个录像机,哑着嗓子对我说:"机器找到了,今晚我们看《锁麟囊》吧——我怕过了今天就忙起来,到时候再也没有机会看了。我真是想极了,我等不得了。咱们好好看一场吧,你好好看看她……"

多么缓慢的节奏。一点一点深入和适应。锣鼓的吵,然后是极大的安静、安静……调皮的丫环,纯良的院公,最后是她——雍容华贵!镜头推近一些,啊,一个如此娇羞的女子,稚弱,手如葱白,令人疼怜……我的目光离不开她的眸子、朱唇、纤纤的手。一招一式都牵人情思。安静,纤毫不乱,法度严谨,高古,却又在二丑们、在丫环的一颦一笑中微微透气。她——我无法记住主人公的名字，而牢牢认定了这就是小白的结发之妻、被官商诱拐之妻——而今她楚楚如生站在眼前，天生丽质。

正是小白的结发之妻经历了那一场登州的大水，被冲得家破人亡。是的，我把剧情与眼前的小白合而为一。天灾，人祸，小白。那该是怎样的爱恨情仇。

小白一动不动，凝住了一般。他盯着她的眼睛，那一潭清水。

我在心里惊叹：是的，她，更有她的艺术，这不是人间所能拥有的。这是天籁，这是从紫蓝色天空、从那轮皎月上飘然而至的一个仙女啊。

第二章

毒日头

一

人们是顶着一层薄雾出门的。一些人不自觉间攥起了拳头，弓着腰，一出巷子就四下里瞄着，想找和自己差不多的人。他们看到许多人都出门了，都像他们一样弓腰攥拳，伸着头四下里乱瞄。个别人出门时提着镢头，被另一些人劝止了。"咱得空着两手，这是说好了的。咱只要带上一件家巴什，哪怕是一把小抓挠都不行！""为什么不行？""那会被诬成打群架的。"那些带了器具的人不情愿地把它们放回去，骂着，然后再回到街上来。"要是，要是他们，跟咱动了真家伙，那可——怎么办？"有人口吃一样问着，脸上满是惊惧。"车到山前必有路，你瞎操那份心，你是头领？""头领？我日头领。""小心着点儿，这年头嘴不上锁，死都不知道怎么死的！""我不怕，咱反正穷得一根大杆摇铃铛，我又怕个什么！""真的？那你摇给我看看不行吗？""行啊，我倒乐意，可你是个娘儿们吗？""你这股老膻气比三岁公羊还厉害，快留着劲儿收拾集团那些人吧！""就是嘛，咱也是这意思嘛……"一伙人逗着嘴，往一起凑堆儿，以此消解心里的恐惧。

人们聚成了一小群，又变成了一大群，然后开始往街口走去。

正这会儿一个瘦干干的小伙子提拉了一下裤子从巷口跑出来,嘴里嚷:“不行不行,都回、回去!今个谁也不能出去……”人群马上一怔。有人认出这瘦瘦的年轻人,咕哝:“是三儿,村委会当值的。”三儿跑过来,伸手拦着大家:“这是去哪儿?嗯,不用说咱也知道,老荒让看住你们,咱看着看着你们就出来了……”人群嘿嘿笑,盯他几眼继续往前走。三儿火了,蹦一下,拤着腰喊:“停下!都给我停下!”“嗯哼?”人群中有人疑惑地抬起眼找人。这样只有片刻,更瘦的一个人出现了,大家都吐出一声:“苇子。”

苇子盯一眼三儿。

三儿浑身抖一下,嗫嚅:“是你呀……”

苇子不睬他,往前走去。大家都跟上。

三儿原地僵了一小会儿,突然蹿上一大步喊:“停,停停,还是不行。”

苇子从人群里迈出来,绷着脸走到三儿跟前,先端量他一会儿,突然左手飞快提到腰眼,挥臂一抡,三儿就在地上打了几个滚儿。

人群往前拥去了。大家边走边议论:“苇子是左撇子啊!”“左撇子打人最疼,这是俺爹说的。”

我和眼镜小白走散了,身边全是不熟悉的人。

人群走出村子,在一条条交织的小路上滞留了一刻。就在这时我看到了小白:他不知什么时候先大家一步出了村,这会儿正站在一个高处遥望。我赶紧走过去。“小白小白!”我叫着,他却连头都没有转。他的神情太集中了,直盯着一个地方看。我拍他的肩,他这才转头,有些焦躁地说:“我在等老健哪,说好了这会儿领人出来。”“他去了外村吗?”“是啊,咱这村就由苇子领头。”

我发现小白站在这儿,苇子那一伙人来了就不往前走了。我知道这是在等另一些村子的人。这时一直蒙在半空的雾气开始消散了,太阳出来了。太阳一出来大地就热烘烘的,裤脚那儿能感到。我又说了什么,小白还是没有听到。

这样待了十几分钟,觉得非常漫长。我终于看到有人从那些村落里出来了,不多,比我们这个村的人少得多。小白的脸色不太好看。这时他有些沉不住气了,朝一直等在不远处的苇子挥了挥手。人群于是继续往前走了,要与其他村子的人汇到一起。

在一条大路边上,好不容易聚起了三四百人。我看见人群中有老冬——他的病完全好了,两眼瞪得很大,新剃的板寸头显得生猛精神。他一直和苇子在一起。我则跟上小白,害怕一走神他会再次溜掉。这家伙在今天是个极其重要的角色,他和老健都是。

小白的眼神四处撒着,我想可能是找老健。这会儿太阳升到树梢那么高了,晒得人身上热乎乎的。小白脸上淌出了汗。他一转脸看到了什么,皱着的眉头展开了:原来老健从一旁抄小路奔过来了。

我和小白迎上去。老健的脸今天更红了,红中透黑,油亮。他的嘴一直没有闭上,看上去像一个四四方方的大洞,正大口呼吸。他说:"最担心的事还是发生了,那些早就说好的事情好像有些变化,邻村领头的人倒也卖力,可就是唤不动人。妈的真怪,这里面有什么蹊跷还真不好琢磨。"小白轻轻摇头,说:"我一直怕有人暗里做手脚——如果提前走漏消息,有人就会在这些村子里下功夫,给点小恩小惠、威吓什么的。这一招什么时候都管用的,庄稼人怕事又容易满足。只有下了大决心的人才能走出来。"

我把苇子打了三儿的事说了一遍,小白和老健都很吃惊,原来他们一点都不知道。两人瞪着眼睛听完了,老健拍一下腿:"得,独蛋发力了!这就明白了,他原来早就让人盯着。不过他不知道咱们提前干了,他不在,要不他会自己出来拦人的。"小白说:"我们早就提防了他,可是提防得还是不够,他会走多远,现在也难说。""难说。这独蛋从今个起得好生防着了。"

他们沉默了一会儿,看看人群,商量是不是再等一等?最后决定不等了,越等越坏。

太阳越来越毒,晒得人头顶生疼。今天的太阳格外厉害。

大约出了村子还没有五华里的样子,后面哩哩啦啦又赶上几十个村里人。这四五百人往市里的方向走,脚步匆匆。我走在小白和老健身边,不再说什么。其实我心里仍旧怀疑此行的意义——虽然“万民折”上附有多幅照片——垂死的恶性病患者、畸形儿、泛着浊泡的水渠、大片将死的庄稼、铅色的尘雾……可是我总觉得这次也将徒劳。不过小白问得也有道理:你还有什么更好的办法?当然,我没有任何办法。

我只有在毒日头下默默前行,像大家一样,只有这一个办法。

我们三个人走在人群的末尾。这时冲在头里的肯定是老冬子和苇子。我知道快要到达时,我们也将站到前边去。

二

一辆黑色轿车迎着人群突兀地停下,许多人上前围观,所以人群一时走不动了。我听见苇子在大声呼喊:“别管它别管它咱走咱的路!”只有少数人在吆喝中继续往前,其他人还想仔细看看。因为车子故意横在了路上,拉了个挡道的架势,很让人窝火。我们三个分开人群走到车子跟前。老健脸贴在车玻璃上往里看,什么也看不清。车门打开了,一个中年人下来,老健立刻打个愣怔,认出是邻村的头儿花鲇。“你怎么来了?你把车往人堆里开?”老健沉着脸。花鲇不吭声,往车里看看,原来里边还有一个人,这时笨模笨样地钻出车子,竟是独蛋老荒。

老健跺了一下脚:“是你呀,你真的坐上了那些人的小鳖盖子车了?”

老荒手指一下花鲇:“他的车。”

“那你怎么坐上了?”

“坐上来追你这一伙啊!”

老健火气更大了:“你要随上大伙,就使这两条腿赶。你坐这么个鳖物件,成心是自找倒霉!你才吃了几天干饭,就装起地主老财的模样?你摸摸裆里的蛋还有吧?”

这一番话是当着邻村的花鲇等一大群人说的,老荒脸上实在挂不住,红一阵白一阵,鼻孔大张着,嘴一咧露出满口黑牙,骂:“你这个起事的妖精害人的祖宗,我不来拦着你,今个你就闯天祸了!你死了都不知道怎么死的!你就是愿死,也不能拖上这么多人垫背……你以为今个还是打大苇塘?我实话告诉你,舞刀弄枪对付别的村子可以,对付上边,你是吃了老豹子胆了!”

红脸老健伸手就去揪对方的衣领,被花鲇挡开了。老健隔着一个肩膀嚷:“你这个王八种睁大了眼看看,这么多人有一个拿刀拿枪?有一个拿棍?你要找不出来,我今天就把你劈腿挣巴了!你心里打了什么算盘谁不知道,你就是想当奸人,想把全村人卖了买酒喝!你明明知道大伙儿是要上个状子诉诉冤情,满心里都是好意,还反过口来诬人!你闺女被害成了什么,你一转眼就忘了,想当奸人,你是天底下最难找的狗东西、白眼狼……”

小白上前劝着老健,老健根本不听。小白对在他耳朵上说了又说,他才刹住话头。小白对老荒说:“老百姓没有别的企图,他们作为受害人也有这样的权利,你亲口答应了站在他们一边、要领他们干的。”

老荒对小白说话时声音稍小了一些:“我是答应了,可这是上‘万民折’的年头?你是鸡鸡分子,你心里比谁都明白,今个是不是上这个的时候?你说!”

“你偏要叫成‘万民折’我也不反对。不过在折上领头签名的就是你,你也签了名……”

老健对身边另一个说:“跟一个畜牲说这些,屁用不顶,还不如弄点大粪抹到他嘴里,然后赶紧上路……"

老荒听到了老健在说什么,在花鲇身后一个劲儿蹦跳,喊:"你等着我怎么跟你算账,你等着!真是反了你了!"

小白推开紧着上前的老健,朝走来的苇子挥挥手。苇子朝人群喊:"走走走,快走莫理他们!"

人群绕开车子往前赶去。我拉上老健的手走开。回头看看,车子前边只有花鲇和老荒了。他两个人对视着,然后钻进车里。车子再次追上来。当车子尾随而行的时候,有人在人群里大骂了一通,原来是老冬子火了。大家都看到老冬子不慌不忙从路边搬起一块米斗大的巨石,扛在肩上,一步一步往跟来的车子近前走去,嘴里咕哝:"你妈的穷酸不是。你妈的找砸不是。你妈的这一回给你报销了吧。"

在老冬子离车子五六米远时,车子终于停住了。它僵了一瞬,然后猛地倒退、窜逃。

一群人大笑。

四五百人踏起了一股尘土。太阳升到了半空,巨大的热力抛撒下来,像灼热的砖块一样砸在人的头顶。因为心急路远,有人建议踏庄稼地走:反正像样的庄稼已经没有多少了。一个个浊水潭、一道道脏泥湾要绕着走,让人心烦不已,一边走一边骂。化学气味、臭味,直往鼻子里钻。有些在沉陷地中间夹杂的绿油油的禾苗,煞是可爱。更远处,那一会儿沉到水里一会儿又凸起的道路交织着,像一张紊乱的大网。一会儿,那网上出现了一个个黑点,黑点越来越多,越来越大,都看出是一辆辆车子——是大客车模样的。

大客车在前边停了十几辆或者更多,显然是等待走近的人群。

我提醒小白:这可不是一般的情况。这些车里少说也会有几百人。

“他们是从哪里来的?”老健问小白。

老冬子和苇子几个也走到老健身边。

小白眯着眼看着远处,无法判断。

人群出于好奇或其他,还是往前走。我问小白怎么办?小白不语,只带头往前走去。是的,到了时下也只有硬着头皮往前了。

走到近前才看出,这是一溜十三辆大型巴士,全都是新的,一看就知道是从集团那儿开来的。肯定是人群出动不久就有人发现了,然后报告给他们,他们这会儿出来堵截。车门紧闭,待人群距离五六十米时,十三个车门刷一下同时打开。每个车里都往下跳人:一色蓝黑制服,手持一根棍子;有的手里还持有高压电棒之类。但看不见枪。

“是局子里的人吗?”老健问。

“不,这是集团自己的保安队。”小白说。

老冬子摇头:“这就怪了,他们能养这么大一群保安队?”

老健点头:“一点不错,就是他们!我早听说集团那儿有这么一帮人,平时干活,一旦出了事就拿起棍子,事后加薪哩!这是一群狠物,咱可得好好防着。”

正说着那边有人手持扩音器嚷开了:“喂,你们听好了,不要受坏人挑拨,有事说事,不准聚众闹事;合法渠道十分畅通,不要铤而走险……立刻回去,回去……”

老健回应:“我们去市里,不是去集团,不关你们的事,你们滚回集团!你们把车开到咱老百姓的庄稼地里,谁让你们这样干?你们滚回去!滚回去!”

扩音器压过了老健的话:“限你们十分钟!掉头回家!十分钟……”

老健看看小白,还没等小白说什么,老健就冲苇子和老冬子喊:“咱绕开他们,不理他们,咱走咱的路!”

“走走走！绕开啊……”苇子挥手对人群嚷着。

人群又活动开了。

扩音器的嚷叫和人群的骂声混到了一起，再也听不清说些什么。我预感到事情危急，回头想找小白和老健，可是他们都混在了人流中，一眨眼不见了。我发现最前边的人已经和手持棍子的人打起来，巨大的喊声和叫骂声与扬天的暴土一起卷到空中。

就在这时候我听到了小白的声音：他在呼喊，让人群快些后撤。

接着又是其他人这样喊——是老健！老健喊的是：“好汉不吃眼前亏，别赤手空拳跟他们干哪，快回家，回家取家巴什啊！快跑啊，越快越好……”

三

我会永远记得那一天火辣辣的大太阳，记得那冲天的暴土和喊声。人群像决堤的河水一样沿着田垄往下拥来，已经分不清谁是谁了，因为每个人的脸都被土末和汗水糊上了。这时候分辨人最好的办法就是看衣服听声音。集团棒子队的人倒好认，他们一色的制服和大棒，一个个正跟在后边追呢。当人群冲过几道土坎，离一个个村落已经很近了时，棒子队还在追。“这不是往死路上逼咱吗？这不好好收拾他们能行吗？快些回家取家巴什儿，回头把他们的肠子砸出来！”“妈的是福不是祸，是祸躲不过，咱们今个算是跟他们干上了！”“快跑啊，不变成兔子腿就得变成瘸子……”人群呼喊着往回撤，如果后边突然传来惊天的吼叫声，人们马上就驻足观望，叫着：“坏了坏了，又有一个被他们放倒了！”另一些人立刻喊：“还不快取家巴什，在这里瞎嚷有什么用！”轰隆隆的奔跑声如同群马奋蹄，尘土已经扬到了树梢那么高。

太阳眼看就要正午了。不知什么时候安静下来。

原来那些棒子队在眼看就要追到村子的一刻停下了。他们拄着棍子观望了一会儿,领头的摆一下手,扩音器就传下命令:“撤回大巴士,撤回……”

村子外边是出来观望的人,他们越聚越多,一个个手打眼罩挡住火辣辣的阳光,一边看一边呻吟。有一拐一拐的人往村里奔,这边就上前去迎。迎回的人有的满脸是血,有的腿受了重伤,一个个指着远处的巴士说:“要不是逃得快,咱也给捉了去……他们一捉住就上铐子啊,一顿乱揍再拖上汽车……”

我到处找小白和老健他们,后来发现连一个熟人都见不着。人群早就冲散了,不同村子的人混在一块儿。我见一个人的身形很像老健,伸手一揪,对方朝我恶狠狠地瞪了一眼,是个生人。所有人都匆匆进村。我刚跑到一条巷子口就再也走不动了:一群人已经手持镢头什么的跑出来,他们喊着骂着往外拥。我只好随他们一起冲出巷子。

到了村头一看,我的心开始噗噗跳了:老天,这回真的有了一千人;不,这回足足有一千五百人或更多。这片黑鸦鸦的人手里都有器具。再看远处那些大巴士,棒子队的人争先恐后往上挤,人还没有上齐就开动了。扩音器的声音断断续续传来:“撤退撤退,按车号走,不要惊慌,不要……”这边的村里人嗷嗷叫,朝大巴士的方向喊:“有种的停下交手,别逃;谁逃谁是吃粪蛆长大的!”“你逃过了今天逃不了明天,你爷爷这回给你剃头来了!”“踩出你的肚肠来,再叫你祸害庄稼人,吃了二两板油就坏了良心!”“快停下结账吧,老百姓找你家算账来了……”

持镢头举抓钩的这群人还没有追到跟前,大巴士就开动了。人群盯着一溜扬尘气得大骂,捶胸顿足。

“怎么办啊?就饶了这帮龟孙?”

“饶了他们?门儿也没有!事到如今,咱干脆端他们的老窝去!”

“就端老窝啊,走啊! 走啊……”

我多想拦住这些乡亲,可是已经没有任何可能了。我相信这时候即便是红脸老健和小白在这儿也是枉然——我和他们只能眼巴巴看着事态蔓延而毫无办法。太阳升到了正中,大地上浮动的水汽反射出一片银亮。我仿佛听到大地中心发出了吱吱尖叫,这声音就在人群上方震响,把人给弄得半疯了,他们时不时抛下手里的器具,两手抱头蹲一会儿——这时正好顺手紧一下鞋带,把裤脚扎得更严。

人群最前边肯定有人导引,因为所有人都向着一个方向——集团拥去,连一个弯都不拐。巨大的烟囱和山岭一样的排排厂房越来越近了,那滚滚浓烟和棕色气雾像怪物长出的毛发。一股硫黄味儿浓烈起来,这比平时在村子里闻到的还要浓重十倍。无法抵御的机器轰鸣声压过来,只觉得后脑那儿有一个柔软而沉重的皮锤在一下下捣着,直捣得人两眼发胀。“我日,这可怎么办,这是什么魔法鬼地,咱两眼一蒙瞪,就快呕出来了……”“真哩,咱受不住劲儿,咱以前一恶心还以为是吃了脏气物件,原来就是这地方捣弄的!”“不把它砸巴停当了,不让它断了气,咱老百姓就得断了气!”“砸砸砸! 砸……”各种呼叫像是要压过震天动地的轰鸣。

一群戴了铁帽子的棒子队从打开的铁门里拥出,刷一下站成一排。领头的摆弄着扩音器喊:“喂,马上后撤一百米,马上!”“集团重地不得入内,违者严惩!”

在这大功率扩音器的吆喝下,人群竟然一瞬间静了。但也只是一瞬,就再次乱起来。有人大喊——我终于听出是红脸老健——但看不见人影:“你们刚才入了俺庄稼人的重地! 咱这回是反过来入入你家重地哩! 怎么? 不中? 入了咱庄稼人的重地也要严惩哩,咱这回就来严惩——狗东西咂摸出个滋味来了吧?”

扩音器不响了。那边的人也在听。老健又重复了一遍刚才的话。

苇子的嗓门又沙又大,这时也响了起来,也在重复老健的话。

但我看不见他们的身影。我只好往他们喊话的地方移动。

人群大声呼应:“真是这么回事!”“这才是人话!”“狗吣物件听清了没有?听清了爷爷该动手了!”“动手吧,动手吧,越啰嗦越没劲……”随着这呼叫人群活动剧烈,为了防止器具碰了人,每个人都高高举起,举成了一片森林。

大铁门前的棒子队突然闪开一道缝隙,接着出现了一队穿胶皮衣戴大盖帽的人,他们费力地拖出了一根根大粗管子……还没有看得更清,一股股猛烈的水流就冲泼下来,一下就把最前边的人群冲倒了。“别直着往前,散开干哪!”又是老健的声音。在他的呼喊中人群分成了三大股,于是只有几分钟的时间,两根水管就给夺到了手里并且反向冲击起来。大铁门内的人全线溃败,高举器具的村民一拥而入。

“咱们砸他们什么?”有人进了铁门后问。

“见什么砸什么!这还客气?你以为是到了老丈人家喝酒来了?”

“砸个痛快啊!是他们先入了咱的重地——咱这回入入他们的重地,两抵了!”

四

集团分办公和生产两个区,人群先是拥入生产区,这才发现值班的工人全跑了,车间里空空荡荡,机器却没有关闭,还在转呢。镢头一砸电门火花四溅,一些指示灯什么的全黑了。奇怪的是电路停息后,有的机器并不停,它们还在忽悠忽悠转呢,这惹得一些人火起,挥动手里的家什一顿乱砸。从一个车间到另一个车间,一边赶路似的跑动一边砸,挥舞镢头时要跳起来,一会儿就结束了两个大车间。人流四处涌动,从生产区涌到办公区,这才发现一些人模狗样的东西全藏在这里呢,瞧结领带的、留背头的、身边跟了小娘儿们的、叼着洋烟的,一个个全在这里惶惶不可终日,见了拥进来的人就连连摆手:“这可不行啊,这要进局子的!”“你们胆子真大啊!”拥进的人不听不问,先一镢头把桌上的电脑钩到地上,再把电视机办公桌之类砸个稀烂。一个穿裙子染了金发的少女刚从里屋出来,见了这场景吓得一叫,然后就去护桌上的东西,被一个扛抓钩的小伙子抱起来扔到了窗外。远处的火烧起来,一股浓烟高高腾起。这边的人正全力噼噼啪啪砸呢,过来一个人喊:“别在这儿黏糊,一边砸一边撤,集团大着呢!”

集团四处都在冒烟,烟气与那些大烟囱的喷吐混到了一起。呼喊和哭叫分不清,狗叫和人声分不清。有村里人喊:“了不得了,听说咱这边也死人了!”“那怎么回事?狗日的还手了?”“不是,不是,是被电打死了——领头的传下话来,让咱下手时睁眼,小心妖魔物件,这里面怪鸟多着哩!”“传话的听见了?小心他娘的这些古怪把戏……”

我到处寻找小白——事到如今只有他才能劝得动老健。我相信老冬子和苇子已经砸红了眼,他们什么都听不进去。我试着让一群人停下手,试着让他们先静下来,结果差一点被这伙人当成集团的人按在地上。有人似乎在田野里见过我,证明我不是那一方的,可一个黑汉满是污浊的大手还是揪紧了我的衣领,耸来耸去吆喝:“那你是怎么回事?内奸?坏种?”我反复解释这场暴力的后果,并说明我在找红脸老健——他是领头的之一。“我可不认识什么老健。你小心点,别坏了我们的风水!”说完猛地一推,把我拥到了一边。

我大约转了几个地方,只有发疯的人群,没有一个熟人。我有些绝望了。那些集团的办公人员已经撤出了事发地点,回天无力,这时全在远一点的地方站着看。半数以上的车辆被砸,剩下能够开动的已经开跑了。天已到了午间一点左右，太阳的热力达到了顶点，好像四处都被灼得冒烟发烫，连空气都能点着一样。我曾不小心按在了一根铁管上，一阵剧烫让我立刻尖叫起来。

人群在集团拥来拥去，在相距几公里的不同区间窜着。有人站上高处大声说："这个地方干干净净，不是腌臜地方，咱饶它一马吧！"有的说："这不假，咱砸的是祸害老百姓的物件，这里咱就饶它一马！"结果有人听，有人不听，还是轰隆隆砸了一会儿。

太阳斜向西天，人群差不多全从集团撤出来了。一个粗大的嗓子喊道："走啊，下边剩了个大事还没干哩，咱趁天没黑再砸那个煤矿去！那个祸害人的物件最招人恨！走啊！""这话不假，这物件理该先砸了它！走啊！"

人群呼啦啦往西北方向拥去，一边走一边喊，喊了些什么已经没法听清。后来有人倒在地上，原以为是受了伤，仔细看看才知道是天太热失水太多，晕厥了。集团离矿区大约有二十华里，人群刚走了一半路程，就听到了一阵紧似一阵的警车声。有人停下来侧耳倾听一会儿，回身嚷叫："不好，大约是保卫部集合了更多的棒子队！"他的话一停，不少人就传起话来："大拨棒子队下来了，领头的怎么说哩？"

警车声越来越大，渐渐出现了车队的影子。老天，这车出动得可真多，大车小车一排排连成一大串，它们横着堵在通向煤矿的所有路口上。这一次人群不得不慢下来，不少人咕哝说："天，咱砸红了眼了，一时半会儿还停不下手——不过这回可不是闹着玩的啊！""今天的买卖我看也差不多了，不知领头的怎么个决断？""怎么决断？让咱砸咱就砸，他们祸害庄稼人也不是一天了，市长怎么不管？集团和煤矿是市长他亲爹？砸！""就砸！砸了祸害人的物件不犯法！""一点不错，再说法不责众，他能把咱这些村的人怎么办？反正是苦命庄稼人，局子里的饭水也比咱家的强！""你这话算是说到家了,那就砸吧!”

人群重新往前拥动。前边的扩音器又响了:“喂,你们听着,立刻停止暴行!你们受坏人指使,已经犯了大罪,必须悬崖勒马……”“再要不听警告,我们就开枪了!”“首恶必办,胁从不问,顽固到底,死路一条!”人群在这喊声里静了一会儿。有个大嗓门突然说:“这些狗东西全是一个腔调,都会这一套屁词儿,咱还信它?”“咱要听兔子叫还敢种豆子?”“就是!就是!往前冲他娘的就是!”

人群嚎着往前冲去,一片器具再次高高举起。

正这时枪声响了。枪声大作,却没有人倒地。原来枪是向天空打响的。

人群停下来。这样停了不知有多久,一个人叫着:“老天爷咱别中了枪子儿,这是让咱见好就收啊!领头的怎么说?”人群乱了起来。乱了一会儿,一句话传过来:领头的说了,还是那句话,好汉不吃眼前亏,咱撤!“这是真的?谁听见了?该不会吧?”“怎么不会?你想挨枪子儿你挨,咱可不想!”

又是几声枪响。

“妈的,撤吧。今儿个到这里算是一回。有了第一回,就不愁第二回。咱早知道保卫部和棒子队藏了不少枪,就别硬撞枪口了……”“就是就是……”人群乱哄哄议论着,开始往后撤。

太阳坠向了西边半空。天开始有了一丝凉气。

出 卖

一

入夜后村子里安静极了。我不记得这个村子曾经这样安静过。天空是真正的紫蓝色，一天星星闪烁得非常厉害。我站在小院里望了一会儿天空，心里念着几个人。没有人走动，大街上连狗都不叫一声。这是极度喧嚣之后的沉寂，是一天里的两极。这个白天我几乎没有看到几眼小白和老健，现在最牵挂的就是他们了。

因为满身的泥污，所以尽管累极了，还是没有躺到地铺上。沾在身上的泥汗这会儿干结了，紧绷在皮肤上。我舀了一盆凉水，痛痛快快地洗了一遍。擦干身子躺下后，四肢似乎要不停地往下沉，似乎要把我的身体拉成一个薄片。白天的毒日头还留在脑子里，在那儿发出吱吱的尖叫声。我最后记得大地被太阳炙得滚烫，所有人都无法站立无法停歇，只好不停地奔跑和嚎叫。是的，他们被炙得烫得快要发疯了，痛得在地上蹿跳，左冲右突，成为不可理喻的一群生灵。这是一场关于痛疼、关于大地煎烙脚板的惨烈梦境。

不知什么时候，我睡过去了。睡梦中全是火焰，这火焰来自太阳，火舌伸得长长的，与地上的火连接起来，拉成了一片火网，把所有可怜的人都罩在其中。人们被焚烧得吱哇乱叫，皮肤一层层脱落，然后就蜷缩着倒在大地上。人的躯体和泥土一个颜色。

有笃笃敲门声。我醒了，坐在地铺上。是的，有人敲门。我开了门，啊，进来的人像泥塑一样，星光下根本看不清脸。我差点喊出来，对方却示意我不要出声。在他低头的一刻我认出来了：眼镜小白。他浑身已经被泥污糊起来了。我要把灯点亮，他同样制止了。我像他一样极小声地说话，告诉一天里怎么也找不到他，有一回看到了，可只一眨眼又没了。这一天真是吓人，真是无法预料，现在一切只好由它去吧。小白无心谈这些，只说："快走吧，我就是回来找你的。我原想你只有十分之一的可能还留在这个屋里——想不到真是这样！你真是怪人！快走吧，立刻就走，一点都不能耽搁……""为什么？""你傻吗？他们会饶过哪一个？村子现在虽然没有封锁，可是已经相当危险了！""不，我没有任何过错——你也一样,我们干吗要害怕?公安系统会管的,只要讲起码的道理,我们就不必躲开。”小白气得胸脯一起一伏,然后不再说话,只揪紧了我往外拖。

我定定站在原地,拒绝了他。

小白看看腕上的表,有些绝望。他小声叹气。最后他回过身,可是还不想出门。我劝他快些离开吧——我这时担心他说得有一定道理,更担心他在整个事件中卷得太深。可是我仍然不能相信他会支持和策划一场没有理性的狂躁,会是一场暴力的推波助澜者。

小白要走了,走前丢下一句:“老宁,你太天真了,你会为自己的天真付出代价的!”

他走了。但只有几分钟的时间他又转回:再次劝我一块儿离开。我再次拒绝。“那好吧,老宁,记住我的话,几天后如果没事,你就到一个地方去找我。”他附在我耳边说了一个地方。我点头,约他不久以后去茅屋里找拐子四哥——他苦笑了一下:“你真是天真啊!我恐怕再也没有机会去那里了。”说完这句话伸出了手:

“给我吧。”

“什么给你?”

“《锁麟囊》。”

我明白了,他原来是索要那盘录像带。直到这个时候了,他还记得这个。我甚至认为他再次返回就是为了索要这个。我从背囊里找出来,还给了他。

下半夜响起一阵阵狗吠声。有生人进村了。我从窗户看去,发现街上有交叉的射灯光柱在晃动。我明白,小白预言的什么可能正在发生。可我没有一点紧张,因为我知道自己并没有做任何需要害怕的事情。我认为自己始终秉持了理性,在整个事件中做了应该做的事。我甚至相信小白也同样如此。即便是老健、老冬子和苇子,也在很大程度上是被迫作出了反抗——惩治者如果公平的话,就不该放过那些真正的肇事者,不该忘记追究那个多年来作恶多端的棒子队,那支欺压平原百姓的半隐半显的黑武装。

直到天亮,没有任何人来我这儿。我想在见到老健他们之前,自己不该离开。现在我最想知道的是整个事件发展到了什么地步,村子里死伤多少、失踪多少——我知道死人是肯定的;还有的人在冲突刚起时就被棒子队抓走了。

一辆辆警车停在街上。行人敛迹。过去一直在街上溜达的狗被各家各户拴在了屋里。半上午时分,悬在树梢的高音喇叭响起来:“……各位注意,注意!全体人员不准外出,不准……十八岁以上者于天黑前到村委登记。各位……”这是一个中年人的声音,像是外边来的陌生人。这个声音响过不久就是一个熟悉的嗓门了,那是独蛋老荒:“老少爷们听见了吧?赶在晌午头来一趟吧,跟上级说道说道,大人不见小人的怪,天大的事也总要过去是吧!年轻人要听话,让家里老成人领了来……”

整个一天我都待在村边的小屋里。我在想今后几天该怎样过。没有其他人的声息,没有一个人来这里。午夜难眠,村子里静极了,狗也不吠一声。这个夜晚我才记起,自己容身的这个屋子原来是一个牲口棚,机械化以后牲口没有了,就闲置起来,于是就成了小村的客房——许久了,只要小白来这片平原,除了住过一两次我和四哥的茅屋,再就是待在这里了。我在这个夜晚嗅到了一阵阵马粪的味道。地铺阔大舒适,这让我想起一个人待在野外的帐篷里。几天的生活从眼前一一闪过:我来看望小白,然后就是与红脸老健等人的朝夕相处,与村里各色人等的交往。我的朋友小白是一个失恋者,而在他的眼里,我也是一个失恋者。尽管我拒不承认,但直到最后他还是这样认为,说:“我从一个人的眼神就看得出,看得出这人是不是一个失恋者。”与我不同的是,他从头讲出了自己的故事,而我却缄口不语。

我是一个失恋者吗?不,我是一个即将丧失最后一片土地的绝望者,一个无家可归的人。我和许多人一样,从此将日夜悲伤,在大地上游荡。

小白啊,今夜你在何方?如果这个时刻你还在身边,我会告诉你:失恋者和绝望者的眼神可能是不尽一样的,虽然它们相去不远。

二

走在大街上,我从那些老人、姑娘和小伙子的眼睛里,都看到了一种似曾相识的神色。这种神色即便在他们欢笑的时候也会隐约地、时不时地流露出来。因为欢笑是极易消失的,而那种神色却是凝固在眸子里,渗入了心的深处。当然,小白也许是对的,失恋与之相比也有极大的相似性,它们在某种意义上说可能真的是一回事。

我第一眼看到苇子的时候,就有这样的感觉。而他的岳父独蛋老荒却没有这样的一双眼睛——苇子此刻哪去了?他肯定像小白一样,逃离了村子。还有老健,这个红脸壮汉如果没有发生其他的意外,也一定远走高飞了。

我心里正念着苇子他们,一个头包蓝色围巾的女人来了——原来是苇子的媳妇。她一进门就哭着问:“你见过我家男人吧?你那天和他一起不?”我说最后只在混乱中听过他的声音,再也没有碰面,因为那一天人太多太乱。“后来呢?”“后来就不知道了,我到现在都没有见过村里那些人,红脸老健和老冬子也没见。”“见小白了吧?大概是他们在一起吧?”我心上一怔,赶紧摇头否认:“没,小白我也没见……”

她抹着眼睛:“我怕他是被那些人逮住了。他们抓走了好多人。听说外村也抓了。”

“你爸老荒呢？他不会让苇子出事的，你放心吧。”

“他才不会管他。再说我爸什么都不知道，我问了，他什么都不说。再问，他就嚷一句：不听我的，那还有个好？管住你男人吧，别让他跟上红脸老健闹腾，他们早晚都得闹到局子里去，一个也跑不了。”

“你爸那天在路上拦截过人群，他和邻村的头儿一块儿从一辆轿车上下来，老冬子差点把他们的车砸了。”

“我爸暗中和集团的人结成了一伙，他为了一笔钱财，恨不得把自己的女婿也送到局子里去。这会儿大家都看出来了……”她的声音放得很低，瞥瞥四周：“千万防着我爹啊，有了苇子他们的消息也不能让他知道，啊！”

我明白，点点头。

她走开了。我在窗户上看着她的背影，直到消失。后来我发现这间屋子四周的草垛子旁、巷子口等，都有一些人在晃悠，有的人正在使用对讲机呢。妈的，原来是这样。我在屋里徘徊了一刻，决定立刻离开这儿。地铺上是我的背囊，我把几样简单的东西收拾一下，背起来就出门了。

刚刚走了没有多远，一个三十多岁的人跟了上来，拍打一下我的肩膀：“喂，伙计，你要到哪里去？”“回去，我在这儿待够了。”“你登记了吗？”“为什么要登记？我又不是这个村里的人。”那人一脸怪笑：“那你为什么猫在了这儿？这就更得说说了。”我琢磨着，灵机一动说：

“我是村头的朋友，不信我们去找老荒！”

那人尾随我进了老荒的院落。老荒正好在院里磨一把牛耳刀，见了我故意不理，端刀试刃，想把一绺胡须剃去。剃去了，只剩半边胡须的老荒显得十分可恶。他好像刚刚看清我是揹了背囊的,大睁眼睛问:“啊嗬!你要走?”

“我来问问领导,如果没事了,我就回去了。这边挺乱的。朋友也不见了。”

老荒左手端刀走过来。

“你这是要干什么?你这样吓人不是?”我盯住他。

他于是把刀放下,擦擦手说:“我想杀头羊给局子里的人吃,人家受惊了。”他这样说时看看跟我进门的人。那个人瞥瞥这边,退到了门外。

我又说一遍:“你这儿如果没事了,我该走了。”

老荒说:“唔哦,那不合适吧。都走了还成?老健小白老冬子都撒丫子跑了,剩下我一个老荒顶着这么大的祸患?你们倒是留下来陪陪我哩!”

“你女婿呢?他陪你不行吗?”

“他一个愣头青嘛。你和小白这些鸡鸡分子才是主心骨嘛——你说是吧?嗯?是吧?”

一股冷肃之气从头灌到了脚。我盯住他:“你这是什么意思?你该不是说我们挑起了这场乱子吧?你大概还记得你怎样跑到我们那儿找老健,拍着胸脯说要领人干一场的话了吧?你如果忘了,我们可都记得!我可以证明!”

老荒跳了一下,去看那把刀,又瞥门口的人,嚷:“那是个圈套!那是你们几个逼我上套!这个谁不知道?我幸亏没上你们的当哩……”

“你已经上了套了,你一直和我们在一起嘛。你说你才是一村的头儿,这事一直是你领着干;你还找了记者溜溜合伙儿干。这是事实吧?”

“嘿,我这回被你咬住了。你懂个屁。我哪有那么傻哩。我不过是直眼瞅着你们怎么干哩。国有国法,村有村规,咱村的规矩儿个外乡人就破得了？你要走？先别走了，你就躺那地铺上，一天小白老健他们不来，一天你就得躺在那里。最后说不定你还得替他们顶罪哩！”

“你给他们顶罪不行吗？”

“我不是他们一个道上的，你是。你客气什么？你就别客气了！”

我真想上前去把这个半边胡须的家伙揍一顿。

“你知道你和几个朋友闹这场乱子有多大吗？听上级说损失好几个亿呢。这不是死罪吗？不要我说你也明白嘛，这罪得多几个人顶着，要是他们都跑了，到头来就剩下了你一个，那你可就麻烦大了！”老荒得意了，伸手捋起了剩下的半边胡须。

我在琢磨他的话。这会儿我更加确信：小白和老健他们真的跑开了，没有被逮到。

“我看你还是回那个地铺上吧。官家有事问你也找得到你不是？回去吧，要是闷得慌，我有工夫就端一壶黄酒去陪你。”

三

老荒说到做到，后来的两天里他都到我这儿来，还真的端了一壶黄酒。他让一个四十多岁的女人按时给我送饭，他来时就加几个菜，还说要与我对饮。“我说过嘛，别人哪有什么好酒，我才有呢。来，咱们边喝边拉，把心里的闷气都吐出来。”他盘腿坐在地铺上，面对一个矮腿小木桌，给我把杯子注满。

我喝了一口，发觉这酒果然很好。

老荒举举杯子，一连饮了几杯，把桌上的凉拌猪耳朵嚼得咯吱咯吱响。他的脸红了，接着嘴巴歪了，厚厚的下唇拉得很长，一下下点头说：“满村里就这么几个好小伙子，都抓走了。我心疼啊，去保卫部要人，人家不干。真局子还要从头查。就是嘛，有罪证嘛。

他们砸了多少,怎么干的,人家是一清二楚。老宁啊,你说说这个红脸老健害了多少人?他自己倒跑没了影儿——还有你们那个军师小白,也跑了。跑也没用,早晚抓他们回来,这是死罪啊!”

“他们到底抓了多少人?”

“也没有多少,三四十人吧。”

“这还不多?死伤了多少?”

“也没有多少,死了三个,伤了十来个。”

“我们这一个村,还是所有参加的人?”

老荒撸了一下湿漉漉的嘴唇:“所有的吧。还不是最后的数儿,最后到底是多少,那得等等看。”他又呷一大口酒:“人家说你是‘二军师’哩。”

我冷笑:“人家说你是总指挥。”

“那角儿该是老健。这个你比我清楚。”

“开始是老健,后来你就把权抢了去——这个我们大家都可以证明。你找老健小白他们,他们如果到场,就会一起证明。”

老荒吱吱吸气:“这玩笑可开不得!我说过,‘二军师’这个名儿不捋掉,那就是死罪啊!”

“怎么才能捋掉呢?”

老荒把头探过来一截:“老健小白他们,还有老冬子几个,都藏在了哪里?你不会不知道。他们一到案,也就没你的事儿了。你可不能当了他们的替死鬼。”

我喝了一大口酒,砰一下放了杯子:“我说过,他们真的到场,你就成了替死鬼。”

老荒嘿嘿笑,抓抓耳朵,拍着膝盖:“老弟你是过虑了。你想咱跟集团和局子是什么关系?实话告诉你吧,他们谁的话也不信,就信我的。咱是一级领导哩,老健不行,他那等于长毛造反。他们这回都完了……”

他的眼斜了，嘴里满是泡沫，抓杯子的手也开始抖。我明白酒劲儿上来了，他的脑子已经浑了。

我点头："是啊，我听说他们集团的人奖励给你一辆高级轿车，比邻村那家伙的还要好！"

"比他的好！他算什么啊……"

一句话刚说了半截，他突然收口，汗水从头上颈上哗一下涌出。他站起，看看窗外又坐下，再次抓起酒杯。不过这次他不喝了，只看着里面的酒。"老伙计，刚才是酒话哩，哪有什么轿车啊！我的心还是向着咱村里嘛，咱是一村的头儿，就得像护小鸡儿一样护着大伙儿……这没、没说的啊！"

我目光冷冷地看着他，逼得他慌慌地转头："你别，别这样瞅大哥哩……"

"那么我问你，他们抓这么多人，到底是谁供出去的？也就是说，是谁把他们出卖了？"

"这我怎么知道？也许人家心里一清二白哩！"

"你胡扯。那一天几个村的人搅在一起，不一会儿脸都被污泥糊住了，谁都看不清谁。如果不是平时有掌握的名单，集团保卫部根本没法抓人！"

老荒耷拉着头坐在那儿："反正不是我。我可不担这个恶名。"

第二天老荒的酒彻底醒了，伏在门框上喊我说："走啊，去看看给调弄的人啊！"我不知是什么意思，大声问一句：

"什么被调弄的人？"

"就是黄鼠狼附身的人，哪年里都有几个，这会儿正有人捉它呢！"

我将信将疑跟他出门。拐过几条巷子就听到了喧闹声，原来一群人伏在一个小瓦房的窗户上，争着挤着往里看。老荒一来，民兵就喊："走开走开，闪开路！"

老荒领我进了屋子。里面光线暗极了,像是黑夜,直待了一会儿才适应了一点,看清了东间屋里有几个人,都坐在光光的炕席子上,正用力按住一个人。被按住的是一个五十左右的妇女,披头散发,浑身只穿一条短裤,一个劲儿扭动。她的身体雪白,乳房很大,毫无羞耻感地又笑又叫。

"怎么能这样?为什么不给她穿衣服?"

老荒"嗯"一声:"找她身上的东西呢!找不到,逮不着,她就不说实话!你哪里明白这个……"说着又问几个低头按她的年轻男女:"看见了没?"

"看见过一回,一闪,又不见了!"

这时我才惊讶地发现,几个人手里都拿了一根缝衣针。

老荒一边盯着扭动的女人一边向我介绍:"她叫楚楚,最能附身了,一附了身就是三天三夜浑叫浑骂,要不把这黄鼠狼逮住,她是不能安生啊!她身上有个气泡儿,在身上飞跑哩,只要看到它,一针扎上去,那黄鼠狼也就算给逮住了……"

正说着有人呀一声大叫,一只手狠狠捏住女人的皮肤,另一只手里的针就扎了下去。红红的血流下来,正扭动的女人一下仰躺了,手足俱抖,满是白沫的嘴不停地告饶:"我不敢了,再也不敢了!我发个誓再也不来了,快放了我吧,放了我吧……"

老荒凑上前去,恶狠狠瞪着这个叫楚楚的女人:"我来问你,前几天起事的主使、犯了王法的人,他们都是谁哩?你给我一一如实招来!"

"我说,我说,他们跑的跑抓的抓,就是那几个嘛……"

"他们是谁?"

"老健,小白,老冬子……还有三皮四眼小五子,东头的老憨,老艮皮他爹……"

老荒咬着嘴唇点着头,回头看看我:"这回你知道了吧?干了那事的人连黄鼠狼都知道,谁又能瞒得住呢?”

四

那天我还想看下去,因为心里的疑团越来越大。当我明白楚楚借了黄鼠狼的嘴说出的名字,与这些天里正在追捕或已经抓起的人完全一致时,就更加惊异。老荒对一边的民兵说:“记下,一个不剩全都记下,这些人名儿要存个底儿,到时候别让好人受了牵连!”有人刷刷记着,老荒又回头严厉地盯我:“只要是经它点了名的,有几个不是死罪?”我小声但句句清晰地把如下的话送入他的耳廓:“他们死了也是冤魂,这么多冤魂你不害怕?”老荒磕着牙,像害冷一样:“我、我害、害什么怕?这都是黄鼠狼招供呀,这都是你亲眼看见的呀!”

我不再吭声,只看着炕上扭动的楚楚。我料定这是个不幸的女人,虽然我还不知道她的身世。我发现她身上插针处流血不止,因为那儿被人插了不止一根缝衣针。他们说:“插少了不行,插少了说不定什么时候它就撒丫子啦!”楚楚不停地告饶,说一些不着边际的誓言,旁边的人就更加起劲地折磨她。

老荒对楚楚大声喊道:“说,一点不剩全供出来!那些逃开的人去了哪里?能不能逮住他们?”

女人翻着白眼,剧烈扭动,身上的血珠一滴滴落在炕席子上,发出尖厉厉的声音,这声音真的像是一种野物。她叫着,只不肯再说。

老荒喝道:“你不说不上紧,你不全供出来,就别指望放了你哩!”

“好好,我不敢了,我说,我全说……他们,小白老健老冬子,全都下了四野了,他们这会儿钻了棘针棵子,然后一路往西疯跑哩。后面有飞镖跟着哩,他们为躲镖就狂奔啊,一路往西下去了。完了,没了影儿了,官府也逮不着他们……”

老荒的头使劲往前探去,死盯住楚楚,喝道:“他们想得美气,想躲开官家的飞镖?那门儿也没有!你好生说说看,到底能逮住他不能?”

“妈呀快饶了我吧,我什么都说,都说,能逮住他们,反正是早天晚日的事儿——他们跑不了,这成了吧?”

楚楚痛苦的目光瞟在老荒脸上。

老荒点头:“这还差不多!嗯,我就知道是这样。”他说着叼上一支烟,搓搓手对左右小声说:“该问问它藏在哪里了,该结果了它……”

一个民兵凶凶的眼睛一瞪,指着楚楚大叫:“说,你到底藏在了哪里?不说?不说就一直用针插着你,直到你死、死!”

楚楚手足俱抖,大喊大叫。

“说不说?不说?再插一根针!”

又一根针插上去。“呀呀,疼死我了……啊呀,我说啊……说啊……”

“那就快说——你藏在了哪里?”

“我、我……我藏在了山西省……楼斗县……”

民兵转脸看老荒:“这,这么远的路?”

老荒又一次喝问,楚楚还是那几句话。老荒骂着:“咱为一只黄鼠狼跑一趟山西省?这值得?妈的真见了鬼哩……”正说着有人在他耳边咕哝了什么,他立刻对我说:

“走吧,你的公务来了,走吧,别看这热闹了。”

原来是几个穿制服的在我的住处等人。他们全都绷着脸,老荒介绍我时,没有一个人抬头。老荒说:“老总们忙公务吧,我走了。”说着离开了。一个脸上有刀疤的人把腋下的文件夹放到桌上,看我一眼,翻动着,“嗯,说说你的事儿吧,这几天也考虑了不少吧？”

“你们是集团保卫部的人还是执法部门的人？”

“你管得太多了吧？”

“如果是保卫部，我可以拒绝回答。”

“我看你还是回答吧，”脸上有刀疤的人冷笑着，“说出来对你有好处，你这个人我们多少了解一点，你和他们不一样。不过我们还是要知道一下谁策划了这场暴乱、整个过程、你的角色。”

我坐在地铺上，语气平静：“我既没有参加暴乱，也不赞成以暴力的方式解决问题，并且尽我所能阻止冲动的人群。”

“哈，不错。谁能证明你的话呢？”

“我只能如实讲。你说我参加和策划，谁又能证明呢？”

“那自然有很多证据。现在是听你讲、两相核实的过程。”

“那我只能告诉你：那些证明者都是诬陷。不仅是我，就是小白老健他们，也不是暴力的倡导者。他们不过是想为这个村子争个起码的公平。”

刀疤不安地咬咬嘴唇：“那谁是倡导者？”

“是集团保卫部的棒子队。是他们冲到农民的地里殴打上访群众，才导致了这场恶性事件！”

刀疤声音高起来：“他们？他们是赶来执法！”

我的声音也高起来：“那农民也是来执法！”

“他们砸毁了好几个亿！”

“集团的人呢？他们毁掉了农民远不止好几个亿！这个平原上的人连正常活下去的权利都被剥夺了！”

“我，我看，”刀疤把官帽摘下来，露出一个半秃的脑壳，“不把他们……把你逮起来，是不会老实的……”

我冷笑：“那些集团都是一些大老板的，这边村子里都是一些穷人。你们给富人看门，真有出息！”

“文绉绉的,好书底子。”刀疤嘲讽说。

刀疤说完站起来,旁边的人跟着也要离开。刀疤临走扔下一句:“你留着这肚子理论到里边去说吧,我们给你找了个吃饭的地方。”

“你们有什么权力随便抓人?你们只是大老板的打手……”

“就算打手又怎么样……”

他们一出门老荒就进来了,神秘地四处乱瞥:“了得,你屋子四周都站了岗,怕是要换个吃饭的地方了吧?”我说你真聪明。老荒怜惜地看着我:“老伙计,只要头上没有‘二军师’这个衔儿,怎么都好说,怎么都不会是死罪。”

“他们集团随便抓人本身就是犯罪,狗娘养的!”

“嘿,你离开前我得告诉一件有意思的事——你猜那黄鼠狼说的‘山西省耧斗县’是怎么一回事?”

我听着。

“老天,人家怪有智量哩!民兵听啊听啊,最后急了,就在房子周围找起来——你猜怎么?民兵在她屋子西山墙上挂的一个破耧斗里找到了:里面是一团草,一个黄鼠狼窝,它就在里面四腿朝天乱抖呢,口吐白沫子……嘿,原来是这样的‘山西省耧斗县’——看看,黄鼠狼成精真是了不得啊!”

半碗盐面

一

我被关进了一个几乎没有窗户的小屋:两米宽三米长,只有一张窄床、一个便桶、一个小桌。那个勉强可以称为窗子的小洞只是为了外面的人能够监视,能够往里递一点东西。头顶上是一盏高瓦数的碘钨灯泡,让人觉得满屋里不仅有它的气味,而且还充斥了它的声音——一种尖厉逼人的、无所不在却又难以捕捉的声音。人在这种声音里会有一种脑子即将炸裂的恐怖感,口腔里是一种不可忍受的硝味。腰带解除,连鞋带也抽走了。“蹲在一个地方,不准躺,也不准站,还不到休息的时候。”这里大概永远不到休息的时候——一个浑身是毛的野小子坐在一旁——我相信这个人打生下来就没有接触过一丝一毫的人类文明,完全是野物状态。他身上人性稀薄,连说话都介于人畜之间。他对我除了恶骂和威胁,再就是用全身散发出的一种气味折磨人:那是一种闻所未闻的气味,类似于氨和硫、铁锈和旧布等物品的混合体,让人想起一座化工厂的废气出口,或一种超大型动物消化不良期的气体排泄。我甚至认为让这样一个青年充作我的看守必是煞费苦心,不仅是其他种种把戏,即便单单是这一个人,也让我在内心深处频频告饶。老天啊,我只求身边这个物件快快离开,好让我顺畅地呼吸一场。我总有一种担心,担心在这样的一种大浊气中将不久于人世。

野小子叫“阿仑”,只听别人这样叫,不知道是哪两个字。阿仑是人间的稀罕之物,如果不是被其折磨得痛不欲生,谁的好奇心都会被撩拨起来。只是我精疲力竭,在挣扎喘息的微小缝隙中还是忍不住呻吟。

“你妈你妈苦嚎苦嚎……”阿仑用一根带尖的木棍戳来一下。痒痛,解困。

最主要是困,是十二万分地渴望闭一下眼、打一个盹儿。可是尖尖的木棍会及时地阻止我的瞌睡。这样熬过了一天一夜之后,眼睛干痛难忍,头开始发木;第二天脑门中间好像拧了一根螺丝,这螺丝在不断地拧紧、拧紧;你会怀疑这螺丝拧到一定的极限时,会随时听到“嘭”的一声,那当然是脑壳的碎裂;第三天夜里是渴望朝对面墙上砰然一撞，渴望就此了结；第四天白天是双目大睁却视物不见，语无伦次地叫人、诉说、应答、呼救。

我看见穿制服的人推了我一把，让我坐在一个地方——已经分不清或记不住是否有一个凳子了。我后背上竖了一根带尖的木棍，我回手想拔出来，可是几次去摸都空无一物。“那里什么都没有。”制服说。记录的人用笔杆敲着案宗，一卷纸。“该你说了。”制服说。我梦见自己在一条蟒蛇铺成的小路上艰难奔走，脚下是热乎乎的鳞片，是比抚摸还要舒服的恐惧，是大白天大睁眼皮的睡。有人看透了我的把戏，过来用手指在我眼前晃动，咕哝一声：“咦，其实他早睡了。”说着用什么刺了我一下。一根针掉在地上似的，发出微小的声音。我低头去找那根针，眼瞪得比刚才还大。

“你说出来吧。”

“我说出来……说出来……”

“你别存在幻想。”

“幻想……幻想……”

“开始吧。”

“开始……开始……”

一个助手过来，看看我说：“他其实还是在睡。”

脚步声。我睁大双眼却看不清他的脸。我梦中他是一个独眼龙，一个用腹部走路的人——“蛇……”我小声说。

“如果睡了就不会说话了……”

“不，睡了会说梦话。”

“哦哦，那么得先让他睡足了再说？”

“那是啊。不过睡得太足大概也不行吧。”

“也是也是！也是……”一个小姐用英语结束了这场审问。

我给抬到或拖到了那个无窗的小屋里。我记得连拉带推地给弄到了床上。梦中只睡了一个小时，催命鬼就来了。这时候是要拼命的。我用牙咬、用手抓他的眼睛、用头撞,无所不用其极地反抗,可最后还是给弄到了另一个明亮的屋子,来接受再一次审讯。

这个生不如死的时刻,这个非人的空间,让我一点点消失、溶化,成为一片乳白色的气和水,在自己的昨天里流动。我说了什么?没说什么?自己竟一无所知。对方是一两个徒有其表的人或物,是肉体和声音、气息、渣滓,生命——人的渣滓——类似于那个野物看守。他们极不满足地摇头,长叹:“唉,这是怎么一回事啊?”我相信这句话是在问左右的人;接着是极有意思的回答——因为太有意思了,所以我竟然听懂了:

“如果脱光了怎样呢?听说羞耻心对于他们这一类……”

他们几个在交换目光。那个姑娘不好意思地去看窗外。另外两个人拍手定局:“嗯,是个办法。”

我被脱得精光的可能性很大。因为梦中是这样的。我梦见或真的看见那个女人看了我一眼。继续审问。于是继续回到梦中。

他们绝望了。有人终于提到了一些古老的方法——我听明白了,他们想好好打我一顿。有人提出后,场里鸦雀无声。这样僵持了一会儿,一个十分苍老的声音说:“我们要慎之又慎。”“为什么?”“因为,因为一些不便多说的原因,别留下伤痕……凡事都要调查研究。”一个女声说了,这是那个美丽的姑娘:“扒下衣服都一样。”那个苍老的声音说:“嗯,可不一样。”“有什么不一样?”另一个男人开了一句玩笑:“这家伙有三根屌。”姑娘把脸转向了一边。

重新回到那个灾难丛生的小屋。接下去的问题是睡不成也醒不成——那个野兽小子又来了,他将一身怪异至极的气味发挥到淋漓尽致,我竟然在极端的困倦中都无法入睡。好像有一股氨水调弄的什么脏臭的浆液试图从鼻孔里通过,需要我紧紧地、紧紧地咬住牙关。我双目圆睁盯住他,让他奇怪地嗯了一声。他吐唾液,那唾液竟然是红色的。我面向自己遥远的梦境发出一声哀求:“我马上就要死了。”

穿制服的家伙把我送上囚车，拉到一个白色的屋子里，对一群正在给一个老头灌肠的人说：“他说他要死了。”一群人二话不说就剥我的衣服，四个人按住我的四肢。这场折腾一直持续了半天，我给打了许多针剂，然后重新推进那间小屋。

半夜，我真的听到了猫头鹰的叫声。

天明时分，我亲眼看到隔壁抬出了一个死人，是个青年。

二

我极力想弄明白这是在哪里？记得被带走时关在了一个全封闭的货运车里，黑得没有一丝光亮。这样当车子摇晃了多半天、在无比颠簸的泥路上拐了许多弯之后，嘭一声停下了，我的头一下给撞在了一个地方，还好，没有撞破。接着就是给推进一间又黑又小的屋子。我最想知道的就是，这里究竟是集团那一伙人私讯的黑屋子，还是转到了另一处？谁也分不清这些集团的保卫系统，因为他们在装备上完全一样，什么电击棒手铐警棍，更有带警灯警笛的巡逻车、全套的制服。就连说话的腔调也没法分辨。

“这是哪个集团的保卫部？”我问他们。

“你说什么？你是傻子吗？你管那么多？”

四周不断传来呼叫的声音，这让人毛骨悚然。有时正叫着，突然戛然而止，让人想到是一只戴了黑色皮套的手猛地扼住了呼叫者的咽喉。砰砰的击打声使人想起棍棒和鞭子——奇怪的是它们与撕心裂肺的呼喊并非同步——击打声从一个地方传出，呼喊声又在另一个地方响起。这儿更像一个古怪的作坊，如我在农村里见过的油坊之类。

阿仑就像我的具体承包人一样跟定了我，这个野小子几乎只通几句人语。他身上散发出的怪味浓烈到无法忍受的地步，一开始是氨味居多,后来又掺杂了阵阵沥青味,辛辣刺鼻,甚至灼热烤人。这个野小子可能被叮嘱不准对我施以拳脚,所以他不得不付出的巨大忍耐化为了身上的一种奇特反应:散发出逼人的怪味、一种焦灼的热量。他不停地磕牙磨牙,这使人想到一个被禁止撕咬的野兽的焦躁。他有时会一动不动地盯住我看,像看一个异类。我问话时他并不作答,而是一噘嘴巴迎向对面墙壁,刷一下从口中射出一串红色的唾液。

不准睡觉的折磨可能是人世间最残酷的惩罚之一,是没有经受过这种折磨的人无论如何也难以体味的。最小的空间、最亮的碘钨灯、最冷酷无情的看守。我一直在梦中游走,在绝望的悬崖上游走——脚步稍微一歪就会跌入深渊。我无法听清也无法回答他们的审问,最后他们只好给予最致命的诱惑:"只要你好好讲,讲出一切,立刻就让你睡上一觉,愿睡多久睡多久。"我点头,在梦中答应了他们。

我只睡过两个钟头,顶多三个,那个野小子就把我拖起来了。这时我只想用头把他撞翻,只想获得一次足够的睡眠。

"你说吧,整个策划的过程,参加的人,时间……"

"……"

"你与小白的关系,小白来这里之前之后的情况,他与老健的关系……"

"……"

"实施爆破的计划——炸毁集团和煤矿的计划是什么时候制订的……"

我终于听清了最后一问,大声喊道:"没有任何人要爆破——这是彻头彻尾的栽赃……"

"你是说计划中没有这项?那好,你们的具体计划又是怎样的?"

又是一个陷阱。我明白过来,即答:“去问你们自己——集团的棒子队吧。所有的暴力活动都要你们自己负责!”

“记下来,嗯,快记下来。”一个络腮胡子手指女记录员说。

“你与小白是两个核心人物,这点上我们清清楚楚。交代你们两人的密谋吧——在那个黑窝里的全部阴谋活动……”

我极力回忆,一下被引入了与小白在一起的日子。这是最值得怀念的时光。在我和四哥的小茅屋里,在那个大通铺上,我们谈了多少。最难忘的就是关于《锁麟囊》的故事。在这样的时代,所有的多情人都变成了失恋者,这是一次命中注定。我盯着窗外的白云嗫嚅道:“锁麟囊……”

“什么‘囊’啊……”

“……你们听不明白的。”

“你只管说吧!”

“那是唱平原上的故事——从登州到莱州……‘耳听得悲声惨心中如捣,同路人为什么这样嚎啕?莫不是夫郎丑,难偕女貌?莫不是强婚配,鸦占鸾巢?’”

“啊哈,怪顺口的,就这劳什子?”

“‘轿中人必定有一腔幽怨,她泪自弹,声续断,似杜鹃,啼别院,巴峡哀猿,动人心弦,好不惨然。’”

“记下来记下来,这劳什子只有四眼狗才能听得明白哩。不过也算证词。”

我一阵瞌睡上来,胸口像一团乱草往上塞,直塞到嗓子眼。我一句话也说不出了。一股逼人的氨味儿又浓烈起来,是那个野小子在用尖尖的木棍戳我。我一惊,抬起头。

“你们俩计划好了,以为从此以后天下就是你们的了,高兴得唱起大戏来了,是这样吧?”

恍惚中觉得眼前一片风雨,悲声如捣。恍惚中又看到了小白,还有冬子和苇子、老健,是他们几个结伴儿在风雨中疾疾窜奔。一声声枪响混在大雨中,有一股雨水很快变红了:红色的雨水渐渐变宽,像拖拉下来的一匹红绸……我的眼睛湿润了。

“说下去说下去,不能打绊儿,说下去……”

我紧紧咬住了牙关。

野小子拧我的耳朵、用尖尖的木棍戳我,我再也没有开口。

“看来得对这小子重新加工加工了——怎么办呢?”一个年轻人无比忧愁地问道。

沉默了一会儿,响起的是那个络腮胡子的声音:“嗯,请示一下看吧!这个狗日的东西,依我看,让他吃半碗盐面,他就老老实实了……”

三

大约是半夜时分,我被踉踉跄跄推出小屋。“干什么?”“听京戏去。”野小子的替班是一个不男不女的家伙,说话嗓子尖得吓人,走路水蛇腰,像女人。他把我带到一个空房子里,那儿有两张四方白木桌遥遥相对,我被推在一张桌子前。还是逼人的碘钨灯,贼亮贼亮。那几个我熟悉的审问人员也出现了,三男一女。这女的今夜似乎才让我看清,很胖,嘴巴肥大,眼睛也很大,有一种放浪的美。她可能也像我一样缺觉少眠,一进门就打哈欠,瞥瞥旁边的人,很不耐烦的样子。那个络腮胡子显然是个头儿,手指一戳桌面说:“带上来!”

他的话刚停,屋角一个小门砰地打开:两个细高个男子全副武装,扭住一个十八九岁的小伙子,飞快地把他按在另一张桌子前。这小伙子费力地抬头,两旁的细高个子呵斥:“站好了!”

小伙子已经被折磨得有气无力了,他沉重的头颅像是无法被颈部支撑似的,左右摇晃,有时歪下来,就被旁边的人狠力一拍。

他努力地看向我。我也极力回想是否见过他,想不起来。但我知道他可能就是那个村子的青年。

“凿子,你给我端量好了,看走了眼就掌嘴!你好好看看,你对面这个人是不是前几天领你们砸集团的那家伙?”络腮胡子喊。

凿子摇摇晃晃的头用力抬起,打肿了的眼睛瞄准了我,再三端详,摇摇头。

“把他弄近些,这小子大半是个雀盲眼(夜盲症)!”

两个细高个再次把他扭起,一直揪到我的跟前,狠拽他的头发,使其用力仰颈看我。这样直看了好几分钟,他的头又垂了,垂着的头不停地摇动。

他们骂着,推搡着,重新将其按到桌边。

“看来是一伙的不假,这叫忠心护主啊。我就不信当兵的不认将帅,将帅不认当兵的还情有可原。妈的这是讨罚啊。你那天可没少砸巴东西吧?今个如实招来吧,如实招了死罪就能换个无期。”

“我如实招。”凿子清清楚楚应了一句。

络腮胡子与几个人对视,问:“那我问你,你亲手砸了多少机器、多少人、多少设备?”

“俺嘛,一个人就砸了四台机器,都是祸害人的物件,越砸越起劲儿,刹不住车哩!设备,设备是什么?”凿子转脸问。

“笨死了,也是机器!”

“那我就砸了四台——两台大的两台小的。大的有面缸那么大,小的嘛,也有小扁篓那么大哩。怪费力,多少镢头下去它还呼哧呼哧喘气儿。”

“除了机器,你还破坏了什么?”

“这我可得好好想想……天哩,砸上了瘾,一时半会儿停不下哩。我记得把一些窗玻璃砸了,把桌子也砸了。墙上贴的大画儿啦美人头啦,咱看了就眼气,也给它们几镢头算完。最后要不是有人喊着走啊走啊,咱还得砸它一些。不过咱没砸人,咱知道人命关天。可是好心不得好报啊,机器也伤人哩……”

“嗯? 怎么回事?”

凿子仰着脸回忆:“我哥几个砸得正欢哩,有人一镢头把机器上的一个什么东西砸开,它就把烫人的臭水腌臜汽溅他一脸一身,他就疼得满地打滚儿……人是没救了。那是毒水,谁沾上谁完。那天听说被机器害死的人至少有五六个。被电打死的也有两个,一个又活过来。坏人把机器都偷偷通上了电,一镢头上去火花直冒,一触手指头电个筋斗……”

络腮胡子大笑。

“这就是报应! 看你们对集团有多大的仇,你们是发泄仇恨来了……”一个尖嗓子说。

凿子并不讳言:“就是! 这一片平原上的人没有不恨集团的! 他们是庄稼人的死对头! 他们弄得咱没吃没喝,连口气都喘不舒坦,连个安稳觉都睡不了! 老健说得好:今天是有它没咱!”

“老健这样说了?”络腮胡子赶紧问。

“都这样说了!”凿子咬咬牙。

“嗯,好,你一会儿就不牙硬了……先问你,谁是主谋?”

“都是主谋。都想砸了他们鬼哭狼嚎的机器。”

“好小子,一会儿你就不牙硬了……再问你,眼前这个‘二军师’你真的不认识?”

“早说了嘛,咱不认识。”

“那好,”络腮胡子冲两个细高个子一努嘴,“取些好吃的东西来吧,反正得给他尝尝新鲜。”

两人应声而去。一会儿取来了东西,亮给几个审问的人看,还给我看了看:四根红辣椒,半碗盐面。

络腮胡子指着它们对小伙子说:“东西不多,都是你的了。你不是英雄好汉吗?你不是够仗义吗?那好,你就把这点东西全吃了——年轻轻的身板儿壮实,大概不会尿裤子吧?”

凿子困惑地低头看看桌上的辣椒和半碗盐,又抬头看看我。

“你认识他吗?认出来,就在这上边画个押。”络腮胡子拍拍桌上的一张纸。

我喊:“凿子,你可别吃!咱俩今天不就算认识了嘛!”

凿子摇头:“假话说不得哩。”说着端起那个碗,捏一点盐末就往嘴里填。他伸伸舌头,使劲皱眉。

“吃啊,别嫌东西少……”

我冲他们喊:“你们长了什么心,他不过是个孩子啊!”

“你只一边看着吧,轮到你的那一天再说话。你这会儿好好学着点儿,看人家怎么下口。”

凿子艰难地吃了几口,最后索性把碗捧到嘴边,伸手扒拉着,连吞带咽,一转眼就把半碗盐末吃下去了——他手一松碗掉在地上,脸色发青,全身打抖,口水从嘴角流下来。

“这东西多咸哪,快递上辣椒……”络腮胡子又说。

我往前挣出一步,有人揪住了我。我刚喊了一声“凿子”,又扑过来一个人。我眼睁睁看着对面的凿子一边大口吸气,一边把四根红色的辣椒全吞下去了。他的眼睛一直斜向半空,嘴巴合不上,全身抖得更厉害了,一会儿两手捂住肚子伏在了桌上。

“扶他回屋吧。这东西吃了就吐不出来,待一会儿才能发力。不准给他水喝,一滴都不行。”络腮胡子挥挥手。

“你们这样祸害一个孩子,真是连畜牲都不如……”我从震惊中醒过神来,盯住他们。

络腮胡子干笑:“你才见过多少。只要来咱这里走一趟的,没有记不住的,不信咱俩打赌!”

我只觉得那半碗盐和四根辣椒全吃在自己肚子里。我真的胸口发烫,心窝那儿烫得厉害。肚子绞拧着疼,我像凿子一样,两手抱胸伏在了桌上。

“这是怎么回事？他是怎么了?”那个姑娘问。

络腮胡子说:“没事,他是吓的。”

四

我睡了一会儿。可是在这黎明前的宝贵时光里,我一闭上眼睛就是凿子痛苦的呻吟——刚开始还以为是梦境,后来这声音越来越大了,是从薄薄的隔壁那边传过来的。原来他们故意将凿子押在了那里,好让我听这声音。除了喊声,还有碰倒什么东西的咔嚓声、骂声。一会儿,像拖地似的摩擦声越来越重——我终于听出是一个人在地上绞拧滚动。“……给我一口水,一口,我心里着火了啊！我……”“哼,早干什么去了？你不是厉害吗?”“我心里着火了啊,我快烧死了啊……”“一时半会儿还不要紧,烧不死,顶多烧成个残废!”“烧啊,啊,啊啊……”

我的心要被撕裂。我无法在这声音里安宁一分一刻。我狠力捶打墙壁,用脚踢,呼叫。

隔壁的哀号渐渐弱下来。一会儿声息全无。

我在心里替凿子祷告:但愿没事,但愿你能熬过这一场……

不知睡了多久,醒来时四周静极了。一睁眼就是逼人的强光,是几乎推到了眼前的四面墙壁——一瞬间我竟弄不清自己身在何处。用力地想啊想啊,一直盯着对面那个小小的方洞——从那儿看到了一对盯视的眼睛,这才猛然记起了一切……屏息静气地去听隔壁的声音,没有,到处死一样沉寂。经过一场非人的折磨,隔壁的小伙子该睡过去了,但愿这场噩梦就此做完。

门打开了,一股浓烈的烟味。是络腮胡子,嘴里叼了一支粗粗的雪茄,披了一件长衣服,站在门口斜眼看我。“这一觉睡得可好?”

我没有理他。

他踱进来,坐在了床边:“到底是‘二军师’啊,待遇就是不一样,别人在那边叫,疼得打滚儿,你倒安安稳稳睡了一大觉。”

我盯住这个没心没肺的家伙,突然发现几天来离得很近却没有察觉,这人脸上的五官和纹路很像一种野物——像什么?想了想,记起来了:豺狗!瞧他突出的嘴巴很费力地包裹起一口犬牙,咀嚼肌极其发达。他的两条胳膊像无力的带子一样从肩颈搭下来,使一副长脸儿更长、理成了平头的脑廓格外硕大。他的颅骨长得疙疙瘩瘩,像聚起的一抔碎石一样。叠了无数横纹的脑门下边,是一对火炭般灼红的圆眼。这可能是一个习惯于熬夜的野兽。

“昨个我一夜没睡,不像你‘二军师’这么有福。官身不自由嘛。昨个听见他怎么嚎了?”

我咬着牙关。手心里一阵灼烫。

“他的账自己结了,剩下的是你们一伙了。这笔账怪麻烦——上边催得紧,你又不愿配合……”

我盯着墙壁:“凿子……”

“他还年轻,一时半会儿死不了,顶多落个残废——别想再抡镢头了。”

我一直盯着墙壁:“我现在相信了一个说法——有人是最残忍的畜牲转生的。”

络腮胡子嘻嘻笑:“你现在才相信?我早就相信了。”

“可它最终还是要被消灭。”

“是吗?你太客气了。”

我不明白他的意思,看他一眼。

他仍旧嘻嘻笑:“到底是畜牲消灭人,还是人消灭畜牲,这事儿还得两说着哩!”

那一刻我的脸上可能一片煞白。我忍住了,再次把目光转向墙壁。我突然觉得他道出了这个世界的一部分真实。

可是我决不想认同这个真实,直到迎向死亡,都不会认同。

失 恋 者

一

在炽亮的碘钨灯下,有一种金属声在脑海里鸣响,然后就是无数针尖触向皮肤的感觉。时间一分一分熬下来,难忍的痛楚中,我只得咬住牙关寻求自己的黑夜,闭上眼睛、抱住头颅。可无论怎样都无济于事。后来我索性瞪大眼睛迎向这光亮刺人的四壁,一直看着、看着,直到两眼迷茫……我从中看到了一个伸手不见五指的黑夜。

我的眼前渐渐闪过眼镜小白的面孔。他的眼睛也在注视黑夜。一个弱不禁风的书生,却掮着背囊走过了那么远的路。一杯浊酒,一个长夜,一对挚友——我在这样的时刻才明白他对我有多么重要。是的,他也许说得对,一个真正的失恋者是无所畏惧的。我现在闭上眼睛,脑海里还能清晰地出现那个女演员,她的音容笑貌。无法忘记,不仅是小白,还有我。真是奇怪。我曾对小白提出一个近乎荒唐的要求:去见见她。对方摇头。我一直以为他们之间还能经常或偶尔见面。也许我太天真了,也许这根本就是无须去想的一个问题。反正我迷茫于这个女人的一切,连同她可怕的背叛。我心中的冤屈和愤怒都在那些夜晚达到了一个顶点,为了这位不幸的朋友,也为了说不清的许多。那些黑夜啊,我的朋友正为不能放弃却也无可奈何的爱而痛苦焦灼，在心灵深处四面奔突。

“你也是一个失恋者。”这就是他对我的一个奇怪的印象和结论。

我摇头，但并没有矢口否认。我只是摇头。面对一个无所不谈的朋友，我不是故意掩饰什么，而是不知怎样回答。我在那个夜晚没有睡好，回忆的潮水一次次将我淹没。大约是凌晨两点左右，小白坐了起来，他发觉我没有睡。他问：“你不是在一年前已经彻底放弃了这里吗？你回城了，而且再也不准备回来了，这我们大家都知道。你绝望了，灰心了，最后不得不放弃，这都能理解……可是你又回来了，这倒出乎我们的预料……”

“你听拐子四哥他们说了什么？”

“主要是我自己的判断。你在这儿折腾得太久了，可以说流尽了最后的一滴汗，各种尝试都做过了，结局不过是这样。可是你又回来了，我一直想问问，这到底是为什么？”

我一时不知从何说起。我真的要好好想想呢。

“你回来就是想和我们——和老健这些村里人好好干一场？”

当然不是。但我听着，没有回答。他问得太具体了，而我回来的目的却远没有那么直接——甚至没有任何直接的目的，没有一个清晰的选择。但我又不能否认，因为我无法否认。这多少也是事实。因为我已经不能忍受。

“你的绝望和愤怒淤积得太多了，它们需要一个出口。任何一个失恋者都需要。这一点我和你完全一样。”

我想从头，从离开、从回城的那一刻谈起，因为只有如此才能说得明白。像任何一个中年人一样，我已经不愿触及自己的隐私，哪怕是面对一个尽可以敞开心扉的人；不是担心和惧怕什么，而是其他，是一种特别的忠诚和爱恋——需要如此吧。小白对我谈起的算是隐私吗？也许不算。因为他与那个女演员分手的故事、掠

夺与伤害的故事,并非秘密。我声音沉沉地说道:

“不,我最初也许是为了一个人,为了寻找一个人……”

“女人?”

“女人。”

小白屏住了呼吸。他大概以为自己很快就要接近一个答案了。

“我找不到她,最终也没有找到,所以……像你一样,开始了四处游荡。”

小白等我说下去。因为我长时间没有说什么,他就自语起来:“我们的朋友武早也是一样,他找不到她,也就一个人走下去了——现在谁也不知他在哪里。总有一天我们都会像他啊,一直走下去,走到一个谁也找不到的地方去。”

我沉默无声。是的,武早已经痴迷了,他因为自己的女人走失了,先是住进了精神病院,再后来就是从这个世界上彻底消逝了。这是一个让人无比痛怜的男人,一个因为自己的心爱被这个世界毁掉而绝望发疯的人。因此,在这个囚禁的夜晚,我真想问一句小白:

“你说老健和老冬子,还有苇子,这些村里人是不是失恋者呢?”

可惜这个夜晚只有我一个人,我们无法讨论,也无法听到你的回答。那好吧,就让我替你回答吧,也许你的答案与我完全相同。这个夜晚我要说的是:他们也是一样,都是因为自己的心爱被这个世界毁掉了!他们的心爱不是别的,那就是自己祖祖辈辈厮守的这片土地。这种爱到底有多深,我们完全可以说感同身受,因为我们也这样爱过、这样爱着——她不过是化为了一个具体的人——是这样而已。

是的,老健一伙,村子里的人,都绝望发疯了。

这个世界要依据它的法律审判他们,可是却没有对一次彻底的毁灭作出赔偿。由于赔偿的数额太大太大了,这个世界赔不起,于是只有采用一种最卑劣同时也是最简单易行的办法:审判贫苦的大众。

当这个世界本身接受审判的那一天,也只能是毁灭——与所有生命一起毁灭。

“你是怎样决定回到这片平原上的呢?”那个夜晚,小白的思绪又一次回到了那个执着的、具体的问题上了。

我回忆着:“因为我在外边实在待不下去,最后简直连一天都待不下去了——所以我必须回来。就这样,我回来了。”

“起因呢?总会有一个起因吧?你跟我说过,是因为找一个女人……”

“是的,找一个女人。这个人失踪了,她许久都不见了,谁也不知她去了哪里……”

小白的头往前探了一下:“她的失踪与你有关,或者说,你对她的失踪负有责任——可不可以这样说呢?”

我沉默了一会儿,说:“如实说——我不知该怎样回答。”

“回答模棱两可。行啊,那就这样说吧;我是说,你在外地不是因为挂念这片平原,不是因为你在这里的事业,而是放心不下她,这才背上背囊走了出来,是这样吧?”

我真的无法回答是或不是。因为实际上——“实际上二者都有。准确点说是二者都有。”

“当然,你最终还是要回四哥他们的小茅屋来的,这是肯定的。我是说你离开的最初起因——你说过是因为要找一个女人才这样的。”

“好吧小白,如果你一定要证明我和你一样,也是一个失恋者,那么好吧,我说‘是’,这总可以了吧?”

小白笑了:“事实只能如此,不是我逼你这样回答的。今夜你就从头说了吧。”

那个夜晚我没有说下去。因为故事太长,还因为其他。只是小白的问题使我无法入眠,使我想着城里的日子,从头回忆。我首先想起了那一声奇怪的叹息——在寂寞的日子里,有一天电话突然响了,拿起来却没有声音,问了两声,还是没有回应。

我只听到了一声叹息,电话放下了……

二

这声令人不安的叹息后来又有过两次。那天我很懊丧,搓了搓手。站起来。这种沮丧的感觉越发强烈了。记忆中,前些年我不止一次经历过这种事情。可是今天的这个电话仍然还是有点奇怪,像是谁在搞恶作剧。但我又立刻把这个想法否定了——这个电话让我想起了一个人。我的身上立刻不安起来。

后来我尽力去想一些别的。我想忘掉这个电话。

下午的阳光从窗棂上射进来,把我的小窝照得温暖如春。它照在我的脸上,使我的身心都有了一种暖煦煦的感觉。我仰躺在床上,闭着眼睛。我甚至嗅到了太阳的气息。空气中充溢着一股药香味,这么熟悉。它是我童年时候多次攀援过的那棵大李子树的气味。宛若春天。它那一片银色的花朵铺天盖地。外祖母就在大李子树下洗衣服,我攀在密密的枝丫中间,往下望着她雪白的头发。“外祖母!”我在心里呼唤着。无数的蜂蝶围绕着大李子树旋转,发出嗡嗡的声音。离李子树很近的地方,有一口砖砌的水井。水井旁边,就是我们家的小茅屋。当春天深入时,常常是一场南风,洁白的花瓣就飘落下来。“下雪了,下雪了!”我欢呼着,在树下伸出手掌迎接这飘飘下落的花瓣。浓烈的药香味越来越浓,然后,消逝。它像往事一样一闪而过,小茅屋没有了,外祖母也没有了。

只有大李子树永远屹立在原野上、记忆中。

奇怪的时光隐藏了多少奥妙，一个人，应该是围绕大李子树那些蜂蝶当中的一只。他尽管饥渴地环绕，可总有一天还是要飞去……我一点点地长大了，背向着大李子树越走越远，可奇怪的是说不定在什么时候，如深夜，突然醒来；或白天静息中的某个瞬间，我的面前会一下飘过它那浓浓的药香味儿……

极力回忆着。但愿这声叹息没有我想的那么可怕……想啊想啊，又记起了几年前的另一种情景，那是另一回事儿，是一个例外！是的，有一天电话铃响起来，拿起话筒一点声音也没有。"你是谁？"我问了两遍，对方只是叹气，接着是压抑着的哈哈的笑声——原来是他，是一个小子在搞恶作剧。

那家伙也是许久没有出现的一个人，就这样突然从电话里冒出来，然后就像影子一样缠住了我。他突然之间出现在这座城市里，不知怎么把我的电话号码搞到了，接着就给我打来那个弄神弄鬼的电话。也就是从那时起，我才知道一个初中同学如今也成了一个"人物"，成了最时髦的一种人，即所谓的"诗人"。天哪，当时我极力从脑海里搜寻，好不容易才记起一个名字——可我做梦也想不到使用这个笔名的人竟然是我的老相识，而且是初中同学！费力地想了许久，才想起这个叫小焕的人长了一双斗鸡眼，当年一直被大家叫成"斗眼小焕"。

就这样，我们在这座城市里见面了。见面时我才知道，他原来是一个"会员迷"，热衷于各种各样的协会，已经理所当然地加入了二三十个协会。这家伙目空一切，臭味扑鼻，胆子大得不得了。

令我至今后悔的还有一件事，就是当年我把平原上的住址、拐子四哥的小茅屋一不小心全跟他讲了。我一时被他迷惑住了。到后来才知道，这家伙的长居之地也在那个平原上，我一到小茅屋离他可太近了，于是他就可以更方便地折腾我。从那以后我知道自己最恨的人是谁了。我发现这个家伙身上差不多集中了人类的一切卑劣。我曾经发誓:在我的后半生,我首先要做的一件事,就是要远离“斗眼小焕”这一类人。我觉得这是令我痛苦的根源之一。同时我也发现,只要有了“斗眼小焕”,我就不可能斩断这个祸根。我希望永远也不要见他才好。

结果却是一次连一次地失算。斗眼小焕不断地到小茅屋里去缠我,我推托没时间,他就恨恨地大声说:

“你这是在拒绝一个天才!你会后悔的!”

我认定他有一些不可饶恕的毛病,可无论怎么下决心,后来还是没法彻底避开。他就像一只水蛭一样吸在我的腿上,甩也甩不掉,又时时让人感到钻心的疼痛。我回城后觉得轻松和值得庆幸的,就是离开了那个平原,总算可以甩掉那个家伙了——可这会儿一个电话,又勾起了我极大的不安:天哪,可千万不要是斗眼小焕打来的……眼下这个家伙早已不写诗了,因为他几年前就说:“如今最最愚蠢的家伙才捣弄那玩意儿呢。”他已经开始穿高级服装,抽名牌香烟,来来往往都乘飞机。他说:

“我都是坐飞机,那家伙多快多来劲儿,噌的一下飞到你身旁,让你防不胜防。”

我真的防不胜防了。一开始我不知道他在搞些什么名堂,后来才知道他正跟一个建筑商搅在一块儿,近来又参与倒卖什么珠宝。总之他现在是一个莫名其妙的人,一个只有这个时代才会产生的极其独特的怪物。他神出鬼没,没有任何规律可言,做坏事好事都无法预测,让人难料。有一天深夜一点,我刚刚进入梦乡呢,突然有人嘭嘭敲门,我不快而惊惧地披衣开门,一看却是斗眼小焕!他嘻嘻笑着站在那儿,还披了一件脏腻的蓝大衣。

就是这么一个家伙,但愿他永远把我忘掉才好。

我躺在床上想着心事,享受着下午暖洋洋的日光。后来传达室的人来了，进门就交给了我一个奇怪的信件，上面没有地址。

“哪来的？”

“是你原单位守门人交给我的，上面写了要面交给你。”

我打开信一看，内文只是歪歪扭扭的两个字：回呀。

好大的一张信纸。多么怪异、荒诞、奇特。

一连多少天过去，没有一个客人。而在以往，只要我一踏进这座城市，很快就忙于应酬。这一次归来却是悄没声息，很多最要好的朋友也不知道我的行踪……沉寂中，电话又一次响起。又是无人应答、又是一声微微的叹息。这越发让我不安。他（她）会是谁？我开始怀疑起来，至此，再不相信这会是斗眼小焕的恶作剧，因为我知道这个人没有那样的恒念——干坏事也仍然需要一点恒心、一点坚持之力。

到底是谁呢？

三

只有爱才能证明生命的激越和搏动。生命就是爱。回避它就是选择了沉睡和死亡——我们在这样的时刻难道非要谈论幽暗的故事不可吗？是的，那个浑茫黑暗的世界里同样温馨，同样平静，也同样具有永恒的意义。生命中的黑颜色像一条小河一样缓缓流淌，它一刻也没有终止。但是我们仍然心有不甘，于是用双手捧起一束束光……“睁着一双大眼，让我爱不释手。”记得那个冬天，你戴着一副小小的浅黄色手套，迎着我举起来，横在你我之间——这个姿势让我想起了站立的袋鼠，它挥动不停的两只前爪……你那会儿在我面前摇头晃脑像个男孩一样。屋子里有点热，你把头巾解下来，解下来……你摇着头，注视着我。一幕幕划过脑际。像你这样的一对大眼睛也不允许回忆吗？

我看过一份材料，那上面讲，真正有价值的知识阶层是不屑于谈论女人的。谁要保护自己的社稷,那么就牢牢抓住知识分子队伍中最优秀的那个阶层吧,据说这个阶层的人才是真正有价值的,他们不谈论女人,只忙着推动国民生活;而只有那些低级知识分子、一些小人物,才个个好色,搞婚外恋等等,总之也就是那么一套吧。不过我发现人们还是很容易滑入"低级的知识分子""小人物"一类。那大概是一个深渊。可是我也怀疑这样巧言令色地划分"阶层"的人本身就是一个不贞的家伙,而且一生下来就会颠倒黑白,瞒天过海。实际上爱只不过像泥土一样淳朴,像泥土一样孕育和滋生,茂长出绿色的植物,结出甜蜜的浆果和有毒的罂粟。就是罂粟也常常开出迷人的花朵,打扮这个世界。美丽的罂粟花有多少传说。

当我的目光一转向你,我的那片平原,心里就要泛起什么,而且再也忍不住。我一遍又一遍遥望那棵巨大的李子树:它的银亮亮的花朵,喷云吐雾般的巨大树冠。它笼罩了我的童年,把我的整个人生都镀上了一层银色。大李子树下的小茅屋居住了一个怎样的三口之家:外祖母、母亲和我。"父亲呢?"我刚刚懂事就问妈妈、问外祖母。我不知道父亲是一个禁忌的话题。外祖母有时和母亲在一块抹着眼泪,小声地说着什么,我怀疑她们就是在谈论父亲。

直到很久很久以后我才看见他。不过由此而带来的全是不堪回首的那一沓子。我与父亲的遭遇几乎改变了我的一生。再后来我就离开了,逃进了大山里。

当年我怎么也想不到会是这样。没有父亲的小茅屋里,母亲和外祖母永远在忙碌着。母亲在离家不远的园艺场里做临时工,养活我和外祖母。现在我才知道,她们还在等一个人,那就是我的父亲。就是因为这个男人的缘故,我们一家才成了这个平原上最孤独的人。这儿所有的人都离我们很远,指指点点地谈论那个一直像梦一样萦绕、时不时地出现在心头的人:

“小茅屋里的那个男人哪,听人说拉走的时候披枷戴锁哩。”

我把听来的话告诉外祖母和母亲,她们一声不吭。我发现我的话给她们带来了多么大的痛苦。我再也不敢谈论父亲了。可是这一切装在心里,像石头一样。再后来我长大了,可没有一个学校愿意接受我。妈妈不知找了多少人,费了多少口舌,才让我进入园艺场子弟小学。我从此可以穿过杂树林子中的一条小路,每天背着一个花书包到学校去了。迎接我的都是一些陌生的目光,他们好像在问:他,小茅屋里的孩子,为什么还要来上学呢?

大概无论是现在和将来,谁也不需要我。我永远都是一个多余的人。

音乐老师是一个二十多岁的姑娘,只有她向我投来一束关切的目光,这让我感激不已。我们一家孤单单地住在林子里,我除了认识一两个猎人,认识拐子四哥,差不多很少接触别人,所以一触到陌生人的目光,难免要一阵慌乱。不知过了多久,我终于敢抬头看我的老师了。

回到家里,我可以长时间地沉思默想。我常常在想老师的目光。由于出神,妈妈和外祖母有时候问话都听不见……大李子树下的砖井旁生出了一丛漂亮的金色菊花,一天早晨,我折下了含着露珠的一束,装到了硬纸筒里。

我想把它送给老师。我也不知道为什么会这样做。

我把那束菊花从早晨一直保存到傍晚。没有机会,没有交给她的机会。后来这束金黄色的菊花就在我的书包里干成了一球。它们给揉碎了。我掏课本和笔记本的时候,就要掉出很多屑末。我闻到了它的芬芳。老师走过来,看着我。我觉得她的目光像阳光一样温煦,正照耀在我的身上。我的脸开始发烫。我幸福极了。

后来我重新折来一束菊花,鼓足勇气,敲开了她的门。

她一个人坐在屋里,惊讶地站起来……我不知怎么把菊花拿了出来。

后来她就常常让我到宿舍里去玩了。原来她的家在离这儿很远的一座城市里,只有她一个人在园艺场里工作……记得那是最混乱的日子,园艺场子弟小学也不安宁,在风声最紧的时候,夜里她让我留下来做伴。那些夜晚,北风呼啸时,我就紧紧地依偎着她。有一天我醒来,发觉有什么东西洒在我的脸上,原来是她的泪水。原来她没睡,一直在看着我。我问:

"老师,你怎么啦?"

她没说话,擦了擦眼睛。这个夜晚睡不着,我们说了很多话。她问起了父亲,我把头沉到了黑影里。

"他在哪里?"

"……在南面的大山里。"

"大山里?"

"他们要在那儿凿穿一座大山……"

冬天过去了。第二年,春天和夏天一过,大李子树下的金色菊花又开了。我带着第一束菊花赶到了学校,敲开了她的门。可开门的竟然是一个陌生的男子。他冷冷地说:"你的老师走了!""她什么时候回来?""不知道!"

直到很久以后我才得知,我的老师原来是带着屈辱离开这片平原的。她再也没有回来。就这样,我失去了她,而且猝不及防。

从此,我好像一生都在寻找和期待。好像我一直手捧着什么——那正是一束若有若无的金黄色的菊花,站在原野上,四处张望。

我很容易把一个温馨的姑娘当成了当年的老师,从中感受着一对特殊的目光。是的,这目光温暖了我的一生。

四

童年的心情与印象永生不灭。那时看过的一切都鲜亮逼真,比如我眼里的小茅屋,屋草被雨水洗白了的颜色是多么美丽,它的小木门、门槛上的纹路,都永远清晰地刻在了心里;我甚至记得茅屋后面一层结了硬壳的土,它上面的小蚁穴、蚂蚁们的忙碌……特别是那棵大李子树,它简直是大极了;树下的砖井,井水清清,砖缝里生出了青苔;它的甜泉取之不尽……很久以后,当我从这个城市走到那片小果园,重新看到那一切时,竟然有忍不住的惊异。小茅屋可怜巴巴,寒酸极了,被雨水洗白的茅草薄薄一层,暗淡得像稀疏的毛发;还有小木门、屋子后面结了一层硬壳的泥土,到处都平淡无奇。它们不过是贫寒的印记而已,毫无神奇可言。

这究竟是因为我变得老旧,还是它们?显然是我——它们只是原样不动地被岁月尘封在那儿。我们这片小果园,果园北边的沙岗、杂树林子,里面花花点点的浆果、奇怪的小动物都在,惟独没有了童年,没有了奇异和神秘。

是的,生活中不止一次有过这种感受:小时候所看到的一切鲜艳与美好都在消失。随着年龄的增长,以往获得的强烈印象在渐次递减。多么可怕啊,我们无可挽回地失去了一种能力,敏感的触觉正在离我们而去,无论一个人对此多么警觉,也还是要忍受一种颓败的命运。这显然是生命的蜕化,嗅觉、视觉和听觉,更有一颗心,都在蜕变和老旧。这是最为可怕的。我们可能无法去认识和寻找生活中真正蕴含的奥妙。时间像河水一样流淌,而过去我们可以把它分割成很小很小:一天,一小时,一刻,都能在我们的心灵划下无数细密的刻度;再到后来,一个星期变得像"一天"一样短暂;最后,一个月又变得像一个星期一样短暂。一年就这么匆匆而去。春夏秋冬不停地重复……

小时候的"一年"是那样漫长,我们于是才有可能在心灵上把一年中的四个季节细细品咂。难忘的春夏秋冬,它们在我们心里留下了永难磨灭的印象——这一切都是自然而然的,我们并没有用力地观测和记录。因为我们的眼睛没有被灰尘蒙过,清明透彻,一切在它看去都是鲜亮明丽的。也正因为如此,岁月才变得簇新动人。现在不行了,我们的眼睛已经陈旧了,这两间心灵的窗户蒙上了岁月的尘埃,所以一切才开始变得模糊、暗淡,连一圈圈的年轮都看不清晰。正像我们在自然、在光阴面前变得迟钝一样,我们关于异性、关于爱、关于友谊、关于土地,一切的一切,感知上都变得麻木起来……

我担心未来的一天,当真的遇见自己的老师时,手里的菊花将一无所用,因为我已经无从辨认,也无从唤起当年的那种感觉了。生命不是走向成熟,而是走向老旧。

一个偶然的机会,我推开了城里的一扇门,于是看到了一位小学女教师。我那时看到了什么?一瞬间我简直是呆住了——多么奇怪,这当不会是真的吧?我长久等待和寻找的那个音乐老师,这会儿就活生生地站在了眼前——眼前的这位姑娘竟然与当年园艺场里的那一个宛如一人!是的,尽管我在理智中纠正着自己,告诉时光已经过去了几十年,眼前完全是一种幻觉,可当她站在我的面前时,仍然让我嘴唇颤抖,说不出一句完整的话来:

"……是你?"

当然,这是一场很容易就被矫正的误会:仅仅从年龄上算一下,当年的老师也该五十多岁了,而眼前的姑娘刚刚二十多一点。但无论如何我还是不能将其忘记。

我们有了交往。可是谁也没法预料未来,因为最后我还是不愿用那个锈迹斑斑的词儿去概括一切。

我发现只有在那个时刻,自己才重新变得像童年一样敏感。一种语气、一个眼神,甚至是不经意的一个举止,都能在心里刻下深痕。它深深地嵌入我生命的河流之中。那时的一切都让人难忘。它像童年一样簇新,光灿灿的,火热灼人。

时光过得飞快,时光让人变得痛苦而无望。我们默默相视,遥遥相对……这些回忆一次次将我围拢,难以驱散,尽管它无论如何在别人的记事簿里还是要归入那种破破烂烂的故事。我不愿辩解。一个人压根就不可能知道另一个人的故事……就算是一个破破烂烂的故事吧,其结局却稍稍不同。

我发现了另一个自己,那个手捧一束金黄色菊花的少年又复活了,他在四下张望……

时间飞速流淌,一年年过去,思念沉在了心底,炽热的心汁在渐渐冷却,手中的菊花化成了屑末。我再不像过去那样,一想到"老师"两个字就要心颤。怀念和寻找都变得淡漠——有时我竟然发现正在把她遗忘。多么可怕,与此同时她却极有可能正在忍受和挣扎……我总是注意流浪者的队伍,但又认为破衣烂衫的流浪汉之中绝不可能有一个光彩照人的姑娘。

我甚至认为自己是一个心底幽暗的人,胆怯而卑劣。这使我付出了代价,不得不忍受自责和折磨。我因此一夜连一夜地失眠,皱纹无情地网住了面颊。我试着原谅过自己,但很快又将其推翻。我发现自己今生既无法遗忘也无法开始。这不仅仅是关于她,而是包括了所有的苟且、退却和软弱卑琐的记录。我不得不痛苦地承认,我的心灵像那片荒原一样,正在走向沦落,而且无可救药。它与那片荒原一起沉落下去,形成一汪汪肮脏的死水,滋生出无数细菌。

我一次次地祈祷,为着我的老师,为着所有善良的人们。我的眼睛看不得苦难……有一次我走在街道上,亲眼看到了一个满面灰尘的老太太,她伏在垃圾桶上,费力地寻找着有用的东西,身边是一条残破的口袋。她每找到一点碎玻璃、绳头纸壳之类,就把它投到那个口袋里。老太太顶着一头白发,大约有七十多岁了。我只是看了一下她的背影就赶紧转过脸去,忍着心上的一阵痛楚——因为我马上想到了我的外祖母，她生前就不停地把一些干菜摆在茅屋前边晾晒、装进口袋……“外祖母……”我叫着，却不敢回头。不知垃圾桶边的老人有没有亲人，不知有谁会来帮她。面对着具体的苦难，我所能做的只不过是尽快地背过脸去……

我就是这样的一个男人，不敢盯视残酷。我不知有多少人都像我一样，正在背过脸去……

第 三 章

乌 姆 王

一

在这无边的长夜里,忆想纷至沓来。我在从头回想与眼镜小白以及红脸老健他们的友谊。我承认刚刚进入这个黑屋的时候,心里还多多少少有点怨艾。我不愿为他们的事情搅进如此之深。痛楚来自肉体的折磨远不如自尊受损更大。我想从头寻索整个事件发生的因果和过程。我当然明白自己为什么深陷此中,但需要细细思量的还有更多。我在想小白自身的失恋与这个事件的关系,想了很久。我不相信这只是一种怨恨的爆发和转移,而是更为深刻的使命才让他作出了这样危险和大胆的选择。我想起了当今世界上那些甘于献出生命的环保斗士,心底涌起一股钦敬之情。令我愧疚的是,与他相比,我与这片平原的关系却要深刻紧密得多:我不仅在这里出生,而且还是一个直接的受害者。我时下的忧愤可能来自其他,比如我不愿以这种极端和激烈的方式、不顾后果地与一些势力发生冲突。我怀疑这并不是解决问题的最好方法。尽管眼镜小白说这样做只是为了“提高声音的分贝”,但这其中显然还包含了其他的东西;我甚至认为小白在事发之前已经作好了冲突升级的准备。我有理由相信他与红脸老健等人是不同的。我也暗自承认,那些审讯者对他追踪的理由和方向并没有太大的偏差——眼镜小白的确是整个事件的"头脑"。但也正是因为如此,我对舍弃了宝贵的时间、付出了极大的精力甚至是不顾自身安危的知识阶层,有了一种不可言喻的深层的敬意。自此,那种怨艾也就消逝净尽了。

几年来,也正是小白使我有机会与老健等人有了更深的交往。这其中的一个神秘人物对我构成了难以言喻的吸引,他就是三先生。尽管在事发之前的那些日子里没有多少空闲,但我还是寻找一切机会去探望他。老人那时正处于一个特殊时期,深居简出;他在救治了老冬子之后一直没有离开自己的住所,也不再出诊,只有忠心耿耿的跟包一个人留在身边。我每次走入老人林中这座静谧的居所,一种特异的感受就从心中洋溢出来。这儿让人想起一处遗世飞地,尽管它离村子也不过两华里之遥。

老人每日里打坐,双目垂帘。这段时间他不离地铺,我和跟包则躲到隔壁那栋小一点的屋子里,和一些堆积的药材、制药器具之类为伴。我最为好奇的当然是三先生的事情,可问得多了,跟包好像有点警觉,不再像开始那样有问必答了。这个五十多岁的男人令人羡慕,竟能从十二岁开始跟从一位如此杰出的乡间医生。因为时间极久的缘故,人们说这位跟包如今也有相当不错的医道了。我就这个问题询问过他,他毫不谦虚地点点头说:"咱跟老先生没法比,不过要提起那些大医院里的中医大夫,我压根就看不上眼。"我有所保留,说:"不过他们当中区别也很大,有的教授……"他"哧"一声打断我的话:"这些人十个有八个让西医串了种,他们算不得真正的中医。"在他眼里三先生简直就是一位无所不能的神仙,而他本人也就成了侍仙童子,也并非什么凡人了。不过我对他的模样还是多少有点不能习惯:大鬓角,黄脸皮,格外浓旺的一簇头发下是一双沉沉的眼皮。这张脸实在有点太宽了,额头上那两条深深的横纹又加重了它的宽度,它们一下下蠕动的时候,似乎就有什么可怕的计谋生出来。“我这三十年啊,”跟包咂着嘴,“跟在先生身边走村串户,听到的见到的多了去了……”

我点点头:“当然。那你是否准备将来单独行医啊?”

跟包瞥我一眼,嘴唇努成了一条长线,浓浓的鬓角垂得更重了。他屏住呼吸一会儿,像是在听另一个屋子里的动静,然后长长叹息:“我这一辈子也就是他的跟包了。”

“如果老人百年之后呢?”

“没有这个‘之后’,先生一定走在我的后边。”

“这怎么可能呢?他那么大年纪了……”

跟包立刻盯住我问:“他多大年纪了?”还没容我回答,他就狠劲儿沉沉下巴:“告诉你吧,三先生今年已经是百岁老人啦!打我见到老先生——那是七十来岁吧,也就算停住了,一直是这么一副模样儿。”

我注意观察他的神色,以便从中找出夸张的破绽。没有。我压住了心底的惊诧,不再吱声。

“三十年了,我只是看和听,对这个平原还有平原上的人,算是知道了不少,也从根上摸透了脾气。老先生早就说,平原上要出大事了。他平时不管不问,心里可算分分明明呢。他说万物都有自己的命哪,这也不是闹闹就能管事的,因为说到底这片平原如今已经不是咱们的了——它已经早就在暗里改了主儿——许多许多年前就悄悄地倒了手了……”

我听不明白:“‘倒了手’是怎么回事?”

“就是有人整个儿把它卖出去了。当然是偷偷干的。这地方现在已经是‘乌坶王’的了。”

我惊讶中又忍俊不禁,险些被这里面蕴藏的巨大幽默给逗笑。我问:“谁是‘乌坶王’?”

跟包一脸肃穆,看得出他一丝玩笑的心思都没有:"这可不是老先生一个人说的,只要上了年纪的平原人都知道——我是说年纪在九十左右的人才行,再年轻了就不会懂。为什么?因为越是上年纪的人越有根性,他们才能记住大事儿。年轻一点的,身上的根性早就被伐了,记不住大事了,小事嘛,或许还能记住一点点。老先生常跟我说的一句话就是:人哪,要记大事!什么是大事?比如平原从哪儿来、到哪儿去,这总该是大事吧?它怎么倒了手、卖给了谁、又为什么卖了,其中的过折,这不是大事?这些一丝一毫马虎不得哩!你问谁是'乌坶王'?那就扯远了,那就得从头开始讲了。不过照你这个年龄来看,根性早就伐过了,你听了信不信、记不记得住,那还得两说着呢!"

二

"乌坶王"不是人,那是神。最早也算一个顶天立地的神将,在大战混沌的那个时期有过赫赫战功。他一开始被大神所重用,是大神手下的几大神将之一。如今论事都要说"大战混沌"怎么怎么,就因为那才是一个了不起的分界线:这之前天地不分,无星无月无太阳,或者就是有也看不见,上下左右都起了野火,厮杀个你死我活,血流遍地。硝烟冲上九天,又漫入九地,河流变成了硫酸,飞马从空中下来想洗个澡,一头栽进去只剩下了一副骨头架子。云彩成了毒雾,大雁刚钻进去就嘎啾一声闭了气。各路战将打翻了天,无时无刻不在呼号拼争。这中间幸亏出了个大神,他手下有十几个骁勇非常的神将,这些神将都记得混沌之前的天地模样,记得哪里是银河、哪里是北斗,从天蝎座出发拐过金牛座所需要的时间、巨蟹座下边的雾气和银河两岸所有的溪汊路径、怎么使用小木筏子、怎么让猎户星座引路等等小窍门,所以也就百战百胜。其他那些混战的对手很像草莽英雄,基本上全是蒙头浑杀,在硝烟里瞎钻,没有方位也没有正常的路径,所以失败只是早早晚晚的事儿。

斯杀一直延续了七七四十九年,大神胜了。硝烟战火一停一散,天地自然也就清朗起来。于是人们也就有个错觉,说是大神把没有天地没有星月的一片混沌给廓清了,等于是开天辟地,也叫“混沌初开”。这就成了造出天地的奇伟之功,是没有任何一个神可以比拟的元初之功。实际上当然不是那么回事,因为无论谁胜了,只要战火停下,硝烟总要散去,这时候天和地也就一点点显露出来了,江河湖海也就恢复了常态。这只是个时间问题。可也就是这个最基本的事实被所有人都忽略了、忘记了。因为知道天地原本就存在的人,只有那些和大神一起拼战的神将们,他们最后忍不住,偶尔就要纠正一下大家的谬误,指出“天地原本就存在”这个实情。这就惹得大神十分不悦。神将们说:“难道不是这样吗?这是真的啊!”大神脸色冷峻,不愿搭理他们。后来他们又问为什么不能实话实说?大神就扔下一句:“愚蠢。”

所有的神将们都不明白自己愚蠢在哪里。他们认为只不过是说了一句平平常常的大实话而已,怎么就惹得大神如此恼怒?难道我们连天地一直存在这个最最基本的事实都要否定吗?难道大神要把造出了天地这样的旷古伟业全都揽在自己身上?如果这样,那就不是个贪天之功为己有的问题了,而是更吓人的大谬和不义。这简直是胆大包天、色胆包天。不过说到色,他们认为大神在这方面还算差强人意,因为尽管在激战之年他也忙里偷闲地搞了几位娘儿们,但总体上看也还算节制。大神曾经把战将中稍有姿色的几位女子喊到帐中,以较快的方式草草了事,总是以不耽误战事为准则。大神的雄性气魄是胜利的保障之一,所以在男女之事上也难免有些强横,并且事后即忘,有时连她们的名字都搞不清楚。这些事情神将们多少还能理解。不过混沌初开以后那就是另一回事了,大家都看到大神的两眼总在睃摸女人,一度还忘记了大事和正事。

混沌初开,大势已定,治理天下,特别是分封——这才是大事和正事。但不管怎么说,所有的神将都小心多了。他们三缄其口,一般不敢轻率议论,更不敢谈论天地这一类极敏感的问题了。有人一旦问起,他们就“嗯嗯啊啊”一阵。果然不出所料,大神开始放手挑选美女,然后又日夜砌造与美色相谐的宏伟宫殿。而神将们各自守住自己的战营,只有一边看的份儿。好不容易等到了论功行赏的时候了,大家这才舒了一口长气。普天之下,三山六水,通盘规划,肥瘦不一。功大者封得美疆阔土,等而下之者则要稍逊一筹。不过大多数神将总算各得其所,安顿下来之后其乐融融。惟有乌坶王倒了大霉,他只分到了一块没水没树、干旱焦热的大漠。这个结果令其怒火冲天,在别的神将看来也不尽公平。但没有谁敢为他说一句公道话。这时候大家都想起了那次危险的战斗:大神和一帮人被敌军围在了银河左岸,里里外外给困了好几层,眼看就要完了。就在敌人开始总攻的生死存亡关头,乌坶王率一支精锐出其不意地强渡激流,以过人的勇猛打破重围,救出了大神一干人马。

类似的情形还有几次。乌坶王是一个形貌怪异、脾气倔横的家伙,为人霸道但从不惧死。他的毛病是太喜欢喝酒,一口气能喝下一坛,醉酒后万事不理。也就因为酒后误事,他曾贻误军令三次,但好在造成的后果都不严重。大家估计乌坶王得罪大神最深的可能只是两件事:一是在天蝎座附近的一场鏖战进行到一半的时候,大神在帐中欢会一个落魄仙女,竟然拖延与急报军情的将士见面,乌坶王得知后浑骂了一通,这不可能不传到大神耳中;二是他一直坚持天地是原本就存在的,决不是大神领人重造的,大神为此恼怒之后,他还仍然这样说着。

分封后各得其所,惟有乌坶王愤恨难平。他回到那个大漠里煎熬去了，一声连一声说："我的死期不远了，不过我咽不下这口气啊。"他巡视自己的疆土，想找到一处像样的地方，结果一连转了许多天，越转越气，最后绝望地躺在了沙子上。太阳热辣辣的，烤焦了所有的绿色。这些天里甚至没有看到几只活物，除了一条小蜥蜴，再就是一种与沙子同色的小蛙、一只半尺长的兔子。所有的吃喝只得从遥远的地方搬运，需要向战争期间结下情谊的另外几个神将去讨。这些神将可怜他，不过给予东西时都要小心翼翼，只怕大神知道怪罪下来。乌坶王不断地发出牢骚，但很少再敢破口大骂了。那些咒骂憋在了心里，这让他更加难受，让他很快苍老起来：一张宽脸由过去的酱色变成了紫色，双眼又圆又硬像干核桃，往前突着。这样的日子里他越发爱饮了，于是对一个从来不离左右的奇人更加依赖。这个人叫"老酒肴"，是争战时代从乱世中找来的，一位酿造美酒的异人。老酒肴无论在怎样的地方都能找到酿造的东西，曾经于极为匆促和匮乏的年代里为乌坶王备下了几十坛美酒，让其在激战的间隙里随时都能开怀畅饮。有一段时间大神得知了乌坶王身边有这样一位误事的家伙，曾让人传告乌坶王：立即将其斩除或赶走，总之绝不能留在营中。乌坶王冒着抗旨的危险，不知费了多少周折才算把这人保护下来，一直将他带在身边。

老酒肴对乌坶王忠心耿耿，别无他念，一心想的只是怎样为大王造出更奇妙的美酒。他随乌坶王来到大漠之后一度傻了眼，因为这里走上几天才能找到一棵沙地棘，绿色尚且如此难觅，又哪里去找酿酒之物？后来他日思夜想才琢磨出了一些办法，结果让乌坶王心花怒放。老酒肴的酿酒方法大概在人间天上都是绝活，只有他这个神奇的异人才能想得出来。"就是嘛，说起造酒，有什么能难住了我也？"他甚至设想了更为艰难的处境，于是闲下来又发明出一些更新的造酒良方，并准备在今后的日子里一一尝试起来。

三

乌坶王生在水边，平生最喜欢的就是水，可是他的封地内没有一条河、一个湖，更没有海。他在成为神将之前曾在一个大湖上待过，每天里的许多时间都要泡在水里，自小养成的一个恶习就是要用水底淤泥抹在身上，而且要越黑越臭越好。这种气味别人受不了，那是一种常年沤在水底、掺和了死鱼烂虾和腐草的味道，腥臭中透着一股铁锈气。他高兴了就要把这种淤泥抹在脸上，最多的时候只露着两只眼。熟悉他的部将都习以为常了，可是那些最初见他的人，包括战场上的敌将，总是瞥一眼就吓得浑身打抖。有时他实在太匆忙了，胡乱抹上一把淤泥就出门了，脸上常常还沾了个把小田螺和小鱼之类。有一次大神知道了他的这个怪癖，特意于百忙之中来到了营中，一进门正好碰上了脸上沾着田螺的乌坶王，惊得叫出了声音。大神闻着一股股腥臭气味，心里不仅没有厌恶反而有些喜欢。大神喜欢一切有着怪癖的人和事，对自己的女人、神将及其他，都是一样。那些特别能撒娇、特别爱哭或特别高大的女人，总是让他难忘。有一次行军途中遇到了一位脸长如马的女子，这立刻让他好奇心大发，竟然特意停留了两天。那是一次难忘的遭遇，虽然不尽是美好的记忆，但也在激烈争战的日子里成为不能消失的一次经历。他许多年后还能记起那个马脸女子的沉默寡语，以及在床上小心翼翼的、格外的轻柔。他认为凡是特异的表征必有相似的内容蕴含其中，一切事物概无例外。所以说这个爱在脸上身上抹一把臭泥的神将让他格外惊喜。他心不在焉地询问着战场上的一些事情，却要忍不住将对方脸上的一条小死鱼揪下来，又放到鼻子上闻了闻。这些场景对于乌坶王来说至今还一片簇新，所以他内心里固执地认为，大神明明知道自己爱水成癖，却要将自己分封在这样一片大漠里，显然是故意的、颇费了一番恶毒心思的。这是他特别不能原谅大神、越想越恨的一些方面。

乌坶王勉强在大漠上安顿下来，让将士们各自想法度过时艰，自己却将大量的时间用在出外游玩上。他随身带一两个卫士，高兴了还要带上老酒肴，去天下最好玩的地方走一走看一看。他游遍了南南北北，对各地美景钦羡不已，什么高山大河，碧海连天，特别是一些岛屿，让他正经吃了一惊。“好嘛，这天下是咱们跟着大神一路打下来的，妈的最后倒没了咱的份子！就是随便封个地方也比他娘的大漠好啊！那是人待的地方？那里能把所有活物熬炼成沙啊！这一下咱总算明白了那片望不到边的沙子是怎么来的了，原来就是万千生物的渣滓啊！大神这是成心要把我风干了，让我把一条命扔在大漠里啊！他哪还有合伙拼命战混沌的一丝丝情分在啊！”乌坶王一口气骂了许久，骂到最后连自己都害怕了，因为这是很早以前，特别是战混沌的那些年里连想都不敢想的啊。不过他内心里越来越明白了为什么要没死没活战混沌：原来天地一清之后，三山六水是多么诱人啊，这山水树木还有上面活动着的人和动物全都是胜者的了！大神是胜者中的胜者，整个天地都是他的了。就为了这么大的一块地盘，说什么也得干那么一场啊！问题是现在——乌坶王一想到现在就无比愤怒和懊丧，觉得自己已成为最大的败者，如今等于是被大神一抬手扔到了垃圾堆上，变成了一块垃圾。

乌坶王生来第一次在内心里将大神当成了仇敌。这种认定在他来说是颇拿出了一些勇气的，这是他于夜间悄无声息之时才敢想一想的。到了白天，太阳一出，他马上又迷迷糊糊地敬起了大神。因为周边的一切、这个世界上的一切，只要是会发声的，都在一刻不停地颂赞大神。他们在说一个根本不存在的事实，即大神开天辟地，创造了天地。在这众口一词之中，乌坶王觉得自己的一切意识都给淹没了，没了主见没了判断。只不过到了午夜时分，到了周围再没有一点声音一点颜色的时候，他的整个身躯都被黑色包裹了，这才想起了仇恨二字。“我恨大神，我真的恨他呢！”

乌坶王想找到一个或两个像自己一样恨着大神的人。这真是一件难事。因为没有谁敢于将这样的恨稍稍表露出来，即便有也会深藏心底的。至于说找到那样的人要做什么，他还没有好好想过。主要是相互倾吐心头的积怨，找个地方骂出来，不然总是憋在心里，这太难受了。他曾经找过那些与大神在战混沌的日子里有过不快的将领，甚至是一些战败者，试着与对方说起一点往事，想以此激发出他们心底那些不好的记忆。谁知所有人都满怀崇敬谈论大神，说大神是这辈子所能遇到的最最神圣的、天地间无可争辩的中心。总之大神就是一切，大神的恩泽正让普天之下所有的生命分享。大神的功劳与威权，更有旷百世而一遇的美德，无论现在还是将来，都是无法逾越的。乌坶王绝望了。他百般寻找的结果，就是于午夜时分对自己的藐视。他从来没有觉得自己这么可怜。

就在乌坶王到处寻找一个像自己一样恨着大神的人时，另一个人也在寻找。不过他们之间暂时还没有碰面。他们在未来的一天总要遇到一起，并且最终联手做成了一件大事：签订一个契约。就是这个契约，把一片最美丽的平原卖给了乌坶王。

煞神老母

一

跟包只要听到隔壁地铺上有了声音，就要立刻闭嘴离开。我和他一起回到老人那里。三先生打坐完毕刚刚起来，面色有一种小睡初醒的样子。他搓着手和脸，用目光示意跟包给我斟茶。跟包先是给老人递上一杯颜色淡淡的草茶,然后又给我一杯香茶。老人的双眼多半时间里是半睁半闭的,话语绝少。这在之前我早就领教了,所以并没有与他畅谈一场的奢望。我想那种对话不仅不可能有,即便有也会因为过分的深奥与生僻而无法进行下去,因为我毕竟不是他的入门弟子,我们之间没有行当内部的语言。有时老人与跟包的一二句对话,在我听来都似懂非懂,那么陌生遥远。“下弦月再煎。”“大黄减半。”“艾灸中脘。”“朱砂置枕侧。”老人伤痛基本痊愈,但身体仍在恢复之中。除了打坐和服药,他最常做的活动就是在室内走动:不是一般的散步,而是调理呼吸的同时伴以特别的方式迈步和甩手——每次伸出一只脚时都要在空中稍稍停留,而且时间极为均衡;脚掌落地时总是外侧在先,缓缓地轻轻地,像怕踩到什么东西一样;与此同时两手利落地从身侧划过。老人开始这样走动时,跟包就与我再次退回到隔壁屋里。

“先生在排体内的淤毒。跌打损伤药太遽,会积一些淤毒。”

我不懂这些,最想听的还是乌坶王的故事,是这片平原的奇怪下落。尽管内心里还存有或多或少的幽默在,但觉得仍不失为一个有趣的民间故事。跟包似乎看穿了我的心思,一双大眼乜斜过来,稍大的鼻头好像突然沉了一下,就像一个大大的感叹号似的。他说:“不说也罢,从你的年纪上看,真是不到听这些的时候。”“你自己离九十岁的老人还差得远呢。”我顶撞一句。“这倒不假。可我是跟包啊!”他一副语重心长的模样。我说:“不管怎么说你已经讲开了头,这样停下来太闷人了。”跟包眼睛斜向一边,像是在下一个缓缓的决心。他的脸转过来时又一次做出了以前见过的那个奇怪表情:一张大嘴瘪成了一条线。这个可笑的样子让我觉得他即将要说一个很严重的事情:

“以前老先生让我把乌坶王和平原的故事全都记下来——我这人手拙心灵,让我记在心里行,要我一笔一笔写下还真有点难为哩！咱俩这回来个君子协定怎样？我从头细细地讲，你回手细细地记，然后我会像抄药方一样用蝇头小楷抄出，怎样哩？”

原来这家伙要与我讨价还价，不过正经有些心眼——先讲一个开头，等我欲要知晓下文的时候则不客气地摊牌。我故意问他：“这没什么难的——不过听了故事还要记下来，它真有那么重要吗？”

“当然啊。你想想，多少年以后，如果没人把这个事情讲清楚，往后一代代人就再也不知道平原是怎么来的、又为何变成了这样。老先生说了一句话让我惊了半天——‘什么是平原？那就是这个故事’。老天，我那时吓了一跳，心想活生生的一个平原祖祖辈辈就在这里呢，怎么就变成了一个故事呢？难道没这个故事，平原就没了？我在心里问来问去，最后好不容易才算弄明白了！老人说得一点没错，因为这个平原既然倒了手，那就早晚会变得无踪无影——将来只剩下了一个空壳子，那就不是真正的平原了；所以要找回原来的平原，那也只好到这个故事里！你想想，是不是这个理啊！这样一说，我们俩合伙把它从头记下来，该是多大的一件事，总不算是什么大材小用吧？”

我琢磨着这一番话，点点头。我没想什么“大材小用”，而是被老人内心里深长的忧伤给感动了。同时一种神秘的宿命悄悄渗出。我觉得事实也许真的如此：一个真实的平原即将消逝，它在不久的将来只能存在于一些故事之中了。我甚至在极短的时间里迅速回想了一遍记忆中的平原，令我惊异万分的是，它真的与童年的平原大相径庭了！老天，脚下的平原真的是一天天在溜走，暗暗地溜走——这一切恰恰如同那个故事里所讲，它真的正在毁于一个可怕的契约？难道这果真是一场有预谋的出卖，并且早已开始？

我出了一身冷汗。我承认，作为一个现代人，早就变得格外无知而又格外自信了，我不再相信所有的神话和传说；我排斥一切的虚拟和比喻；我只相信科学实证，只愿沿着新世纪里所有的发现和发明一路向前——所有与这个指向相悖的东西，都在我自觉的排斥之中。

可是今天我所面临的一个判断是：眼前的世界还有没有另一种解释的方法？

这一次又要回到我们一度恐惧的那个蒙昧时期？回到有神论和万物有灵论？回到原始的信仰？如果还不是那么简单的话，民间传说中的一切，同样是言之凿凿并且植根深长的一段历史，是否也多少有资格成为我们的佐证，用来证示这个世界的另一条路径呢？正如同我亲眼见证了三先生对病入膏肓的老冬子神奇的挽救一样，不同的路径当是存在的，它甚至在百般篡改的历史中更能通向一个真实。是的，我们已经习惯于行走的那条路径早就被人做了手脚，它终将把我们引入歧途。于是我们不得不稍稍绕开它，因为我们绝不能过于轻信了。

我暗自思忖了一会儿，觉得自己为这片母亲般的平原日夜不眠，痛苦忧心，却对它的沦落找不到一个使人宽心的、有说服力的理由。而三先生和他所代表的那些老人的记忆，却在作出新的揭示。我作为这片平原的儿子，寻找和见证这种记忆应该是责无旁贷：不仅记在心里，还要记入文字，让真正的平原传递下去。于是我再次对一直期待着的跟包点点头，郑重说道：

“好吧，我同意。”

二

胜者总是有人恨着。这些仇视者也并非都是失败者，不尽是那些弱者和不成气候的家伙。事情从来没有那么简单。有时，胜者的巨大阴影下边总是遮掩着不为人知的力量，这些力量因为仇恨而变得巨大，而且还有着相当持久的韧性。就是这韧性的坚持和小心翼翼的行动,使他们常常对胜者构成了极大的威胁和挑战。他们是渺小的,但却因为自知渺小而变得有所作为,变得善于改变自己,变得更为机智。

与乌坶王同样怀了一腔怨恨的,甚至有过之而无不及的一个人是个女子。这个女人也像乌坶王一样,开始曾与大神有着极不平常的关系。她叫“煞神老母”,当然是他人后来送给的外号。这个外号包含了怎样独特的内容以后再说,只说她长的样子吧:面目苍苍,宽脸,口方,一笑露出一排坚硬的板牙;一头又浓又乱的、呈紫红色的毛发;眼皮泛着乌青,像被人刚刚捣过一拳;中等个子,已经发胖,一对乳房过于肥大,在整个身体上显得极不协调。她平时总是把手放在大大的乳房上,这是从年轻时候形成的一个习惯动作。这个动作在当时是颇为有名的,因为所有的男子见了她这副样子都要不安,有的羞涩难捺站立不稳,只一会儿就走开了——走开了还想回头再看一眼。那时都知道有个奇怪的女子:年纪不大,嘴大然而格外诱人,双乳超群,死盯盯地看着所有敢与之对视的男人。那时她实在是年轻,跃跃欲试,觉得这个世界上的各种机会真是太多了,她有把握一伸手就抓住一个,然后爱怎么享用就怎么享用。她只是一时拿不定主意,不知要先抓住哪个机会才好?当时她体态苗条,脸面白嫩,再加上爱用随手采来的香草之类搽抹腋窝,所以总是散发出一股好闻的气味。异性对于气味是挑剔的,同样的妙龄女子面前,除了脸庞,最耐久的还是气味。再加上她有手捧双乳的习惯,所以没有几个人能受得了她这一套。

那是个怎样的年代啊!战混沌以及快要胜利的一些日子,女子和男子各有自己的艰难和荣耀。她曾经适当地、并无过分张扬地与几个战将甚至是神将有过一些过折——按民间的说法是“有过一腿”——但总是见好就收。混战双方仇恨无比不共戴天,但在她这儿一视同仁。她发现这些男人在可爱的方面,比如眉目和眼神、床上的表现等等,都同样有可圈可点之处。她告别他们的方式总是让对方始料不及。什么眼泪汪汪的爱啊恨啊,夜不能眠啊,都是极幼稚的东西。没有时间纠缠了,岁月如梭,一眨眼就飞得无影无踪,千里万里出去了,再要追赶都来不及。所以她要赶自己的长路,有时只取半瓢饮就匆匆上路了。她不得不告诉那些紧紧抓住自己衣襟不放的男人:找别人去吧,我没有时间,我要上路了,“再见!”最后两个字总是说得脆生生的,让对方长久地记住她的回眸一笑、甜甜的嗓子。让别人牵挂总是好的,这是她的一个经验。要害是不要牵挂别人,不要儿女情长——最无能的人才儿女情长哩,这是她的结论。

总之年轻时的煞神老母是另一副模样。一个人变化的历史和变化的程度有时真是惊人。她在这段光阴里真正经历了一些事情,有些还称得上是惊天动地的大事。因为她有机会与重要的角色在一起,所以知道许多。那些不凡的男子在疲累的时刻或欢愉的时刻嘴巴就会咧开,说一些不该说的话。她心领神会,但绝少插言。她明白自己在那个时刻里的身份和作用,懂得男子需要的是什么。她尽其所能地为他们做好——没有最好,只有更好。对方喜欢她,爱抚的大手告诉了一切。她是个见好就收的人,没有过分的奢望,这也是格外让人喜欢的方面。她发现男人是大不一样的,这种区别中的一部分是来自身份——有什么身份就有什么怪癖。比如在神将一级的,她看到了他们共同的爱好和特征:动不动就严肃起来,心不在焉和恶狠狠的劲儿交错出现。个个身上都有一股公牛味儿,不过并不难闻。最粗鲁的话和最深奥的话都让他们说了。而那些普通的战将们则和蔼多了,他们个个显得多情,身上有一股青萝卜味儿,到了最后时刻会像麻雀一样喊喊喳喳。一多半秃顶,后脑的头发却出奇地浓厚。这些人一般来说屁股偏大,显得尾大不掉,完事前谦虚谨慎,完事后大吹大擂。她一般总会满足他们的虚荣心,但与此同时已经下决心结束这种关系。除非迫不得已,她不会与这类人有超过三次以上的亲密接触。

与大神的结识是她一生中最重要的事件。正像她预料的那样,那个朦朦胧胧中的大机会终于来了。抓住机会的本领她是有的。抓住机会,对她来说就像抓住一个正在羞涩着的男人的衣领一样,只要及时伸出三根手指也就成了。不过对于大神可没有那么简单,她知道对方是一个至高无上者,将来这种高度还会节节攀升,达到一个无可企及的高峰,到了那时一切都将晚矣。不过她明白此刻的大神尽管见多识广,阅人无数,好在处于热血冲动的年纪,对显而易见的美还不至于那么麻木。这就是胜利的保证和前提。她矜持而娇媚地行动,一切都保持一个度一个分寸,经验在此时发挥了关键的作用。她发现这位大神正如自己所料:对那些不凡的女子并不随意和潦草,而是像比赛耐力和文雅似的,不厌其烦地一边周旋一边炫耀知识。她心里明白:是的,他就该这样。知己知彼的情势之下,最后就看她如何发挥了。她知道自己想要获取的与以往全都不同:不是一时的欢愉,而是长久的享用。她只想享用其中的微小部分,但这种享用必须是长期的。仅就爱欲而言,她知道对方并不是一个最好的目标,甚至还会是相当糟糕的一个角色。好在她向他索取的并不是什么爱欲之类。这家伙在这方面的能力蜕化了,或者早就用枯了。

她的小心翼翼终于得到了回报。她发现对方的眉梢那儿重重地抖了抖,接着喉结上下滚动了一下,一双手在裤子上轻轻摩擦;微微发红的结膜润湿了,目光闪烁。“他马上就要动手了。”她在心里这样说着,果然一切也就开始了。巨大的冲击力源于一种无形的东西,这种东西对她来说绝不陌生,却无以言表——凡是身上具备奇才异能的生命都被某种东西所包裹,就像一层厚厚的云气一样。在他所挟带的飓风一般的能量笼罩下,她身体剧烈摇动了一下,差点儿栽倒。她突然孱弱不堪的样子,加强而不是削弱了对方的冲动。他紧紧拥住她,用一双干燥的嘴唇碰了碰她的额头。多么文雅的、握有重权的男人。她即便在事后也未能发现比这个举止更得体、更能够撩拨女人的了。她直到十几年之后,还仍然能够想起那一刻的干唇带来的格外刺激——毛疵疵的痒滋滋的,按紧在光洁的脑门上,让人心疼。她很快配合了他,把他因为焦虑和劳损而弄得焦干的双唇弄湿了。当然是接吻。她亲了他,并像所有的老手那样,只一下就品尝出对方苦涩的滋味。

“这个人的硝烟味儿真大。”这是她和他第一次分开后的结论。她一个人时闭上眼睛从头想象,不是想自己,而是想着大神所经历的一切战斗。那是辉煌的岁月。那是所有的神加在一起也不能铸成的伟业。可这事儿才刚刚开始了一半,剩下的一半将更为惊天动地。她一辈子都为自己了不起的预感力而惊讶,因为后来总是和她料想的一样,几乎从来没有发生让其始料不及的事情。

三

煞神老母很久以后所经历的一切不幸,其实都多多少少有些预感。只不过那是她最不希望发生的,所以不愿在一开始就想得太多。让忧虑一天到晚缠着激动人心的开端,什么美事都会毁掉的。她只专心享用着,品尝着,不去想那么多。大神主要的精力都用在战混沌上面,所以与之温存的时间屈指可数。她在对待这个男人的问题上颇为作难:一方面她有巨大的欲望;另一方面她又不敢像对待其他男人那样放手乱来。她不能不有所忌惮。她知道一旦发生了令大神震怒的那种事,也就前功尽弃。大神于激烈战事的间隙里与她难得欢会,这时候她无不显示出超人的优势,令无所不能的大神惊讶万分。他恍惚间甚至疑惑起这是一个比自己还要顽韧强大的女子。通常大神身边的女人都无比渺小,见了他会像小沙鼠一样往里缩去,伸着白嫩可爱的小巴掌。而现在这个女子何等了得,主动出击,那张阔大的嘴巴只轻轻一含就咬湿了他的后颈。这使他不禁想到了狼一类山野杀手:它们只一下就能咬断对手的脖颈。这是一个厮杀成性的男子惯有的联想。他恐惧地呻吟和颤抖,这让她觉得越发可爱:伟丈夫有时候难免像个婴孩,这是她早有的体验。她在疲累非常的时刻里一下下舔着大神的躯体,特别要在她不小心抓伤的地方轻吮几下。这时候的大神很快又恢复了君临天下的威严,一双锐目仇恨地盯住她的一对巨乳。她赶紧抚住了胸部。

煞神老母从一开始就给自己划定了一条线:决不干涉大神的艳遇。因为那种事对一个如此威猛的男人既不可避免,也难以阻止。如果在这方面令大神厌烦,等待她的会是什么即不难设想。尽管如此,她最终还是要逾越自定的那条界线。特别是混沌初开之后,大神身边的女人多了起来,这让她恨得咬牙切齿。大神对她不再像过去那样宠爱,这倒情有可原;但他目光中偶尔闪过的那一丝厌弃让她不能忍受。她无法解决横亘在面前的这道难题,既无法破解又无法绕开。那些女人浪声浪气的哼叫如在眼前。她明白自己的愤怒有多大的力量,这可以使她铤而走险杀死她们,一个不留!可她不敢。于是她开始酗酒,常常喝得昏天黑地。有一次她由于牙齿胀痛,一伸手捉住了一只从面前跑过的小蜥蜴,咯吱咯吱吃了下去,就像吃一根生萝卜。蜥蜴的惨叫声和滴滴答答的血珠洒下来,让她快活了好几天。后来她就养成了随手抓一些小生灵来吃的习惯,特别是蛇蝎五毒之类,在她那儿有一种特别鲜美的口感。由于五毒吃得太多,身上的血毒也就积累起来,结果无论是人和动物,凡经她手指抓过的、用嘴巴亲过的,都要昏昏沉沉,甚至一天天瘦弱下来。这个隐秘她自己很久以后才发现,让她手舞足蹈快活了许久。

她见了大神的女人就亲热得不得了,上前搂住她们,“好妹妹”叫个不停,然后就拥上去亲几口,或者在拥紧她们的时候趁机用指甲划破她们的手臂。她们每每被弄得不好意思,但个个心存感激,在大神面前说着她的好话。大神对此十分满意。可是一天天下去,结果就是她们前前后后地生病,面黄肌瘦,最后连路都走不动了。大神要亲近她们的时候,竟然没有一个能够焕发出青春的活泼。大神烦恼无比。这时候她就趁机亲近起大神,狂热劲儿空前绝后。大神赞扬她的同时就不停地抱怨,说那些女人有多么不中用。她却反过来逐个夸奖,只说她们年轻,“能做成这样已经大不易了”,等等。大神后背和前胸都留下了她的指甲印,这不是她故意的,而是长期养成的习惯。她的非同一般的力道是大神美好记忆的一部分。“大神你得比比看,民间俗语讲了,‘不怕不识货,就怕货比货’,这方面人神同理哩。你就琢磨去吧。”大神想:我早就琢磨出来了,你的大嘴一咧像只母豹,可是说出话来比那些小嘴儿更巧;可是我已经不再喜欢你这只大嘴了——“这才是问题的关键啊!”大神忍不住,发出了一声惋叹。他觉得那两只从前极为诱人的巨大乳房,这会儿也变得十分庸俗。“很庸俗。”他说。

接下来是她大口吞食五毒、放开海量喝酒的日子。她嫌那些女人死得慢了。半年过去,所有她亲近过的女人都倒地不起。她去探望她们,每一次都要拥住亲上一口,这让一旁的大神感动不已。不久之后几个女人死去了,剩下的几个也危在旦夕。大神四处寻医,不知有多少天上人间的名医都来诊过了,结果无一奏效。这时一只修炼成仙的母狐大医自告奋勇来瞧,大神因为毫无办法,只得应允试试看。想不到这是一只奇异的灵物,又把脉又看舌苔,还用毛茸茸的爪子翻开她们的眼皮,最后断言说“中了五毒”。这只母狐一脸慈悲盯住了大神,跪下哀求大神饶她不死。大神一脸的茫然,心想畜类物件一旦有了礼道又超过常人十倍啊,问她怎么？狐狸就把这几个女子中毒的缘由从头细说一遍。原来老狐狸早就对其中的故事了然于心。大神怒从心起，却忍住了问："这个施毒的恶女罪该万死，你讲出来又怕什么？"老狐狸泪流满面："哈啊，你俩毕竟是老夫老妻了，我这就活活拆散了你们啊，合该大罪。"大神长叹一声"好狐"，赐她宝物大宗，然后让她放手医病。

结果就是煞神老母被贬出宫，永世不得回转，且只能在一片浓雾笼罩的大山里打发日子。这还是大神格外的恩典，因为一开始他要斩杀，囚了几天之后才慢慢改变主意。他想起她年轻时候的妩媚，想起了那些美好的往事。

四

煞神老母被放逐大山万念俱灰，忘不了的一件事就是复仇。找谁复仇？当然是那些女人。其实她心里呼叫的一个名字是大神，不过她不敢说出名字来。"我恨你恨你，我有多么爱你就有多么恨你啊！"这样的话只有午夜时分才敢说出，而且是用小得不能再小的气声。她喝酒，继续吞食五毒。她不光把小一些的动物活活吃掉，还要吃掉落在肩上的大鸟、跑过跟前的沙狐。所有的狐狸或近似的品类都成了捕获杀伐的对象。她有一阵特别喜欢吃小沙鼠，不是恨它，而是它的妩媚与柔弱激起了特殊的杀戮欲望：所有妩媚的东西都可以勾起危险和痛苦的记忆。小沙鼠的血烫烫的，流在手指上，她总是缓缓地、一点一点吮净舔光。多么甜啊，她咂着嘴，心里有一种极大的满足。

离开大神也不全是坏事。她发现自己的欲望被全部解放出来。很久以来，她都是为一个独夫克制自己，忍受死亡一样的禁欲滋味。现在一切都好了，想怎样就怎样，只要是强劲的雄性，不论人神畜类，都能让她胃口大开。现在要找一个像样的神越来越难了，他们当中的一部分知道了大神的厌弃，对她不敢接近；另一部分则对她臃肿丑陋的身体不感兴趣。她为了吸引他们,一度曾将两个巨大的乳房尽数袒露,并且别出心裁地环绕乳头描上了大丽花瓣,并在四周画上了一些小鸟图形之类。这会引起他们的好奇,但看过了也就看过了。她一个人时难过得哭了几次。当她来到水边,立即被水中映出的模样惊呆了。真是可怕啊,一张大脸像牛腚,一双眼睛像铃铛,嘴唇乌紫发青。她伸手捂脸,手上的青筋就像麻绺一样交攀着。她对着河水泣哭,每一滴泪都是混浊的。她骂着粗话,骂着天上的一颗大星。她从来以为那颗大星就是某个家伙的标记。她只是不说他的名字。

让她最恨的一件事是大神把自己贬在了一片荒山里,却把一片如花似锦的平原赠给了另一个女人。这个女人叫"合欢仙子"。这片平原的南部是一溜黛色山影,好比它的一个美丽镶边;平原土地肥沃,稼禾茂盛,林木葱茏,百兽喧腾;最令人羡慕的是它北部的大海和海中的岛屿,那真是一处仙境啊！就是这么美妙的地方,那个得宠忘形的合欢仙子竟然没有光顾几次,更不要说好好消受它了。这个女人当然是偎在大神身边享用更好的东西。煞神老母知道那个女人一旦落到自己手里,就会像吞食一只小沙鼠一样,咯吱咯吱几口就将其咽下去了。

也就在这样的日子里,乌坶王与煞神老母见面了。两个人心事相同,怨恨相似,一拍即合。最初煞神老母为了笼络他,同时也为了难以遏制的欲望,直巴巴地提出了同欢共眠的建议。乌坶王大出所料地长叹一声:"这事儿要在前些年还马马虎虎,现在不行了,现在我让大神气煞了,已经办不成这种事儿了。"煞神老母为之叹惜。作为补救,乌坶王将随身带来的酒让她饮了几口,结果她马上嚷道:做梦也想不到天底下还有这样的美酒！乌坶王说这个好办,只要你能和我一块儿做成什么,我会让你一天到晚喝这样的酒,还会让我身边的一个绝能之人——这人叫"老酒肴"——每年里专程赶来为你酿酒！煞神老母问他最想做成什么？乌坶王手指北边的平原："你把它的边边角角弄给我一些也好啊！"煞神老母闭了闭眼，最后说："这事嘛得慢慢想法。我愿帮你办哩，不过这得一点一点来，太急了不行。""你用什么法儿？""嗯嗯，这就是我的事儿了。咱们这么着吧，咱俩订个契约。"

煞神老母和乌坶王合计了几天，最后订下了契约：某年某月某日约定，这边把一片平原上的河流、沃土、大海、林子、百兽、花丛、草地，分期分批地偷给乌坶王；作为回报，乌坶王要赠酒十石，并于每年八月把老酒肴遣来酿酒；事成之后，乌坶王还要把煞神老母接到焕然一新的领地里，赐她"国母"之号。

回头是岸

一

我在黑屋里苦苦忍受，真像踏在了一条地狱之路上，这条路是这么黑，除了恶鬼魑魅之声，再无其他生迹。一个人只要来到这里，就要忍受蹂躏，不能存有任何奢望和幻想。"不说不要紧，来吧。"有人挤一下眼，旁边的人就一个箭步冲上来，把我的腰带刷一下抽掉，扭着我的胳膊推到了一盏大功率灯泡下边。那个小小的空间只有一点五平方米左右，我在锃明瓦亮的大灯下汗流如注。渴，头疼欲裂，想站一站都不行，腰快要断掉。这样一会儿人就垮了。审问的人还是那几句："你们是怎么发出集合令的？当时是几个人？""跟你一块儿密谋的还有谁？他们全跑不了——有人已经交代出来了！你说吧！别想蒙过去。""这个案子太大了，最后会吓你一跳，谁也救不了你，除非是自己争取宽大！"我从未认为主要责任在村民一方,他们是天底下最可怜的自卫者。我说过了,然后一声不吭。解释已经变得多余。是的,我对眼前这些人没有幻想。我惟独不能忍受的是强烈的思念和牵挂:想那些逃脱的朋友,想小茅屋的人。我知道这里已经封锁了消息,我现在的处境谁也不知道,外面的人真的救不了我。

就这样一天天熬着。不知是第几天的一个上午,突然有人让我快些收拾东西,而且口气不再那么凶暴。哪里有什么东西,我只是等待着。几个穿制服的来了,他们说话的口音不是当地人,瞥瞥我,把我半推半引地弄到一辆警车上。“去哪儿?”我问。几个人绷着脸不吭,直到车子上路了才说一句:“回城里。你的案子移交了。”然后不再吱声。

车子开了接近五个小时,没有停过一次。我一路都琢磨着“移交”二字,搞不明白。这一次车窗上没有遮掩,一路的景物让我猜测和辨认,最后终于知道了它正在驶向哪里,它在回城啊!我心里叫了一声:“回家了!”我脑海里迅速推演了一番,认为肯定是有人将我的信息透露给了家里人——他们震惊之余会担心和愤怒,特别是梅子的父亲,一定在发过一阵大大的火气之后再做点什么,他会施以援手的。我想不出事情还会有其他的解释。

押车的人表情木木的,从他们脸上看不出什么。果然,车子一直开到了那座都市,七拐八拐进入一处院落。这儿来来往往的全是穿制服的人。我明白,自己不会被径直送回那个小窝的,世上不会有那么便宜的事。

我被一个胖胖的人领到一个单独的房间里。有人送来了一杯水——不,是茶!这些天来第一次喝到茶,我把它一口气全喝光了。胖胖的人等着我喝完,然后就慢悠悠说了起来。他的大致意思是:你参与的是一件蓄谋已久的恶性案件,该案件已经震惊了全国,甚至很快就会影响到国外;直接和间接的经济损失是一个吓人的数字;主要案犯还没有归案,但他们最终一个都跑不了,通缉早就开始了……“而你,”他说到这里顿了顿,从一旁的抽屉里摸出一个蓝色的夹子,翻开,拍拍,“你是他们当中的一员,虽然不是主犯,但问题仍然十分严重……”可能就因为回到了自己的城市吧,我再也忍不住心中的委屈,大着胆子插了一句:“我不严重,我甚至一直在阻止……”对方抬起头看我一眼。我觉得他的脸上有一丝不难察觉的笑容。这种笑没有恶意。还好,这家伙总算还有点幽默感,这就好。他继续翻着夹子,说下去:

“在整个案子没有侦结之前,你还不能说完全没事了,也就是说……”

我的心重重地沉了一下。我想喊一句,可是这次忍住了。

“你还要从头讲清楚,不要因为我们把你从那些人手里救出来,就觉得自己没事了,一清二白了。最后会有一个结论的,这不是你,也不是任何人可以决定的。”他这样说时,面容明显地变得较前严肃多了。

我终于明白过来:前一段自己真的是被集团保卫部非法拘禁的,他们那些人在私设公堂!是的,公安部门获知消息以后把我解救出来……我心里一阵感激,忍不住说:“这,当然是……可是我……我没有参与——这也不是一次暴动,而是农民在暴力面前的自卫,你该知道他们没有任何办法!我们……”

他不耐烦地打断我:“案件早就定性了。这也不是你为别人辩解的时候,你能保住自己也就不错了!”

“可是他们非法拘禁、折磨和关押了那么多人……”

“这些自然都会处理。你还是多考虑自己的问题吧。”

我心底有一万个声音在反抗。可是我终于不再吱声。我早就明白辩解是多余的。剩下的只有观察和等待。

他把夹子重新放回了抽屉里,抓起桌上的电话:“喂喂,嗯,可以了。”放下电话他开始吸一支烟,眯上一只眼:“经研究决定你可以回家去住——但仍然要接受我们的讯问。这是一种宽大处理,也是一种刑责方式。你下一步要做的是……”

我听得确切并马上感到兴奋的只有两个字:回家。

二

我被告知将在天黑前回家。这之前是谈话、填表格,并被再一次强调:在讯问没有结束前不准出城,就是离开城区一步都要报告;需随时接受讯问和笔录。天哪,我想这可能就等于“取保候审”吧。但不管怎么说,我终于还是被他们救出,从最黑的地狱挣扎出来了。

一出门时看到蓝天绿地,那种崭新的、恍若隔世的感受会让我一直记住。这种心绪他人无法体味,我也难以道人。屈指算来,我仅仅在小黑屋中待了一个星期,可这已经让人终生难忘。

回家后一切都清楚了:曾有陌生人打来了电话;不久茅屋里的四哥也设法找到了梅子……当然是她的父亲把我打捞上来……梅子一见面就掀我的衣服,想看我身上有没有伤痕——没有。她放心了,问:“那些人说你参与指挥了一场大乱子,你们领一帮暴徒砸了集团、化工厂,又开始砸矿区……”她的一对杏眼瞪得溜圆。我渴得嗓子说不出话。我摇摇头。

怎么说呢?从头讲述平原上几个村子被逼得走投无路,他们被四周几个集团害得死不了活不成,而所谓的区政府是跟害人虫勾在一块儿的?村民们一辈辈都忍气吞声,他们有一点指望就不会铤而走险。至于我呢,知道他们要闹事儿已经很晚了,也从心里不赞成这种暴力方式,担心后果是不可预料的。总之我尽了一切可能劝阻他们——问题是当不幸的民众拥上大道之后,他们就不受任何人的约束了,无论是小白还是老健,更不用说我了,都无能为力。两边对阵时,任何稍有良知的人都会站在可怜的村民一边,而绝不会有另一种选择。

怎么对梅子解释这一切?

梅子家里人来看我了。我是指内弟和我的岳母,他们进门不一会儿都要像梅子一样掀开我的衣服,想找到想象中的伤疤。我一句话也说不出,因为嗓子哑了。我想说——我亲眼看到一个二十多岁的小伙子关在集团大老板的黑屋子里,被逼吃下了半碗盐面,外加几根红辣椒,一天一夜不给水喝。这个人毁掉了,但身上不会有一块伤疤。

当我刚刚能说出一句话的时候,传人的电话就响了。我只好按照指令,一次次到那个指定的地方去,去回答没完没了的问题。

"嘿嘿,知道吗?你的案卷都转到了我们手里——不要以为事情全过去了,弄不好随时都得离开家住进我们这儿。这案子太大了,了得,敢砸国家……算了,从头说吧——不说也知道,这只是个态度问题。也别指望有关系、有人,就能逃开这一劫;让你夜里能搂搂老婆,这已经是够宽大的了。"

我明白这个家伙毫无善意。我甚至觉得他是那些大老板们买通了的暗桩,私下里他们是一伙儿。如果指望这一类人去惩罚那个集团保卫部的恶行,那就太天真了。我记起了小白分手时说过的一句话:你会为自己的天真付出代价的。

"你哪一年去那儿的?目的?来往的人?听说你从城里、从四面八方找了不少人?这些人有没有暗中掺和闹事的?"

这人的脸庞像枣核儿一样,一双眼睛又尖又黄;鼻中沟可真深,中间一段高鼓起来,让人想起青蛙的嘴。他一张嘴就让我看到了一个半截的门牙。我笑了。

"笑什么?这有什么好笑的?嗯?"

我还是笑,微笑。

“你也别太得意！案情嘛进展很快，我们掌握了……嗯，你的不少花花事儿哩！就说说这些吧——你在那儿搞了多少？一打两打？有一次把手插进一个大姑娘那儿——那儿了？”

我怒目圆睁：“你说什么？”

“别慌。你伸手去摸人家——趁黑把人家摸了好一阵子呢！有没有这事儿？说吧，嘿嘿，所以说嘛，你瞧，我们什么都掌握！”

这个家伙得意极了，说完吸上一支烟，笑眯眯看着，一副玩味的模样，吟唱一样哼道：“苦海无边，回头是岸！”我觉得血往脸上直冲，可是不知该怎么回答。我不能简单地否定或肯定，因为这事儿太突兀了，让人一时摸不着头脑。他的话有些下流，但我不知他指了什么？在东部平原、在小茅屋那儿？是的，显然是指那儿……我闭了闭眼睛，在心里骂了一句。我的脸涨得红红的，腮部开始发疼。妈的，这个王八蛋是一个色鬼，他专门窥视别人的隐私。我首先想到的是附近园艺场的罗铃和肖潇，因为这之前已经有人在私下里议论过我与她们的关系。我与她们没什么把柄可抓——今天真是幸亏啊，我和她们没有走得太远。

我低下头，咬咬牙关，忍不住回忆起一个个细节。当然忘不了那些往事，那些怦怦心跳的日子。我承认多年前的一些过往是颇可指摘的，这无论是对肖潇还是我自己，可能想起来都会有些难堪。好在我们并没有拘泥于往事，见面时没有再一次提起，并能在后来的日子里坦然相处——尽管也颇费了一番周折。我曾经，不，我始终对肖潇心向往之，心皱深处藏下了许多。那还要回溯到第一次见面：她的面庞和举止，一双大眼睛，都让我想起了当年的音乐老师……我后来不得不更多地把眼睛从她身上移开。没有办法，第一次见面的那一天开始，入睡前常常要想到她的轮廓。后来有了更多的见面和交谈，这使我惊讶于她丰富的知识和迷人的性格。我察觉自己正在不由自主地被吸引、渴望接近之后，难免有些懊丧和自责。我觉得四哥的眼睛也在谴责我。

大约是相识的第二年吧,一天晚上我们一直沿着一排枫树往前,不知不觉走到了一片林子边上。再往前,竟走到了河边。在春天的河岸,我们坐在了洁白的沙子上。天上月亮正圆。我嗓子那儿有点干,喉结难受。她的舌头在两齿之间游动,那模样天真得像个孩子,又像一只卧地羔羊。我们长时间没说一句话。不知过了多久,她抬头看着我,一动不动。我去看远处。当我回头时,她还在看我。鼻孔里是浓烈的气息,她的气息。后来我心慌得很,低下头去。正这会儿她叹了一口气,埋下了头。我的手像是自动地抚在了她的头上。这一头浓发啊,淹没了我的手掌。细细抚摸,这样许久。有一阵她的脸庞仰起来转动着,但我的手还是没有离开她的浓发。难忘的一个时刻,是的,我“摸了好一阵子”——问题是谁会把这个夜晚的情景告诉他人呢？她自己？我无论如何都不会相信。

我看了一眼对面这个家伙得意的、猥亵的眼神,百思不解。

“想起来了吧？嗯？那就说说看!”

我的思绪一直在昨天徘徊,几乎没有听到他在说什么。我记得那个夜晚一阵北风吹过,我的手抖了一下,倏地抽回——她受惊一样看我,“哦”一声坐直了身子。“对不起,我……”我的声音低得自己都听不清。这可不是道歉的时候。我站起来。

这就是那个春天的夜晚,在河岸上发生的事情,是全部过程。令我不解的是别人怎么会知道？这除非是当事人说出,或者——我又想到了另一层,想到那个夜晚会有一个目击者,比如有人藏在那片林子里,比如出来游玩的园艺场的工人,过路的打鱼人,这都是可能的……不管怎么说,事实也就是那样,无论如何,我还是没有对第三者说明的必要:他人没有倾听的权利。

这样的传讯后来每星期都有一两次。有时会安排在夜里——

只要电话铃声一响,我和梅子就有些紧张。这太令人厌恶了。我说:“请你爸再找找他们吧,要不就干脆彻底一点,再把我关起来得了,别让他们再零零星星折磨我了。我受不住,我快疯了!你知道我完全是无辜的!”

“别再找父亲了,要知道他对自己要求多么严格啊!他去求人把你救出来,这在过去想都不敢想啊!你没听说几个来串门的老同志怎样议论平原上发生的事,他们说其中的要犯在过去,一个不剩,都得枪毙,说到底是现在啊,政策太宽大了……你听听吧!你现在能待在家里,多不容易,还是忍一下吧,没有过不去的坎儿!”

我知道怎样感激岳父都不过分。可是我对那通议论恨死了。我说:“该枪毙的是另一些人!”

“是谁?”

“集团的头儿,这些家伙个个恶贯满盈!”

“天哪,你千万别这样说啊,千万别在外边说……”

“我到死都这样认为。我耳闻目睹得太多了,我敢为自己的每一句话负责……”

梅子害怕了。她不敢迎视我的目光。

三

我要走开了。是的,我什么都不管不顾了。当我有一天开始收拾东西的时候,梅子吓坏了:“你真的要跑?他们如果撒手不管,那些集团保卫部的人还会追你的!”“让他们追吧——我不会按时去听一个色痨训话,让他消遣我了……”“什么色痨?”“跟你说不明白,反正我得走了。”“什么时候?”“不久,也许就是这几天。那家伙说得真对——‘回头是岸’,我该回到自己的岸上去了……”梅子看看窗户又转回身子:“可这儿才安全哪!”

我已经顾不了那么多了。因为我要回到自己的“岸”上了,它不在这座城市里。那个“岸”边已经站着小茅屋里的人,拐子四哥夫妇;还有小白和老健、武早……他们在向我焦急地招手。

我要上路。只要上路就会向着那儿移动……显然,远方有一块巨大的磁石。旅途上有过多少欢愉的记忆:帐篷一搭,小锅里的水一响,河湾里发出水溅。那是鱼和青蛙在跃动。我一次又一次默念着那行有名的诗句:“我的心哟,在高原!”

一个人的“心”在哪里,他的“岸”就在哪里。

卷二

第 四 章

我 的 山 地

一

我总是找一个喜欢的地方安放帐篷,哪怕只在这儿停留十几个小时,也仍然希望这个小窝“完美无缺”。在我看来眼前的这道河谷就是极难寻觅的一个佳处了:即使在干旱季节,河水转弯处也仍然有一汪绿油油的水,水边形成了月牙形的洁白沙滩,一侧长了许多柳科灌木,大多是绦柳和腺柳。一些野菜的嫩芽诱惑着我,让我忍不住采了一把投入粥锅。

夜色暗下来。啄木鸟在山后的杨树干上敲出了笃笃声,野鸡沙哑的嗓子一声连一声呼喊。远处山坡上的苍榆、小叶山毛榉、野核桃和偶尔一现的川榛,这会儿都化进一片朦胧中。

一簇火焰驱赶了夜晚的凉意。随着夜的深入,各种野物在山谷发出了响动,细碎清晰,似乎是触手可及了。我希望它们当中的某一个迎着火光走来,而不仅仅是在远处的灌木下瞪着一双亮晶晶的眼睛。我想象它们的样子,心里高兴。我曾经有过这样的经历:刚刚扎下帐篷点起篝火,就有一只彩色的大鸟一蹦一蹦凑过来,或者有一只小草獾吧嗒吧嗒走来,一边走一边嗅着地上的什么。可惜它们在那儿徘徊一会儿,悄悄盯视几眼,最后还是要离开。

由于一个人赶路的经历多了,所以在这样的夜晚一点儿也谈不上恐惧。我们常常能听到有人在野外遇到了什么凶险的传闻,说现在一个人走路越来越不安全了,不能随便出门等等。其实旷野比起闹市还是要平安多了。由于过去那段地质工作的经历,我这儿从很早以前开始,远途跋涉的必备之物已是应有尽有:指南针、简易帐篷、地图、米袋,各种各样的零碎物品。半夜里帐篷如果被风吹掀一角,要找一截尼龙绳去固定,那么背囊里就一定可以找到。我带了至少三四种饮料,通常总有咖啡、绿茶和一块硬邦邦的黑茶砖。

整整爬了一天山。这是一座又熟悉又陌生的高岭主峰,为了省些力气,我一开始就沿着山脉河谷往前。这儿每到了大雨季节,河汊就会溅起湍急的水流。河谷到了拐弯处,水流就要漩出一个深深的半圆形,而今储着一汪静静的水:水边是密密的茅草胡子,水的当心非常清澈,走近了可以看到卵石、在草胡子间窜来窜去的鱼,有的鱼竟长达半尺。逮一条鱼的念头老要缠着我。踏着山路,我的半截裤脚很快被黄土染透了。到处都是鸟的叫声,是风吹树叶的哗哗声,是各种各样的生灵彼此呼应,这些交织成的一片喧声。只有在这个时候我才忘却了一切烦恼,心胸爽利,眼前一片清明。我又一次确切无疑地感受到自己真的回到了故地,就像一尾鱼儿回到了大河,游子投入了怀抱。风的抚摸好极了。

我沿着山壑穿过鼋山。这是一条由千万年的水流切割出来的大沟壑,看一眼它高高耸立的石壁、谷底郁郁葱葱的林木,即让人激动不已。跨过鼋山山脉的分水线时,太阳正在升起——它好像突然之间就出现在眼前,刺得我泪水哗哗。每个地方都有自己的一轮太阳,那座城里的太阳从来没能让我泪流满面。眼泪顺着鼻子两侧流淌,擦掉复又流出。仰脸向北看去,一片片丛林笼在山雾之中,苍苍茫茫……这里的一切是何等熟悉,这片苍茫就藏下了我的昨天,我的少年故事。就在这里啊,一道道山沟让我蜷过身子,一片片茅草为我遮过严寒。我至今仍然记得起少年的暮色黄昏,记得天黑时分,老鸦在大槐树上的凄凉哀鸣……那时我多想寻找一个同伴,哪怕他是一个刁钻顽劣的流浪汉。可是长长的山地冬夜没有这样的同伴。我只得独自笼一堆火,吓走野兽。可是这火又使我完全暴露在光亮里,任何活物都可以在远处盯视我,打我的主意——那时我又想藏到无边的黑影里。在深夜,在远处,不知何方传来一声咳嗽,都会让我长时间地盯住那个方向。我知道有的动物就可以发出这种咳嗽声,比如刺猬,它咳的声音就和老人一样……当我肌肤上被岩石尖棱划出的一道道伤口结了疤痕,磨破的两手又结上老茧的时候,身上的衣服也被荆棘撕成了条绺,这时所有的胆怯终于消失了。我变得泼辣而又冷漠,无所畏惧。我从那时起不再怕任何野物加害于我了。我自己差不多就是一个野物。大概正是因为如此,后来尽管我逃出大山,进入了一所地质学院,后来又进入那座城市的地质所,可始终没法像其他人那样成功地管束自己——我仍然要时不时地跑出城区,跑进大山……

阳光把山尖染成了金黄。接着山麓在一点点改变颜色。显然太阳升得很快。一会儿灿亮的大山阳坡就变成了浅黄和墨绿……这里所有的山脉差不多都是东西走向,鼋山山脉向前延伸不到两公里,便分为两道支脉:一支走向西南,即贯穿整个半岛南部的尖山;另一支走向西北,在那里形成了一座高峰,即有名的砧山。鼋山山脉是几条大河的发源地,其中最有名的是芦青河、界河和滦河。它们差不多都是北流水,纵向穿过丘陵和平原地区,泻入渤海湾。向南的河流主要是两条:白河和林河。南去的河流比较清澈,因为南麓坡度和缓,植被也比较好。

随着太阳升高,这一段山脉的轮廓更加清晰。它在向东拐弯的折部形成了高大雄伟的砧山：东坡陡峭险峻，而西坡则比较平缓，它的左面就是有名的界河。滦河在界河的旁边，一开始蜿蜒细弱，可怜巴巴；当离开山脉五十多公里之后，水流才逐渐变得平缓、开阔。砧山的右边就是芦青河冲刷出来的一片开阔的谷地。两条河流经的地方植物也不尽相同，像界河两旁有很多柳棵、橡树丛和紫穗槐棵，很少有高大的乔木；而在砧山右侧的芦青河畔却有稀稀疏疏的乔木，如橡树、黄连木和漆树。特别是漆树，在整个丘陵和平原地区都是极其少见的，它们偶尔出现一两棵，都长在避风的坡地上。还有一些小乔木，比如说也可以算作漆树的木蜡树，长在小溪旁，形单影只，茂盛非常；黄连木在这一带可以长成二十多米高，有一种特别的气味。上游水汊旁，密密的茅草间开满了小黄紫堇的米色花朵。

脚下的这条山谷渐渐开阔起来：无论是上游或下游，只要看到一片稍微开敞一点的山地，就一定会有一个小小的村庄。一般而言丘陵地区的村落要比北部平原的贫寒，但这里的人却很少走出山地，尽管这里离大海不过二百华里——那儿即是一个截然不同的世界。山里人的神色、肌肤，还有打扮，处处都打上了独特的烙印。他们见到生人会用一种怯生生的目光盯住，那是一种难以接近的、让人又同情又惧怕的目光。可是如果与之交往起来，就会发现一副副火热的心肠。一个人在冰天雪地的大山里奔走，可以毫不费力地找到过夜的地方。我曾经无数次地在砧山南北走过，冬春天里随便找一个山里人家就住下了；如果是夏秋就搭起自己的简易帐篷……这是让人久久怀念的日子，一些最惬意的时光。

二

我曾经和梅子一起来到这片大山，那次跋涉使她历久难忘。这儿有讲不完的昨天：大山里奔波的少年没有帐篷，大雪覆盖的深

冬就要钻在乱草里,蜷着身子抵挡严寒……她问:

“下雨呢?”

“下雨就钻进庄稼地边的玉米秸和高粱秸垛子。有一次我钻进了高粱秸丛里,刚要闭上眼睛,就听到了有什么东西在喘息。我还以为有一只野物呢。后来那边又传出了哼哼呀呀的声音,原来是一个人——大概是一个女的。”

梅子摇摇头:“我不信,女的还有流浪汉哪?”

那次我遇到的不是一个女人,而是一个六十多岁的老汉。那一回他本来早就睡着了,可是又被我惊醒了。他搓搓眼睛,从胸口那儿摸出一块地瓜吃起来。一股浓烈的地瓜气味扑面而来。我好不容易才看清了面前的这个人……我告诉梅子:流浪女太多了,她们往往和流浪汉结伴而行。在这片大山里,在平原上,你很容易就会发现一群又一群边打工边流浪的人。他们简直就像黄色的水流,由高到低,就着地势往下流淌……也有一些流浪汉喜欢孤独——比如我遇到的那个老人就是。他告诉我:他已经一个人过了快一辈子了。那一回我们俩在高粱秸丛里谈得很投机。他说:

“小伙子啊,我和你这么大的年纪,已经凑付过两个女娃哩。”

我当时没听明白,后来才知道那是他在流浪途中前后交往的两个女人。老人张开没有牙齿的嘴巴,哈哈笑着:

“瓜儿真甜哪,你不来一口?”

那时我真是饿了。不过我看见沾在他腮帮上的地瓜糊糊,还是忍住了。我赶忙摇着手。老人接着告诉:那时他就在这样的高粱秸丛里搂着女娃一阵大睡,天亮了就一块儿出去讨要,到野地里找一点吃物……“俺那是露水夫妻啊,一年两年下来,说不定什么时候一摆手就分开了。她到大山那边,俺到大山这边。俺顺着河套子往前跑,她顺着山南坡走了。各人去寻各人的好日月,哪还有那么多顾恋!不过我可惦念着她。第二个女娃走的那一年也是个秋天,天下着大雨,芦青河都涨满了。从上游跑下来的鱼,最大的有碗口粗,二尺多长,你逮它的时候按住头,它就用尾巴打你的脸,啪一下打过来,像打了你一个耳光。只一耳光就把你打蒙了。天哩,我怎么就忘了我心窝上的女娃呢?”

老人说着又“咕”一声咽下一大口地瓜,腮帮上立刻又沾了一块地瓜糊糊。

“你不知道,俺那女娃,我是说第二个女娃,名儿叫‘小怀’。姓什么她自己也不知道哩。别看是‘小怀’,她怀里搂抱的东西可多哩。抱着俺,还抱着一条小狗。你知道,女人一个人在外面过日子不易啊,领一条狗不吃亏。那条小狗灰不溜秋,脖子还没有我的胳膊粗。直到后来我才知道,那狗的小脑瓜最灵,小怀让它干什么它就干什么,让它咬谁它就咬谁。小怀告诉我,有一年上她在村头草垛子里正睡着,过来一个男人想打她的主意——这男人要是个流浪人倒也罢了,他是小村里吃饱喝足了的一个坏种。小怀就让这条小狗把那家伙的腿根咬了一口,咬中了蛋。”

“哈哈哈哈……”老头子一边吞食剩下的地瓜,“伙计啊,咱一个人走南闯北,到过北京哩。”

那会儿我真的吃了一惊,不太相信。我问北京在哪?他伸手指点着——我发现他指点的方向正好相反。我更加怀疑了:

“北京什么模样?”

“什么模样?车水马龙,有个皇帝。”

“皇帝?”

“那是。皇帝还和我一块儿喝过酒呢。”

我乐了:“皇帝吃什么东西?”

“皇帝好生活哩,黄瓜拌肴,猪腿管啃。”

我们俩靠在一块儿哈哈大笑,天亮了又一块儿往前走。就这样,我们一块儿走了十几天,从砧山走到鼋山,直转到大山南麓才分手。分手时老头子做个鬼脸：

“小伙子,趁着年轻,快找女娃啊!”

我跟梅子讲述了这个故事,她说:“你看看人哪,穷啊饿啊,都饿不掉那些毛病。”

我笑了:“城里人如果怜惜他们,就不会嫌他们有这样的毛病了。”

梅子不做声。看来她不会怜惜他们。是啊,直到今天我才明白,一个人没有在大山里奔波过,没有为一口水一口饭乞求过,是不会真正懂得怜惜的,无论他(她)有多么好的心肠。改变人的心灵不能指望一个动人的故事,也不能指望写在纸上的一些生存原理。人的心底世界是各自孤立的岛屿。

三

我和山野老人分手的那一年,已经十七岁了,唇上有了一层细小的胡须。老人临走时留下的那个特殊的叮嘱,让我总也忘不掉。“快找女娃啊!”——他呼喊的声音在冬天的寒风里越发响亮,走到哪里它都追逐着我。接下去的故事我并没有告诉别人,因为它是完全属于自己的故事……一个大冷天,我在田边地头上寻找着那些玉米丛和高粱丛。这个冬天太冷了,那些庄稼秸秆全被搬回家去取暖了。到哪儿躲避严寒呢?我不得不去寻找那些低矮茅屋旁的大草垛子。在大雪覆盖的日子里,那些草垛子不止一次救了我的命。我在草垛深处,浑身热乎乎的,而外面却是一片皑皑白雪……我想起了在平原上、在大李子树下、在拉大网的海滩上,我那些可爱的伙伴们……那时候男娃女娃可以手扯手奔跑,半夜里为了等待渔网上岸,就偷偷在渔铺旁的旧帆底下过夜。一团团的蚊虫围拢着我们,我们搂抱着,感受一种奇异的愉悦……在暖乎乎的大草垛子中间回忆往昔,心中充满了渴望。我也许会做什么坏事的。“我要做坏事啦。”我喊出了声音。有一次也许喊得声音大了些,被草垛外边的人听见了。当时黑洞洞的,麦草遮住了阳光,不知道天已经亮了。往常在这个时候我总是一下子钻出垛子,尽快离开村落——可这一次我睡过了时间,正赶上这户人家出来抱草,他们要开始生火做早饭了——她发现了垛子里还有一个人!她伸手扒着麦草,我的眼前闪出一片阳光。于是我看见了一个穿得很单薄的瘦骨嶙峋的女孩。她脸色蜡黄,额头鼓鼓,显得整个头颅十分沉重。她长了一双细长眼睛,这眼睛不算大,可那时让我觉得真美。我抬头看着她,像要乞求她的原谅,又像乞求她的友谊——萍水相逢,互不相识,而且借用了一夜她家的草垛子。正看着,不知怎么她把怀中的麦草丢下一些,这样就重新堵住了那个洞口。

听脚步声远去,知道她不紧不慢地回家去了。

她离开的这一会儿,我也该走了。可是不知怎么我只想待在那儿。我忽发奇想,认为她是故意把我藏起来的,像藏她自己的一件什么东西似的。我躺在了那儿。早饭时间过了,肚子饿得咕噜噜响。从前一个夜晚我就没有吃饭,这时候想,姑娘啊,我是为了你才在这里挨饿呢,你这个家伙啊!我并不需要什么,我不会做坏事的,我也许只想和你说说话——我很久很久没有和你这么大的姑娘说几句话了,总是和那些流浪汉在一起奔跑,有时一个人孤单单地找点吃食,打打短工。我是说,我真的很久没见过你这样的大姑娘了……

就这样一遍遍想着,不知过了多长时间,我又听到了脚步声!我有点害怕,也有点欣喜。如果真的是她呢?就这么想着,浑身颤抖。脚步声近了,然后是哗哗的拨麦草的声音——抬起头来:天哪,真的是她,手里捧了半块窝窝和一块软软的、热气腾腾的煮地瓜。一阵巨大的感激涌上了心头。我急切地伸出颤抖的手。我太饿了。那一块滚烫的地瓜烫了我的手,我不得不把它放在眼前的麦草上。

“趁热吃吧。”她小声说。

我抓起一块地瓜,忍着烫吞下去。我边吃边盯着她看,怕她这会儿走开。

可她还是转过了身子。她一转身,我看见了她长长的、绑了一根红头绳的辫子。“多粗的辫子。”那一会儿我在心里说……她拐过墙角就不见了。我把这顿丰盛的食物吃下去,通身温暖。可是我多么孤单。我知道外面有多冷,身上衣衫单薄,除非是奔跑,只有不停地奔跑才能抵挡严寒。可是这个小茅屋旁的草垛子牢牢地把我吸住了,我这辈子都不愿离开。我钻出草垛子,在雪地里站了一会儿,竟然重新钻了回去。我无望地等待着什么。

吃中午饭的时候,她没有来。我忍住了饥饿。

晚饭时分她又出来抱草。她扒了几下,发现了我,立刻跺了一下脚:“怎么,你还没走呀?”我低下头:“没有。”她好像发火了:“怎么?你还想让我们养着你吗?你是从哪来的?”

“你呀……我冷,我想多待一会儿。”

姑娘蹲下来。她想好好看看我。“你多大了?”她问。我说:“十七了。”她咕哝着:“一个小孩儿……”

可眼前的她显得比我还要小。我那时候不知道贫困的生活可以影响一个姑娘的发育,也不知道自己是什么样子,可能我也不像十七岁吧,不过我粗糙的皮肤、被寒风和反射着阳光的岩石弄得又犟又冷的目光,使我看上去远大于实际年龄。

“那你就在这垛子里待着吧,没人管你!”

说完她一转身走了。她粗粗的大辫子轻轻地拍着自己的后背,走了。不过我一点也没觉得她可怕。我想她不会那样坏的。

过了一会儿她果然回来了,手里拿了两块地瓜,一抬手抛进了洞子里。

“你像一只小狗一样。”

她的语气里带着亲昵,可是让我难过。我真的像一条狗,在冬天的荒野里四处流窜、寻找吃食……我吃着地瓜,默不做声。忍受屈辱和寻找友爱的念头掺在一起。我一遍又一遍咀嚼着热乎乎的地瓜,在心里默念:可爱的姑娘啊,可爱的大姐姐,你就在这儿多待一会儿吧。

也许我心里的默叨被她听见了,她后来真的留下来……我们说起话来,彼此相熟了,说得就多起来。原来她是这户人家守寡的媳妇,男人早在开山出夫的时候死掉了。她要留在这里侍候公婆,支撑这个家……

我在草垛子里待了三天,最后不得不离开了。那是一个大清早,我接过了她拿出来的两个糠窝窝和一块红薯。我把它们揣在贴身的地方,这样食物就不会冻凉。我一直看着她,就这样频频回头,跑开了。

可待了不多日子,我又一次转了回来。

第二次见面,我不知怎么激动得连话都说不出,浑身发抖。我不知咕咕哝哝说了些什么。她不停地跺脚,拍打我的肩膀,把我推得离她远一些,再远一些。

她说:“你懂什么,你这个草娃!”

四

我那时什么都不懂。二三十年过去了,当我回想起那一次经历时,觉得自己真是可怜。那个苦命的、早早死去男人的女人,如今她在何方?后来我不知多少次,借着来这片山地做地质勘查的机会,一次次寻找记忆当中的茅屋和那个草垛子——什么都没有了……随着岁月的变迁,多少屋子在坍塌,即便是钢筋水泥的建筑也不能长久,连那些金光闪闪的寺庙也被焚毁了,何况是一处矮矮的茅屋呢?找不到过去的痕迹——而且当年离开时太小,也没有一个地理坐标,不知道她的名字,只是昏头昏脑地跑开了……

人哪,为什么要回忆,为什么要寻找,为什么要有这么多的感慨?友谊、爱情、贫困的生活,以及我在过去结识的一切,山峦、植物,为什么有一天会一股脑儿压向我?我把它们连缀成一个又一个故事讲叙出来,也许会轻松许多。可是它们中的大部分只能珍存心中,装在已经非常沉重的、像蜗壳似的大背囊里。

向谁诉说?向谁倾吐?我已经走进中年,站在了回忆和言说的分水岭上……太阳就要落山了。我又一次准备歇息了。山鸟啾啾,一只灰喜鹊在远处发出呼唤,另一种不知名的鸟雀用细碎而婉转的歌声呼应它的同伴,歌唱着这即将来临的月夜。眼前的沙子亮晶晶的,无比洁净。不知为什么,这片干净的沙子让我想起了一个小男孩,但那不是我。最可爱的是人,是正在健康成长的人。当一个人胡茬变黑的时候,还能够保持那种纯洁可爱该多么好。我们用什么办法来阻挡这生命的蜕变、这肮脏和污浊的覆盖?如果山野可以洗涤人的心灵,那我们就尽可能地把一切交给山野吧。在这个初秋,在有月亮的夜晚,我的心就像眼前洁白的沙子、像空中的星光一样,透明闪亮,没有一丝灰垢。惟有这一刻我才是洁净的——就为了寻找这一寸光阴,我或许会走上千里万里。

月影下,我看着前面那个矮矮的山包:它包裹了一层黑黝黝的林木,我知道那是针叶松,还有长不高的黑松……突然,山包的那一面传来了隐隐的歌唱——这歌声粗咧咧低沉沉,我听出来了,那是一个老人的歌唱。我知道山包那儿并没有人家,那么很可能就是一个流浪汉了。“一个老流浪汉。”我在心里说。我又想起了很久以前路遇的那些没有牙齿的老人,他们在寒风里的笑与歌,他们奇奇怪怪的故事……

归　来

一

拐子四哥一声不吭地看我。我不太适应他这沉沉的目光……我和万蕙在一起时小声问她:“四哥怎么啦?”

“他没怎么,他好好的。”

“可他就这么看着我。”我说这句话时觉得眼圈一阵发热。我老要忍住什么,从踏进葡萄园的第一步就开始忍着……

万蕙说:“他是慌得哩……大兄弟,他一直慌着哩……”

“慌什么?”

“天哪,大兄弟! 慌什么?”她拍打着衣襟,竟然哭起来。她呜呜哭着,双肩颤抖不停,扳住我垂下的双手,用力地扳动:“大兄弟,你遭了什么罪俺都知道啊! 你走了多久啊。我和你四哥天天盼呢……前一天还以为是没指望了,你再也不会回了,俺知道谁抓进集团黑屋都没有好结果……”

我安慰她,安慰这个天底下最好的女人。

可是我找不到合适的话语。园子啊,茅屋啊,我从回来的那一刻就一遍又一遍端量,像端量我的至亲……这一溜四大间茅屋显得这么空旷和陈旧,尽管它被人精心地收拾过了,可还是难掩颓败的模样。我的那一间里,那张宽大的泥巴写字台还在,一切如旧,与离开的时候一模一样,上面没有一点灰尘;哪怕是一张没用的纸片,他们都收拾得好好的,摞在了一角;记得炕上的被子走时很脏了,这会儿又被拆洗得干干净净叠放在那儿。从屋里出来又去塌了半边的厨房,在厨房一眼看到那两口大锅:其中的一口已经封住不用了，剩下的那口刷得干干净净，木头锅盖洗得泛白，看一眼马上使人想到了香喷喷的米饭。

走在园子里，一抬头是灌木枝条围成的篱笆墙，上面爬满了豆角秧，它们长得像过去一样，黑乌乌肥胖胖地垂挂下来。鸡停止了啄食，几只鸭子仰脖叫着，它们大概认出了我吧？这会儿一齐探头看我。

斑虎从听到我脚步声的那一刻就激动得全身拧动，嗅遍了我的全身，扑上来，用两只胖胖的前爪搂住了我。我看得清清楚楚，它真的眉开眼笑。这时，当我一间一间屋子看过、走在园子里时，它就一直跟在我的身边，尾巴拂动着我的腿，不时用舌头舔一舔我的衣服。有时候它会突然跃起来，用湿湿的鼻头触一下我的手、我的胸膛。这让我不知怎样才好。这只与我在野外一起度过了无数夜晚，给了我无数安慰的护园狗啊，在最愁闷的日子里，它总像个懂事的娃娃那样，与我默默相视。我相信它是这个世界上最聪明的一个生灵了，很少有其他生命能够像它一样理解我的心。说起来也许有人不信，当梅子从城里赶来时，当我们俩寻找一个僻静的地方一块儿坐下来时，一直跟在后边的斑虎一定要从我们身边走开。它大概要把这一段时光单独留给我们两人。

我的目光尽量回避着茅屋四周的树木。我害怕看一棵又一棵葡萄树，它们盯视的目光让我心疼，我不敢看它们的眼神。那是衰老的冷漠的目光。葡萄树四周的田埂上长满了灌木，篱笆下是一丛丛刚刚结子的苘麻、光果田麻和疯长的葎草；一些刺苞南蛇藤缠在栅栏上，它的棕红色的假种皮刚刚长出。篱笆上还爬满了木天蓼，它结出了黄色的圆形浆果。这些木天蓼一直生长在我们园子四周，锄草时拐子四哥总嘱咐不要把它们除掉：它们长得太旺盛了，嫩叶常常被万蕙揪下来做成一盘菜肴……这时我听见大老婆万蕙在一旁督促拐子四哥：

“你快走啊,你怎么还不走?”

拐子四哥在吸烟。我发现他有毛病的那一条腿费力地往一旁伸去——只是初秋的天气,他的下身就穿了那么厚的裤子。他两鬓的白发更多了,背也驼了。我归来的第一眼,就是感觉他有点老了,心里忍不住一阵痛楚。我把这痛楚掩住了,可留在心底的却是双倍的悲伤。我不知道万蕙在催促他干什么,只见他用力地拄了一下身侧的那杆土枪,站了起来,又把烟锅磕了,一拐一拐地走了。我不想去问什么,可他走了两步又回过头来看了我一眼……

“到海边弄几条鱼去。”

原来四哥夫妇要为我准备一顿好一点的晚饭!我想去拦住四哥,但想了想还是忍住了:只要他高兴……万蕙说:“大兄弟,我前些天给你四哥讲,你不会回了,他就闷着。小白也不来了,有人暗地来这里找过他。后来才知道你被公家解救出来,回了城里。你四哥那些日子急得啊,舌头上全是水疱!这回总算好了,过去了……你是为了陪伴我们俩才遭这么大罪的。这园子真的不该是大兄弟长待的地方啊。俺知道你这是顾怜俺,是个仁义人啊。你四哥夜里没事了,就给我讲你小时候,说那时他领着你在河边海边上走,就像兄弟俩,天黑了钻进草垛子里就睡……”

万蕙用衣襟擦眼睛。我一句话也说不出。

园子里只剩下这一对夫妇了。往日里的火爆一去不复返了。旷敞的茅屋如此寂寥——那个叫鼓额的孩子呢?还有肖明子?我来到酿酒师武早住过的那间大屋子,这里无比空旷……万蕙一直跟在我的身边:

“大兄弟,你不知道,鼓额那孩子等你等得比俺还苦哩。我告诉她你不回了,她就哭……我只好编个瞎话,说你开会去了。这孩子等啊等啊等不来……她妈她爸来喊人,想让孩子回家哩,说这园子完了,孩子不能老待在这里。孩子可不愿回那个家啊,她是打谱一辈子在园子里做的。她病得爬不起了,她爸要把她背回去,一伸手就提到了后背上,人瘦得像捆秫秸……”

万蕙说不下去。我走开了……

二

鼓额和肖明子是我们园子刚开始就有的两个雇工,一眼看去简直就像两个孩子。几年过去了,鼓额瘦小的身躯一点点变得丰腴了。她吃着万蕙做出的可口饭菜,那是刚刚采下的玉米、红薯、花生,以及拐子四哥从海上搞来的鲜鱼。就是这些食物使这个小姑娘很快地胖起来,脸上有了光泽,眼睛水灵灵的明亮逼人,头发也变得黑乌乌的,胸脯挺起,成为一个迷人的乡村姑娘。她看上去娇小紧实——只要是到葡萄园里来的人都要多看一眼。她是这儿的主人,不需要任何人指派,一天到晚忙忙碌碌,从春天到秋天,身上总是沾着葡萄藤蔓留下的绿汁,脸上溢满了幸福的微笑。另一个与她年龄相仿的肖明子越来越顽皮,也长成了一个像模像样的小伙子——他后来与那个女园艺师罗铃有了非同一般的友谊,一颗心就不再收拢了,所以他的离开并没有让我吃惊。

鼓额的土炕上仍有一床单薄的行李,一个小花枕头;行李叠得十分整齐,堆在了炕角,就像主人随时都要归来一样。屋子里仍有一股淡淡的脂粉气……鼓额隔壁就是武早的屋子:这么多空空的酒瓶;屋角放了一个很大的挎包,鼓鼓囊囊,蒙着灰尘。我过去提了一下,很重。屋里本来还应该有一个半新的大摩托,一杆双筒猎枪——枪和摩托都不见了。我担心武早又挎上猎枪奔向了旷野,因为他的精神已经不正常了。他的失踪将使我承受巨大的压力,一切责任都将落在我的身上。当时是我把他从那个精神病院、从高高的围墙内领出来。我那时看不得他望向我的目光,心里发疼。最后我不知费了多少周折才把他从精神病院领到葡萄园里,为此还留下了一张严格的契约,上面注明由此引起的一切后果皆由我承担……好在有一阵他终于开始好转,最后甚至可以像一个健康人那样工作,甚至在关键时期出任了镇酒厂的酿酒师……

“他比鼓额走得还早。你四哥追了老远,踩着他的脚印往前追哩……那天他骑着摩托上班,随便往路边一放睡起来。醒来以后摩托就没哩。”

“他的枪呢?”

“枪在怀里,要不也得被人拿走。他是赤着脚跑的,你没见他的大鞋子吗?还在屋里!”

我看到了,那双大鞋子就在屋角,摆得十分齐整。

“你四哥以为他又到河边打猎去了,背着枪在后边追,穿了不知多少树丛子,影儿也没见。后来你四哥一听到枪响就跑出去。他到处打听,问遍了河边上的人,都说不知道。他有个三长两短可怎么办啊!海边拉网的那些人也说没见……”

我心里念叨:我的好兄弟啊,也许是我把你害了,也许我的心就该硬一些,让你一直住在林泉;你真该一直待在那儿……我不敢想下去。那里差不多也是一种铁窗生活——我至今记得把你领出高墙的那一天,你像个孩子一样,一出门就紧紧抱住了我的胳膊。你是怎样的一个人啊,是你的妻子,那个叫象兰的美丽放荡的女人毁掉了你——可我们却不能在你面前责备这个女人,连一个字都不行……

武早和鼓额、肖明子,还有小白老健他们,全都走开了,没有音讯了——这个凋敝的、已经没有任何前途的园子,留下来与我相守。我奔走不停的两只脚,就要在此拴上铁链。无形的锁链啊,其实它早就缚住了我,时下把我重新牵回了这片荒原。我爱这片荒原,我恨这片荒原,我怀念这片荒原,我诅咒这片荒原……荒原啊,我既害怕见到你,可又离不开你。你与我的所有朋友拥有同一个名字,它就是——荒原……

你们远去了,如今也像这片荒原一样,不发一声……剩下的就是我永久的等待了:我虽然不记得什么时候有个约定,但这约定肯定是有的,即我们约定了要在这荒原相聚,而且永不分离。我是一个信守诺言的男人,因此我归来了。这里今天一片萧瑟,我在童年伙伴身旁,和拐子四哥夫妇在一起,我在等候……我的另一些朋友,所有那些在城里或路上,或沮丧或兴致勃勃的朋友,你们能够体味我这一刻的心绪吗?几年来我抓乱头发,满心烧灼,一脸皱纹,白发眼看着糊住了双鬓;我牵挂,我揪疼,我上路;我的挚友也全在路上……

武早,你正在疯迷地奔跑,你疯了,你再也不会停下,你迷失了。

三

这片几年前还令人垂涎的园子,这会儿却在苟延残喘。谁有办法挽救它的命运?谁能让它起死回生?这里海水倒灌,土地塌陷,我们像绣花一样整出的田垄,平如银镜,可这时一眼望去坑洼遍地,到处都是深浅不一的地裂。那是撕开的大地肌肤,是惨遭斫伐的伤口……谁也没有回天之力,你盯住的,只是一片等待陷落的土地。也许它不可能全部沉到脏水里,但它会变得一片狼藉。苦涩的死亡之水啊,已经把这里深深地浸透。我举目西望:那个国营园艺场,女园艺师罗铃和园艺场子弟小学的肖潇——海滩平原上最美丽的两枝苞朵,你们别来无恙吗?

万蕙在厨房里忙着。米饭的香味随着一团白色的蒸汽涌出。这香味使我产生一种强烈的感受,让我觉得又一次回到了自己的家,一个贫寒的,却是真正给人安慰的家。

我走进了那个喷吐着蒸汽的屋子。万蕙一边忙着一边说:

“大兄弟,你走了以后,海边上的船老大来找俺俩,说走吧,住到渔铺子里去吧,保你们的小日子过得红红火火。你家四哥理也没理。他才不会离开这儿,我也不会,这才是咱的家哩。我俩打从来了这片园子,就没打谱挪窝儿……”

“这一段你们没回村里的小屋看看吗?”

“天哩,”万蕙抬起头,“你那个四哥啊,像犯了什么邪病,园子兴盛那会儿他还留着小屋,到后来你招了事,他一发狠就把那个小屋卖了……园子这儿裂一道,那里陷一块,这个茅屋早晚有塌的一天——那时怎么办啊?”

我心里一栗。我咬咬牙关:“塌了吧,塌了我们还会重新盖更好的。”

万蕙只顾说下去:“你四哥也说,这里其实有做不完的事情,养鸡养鸭,再种点菜,能收多少收多少。最后剩下一棵葡萄也是咱的嘛,那就好比独生孩子!他一天到晚摩挲那杆枪,扛着它出去溜达,可就是一个野物也不往回打。随着年纪大了,他看着什么野物都亲……”

我屏息静气听下去。

“枪是要的,这个地方,还有小城里,越来越不平安哩,老出事儿。这也是俺俩挂念鼓额的地方……你不知道这地方,这会儿又出了一条色狼……”

我睁大了眼睛。

“那个人毒哩,糟蹋了好多女的,最后还要把人整死,扔在草垛旁、路边上。已经出了好几起了,公安局说都是一个人干的。局子里那个叫‘老疙’的头儿,发誓要抓住他用菜刀剁了。话是这么说啊,快一年了,连个影儿也没见,人心惶惶,夜里不敢出门……老疙给那个色狼起了个名儿叫‘老䃉’……”

“‘老䃉’……”我吸了一口凉气。

斑虎叫着,原来拐子四哥提着几条鱼走进来了。他有些高兴,望着我,把鱼扔进了水盆里。

他到屋里取出了一个酒葫芦,那里面装满了瓜干烈酒。我领教过这种酒,劲道可真大!拐子四哥终于高兴起来了,这使我松了一口气。可是只一会儿那种笑容就不见了,兴奋的火花在他的眼里闪了一下就熄灭了。他的手按在我的肩膀上,沉沉的。我们一块儿走到了鼓额的屋里,刚站下又走出来……吃饭前的一会儿我们走出屋子,在葡萄树下走得很慢。他沉沉地吐出一句:

“我一辈子也不会饶那些人。我这个人哪,从来不记仇,可是这一回他们算跟我结上了仇。”

“哪些人?”

“谁毁了咱的园子?这还用问!”拐子四哥拿出烟锅,盯住了南边黑黝黝的山影,“也许小白老健他们是对的,这已经是最后的办法了。咱们被逼到了绝路上……”

四

说到小白老健,四哥的声音变得像耳语一样:“他们不会被逮住的,这个你放心好了。我估摸着,他们这会儿正在暗里瞅着大势呢!只不过得分外小心,这个年头什么事都能发生,人心比什么都凶险!过去谁记得这片平原上的人有这么狠?现在为几十块钱都能出人命:卖瓜的用刀捅人,开车的把人轧个半死就开着车逃走,让这个人在路边上一点点把血流干……这些都是眼皮底下的事儿,说起来都不敢相信!”

四哥叹着,握着拳头,身子发抖:“那天几个村子把集团砸了,接上又起了大火,好一顿烧啊!这让人高兴,烧吧烧吧,老百姓都这样说。后来有人说小白和老健几个为首的全给抓住了,有人替他们难过。我压根就不信……”

"没有,他们都躲在安全的地方。他们是冤枉的,早晚会还给清白的,村里人从一开始就是自卫。真正的肇事者是另一些人……"

"什么时候都有坏人,可现在的人坏得太离谱儿……谁家还敢把一个小姑娘扔在这儿?过去园子里有一大帮子人,这还多少能给她壮壮胆,现在就剩下我们老两口了。她爸妈非要把闺女领走不可,我最后也催鼓额:'听话孩儿,回你爸妈跟前去吧,这里不是过去了。'我一说,她就趴在万蕙胸口上哭。万蕙也劝她:'好娃儿走吧,反正早晚得走。等你想俺老两口了,我就让老头子去把你接回来。'这娃儿啊,走的前一天哭得两眼像杏子……是她爸硬把人驮在背上走开了……"

"她就在老家待着吗?"

"前些天我去看过,这娃儿瘦得不成样子。我是头一回到她家去,要不是亲眼见了,谁能想到这一家会这么穷……"

"当年不是你去雇她来的吗?"

"是啊!我只在村头儿家待过,那天就是他把那个孩子交给了我……怪不得这孩子不愿回去,那里的日子太苦了……"

拐子四哥说到这儿不吭声了。我以前去过,见过那个平原小村。窄窄的街道,不大的小屋,一条条泥巷,到处透着一种说不出的淳朴。说实话,我喜欢那儿下午阳光打在土末上的颜色,那一条条弯曲的土路。但我仍能明白鼓额为什么如此依恋这儿的茅屋,因为她已经喜欢上了一份全新的生活,园子里的每一根葡萄藤都牵着她的心。我问:

"园艺场的朋友还来吗?"

他当然知道这是指罗铃和肖潇,点头:"她们以前是找你和那伙朋友的。你们都走了,她们来得就少多了。那个女教师肖潇是个好闺女啊,她回城探亲去了,走前还来问你哩;她不像罗铃,把肖明子给拐跑了,人也不照面了……"

"拐跑了"几个字言重了。我只问肖明子什么时候离开了园子?

"他离开得早。他嘛,我早就看出眼神有点不对劲儿,跟你大嫂子说:'这孩子要叛啦。'她还不信呢。"

一个"叛"字用得有趣。我摇摇头说:"他们还是各奔前程吧……"

"是啊,这孩子叛得好哇。叛了吧,都叛了才好……肖明子如今在园艺场里做临时工啦。那是罗铃给他找下的差事。这一下好啦,两人天天在一块儿了……"

四哥有些激愤。对于肖明子和罗铃的事情,他过去远非这么恼火,谈不上赞许,可也并不特别反感。

接下来很长时间他都不再吱声。我们都在想一个人,想武早。我们最不忍提到的就是他的名字——可这会儿终于再也闷不住了,四哥一下下拍打起膝盖,低低喊着:"老武啊老武啊……"我安慰他:"也许有一天,他会突然出现在园子里的——你看他的东西还在……"他磕着牙齿,摇头:"没指望了,一个人要是随便走走,不会离开这么久的。那个葡萄酒厂出了事,镇上人一块儿埋怨你,说人是你找来的,你不该介绍一个疯子来造酒!武早那时候饭也不吃觉也不睡,人倒越熬越精神。镇上有人指着鼻子骂他,他就给了那人一拳。最后一伙人围上来把他摁在地上……"

"他们打了武早?大胡子精不管?他可是镇长啊!"

"他还巴不能把武早痛殴一顿呢!他除了钱还认得别的?他把一笔钱砸进酒厂里去了,恼着呢!"

真想不到武早在这段时间遭了这么大的磨难。我心痛得一时无语。我喃喃着:"如果我们在一起,事情也许……"

"那也许不会出那么大的症候;还有,如果小白老健这些人在一旁摽着，大胡子精那伙也不敢揍人。那些日子武早一天到晚咕咕哝哝，想起你来就问哪去了？什么时候回来？我只说‘快啦快啦’。他夜里不睡觉，在灯底下胡写乱画，我凑过去看，他就用手挡上。其实我哪能看得明白。我知道这是写给你、再不就是写给那个婆娘的。你看那个鼓鼓囊囊的挎包，里面塞满了信……”

我想到了屋角里那个大背囊，不由得站了起来。

“不用急，那个大背囊归你哩。东西都在里边了，你没事了从头看吧！”

我在想这位疯迷的挚友——你也许给我留下了什么至关重要的口信、一些叮嘱；也许其中还留下了不能对别人道的秘密……回到屋里，我马上要解开那个背囊，拐子四哥却阻止了我：

“先吃饭吧，那不是一下子就能看得完的……”

窗外，残留着的一些葡萄树在风中摇动，上面有结下的几串葡萄：串穗小得可怜，全都开始变红。往年的这个时候，窗外的这几棵最大的葡萄树茂盛喜人，它们全身都挂满了鼓胀胀的串穗，让人一下就会想到那些给人饲喂的乳房，饱含着乳汁……如今它们是干瘪的，苦涩的，就像走向终老的妇人。四哥一边搬动酒瓶一边叹气：“你瞅时间到北海滩上去看看吧，看看那些杂树林子……接下去咱这平原就全要一点一点毁了、死了。我怕那一天真的会来，真怕哩！”

五

一切恍若隔世。死亡的确在逼近这片平原，而且正加快了步伐——这是显而易见的。归来的路上，我看到的全是令人痛楚的景象。芦青河如今不只是混浊，远远望去简直像一汪墨汁，里面再也不会有一条鱼了，果然也没有看到有一个渔人。如果沿着它继续往前，一直走到入海口，不知那片美丽如画的河湾会是什么模样？这时我又想起了三先生，想起了跟包和他那个长长的故事。是的，真的如同故事所说，一场出卖早就开始了……

我是平原的儿子，所以我才一次次归来。我在生命尚存的日子里，会一遍遍讲述自己母亲般的平原。是的，我如果不能把她亲手描绘下来，那么当她褪尽了颜色的那一天，谁来证明她的昨天？

"老宁兄弟，你说咱们三口在园子里做点什么？"四哥像出一道试题那样瞅着我。我还没有回答，他就咬咬牙关："总不能干等着，等它一点一点完吧……咱这么眼瞅着自己的孩子生了病，看着它一点一点闭上眼——你说这不是拿刀子割咱的肉吗？"

我望着四哥，心里盘算的是何时从头给他复述跟包和三先生，他们讲述的那个可怕的故事……

四哥伸出烟锅指着远处："你不知道，芦青河上游那儿又建新厂子了，是外国人和这边合办的。为什么要靠河建厂？就为了让一些脏东西就近流到河里去！前些天有个描眉画眼的大胖女人和戴眼镜的小个子男人来了，在咱园子四周窜来窜去，后边跟了人，扛了三角架子，在这儿测来瞄去的。有人说那是从海外来的厂商，要在这里办一个'人造汽油厂'。听说这会儿正在签订合同呢……日子真要翻个啦。你回来喝过老嫂子烧的开水吧？你没觉出有什么怪味吗？你用它泡泡茶看，再好的茶也喝不出滋味来……"

我点点头。一切都在变苦变涩……

"从井水变味的那一天，我就知道咱这儿害的是绝症，你就等着看吧。老天爷，有人下手真是狠哩，老天爷，咱们活着的人要咒他们哩！"

可是我们除了这种诅咒，再就是等待吗？

这个夜晚，我们三个人围坐在那个四方小桌旁，每个人都斟了满满一盅酒。我归来的每一餐饭都如此丰盛。我记起每一次出发归来，万蕙都要加几个菜。那时如果园艺场的朋友们知道了也必要赶来,大伙儿围在一块儿喝酒……斑虎跑过来,我把一个肉块抛到空中,斑虎跳起来接住。它在愉快地扭动,用力摩擦我的腿,兴奋得泪花闪闪。其实它这些天来一直在掩饰着什么,暂时没有了满面悲怆。实际上我从踏进园子的第一步,就从它扭动的身躯上看出了那种难以遮掩的悲凉。一个多么了不起的生灵,它有时会压抑自己,悄藏起熊熊燃烧的激情。我向拐子四哥和万蕙敬了一杯酒。他们痛快地将酒饮下。四哥擦着嘴:

“我的好兄弟,你到底还是回来了,这真像梦哩。你该回来呀,好兄弟,哪怕就为了尝尝我的瓜干酒,也该早早跑回哩。城里有这样的酒吗?没有。你可以忘了拐子四哥,可你不能忘了他的酒葫芦。咱俩今夜要大口喝酒,喝醉了就奔大海滩,领着斑虎……”

信　件

一

我终于再一次回到了这儿的漫漫长夜。没法安眠的长夜啊,既熟悉又陌生。也许我太珍惜这里的夜晚、太钟爱这里的夜晚了,所以才不舍昼夜……而在许多年前,我在葡萄浓烈的香气里竟然能够夜夜酣睡,做那么多甜蜜的梦。如今这一切都结束了。

睡不着,到武早的房间里解开背囊,取出一沓沓信件。这样的夜晚正是展读的时刻,倾谈的时刻。我发现自己正变得越来越急切——我想这位朋友在那一段时间里,极有可能把所有的秘密都藏到了这一沓沓纸页之中。它让我慌促地、急不可待地拆开来……

它们写得规规矩矩,叠得整整齐齐。是的,这些文字都是写给我和象兰的。我一开始想小心挑拣以免误读,可后来才发现根本无法区别不同的收信人:它们混在了一块儿,只胡乱在信封上标了些记号,有时内容与封皮上的记号又完全相反——其中的内容更是交错混杂在一起。这再次提醒我它毕竟是一个神经错乱的人写下的……这些字迹没头没尾,有时让人莫名其妙,好像又把另一些人——完全不同的第三第四个收信人搅到了一块儿。我读下去渐渐发现,这是多么大的一坨堆积!这里面充满了一个人面对无边墨夜的呼号或呢喃……我读着,思路给磨得发烫,有时难免要放一会儿,以压抑着心中的什么。这个疯迷的酿酒师夜夜伏案,谁也不知道他为什么会有那么充沛的精力——四哥说有很长一段时间了,从来没人见他好好睡过。他写啊写啊,有时握着拳头在屋里大声朗读,有时又偷偷摸摸地把它们藏在一个地方——先是将这些信件打捆,绑好后小心地放在那儿,最后又塞进背囊——他的神秘举止让拐子四哥夫妇感到了隐隐的不安——果然,不久之后他就失踪了。

信的开头奇怪地画了一支双筒猎枪……信中有的字迹大,有的字迹小;有的地方密密麻麻积成了一个疙瘩,有的地方却缺苗断垄,半张纸只写了稀疏的几行字。

…………

不知道你和我谁更不务正业。当然……都是笑柄。两种不同的瓶子装酒。注意如下几点:第一重视品种,美国不如欧洲,他们的酒之所以至今二流,主要是葡萄品种问题;第二重视土地,必须看准土壤;第三重视发酵技术;第四重视科学研究——请注意,巴斯德学院发酵室早从研究啤酒转行了;第五重视设备工艺,葡萄汁要用硅藻土过滤,以提高酒的稳定性。学吧,你知道我这人不太自信。我喝过最有名的酒,绝不含糊。那个小娘儿们——你知道她。当然我不会把她怎样。我在德国巴门结交了一个艾克,这没什么不好。他到我们家来过。艾克哪样都好，一双小灰眼珠盯住象兰。属于“斗酒诗百篇”那一类，会写诗，汉话说得一塌糊涂，跟酒叫“舅”，说什么“葡萄舅”——我是他舅……艾克大概喝醉了，动手动脚。象兰后来说：好色的鬼子即“色鬼”。不错。“狐臭味儿顶我鼻子啦！”象兰这样嚷叫。艾克去过西西里岛，那里有一种极甜的酒，“西勒口士麝香葡萄酒”。奔它而去。象兰说“西西里柠檬，西西里柠檬”，她只从书上知道这几个字，甜甜的小嘴。你知道我是一股劲地对她好。而她，刻薄，无情无义！她说最好用一把剃刀给我剃个秃子。你看这是什么话！在她眼里我是尽可戏弄的。艾克教我怎样整治。我做不来。艾克其实很邪恶也很厚道。真的有这种人，色鬼。在对待女人的问题上，我是很中国化的。你若见过艾克那又黄又红的胡子就会喜欢。像落日的颜色。他离开的时候才告诉，他身上有一种奇怪的毛病。他还没有讲明白就登机走了。后来我们就没再见面。很想这个家伙。对付葡萄酒的破败病，这家伙会出一些好主意。可惜人走了。我不能飞到巴门。我想这个家伙。我不想杀人，可是有人想杀我。谁？这家伙露了馅，不用刀枪，惯用毒药——小人一贯擅长毒药。我呢？开杀戒必用双筒猎枪。象兰需负完全之责。这个小娘儿们，我宁可相信是从海底爬上来的一种水妖，美人鱼，通身无鳞，水光溜滑，呜呼怪哉！

……就在八月十五，满月之夜，酒得了破败病。绿色沉淀。喝一口混浊的酒吧。一切不成。我更喜欢拐子四哥的瓜干烈酒，镇头儿竖起拇指。他有时会做淫秽动作。该让你怀上孩子。后一代。艾克说过，疯浪的女人所向无敌——“所向”哪里？“敌”在何方？他没有说……这帮鬼头鬼脑、系着领带、会说“欧开”的可怜巴巴的小浪虫、一帮顽皮青年、一帮专学洋人动不动就喝咖啡吃阿司匹林的家伙！就因为他们，我要倒一辈子血霉。老天爷就是这样糟蹋一个人。你不回也好，你走吧。你该离开这个疯魔之地。你看看这个半岛,凡是好人都在遭罪。他们最后把我锁在那里。他们眼里所有呆子木头、石灰灌浆的家伙,都是正常人。他们说瞪着两眼半天转不过神来就是“稳重”。伪装。你还真以为他们有智慧,不敢招惹?其实只会拍马屁。上司给一个笑脸,他们恣得一蹦三跳回家了,进门就搂着老婆亲,还抱着孩子玩,说什么“我的乖宝”……我可不那么呆。你知道捣鼓葡萄酒这玩意儿就像玩牌,不一定什么时候摸到一张好牌,你得藏起来。

二

……我有一台从东洋带回来的录音机。一个鬈毛小子老到我们家探头探脑,刚开始还以为他在打录音机的主意呢。他用手敲着那个录音机说:我还以为是铁的呢。他好像懂一点电器,一个劲夸它。一天我回家,发现那个录音机没了。象兰把它送给了鬈毛。胳膊肘往外拐。那一天我端量象兰,发现她两眼贼亮。我如果把她的猫给了别人呢?猫是她的爱物。人各有志。有一天我弹了一下猫的鼻子,它皱着眉头往后猛缩。象兰火了:你怎么能这样对待它?让它鼻子发酸!我说你也一样!我弹她的鼻子。两年未深吻,天下何曾有?

北海沙岗,大坟。里面埋了一个英雄。我在坟前祷告,烧一炉香。他是我的菩萨。让那个疯浪女人回家吧。我还想多活几年……那个女人把我割得鲜血淋淋,然后一跑了之。她和另一些人设下圈套,我就钻入。我给关到了高墙后面。英雄气短。林泉精神病院,穿白大褂戴口罩,搔过全身:这里痒不痒?那里痒不痒?一个女的,过来乱搔。我看她如果描上两撇胡子就像一个马车夫。年纪最大的老太太是精神病学权威,慢声细语,十分和蔼,问夜里睡觉怎样?大便小便?夜里做梦?梦见什么?我答:梦见一些花花绿绿的事儿,她笑。她说好孩子,好好睡吧,好好梦吧……她说的才是人话。另一些女人就知道在屋里扭,奶子比胶东馒头还大,以此吓唬病人。她们捏着一个小塑料棒,说:电!电!我见过的多了!自动验血仪、激光、粉碎机……开了天目即可见千里之外……这会儿你和梅子正在家里炒一锅韭菜,还蒸了两个茄子。孩子伸手就抓热腾腾的饭菜……残忍哪,上一代对不起下一代,所以不能要孩子!你让他(她)生下来,你商量过他(她)了?象兰频出高招,说什么我们还没有好好风光够呢,不能这么快就要——那些小东西吱哇乱叫,两口子从此再无宁日,立马完蛋。过去的人那么笨,反对计划生育,结果生了那么一大堆,像生小猪一样,连接生婆都给累坏了。我亲眼看见一个接生婆满脸灰尘,叼着老式烟斗,口里哼着下流小调,一个上午就接生了十八个孩子,其中六个男孩。她干了一上午,怀揣十个红包。她用钱买酒。

……我对得起象兰。四哥对得起万蕙。象兰嫌我买的风衣不好,我嫌她的作风不好。我学富五车还像一个庄稼佬,她偷着吸烟蛮像一个美少年。她幸亏生在中国,如果生在北美,一定是个吸毒犯,摆弄大麻海洛因、和那些毒贩分子搅在一块儿,过着奢靡的生活;她会让那些头发溜光的男人按摩——那些老头子啊,一个个手上长满老人斑,文质彬彬,生性下流。你肖明子软得像一根腰带,独获美色,常解腰带。我用酒灌醉了他,看他扬起的两道眉毛……来世不做酿酒师,就像你一样身负背囊,猎枪一杆,见物就打,入村就住。我要在村里结交一些蓬头垢面的朋友,给他们酒喝,让他们讲乡间秘史。我要高声大喊:我爱交游,我爱象兰,我爱葡萄酒,我爱外国人,我爱贫下中农,我爱赤脚医生,我爱过去的岁月,我爱极左路线,我爱连狗都不如的年代——因为那些年代也有一些上好的事情……反正我要悄声告诉你:我是一个反动的家伙。

有一个人举兵进京,该人打跑皇帝先不急着做,又让儿子去当兵。有一年他打死很多麻雀,二大娘疼得直咂嘴:“用来包饺子多好，掺点酱油。”那时候老宁兄弟不记得了，象兰也不记得了，你们年纪尚小，不知道萝卜丝包饺子不放一点肉星的苦难年头。俺爹咽气的时候说：“孩子啊，受再大的苦，遭再大的罪，也不能牢骚，老天爷给你送来这么好的媳妇……”好个屁！俺爹死了，她还净出些鬼点子，穿着风衣哭，听着萨克斯，想着那事儿。自恃清高，目中无人，见了女伶还要嘲笑：什么年头了还穿一件大花棉袄。我崇拜力与美、诗与真、酒与剑，我是一个貌似粗俗的大型绅士！我可以把外国话挑在舌尖上打旋儿，我会用鼻子吹箫，脚趾描字，梦中写诗，醒来装痴。我跟拐子四哥天生是一对，他是我的恩人，我是他的儿子……俺爹俺妈死了，我成了没主的孩子，一头钻进了小茅屋。你走开后，这里以我为王。等我把这里重新弄好，用碱水洗刷干净，再把你佛爷一样请回。届时我们要一块儿喝酒，谈天说地。我知道这封长信你看不见，好比我有一瓶好酒在地窖里藏了一百四十年，等着你来开塞儿呢。你尝一口一辈子不忘。不过可不要一个人偷偷摸摸把它喝光。象兰有一年偷喝了我一瓶好酒，官司打到了丈母娘那里。那个丈母娘啊，我可不愿替她吹牛：年轻时候一股脑儿气死了两个男人。但她把身上的浪气、把最好的东西遗传给了象兰。丈母娘如今六十二，脸上没一条皱纹，说起话来嘎嘣脆，离了土话俚语不开腔，一张口就是：“他在那旮旯里胡乱冒泡儿了”——谁能听得明白啊！不过日子久了我也能听出眉目。我们有不少共同语言。丈母娘说：“我呀，还就是看着这个女婿好，浓眉大眼，方面大耳，脸盘比牛腚还大，蛮像伟人。”换了别人早就恼了。她爱惜我、器重我。

……我希望你小心脑门上有红点的人，小心包花头巾的人，提防一个斜眼的人；牛奶在门口放久了不要喝，不要和自称是什么“家”的人交往；如果有人说自己是个“诗人”，那么你更要赶紧逃开；提防斗眼小焕，少吃油炸食品，每周吃三次绿豆；重视临别赠言,珍爱往日友谊,不要贪恋钱财,不必拘泥礼节,勤俭持家,热爱人民,死而后已……有人袖里藏了抓钩,要把你身上的肉撕下来呢;赶路最好打赤脚,鞋子破了不如没有。拐子四哥不拄拐,土枪终日不离身。不要相信土人胡吹,没见过世面的狂人极不可靠。有一年上我老家的一个娃娃擦着鼻涕说:"俺大爷家老二坐了龙廷。"当即吓我一跳。后来才知道,那不过是中直机关服务员。差之毫厘,失之千里。你不要怀疑在下的智商。又梦象兰。拐子四哥十分想你,这一段他对我照顾甚好,请你不必挂念。大老婆万蕙擅长咸饭,不放味精,技高一筹。小小鼓额,泪水涟涟,躺在炕上,扭动不息。她身上烈火炎炎,思念一人,此人无德,远在天边,貌似真诚,实则虚伪,抛弃少女,罪不容诛。你读此信,不必惊讶。直言痛谏,方为挚友。总之一句,留下此信,我即远行。也许真的吃不上大年三十的饺子了,但不必惶悚。我兄弟两人后会有期。以后有时间我还要告诉许多,皆为秘密:林泉精神病院藏一杀手,此人不用枪械,专使针管,杀人无数。他一辈子唯一的一次失算,就是留下了我这个活口。此致敬礼。

三

我领着斑虎到海滩上去……当我们走到北边亲手植下的那片防风林带时,斑虎突然驻足不前了。我一再呼唤,它只瞪着亮晶晶的眼睛看着我,低头嗅嗅脚下的泥土,然后重新昂头。我只好一个人往前走了。我不知道这是为什么,它大概是想让我一个人好好看一看这片荒原吧。

它在那儿注视我,盯着我在沙滩上踏下的一个个深深的脚印。

越往北走,满地的盐角草长得越旺。这种藜料植物属于一年生草本,最喜欢盐渍土,过去更多地生在近海的河谷洼地里。估计再有不久,它将把所有杂草都挤到一边。除了盐角草就是灰绿碱蓬,它同样适合生在盐碱土上……一片片的灰绿碱蓬和盐角草使沙滩铺上了一层均匀的毡子,样子并不难看。可是我却不愿在这儿更多地看到它们。除此以外我还看到了百蕊草,它们大多长在旋起的小沙丘上。这是一种寄生植物,它要攀在其他植物的根部,椭圆形的坚果正在形成,像一个个小核桃。在百蕊草旁边,一些小花糖芥开出星星点点的淡黄色花朵,一律向上仰起,像在默默无望地期待着。球茎虎耳草过去曾经遍布这片荒滩,现在却是零零星星了,但它白色的小花仍然非常醒目,一两只蝴蝶落在花上,人走近了也不愿飞起。

往日的沙丘链旁是密挤笔挺的槐林,这时大约有三分之一正在慢慢枯死,剩下的一些树棵也无精打采,叶子开始早早脱落。这是不祥之兆。往年在这片海滩上开得最为美丽的合欢树差不多一棵也没有活下来——我直到走了几公里才看见一棵,它在积了一洼淡水的渠汊上微笑。我走近它,抚摸着褐色的树干……大海滩上,就连那些极普通的加拿大杨、青杨、响叶杨、柳树和钻天杨、日本三蕊柳,都蔫蔫地活着。只有河柳长得较旺,它那发红的梢头在微风里摆动,显得十分诱人。至于这片海滩上本来就罕见的鹅耳枥,如今差不多一株也见不到了。人工栽植的黑松勉强支撑下来,它呈带状疏疏落落东西绵延十几公里,针叶上像是蒙了一层灰尘,走近了一看才知道是半焦的、毫无生气的叶子,让人担心它在沙滩上已是来日无多。

长得最旺的植物仍然是灰绿碱蓬,是一株又一株的马齿苋——这种肉质植物可以做凉拌菜肴,我太熟悉了。马齿苋大概可以忍受各种恶劣的环境,记得小时候外祖母告诉,在挨饿的年头里,马齿苋救了很多人的命。它和我在葡萄园边看到的大片地肤菜一样,都属于穷人的活命草。地肤是一年生草本植物,可以长一米多高,也属于藜料。它的嫩苗掺上玉米粉就能做成窝窝,也可以放一点盐熬成咸饭。在战争年代,地肤菜特别让那些战地炊事员喜欢——岳父岳母就不止一次深情地怀念它,而且常常到很远的郊区采来做咸饭糊糊……

海滩在大风季节里堆积了一座座沙岭,哪里有茅草和树木,哪里就会旋起高高的沙岗——它吞食了绿色的植物,不久之后岗顶却会重新汇集起更加茂密的绿色……各种植物的种子都和风沙搅在一块儿堆积起来,于是逢上雨水茂盛的季节,它们又蜂拥而出,远看一座座沙岗就成了一道道黑漆漆的山岭。就是这些绿色的沙岭,曾让我怎样流连忘返——小时候我在这儿采摘了多少野果;在灌木丛中,我把色彩斑斓的野花扎成一大束带回家、带回学校,把它双手捧给老师……沙岭上踏出了一条又一条小路,是它安慰和滋润了我的童年。在记忆中,大海滩神秘而又辽阔,是没有尽头的一片浩瀚。

记得从地质学院毕业前一年,我把整整一个夏天都交给了山地和北部平原。我背着老大的背囊登船,让一船人都瞪大了眼睛。我从离海岸十几公里远的那个玄武岩平台小岛往东,一口气游遍了邻近的几个更小的岛屿。当时它们都荒无人烟,其中的一个遍布美猫,让我后来久久想念。我在那个夏天抚摸着海蚀崖、挂满了蛎壳的礁石,感悟着神奇陌生的故地、漫长而奇特的历史。最后登岸向西,一直靠徒步跋涉,到达最西端那个像手指一样伸向大海的陆连岛。那儿发育着高大陡峭的海蚀崖,一处处海蚀穴和海蚀平台、残留在海里的海蚀柱,一切都让人激动不已。这段海岸线仍然在后退,只是它的后退速度越来越慢了……那个夏天是我第一次从专业的角度去观察自己的故地。那时我知道了从北部的海岸往西,一直到那个陆连岛,海岸线长三十多公里,全是一片广阔的冲积平原。这一段海岸的东部属于东北西南走向,转而成为东西向,渐渐就是那个开阔的砂质海岸了——我在任何地方都没有见过这么好的连岛沙坝,没有见过这么美的古海湾泻湖堤岸,没有见过这么洁净的平原砂质海滩。这一段砂质沿岸堤不太发育,平缓低矮,因而却显得更加辽阔,滩面也格外平缓。岸坡上还有很多水下砂子的分布,由于连岛沙坝的掩护,海湾内受波浪作用极其微弱,潮流也很小,再加上附近的沉积物来源稀少,海岸线一直非常稳定,很多年来岸线只有很小一点变化。所以这里一直是个良好的渔港。就因为这样的地质条件,近来又吸引了那些建港者的注意。一座现代化的大型港口正在筹建——我不知道这对于我们来说意味着什么……我甚至在想,如果这个现代化的码头不能建立,也就不会引来那么多的工业项目,包括那个人造汽油厂……这片安静的角落从现在开始将变得面目全非,当那些浓妆艳抹的女人、穿着奇装异服的外国人蜂拥而至的时候,美丽的长尾巴喜鹊和肥胖可爱的草獾就要慌忙不迭地挪窝儿了——一群一群的鸦雀都要乘风而去,神奇的白天鹅将向无边无际的西部翱翔……

打鱼的号子一阵响过一阵,它吸引我加快了步子。穿过一片稀疏的林子,立刻看到了一群赤身裸体的人。阳光下,他们的躯体在闪闪发亮。那个鱼老大扬着粗咧咧的嗓门在吆喝,一群人紧紧伏在两道网纲上。他们蠕动着,一齐用力。海中有几只小船,它们正沿着围成弧形的网浮巡视。再有一两个钟头大网就要拖到了岸上——那时群鱼跳荡,你可以听到吱吱哇哇的声音,这是鱼族在神秘呼喊……早在一两年前,那些打鱼的人就在不停地抱怨,因为常常要打上一些死鱼和臭鱼,它们一律散发着煤油味儿。连最为泼辣的各种海贝都在死亡,那些采贝的人把一捧捧发臭的死贝举起来,向人诉说着这个海湾的不幸——眼前,这群吆吆喝喝的粗犷的渔人还能活动多久?

四

一处处沿岸的渔铺子被风雨洗成了灰白色,看渔铺的老人在阳光下抄着手,低着头,迈着碎步往前,好像要捡拾脚下的什么东西。他们偶尔从沙滩上真的捡起了什么,对着阳光端量着。我知道这些人无一例外都是拐子四哥的朋友——过去在大雪天里,四哥曾领着我找过他们,一块儿喝酒聊天,听他们讲那些没头没尾的鬼怪故事。铺老们大半都是单身汉,他们肚里有无数的故事,最愿意喝酒吃荤,偎在火炉边熬过漫长的冬天。他们没有鱼就不能喝酒,没有酒就不能守铺,在这铺子里度过了多半生,看样子还要在这里故去。他们没有儿女,也从来没有长期拥有过一个女人。他们是这片海滩平原上最为可靠的见证人。在他们眼里,世界从来也没有像今天这样,真是日新月异,既变得让人惊喜不止,又变得非驴非马,变成了一个怪物。就像当年谈起哗哗耕地的拖拉机、咕咕大叫的脱谷机一样,如今一提到那些钻探煤田和石油的海湾勘探船、在荒野上立起的高高钻井塔架,他们都用烟锅比划着说:“妖精啊! ……”

老人把一些难以诠释的、令人恐惧的东西都说成是“妖精”。他们个个都能回忆起在年轻的时候,半夜里妖精钻进渔铺子里的情景——打鱼人的血会被它们吸干,一个个变得面黄肌瘦,步伐蹒跚,有的眼瞅着一头栽进沙土里,再也爬不起来。据他们说对这种情景再熟悉没有,那是“被妖精叮了”——“如今的妖精啊,满海滩都是:它们不光叮人,还叮花草树木,叮这片海滩。等着看吧,叮完了陆地再叮绿汪汪的海,这不,海里有了黑乌乌的黏油、有死去的鱼蟹,荒地上的树木也开始枯瘦凋零。没有办法呀,它们从老辈就跟老天爷斗起了心眼,硬的不行来软的,老天爷如今接下了妖精的礼物,然后就改换了心肠……”

铺老们喝着酒,不停地叹息。轻松的时候,他们就讲一些战争年代里的事情,那全是这片丛林里英雄豪杰的故事。“杀富济贫哪!”他们仰头饮下一杯瓜干烈酒,大声叫着。最愿讲的就是那个海滩大盗、出名的英雄骑士李胡子的故事。说起李胡子,没有一个人不瞪起双目,兴奋无比,啪啪地拍着膝盖。海滩平原上的人都知道,李胡子最后死得有多么冤、多么惨、多么壮烈……他的坟头如今还在一片槐树林里。这些年越来越多的人到李胡子的坟前烧香祷告,求他保佑。可是也有人说,那个坟中埋的根本就不是李胡子,它里面不过埋了李胡子的几件衣服,真身早被人劫走了,劫到了哪里不知道。他们说李胡子的真身埋到了哪里,哪里才会得到真正的佑护。"所以这片平原就要遭殃哩,它不过是埋了他的衣冠,你看看是不是这样哩?"

老人议论着,叹气击掌。他们认为说来说去,一切的不幸,归结起来只一个原因:李胡子没有真的埋在这片海滩平原上。

我曾无数次地来到李胡子的坟边,我宁可相信李胡子还安息在这座爬满了葎草、长满了荆棘的坟头之下……

每一次都是这样:我的脚步沉重,一直往前,鞋子里灌满了细细的沙末。走着走着,我又看见了那个沙岗,于是脚步急促起来。我记得沙岗从上到下都长满了那种细密的槐树——这些槐树与其他地方完全不同,它们油旺旺的,一派墨绿,这使我想到,真的有一个魂灵在保佑它们。传说中,这座大沙岗就是一座坟墓,它的下面就埋着那个传奇英雄。

我的岳父讲起李胡子的故事常常缄口不语。他见过李胡子,本来可以讲许多他的故事。可是在他眼里那是一个有争执的人物。任何没有定论的事物,岳父都不愿过多地谈论。他觉得有争执的人和事就像一个个陷阱,你一直围着它们打转,很容易就会生出危险来。关于李胡子的所有故事,我都是来到葡萄园之后才听到的——我第一次看到他的坟头时,曾经是怎样的激动啊。我想到那些遥远的、又像是近在眼前的故事,忍不住一次次两眼湿润。

有一次我正在坟前伫立,突然风沙扬了起来,像是那个巨人一瞬间苏醒了。

沙子眯了我的眼睛。他在让我走开，他不愿让我寻找他的故事。可我那么执拗，这些年来，我不知多少次来到他的坟前了——梅子来葡萄园时，我也把她领到这里。以前她睁着一双受惊的、好奇的眼睛，不信那些故事是真的。可是当她站在了这座坟头时，整个人久久缄默。我告诉她：这个坟头里真的埋了那位英雄，这是真的；关于他的故事，更是句句都真——你从当地老人颤抖的胡须上，从一个又一个老泪纵横的皱巴巴的脸膛上，完全可以感知一切，你不该再有一丝怀疑！

只要来到荒滩，只要远远地看到那座沙岗的影子，我的脚步就不由自主地变快了。

今天，在这个特别的时刻里，在久别重逢的日子里，有一股多么大的力量在推动我，让我走向你——我们荒原上惟一的传奇英雄……许久了，我在自觉不自觉地寻求，寻求一种护佑，寻求你的护佑，我心目中的英雄，故去的武士！是的，我和平原上所有的人一样，当没有任何办法的时候，也就自然而然地想起了你，让你给予力量，给予勇气，给予拼死一搏的那种血性……我这会儿差不多是奔跑着冲进了槐林，当我越走越近，终于站在了近前时，这才看到，原来这片槐树也在开始枯黄……我心里一阵疼痛。李胡子，你该看到身边发生的这一切了，他们毁掉的是你洒血献身、为它失去了性命的这片土地；海滩平原这一片又一片丛林、杂树棵子，所有沙丘，你都伏卧过、睡过、跑过、搏斗过；还有海滩平原深处那些散落的村庄，你在那儿留下了多少故事啊！你听到、你看到了今天的一切吗？你难道能够容忍他们在你的眼皮底下，在你的脚下，如此疯狂放荡、丧尽天良？

我得不到回答。

我看到眼前的这座巨垒上压了新新旧旧许多黄纸；这儿显然

常常有人祭扫,沙岭前留下了几个粽子、野枣、鸡蛋和枯萎的一束束鲜花……

我与无声的坟头默默对视。我生不逢时,不能相伴在英雄的身边,没有听到嘚嘚的马蹄……

这个好汉最后归顺了一支队伍。可也就是在这支队伍里,他失去了宝贵的生命。他是一个殉道者,他为自己的忠诚献出了生命。

看着这片正在走向凋敝沉沦的荒原,我禁不住要问:李胡子啊,你舍弃生命为了什么?你殷勤迎接的,就是今天这些满脸油脂的家伙、这一片片塌陷的土地、这遍遭戕害生不如死的原野吗?你到底在迎接什么、为了什么、等待什么啊?李胡子,我心中无所不能的伟大的英雄,你不要说奋不顾身一冲上马,你就是用诅咒、用你粗大的鼻息,也能把这些蛆虫扫荡一空啊!

你回答我,回答我……

巨垒一片沉默。没有回应。

我采集了一大束野花,轻轻地放在了岭下……

山　魈

一

煞神老母被贬入一片大山。这里苍茫险峻,林草茂密,是各种动物的天堂。它名义上也属于某个神将的封地,但只是其中的一小部分。由于封地阔大,不乏富饶旖旎之地,所以也就常常忽略了这片高峰深壑。神将只是站在疆域图表跟前的那一会儿才会留意它的存在,那上面标出的山地形貌就像躺卧的一条巨鲨。偶尔一次高兴起来,神将催促手下人备好车辇,要亲自巡视这片大山。他做梦也想不到这个形似鲨鱼之地实勘起来会如此地艰辛:没有一条像样的路,只得让人往上抬;野物吱哇乱叫,葛藤从山顶上披挂下来。越是往前越是陡峭,野物的吼声阵阵吓人。有一种大野物不知是什么东西,它藏在雾幔之后,一声声嚎叫:“要、要,要你命!”大家不再向前。神将侧耳倾听了一会儿,骂了一句“该杀的!”而后就打道回府了。这是惟一的、也是最后的一次巡察。从此这位神将不再将凶险的大山视为自己的地盘,同时也明白大神为什么一怒之下将那个煞神老母打发到这里。他甚至不敢肯定这个被贬的女人是否还活着?“真是穷山恶水,魑魅魍魉!”他吸了一口凉气,竟然对这个女人有了几分同情。

那个呼叫“要你命”的到底是一种什么动物?谁也答不上来。从呼叫的强劲与粗粝来看,肯定是一位个头硕大的家伙,至少也比得上黑熊或老虎吧。神将琢磨了几天,后来就忘了。他在好奇心和征服欲方面,甚至比不上一位女人。最早来到这片山里并听到这种呼叫的煞神老母,先是驻足倾听了一会儿,然后就迎着这呼号走去。她现在已经不知道害怕了,不在乎一切要命的东西,因为对她来说,被大神贬至深山就等于要了自己的命,哪里还怕再要。剩下的只有好奇,只有结识一方天地怪异的猎奇之心。这到底是个什么威赫凶残之物,她倒要亲眼看一看。不过她被贬之初即被告知:不得与封地神将联络,除非是受大神之命召见。她对此早无奢望,但也明白,任何一个地方除了名义上的主人之外,实际上必有划地为王的家伙,这些实力人物霸住一块地盘而且能够代代相传,封地主人也得让他三分。她感兴趣的只是这样一些人物。所以当她听到那声可怕的呼叫,立刻意识到雾峦后面藏了一个不要命的主儿,它极有可能是个修炼了几百年的野物精灵。

煞神老母急走慢走跋涉一天,这才来到了那座险峰。翻过山已经是午夜了,索性趴在山草上睡了一觉。天一蒙亮爬起来,喝了几口山泉,随手捉一些五毒、揪一些浆果吞下,一抹嘴巴又是赶路。太阳升到大山半腰,那个家伙又喊:“要、要,要你的命!”煞神老母哈哈大笑,说一声“真来劲儿”,盘腿坐在一块大圆石上,迎着那片雾霭大喊:“还不快快来接本宫!”这样喊了几声,没有一丝响动。她不再喊叫,只盘腿坐实,眯上了眼。过了一会儿,她觉得一股大臭越逼越近,同时还伴有驴粪味儿——睁开眼时,立刻看到了一个大黑怪物,此刻正哈哈喘着粗气,站在了十步之外。这家伙的眼睛像一种大钢珠,每一只足有小孩拳头那么大,一闪一闪发出棕色的光。浑身通黑,腹部和腋下长满了黄毛。她磕着牙,掩饰着心里的惶悚。它的整个形体让她判为一只雄性大猩猩,再一看不对了:大猩猩岂有这么大、这么威、这么壮!这家伙强壮无比,一嘴钢牙露出一半,周身的脉管突突乱跳——再看下身的阳物,简直像一条睡蟒;巨大的肚脐如同一朵被风雨摧残过的大丽花,上面聚了一堆凑热闹的小虫。耳朵耷拉在脑后,这会儿一下竖了起来。

“本宫来了,你为何不来接驾呀?”煞神老母按捺着怦怦心跳,拖音拉调说道。

黑家伙不吭一声,阳物甩动了一下。

“你是什么物件,姓甚名谁,逐一报来。”她还是拖着长声。

黑家伙抹抹鼻子,仰仰脖子挠起痒来,发出了“刺啦刺啦”的声音,说:“我是山、山、山魈!”

“噢,‘山魈’,还是个结巴子!”

“是结巴、巴子!”

煞神老母忍住笑:“知道本宫吗?”

“知、知道一点。”

“那你为什么不来接驾?胆子就那么大吗?”

山魈喷喷鼻子,阳物又甩动了一下:“俺这里不兴、兴这一套。

再说你也是被贬的人、人了，还本、本宫、本宫的，你不是本、本宫了……”

煞神老母气上心头，咯咯咬响了牙齿。她且忍住，问：“我如果没有猜错，你该是这片大山里的一个霸王吧？”

“我是王，这不假。”山魈抄起了手。

她藏住了冷笑：“可你知道自己是个畜类玩意儿？”

“我是大王。畜类也是大、大王。”

“你有什么过人的本领？”

山魈挠挠头：“能吃、能日。”

煞神老母以为自己听错了，觉得这家伙不会这么直爽，就再问一遍。不错，正是那个意思。她哈哈大笑，过去拍拍他的肩膀说：“可让我找着了！好样的啊，又臭又粗的脏家伙，山魈，今后本宫就和你好起来！”

山魈往后退了两步：“这、这不成啊。好歹也是宫里出来的……我怕、怕大神哩……”

煞神老母刮他的鼻子，嘲笑他，拨弄他甩来甩去的阳物。

山魈还是摇头：“那不成啊！”

她恼了：“为什么不成？”

“因为、因为，我一骑上你，你就、就会死……我要、要，要你的命……”

煞神老母这次笑得响了：“啊哟山魈呀，你算把话说大了！你白长了这么个大块头，哪像个霸王！你说哪去了！我今个要找的就是你这样的英雄……”

二

山魈开始打扫场地。他一挥手碍事的大树就倒了，一扬巴掌巨石就滚到了一边。离煞神老母打坐的地方不远是一片尖刺棘子,他吧嗒吧嗒将其踩倒,又搬来一堆片石铺成一个大大的平场,然后伸出脚逐块试过。煞神老母一直在一边看着,暗自惊讶,说:“山魈做事就是扎实些。”山魈不吭气,一块块石板试过了,才说:“行、行了。”

煞神老母躺到了石板上。太阳升到了正中。山魈把她的衣服扯下来,立刻“呀”了一声。她周身的皮肤又厚又韧,呈紫砂色,一些黄色绒毛稀稀拉拉。两个乳房在阳光下怒胀,一对乳尖愤慨地盯着他。她嘴里吐出一团团白沫,耳朵歪向了一边,屏着气吐出一声:“死……”山魈伸出一只大脚放在她的小腹上,结结实实地从上往下踩了一遍,又从下往上踩了一遍。他在听肚子里发出的呻吟,那是一些馋虫在痛苦地哼叫。他知道这个女人苦日子过得太久,肚子里滋生了这么多欲望小虫。这都是那个残忍的大神之过——那个霸道的王八蛋只顾自己舒心,哪管他人死活?眼前这个女人绝非一般之人,她独自的欲望就抵得上满山野物,更不要说人了。山魈以前遇到过一个最大欲望的生灵是老山猪,它发情的时候用獠牙挑死了一打小猪,然后又咬死几只猴子,因不能即时找到合适的交配对象,一口气掘倒了一大片橡树。它幸亏黎明时分遇上了山魈。不过那时的他心情不悦,无精打采的,对这种花花草草的事儿并不放在心上。老山猪先是恼怒,而后发出哀声。他勉为其难地凑合了一会儿。老山猪的獠牙把他的耳朵戳了个洞,他当时虽未介意,可事后还是有些痒痛。老山猪善于扒土奔跑的双爪直通通地顶在他的胸前,结果完事之后他才发现胸脯上留下了两道青印。山猪的臭气甚至超过了他,在最后的那一会儿直呛得他泪水涟涟,以至于让对方误解了,夸奖他说:“真是个多情的郎君啊!”他心里委屈,但还是肯用力气,因为无论干什么,他从不惜力。那一次老山猪的呼叫惊天动地,整个山地都屏息静气。这事很久以后回想起来,他还觉得那只老山猪未免太张扬了一点。

山魈时下面对煞神老母，想起的还是过去那一幕。他心里断定：这个女人几十年里在男人方面显然遭了大罪，几乎没有一次遇到与自己的实力相匹配的对手。可见大神并没有什么了不起，那是个银样镴枪头——自己不行，又不谦虚，嫉贤妒能，不允许任何人动自己的女人一手指头——想想看，这是多么自私、多么坏的人哪！这样的人在品行方面还不如老山猪呢。

山魈细细地踩着煞神老母的肚子，继续倾听那一窝馋虫的哼叫。它们哼得差不多了，他就在腰上摸索了几下——那是模仿人们解腰带的动作。其实他浑身赤裸，从来没有那么多麻烦。然后蹲下，伸出毛茸茸的大掌——一搭上胸前，立刻感到她的周身剧烈颤抖起来。老天，经过了多少大阵仗的女人啊，这会儿还能这样，可见这是个百年不遇的情人！他搓搓巴掌，大嘴一咧像是要哭的样子，哗哗撒了一通尿，大嚎一声拥住了她。煞神老母闻到一股焦煳味儿、臭了三年的酱缸味儿、皮硝味儿和老牛打嗝的味儿……一座山的重量压将下来，让她鼓起腹肌去承受。他将她的头发咬下一绺，再次发出了那声吓人的喊叫：

“要、要，要你的命啊——”

呼喊一起，四野沉寂。后来这呼喊断断续续再也没有停过。太阳从正中转向西南的时候，呼喊声终于停歇下来。

大山中呼啦啦飞出了一大群鸟雀。

煞神老母浑身都是喜悦。她跟他去了那个老窝，里里外外看了这个借着一块巨大悬石做成的府邸。这里铺满了各种兽皮，有虎豹、狼、狍子和鹿。她说：“你宰杀它们可真不少。”他立刻纠正：“不是，是它们自己送来的。”“它们送自己的皮？”“那是哩。”她吸了一口凉气。这里透着一股深长的野物臭气，让她贪婪呼吸，心里说：这儿才是我真正的家。

“咱们该置办个像样的婚礼了。大神那会儿也找人热闹了一场,喝过几盅儿呢。这是个理情。”她提议说。

山魈放了个很响的屁。

“你倒是回答啊。”她盯着他。

山魈说:“刚才那一声就是回答。”

她一愣,笑了。这就是大山里的野物霸王,他才没有那么多讲究!再说自己既然是送上门来的压寨夫人,也就得夫唱妇随了。想想今后要合伙干的那些大事,自然也就顾不得这些花拳绣腿了。还有,眼前这家伙有勇无谋,蛮力再大也做不成什么惊天动地的事情,从今以后就要另打锣另开张,费力调教他才是。想到这里,心底的悍性又一次鼓胀起来,一仰身子躺在了大窝里,喊道:“快要、要,要我的命啊!”

山魈咧着大嘴,厚厚的下唇耷拉着,蹲下来细细看她,一边抓挠着自己被老山猪的獠牙戳了两个洞眼的大耳朵,一边咕哝:“好、好、好手儿总算进山了!”她知道这是在夸自己,骄傲地闭上眼睛,又扬起一条腿摇动着。这又粗又长的腿曾经让大神心醉神迷,在战混沌末尾的日子里恣个半死,给这腿取名“拴龙头的桩子”——大神在最紧张的战斗间隙里动不动就跑到她的帐中,慌慌地喝点什么,吞下大口的糕饼。她发现这时的大神脸色蜡黄,腮上的几绺青须频频抖动——只要大战来临他就会紧张成这副模样,也只有她才知道对方心底的恐惧——这都是秘密……那会儿为了缓解大神的惶恐,她总是一刻不停地拥住他,让他在床上地下、在任何一个地方都轻而易举地成为一个胜者。她一遍遍夸赞他的威猛和顽强,以不忍再听的哀声告饶,最后还要把神剑递到他的手里。大神从接过神剑那一刻,开始屏息倾听帐外的声音,威严地沉默着,然后缓缓步出帐子……那些往事是永生不会忘记的,也是她心中的淤愤层层堆积的原因。“这个胆怯的色狼。”她看着山魈,咬动牙齿。山魈大惊:“你、你在说、说谁?”她抚摸他的周身,抓紧了他腿弯和腋下的棕色毛发:“我在说那个忘恩负义的家伙——大神。”

山魈无论如何还是有些害怕。他把耳朵高高提起并撑大了贴上她的嘴巴:“以后你说大神要这、这样哩!”

她真的把嘴巴对上去,忍住了骇人的臭气,往死里骂大神,而后又吐出成吨的淫词浪语。山魈欢喜得嘴巴一瘪差点哭出来,蹿跳着,拍打胸脯咣咣有声,摇晃着走了几圈,跺脚,迎着群山呼喊,然后又回头盯住她。他像上次一样,细细地踩起了煞神老母的肚子,用心听着,把耳朵贴上去听。满腹的欲望小虫再也没有了呻吟。“它们全被咱折腾死了。”

“咱该有个孩儿了。”她郑重建议。

山魈颇有难为:“这个嘛,大概不是、不是一件容易的事儿吧。我和山猪、野狸王、土狼精,还有杂七杂八叫不上名字那搭子,好好睡了几番,还从没听说有谁怀上咱、咱的崽儿哩。”

她嬉笑摇头:“那自然不成,那怎么成呢。你除非和另一个母山魈干这事儿,然后才能生出一些小破山魈——它们里面没有一个配得上你的。你和我就是另一回事儿了,咱们合伙生出来的才是天底下最悍最壮的家伙,他会色胆包天,天下无双!咱到时候还要把他送到一个如花似锦的地方,给他找上十二打美女,为咱生出成千上万个小东西,咱的种儿也就代代不绝了!他们和咱可不一样了——个个都有一副人形儿,身上流着咱的血——流着谁的血就按谁的心思办事儿,咱不用嘱咐他们,也不用操心,只等着享大福吧……”

山魈听得入迷,不过还是心存疑惑:“前些年我也抢来一些女人,她们都给压死、死了。”

“那当然,她们不成。自古说英雄要配美人儿,泼皮英雄要配泼皮美人儿——这不,最泼皮的美人儿就是我,咕咚一声咱给你送上门来了!”

三

煞神老母和山魈一天到晚琢磨生育的事儿。一开始山魈以为只要不惜力就成,煞神老母说:“这可不是蛮干的。这事儿得从头好生谋划了。从今个起吃喝让我操办,你只管听话。”山魈抹抹鼻子:“可我是山里大、大王。”她把他的耳朵撑开说:“战混沌这事儿大不大?那都是大神按我主意办成的。”山魈吓得身上哆嗦。“害怕了吧?”山魈说:“日不死的物件,我不是怕你,我是怕、怕大神听见哩。”

煞神老母捉来五毒——这些东西在山里遍地都是,而且长得格外体肥毒足。她让他按时吃下。山里还有一种阴阳果,男女分食一枚,一天里即不再安分,她与他却将这种果子当成日常饮食。山魈心口发烧大喊大叫,喊得都是“要、要,要你的命——”她一有时间就会讲叙大神的千万条恶行,讲到心烦处,一口咬在山魈的身上,咬得他鲜血淋漓。山魈一经放血心花即开,把她捉紧了举到头顶,又噗一下摔到石板上,硬硬地骑上去,大叫:“我可算遇到、遇到了一个压不死的女、女泼皮!”

山魈和煞神老母因为吃阴阳果和五毒太多,色欲和杀性积得太盛,结果一刻不再安稳,夜里不睡,白天胡窜,遇到平时那些和平相处的生灵也要怒从心起。那些平时变着法儿讨好山魈的土狼和豪猪,被山魈一把抓到手里,让它们肚腹朝上躺好,然后对它们指指点点,给煞神老母讲一些过去的事情,讨论怎样烹制味道才会更好——这时它们吓得扑棱一下跳起来,磕头如捣蒜。山魈嫌吵得慌,索性一掌掌全都拍死。

整整半年的时间,没有哪个活物再敢靠近山魈。

七月里,煞神老母怀上了。他们继续吞食五毒和阴阳果。

所有生灵都看到山魈拖着一根肿胀的阳物——它有点像半截

豹子尾巴——在山里乱逛,石板和山土上只要留下了它划过的痕迹,什么都不敢挨近。有一次它从一棵大树下擦边而过,那棵大树在当月就枯死了。

煞神老母的肚子一天天变大。"'猫三狗四',小山魈不知几个月见光?"她一遍遍问着,口气颇为焦灼。"人是九个月,畜牲短些,半对半儿取中算,也就五个月吧!"她这么估算,喜滋滋的。她让山魈采来一摞摞最辣的大山椒,在最后的一个月里不停地吞进这些辣物。吃过了辣椒又吞蜥蜴蛋、吃豪猪肉、喝生鹿血。这样剩下的一个月过去了,一天早上,她让山魈抱来一堆山茅,摊开在第一天欢会的那片石板上,然后劈开双腿仰躺上去。这样躺了半个时辰,她开始催促山魈不住声地呼叫那句话,接着自己也随上呼叫——随着这一声连一声的巨大呼叫,山洪暴发般的嚎哭从她的两腿间突兀地开始了……

一个完全像人形的生灵,浑身披挂着绿色的黏液,站在煞神老母的两腿之间,茫然地张望着。他首先看见了一边的山魈,然后又回首看见了煞神老母。他从站起的那一刻就止住了嚎哭。山魈捧起一堆堆沙子扬到他的身上,为他搓去黏液。一股无法抵挡的腥膻气呛了山魈一个踉跄。煞神老母专注的目光盯住孩子的下体,上前一把攥住说:"一条汉子!"

他们商量着,给这个新出生的家伙取名"憨螈"。

在呼呼嘶叫的山风之中,憨螈出乎预料地疯长。他几乎一夜就长成了一个介于父母之间的大个头,然后立即停止。憨螈呆头呆脑,不太会说话,一次只吐出一个单音:妈、爸、石、土、树、吃、尿、困……之类。一头小母山羊好奇地凑到他跟前瞧着,他骑上去就把它睡了。这事儿就是在煞神老母几步远的地方发生的。她告诉他:"孩子,今后不要再动它们。我生你出世不是为了动它们的。"憨螈转脸看她:"嗯?"她拍拍他的头:"你要动'她们'。要让真正的女人为你生出一打一打的‘小憨螈’来!”他说:“嗯!”

憨螈出生第三个月,完全发育成熟了。可是大山里没有一个“她们”。煞神老母告诉他:“这里不成,好孩子你该上路了——往北一直走、走,走到一片大水没有边际的地方就停住吧,那就是天底下最好的一块平原。那里树高土肥,大花闺女一个比一个俊美——也就是说,到处都是最好的‘她们’了!那会儿你的用武之地也就来到了,孩子啊,你要不惜力气,自己去找来越来越多的欢喜,到时候妈妈也会帮你,帮你轰赶她们。你天生就是我为那片平原生出来的,你好好干吧!待你生出一大帮‘小憨螈’来,妈妈也就高兴了,你也算为妈妈报了深仇大恨了!”

憨螈听不太懂,只是一边听,一边开始往北方移动了。

山魈一切都看在眼里,高兴得手舞足蹈。他眼见着憨螈往北边走去了,煞神老母也伴着儿子消逝在一片山影后边时,大嘴一鼓一鼓呼喊起来。他在为他们母子送行:

“要、要,要你的命啊——”

第五章

绝地

一

我们小心地把一道道地裂填实。有时刚刚整好一片田垄,一夜之间又陷了下去。“地下有一群鼹鼠,”四哥说,“没有办法,除非把一群猫送到地底下去才行。”

这是一场苦熬,一场无望的等待。退居与抗争、死守与放弃,我发现自己又一次陷入了绝地。这些日子里,周围一些人开始行动:附近的村子,还有我们近邻的那个园艺场,都在与矿区打交道。按照程序和惯例,这要由矿业部门掏钱赔偿当地人的损失。如何赔偿和补助,其中差别极大。据周围村子和园艺场的人说,经过数不清的激烈争吵,有的已经接近于达成协议了。

又一条巨大的地裂从园子当中划开,大约一半的面积不久就要变成沼泽。“赔偿有什么用啊,这等于卖孩子的钱哪!”万蕙两眼泪蒙蒙的。是啊,也许我们最终会获取一笔不小的赔偿金,可是园子也就从此葬送。

我们与附近村子一直保持着良好的关系,逢年过节要探视村头老驼,对方也偶尔让人到园子里来串串门,说:“俺代表领导来看望哩。”我这次很想听听村子的看法,必要的时候还要和他们联手——因为从坐落的位置上看,他们面临的情况更为紧迫……我找到老驼,开门见山谈了自己的忧虑。他一直蹲在炕上吸烟,最后挤出一句:“咱可后悔了。”我有些感动,因为村子当初把园子卖给我时,是不会想到有这场灭顶之灾的。谁知我完全误解了——听下去才明白,原来老驼想的是那笔赔偿费呢!我大失所望,愤愤地说:

“驼叔,我们的损失哪里是几个钱能够挽回的……”

老驼把桌上的茶碗推一下:“这你就错了。天底下养人的地方多了,咱这个穷窝不要也罢,它要毁了,咱正好换个新窝。”

“村子也要搬迁吗?”

“大半是那么回事,不过眼下怎么挪这个窝还得琢磨呢,这事儿不急。你想这地陷下去也陷不深,等日后咱再把它平整踏实了,还不照旧种地盖屋?不过这会儿咱先顾不上说这些,先要找他们算账,张口就往大里喊,百万千万,越多越好。”

“这方面一定会有相应规定的。”

“规定?”老驼瞪起圆圆的眼睛,“地老鼠钻进洞子里,这可没跟咱庄稼人商量。打出的洞子、洞子里的东西都归他们了,洞子上面的总得归咱吧。如今他们弄坏的是洞子上面的东西,这就得听听咱们的了……”

我问一些更具体的打算,他却缄口不语。再问,老驼几句话应付过去:“一个地方有一个地方的账哩,你和我们不同,俺这儿一棵棵庄稼苗儿还能蹲下来数?损失都在肚里装着哩。还有,好端端的一个屋,往地下一陷,你想想两口子正在炕上睡觉,呼嗵一声炕塌了,人给吓坏了,这个损失钱能补得回吗?”

我发现老驼的神气变了。显然,他觉得机会来了。他明知我不吸烟,偏要礼让,说:“矿上的头儿秸子前些日子还找人疏通呢,提来烟酒。我知道这是黄鼠狼给鸡拜年。你想想他用这东西能把咱的嘴堵上？再说我吃了甜食儿闭上嘴巴,全村的人要跟上受苦哩！我当一天村头,就得为这个村子打算,那天我一扬手把东西从窗上扔了出去。再后来另一个人也来了,这人坐着锃光瓦亮的小鳖盖子车,一直开到家门口。我还以为来了市长哩,抬头看看吓人一跳,是‘老总’……”

这个名字有点耳熟,但一时想不起来。

“这是个几千万的主儿了,平时哪会到咱这儿来。他见了咱就笑,伸出手来握。‘老总’出面了,这里面肯定有事儿。他说我听,到后来还是听出了眉目,他是给秸子当说客的。我不敢得罪‘老总’,只说:你自己的事怎么都行,矿上的事,咱不让分毫哩,‘老总’您就多担待吧!”

我终于想起了谁是“老总”！最早听说这个名字还是从斗眼小焕口中——那是他弃文经商的头一年,当时他动不动就提到这个榜样:“了不起啊,几年前还是镇子上的一个民兵,因为小偷小摸判了三年,想不到放出来就变了一个人。现在人家有自己的车队哩。”他认为自己的智商比“老总”高多了,可惜动手晚了。“瞧人家连女秘书都有了,开着一辆‘宝马’,刷一下停在跟前。馋死人哪……”

老驼这会儿咂着嘴,头往前探来一截,像传授一个秘笈:“咱俩交往的年头也不短啦,如今都在一块地面上混,有事儿提醒着。我的意思是,你在土地赔偿这种事上一步也不能退啊。你退一步他进两步——就是‘老总’出面也不能手软,先支应着他就是。”

我心疼的只有那片园子。我一时说不出话来。

老驼拍打我的肩膀:“怎么样？有福不用忙啊,等着就是了。你当年买葡萄园那会儿做梦也想不到会有这一天吧？坐在家里就能发个大财哩……”

二

在我离开园子的半天里,有两个便衣刚刚来过。“这几天我老觉得不对劲儿,有人在我们茅屋四周走来走去,今天就溜进了两个。”四哥一说,我马上想到了小白。我这样问,四哥摇摇头:

“是查访‘老礴’。他们到处探头查看,还把那个电话匣子对在嘴上瞎嚷:‘喂喂,我是咬冻(幺零),我是咬冻。’咬人的狗不露齿,他们这样瞎汪汪,什么都咬不着!”

我去看窗外,园子上方悬了一道浓浓的雾霭。

“‘咬冻’那玩意儿不灵。如今海边上谁要有事,都干脆去找‘刀脸’。‘刀脸’是黑道,办事倒是干脆利落,人家一手交钱一手交货。”

“刀脸”是一个脸上有着刀疤、打起架来不要命的光棍汉,身边有一帮哥们儿,渐渐打出了威名,如今有钱有势,兵强马壮,专干破财消灾、催要欠账这一类黑事难事。

“不过……”四哥看看万蕙,样子有些迟疑,最后还是说出来:“‘老疙’让你到局子里去一趟——捎信的人口气不凶。他们现在只为‘老礴’的案子烧心,大概顾不上别的。”

我明白了,肯定是城里那帮家伙找不到我,正与这边的老疙联系——因为岳父的缘故,我估计他们不会把人重新送回城里,只不过想要个面子、找个台阶而已。再说老疙已经焦头烂额,色狼老礴的事儿弄得沸沸扬扬,他有最棘手的事情要做。为破这个案,老疙将海边码头、甚至是一些小村里都撒上了眼线。他的人装备精良,神出鬼没,可那个老礴总也没有落网——说起来可笑,听说老疙让他的手下人装成女人、带上枪,夜间趴在沟里;甚至学着女人那样扭着屁股走路,染着红嘴唇,描着长眉,戴着黑眼镜……最后虽然遇上一两个上前搭腔的,可都不是老礴……

老疙满脸疙瘩,喜欢戴白手套和黑眼镜,个子矮墩墩的,一脸横气,说起话来声如洪钟。都知道这个人心眼好,所谓的“面黑心善”。不过行当里的人说他最大的毛病是说话随便,保不住机密,一张口就讲出很多犯忌的话,所以常常影响到破案。他嗜烟嗜酒,一双眼睛像蛤蟆。这个人的可爱之处是富有原则,最恨恃强凌弱的人……老疙正在办公室里,一抬头见了我,就嚎了一声站起来。我等着他消气。最后他坐了,燃上一支烟,咧着一口黑牙说:“今后千万别再乱跑了,你招惹了集团保卫部的人,是我们的人把你救出来,自己又不是不知道!”我说你们该取缔这伙非法武装。他吐一口:“早晚干他们!这帮王八蛋……不过你那位‘朋友’也太过了,”老疙咬咬牙,“谁也不敢走神儿,都在找他呢!”

我知道他指的是小白。他没有提到老健,这说明那些大老板最恨的,仍然是我那个戴眼镜的朋友。

“有人很早以前就注意上了他,也跟上边通报过,可是人家根本不当回鸟事儿,就这么耽搁了。难道弄到老碡这一步才算有事儿?咱这里所有孬人都是在册的,我心里有底。我们这里有很多指纹档案,老碡早晚跑不了。”

“你总不能让所有人都按一次指纹吧?”

“怎么不能?我让你按,你也得按!”

我点点头。不过我笑着说:“你总不会连我也怀疑吧?”

老疙一脸严肃:“怎么不能?只要是长那物件的,我都怀疑,连我儿子也是一样!”

“你儿子多大了?”

他搔搔脸上的疤瘌:“这小子大约是十九了吧。”

他连儿子的年龄都说不准,蛮有趣。老疙又说:“我天天在外面忙,老婆子骂我哩。咱里里外外不是人,上级骂得更凶,反正哪边都不讨好。现在我们这些人、干我们这一行的,到了遭罪的时候了——活像去了战场，卧冰碴子，半夜里还蹲在沟里，饿了就喝一口凉水，吃一块烧饼。只要一桩恶性案件出来，立刻都埋怨我们。我们又不是神仙！如今人的各种毛病都出来了，儿子踩着头打老子，八十岁的老婆婆被孙子揍得哇哇哭。人变得这么坏，你把枪口顶到他胸脯上，他还是一个坏……”

正说着桌上的对讲机响起来。“喂，咬冻，咬冻……”那边十分嘈杂，老疙骂一句放下了。“现在的坏人都连成了网，相互通风报信儿，相互打援。他们用这个办法和我们对着干。当然啦，这个色狼老碡是搞单干的，他太毒了，不可能有什么伙伴。”老疙把烟蒂吐到地上：“你知道刀脸吧？”

我点点头。

“那个浑小子不止一次在我跟前卖弄本事，我说你小心戴上我的铐子——这家伙当即把两手伸过来，大概以为我不敢给他戴。这个年头，有钱就成了大爷……”

我笑了。老疙瞥我一眼：“总之我们希望你能好好合作，别再添乱……镇子上发生过两起，海边小城里发生过七起……有四起肯定是色狼老碡。我们有他的脚印模型、他扔下的烟蒂。这家伙每次作案完了，都要蹲在那儿抽烟……我担心这人是一个性变态，一个精神病——你那儿不是跑了一个精神病人吗？”他说完长时间、紧紧地盯住我。

难道这才是他找我的真正目的、这次交谈的要点？他终于露出了马脚！我的怒火一下冲了上来，好不容易才克制住。我直通通地告诉他：你最好打消这个念头，一点都不要存！武早是这个世界上最高尚的人！是的，他精神有些问题，可这并没有改变他善良的心地……

老疙认真地看着我，手里玩着那个呼喊“咬冻”的东西，哼一声：“嗯，随你怎样说吧。不过我们以前逮过一个杀人犯，他就是精神病,杀了自己的亲侄女……”

我不再说什么。我想快些离开。

老疙在我走前取了一份卷宗,让我看了一下最近那些潜逃在外的凶杀犯、抢劫犯——那是一张大幅白纸,上面印了一行行的黑色照片。老疙说这上面的每一个都是危险分子,这些家伙散布在各处,所以每个人都要当心,要配合我们的工作,一旦发觉立刻报告:

“这在过去方便得很哩,那时候我们立马就可以打一场‘人民战争’。可如今呢,‘人民’都忙着挣钱去了,谁也没工夫了,结果就得我们自己干……”

“咬冻!咬冻!我是咬冻……”

三

小白与我分手前曾告诉过见面的地方,让我在某个时候去那里找他。那儿离这儿其实并不遥远。天哪,我需要多么大的克制力才能忍住啊,我知道稍有冒失都会造成不可挽回的后果。有时我半夜里爬起,在屋里蹑手蹑脚走着,望着窗外的星星,真想一推门跑向黑漆漆的旷野,一口气跑到他们身边。

我还想见一个人,这就是肖潇。一阵阵地思念。多长时间了,从平原上出事以后我们再也没有见面。我常常在深夜里想着她的面容,发出悄悄的叹息。是的,就是这个人,几年前曾让我在恍惚间错认为少年时走失的那个音乐教师。就像宿命中的一次相遇,我对她有着一种奇怪的依赖和信任。而事实上她也真是如此:安静贤淑,有着与年龄远不相符的沉着与睿智,内心里总是有十分牢靠的主意。这些年里我有许多事情都要找她商量,听听她的看法。我们的友谊已经非同一般,这是我必须承认的。她将我当成了平原上的兄长,而我有时却未免显得自私——我真心希望她能够幸福,但第一次将小白介绍给她时,小白那专注的一瞥还是让我久久不悦。其实这没什么可担心的,小白那会儿心里只想着另一个人。我相信她并不知道这段时间发生的那件事——不是村民砸毁集团的事,而是我陷入其中的深度。她回城探亲前来过这儿,四哥夫妇却故意回避了实情。

我与肖潇的友谊是这一生中所能遇到的最值得珍惜的东西。她在心的深处是一个重要的存在——在这个平原即将临近的巨大变故面前,在生与衰、进与退的交界线上,我心底泛起了一阵阵思念。我那么渴望见到她,与她有一次长长的交谈。我不知道这个温和平静的姑娘此刻的心情,她怎样面对已经开始的一切?

好像她一个人就可以平衡一个世界,好像她永远端坐在风暴眼里——当四周的一切都被搅得天翻地覆,那里却一片安静。我将与她讨论日夜纠缠的这一切,因为对她来说我没有什么秘密可言,没有窘态和紧张——那段总是强迫自己回避的日子早已过去——大约三年前吧,我们彼此还处于同样的境况,好在现在所有这些总算过去了,一切都成为了昨天。我们终于冷静下来,没有重复那些陈旧的故事——至今回忆起来还捏着一把汗呢,为我们俩能从一道悬崖上毫发无伤地走过来而庆幸。我们可以坦然相对无所不谈、亲如兄妹深深关切,并相信一直会这样。

当我与小白在那个小村里苦苦挨着阴雨连绵的天气时,在他一遍遍叙说痛失心爱的日子里,有一个久藏心底的念头差一点脱口而出。我想规劝小白早些忘掉那个女伶,转而去爱一个世界上最温柔最端庄的女性吧,她就是肖潇。可我不知为什么没有说出口。我作为她的一位兄长,深知她有多么优秀;我作为小白的朋友,也洞悉他的心底。我可以毫无保留地告诉肖潇:小白是一个勇敢正直的男人,这个看上去有点文弱的书生,其实是一条可爱的铮铮铁汉。我真的愿意看到这个世界上最完美的一次结合。

当我再次见到她和他的时候，一定会说出这些想法。这个时代啊，太匆忙太激烈了，无论是男人和女人，好像都踏入了前所未有的苦境，都被太多的繁琐纠缠和围拢——可是平心而论，这个年头最重要的事情，大概还是要好好地去爱一个人——深深地、一丝不苟地爱。我要以一个半生风雨的过来人、一个历经坎坷的兄长的身份告诉他们：时光飞速流逝，你们可别大意；两个人都老大不小了，别再耽搁和犹豫了，赶快抓紧时间去热爱一场吧。

荒原的沦落

一

我在这个早晨好像突然发现，拐子四哥的头发几乎全白了！当时心沉了一下……我提醒自己：面前的兄长是一个身带伤残、一拐一拐走过了这么多年的人；老境将至，他再也走不动了……事实上他只想待在这个茅屋里，领着斑虎，把余下的一段日子过完。他已经没有别的奢望，也不再做其他打算——这位童年挚友，这个即将走向老迈的兄长早就舍弃了一切，浮泛的热情在一生的流浪中全都耗尽了，剩下的只有内心里的那股坚忍和决意。作为芦青河两岸一个有名的流浪汉，他经历之艰辛曲折，无人能比。这片荒原的一角、慢慢沉陷的土地上，最后的日子里，人们将会看到一座孤零零的茅屋屹立着，门前站了一个满头白发的老人，他和他的老伴，他们牵着自己的一条狗……

一个时时蹦出的问号就是：眼下和将来，我能为他做些什么？而在这样不安和焦虑的日子里，他却能够呼呼安睡——我从来到这儿之后就有了一种恐惧，老觉得茅屋在摇晃，地底在隐隐作响——那种咯吱咯吱的像碾碎了瓷片似的声音，让人在半夜醒来感到阵阵战栗。

四哥告诉，有一天他正站在园子南边用铁锹铲一条土埂，一群人呼呼跑过来，个个都一脸慌张。问了一下才知道：南边那儿升起了一股粉红色的烟雾，这烟雾一开始摇摇晃晃像个草垛子，南风一吹就向西北飘去，田边的牛来不及放开缰绳，结果一下被呛倒在地……大伙就没命地向东北方跑来。四哥说那天他听着一群人喊叫，手搭眼帘往南望，什么也看不见。大家说那是风向变了……"它们飘到海上哩。"

浩瀚的大海会消融一切吗？

这天下午，西邻园艺场的头儿差人来找我：有个重要的外商来了，场长想和你一起与对方谈极为重要的项目，他们这会儿正在场部招待所里。

我不知端的，就匆匆赶到了那里。招待所里并没有外国人：原来所谓的外商是个华人，一个肥胖的女人，戴着很大的金属耳环，浓妆艳抹，涂得很重的青眼圈像刚刚挨过拳头似的，坐在一伙人中间说说笑笑。有人一旁介绍说，这人已经到内地很久了，一直住在那个海滨小城的宾馆里，说是要为当地投资上千万美元。这种诱人的事让小城里的头头儿们高兴得不得了，立刻把这个消息电告了许多部门，结果她走到哪儿都受到了最好的接待，出席没完没了的宴请。这真是个奇怪的年头：有人一听说外商就瞪大了眼睛，跟这些人说话腰一直弓着。这个女人说要到海边看一下办厂地点，于是就来到了园艺场。她提出要和场里联合开发一个新项目，结果把园艺场的头儿一下给迷住了。

女人的助手是个矮矮的男人，穿得非常讲究，给人印象最深的是那条紫红色的领带，有点像传说中的海妖：深夜出来，伸着长长的紫舌头……我一看女人和她的男助手，心里就忍不住要涌出一些奇怪的念头,想的全是海边妖怪的事。窗外不断听到一些人在喊:“外商来了,外商来了!”大概整个园艺场都知道了这件大事。

场部小招待所只有一个像样的套间,就留给了胖女人。在小餐厅里,他们请她品尝当地特产和最好的葡萄酒——所有的葡萄酒都是那个著名的葡萄酒城出产的,当然是我们武早的代表作。喝着这样的酒,胖女人高兴起来。她掏出名片分发四周,又递给我一张。她忘记了这是给我的第三张名片了。胖女人已经醉了,把眼前的一杯酒端起来,非让我喝掉不可。我说不想再喝了。

“大男人怎么能说不喝呢?”

一边的场长用怨怒的目光看着我。胖女人在我的后脑勺那儿戳了一下,我一转脸,她突然把那杯酒倒在我微微张开的嘴巴里。这种放肆让我毫无准备,我一点没有犹豫,噗一下把酒全喷出来,溅了她和男助手一脸。

男助手很尴尬地站起来,咳着,用脚跺了一下地板,弓着腰到卫生间去了。胖女人却哈哈大笑,鼓着手掌……

下午胖女人要出去看一看,说只有厂址选准了,才能具体坐下来谈。“我们要建一个优美的、最大的,海滨企业!”

场长说:“啊呀,那是最好不过的了!”

胖女人回头瞥我一眼。她拍着我和另几个人的肩膀,抽出一支烟叼在了嘴上,微微点头说:“这里还远远没有开发呢。”

男助手说:“好地方,好地方。”

一旁的人站在那儿往这边看,矮小的男助手就伸出中指和食指,向大家比画了两下,不知是什么意思。

胖女人不时看看路旁围观的人,大仰着脸,两手抱在胸前。我们在蓬蓬草地上走来走去。后来她从口袋中拿出一个片状的太阳能小计算器,伸出涂了荧光指甲油的食指在上面点来点去,对凑上来的小男人咕哝了几句。男子频频点头。我很想知道他们说的是什么。一会儿她转过脸,对我咕哝说:“我真担心这里的办事效率……昨天我跟场长讲好八点钟到宾馆接我,可是八点十分了车还没到。这就是内地的情况,其他也就可想而知了。”

她又跟助手讲了一些谁也听不懂的粤语,开心地笑了。接着她又提高声音说给我和周围的人听:“在我们那儿一切都严格得很啦。有一天我到公司里去,已经是七点一刻了。七点一刻是公司上班的时间,我进去一看,还有三个雇员没来。我想好吧,就站在窗前等。我要知道他们到底什么时候能来公司。这窗玻璃只能从里边望到外边,从外面是绝对看不到里面的——一会儿那几个姑娘来了,急匆匆的脸也没洗干净,大概是睡过了吧?过了五分钟我打电话把她们叫到办公室。她们已经化好了妆——就是说,她们来晚了十分钟,因为化妆至少还要用去一会儿。我问:‘知道为什么叫你们来吗?’她们都摇头。我说对不起,你们被辞退了。她们一声不吭,待了一会儿就离开了。有一个走了几步哭了。我不理她,先一步离开了办公室。”

她把这个故事讲完之后,又冲我点点头。我心里却在说:“凶狠的、得意的资产阶级!”

外商吃过午餐就走了。可是她留给园艺场里的却是长久不息的兴趣。场长不止一次掏出她的名片,翻来覆去地看。那上面印着可怕的头衔,挤满了密密麻麻一张纸片。场长把名片掖到怀里,问我:“你注意到了吗?”

“注意什么?”

“你猜她有多大年纪了?”

“大概四十岁了吧,顶多四十岁。”

场长伸出一根手指:“错了,她今年已经五十六了。”

这一下我倒真的吃了一惊。我得承认这个胖女人保养有方。

场长咂着嘴:“人家什么都是随身带的,你看到她房间里的桃子吗？个头有多大，像小孩头一样。”

我想起她的屋里有两三个大桃子，是黄色的。不过这种桃子园艺场里就有。我想这不过是场招待所的服务员放上的。

“看见了吧，人家什么时候喝咖啡，什么时候喝牛奶，都有一定之规。”

我在心里骂了一句。不知怎么我又想起了斗眼小焕——有一次我和斗眼小焕去看一个傲气十足的海外女人，他一转脸就小声咕哝说：“你瞧这家伙多胖，找了个外国人——她这样的非交给鬼子不可。”斗眼小焕那一次恰如其分地向她施展着自己的外交才能。他的表演欲总是大得不可思议。那一次他来了灵感，当即写道：“一个招人爱又招人恨的——冷面美人……”

刚刚离开的“外商”算不算一个“冷面美人”呢？我发现她既不冷也不美，只是一个浅薄鬼，或许还有些放浪。场长在我耳边像蜂子一样嗡嗡叫，不停地赞美。我的鼻孔前飘过一阵奇怪的臭味——我想起刚见胖女人时，她的房间里好像就有这种气味——难闻极了，不是一般的臭味，而是一股奇特的邪味——有个故事讲，有一种人是狐狸变的，谁也没法识破，只有在天气变化之前，她们身上会散发出阵阵狐臊……有经验的猎人只凭气味就能把妖怪猜个八九不离十……我笑了。场长问：“你笑什么？”

“我昨晚做了个梦，梦见一个火红色的狐狸，很胖，跑起来一颠一颠——我刚要开枪，它又变成了一个胖女人，钻进轿车里一溜烟走了。”

一边的人哈哈大笑。有人推了一下我的肩膀说：

“你的梦做得很灵，那胖女人真是狐狸变的。”

这个人接着告诉：那个胖女人的底细他完全了解，外经委的人后来才知道，她过去不过是内地一个街道酱油厂的出纳员，突然交了好运，五年前去海外接受了一大笔遗产。“就是这么短的时间，她正经端起来了……”

场长对这一切介绍好像充耳不闻,仍然亢奋。他说园艺场眼看没什么前途了,这会儿要赶紧转向,不失时机:“不要说我们了,就是城里一些大机关也在转向呢……”说着他仰起脸往旁瞥了一眼,大概突然想起了矿区赔偿的问题,往我跟前凑了凑:

“不知道他们对你们怎么赔偿?我们园艺场目前……”

我听着。

“我们目前会得到一大笔赔偿费,可惜这钱早在上面挂了号,我们实际上能拿到手的、可以自己支配的,只是很小一部分。你那儿就不一样了,你是自己说了算,所以一定要抓住这个机会!”

我不想谈这个话题。我直接问我们与园艺场会有怎样的合作?他立刻压低嗓门:“我想咱们一起邀外商建厂……”“这片地要下沉的啊,再说这个‘外商’像是玩玩的,她并不认真。”场长咕咕哝哝:“你不明白,你不明白……”

二

场长和我一块儿走出去。我很想看看这个园艺场如今是怎样的。我看到一片片苹果树虽然长得不太茂盛,但还没有太大的变化。果林里静静的,北风徐徐吹来。这里好像一切如旧,但谁都明白:用不了多久,眼前的景象也就不复存在了。果然,再往南走,很快就看到了一大片坑坑洼洼,脚下也出现了长长的地裂。有的果树已经沉到了水里——地裂有多大的力量,它竟然把铁丝连接起来的葡萄桩扯成了两截。很明显,再有不久这里还要往下沉陷,就像我在平原南部所看到的那样,那儿处处黑水,芦苇遍生,一切都面目全非……

我一边走一边问:那个矿区对你们的赔偿原则是什么?你们又怎样与矿区打交道?场长说一方面按土地面积计算,另一方面也要考虑受害程度——这要看沉陷地上有多少树木,每一棵都要折算成钱。

他与村长老驼的意思差不多,无非是鼓励我抓住这个难得的机会,别让钱从手上溜走。在他们看来我无疑是交了天大的好运。他们想不到其他,更想不到我心里的感受:赔偿费简直就像一些沾血的钱币……当然,即便拒绝,我们的园子也照样毁掉,而且两手空空——我可以不在乎这笔钱,可是拐子四哥夫妇和鼓额他们呢?这些年来我亏欠他们的已经太多太多了。四哥把原来的那座小泥屋也卖掉了,他已经断掉了退路。

场长阴阴沉沉地说出心中的盘算:如果我们能够赶在正式赔偿之前与外商签一个合作项目,那么我们在交涉中手里就有了十倍的砝码——"你看怎么样呢?"我说:"我看不怎么样。""为什么?""因为那个胖女人压根就不像是投资的。""那她来干什么?""来玩。"

场长嘟嘟哝哝,还有些蒙。一会儿有人喊他,就匆匆走开了。

我一个人折向北边,想到海滩上转一会儿。出了园艺场的地界继续往北。往日秋天里一片葱绿的大海滩,今天完全变了。好像肃杀的冬天已经提前来临,一切活物都收声敛气,不知藏到了哪里。一两只鸟在远处啼叫,老野鸡粗糙的嗓门有气无力。再往前走大约十华里,就可以看到那个传奇英雄李胡子的坟头了……

多么奇怪,就是这片荒原,竟然发生过那么激烈的、让人永远不能忘记的争夺和战事,产生了我们自己的传奇英雄。今天,英雄遗弃的这片荒原已经面目全非,我们只得眼巴巴地瞅着它沉落衰败……未来的一天,当密林消失、狂风在沙丘间旋转时,再去哪里寻找英雄之墓?

如今,这里再也没有了奔跑的骏马,没有了英勇的骑士。神灵震怒的那一天,狂沙会把这片荒原上的一切卷得无影无踪。

我徘徊着,一时不知该往哪里去。稀疏的树林里走出了一个戴破毡帽的老头,后背上挑了个筐子。他直走到近前我才看清,这是一个捡粪的老汉。我不知道他在这个荒无人烟的地方能捡到什么?

老汉从后衣领里取出了一根短短的烟锅,让了让就吸起来。他说:“我在这儿捡大雁粪。”

我想起来了,每年秋天这儿都飞过一群群大雁。荒滩上不时可以看到白色的圆滚滚的东西,它们大概就是大雁的粪便……我和老头一起往前走,走上了一条刚刚筑起的土路。老头指指土路:“这是他们拉沙子用的。这里排了老长的车队,都是拉沙子的……如今港口上一艘艘大船都来运这些沙子。听说这里的沙子能出口……”

我不信:“大概是搞建筑用吧?”

“不,听说外国人要从沙子里边找出新东西哩——外国人鬼能!”

再往前走,真的看到荒滩上一处处大沙坑,里面是一汪铁色的水。老汉凑过来,很神秘地问一句:“听说外商来啦?”

我点点头。

“听说他们要在这荒滩上开个金矿,来这里采金子?”

我摇头:“不一定。也许有人要开工厂——早晚会的。”

“什么工厂?”

“还不知道。”

“反正人家要在这儿捣鼓东西。工厂开在这儿,弄出来的东西还不是要从海上运走?说来说去咱还是捞不着啊!”老汉由高兴到沮丧,望着无边的原野,把烟锅重新掖到衣领下边。

我说:“到那时候烟囱里冒着黑烟,机器隆隆响,大雁就不会往这儿飞了,你再也捡不到大雁粪了。”

老汉斜我一眼，反唇相讥："那时我干吗还捡大雁粪？就等着捡人粪好了。那时候我更忙哩。"

老汉离开时，我想看一看他筐里的东西。我果然看到了一些白色的硬块，简直不能相信这就是大雁粪便。因为这看上去更像白净的石粉做成的。我问："它们做什么用？"

老汉瞥我一眼："你这个人，连这个也不知道——做药材嘛！"

我刚要说什么，突然老人神秘地摆摆手——原来离我们不远的茅草棵中飘飘落下了两只很大的鸟——它们那么轻盈地落在了白色的沙地上，好像没有发现我们。我们都不吱一声蹲下来……这样看了一会儿，我又跟在老人身边轻手轻脚往前挪动了一下。这样离它们更近了，隔着稀疏的茅草棵，可以清清楚楚地看清那两只大鸟的模样。它们这会儿好像也看见了我们，但并不害怕。两只大鸟有点像鹅，圆圆的、白色的肚腹挺得很高，头颅高昂，神气得很。它们这样昂头看着远处，偶尔低头啄一下什么。我想它们是一对夫妻，靠在一块儿，一会儿这个用嘴巴抹一下那个脖子上的羽毛，一会儿那个的头颅又靠在这个的胸脯上。我们一声不响，生怕吓着了它们。就这样看了十多分钟，老汉才站起来，对着我的耳朵说："走吧。"

我们轻手轻脚地撤离——回头看看，那两只大鸟还待在原地。就这样直退开老远，老汉才大声说："你知道那是一对什么吗？"

"大雁。"我脱口而出。

老人摇头。

"要不就是野鹅。"

老人又摇摇头，朝我笑了笑："那鸟的名儿真怪，只一个字哩。"

"什么字？"

老人闭上嘴巴，憋足了气，猛地张口吐出一个很响亮的名字：

"'宝'！"

我笑了。我想它实际上只是一种鹭鸟。不过我说不出它的学名。再也没有比眼前这个老人给它取的名字更高妙的了,它确实是大自然中的“宝”。想到这里我又回头去望——可惜茅草太密了,再也寻不到那一对美丽的“宝”了……

三

整个下午的时间我都在荒滩上走来走去。这儿有多少童年的记忆……荒原啊,我不忍心去想她的明天。有时你真难以相信,你所听到的一些出奇的残暴,一些惨绝人寰的故事,竟然是来自这片生你养你的故园……

脚下长着密密的粟米草,这些一年生草本植物有二十多厘米高,枝茎铺散在地上。粟米草中间偶尔还可以看到几株瞿草,它属于石竹科多年生草本植物,比粟米草高得多,直立丛生,上面有着很多分枝——一片片粉红色花瓣从夏天开到秋天,像在荒野上点燃的一支连成一支的小小火把。我忍不住在它面前蹲下来,小心地抚摸它。我看到它们旁边还有一株三模叶蓼,叶柄上有着短短的刺毛,淡红色的花朵已经枯萎。接着还看到了贯叶连翘,枝条紫红的光果田麻,匍匐生长着的扶方藤。在一条干涸的小沙沟旁,有一蓬蓬诸葛菜——这种十字花科植物的嫩茎和叶子都可以食用。花旗杆过了开花的季节,它们不起眼地隐在茅草中……远远近近到处是苟活的落叶小乔木和灌木,最多的是稀稀落落的黑松——在过去,这一带的混杂林简直密不过人,有毛白杨、寒柳、枫杨,甚至有楸树和毛榛,偶尔还能看到一株青檀木和光叶榉;那时这里最多的是柞木科的橡树,可现在除了黑松,只能看到疏疏几株比较泼辣的毛白杨、加拿大杨和柳树。

即便是剩下的这些植物,还能在荒滩上存活多久?这儿,由谁来记住它们的模样、它们的名字?也许不久的一天,一切都将消逝净尽……我在洁净温热的沙土上躺下来，等待着荒原落日。我怀念一个年轻的、未加雕琢的荒原，那时它就像刚刚降生的一个婴孩。我闭上眼睛听着不远处的潮声。这潮声啊，似乎能让我从一种节奏中听出流逝的时光。太阳在沉落，大海正用无边的潮声去迎接它。

当我再一次睁开眼睛的时候，面前已是一片浑浑苍苍。荒原好像变得更加辽阔……太阳在沉落，无边的荒原也变成了一片海洋，微笑着迎接那个巨大的球体。风吹过来，撩起一片赤色的火焰。原野就像海中的波涛一样起伏，响起一片细碎的潮声。太阳往下沉落，接着大地被烧得越来越红。一只野兔向着太阳沉落的方向箭一般射出。就在它消失的地方，代之而起的是一只快乐的蓝鸟。它沿着垂直的方向起起落落，像要把沙土上的一根什么细线牵到空中，而这根细线又那么富有弹性，一次又一次重新把那只蓝鸟拉近了温热的、橘红色的沙土……晒了一天的白沙发出了阵阵烤人的热力，各种生灵都在这燥热里激动不安。即将来临的长夜，那黑幕里说不尽的秘密在期待着各种各样的生灵。一群麻雀在半空里散开来，像一张大扣眼的渔网抖动着、挥舞着，然后又迅速收拢。远处的丛林在暮色里如同连绵起伏的山峦，显出一片铁青色，而它的边缘部分又被火红的霞光映出了一道金边，与阴黑的沙岗底部形成了鲜明对比。一种淡淡的、但分明是激烈昂扬的号子声从远处、从草尖上跳跃着飞来——那是打鱼人的声音。晚风一遍遍抚摸茅草，无数的金弦被频频弹拨。这种奇妙的声音与远处的鸟叫和号子产生着共鸣，将各种各样的喧哗汇集在暮色中。雪白的荼草花，金黄的千层菊，闪亮的马兰，好像都在一瞬间同时开放了。太阳越来越大，越来越大，荒原挺起了自己的胸膛——这片裸露的结实的胸膛真的被太阳烤成了火红色。一棵白杨树笔直地插上晴空，小叶灌木在它的下边，紧紧地抓住了泥土。它们的汁液正一滴滴渗到沙土里。茅草就是荒原的汗毛,坚硬、茁壮,显示了荒原本身巨大的生命力。那一道道的沙沟、坑洼,就像一道道伤口,鲜亮鲜亮,鲜红的血在傍晚时分涌动出来,又很快凝固。荒原的胸膛结下了刀疤。荒原开始闭上眼睛……

我看到了这片原野上最壮烈的一幕。我知道它在悄悄地等待,把巨大的期待的沉默消融在一片金色的辉煌里——任何苦难都会在这儿得到稀释和溶解。它将抵消一切人世间的悲哀和凄凉,心甘情愿地接受了一个沉寂的时刻。它在期待……

面对着一片沉默,我觉得自己是那么愚钝、笨拙而无望。我觉得此时最好是缄口不语,学会像荒原一样沉默。我将不再呻吟,不再呜咽,也不再悲伤……

玛　丽

一

我尽管厌恶这个镇子,还是要和一些人遭遇。眼前常常闪动着武早被人殴打的场景,心里的愤懑顶得下颌发疼。镇头儿大胡子精像个没事人,一见面就奔过来握手,满脸堆笑。这样的人有一个了不起的本事,就是能够把一切不好的、甚至是极为恶毒的念头悉数隐瞒——背后把你当成敌人,见面还会勾肩搭背……谈到酒厂,他夸张地挓挲着大手:“好不容易才稳定下来。老朋友,我又感激你又埋怨你啊。”

我没有吭声。

“……大发酵池,一下子多少吨哪,差不多全完了。你不该把个脑子有毛病的人塞给我嘛。”

我刺他一句:“这个酒厂是我们共同建起来的,我总不会自己毁自己吧!”

大胡子精嗯嗯着,大概想找别的词儿。他停了会儿又说:

“那小子完了,没救了。到后来你不知道他痴成了什么……一下子全演砸了!”

“他既然生了病,你就该请医生来,怎么能让人揍他呢?”

大胡子精霍地站起:“这是哪个狗日的造谣?”

“有人亲眼见他被打得满脸是血!”

“那是他跟车间里几个人闹翻了,他们之间斗殴。我是领导不假,可我是事后才知道的!”

“据我了解,你当时就站在一边,你在拤着腰看!”

大胡子精连连叫骂,往门外喊着:“刘宝,刘宝你来你来……”

胖胖的女副书记慢吞吞地走来了。我熟悉她,最早就是她负责酒厂的联系协调工作。她看上去温吞吞的,可脾气暴躁,一旦遇到急事就满口粗话。她四十多岁了,至今独身。她很客气地与我握手。

大胡子精说:“你把武早的事情跟他讲明白,有人挑拨我们之间的关系。”

刘宝笑笑:“是这样,我们对武早同志的评价是功过分明,我们对他从来都是‘三七开’……”

“什么‘三七开’?”我问。

大胡子精说:“三分毛病,七分功劳,这个还不明白吗?常说的话嘛。”

我觉得好笑。我说:“好了,既然是这样,那你们就该把他照料好,他现在跑得无影无踪了,怎么办?我们到处找他,一直没有下落——你们不要忘了,直到最后他还是厂里的技术员,你们要为他负责!”

刘宝皱皱眉头。她看了大胡子精一眼,反驳说:“可不是你讲的那样,我们对他非常关心。当时马上跟公安部门挂了号,又跟他原单位通了气。我们必须通过组织途径去解决。不过他造成的损失也很大,当时你并不在现场……”

大胡子精搓着手:“你听听,刘书记说得有没有道理?你的心情我们知道,都是好朋友嘛。不过先消消气再说吧——今天在这儿吃饭怎么样?我们要好好喝一盅。”

我摇摇头:“我哪有这样的心情啊!”

大胡子精端量着我,突然拍拍刘宝的肩膀:“小刘你不知道,这家伙可是个有大福的人——看出来了吧?你看他耳朵垂儿多大!”

刘宝竟然认真地观察起我来了,说:“真是的……”

我打断他们,再次询问武早走前的情形,他们摇着头说:他离开这里的前几天和过去一样,反正疯疯癫癫的,嘴角老是带着白沫。最后一个多月都没见他,这才知道失踪了……

告别大胡子精和刘宝时,我是那么绝望。

他们最后让我参观一下酒厂,我谢绝了。

二

刚踏进葡萄园,万蕙就迎上来说:“你刚走,有个闺女就开着车找你来了,在这儿等了一会儿又走了。她告诉我们下晌再来哩!”经过四哥的补充我才知道:来的是“老总”的人,他的女秘书。四哥说:

“‘老总’才没那么多闲心哩,这个鬼人肯定有事儿。”

万蕙说:“怪俊的闺女,叫什么‘马、马丽儿’……”

我想那该是“玛丽”,一个洋名儿。

“闺女家怪客气呢,一口一个‘宁先生’。她自己开车,开那个快,到了园门口嚓一下停了。斑虎扑过去就咬,用爪子搭在车上,我赶紧喊它。原以为车上坐了个大干部……年轻轻的闺女会开小鳖盖子车哩……"

四哥打断她："反正只要是'老总'手下的人，个个都得提防哩！可别招惹她……黄鼠狼给鸡拜年……"

下午她没有出现。天傍黑时，一阵喇叭响过——出门一看，暮色里有一辆蓝色小车开进来。出来的是个姑娘，戴了一顶米黄色的凉帽……姑娘穿了开衩的皮革小裙子，两条黑红结实的长腿，脚上是闪亮的长筒皮靴——而且她戴了白手套，这时在帽檐那儿伸出几个手指，做了一个干净利落的动作，像敬礼又像打招呼。她直着走过来，摘下手套：

"您好宁先生！我叫玛丽，给'老总'打工的……"

在黄昏的光色里，眼前的玛丽很漂亮，二十多岁，化了淡妆……她好像在努力显出一副活泼开朗的样子。可我还是从她抿着的嘴角那儿看出了藏匿。进了屋子后她开始自我介绍：刚刚大学毕业，在报上看到了一个公司的招聘广告，这个公司就是"老总"的。"我到这里应聘了，来了才知道干这个。活儿不累，只坐办公室……"

"幸运，多有福气，你为平原上最富有的人工作了。"

"请不要嘲讽。我知道你对他是瞧不起的——我和你也差不多。"

"是吗？这倒是头一回听说。不过瞧不起老板可就太危险了——你会失去老多机会，比如开这么漂亮的一辆车，就悬。"

玛丽往窗外瞥了瞥："不过一辆车呗。"

瞧多大的口气。

"它是'老总'的，他这人最喜欢玩车啊马的，有好几辆名车，还养了一匹小马，"她说着摇一下头，"他高兴了就骑着它，想唬人呢。"

“你被唬住了?”

“可不嘛！他当时骑着那匹油亮亮的棕色小马,咱哪见过这个,年轻人好奇啊,我被震了一下。不过我刚开始还是没答应来这里工作,弄明白了他们公司的底细就没兴趣了。我想去一家有点来历的公司做。谁知这个人性子艮着呢,骑着那匹小马跑了一趟又一趟。后来我就没了办法。那匹小马生病死了——公司里的人都说,看啊,‘老总’为你累死了一匹马……”

玛丽笑着,把白手套摔在桌子上。

这时我才发现,这个玛丽不仅泼辣,而且很会吹牛,十分巧妙地把自己抬高起来。她大咧咧地坐下:“宁先生,实际上我早就知道你了,一直想来一趟,可又胆怯呢!”

“‘老总’的秘书还会胆怯?”

玛丽盯了一眼自己的腿:“不是玩笑,真是这样。我小城里有很多朋友,他们有人知道你,总说起你……”

我不是什么传奇人物,也没那么容易蒙,没糊涂到她想象的那样——“总说起我”,这可能吗?她在用两片小嘴绕弯子,那是美女们浅薄的致幻术。

“人在刚毕业的时候志向多大,难免不切实际——我那时只想遇到一个创业英雄,一个干大事业的人,轰轰烈烈的。人这一生最好的时候也不过几十年,应该抓紧时间做点什么。我那时会几句外语,也有不少大公司找过我,我都拒绝了。也许我太想冒险,太年轻,碰几次壁就老实了。可我偏偏不甘心,刚刚二十五岁,还想折腾一阵子……”

她这样说的时候,目光里闪动着一点咄咄逼人,一点野性。不过她来这儿到底要干什么?我几次想直接问一句,后来又忍住了。听她说下去吧,她会在得意的时候说出一切的。这时她跃了一下,把两条了不起的长腿叠起来:“其实我们比你还是差多了,连你都能来这儿干粗活,这才是动真格的。我就佩服你这样的男人!”

“我的园子都成了这样子,还有什么可佩服的?”

“敢想敢干哪!不敢冒险,就不会成功!”

“你看我成功了吗?”

“这会儿我要是个大神仙就好啦,会用一种魔法救活你的园子——可惜我只能眼巴巴地看着!后来我又想用一大笔钱把它买下来,让你再去买更好的一片园子——我最近继承了舅父的一大笔遗产——这是一个秘密;我说不定什么时候就离开‘老总’了,不过我想在临走前为你做点什么……”

“真不错。好姑娘,了不起的想法!”

“可只是这样想,不敢来找你……”

“为什么?”

“因为刚听到一个信息,说矿区要包赔所有塌陷地的损失——这一下你就要获得一笔赔偿了,我这时候买你的园子,弄不好会让你生疑呢!我怕你把我看成另一种人,那才是弄巧成拙,糟透了!所以……”

她说完了,睁着一双黑黑的大眼睛看着我。

我在心里琢磨了一下,想发现其中的什么破绽。我想眼前这个姑娘真的估摸不透——她到底在打什么主意呢?但我固执地认为:一个给“老总”做女秘书的人,如此地纯洁和慷慨,似乎不太可信。这个美丽的姑娘周身散射着一种魅力,眼睛也洋溢着说不出的真切,这倒是真的——我尽管犹豫了一下,但还不至于被她几句话就给打动了。我说:

“感谢你的一片好意——我不会让任何人买去这片园子的。我不是一个特别喜欢钱的人,只想找这么个地方待着,这里是我的老家……”

玛丽一笑,又马上皱皱眉头:“可惜它成了现在这个样子。”

她那副无法掩藏的幸灾乐祸的模样引起了我的警觉。我说："那就顺其自然吧。"

"这怎么成呢？总不能坐以待毙吧！"

"那倒不会。帮忙的人总是会有的，这不，连你都看不下去了……"

玛丽笑了，跳起来。因为高兴和得意，她飞快地转了一下身，使得苗条的身材好好地展示了一番。多么好的姑娘啊，没有办法，我还是不能对这样的姑娘出言不逊。本来我想讥讽她几句，但这会儿只好忍住了。

三

矿区赔偿的事情闹得沸沸扬扬，附近村子及园艺场与矿区不停地争执。我们的园子也在接受赔偿之列，这时候却没有了一点消息。我有点不安。玛丽来过这里，也留下了一个无解的谜语。我既不相信她会把这里看成一首大地童谣，也难以接受她的友谊。与其说她是我们的朋友，还不如说她是这个时代的尤物。

正在这些日子里，玛丽又一次来访了。

这一次她开着公司里一辆稍旧点的轿车，从车上下来时，仍然穿着那件皮制短裙。这次我多少觉得有点奇怪，似乎认为她开上次那辆漂亮轿车才更合适。她服务的那个公司很富有，而且时下她又继承了一大笔遗产……这次她一下车就快着步子跑来，随便、亲切，握了握我的手，态度含蓄而又温和。就像一个老朋友那样，她直接进了我的屋子，然后才出来与拐子四哥和万蕙他们打招呼，还抚摸了一下斑虎的脑壳。

再次回到屋里时，她的话却非常少。我发现她的气色很好，是那种棕红色。一开始我还以为涂了什么，后来才发现她一点都没涂脂粉。她见我在端量，就顽皮地一笑说："还漂亮吧？"

“当然。”

“我们家的人都很漂亮，”接着她介绍，说自己有一个弟弟一个姐姐，姐姐的爱人是一个军官，“那个家伙，到底是个武将，认识我姐姐的第二天，就把她给‘毙’了。”

我吓了一跳：“啊？”

“啊啊，别吓着你。我的意思是——你想想就明白了。”

接着又说自己的弟弟：“那个小伙子呀，头发黑亮，本来是个小男孩，却长得像一朵花。长大后会给我们家惹多少麻烦啊……我们交往久了你就会发现，我这个人其实是很粗野的，像个假小子。”

“谈不上。不过直爽罢了。这样也好。”

“多高的评价！实话实说，我是一匹没戴上笼头的小马呢。晚上，我一个人在小屋里，常常围上被子乱想。那些想法啊，如果放在太阳底下晒一晒，会把人吓死！我想自己这么年轻，人也漂亮，以后会经历很多很多事情——我不知道自己会走多么远，走一步算一步吧，走走停停……”

玛丽说得很快，但我还是能够不失时机地捕捉到一些内容。我叮嘱自己：你可不要走神。

“不过这都是一闪而过的念头。太阳一出来我的主意就没了。也许我走到半路上就折回来了。不过我起码要走到‘半路’啊。先在‘老总’这儿待一段吧，尽管这是个彻头彻尾的流氓……这家伙早晚要受罚的。”

我有点吃惊。听她讲下去。

“这个‘老总’一方面是个恶棍，另一方面也是位英雄，就像过去的土匪司令，敢往死里拼，这样才打下了一份天下……有时候他很讲义气，就像所有发了财的阔佬一样，一高兴，什么都不在乎了……”

“好嘛，这真是太好了。”

她像是受到了鼓励,话更多了:“他只愿活得高兴,有时不计损失,就是这样的一个人。比如说他见我喜欢那辆车,一高兴就说:‘送你了!’后来我才知道这车值多少钱……”

又是这样的套路:送车。

“有好多话我只能对你说,”她嗓音沉沉的,像要流泪的样子,“在‘老总’身边钱是会有的,可惜我已经不需要了。人们都用另一种眼光看人,以为我要了他的车就不可能干净了;其实干净不干净还要看自己。我心里太苦了,可惜没人说说——你在这儿也待不久……”

“为什么?会待下去的。”

“如果我是你,这会儿早作别的准备了。”

“什么准备?”

玛丽看了看旁边:“现在的人都看重钱,到时候会一分一分计算。那个矿区不会轻易跟你谈妥的,不过这可是谈生意,一分一毫也要跟他们争,争不来就等于没有……”

“赔偿是理所当然的,而且有具体规定。”

“这你错了,赔偿有各种各样的根据,规定也不一样,他们可以找出几十条理由挡你。你要打官司吗?他们有的是时间……依我看,最好的办法是抓一个垫背的人。”

她的话让我吓了一跳。因为“垫背”二字是极其阴险的,这不像一个姑娘的主意。我问:“你说什么?”

“我是说找一个不怕死的主儿出来替你争!”

我更糊涂了:“什么意思?”

“找‘老总’啊!他这样的人按书上的话说叫‘革命的韧性’——民间俗称‘滚刀肉’,让他去替你干……”

我盯着玛丽:“他会为我干?”

玛丽压低了声音:“给你透个信息吧,南边的村子也有一片地,矿区原先只想赔很少的钱。后来‘老总’替那个老驼争了一把，结果赔偿款整整翻了十倍！”

“他怎么会有这么大的本事？”

“因为他是‘滚刀肉’啊！”

我还是不解。

玛丽解释：“具体办法是这样，先在形式上‘过户’，这样地就成了‘老总’的。矿区肯定得软下来。当然‘老总’也要赚一笔。他不会吃亏。”

我明白了。不过我可不想沾上那个家伙。我还是摇头。

“天哪，”玛丽叫着，“你多糊涂，不挣白不挣……”

我不吭声了。这个小家伙薄薄的嘴唇十分乖巧。不过这张小嘴又实在可恶。她巧舌如簧，这些年里大概不知当了多少次成功的说客。我吸了一口凉气。至此终于明白到底是什么把她吸引到了这里。忠诚而诡谲的女人，年纪尚且这么小。老总不过是乘人之危，与秸子坐地分赃——这是一个可怕的圈套。问题是这会儿怎样把这个空心美人轰走。多么危险的、可悲的日月啊，无耻的美女又一次出动了。

言师采药去

一

我心里放不下的事情很多，除了心里牵挂、却又一时不能接近的小白老健他们，还有那个不幸的村子。可是我不想再见到独蛋老荒，更要躲开那个集团的人。当我一想到要重新踏上通向那些村子的小路，心里就泛起一种不安和痛楚。那连绵不断的雨水，那牲口棚改成的大通铺,那不时端来的浅黄色老酒,一切如在眼前。

我在想三先生——分手的日子里老人还没有完全康复,我一边与跟包在隔壁交谈,一边仔细听着另一间屋子的声息,听着老人发出的每一点细小的声音。老人言语不多,除了谈眼前的医事,几乎没有一句多余的话。他与跟包单独在一起可能就是另一种情形了……

离开村子几华里远的地方有一片茂密的林子,林子里有一幢稍稍不同于一般民居的建筑。它建得有点奇特:屋顶比较大,一大一小两幢相邻,屋角在连接部位环交起来——进去才知道,这个环交部分正好在内部形成了一个三十多平方米的方厅,连接了两个屋子,并由两个屋子共用,成为接待客人的地方。方厅的左门通向起居间,右门则通向贮药间和跟包的宿舍。我们平时闲谈都是在这个客厅里。厅里十分朴素,没有什么字画条幅之类,只有一些铜制药杵等家什随便放在那儿;还有一个不大的书架,上面是一函函的古书。更多的藏书都在起居间那边,那儿有一个相当大的书房。

跟包告诉,这幢房子是三先生的先人留下来的,那也是一位有名的乡间医生。这房子的特异之处是外表的质朴与内在的别致,其格局与当地民居大异其趣;壁厚、高顶,这就格外轩敞;因为墙壁特别厚,就能够在墙内容纳火墙——它与大炕和火炉连接一起,成为严冬里的一宝。从远处望过来,这片茂盛的林子笼罩着两座连体大盖平房,有一种特别沉稳的落实感。林子里有上百种珍贵草药,除了原生的,大多都是老人与跟包种植的。跟包与我在林子穿行时,随手指认了几十种草药,并说一般并不采摘它们,而是留做急用……

我常常想起那一幕:林子里游动着两只白鹅;远远的仨俩青年,手握飞镖。那是三先生遭受暗算之后,我与老健他们第一次探望时看到的。屈指算着分别的日子,此刻竟十二分牵挂起老人……天一大早我与四哥打个招呼,告诉他想看看三先生。“看病?”我随口答一句:“就算是吧。”他不太放心地一直看着我走了很远。

我一路绕开老健他们的村子。最急于听到那两声鹅鸣。远远地看到那片郁郁葱葱的林子了,脚步不由得急促起来。白鹅的影子终于出现了,它们真的啊啊叫起来。有一个人坐在一棵黑松下边,听到鹅声就直起脖子找人——他看见了我,却仍旧坐着不动。

我走近了,看出树下的人就是跟包。他一下站起:“哦哟,是你!”

他上上下下打量我。可能他早就知道了我的事。我问:

“三先生还好吧?”

“嗯,又像过去一样,能到处走动了。”

我想起他背着老人一步步走进老冬子家的那天早晨。我转脸去看窗户:“三先生在屋里吧?”

“他采药去了。”

“‘松下问童子,言师采药去。只在此山中,云深不知处。’”我一阵高兴,随口念道。我扳着他往前走,一边问:“你怎么不陪老人?他一个人走开你放心?”

“没事了,过去了。一个年轻人和他一起,我要留下守家制药、做每天他交代的事情——他去远处那些野地、渠汊、沙岭,顺路还要给人看病。我这一段才忙呢,咱们分手后我就一直在忙——三先生性子越来越急了,因为外面那些事情逼着他,他是不得不急啊……”

我一时听不明白,刚要问,他四下瞥瞥,嗓子马上压低下来:“我还以为你和小白他们一起呢。见过这几个人吗?”

“没有,你见了?”

“一点音信都没!三先生挂念他们哩……”

我没有吭声。跟包又咕哝:“我估计你这一段也没心思干那事儿了……”

“什么事?”

“我说的那个乌坶王的故事啊——你该没扔到脑后吧……”

“没有。我正从头记下来呢;还有,只要民间有人谈起这个故事,我都会仔细听。”

“讲得有什么不一样吗?”

“大同小异——各种讲述相互补充,就显得更完整了。”

跟包望望远处,咬咬下唇说:“三先生说得对,咱们这会儿都在做一件大事哩!”

二

我们两人在厅里待了一会儿,然后去了老人的屋子。虽然老人不在,跟包走路时还是蹑手蹑脚的,大概这样惯了。他向我展示老人连日来采的一些药,叹息:“这些过去是很容易采的,现在一天采来的还不如过去一个时辰多。还有,”他引我到一旁的一个小门那儿,进入了比壁橱大不了多少的一个暗间里,拍打着一个精致的小木箱,“这味药越是急求,就越是难采……”

它原来就装了我以前见过的点了朱砂的白布小口袋——“‘魂’和‘魄’?”“是啊。‘魂’是有的,一‘魄’难求啊!”这儿除了小木箱里的东西,还有阁板上放的野参鹿茸一类珍药;有个小盒子里散着几粒玉石样的东西、鱼鳞似的片状物、一些特别的毛发样的东西……我想这肯定都是一些极难寻觅的异药。

屋角有一对粗布套,上边钉了带子,跟包说是老人去河西棘丛里采药用的裹腿。还有两个黑乎乎的生铁蛋子、一个带倒刺的竹针、一根缠了牛筋的木棍——原以为是用来医病治疗的器具,问了问才知道也是采药的工具。

跟包将三先生放在一个角落里的黑茶取了一点,用一个棕色小罐子煎了一下。这茶真是浓稠,香气藏得很深,需要慢慢品。我问起时下集团保卫部那次对老人的暗算,跟包长舒一口:“这事儿算过去了。”“怪不得林子里那几个青年不见了。”“其实呀,”他咬咬舌头,“那些家伙真要动手,再多几个青年也不顶事啊!集团的人不过是想给老先生来一个下马威,让他封口,一切都得有个下文哩……”

我等着听下文。跟包却反身回屋里拿出一个牛皮纸封皮的大本子,翻了几下又搁到一边去。“他们集团的总头儿知道了三先生被伤的事,亲自来看过,不停地骂那些人‘手毒’——但他不承认、更不认为是他下边的人干的。他那次说要出巨资为老人修建一个研究所、一个神医馆,还把五十多亩地规划出来,后来让我去看!看来这可不是说着玩的。我回来跟三先生说了,先生一声没吭。”跟包又咬咬舌头,“那边几次催问,老先生还是一声没吭。”

“可能老人不同意。”

“咦,那也不能辞,不能敬酒不吃吃罚酒……来硬的惹恼了他们,什么事都会发生,不如先拖着——老先生可能在想怎么拖下去。我跟了先生这么多年,明白他的心事。那个集团的头儿并不傻,他们想把先生这块牌子抢过去,各方面稳赚不赔;还有就是,那家伙正有件要紧事儿求着老先生呢!”

“他得了病?”

“是他儿子。他只一个儿子,正等着这小子接下万贯家财呢,想不到害了大病。为栽培这小子不知花了多少钱,先送美国,后送英国,谁知只待了一年就回来了。如今就在集团里待着,害了一种怪病:要不停地找女人……”

“流氓嘛!”

“是啊,我一开始也这么说。后来才知道可不那么简单,这原来是一种病!因为这小子急起来一刻都不能停的,脸是灰的,嘴唇发紫,眼窝也陷下去了,手老要抖,不想吃饭……有的姑娘喊得紧,他母亲就对人家说:‘快可怜可怜俺孩儿吧,他不是发坏,他是有病啊!’你看吧,就那样子,他爹能不急吗?不知多少大夫看过了,打针吃药全都没用,只差做手术了——他母亲说吃药可以,做手术万万不行……”

我从对方严肃的神情里明白:这儿没有一丝玩笑。

“三先生看了,号了脉,看了舌苔什么的,连十分钟都没用就判个分明,告诉:你儿子患的是‘色痨’。”

“啊?真的有这种病?”

“就是啊。三先生告诉我,以前患这种病的人极少见,一个村子几辈子也遇不到一个,只是这些年才多起来——可能是环境污染或食物的改变造成的。不过,先生说像这小子病这么重的,他行医这么多年还没见呢。”

“以前那些流氓犯罪分子抓起来就得了,哪有这样复杂!现在倒好,可以用疾病来解释了,这会不会造成另一种纵容?”

“话也不能这么说。那要看是不是真的病了,要有脉象眼白舌苔等许多症候;再说了,一般的流氓关起来算完,患上‘色痨’的就不同了……”

“有什么不同?”

“他们十有八九熬不过去——会死!”

“那就死吧!”

跟包摇头:“这不是医家的话。”他挠着长长的鬓角,“三先生真是费了不少心力啊!他对病人一视同仁,有时会忘了给谁医病。他说‘色痨’这种病初发原本好治,以煅龙骨为主药,一个月就能治愈。那小子延宕久了,再加上米水不进,再治起来就难了。三先生除了熬药让他煎汁内服,还用朱砂画符烧了黄酒冲服,再以红线扎紧阳物放血等等……”

“最有效的大概还是‘放血’吧!”

“还有针刺。他一开始嚎着不干,他爹让人按住……反正这会儿好多了,见了女人两眼不再直勾勾的了。如果照这样发展下去,三先生说半年就会去根。一般的‘色痨’这年头是很多的,十之八九只需开药内服、顶多再辅以艾灸,像那小子这样的重症还从来没听说过……”

他一声叹息,将杯内的黑茶一口饮尽。可能他经常喝这种茶吧,牙齿真是黑得可以,像墨染过一样。我琢磨着他刚才的话,忍不住与之商榷:“画符这种事儿,大概是借助心理作用吧?”

他马上严厉起来:“那你说往药里投放‘魂’和‘魄’呢?这可是你亲眼见过的!”

我不做声了。那是真的。说心里话,我对自己的质疑也没有十足的把握。

“集团头儿不止一次来商量为老先生修建研究所和神医馆的事。有一回我私下里劝先生,说这是何乐而不为呢?他们这些王八蛋就该把钱用在这上边!这可以造福更多的人嘛!老人盯我一眼:‘我是神医吗?’我不敢答。他当然是神医,可我知道如果照实说了他一定会发火。那边见老先生总不回话,就暂时搁下来,不过五十亩地还荒在那里呢。那家伙曾派人给老人送来了一百万,作为诊费。老先生一个子儿没收,全退回去了。”

“一百万该收下。这些钱用在哪里不好?”

“这你就不知道了。老人才不缺这几个钱呢!村子里的学校就是老人捐的;还有,老先生平常接济了多少人,数都数不过来……他特别不想拿集团的钱,说那些钱是最不干净的……”

我有些吃惊,因为虽不觉得老人贫寒,但也从未将其当成一个富翁。他那么多钱都来自行医吗?我说出了心里的疑惑,跟包朝我诡秘地点点头:

"当然是靠行医了,他又不会经商、更不会去抢!你要明白,他可不是一般的医生,也就不光是给人看病了——说到底病人也没有多少钱;他有时会给一些精灵看病,那时候你想想,在精灵那里几个钱又算得了什么?所以说你千万不用担心老先生这样的人还会缺钱……"

我的嘴巴久久未能合上。我用力看着跟包,想看出他脸上某种嬉戏的表情。没有,他始终十分认真。

三

接上跟包就讲了给精灵看病的故事,让我一时屏住了呼吸。

三先生常年在荒原上奔走,除了采药,就是为林子里的一些散户看病。因为那些猎人和渔人求医不易,有时病了就自己凭经验采些草药治一下,病再重了就没有办法。海边看渔铺的老人和一些串林子的人,提起三先生都个个敬重,说:"唉,那才叫神医哩。"他们一口气能讲出很多老人治病的故事,比如一只老狐狸病重,如何装扮成一个人找他瞧病;比如说老狼精让他给割了一只鸡眼——老狼精是狼群中的头儿,在荒林鏖战中被什么扎了脚,日子长了就生成了一个大鸡眼,奔跑起来特别不得劲儿,无奈就在林中小路上把三先生拦住了。老人一点不慌,问:"我这把年纪了,一身老骨头啃起来有什么意思?"老狼精磕头不止,又举举那只脚,老人这才明白是怎么回事儿。老狼一拐一拐走近了,歪下身子一躺。三先生把布褡子一放,扒拉了一会儿,就给它上了止痛的蒙药,然后动刀。因为蒙药少了一些,结果鸡眼刚割了一半老狼就痛得龇牙瞪眼。老人专注动刀,顾不得它的凶劲儿,直到它一口咬在了肩膀上。老人刀子使到了关键时候,还是忍着划下最后一刀。老狼痛得发狠,最后咬下了老先生肩头的一块肉。手术结束了,老人大汗淋漓。老狼给老人下跪,老人理也不理,取出褡子里的止血药粉,给老狼和自己一块儿使上……

一个人在医术上出了大名必要招来许多麻烦。得病的不光是人,还有野兽,甚至有妖怪鬼神。有人以为鬼神是不会得病的,那就大错特错了。这些有性无命或有命无性的家伙,一旦得了病更邪门儿,他(它)们也要四处求治,也少不得找上三先生。老人已经将药理和医术使得出神入化,人鬼神三界互通,莫不奏效。所以有些精灵怪气的物件也会时不时缠上老人。如果是出诊归来特晚,不得不穿过一大片荒地往回急赶时,偶尔就会遇上个把非人之物求医问药——它们有影无形或有形无影,那会儿为了不将老人吓坏,都会暂时闪化成一个人形。尽管这样,当老人医治完毕醒悟过来,常常还是要捏一把冷汗。

有一次他半夜里路过一片花生地,走着走着觉得有些迷惑,感到阴气颇重。再往前,发现有影影绰绰的灯火,渐渐出现了一处村落。他心里有些高兴,就加快了步子。村头有一位老者,拄着拐拦住他问:“可是三先生驾到?”他施一个礼说是。老者说了:知道先生会路过这里,所以一直等在村头;家里老婆子病得实在不轻,能不能劳驾进寒舍一瞧?三先生点头称好,随老者往小巷里走去。这儿的屋子都不甚高大,穿过巷子好像还深入地下一截,黑洞洞的踉跄了一会儿才迈入门槛。屋里一床一桌,桌上是豆大的灯苗,一个老妇人蜷在床上呻吟着。三先生为她号脉,一搭手愣住了:她已经没有脉动。可是再看她又是呻吟又是喘息,分明还活着。这是从没遇见的怪事,让他吃惊不小。他看了她的舌苔,又观察其他,忍住惊奇开了药方。老者送他出门时非要给一大把钱币不可,推让再三,那些钱还是塞进了褡子里。

三先生走出小村天已经快亮了。又赶了一程,天已大亮。回头再看小村,全无踪影。他想着那个家庭的贫寒,想着主人给的一大把钱币,心里有些不安,就停下来翻找褡子——找来找去,哪里有钱啊，全是一些纸灰！三先生顿时明白过来……

只要是看病，就会收到一些酬劳，只不过是各种各样的。那条老狼精后来咬了三只公野鸡，设法留在了三先生的门口。另有一次老先生还给一只大海龟医过病，结果它从海里携来了一枚珍珠，大如鸡卵，日夜放光。给河口那儿的一只大黑鳗医好了脚气病，它就给了他几颗透明的石头——尽管一钱不值，好在心意颇重。那枚珍珠后来有城里方家来看过了，说是价值连城。

当时荒原上传说最多的是沙妖的故事：人在沙丘链之间走啊走啊，有时会突然迷路。这样的迷路可不比一般的黑夜迷失或山中打转，而是要命的大事。人在沙滩里干渴、焦烦，一睁眼就是无边的白沙，有时会急得晕过去。他们不知道这其实是沙妖在作怪——那是一个十二分寂寞的女人，正在青春年少时候，再加上美丽，独自待在沙原上，心里一阵阵焦躁难捺，也就捉弄起行人来了。她长得全身一色，头发、眼睛、手指甲，随处都是沙子的颜色。她在行人前边徘徊，索性躺下来，而在行人看来满眼里都是沙子。他们走不出这片沙漠，直到筋疲力尽倒下来……沙妖并不害人，只爱与人调笑，见人昏死了，就赶紧上前解了衣怀，用一只饱饱的大乳房将其救活。而活过来的人这时一睁眼，立刻就会被眼前这个美丽的女人给迷住。她像沙子一样随和柔软，百依百顺，结果任何行人都经不住这温柔这缠绵，就再也回不去了。沙妖倒没什么害人之心，只是不通人理，不知道一个人会有怎样的极限和耐力，由着性子来，没完没了，于是就让人在玩耍之中丢了性命。所以沙滩上行路的人，最害怕的一件事就是遇上沙妖。

只是近年来沙妖也有了难事，因为风婆子看上了这块沙原——沙里有金子。风婆子一天到晚将这些沙子扬起来淘金，弄得沙妖再也睡不上一个好觉。天长日久，沙妖就害上了心口痛，怎么也治不好，最后就找到了三先生。

三先生那时在沙原上采药,忙了一天,坐起来觉得头昏眼花。揉揉眼愣愣神儿,这才发现眼前有一个美丽至极的栗色姑娘:头发皮肤全一色儿,腿扎在无边的沙子里,看着他,吧嗒吧嗒掉泪呢。老人立刻明白遇到了沙妖,就木着脸说:“你这闺女可别调皮,我年纪大了,千万别开我的玩笑啊!”沙妖擦擦眼睛:“您老说到哪儿去了,我怎么敢呢!我不过是被风婆子气坏了,得了心口痛的毛病,想求您老给我治治……”

三先生给沙妖瞧了又瞧。他没法望闻问切,因为她不是一般的人。她的脉搏像水流,瞳仁像火焰,双乳像葫芦,两腿像圆柱……老人叹着气,勉为其难地诊问一番,开下了处方。他还要为她按穴——可是伸手之间又犹豫起来。因为他知道这沙妖嬉闹之心颇重,怕她一时乱性惹了大祸。正这时沙妖痛得磕起了牙齿,老人于是不再踌躇,动手取穴。从后背到前胸按了一会儿,沙妖即疼痛全解,打个哈欠坐起来,笑得像水一样响。她攥住老人的手就往双乳上拉。老人缩手,厉声道:“使不得!”

三先生好不容易逃开了一劫,却躲不掉另一劫。

因为沙妖吃了药不久就康复了,总是在沙原上等待老人——他必要出来采药,那时她就横在前边挡住了他。老人正专心采药,抬眼看前边成了无边的白沙,纳闷呢,正不知如何是好,沙妖就一个扑棱跳起来。老人一瞧,老天,她与沙子一色的肌肤赤裸着,全身上下没着一丝一绺。老人闭上眼睛。沙妖恳切地说:“咱可没有坏心,不过想报答您老!我还是把自己交给您吧……天黑前再把您老驮回村子。”老人闭着眼睛说:“使不得啊!”沙妖实在没有办法,就走了。一会儿她取来了一个大口袋,往老人跟前一放:“那您就收下这个吧!”三先生撑开口袋一看,全是金子!他连连摆手:“使不得,使不得!”沙妖一下大恼:“反正就这两样报答法儿,您老好歹也得挑选一样!赶快吧!”

三先生只好取了那一大口袋金子。

四

跟包讲过一通三先生医病的往事,像女人那样两手合在胸前看我,沉默了一会儿。他可能观察我会在多大程度上信服这些故事。说实在的,我内心里对野物精灵的存在和故事的发生大致不太怀疑,但问题是它一旦集中在眼前的某个人身上时,还是让我觉得有点玄虚。我喝着茶,思绪一直沉浸在刚才的情景中,终于忍不住问了一句:

"动物求医是可能的;可是鬼已经死去了,为什么还要治病呢?"

跟包咧着嘴:"啊哟,鬼也需要无病无灾平平安安才好嘛。一般的人遇不到鬼,那是因为他们对鬼一点用处都没有。"

我将信将疑:"这些事情都是传说吧?是三先生自己讲的吗?"

"他一般不讲的。他心里装的东西太多了,这辈子什么没经过,已经见怪不怪了。有些事情是我们一起经历的,那就是我亲眼所见了。"

"比如你们一起采'魄',你以前讲过的……"

跟包点头:"就是呀……"他抚摸着手里的那个牛皮纸封面的大本子:"我们分手这些日子我就在做这个,整理一部医书哩。三先生口述一段,我就记下一段,然后再一个字一个字订正。老人忒看重这事儿,让我宁可放下别的不做,也要专心干好这活儿。"

我取过一看,见封面上有几个大字:《四疾论》。

"当年医圣张仲景写了《伤寒论》,起因是他发现那会儿害病死去的人,十有八九是因为'伤寒'。三先生这些年行医,发现平原地区罹患最多的就是这四疾,所以要在有生之年留下这部《四疾论》……了不起的著作啊,这是他心血的结晶。"

"哪四种疾病呢?"

"'色痨'(含'花痴')'酒晕''跌打''阳狂'。"

前三种疾患我似乎还能大致明白一点,"阳狂"则是头一回听说,就请教起来。跟包从阴阳损益的原理讲解一番,然后说了症状——患者两眼贼亮,精神极度亢奋,可以连续几天几夜不眠,呼喊起来尖厉厉的,乱跳乱抓,手劲儿颇大,动辄毁坏许多物品……"看上去好像得了疯癫,其实与一般神经病可大不一样,这得从滋阴潜阳入手调理,辅以朱砂镇摄。要减轻症状,至少也得三个月……"他很沮丧的样子。接着说到的"酒晕"也与一般醉酒不同:患者因为严重的嗜酒吞肉,心窍里塞紧了它们,人已经半呆了,可看上去一个个或兴奋或沮丧,冲动起来言辞举止极为浮夸,神情恍惚游移,好像总是处于美梦或噩梦之中。"跌打"自然是身体创伤,又分为开口伤和内淤伤——这其中只有少数为劳工之伤,大多都属于冲撞殴打:如今村镇街头几乎每日都有发生,所以人群里跌打伤不断。人的脾气突然变得大坏,暴怒一起,手操器具就跳蹿奔突出来……最不可防的是那些双疾并发的家伙,其中犹以"色痨"("花痴")"酒晕"合一、"跌打""阳狂"合一者最为多见。"想想看,那些晕晕乎乎见了女人(男人)就扑的家伙何等可怕!还有咋咋呼呼寻衅滋事的,当街一顿乱棍,人要遭遇了哪儿躲避去。要不说如今医治四疾是当务之急嘛,三先生忧心如焚,只想早日成书济世……"

我吸了一口凉气,看着惊嘘嘘的跟包。

"张仲景古文深厚,之乎者也;咱没有忒大墨水,可也不能过于直白。"

我劝他:"实用才是目的,如果大多数人看不懂,或者从语句上产生很多歧义,那也会得不偿失的。不妨往通俗里写。"

他噘着嘴看我的样子有些好笑。

正说着话,外边传来几声鹅的叫唤。跟包马上站起来说:"三先生回了!"

第 六 章

大 酒 篓

一

有一个奇怪的器具，它让我小时候一直感到神秘好玩：由柳条或紫穗槐编成的东西，很像一个大米斗，扁扁的，有盖子，还有厚厚的一层胶泥状的衬里。我用这个怪物去河边捉鱼盛水，结果被母亲不无严厉地制止。她把它小心地放在了搁棚上，告诉说这是一个“大酒篓”。从此我知道了这是盛酒用的，不过那又怎么了？我们家不可能有这么多的酒了吧。姥姥后来说：这个盛酒的家什当年只有酒贩子才有，这一个嘛，是你爸和他最好的朋友喝酒用的，“他们在一起那个高兴啊，喝啊喝啊，说起来没人信，他们一口气喝了一大酒篓……”

我不知道父亲曾经有过这么大的酒量！他的那个朋友又是谁呢？我一遍遍问着姥姥，她终于小声告诉：“李胡子。”

我惊讶得长时间没吱一声。怪不得呀，从此我再也不敢动那个大酒篓了，它在我眼里立刻成了圣物。

在南部丘陵和山地，特别是海滩平原上，没有人不知道李胡子。这个传奇英雄好像只活在神话里，我以前从来没听说哪个活生生的人见过他，更不要说与之一起饮酒了——而这个人不是别人,正是自己的父亲!我吸了一口凉气,简直不敢相信。我再回头问母亲,她就支吾过去……父亲当时还是一个忌讳的字眼,将他与那样一个人人推崇的神秘人物连在一起,母亲胆怯了。可我深知母亲是不会因为虚荣而说谎的,那个酒篓不仅是他们深厚友谊的见证,而且还代表了一段惊心的历史。也正是这种非同一般的意义,所以她才将它一直保存下来。

许多年过去了,事实上我是一点点弄清了整个故事的,它是由不同的人、通过不同的方式讲述出来的。原来这个长眠于海边荒原的李胡子最好的朋友就是父亲,他们之间互相钦佩,彼此信赖。在那个兵荒马乱的年头,这种信任是多么难得。要知道当时的李胡子是一个独往独来的人,他与山区平原的不少武装打过交道,却从未归于任何派别。在这一带活动的草莽司令就有八个,八个司令都对他又嫉又恨,只不过没有一点办法。李胡子的人一度被叫成了打家劫舍的土匪,其实个个都是复仇的好汉。他们平时散在各处,要做什么就迅速行动,一动手就干出轰轰烈烈的大事。那些不仁不义的歹人,横行城乡的黑手,一提到李胡子就胆战心惊。有人要除掉他,有人要收买他,但最后谁也没能遂心如愿。在那个严酷的环境里,除了同心浴血的故友,生性多疑并格外机警的李胡子不会轻易接近任何人。由此可知,他与父亲的结交该是一件多么大的事情,这其中绝对隐下了一些激动人心的故事。

如今的李胡子已经被神化了。走进大山里,或者到海边拉大网的那些人当中,到散落在平原上的村落中去,一些坐在马扎上晒太阳,吸着旱烟的老人会一口气讲出很多:真假参半,令人震惊,永远咀嚼不尽。我在海边渔铺子里,在舢板上,甚至是大山旮旯里只有几户人家的小河沟,到处都能听到他的故事。令我惊奇的是随着时间的推移,人们不仅没有将其遗忘,反而越来越多地向往他,追寻他。在那个传说的荒原上的巨大坟垒旁边,总能看到一些烧纸和摆放的糕点,一束束野花。关于他的传奇无论怎样曲折变化,最后人们只用一个词儿概括英雄的一生:杀富济贫。

我明白李胡子的一生不可能是这四个字所能概括的。它太简单也太含混,被一代代人反复使用,已经蒙了一层厚厚的尘埃。事实到底是怎样的,也许只有那个大酒篓才是真正的见证者,可惜它张着一只黑洞洞的大嘴,就是不能开口说话。我每逢看到这只大酒篓,就不由得要想象那两个人的豪饮,他们一个是我的亲生父亲,一个就是那个神话中的人物。两人一定是倚着大酒篓,用粗碗盛酒,你一碗我一碗地喝了起来。那个诱人的场景已化为历史,作为后人的我再也无缘一见。但我内心里从此有了一个声音,它在提示我:在这人世间,可能再也没有任何一个人比我更适合讲述李胡子的故事了……

我并不认为自己具有这种讲述的能力,但我却负有那样的义务,它甚至非常神圣。我将尽力去理解他们的一生。我并不因为这件事情的艰难而小心翼翼地绕开,而是尽我所能地接近这段隐秘。我已经朦朦胧胧看见了那对犀利的、仇恨和温煦的目光。有一天这片平原会向我敞开心胸,吐露所有的机密——它就藏在时间的幕布后边,要我亲手去触动,去撩开。今天,这片由南往北坍塌的平原,这片传颂着英雄传奇的故园,寸土寸金之地,再次遭遇了致命的危难。这一次不是火,而是陷落——消失……多少人在心里祈祷,盼一只神灵之手的护佑,盼那个神奇的英雄拔剑再生。

很早以前这儿林莽茂密,也就成了一些英雄好汉经常出没之地。从与英雄相伴的那片密林,到我童年所看到的那无边的灌木,再到现在的流沙水洼盐角草,荒原显然经历了一个逐渐凋败的过程。地下水抽空,海水倒灌,各种污物的倾卸,让这里迅速变为一个可怕的世界。其实这场劫掠早就开始了——战争结束后一辆辆卡车运走木材,然后又开始昼夜不停地搬运沙子……我在很长时间里充满疑惑,觉得这样一片浩瀚的平原绝不是人力所能损毁的,它的釜底抽薪式的致命创伤必有一种更为可怕的、人间难以抵御的黑暗力量在介入。当然,这会是一个缓慢然而无情的、无法更改的过程,这个过程越来越让我坚信:那个古老的传说,即乌坶王和煞神老母的险恶阴谋、他们的肮脏契约,是真实存在的。

当年的李胡子能够阻止这个日渐显露的阴谋吗?传说中那个人长了浓密的连鬓胡子,有一对美丽刚毅的眼睛。后来随着荒原上风沙的磨洗,这双眼睛变得粗粝,沉得像顽石。他的目光盯向任何人,都会让对方恐惧战栗。这双眼睛即便是看着自己的朋友,也冷冰冰的。在三十岁之前他大致都是一个人干,挎刀、双枪,骑一匹跑起来蹄不沾地的快马:毛皮油亮,纯一色黑。他自己也永远穿了黑衣,抵挡风沙的缠头布、束腰的带子、裹腿,都是黑的。他从很早就触怒了官府,然后就是被追杀,就是逃命。这片荒原是他盘桓最多的地方,他在这里如鱼得水。官府悬赏要他的人头,可是一直没有如愿。倒是一些恶贯满盈的家伙一个个死在他的手下。那些做下恶事的人总被这样诅咒:“让你出门遇见李胡子!”只要某个作威作福的豪强被惩处,神秘地消失了,人们都要暗暗赞叹一声,以为是李胡子干的。

有一年,一支土匪和单枪匹马的李胡子缠上了。这支土匪仗着从外国人那儿搞来的一挺机枪,长时间里横行无忌。他们听从另一些人的指令,专门花了半年多时间在丛林里剿杀李胡子。可是他们从来没有得手,只要见过那个黑衣人的,就再也没有机会活着讲述他的故事了。后来他们使了一个毒招:只要见了黑衣人就杀。结果平原上不止一个无辜的庄稼人因为那身黑色的打扮而丧命,于是大家都不敢再穿黑衣了。这支土匪队伍半年时间里没有占到便宜,在丛林中惶惶不可终日,因为一口看不见的锋刃在抹他们的脖子。最后土匪首领要领人逃离海滩,却在走的前一天晚上被人割断喉管。

二

就因为李胡子是这样一条好汉,所以他在平原和山区拥有越来越大的号召力。任何一支武装如果能够拉他入伙,都会是一次重大的收获:除了加强队伍,还能在民众中获取巨大的人望。找他的队伍很多,一些人千方百计与之取得联系,并许以各种优厚的条件。结果那些人的所有努力都白费了,他最终还是一个人。因为许久之前他曾有过几次入伙的教训,那是更年轻时候的事了,是这些经历使他明白:任何团体都有特定的利益和目标,无论这帮人做出怎样的声称和表白,为了一种特殊的利益和目标,作为这个团体中的个人需要极大地委屈自己,以至于要违心地做下一些极为可怕的事情,直至最后毁灭。他于是渐渐地清晰了一个目标,走向了一个难以更改的宿命,那就是一定要独自走下去,直到生命的终点。他心里明明白白,万一某一天违背了这个关涉命运的觉悟,那么等待自己的必将是最严厉的惩罚。

尽管如此,越是到了后来越是面临着巨大的诱惑。这一切也并非让他一概漠视。深夜里他曾为自己的矛盾和软弱而痛苦不堪,但每到黎明来临时分,他总能战胜那些犹豫不决。人世间真的有一些无法想象的言说天才,他们好像天生就是为了说服别人而生的;人世间也有一些出奇的顽韧人物,比如李胡子,他只要立定了一个决心,重锤铁砧之下也难以击破。所以在他面前,几乎所有的说客都失望而归了。

当时活动在山区和平原的队伍中,有一支叫做"纵队"的武装,他们与作恶多端的八司令死命纠缠,成为截然不同的一支力量。这支队伍在民众中口碑尚好,李胡子和他的朋友还曾在几次险境中受惠于对方,故而一直心存感激。纵队几次派人找他,苦口婆心地让他加入,并请他率领一个支队。与之联络的人是从外地赶来的专门人士,口才一流,侃侃而谈,曾经在复杂的博弈中靠三寸不烂之舌百战百胜,是一个天生的说客。他代表纵队司令与之谈了很久。李胡子最终感谢了对方的器重,但仍然予以拒绝。他说一个人过惯了,不再适合入伍。他保证在日后的岁月中继续与纵队善处,并尽最大努力影响自己的那些朋友。那个人抱着必胜的信心而来,最后大失所望地离去。

也就是这之后不久,一位以商人身份长期奔走于平原和一座大城市之间的人结识了李胡子。想不到他们的相遇成为彼此双方、也是整个平原上极为重要的事件。那个商人不是一个说客,而是一个质朴的男人,一个单纯热情的、即将告别青年时代的男人。他完全因为某种巧合,与这位大侠在海边小城里相遇了,并且在短时间内谈得极为投机。这中间由于一位德高望重的人物作了引见,所以两人并没有花费更多的时间去相互了解,因而得以开门见山。两个人也是命中注定的缘分,他们第一次相聚就谈了个通宵,不知疲累,忘记了吃饭。第二天他们还继续在一起。商人从携带的一批美酒中取来了一个大酒篓,最后直到把这个酒篓里的酒全都解决掉才分手。分别前李胡子向商人应允了一个事情:答应与那个纵队的首长见面;商人则向李胡子相赠了好几个大酒篓。

这个商人就是我的父亲。他的平原之行决定了李胡子的一生。这曾是他当年最为欣慰之事,却同时也成为日后的椎心泣血之痛。

就这样,纵队司令不顾艰辛,抛开战争岁月里千头万绪的繁琐亲自赶来密会李胡子。他们第一次会面仍然在海滨小城,在上次父亲与李胡子畅谈一天一夜的那座房子里。事情有了转机。李胡子后来又专门把司令请到了丛林里,因为那里贮备有商人朋友送给的一篓篓好酒。可惜纵队司令不胜酒力,李胡子自己畅饮了一番。在丛林里,他们继续彻夜长谈。也就是司令的这次丛林之行,李胡子决定与这支队伍进一步联手合作——但入伍之事还容再想。纵队司令只好答应下来,心里却迫不及待,决心让“商人”趁热打铁。

纵队的人后来说,父亲成功的秘诀其实就在那个大酒篓上,说那个李胡子是一个嗜酒如命的人。再后来——这是李胡子在很久以后遭到磨难、英雄末路的时候,又有人别有用心地在那只大酒篓上做起了文章。这样既败坏了父亲,又伤害了这位独身大侠。人心之卑,竟至于此!他们在无法追溯无法求证的细节上胡乱编造,说什么父亲与大侠之间其实就是一种酒肉朋友,也正是这种关系才引出了日后的可怕故事——两个出身可疑的“江湖”合伙背叛,他们毫无理想,与纵队的崇高目标本来就相去甚远,最后自然要发生剧烈的冲突,以至于分道扬镳。这两个人与纵队的分离既是必然的,不可避免的,又未必不是一件幸事。瞧瞧那个所谓的大侠的丛林生活吧!他靠这些年的经营,已构筑了好几处隐蔽的地堡,每座地堡里面都贮藏了挥霍不完的吃物和抢来的财宝;结识父亲之后,有几处地堡的墙壁干脆就用大酒篓砌起来,只要高兴了,歪过身子搬出一篓就能畅饮。不管战斗打得多么艰苦,这两个臭味相投的家伙在暗堡里频频相会,吃喝玩乐,一醉方休。那个独身大侠还在沿海一带结交了无数民女,一处处暗堡就是他的淫乱之窝。总之李胡子说到底只是一个土匪,和八司令那些人在本质上完全一样……这些恶毒的诬陷和诽谤让父亲吃惊,他先是怒斥造谣者,后来一提起这些谣传就气愤难捺。真实的李胡子平时滴酒不沾,只有遇到至大的快事、比如一个真心的朋友才会放怀畅饮。

父亲第二次与李胡子相会同样是极其成功的——与第一次不同的是,这一次父亲有了一个更为直接的、急切的目标,它无法掩盖,他也不想掩盖。他的直来直去和开门见山的诚挚反而让人产生了更大的感动。据说他们的第二次相见也喝了许多酒,比第一次喝得还凶,像比赛似的,搬来那个大酒篓放在旁边,使用了土黄色的大泥碗——他喝下一碗,他也喝下一碗。最后两人都醉得不省人事,被人用一个大笸箩抬到了海边:那是一些看渔铺子的老人干的,他们想让凉凉的海风把他们吹醒。他们醒过来了,从大笸箩里爬出来就哈哈大笑。

李胡子正式加入了纵队。

三

大酒篓注定了还要派上新的用途,完成新的使命。

李胡子加入纵队之后,大约在极短的时间内就汇集了一大批最勇敢的人物,成为各支队的骨干。本来这些人直奔李胡子而来,李胡子作为支队长最先迎接了他们。可是纵队在半年之后的一次集训整编中又一次扩充,结果李胡子从支队长的位置上调离,直接成为纵队司令身边的一位指挥人员。他的那些朋友也分散到了各个支队里去。这次整编使整个纵队的战斗力大幅提升,惟有李胡子和他的朋友不太高兴。但他没有跟任何人吐露,只与父亲说出了心底的不快:他最想做的事情就是亲自带领队伍,打一场像模像样的仗。

这个机会终于来了。八司令中最顽强也是最凶残的一个,曾经在两年前血洗过一个镇子——他们在另外七支顽匪相继衰败的时刻保存了实力,并抓住机会接受了另一支正规军的改编,改变番号的同时,武器装备也得到了加强。他们一时有恃无恐,挑衅纵队,配合敌军的大部队进行了一连串的军事行动,严重威胁了纵队的活动区域,给平原一带造成了空前的损失。何时拔掉这根钉子已成为纵队的一个心病。也就在这一年的秋天,海边小城的战事到了一个转折关头,敌我双方的兵力第一次发生了逆转:敌军主力一部分撤到了其他地区，剩下的力量主要是据守小城，特别是那个港口。解决那支土匪队伍的时机已经成熟——这支队伍多半年来一直畏缩在离小城十几华里的一个镇子上，这里一方面有日本人留下的坚固工事，另一方面也靠近小城驻军，情势危急时会有救援。纵队认为如果能够歼灭这股顽匪，不仅结清了旧账，更重要的还是清除驻城敌军的一个外部策应点。这场战斗怎样打才好，颇费了一番心思。李胡子提出由自己带领一个支队——最好是原来的那班人马打入镇子，其他支队在佯攻小城的同时作好打援准备。他对一些细节计划得十分周密。纵队同意了这个方案。

这场战斗成为李胡子与父亲的一次完美合作。这里又不能不提到那些大酒篓——父亲像往常一样，让商号的人将它们从那个大城市运到小城，并且与城防的头目取得了联系。这些美酒从来都是守城敌军的心爱之物。在父亲的精心策划下，战斗打响的那个黎明，一大批驮运大酒篓的毛驴已经提前进入了镇子，这和运进小城的货物看上去一模一样。黎明时分枪声响起来，一些守在围子和碉堡中的土匪还醉卧在大酒篓旁边呢。他们一听到枪声摇摇晃晃站起来，刚摸到武器还击，就看到又有人送来了大酒篓——这次还没等他们转过神来，那些大酒篓就刺刺冒起烟来……巨大的爆炸声和冲杀声混成一片，李胡子的人不到十几分钟就突破了防线。

结果打援的兵力根本就没有使用，因为守城的敌军刚刚明白过来是怎么一回事，镇子上的战斗就大致结束了。

蚬 子 湾

一

我有时候颇为自豪地想过：大概很少有一个人像我一样，在童年时代结交了这么多的动物和植物朋友！因为我出生的这片平原是如此地富有，还因为我的孤单——我必须寻找自己的伙伴，必须和这些无言的朋友朝夕相处。我想不出有谁的童年会像自己一样寂寞……我默默无闻地一个人游走，走了很久很远……我知道的荒原故事太多了，它们将永久地贮藏心底。

从我们家的茅屋往北，穿一片片林子就可以看到那片碧绿的海湾了。小时候我不知道降生在这个海湾附近是一种多大的幸运，也不知道这个海湾是天下最美的地方之一。洁白的海滩，蓝蓝的水，天上的白云——站在海岸上，那波涛汹涌或平静如镜的无边之蓝给人多少想象。我觉得这整个原野，特别是这光滑的沙滩，都是从海底一点点推拥出来的。直到很久以后，当我能够从自然地理和地质学的角度去观察它的时候，仍然不愿承认这些海滩堆积物是来自陆地，由陆地岩层受到风化和侵蚀之后，通过河流搬运到了沿岸地区——我原以为这无边的洁白之沙是大海馈赠给我们的。关于它的神奇传说实在是太多了……

童年尽管有着数不清的痛苦记忆，可是仍然不能磨灭那些美好的回想。夏天到海里游泳，会看到无数翅膀雪白的鸥鸟；冬天，最冷的几个月份里，海边会有小舢板一样漂来的冰矾，冰矾上面有时竟然载着几只大鸟。有一次我跳到了一块靠岸的冰矾上，不知不觉间水流把这块冰矾移动了，慢慢地向大海深处漂去。我简直吓坏了。后来那块冰矾划了一个很大的弧线，最终还是靠岸了。这是一次可怕的经历。

离我们最近的这一段海岸线全是由细细的沙子构成的。那时我跑得最远的地方，就是西部凸进海湾的那个岩石半岛。它是由结晶岩组成的，海岸有一部分变质岩和玄武岩。由于它特别坚硬，结构细腻，所以能够经受海水的长年冲洗撞击。但由于它的裂隙柱状节理发育，在波浪的反复冲撞下，岩石沿着一些裂缝破碎崩落,形成了一道悬岸。小时候走在这些悬崖下边要小心地绕开:害怕头顶那些奇形怪状的悬石会脱落下来,提心吊胆。岩岛东部的这边叫蚬子湾,是海贝最多的地方。我熟悉这里的每一粒沙子,每一块卵石。这里的渔铺子最多。

在蚬子湾,即便到了深夜还有拉大网的人。海上老大一声怒喝,所有的人都要怕他。我们一帮孩子在高高举起的火把下看着活动的人群,看着拉上岸的那些跳动不止的银亮亮的、像大刀一样竖起的大鲅鱼,还有身上带着灰斑的叫不上名字的大鱼,发出连连惊呼。那时人们不太注意随处可见的海贝,大家的力气都用在捕捉大鱼上了。

想不到几十年后海里的鱼越来越少,只剩下了海贝——它最后竟引发了一场疯狂的掠夺。人们采贝的方式已不像当年那样,在浅滩上用手脚去触摸,而是用机动铁齿耙将它们挖出来,用一排排大铁锅煮熟去壳,将贝肉用盐末拌好,装到印制漂亮的塑料袋里,装上海船运到远方。这场掠夺直到前不久还没有停止,以至于平原和丘陵地区的人都拥进了海湾,没有机动船就扛着一个铁齿耙,划着小舢板……渐渐浅海的蚬子没有了,采贝的人就开船到深海里去了。越来越多的木船安装了机械动力,一张张巨大的铁齿耙被机器绞盘拖着,在海底一遍遍来复耕耘,像篦头发一样。这种掠夺从春天到冬天,除了有大风暴的日子,一年里没有一天停止。有时到了午夜,海里还有星星点点的灯火。深夜的海风把采贝人的嗓子弄痒了,那种粗咧咧的嗓门在喊、在骂,直飘到很远很远的岸上。船上的柴油机喷出的浓烟在蓝色的海湾上空积起了一层不祥的铅云,沉沉地压在头顶。那些大马力机帆船的轰隆声震人耳膜,下水的巨大铁齿耙都是用粗钢筋和三角铁焊成的。绞盘轰隆隆转动,大铁齿耙像抛锚一样投在深水里,然后就是往前拖、往上绞。铁齿耙拖上船时总装满了各种卵石和大大小小的海贝、鱼虾,它们一块儿被强掳而来，轰隆隆一块儿倒进船舱。那些不小心滚到甲板上的惊慌失措的鱼、大海螺、蟹类和乌贼，被驾船的人飞起一脚踢进舱里。最热闹的时候是船上岸那一刻——一帮帮蚬子商贩围拢过来，他们吵吵嚷嚷，互不相让，等不到帆船靠岸就猛扑过去。商贩中有老有少，有男有女。一些女商贩从男人叉开的双腿中间钻过，又被站在船上的男人一拳打进水里。女商贩并不恼怒，骂几句重新扑上来……海水把他们的衣服弄湿了，弄得全身都是盐碱和腥臭味儿。那些抢先买到蚬子的人就在大海滩上直接支起大铁锅，把水烧得滚开，一袋袋发黑的脏盐和蚬子一块儿倾在锅中，然后用一根粗粗的木棍在锅里搅动，旁边的人就不断用一把大铁笊篱从锅里打捞熟蚬子。另有一些专门贩卖熟贝的二道贩子站立一旁，他们专等把带壳的熟贝运走，卖到不远处的那些村子里，让一群群无事可干的村民除壳、晾晒贝肉，然后再进行包装——另一些人把这些所谓的成品收走，运货上船。这个过程不知要把蚬子倒多少遍手，每个环节都有很多人获利。那些没事可做的庄稼人越来越多地把希望寄托在这片海湾上了。只有打鱼人在不停地抱怨，说这里被搅得昏天黑地，已经根本无鱼可打了。结果他们只得将渔铺往东迁移——如今站在这片海湾抬眼望去，再也看不见像金字塔般矗立着的一个个渔铺了。历史最久远的铺子也不得不移开，只在海滩上留下了一个黑乎乎的废弃了的基座。那些在这儿居住了快一辈子的铺佬，拆铺时忍不住洒下一汪泪水。在这些黑乎乎的老渔铺子里，他们把多少梦想和故事一块儿抛下了。如今他们不得不挪挪窝了，另一种未知的命运在等着他们……

二

这一切都是一两年前的事。现在的海湾已经变得更加陌生，不堪入目。我简直不忍心去看芦青河口，那儿的一道道渠汊……

时下河旁的每道支汊都流淌着污水,一直流向海湾。河两岸各种各样的工厂都把废弃物注入蚬子湾。造纸厂排出的棕黄色水流上,漂浮着一层屑末,日夜不停地涌向海湾。这儿的打鱼人更加没有指望了,他们只得远远地躲开,躲着这股死亡之水。死鱼越来越多,而蚬子似乎是生命力最强的一种生物,还能够活着、能够繁殖——只是这一两年里蚬子才开始死亡,间或有几只苟活的蚬子,总是散发出一股浓浓的煤油味和碱味……

而仅仅是前一年冬天,蚬子湾里还是一片热闹。大雪把整个海滩都覆盖了,这是赶海人一年里最辛苦的季节——即便在这时候,那些采贝的人也不愿停止工作,他们仍然把采贝小船开进海湾。只要每天可以采到几公斤蚬子,那么他们就会毫不犹豫地冒着严寒下海。他们的脚和手都冻出了一道道血口子。由于采贝的活计有时不允许他们戴上笨重的手套,有的竟然把手冻烂了,让人看一眼就会想到那些麻风病人,变色的血一滴滴洒在甲板上……那个冬天,我记得海湾像一个巨大的广场,到处人流汹涌。我在这儿不止一次看到被叉伤的脚、被绞去了手指的人;还有的被绞盘伤得厉害,不得不截掉了一只手……他们就是带着这些残缺不全的肢体,重新返回海湾……如果遇上风暴,这些小船差不多没有任何抵抗力。如果是冬天,船翻了就极少有生还的希望。夏秋天里,水性好的人还可以勉强游上来……死去的外地人都不往村子里拉,而是就地埋在了荒滩上。他们尽可能把死者搬离海岸线远一点——这样即便是大风天里,海潮也不能将坟头推平。不过那一座座的坟尖很快就沉没在一片摇荡的荒草里了。

我不记得人们对死去的亲人会淡漠到这种地步。大家好像都心照不宣,不愿把死亡的悲哀带到活着的人间。但这毕竟是死亡,是巨大的不幸,人们还是不能很快将其遗忘。于是就会看到,大海滩上常常有一些满面悲伤和痛不欲生的人。他们奔向海湾,半路先要跪在荒草里，在那个只有他们自己才能够辨认的坟头上哭一会儿，悲痛欲绝。一旁赶海的人看到他们，只要瞥过去一眼，赶紧把头扭开。他们要继续赶路。

我很难忘记最后一次看到的那个海老大。

这人已经很老了，在附近一片海上赫赫有名。那天他拄着拐杖，踉踉跄跄穿过荒滩，直接奔到了蚬子湾。他的眼睛已经混浊了，看了一会儿铅灰色的烟云下面那片影影绰绰的船帆，开始大声呼喊……旁边的人都听不清他在喊什么，一些人就凑近了。老人问：

"海上密密麻麻的都是什么？"

旁边的人茫然不解。有人愣愣神，如实告诉：蚬子湾嘛，蚬子在海底就像厚厚的米饭，一抓一把——铁齿耙就好比人的大手……海老大张着没牙的大嘴，啊啊呼叫："米饭啊米饭啊，黏糊糊香喷喷的米饭啊，这辈子只吃上了一口……"他拍打着膝盖，不知是哭是笑，坐在了海滩上。他把拐杖放在了盘起的两腿上，用力摇动，拐杖柄上的龙头一转一转。这时走来一个面色焦黄的三十多岁的女人，是他惟一的女儿——她的男人在几年前死在了蚬子湾里。她倚在老人身边。老人的眼睛就像失明的人那样费力地闭上、睁大，好像是用嗅觉而不是视觉，去感知他面前的这片海湾。他的鼻子蓬蓬地嗅了一会儿，说："海更腥了……"女人说："爸，船冒出的油烟呛你的鼻子啦……"

老人年轻时曾经率领过最棒的一支捕鱼队。那时可没有这么多的机帆船，却能捕到一些大鱼。打鱼的人把那些瞪着一双大眼的鱼哗哗地倒在岸边一溜苇席上……那时的吆喝啊，火把将所有的眼都映亮了，照出一片古铜色的皮肤，各种各样的人挤成了一团。一会儿就是一座鱼的山岭，它在缓缓升起的月亮下泛着银光。那时候他的女儿还小，不过已经成为海边上的小会计了，扎着一对羊角辫,不停地拨动算盘,引得那些买鱼的年轻人吱哇乱叫。海老大就在旁边大骂。现在坐在他身边的这个姑娘,当年就由他做主嫁给了一个最好的渔人。他预料这个年轻人也可以成为海老大。那时候老人的身板多么硬朗,一声吆喝,天上的云彩都会震落……

世事变得多快,他如今没了牙齿,老得不成样子了,亲手选中的那个小伙子也没了。蚬子湾里鱼没了,水浊了,只剩下了一些疯狂的采贝船。他这时最挂念的是女儿早些找下一个男人,最好还是找个好渔人。

他以为大海还会变清——当这一群采贝船走开时,大鱼就会归来。他希望女儿重新找到的男人会是一个接替他的角色,像他当年一样率领一帮渔人……女儿笑出了眼泪,每次都含含混混地应答。她心里再清楚不过:蚬子湾完了,这儿永远也不会再有大鱼了。

那时我看着这对可怜的父女,不知说些什么才好。她不想告诉眼神不好的父亲:海边上那一溜溜架起的大铁锅里,正在开水中翻滚着的海贝个头越来越小,有的只有指甲那么大;即便这样,那些商贩还是要吵着扑上来呢。商贩们不再全是近处的,有的是从很远的地方拥来的,口音怪异;有的还操着奇怪的南方话。就是这些人顶着熏人的水蒸气,把大铁锅围得水泄不通。他们在争挤中还动起了拳头……就在老人呜呜噜噜跟女儿说话的时候,我看到一个壮年汉子把小船靠到了岸上——他扒开一些围拢的商贩,大概看到了这边的老人,几步就蹿下了木船,一直走过来,叫着:

"这不是您老吗?"

海老大冷眼盯了他一会儿,搓起了龙头拐杖。

壮年汉子又问:"海上如今红火了……"

海老大把拐杖立起来,狠狠地捣了一下那人的脑壳。也许他的手太重了,壮年汉子哎哟一声捂住头,往后一仰险些跌倒。他咬咬牙，向海老大身边的女儿比划了一个淫秽动作，跑走了。

老人被女儿扶着，慢腾腾地往回走去。我也随他们离开了。

太阳升上天空，海滩上一片灿烂，所有的草木都被晒得灼热。他们一步一步走着，走了一会儿又改变了方向。女儿说："爸，我们往回走吧，往回走吧。"老人只是摇头。老头子一边走，一边弯腰拾起一些白色的东西放在掌心里看，对在鼻子上嗅。他对女儿说："看到了吧，这都是一些碎海贝，它们是几百年前让海水推上来，让风沙磨碎的。这片海滩以前也是大海，这里就是海底哩。"女儿仰起脸瞥我一眼，不好意思地笑着。她大概觉得老人说的是痴话。我很想告诉她：原来的海岸线真的在这儿，在长达千百年的时间里，海退曾持续发生，如今这个过程停止了……老人咕哝说："你看到前面那一道道沙岗了吗？每道沙岗在过去都是一道海岸，那才是当年的大海边儿。我有时坐在这些老海岸上，一坐就是一天。我不知道老海岸上有没有我这样的打鱼老头儿。我在想，我这辈子是等不到了：大海能后退一百里，也能往前一百里。我打了一辈子鱼，知道大海的火暴脾气，它火了吓死人啊。年轻的时候只想做个安分的打鱼人，没有太大的贪心，不像现在这些人，拼了命发了疯。我还从来没想把刚长成指甲大的海贝给捞上来。满海滩的腥气顶鼻子，这不是好兆头啊，孩子……"

老人说着，像哽住了。我迎着阳光一看，发现老人的泪水在脸庞上闪着光亮。

"我的孩子，你男人……"

一句话让女儿哭起来："你快别说了爸，别说了……"

老人摇摇头，他大概没有看见我，继续往前用拐杖戳戳点点地走。一个沙岗近了，女儿搀扶老人往上攀登。他用拐杖捣着脚底的沙土说："你看，你低头看看这里边有多少碎贝壳子，这是大海的骨头啊，这些骨头比人的骨头还硬。几百年了它们还没烂掉。孩子啊,我多嘴啦。我要说你男人就是一个贪心不足的人……都怪我那时没长眼,把你害了。他打的鱼够多啦,可就是不听我劝,非要用小扣眼网不可,一网下去,大鱼小鱼都给拉上来。那么多人都拖不动他的网,他就买来牛和骡子,把它们套在网绠上……凶兆早就有啦,他不怕。说起来没人信哪,这么一个厉害的打鱼人没死在海上,死在了一头老花牛的两只角上。那天我在另一边领人拉网,从船上下来就觉得有点不对劲,抬头往西边一望,还不到落日的时候,可是天上的云彩像被血染红了。我的手抖了。有人在我耳边上尖叫。我扔下手里的活计就跑,沿着浪印往前跑了好几里,一抬头,看见了你男人一伙。刚刚出事,好多人围上他。他被那个老花牛的两只角顶在地上,戳进肚子。那么多人吓唬那头牛,拉它打它,它就是不把角拔出来,只一个姿势叉住你男人。他流了那么多血,还没断气。牛的两只大眼瞪得老大,一直瞪着。他也这么一直瞪着牛,临死眼也没有闭上。旁边的人慌了手脚,狠击那头牛,使了鱼叉,结果牛身上给叉得血乎淋拉,只是不倒。我迎着它大喝一声,这头血牛才噗一声倒了。”

“爸爸,爸爸,快别说了爸爸……”女儿使劲摇晃着爸爸,后来去捂他的嘴。

老人把女儿的手扳开:“孩子呀,这是报应啊,报应啊。你该记住,人哪,不能光看见海水后退了几百里,不知道这是海水在给人让路;它后退几百里,还会回头走几百里,那就不知什么年头了。反正那个年头等着咱哩,我恐怕是赶不上啦。我打了一辈子鱼,就好比庄稼人收粮食——只要是庄稼,就得等着它熟了再割。我的粮囤子不大,一家子老少够吃就得了。”

老人说到这儿再不吭声,弯下腰抓了两把沙土,搓揉了两下,重新撒到地上。他昂首望着蚬子湾的方向。

我也回头看去,见那里海雾迷蒙,什么也看不到,所有船的影子都已经模糊了，只有一片嘈杂从海风里断断续续传过来。

我和父女两人一前一后从沙岗上走下。刚刚走下沙岗，我们都看到了一个头捆白布的女人跪在一个地方嚎哭。我们都知道又是一个在海上出事的人埋在了那儿。女儿不敢抬头去看，她想绕开。可是老人不知怎么特别执拗，一直迎着那个泣哭的人走过去。

到了跟前，伏在那儿的女人抬起头。她两眼红肿，两手扑打着沙滩，手指上扎了棘刺也顾不得拔。

老人坐在坟边，让女儿也坐下。

哭坟的女人由于有了两人的陪伴，立刻不哭了。她收住哭声，喉咙里还发出阵阵响动。她在用力压抑，手指着坟头说："我的男人，我的男人……"

父女两人这样坐了一会儿，然后站起来。老人让女儿搀扶着继续往前走了。

好长一段时间里女人没有说一句话。我在坟前站了一会儿。女人停止了泣哭，也站起来。我发现她手里还提着一条粗粗的麻布袋子。

我明白了，她还要到海边上去贩卖海贝，这条袋子是装那些刚刚从船上卸下来的海贝的。她仍然要忙自己的生活。

远处，老人和女儿只留下了一个背影。

三

时间飞快流逝，转眼天快黑了。那片海湾大概不远了，它总让我魂牵梦绕，可我这会儿又怕走近它。

我害怕听见那隆隆的机帆船的声音，害怕看到美丽的海湾上空压着的那一片铅色的油烟……翻越了一道又一道沙岗，即那个老人说的古海岸——站在岗顶了，上面遍生的杂树棵子挡住了我的视线，使我没法更清楚地看到那个海湾。后来我登上了最高的一个沙岗,这才看到了海岸线。

一瞬间我给惊呆了:这个往日拥挤不堪的蚬子湾竟如此寂寥,这儿啊,北风微微,波浪不惊,海岸上没有一个人……

我觉得奇怪,就奔下岗子,加快步子往海边赶去。

我站在了离浪印只有几米的地方——脚下有点不对劲儿,低头一看,原来是一些凝结的黑乎乎的油块粘在了脚上……在一些乱七八糟的海浪推涌上来的杂物中间,有很多黑色的原油凝块儿。我想这大概是海湾钻探石油的机器弄出来的东西,也可能是发生了油轮泄漏。

我开始仔细地端量这个海湾。一个船影也看不见,一个人影也没有。所有人大概都小心地绕过这片海湾,他们向东,一直向东……眼前的海已经不是蓝色,而是土黄色、黑色。这是芦青河流出的黑水、造纸厂排来的那些棕色水流汇合而成的。近海处全是密密的杂物屑末,上面漂着饮料瓶子、泡沫塑料等等。连生命力最强的海贝也终于没法生存了。再看看往日在海岸上排成一排的铁锅,现在全都摘走了,留下了黑洞洞的一处处灶坑,它们在阳光的照射下像仰天瞪大了的眼睛,迷茫惊恐。

沿着这一片死亡的海湾向东,从此地徒步跋涉十余里,再向南,就是那片园艺场,就可以看到我们的园子了。这是一条凄凉陌生之路。我差不多已经完全认不得这条路了。

美夜叉

一

煞神老母引着憨螈一步步往北走去。北风一吹憨螈长得更壮了，黑黢黢的身子筋脉凸起，头发像芜草一样，老要遮他的脸。她不得不喝住他，给他用一根爬地蔓子扎紧乱发。这一下露出了宽大的脑门，这让她从眉宇间看出了自己的神采。“还好，不全像你爹那个畜类玩艺儿。”憨螈不高兴了：“你骂我爹可不行。”她发现他在这风里不光个子长高了，还能流利地说话。她笑了：“哎哟哟，这么点年纪就知道护着亲爹了？”“你骂我爹可不行。”煞神老母斜棱着眼盯住他，冷着脸说：“我是谁？我是你亲妈！你是我身上掉下来的一块肉，你知不知道？”“知道。不过你骂我爹可不行。”煞神老母皱起了眉头，叹息：“到底是畜牲种儿，这没办法。不过你这回来平原上，是替妈报仇的。”“怎么报？”“到时候你就知道了！”

越往北走绿色越浓，平坦的原野一望无际。丛林茂密，百兽欢啼。“妈呀，这是哪里？”“这就是我说的那个平原了，是天底下最美的地方，本来这地方该是你妈的，如今被一个骚臭物件给夺了去。”“骚臭物件是谁？”“咱赶路吧，等天黑宿下来，咱娘儿俩再从头讲起来。”煞神老母心里一阵喜欢，按住憨螈的宽脑门狠狠亲了一下。憨螈抹着脑门，站住了张望：这个新地方真是好得不得了。他突然身上燥热，往上一蹿一蹿说：“我想找个母物儿睡上一觉了，哎呀妈我等不及了，你快些给我找个来吧，没有鹿和羊，找个野猪也行啊！孩儿实在等不及了！”煞神老母心里高兴坏了，说：“好孩儿妈妈领你来平原上，就是给你找她们的——你出了那个大山，再也不用像你爹那样了，野物咱一个不要，要找就找最好的大闺女！这里是天底下最富庶的地方，也是美女最多的地方，你想要多少就要多少！妈要眼看着你怎样撒出一群小憨螈来！”

他们在天黑之前来到了海边。这片无边的大水啊，让憨螈惊呆了。他坐在了沙岸上，嘴里呋达呋达喘着，鼻尖冒汗。“看见了吧孩子？这叫‘海’……”憨螈说：“海、海、海、海！”“就一个字，‘海’。”“就一个字‘海’……”煞神老母扳住憨螈亲了又亲：“好孩儿一点坏心眼都没有,我可不放心了,怕你一个人在平原上受欺负啊——这里什么坏心眼的野物都有,还有林精海怪,他们会合伙捉弄你啊!”正说着海里噗噗冒起了浪花,接着一头海猪摇着大鳍上了沙岸,目中无人,一仰身子躺在了沙滩上,滚动着沾了一身细沙面,舒服得呋呋叫。憨螈愣着神看,然后紧紧盯住。这样一会儿憨螈就抓起了自己的胸部,往上跳着,不管不顾地拥了上去。这一切发生得太突然了,煞神老母还没来得及弄明白是怎么回事,那只海猪更是半点提防都没有,已经被憨螈死死按住了。原来这是一头母海猪,憨螈的鼻子在它一上岸时就嗅出了。憨螈骑住它,任其拼命挣扎,只顾拥紧,渐渐发出了巨大的叹息。这声音像大水决堤,像掠过林间的飓风。煞神老母惊得合不上嘴,只在一边呆看。一刻多钟过去了,憨螈从海猪身上滑下来,一歪身子倒在地上,一动不动。煞神老母一手挡开冲过来的嗷嗷大叫的海猪,一手去护儿子,拨弄他——憨螈活像死去了,鼻子里的气息若有若无……她吓哭了。好在只一会儿憨螈又一丝丝睁开了眼睛。“我儿啊你又活了!”

海猪用巨鳍扬起铺天盖地的沙子,大哭大叫。它做梦也没想到就这样失去了贞洁,痛不欲生。它早就心有所属,已经许给了一条大海鳝,而且婚期就在当月。愤怒之下它想用沙子把他们母子活活埋葬。煞神老母一边躲避着沙子一边规劝海猪:“好海姑多担待些吧,我孩儿也是年轻气盛,他心眼实落,说不定你俩日后还能结成一对知己呢!”海猪大骂:“呸呸! 谁和这样的妖物结成知己!你俩等着受死吧!”它大声哭嚎,说大海鳝啊,你妻子这辈子活不成也死不了,我还怎么有脸见你这郎君啊! 它哭得实在伤心,煞神老母也动了恻隐之心,泪水像小溪一样流下:“咱女人哪,就是被欺负的命啊,我那个花心的男人哪,也是个忘恩负义的人哪,他今生不得好死! 呜呜!”海猪的哭声被对方的哭声给压住了,最后觉得无趣,就一摆巨鳍钻入了大海。海猪在海面上只露出一张长了胡子的大脸,放声喊道:“你们就等着瞧吧!”

煞神老母和憨螈像是没有听到这声威胁,仍旧坐在海边。她想领他走开,他不动,真的被这无边的海水迷住了。他两腿叉开,长长的阳物沾满了沙子。煞神老母小心地洗去独生子下体的沙粒,发现它像草丛里一种叫长虫草的植物鳞茎。“我的好孩儿,快把它好生收起来吧——真了不得,赶明儿我得给你做一条裤子了。”“为、为什么?”“因为这平原不比大山,这里都是文明人,她们一见了你这副模样就得吓跑。”

母子俩正说着话,忽然觉得一阵凉风急吹。煞神老母抬头一看,只见远远的海面上有一个影子在移动。像是一个人,低垂的太阳下浑身闪射金光,肩扛一柄金叉,直着朝这边走来——这人行走的姿势怪异,几乎不迈步子,像踏着风火轮,又像在冰面上滑行一样。“巡海夜叉!”煞神老母咕哝一句,吓得头发一奓,回手一推儿子:“快,快到林子后边藏起来,遇到什么也别出来!”憨螈不敢耽搁,一躬身子钻到浓荫里去了。煞神老母自己在这边等着,装作解手,解开了腰带蹲下。

海中的人形越加清晰,真的是巡海夜叉。这个年轻男子仪表堂堂,长了挺拔的身材,一头火红的浓发像晚霞一个颜色,大眼闪着琥珀色,通体穿了银灰色紧身衣,再加上肩扛吐放金焰的叉子,真是英武。煞神老母在心里叹一声:“好俊俏的小生啊。”不紧不慢地提拉着松脱的裤子,但胖大触目的棕红色臀部还全部显露在外面。她与海夜叉曾有过一面之识——当年在宫里时他还是个娃娃呢。海夜叉不好意思地将脸转到一边,等着她系好裤带。“你把大婶我羞死了,”她啰啰嗦嗦说着,“大婶想不到是孩子你啊,瞧一眨眼就长大了,给宫里当差了。还记得大婶不?”海夜叉一直端量她,这会儿认出了这个贬出宫门的女人,很不情愿地施了一个礼。“哎哟美夜叉啊,多大的礼道啊,大婶喜欢煞你了!”她流起了泪水:“这些年我在大山里度日,吃不好穿不好倒是小事,就是想你们啊,有时想得胸脯痛,这儿,”她伸手从双乳中间划了一下,“痛啊。净想一个个的脸儿身段。我常想起你小时候,小脸儿像小甜瓜似的,我只要遇到就亲一口——如今还想亲哩!”

美夜叉不想听这些,问:“刚才一伙儿海猪报了急,说在这儿遇上了歹人?”说着竟立刻弯腰查看起一边的沙滩,那儿的痕迹显然表明了刚刚有过一场剧烈的厮打。

“美夜叉啊,那是海猪他们被我撞见了不好意思哩!哪里是什么歹人欺负,分明是一伙儿戏耍——我亲眼看见她搂住一个水淋淋的物件打滚儿,沙子把两个都裹了一层,恣得嘻嘻笑,叭叭的亲嘴声儿可响哩。年轻人,就是这样儿,你千万莫要管这些闲杂子乱事……”

美夜叉四下张望了一通,道一声别,又急急巡向了别处。

“好俊俏的小生啊!”她盯着他的背影叹道。

二

这是进入平原的第一夜。煞神老母给憨螈搭了个好窝:在密林深处的一片棘棵中间,用沙子垫起了一块平台,上面铺了一层层马兰草,一层层香蒲,周边再围了一圈艾叶。这样其他动物穿不过棘棵,艾草使各种小虫也躲得远远的。一株大臭椿树做了顶盖,枝枝杈杈上搁满树枝,又用荻草重重披挂,一丝雨也刮不进来。从远处看这里黑乎乎的,像是丛林里一团茂枝。煞神老母准备天明以后,和儿子一起再搭同样的几座。“咱们要干大事,就得好好做窝,孩儿你高兴睡哪儿就睡哪儿。”

夜里憨螈困了,可是一合眼她就用一根茅草搔他的眼皮。她要他醒着从头听讲,好好记住这片平原的故事。

战混沌之后你妈就没过几天好日子。大神这个不得好死的男人哪,在你妈身上可着劲儿欢喜过了,甜言蜜语说了一大堆,我的每一根头发丝儿都给他咬断了,结果说变心就变心,把我一挥手扔到了一边去。他忘了旧情,满脑子都是新欢。你想想吧,这普天底下好闺女多了去了,他这辈子能招揽得完?这就是人心不足蛇吞象,早晚有一天被女人的唾沫淹死、被肚子里的馋虫咬死、被自己的胆子吓死。你妈最恨的是他到头来这么绝情,把我贬到了没吃没喝的大山里,让我和浑身长毛的畜牲在一起,让我抓地上的虫子填饥。天底下最好的这么一块地方,他可真舍得啊,眼也不眨就交给了一个小骚狐,孩儿你记住,她叫合欢仙子。这女人和你妈年轻时候没法比,那真是一个天上一个地下,不过就是怪哩:长得像只草鹌鹑,头发披散着,除了眼大,哪里都小,煞白的小脸儿一点点,小手小胳膊,屁股也小,走起路来没有一丝响动,就像游魂一样。吃的东西才怪哩,一年到头嚼着无花果,其余什么都不沾。她小鼻子像白面捏出来的,喘出的是带花椒味儿的两道细气。她身上的皮儿你妈见过——周身上下你妈都见过,那是有一年上她病了,大神让我为她医治。看看我哪里对不起她吧。她的皮儿嫩得就像水蜜桃;她的两只小奶儿啊,就像两只小苹果;她的两只小手捂住下边,不让老娘我看,老娘我瞅个没人的工夫一巴掌打在她的屁股上。五个通红的指头印,等于给她治病。你一听就知道了,大神这种挑食吃的男人就喜欢这样的小怪物,平时亲得要命,像抱三岁孩子一样放在大腿上,一下一下颠着玩儿,还念歌儿给她听哩!这样天长日久非惯坏了不可。就这样两个人好成了一个头,白天晚上嘁嘁喳喳,合计怎样干一些坏事儿。这样的女人能不生病吗?早晚把病传给大神,一男一女拧着麻花儿,死在宫里的金丝席子上。

我孩儿你一听也就知道了,你妈的冤仇是怎么结下的。大神走到这步田地,分封不公是肯定的了。那个乌坶王大战混沌那会儿是有名的神将,功劳大得没法说,就因为一时没让大神顺心,最后一鞭子赶到了大漠里。没功没德只知道放骚的合欢仙子呢,倒得了这片花儿一样的平原。这里有两条大河,有仙岛,有海,要什么有什么!这里成了她的后花园,成了她系在裤带上的小香囊。只可惜了这个好地方啊,骚臭物件只顾得在宫里哼哼呀呀寻乐了,哪还顾得上照管,过来瞥了一眼,一转手就交给了美夜叉代管。这个好小伙儿倒是个利索人儿,合欢仙子倒也真会找人。你没见小伙子多么英俊,在宫里头人人喜欢,没准儿合欢仙子正打他的主意呢。没办法,这样俊俏的小生连你妈见了也在心里格登一声,就像挨了火雷似的,两手一挓挲。咱先不说这些了,只拉正事儿。我是说,如今是美夜叉替合欢仙子照管这片平原了,咱们要做成什么事儿,也就绕不开他了。这就是说,咱们得在这个年轻人身上下下功夫了,设法儿把他买住。你妈一时想不出法儿,急得心口疼,慢慢再想吧。不过人和神都一样,只要是会喘气的物件都一定有个什么喜好。这得一点点去猜、去琢磨、去打量。

现在我跟孩儿说的是咱要做的大事。孩儿知道你妈咽不下这口气,早就发誓要夺来这片平原。那个乌坶王也是同样的心思。你妈和他结成了知己,合计了不知多少回,想法要把这片平原上的好东西如数偷走。这事儿急了不中,得一点一点来,最后要神不知鬼不觉地办成。这件事费时费力又费心,人手少了更不行。这不是你和我,也不是乌坶王手下那些人能够办得成的,因为稍一孟浪就全泡了汤了——大神和他的耳目会发觉,到那时什么都晚了。说到底这事儿还是得平原上的人自己办,他们放开手糟践起来,乌坶王的人才能趁机下手。大神的人眼见得这片平原一点点蔫了完了,只以为是天灾人祸呢,是平原人自己不争气,做梦也想不到是咱暗里使了魔法儿,正一点一点将它偷走哩。事成之后你妈要被乌坶王封为“国母”,孩儿你就跟在妈的身边,一辈子有享不完的大福大贵。

妈为这事才生下了你,从受胎前就挑出一些好食儿,然后大吃大喝攒足了劲,直到把你一手拉扯起来,让你长成这么威实的一条汉子。看看你吧,又粗又壮,深眼窝儿大脑门儿,胸脯上的肉一棱一棱的,家巴什儿更不含糊,保准她们见了个个喜欢。你要泼着劲儿让她们怀上崽儿,等这些小憨螈一串串生出来,他们又会急咧咧地长大,再生出自己的小崽儿——不出几年的工夫,人群里也就三三两两掺上你的后代了。这些小憨螈从眉眼上看和常人没什么两样,只是贪劲儿色劲儿大上常人千百倍,一天都不能安生,只一门心思贪吃贪色,还要没命地繁殖,撒了野折腾这片平原。你想想,这片平原毁在他们手里还不容易!我孩儿,妈妈从头一说你该知道端的了,从明儿起鼓足劲头做吧,美夜叉那边不用怕,有妈妈去应承。那小伙儿怪俊的,你妈凡是见了俊小伙儿,没有想不出办法的。俊小伙儿见了你妈,不论多么悍气,最后都会一个一个软下来,像绵羊一样听话哩。

好孩儿打起精神来吧,别只顾耷拉着眼皮睡觉。瞧你这身毛儿匀匀的,星月底下闪着畜牲光亮,多么让老娘我亲啊!不过天亮了别让它吓着大闺女,你妈得给你一点一点舔了去。你今后身子光溜溜的,不像你爹毛刺刺的,那会吓死活人。

煞神老母见憨螈在故事里睡着了,就伸出带毛刺的长舌,刺啦刺啦舔起了他的周身。从头舔到脚,又从脚舔到头,除了该留毛发的地方,其余都像刮刀刮过一样干净了。

三

煞神老母坐在太阳西沉的大海边上等俊小伙儿。她呻吟着说给自己听:你啊,到底还是老了馊了,光鲜可人的时候一去不复返了,他娘的。想当年小女子也曾叱咤风云,说一不二,是男人的勾魂草,在风里一摇,男人就倒了。如今哪,不是岁月不饶人,而是大神心太狠:被遗弃的女人老得快,咱的心一死也就没打好谱了,吃五毒喝浑水,石板上睡觉不盖被,活过一天算一天。她叹的是自己这老丑的容颜,再也不能打动美夜叉了。不过她并不死心,因为一辈子的风尘中也练出一手绝活儿:只要面对一个动心的男人,闭眼咬牙一激灵,一抖瑟,就会有一股怪异的气味从毛孔弥漫出来。这团大气把对方笼罩起来,再硬的汉子也会酥软,他会不知不觉地跌撞过来。那时她就紧紧搂住这烫人的躯体,从头到脚安慰他,把他的头颅扳到大腿上,一下一下伸理他的长眉、亲他的眼睛,再搔弄他的下颌——那时他就会像一只猫儿一样,舒服得仰起脖子叫唤。

天不早了,美夜叉该出巡了。她一遍遍望着远海,目不转睛。大海涌金的时刻啊,金子一样的俊俏后生啊,都一起呈现出来。她又一次看到那个挺立的身姿,那个剪影,那个顶着火烧云的家伙了。她放开喉咙呼叫,海浪在她的声波里卷动,又把她的声音缠裹成一团一团,让游过的大扁鱼一口吞下。所有吞下这些东西的扁鱼都因为腹部胀痛,迎着西沉的太阳没命地蹿跳。美夜叉一手放在耳侧,一手扶住金叉,飞速滑向四方。他倏地来到一个浪谷,又眨眼踏上玻璃山巅。他怜惜地看了一眼大扁鱼,不再耽搁直趋沙岸。岸上坐着煞神老母,她手打眼罩望过来,泪眼蒙蒙。

"大婶等你等得闪了脖子,手脚抽了筋,眼珠僵得像石头。你可来了,好孩儿,俊美大娃,大婶想你想得饭也吃不下,觉也睡不着,一天到晚净做花梦……"

美夜叉安安稳稳站住了听,最后那个词儿让他疑惑起来。他小声问:"'花梦'? 这是什么梦?"

煞神老母合掌大笑:"好孩儿你坐下,坐下,不用这么急三火四赶路,这辈子路还长着呢,怎么赶得完,不如到了一站歇一歇,好生玩上一场。记住:亏了什么都别亏自己的身子啊,趁着年轻时候,大金叉扛着,正经寻下一些女孩儿不好吗?”

美夜叉脸红了,嗫嚅:“大婶说哪去了。”

“大婶可是过来人,刚才说的做花梦的事,就是想起了年轻时候。那时候大婶不是吹啊,你耳朵里大概多少也听到些风声吧?无论多么英俊的男人只要见了咱,裤子就再也扎不紧了。可咱对大神忠啊,这就少不了得罪一些人。不过咱如今离开大神了,已经是个自由身了。我琢磨着你这个孩子啊,在宫里也管束得严紧,好不容易得空儿跑出来,该好好消受……”

“大婶,我不喜好那事儿。”美夜叉只得开门见山,直通通地告诉她。

她虎着脸拍腿:“这就不实在了不是?在大婶跟前该着有一说一,不用不好意思。年轻人哪有不喜好那事儿的?你不过是客气罢了!唉,我不过是年纪大了,早上几年,我会第一个跟上你走,为你这样的俊人儿死了也值!你不用一听到这搭上又眨巴眼又挠头抓腮的,咱是有话直说、心直口快、见义勇为、两肋插刀的人。”

美夜叉长长叹气:“直是直了点儿,不过咱跟你说的也是实话,咱真是不好那事儿。”

“咦?难道大婶真是遇上了稀罕人物?呔,噫,哦哟?也罢,兴许呢!这么着吧,大婶喜欢你这年轻人,实话实说吧,咱爱上了你,也就是说海边上发生了老少恋——我只想可着你的心思办点事儿,你说说看——喜欢什么?这天底下的,只要是你要的,我拼了老命也去弄了来……”

美夜叉觉得这女人着实有趣,笑眯眯地看着她。

煞神老母眨着眼,心想我可不能被他耍了骗了,我得试试他到底喜好那事儿不?想到这里就闭上了眼咬紧了牙,身子一激灵一抖瑟。她差不多能看到浓浓的气息从每一个毛孔里涌了出来,一团团扑向了近处的人,把他全部笼罩起来。她微微睁眼,发现美夜叉的身子一点一点摇晃起来,但终究还是挺住了。美夜叉憋住了一口气,脸都红了,好不容易才吐出一口,叫道:“我的妈呀,这是什么怪味儿,呛得我差点晕过去!”

煞神老母低下头:是真的,他不喜好那事儿。

“你到底喜欢什么? 快告诉大婶。”她睁开一双大眼,手都搭到他肩上了,一下下摇动着。

美夜叉回头看看越来越黑的大海,搔搔头发,低着声音问道:“有酒吗? 海上湿气太大了……”

她心里格登一声:是啊,我怎么就忘了,宫里除了大神和他的女人,平时是严格禁酒的。她马上想到了乌坶王的美酒,心花怒放。“好俊俏的孩子! 你算说到了一个关节上! 这真是有福之人不用忙,无福之人瞎晃荡,大婶别的没有,要说美酒嘛,管你一天到晚喝个够!”

美夜叉两眼亮了:“真的?”

“我要说假话,你就挣着我这两条老腿,一顿火儿劈巴了!”

一场倾诉

一

这些没头没尾的信件看得我两眼发疼。我越来越明白了:这是一场无奈的、长长的倾诉,也是武早的临别赠言……

捧读这些时而潦草时而拘谨的文字,我时常陷入深深的费解。更多的还是激动。只要翻起这些信件,拐子四哥和万蕙就不再打扰,连斑虎也不吠一声。我沉湎其中的这个世界是如此真切、迷惘,混乱而又悲凄……

……她坐在一片罂粟花里,太阳快落了,天色和罂粟花混成一色,和她的脸混成一色。那时她是那么小的一个小人儿……没有回音。想念。那天被一个蓝眼睛迷住,她的下巴像你。本来要在荷兰那个小城多待些日子,因为他们都是捣鼓酒的好手。小城橘红色。地势太洼了,早晚淹死。说这话遭雷击。洼地上的一个天才,人挺别扭。真想扯着你的手一块儿去看那棵丝柏。他和丝柏。你许诺一起去美洲,可惜晚了……美洲,黑人头上的鬈毛啊,像一层豆粒似的在头皮上滚动。笑起来牙齿雪白。我们女儿出生后,要取一个古怪的名字。大国沙文主义,一个人和"秘密报告",乌塔珀尔的酒窖,神秘的纪念碑,等等。

我克制了。这些疯迷的想法。你原谅吗?我现在关在笼子里。四面都是墙,铁窗,挥拳猛打,溅血。那个穿白衣服的家伙玩弄着那支针管,盯着我。你是中国人一辈辈眼瞅着坐在莲花托上的那个人。你笑你哭你骂我都喜欢,连梦话我都喜欢。听说偷金子的人训练了一种兔子,让它吃掺了金粉的玉米饼,安然过关。过滤粪便,收回金屑。精明的走私者。那就苦了你,沉甸甸的小胃,金口袋。美女令人注目,带金子是个险活儿。乡下大婶不在乎,皮实。春天容易上火。咱们在过去可没那么多讲究。上了几岁,日子过得谨慎。我认识一个矮小的教授,行动不便,小脸如拳,说话哽噎,亲近领导。我还认识一个虚假的牧师,张口闭口说《圣经》上其实只有两个字:爱国。他布道用鲁南土话,问:"你知道耶稣他娘是谁啵?"众人惊愕,他又自问自答:"圣母——玛利亚!"他见人就说:疯子。那天你不该去教堂。干酒不能掺水。积二十年之经验,现写给你:一、不要吃凉蟹子,二、不要在领导面前赞扬外国,三、不要信美女的话……

与真理背道而驰,荒谬可笑。我手脚皆绑,却难以苟同……我是麋鹿,死于你手。雾霭茫茫两不见。将你折叠起来,揣入口袋。

体温甚炽。牢笼纪事。那些家伙狠狠揍我。老宁者,正人君子也,勇敢人士也,可你为什么不学列宁,狠狠回击,阶级斗争?满怀激情,不停犯错,不停检讨。大老婆万蕙,没有性感,心慈面软,做饼一流。你眼巴巴瞅着我受苦,搂着老婆。她在旧社会肯定包了小脚。你有儿子,然而何必自傲。将来我有许多儿子,排队成行,编成童子军。最不喜平庸之酒,最嗜瓜干烈酒。君子之交淡如水,不谈女人,不言怪力乱神。远离大胡子精。这个年头人人都会嫉妒,且莫名其妙。嫉妒跨越性别,跨越国界。这大概非你所料。灰眼艾克,已经开始。起因是查理夫人送我三个碟子,让我远涉重洋背回来。艾克喋喋不休,想要碟子。东方瓷都。我没答应。总有一天我用三百个碟子压死他。他用外国俚语骂人。破碟子盛了鲜芦笋。灰眼睛一声不吭。鬼子精明。喝了酒,洗了桑拿,得了艾滋病,学了赌场诀。赌场上人人文质彬彬,系着领带蝴蝶结。古怪的鬼子脸色通红,老年斑不少,挽着妻子,惹人火起。我们之间说说而已,不必暴露东方人的褊狭。一对挚友,无话不谈,无谎不撒。我们有自己的行为准则,满腔热情无人可比。还有酒量,不一而足。我们是崭新的漫游派。你把该信藏好,相机交与。她看了会激动。不过我知道,有些话她是羞于启齿的——我们亲热时说了多少妙词儿,那就不是你该听的了。

二

可怜的武早,这些信与其说是写给我和象兰的,还不如说是在自说自话。他处于亢奋状态,无法停止。我把这些信件小心地按原来的顺序放好,读时留心上面的标号。我想从挎包里发现其他东西,后来找出了一瓶法国香水、一支名牌钢笔。这都是给她准备的?一些印得很精致的国外酒标,如法国的胡龙丁娘麝香葡萄酒、马尔吴瓦西葡萄酒、索当葡萄酒,西班牙的塞尔葡萄酒,意大利拉可利马克里士提葡萄酒……漂亮得令人爱不释手。

他一再描述的那片罂粟使人信以为真……那个黄昏肯定是存在的。我能够想象出坐在罂粟花中的那个少女。真是悲惨。

……我必须告诉你林泉的秘密。你如果不是一个精神病人,那就无论如何不会把林泉称作医院。它其实是一个奇怪的机构……这里有些阴险毒辣的家伙,一律身穿白衣,神色诡秘,手段阴毒。我相信他们掌握了世界上某些神秘的仪器,日夜探测。他们把电极接通,让我昏昏欲睡。昏睡中有人轻轻询问,击掌,触摸,触及下体。他们的手滑润冰凉:就像一条蛇从肚子上爬过。女人是一条鱼,有黏糊糊的肚脐。有人对在耳边唱歌,说了什么难以追究。有一个胖子,这从走路的声音即可判断:慢吞吞,沉重,夯地。我那间屋子是水泥地板,后来又换成了木头地板。他走进来,我能感觉到这个人。他站在那儿,空气冷凝。所有人都要听他指挥。百分之百的官吏,百分之百的短裤……脱掉了,听诊器按在上面。凉得像冰。其中有位女士,美如天使。救星,小手。按我的肋骨,一下一下,好像在数多少根肋骨。折磨无始无终。每一天都刻在床边。我数了数,床边有二百三十条印痕。一年将过。我还没有看到外面的麦地呢,我要死了。

麦地。他们不让我看麦地。麦子长到膝盖那么高,人就可以匍匐在里面干点什么。泥土在春天里有香味。我背过一首诗,让刽子手吃惊不小。他们低估了我。眨动又小又黄的眼珠,还想传授什么至理名言。这些幻想狂、暴动者、叛徒、有怪癖的人。他们连酿酒的人都不放过。我有时怀疑这是被买通了,正把我身上的什么取走了。一些心狠手辣的家伙正做人体器官生意。我的某个器官可能已被取走。想到这里全身冷汗。朋友,你如何救我,即便有朝一日出来,也是一副残缺不全的肢体了。缺一个肾脏或……求告无门,没有证据。身上疤痕累累,很早以前的磕伤,刀伤,皆混一起。我缝过好几处,有的针眼儿发红、发紫。能做透视就好了,不过这也很难。阴谋。手脚浮肿。穿白衣服的家伙骗人,说我肥胖,这么高级的享受,必胖无疑;这么久没有接触女人,必胖无疑。我极力争辩,说多少女人,她们穿白衣服。她们笑了,说不算不算。

所有心怀叵测的人都有个记号。你只要见了这样的人,千万要躲着。一是下唇耷拉者,二是红睛人——注意,不是红眼,是红睛。如果下唇用力往下耷拉着,对不起,远远躲开好了。红睛如火,瞳仁里烧,那是妖物。嗯,我拥有某种预感。那些白衣服,女人,诱惑。她们离得很近,那时我赤身裸体,任其捉弄。她们佯装多情,引诱我吐出心中的秘密。一旦泄露,就是背叛,祖国将招致重大损失。朋友,艾克,一一提防。我在他家过夜,他把最好的顶楼给我住,说上面有个窗户,可望星星月亮。我想领略一下洋人情趣,整夜仰脸。乱糟糟漆黑一团。总之糟糕至极,如此而已。她一个劲说:你必须讲清楚。我讲清楚了。你都写在纸上。我写纸上了。她让我再想。我再想。想起来了:吃一种乌黑的颗粒,黏稠,有腥味。鱼子酱。她咂一下嘴,帮我品尝。一沓沓纸,表格,填写不完。我骂人了……那些家伙恼了。他们怀恨在心。所有不幸从这里开始。可是我敢发誓,如此而已……

她极可能受到挑拨。可是你知道我忠贞不贰。我与你共赴明天。那些头顶微秃的人,叼着高级香烟的人,衣服上别着钢笔的人,时不时看表的人,没有一个值得信任。时到今日,他们已不惜血本。

我酿酒,我滴血。我血管里的血越来越少,越来越稠。人已耗干。最后还要骂一句白痴,送到林泉。他们拿着玻璃针管,噼噼啪啪,打碎药瓶封口。故意做得帅气,为了吓我。当然害怕。注射吧。王八蛋忘乎所以,大权在握。他们像宰猪一样按住我,不管我怎样嚎叫。我想用震耳欲聋的嚎叫把他们吓跑,可是没成。他们还是用力地按，把我的屁股都按紫了。我迷迷糊糊过去了。他们在实施一个险恶的计划，我很快就成了一个真疯子、精神病患者、傻子呆子、一个堕落者、一个性无能者，最后再变成一个——叛徒。

背叛一切，孤苦伶仃，身负背囊。山区荒漠，北溟之东。我在无边地游荡……身残志坚，形单影只，如此结局。我什么都能丢下，可就是舍不下你。你是在冬天的被窝里暖我手脚心窝的人，你是让我变得斗志昂扬战无不胜的人。你头发一披就是黑夜，两手一搂就吃无花果。你周身上下散发丁香味儿，嘴对嘴灌满了白兰地。你一推一拥就像八月里的海浪，把我葬在了幸福的海底……浑身是宝的你，什么也比不上你，谁也代替不了你，怎么也忘不了你，下辈子还得要你，一睁眼全都是你！我这辈子寻你找你，背起背囊，地老天荒。身后遍地黄金，眼前访贫问苦。踏遍四野走啊走啊，我的挚友，一口气登上高原，夜夜朗读，天天酗酒。

今夜风高月黑，你又和哪个小子待在一起？最好的男人哪，如你所言：胸口像火焰，眼睛像钻石，屁股像猞猁，两腿像石桩！你说说吧，他又是怎样的猪猡？

你可以把我的信扔进垃圾桶。不过朋友，我再也不听你的劝告。你不让我牢骚，不让我议论时局，不让我惹恼朋友。你说的那种百年一遇的开明，压根就没有。诚然，嘲讽极其危险，刀口不可舔血。口出狂言者，杀无赦。顶多留个活口，苟延残喘，备受折磨，了此一生。古法更绝，干脆把那玩意儿割去。

我在铁笼里度过春夏秋冬。朋友，你妻儿俱全，浪到北海也有个拐腿老头陪伴，有馋人的瓜干烈酒。我呢，只在此地穷待，且有暗杀之凶。那个秃顶老头最为奸雄，手段残忍，是个魔王。如果把这家伙调去当刽子手，会得年终奖。这家伙干得漂亮，一按电钮人就昏过去。他上来解我的带子，动动这儿动动那儿，像故意胳肢，弄得我嘻嘻笑。那时我一点儿也不恨他，虽然仇深似海。他用一种古怪的方法把我的恨稀释了。最不能忍受的是一帮又一帮参观的人。我真有这么高的观赏价值？来的都是男女大学生，站在一旁，边问边记，摸摸按按，揭开床单，即便女的也不害臊。一个二十多岁的姑娘，数九寒天还穿裙子。难道你穿了狗皮裤头？

我日夜思念，疯癫痴狂，病入膏肓。我真的该装在这铁笼子里，活该如此。你伸出手来吧，拉我一下。你这个狐狸眼、黄狼腰、野猪腚、草獾腿，外加一张善于制造流言飞语的小嘴儿……昼夜煎熬，声声呼唤，以此抵挡这无边的欺侮、折磨、讥笑，特别是——参观……我不是猴子！我属猴可我不是猴子！

我一声声喊叫，我只想看见你、看见你……

卷三

第 七 章

斗眼小焕

一

真有点“兵贵神速”的意味,也完全出人意料——斗眼小焕突然咋咋呼呼闯进了葡萄园里,让我猝不及防。

我一时转不过神来。看了他一会儿,顿时有一种冷风从脸上呼呼吹过的感觉。

他却笑嘻嘻地站在我面前,上上下下打量了一二分钟,说:“你还能跑到哪里?你这个家伙真让我找苦了……”正说着,好像一股热情突然就爆发了,猛地一下抱住了我,双手在我后背上频频地、用力地拍打起来……我给弄得不好意思,最后费了好大劲儿才挣脱开来。

“想你呀,老伙计!想你呀……”

他的眼神湿润润的,或许真的多多少少感动起来。这倒让我不知怎么办才好。我害怕的事情终于来到了。他说得对,我又能跑到哪里去?跑到哪里都躲不开他啊。可是我一再提醒自己疏远这个人,因为我记得与他在一起从不会有什么好事情。我直觉中这个人不太吉祥——在我的经验世界里,很多事物都分成了两种:一种是吉祥的,一种是不吉祥的。人和其他任何事物,哪怕是某个场景、某一种东西,也都会有这样的区别。比如说走到一个地方,如果这里让人产生一种难言的不舒服和不适感,那么就该早些躲开,这样做绝对没有坏处。还有时遇到一个人,这个人也许长得并不难看,可是如果一见面感觉别扭、甚至有一种晦气感,那么也要尽快离开才好。有一年冬天我遇到了一个不太熟悉的人,他有一双奇怪的眼睛,很亮很尖,嘴角两边各有一道深深的竖纹,好像正在恶狠狠地咬住了什么似的,同时死死地盯住了我——无论微笑还是严肃,都给人一种非常可怕的感觉。这让我身上冷飕飕的。那会儿我只想赶快离开——可他非要拉着我说话不可,结果这样过去了半个多小时他才离开。不久我就害了一场大病,在病榻上遭受了不少折磨。

小焕倒不给人凶险阴冷和迫切需要逃离的那种感觉,但也仍然给我一种不安和焦虑感——那也是一种不祥,它已经多次地、清楚地显示出来。我知道要在生活中减少一些麻烦和尴尬,最好还是躲开这个人。在这里,我并不想过多地责备他的某些缺陷,这样只会反衬出自己的虚伪和骄傲。我只是觉得和他在一起不舒服,受不了,甚至是——真的是——十分痛苦!当然,他的诡辩能力、出语惊人、机智和灵巧、或多或少的犀利眼光,有时也挺吸引人的,起码是十分吸引我。正像某些人和事一样,他具有很强的观赏价值。但总结起来,这一切还不足以抵消他带给我的那种痛苦。我想如果斗眼小焕今后频频光顾这儿的茅屋,那我真的不能在此待下去了。

我正暗中思量怎么应付时下这种状况,斗眼小焕却在一边拍手大笑了。看得出他多么畅快。我想这个家伙可能最近又发财了,或者是有了什么其他得意的事情,总之大概又值得炫耀和显摆一番了。他连连说:

“我太高兴了,你到底还是让我捉到了!”

他兴奋得就像猫逮住了老鼠。我苦笑着，声音有些发蔫："对不起，请吧，请到屋里坐吧。"

斗眼小焕却摆摆手："停一会儿，停一会儿，我还有个朋友——我们很忙哩，我们正从这儿路过，我说让我进去看看这小子在不在？他就在外边等我……"

我想那个人肯定是以前听说的那个人——"半语子"。

斗眼小焕转身就跑，屁股高高撅起——这家伙的屁股永远是这样，让人看了恨不得从后面踹上一脚。

拐子四哥这时候从另一间屋里出来，问："又是他？"

万蕙也出来了。他们一副无可奈何的神情。大家都熟悉这个客人。相信斗眼小焕本人也知道我心中的不悦、矛盾和尴尬，奇怪的是这家伙竟然权作不知，依然到处找我。他只有一次对我说了实话："我可明白，你内心里并不欢迎我。"我说："谁说的呀……"斗眼小焕一拍腿："你看，虚伪了不是？"

我的脸当时真的有点红。

他接上说："一般而言，朋友之间如果产生了这种情况——其中的一个对另一个有点反感，另一个就该知趣，该快些躲开才是。我为什么不躲呢？你明白吗？"

是啊，为什么呢？我只觉得奇怪，我也无法回答。斗眼小焕接上把手一挥，很爽快很干脆：

"就因为我可不是一般的人！我才不像他们那么俗气！你可能想这是死乞白赖，是要赖皮吧。可我告诉你——才不是那么回事呢；我是觉得和你在一块儿值得，即便不快也该忍一下，因为这种忍耐划得来！一句话，我已经把咱们的友谊大大升华了！"

在斗眼小焕跑开的这一段时间，我就想起了那次奇怪的谈话——"升华了"，妈的，这几个字真让我哭笑不得！看来我真得好好想一想我们之间的事情了，起码要想一想是否真的产生过这种不同寻常的“友谊”。

我这样想着，站在门口，像等待收网的一条可怜巴巴的鱼。

拐子四哥和大老婆万蕙待了片刻，招呼一下斑虎，离开了。

斗眼小焕转回来时，身后紧跟了一个脸色有点发紫、与他年龄差不多的、头发焦黄的大汉。这个人眼神尖利而惶恐，好像刚刚受了惊吓似的。他先看一眼茅屋，用衣袖擦一下鼻子，然后又直盯盯地看我。斗眼小焕频频招手，把他引到跟前，然后有些拘谨地、呆板地伸手向我介绍说：

“这是我的一位好朋友，干脆痛快一点通俗一点，就叫他‘半语子’吧——一个罕见的天才，真正的……”

这时我才发现，“半语子”还带了黄澄澄的一个大金戒指。他不停地揉着鼻头，说：

“早就顶（听）说……后悔满（没）能断（见）精（成）……”

尽管他说得那么别扭，我还是听出了大致的意思。我发觉“后悔”这个词用得不当，应该说“可惜”。“半语子”再不讲话，直到进了屋里，仍旧一声不吭。他大概患了感冒，鼻头那儿总是湿漉漉的，要不停地用袖口擦拭。他走起路来颤颤抖抖，像一个站不稳的老太婆。我觉得小焕真能发掘人才啊。

小焕进了屋子，还没落座就快言快语说起来：“人哪，的确需要崇拜者——他崇拜我，而我呢，又崇拜你！”我说：“去你的吧，我有什么可崇拜的。”斗眼小焕像立正似的猛一收腹挺胸：

“你这个家伙真怪，难道你连这一点也不知道吗？这已经是公开的秘密了……”

“你如果崇拜我，就不会在背后说我那么多坏话了。”我给他倒茶，既是逗他又是刺他。

小焕跳起来：“你看你看，有人嫉妒了不是？我告诉你，那种挑拨都是——统统是——来源于嫉妒……凡是伟大的友谊啊，古今中外概无例外,心定会遭受小人的围攻!”

小焕说完并没有坐下,而是在屋里走动,挥舞着手掌讲起来,话语滔滔不绝。他从来如此。

“世间伟大的友谊并不多见。有人可能讲,不就是两个平凡的人吗?是的,‘伟大’和‘平凡’有时也很难区别哩。一切伟大的机会都可以从那些庸人眼前溜走,就因为他们无力分辨,也抓不住……我多么看重与你的友谊,二十年了?三十年了?或者更长。我认为它比金子更宝贵。有两个欧洲老人合作了一辈子,他们的事业如今可以任人评判,但他们伟大的友谊却无可置疑!我们的友谊可以与之媲美……”

二

我知道这是指马克思和恩格斯。老天!他可真敢说。可小焕仍旧踱步,激动万分。我发现他走路时也有点颤颤抖抖——我立刻明白“半语子”走路的姿势来自哪里。我请两人喝茶,问小焕最近生意如何?小焕挠挠头:“建筑业,那是一个倒霉的行业,我差不多没有挣回来一分钱,而且今年险些把老本儿都贴进去。不瞒你说,我现在已经搞起了珠宝生意——这才是好买卖啊!”

最后一句是对在我的耳边大声喊出的,我给震得耳朵嗡嗡响,赶紧退开一步:

“你还懂珠宝吗?”

小焕没有说话,只把牙齿咬住下唇,瞪着我,非常阴险地点了点下巴。

我觉得只有一个老谋深算的人才会做出这种动作,而他并非这样的人,他是在装样子。可是“半语子”在一边也学他的模样,朝我阴险地点了点头。我马上觉得这是一对在生意场上还没长大的小鳄鱼崽子。

他们大概跟一些阴险的珠宝商过从甚密,结果学来了他们的一套奇怪举止。实质上我太了解斗眼小焕了:恶劣有余,但一点都不阴险。一方面他鬼精明,可心中的秘密总是要提前暴露。这会儿他故作姿态地点点头:“老兄,告诉你吧,玩珠宝的人在生意行当里可算‘大手笔’,是一些更高量级的人物啊。”

我笑了。

小焕又说:“如今这年头,谁还玩笔头上那点小东西。”

“可你刚才还讲‘半语子’先生是个真正的天才,不就是指他有文才吗?”

小焕像被噎了一下,哎哎两声:“对啊,是啊,是这样啊!这又怎么样?”

“既然你不想‘玩笔头’了,那为什么还要找这样一个‘天才’在身边?”

斗眼小焕连忙摇头:“不不不,是这样的——我这样说是为了引起你的重视,为了说明他的‘量级’,所以才强调了他在那个方面的成就——不过他与我的本质区别在于,他连一个字也没有发表过哩。”

“那为什么?”

小焕用力地拍手,哈哈大笑:“了不起的人哪。”他把脸转到“半语子”一边,问:“是啊,为什么呢?”

小焕搓着手,极其愉快地眨了眨眼,凑过来,把声音压得极低:“现在我已经有……几百万啦!”

他见我毫无惊讶之色,立刻有点不高兴了,把茶杯端起又放下。他等着我惊讶,可我就是不惊讶。

小焕失望了,一会儿又变得兴冲冲的:“哎呀,见到你真高兴啊。”

尽管如此,我发现他的兴致还是降下来了,人也有点疲惫了。

而这时我倒觉得很有意思。我突然想起了一个要紧的事情,就问:“你见到自己崇拜的‘老总’了吗?”

“老总? 哦,你是说他……坦率地说——这一段没见。”

“你们不是打得火热吗?”

“那是过去,那小子狂得很,现在做大了,就不把我放在眼里了。你知道生意场上也讲‘量级’的。那小子觉得他现在混大了,就要躲开我。等着看吧,总有一天我要踩着这个王八蛋的头顶跳舞,跳踢踏舞!”

我关心的只是那个女秘书玛丽的事情,极想把她的根底打听清楚,于是就跟他讲了玛丽怎样到这儿来——她最近接受了一大笔遗产;她对“老总”的鄙视……

小焕听着,愣着眼笑了。笑了好久,只不讲话。

“你怎么了?”

“你上当了。她有狗屁遗产。爱财如命,要不是为了几个钱,她能跟在‘老总’屁股后头转悠?”

“可她说鄙视老总这种人。”

“不像她说的那么鄙视吧! 你记得我以前讲的那句话吗?”

“什么话?”

“我以前讲‘人活当如老总’,这话就是玛丽挂在嘴上的。”

我吃了一惊。

小焕又说:“这小家伙与那个‘老总’绝不会干净。我敢打十二分的保票。”

“这种事儿可不能望风捕影。”

小焕拍拍“半语子”的肩膀:“想想吧,没有经过男人的主儿,能那么讲话?”

“怎么讲话?”

“这个姑娘粗得很,什么话都敢讲。”

“她比较文雅,还戴着白手套呢,第一次来开了一辆名车。”

斗眼小焕哈哈笑了:“她本身就是一辆名车,”接着对在我耳朵上说,“不瞒你讲,咱也多少动过她哩……”

小焕总是出语惊人,但往往言过其实。

“你知道吗?我就是为了她才接近‘老总’的。我这个人别的毛病没有,就是喜欢好娘儿们……”

他说得轻巧,兴奋得不停地搓手:“那是个好东西啊!有一段我为她简直疯了。我那时想,为了她就是破产也值……就这样老去找她。后来日子久了我才知道,这家伙身上有狐臭,美啊,不过让人恶心……”

小焕吐了一口。我觉得表演过了反而不够真实。他吐过了又说:“她的家就在海边小城里,父母都是教师,别看清贫,为人倒也正直。他们怎么合伙生出这么一个‘现世报’来?两口子差点让女儿给气死。他们对她一点办法都没有,只埋怨这个年头。我告诉他们不能埋怨——同样的年头,有人穿牛仔裤,有人穿裙子,还有人不穿裤子就往外跑!人和人不同嘛——我这样说惹得两位不高兴了,他们不再理我……”

小焕的话冷酷无情,自相矛盾。我听得心中冰凉。“半语子”指指点点,在一边呜呜噜噜说了几句。

三

小焕说:“当然啦,这会儿他们不那么清贫了,都是那个宝贝闺女的功劳。以后她什么都会弄到。‘老总’不给别人也会给……”小焕搓着手,“如果她没有狐臭就值钱了……玛丽原来的名字是大马的‘马’,后来添了一个‘王’字边。可惜她鼻子还不够高……”

他总是富于联想,出语尖刻。这时我突然想起,我面对着的也是一个混账。

小焕继续讲玛丽:"我给你说过,这小家伙粗鲁得很,只要混熟了,她什么都会讲,动不动就说'我操他妈我操他妈'——你别看我这个人不拘小节,可还是讨厌一个漂亮女孩这么粗鲁。我总是不失时机地问一句:'你操?请问家伙何在?'她脸也不红,还是照讲。就这么没脸没皮的一个东西,待在'老总'身边,你又知道那'老总'是个什么玩意儿……"

"现在我不太知道了。"

"现在的'老总'钱更多啦,由低级向高级发展啦,学会了系领带。有一段时间还想听外国音乐,听不懂,一脚把那套高级音响踹了。还有一回让玛丽给他讲解——小东西不懂装懂……'老总'现在一多半时间都花在舞厅里。小城里最高级的饭店只有一两家,好房间差不多让他给常年包了。这家伙见了人皮笑肉不笑,彬彬有礼,可惜东西吃得太多,不停地放屁……"

小焕关于玛丽和老总说得差不多了,可是谈兴不减。说起过去熟悉的一些人物,他说:"时间地点变啦,看人也得变。无论对谁都得换一副眼光了,"他提起大家都熟悉的一个当地领导,"你知道吗?那小子你可是听说了。"

我问怎么了?小焕拍拍膝盖,大惊失色喊道:"还怎么,你装糊涂吧?"

"我真不知道怎么回事儿——又出了什么事儿?"

"他跑到美国去了嘛,现在已经加入美国籍啦。"

我真的不知道。不过这也没什么大不了的。

"这家伙前些年口号喊得震天响,好像大家都是反革命似的,让他一比,先烈也成了落后分子。结果呢?他这会儿去了美国,还让自己的儿子当了兵——美国兵,请你注意……"

小焕瞪着大眼,像牛一样看我。

我并不觉得怎么出人意料。因为我从来没信过那一类人的侃侃而谈,正像我从来也没有信过斗眼小焕一样……我有些累了,长时间不再说话,想尽快结束。他的话好不容易少下来,嗓音也比刚才低多了,搔着头,翻了翻桌上的书,又放回原处,懒洋洋地说:

“书啊,这些东西!现在我提起笔来,一个字也不会写……”

他百无聊赖地走出屋子看看,又转回来,问:“那个拐老头呢?人倒不错,是个好东西啊……”

“你应该叫他‘四哥’。”

“对,‘瘸腿老四’。”

“请别用这种口气谈论四哥!”

“好啦好啦,我知道……不过说心里话,”斗眼小焕向我挤起了那双小斗鸡眼,嘴巴往西撅一撅,“园艺场那边儿的,她们,最近有接触吧?”

我知道他是在说罗铃和肖潇。我没做声。

他回头望望“半语子”,“半语子”嘿嘿笑。我决心再不接他的话茬儿了。

最后斗眼小焕好不容易才要告辞,我心里一阵高兴。他紧紧地握着我的手,拉着告别的姿势,可就是不走。他使劲握着我的手耸动,又摇晃起我的肩膀:“好伙计啊,老兄,真舍不得离开你啊。你知道我真想你!你是个‘高人’——你知道自己一个顶他们多少?我和你每一次谈话都有所得……”

我想说:“这一次主要是你在谈,大概不会有所得吧?”但怕这样一句又会重新勾起他的兴致,就闭紧了嘴巴。

“我还会来看你的。这样吧,明天或是下午,有时间我再进来聊。我很忙的,这会儿得先走一步了。你知道如今买卖做大啦,已经不是自己能够管束自己的时候啦。外国人,海外华人,还有南方北方,都来找——单线联系,四通八达!我再告诉你:人,只要‘量级’摆在那儿,做什么都能成。我现在就像指挥打仗一样,电话电报不断。你看我还有了跟包……”

他拍拍“半语子”。“半语子”点点头，笑着。

我明白了，这个“半语子”只是他身边的一个仆人。我也笑了。斗眼小焕立刻指着我说：

“笑啦笑啦，你看，这么长时间没笑，这会儿到底还是被我逗笑了！好，告辞啦，趁着你高兴……”

他做个鬼脸，起身就走。

我看着两人的身影。奇怪的是小焕走到几十米远的一棵葡萄树下，就要绕过去之前，突然转身立定了。我不知他要干什么——他站着，猛地把脚跟一磕，“啪”地打了个敬礼——我还没有反应过来，他就转过身，大甩着胳膊走开了……

苦 寻

一

当斗眼小焕结束了纠缠时，我在心里琢磨着怎样离开几天——一方面想让他下次扑个空，再就是无时不在的隐忧让我不得安宁。武早和鼓额，小白和老健，他们都让我牵挂。我不能永远面对这沉默的夜色啊，这会让人望眼欲穿，让人双眼生翳……为了不使四哥夫妇焦急失望，我只想离开很短一段时间。先去鼓额的小村，那儿离这里只有二十多华里。我把这个想法告诉了四哥，但没有说出的是——我正想怎样绕路去寻小白他们，因为只有这样才能甩开集团保卫部的暗桩……四哥马上说：

“你走吧，小焕来的时候我就说你回城了。”

“鼓额这孩子太不让人放心了。还有，我该去看看她的老人……”

万蕙说:“对啊,你该去看看他们了。快去吧大兄弟……那小姑娘太可怜了,你代我跟她说说,就说‘快回来玩哩,想她哩’,她来了咱又是一大家子了,熬一大锅鱼汤喝……”

我收拾行囊时,四哥就在一边看着。他大概在想:不过是二十里路嘛,还用得着打点行囊?万蕙拿来一些水果放在背囊里,又找来了一点酒。四哥在一边看着,跑回去取来两块锅饼……我的行囊给塞得鼓鼓囊囊,放在了一边。

四哥突然想起什么,提醒我说:“这时节要早回,那些矿区的人来谈事情,我可做不了主啊!”

“我在外面待不久的,你放心。”

“我指的是土地赔偿的事,你不知道,南边村子和园艺场,都开始坐下来一笔一笔谈了。那些家伙说不定就要跟咱接头。咱不贪图钱财,只求个公平……”

我点点头,掮起了背囊。

先是向西,然后一直向南。一路上想:拐子四哥、万蕙,还有斑虎,我们就是这样风雨飘摇的“一大家子”!在短短的时间里,我们竟然散失了好几个兄弟姊妹。武早、肖明子,特别是鼓额,她几次遭遇不测——每想到这些我就一阵阵难过。多少人在保护这个不幸的孩子,大家似乎都倾尽了全力,可就是挽留不下。这不仅让人忧伤,而且让人深深地怀疑,怀疑这片古老的土地,她的滋生力和保护力——有时她竟然那么脆弱,那么不堪一击!好像我们一开始就不必种植鲜花,也不必等待果实,沦落才是一种必然。

由鼓额又想起了少年时代的音乐教师——她的样子很像肖潇,乍一看两人就像亲姊妹!可她们的命运又多么不同。此时此刻啊,我的老师又在哪里?当年,一种怎样的绝望和悲凉才使她愤然离去,甚至没有留下一点声息?我不知多少次这样问着,难以回答。这么久了,大概只有神灵才能知道这是怎样的忍受,怎样的折磨。一个女子对磨难、困苦、不幸、残酷的报复与记恨,这等等一切造成的不可平复的伤疤皆能忍受,这是可能的吗?这一切宁可加在我这样一个林莽少年身上、一个在大山里挣扎的流浪孤儿身上。所有的男人都应该深刻自省,并以一生的苦行来抵消罪孽或其他。虽然这并非是一个循环往复的过程,但仍不同于饮鸩止渴,我们或将由此摆脱可怕的人性的泥潭。让我越来越无情地剥除和剖析吧,让我拥有这样的勇气吧。

近四十年的艰难行走,茫然无定的行程!我曾跨越过无数的河流和山脉,让夏日阳光把周身的皮肤晒得像棉絮一样脱落,让荆棘撕破全身,好像死而无悔。时至今日,我还在继续寻找和祷告,从春夏到秋冬,从雪地到泥泞,带着浑身伤创和冻疮继续追赶。

如此艰辛的奔波,在许久以前是为了活下来,在今天是为了摆脱苟活。即便信誓旦旦也难以阻止苟活。你于几十年的奔波中活了下来,剩下的里程却依然艰难。昨天构成了珍贵的一页,而今却要继续挣扎。那些巨大的愧疚对你来说既沉重可怕,又值得收藏。你在日后还会明白:罪孽何时何地都会降临,就像一片黑云随时都可能化为冰雹雨雪一样。你因此而不敢稍稍轻浮松弛。

在这个世界上,谁会相信你呢?你又需要谁的鉴定呢?

当年我虽然势单力薄,却对鼓额的父母亲口说过:我要好好保护这个孩子。这个土地上长出来的、像青草一样淳朴的小姑娘,甚至因为营养不良而没能正常发育。我们的小茅屋将尽其所能帮助一个穷人的孩子,如此而已。我们只有这样做了,心里才会安定。

一路上我都在想他们,小白,老健,苇子和老冬子,一个一个想过。

二

附近的这些村庄太熟悉了。这儿的每一条街道,每一株树木我都相识。瘦骨嶙峋的狗赶过来,孱弱的身体扭成了花儿。街巷上有一些晒太阳的老人,他们专心吸着烟锅,有时拔出来相互礼让。小村是青石砖块、特别是泥巴堆成的:泥屋顶、泥墙、泥路,砖石并不触目。远远看去很像陈旧的黑白电影里的镜头:淳朴、安详、古老。这些矮小的土屋里都有一个占去了很大面积的火炕,它是人们最喜欢的。冬夜,它散发出的热量驱走了严寒,一家子人包括猫和狗,尽围炕上;有时到了酷冷的四九天里,冰挂三尺,连栏里蹿出的猪和鸡也凑上来。他们拉故事、听书,闻着旱烟味儿,感受着一份特殊的安逸。

小村卧在一个大沙岗下。很早以前沙岗离这个村庄还有相当长的一段距离,老辈人说大约是五十里吧,可由于西北风的驱赶,沙岗正逐渐往东南方移动,以至于移到了村头。从一道道沙丘链在这片平原上移动的痕迹可以看出:如果缺乏植被,它们每三五年的时间里就可以移动一华里远。最后移动的速度或变得缓慢,或进一步加快,这要看当年的雨水怎样,看沙岗上的杂树和草多不多。一些可爱的白杨是沙岗上惟一的乔木,它们长得挺拔直立,淡青色的树皮给人温煦和洁净的感觉。

村子有一个奇怪的名称:“柳棍”。名字的起源已经无从查考了。在这片平原和南部丘陵地区,会让人觉得所有的村名都富有诗意,它们显得多趣而奇巧,使人钦佩这里曾经拥有多么丰富的想象力。比如说离这里不远的那个村子叫“撇羊”——一只羊,极有可能是一只白羊或黑羊,曾被主人遗忘在原野上……多么有趣的、遥远悠长的情景和意象。从这里再往北,离芦青河入海口不远的那个小村的名字叫“灯影”。从地理位置上看,很久以前那个村庄坐落之处必是极其荒凉,因为离大海很近——人类在过去的居住习惯与现在恰恰相反,他们常常躲避着大海,所以古代那些繁华的都市大半远在中原或西北,总之要远离浩瀚的海洋——这些村庄在海边茫野上,夜晚,行人远远地看到一点灯火,就叫它“灯影”。

村名形成的原因很多:某一趣事、人物,都可以成为一个名字;它是一种取代、一种迁就和一种认同。一个符号就能把事情讲个清楚明白,透露出传统、秘密和渊源。眼前是“柳棍”,走在街巷上,就想找到很多的柳树——结果相反,这里的白杨和榆树居多,大半是苍榆,只有很少的几株旱柳。还有几棵抱栎,一棵青冈树,都属壳斗科,样子与以前看到的橡栎和柞树非常相似,它们的种子富含淀粉,在饥饿的年代里就成为穷人的美食。长得最旺的一种树木是加拿大杨——它在很多村庄里都长得油旺旺的。这种树木质疏松,没有太大的用处,不过在贫瘠的土地上总是活得很好。这是源于欧洲的一个杂交品种,在这个平原上刚一落脚就迅速繁衍开来,成了穷人的树。

我径直走到那个窄窄的巷子里,寻找那棵大槐树旁边的人家。迈进巷口,脚步开始变得沉重,心里却一阵高兴。我想立刻见到鼓额……几年前也是这样,那次我在这儿受到了热情的、小心翼翼的迎接。还是那扇黑乎乎的小门,小门的左边一扇朽掉了一角。我敲门,没有反应,后来才发现门上挂了一把大锁。我站了片刻,又在门前徘徊了几步——我想他们可能出门去了,一会儿就会回来。我把背囊摘下坐了。大约过了一小时左右,我终于想起问问邻居:前前后后几户人家全都一样,户户大门紧闭。我不得不重返街巷,去找那些晒太阳的老人。他们都不知道谁叫“鼓额”,这时我才恍然大悟,这是我们小茅屋为她取的外号!我说就是那个在海边做工的小姑娘……一个老人睁开大眼:“噢,他们家呀,锁门了。”

“是的。人呢?”

“你是哪来的?”

“我就是那个园子里的人,回来找她。”

“噢哟,那么说你就是东家了。”

我只得点点头。

一个老人把烟锅从嘴里抽出来又插进去,用力吸了几口,忙里偷闲地吞咽着一股香喷喷的浓烟:“田里事情靠不住,天旱庄稼不收,地给开矿的人毁啦,庄里人就一拨拨往南去了。”

“往南?您老说的是哪儿啊?”

“南边山里有些矿主,他们都来咱平原上雇人哩。都去拼命挣大钱了。”

一边的一个老婆婆接过话头:“庄里年轻人都出去啦,有的往西,有的往南……”

我觉得她好像故意给我出了个大难题。东南西北的,我到哪里去找这个小姑娘啊?我进一步询问鼓额一家可能去的地方,没一个人敢肯定。一会儿,一个老头子摇摇晃晃站起来:他的烟杆上坠着一个很大的皮革烟袋荷包,四下悠动着:

“你说的这一家我琢磨是往南去了。他们大半是跟着大流入了山。开矿的人多哩,这样矿那样矿,咱也弄不清是什么矿……”

我又打听了街巷上的几帮人,他们都说鼓额一家大约是到南边开矿去了。我告别了这个村子——巷口的人在我离开的那一会儿都站起来,盯着我脊背上的背囊,传来一句句议论:“看看这个人吧,也是个苦命汉子,赶路还背那么一个大家伙,累不累死!”“就是,看去也有一把年纪了,还是在外边痴跑野拉,不易哩。”“不易哩,干啥都不易哩!”

我不禁回头望去。这些年纪稍大的男人和女人在阳光下抄着手,有的光着头,有的戴着黑色线绠帽……

三

向南走了四五华里,踏向了沟渠旁的一条泥路,沿着它进山。所有村庄都不再停留,脚步变得急促了。随着往前,地势在加高——再往前走十几华里,就可以看到那片起伏的丘陵了。太阳越来越大,它很快就要向西沉落。我想抓紧这段时间赶到丘陵下边,找个河湾谷地夜宿。很久了,我没有在野外独自面对一天繁星了。我实在不愿打扰这些村子,今夜只想一个人待一会儿。

天眼看就黑了,道路开始变得模糊。我望了望四周,发现渠边路旁显然不宜过夜。背囊里有吃的东西,我想在路边笼一堆火,煮一点热水。前面有一个黑影在活动,走近了才看出是一个六十多岁的老太太。她提着篮子,正低头在沟底采集什么,一见了我就停住了。这时我才看清,原来这沟底没有水,老太太正在下边采集那些刚刚长成的地肤菜。我向老人打听:"大娘,从这儿往山上去还有多远?"

老人理理头发,望一望,又回头仔细看我:"上山?那你得走到半夜哩。就一个人?"

"就我自己。"

"听口音你不是咱这围遭儿的。唉,这年头走路不比过去啦,别行夜路。"

"这个我倒不怕,我只想快点赶到山里去。"

"你家在山里吗?"

我还没答话,老人就劝:"一大早再走吧,天一黑没法爬山哩。"

我犹豫着。我不过想离村子稍远一些,在山地边上过夜。我收回目光,看这条水渠——渠的另一面、那一片灌木旁似乎不失为一个选择。这样想着就把背囊摘下来。老人答过我的话就继续做活了,我也顺手帮老人揪起了地肤菜。一股青生气怪好闻的,一会儿手就染绿了。篮子满了。她站起来,拍拍衣襟。

我开始打开背囊,抖开那顶帐篷。可是不知什么时候我听到了脚步声:老人又转回来了。我一眼看到了一头白发在微风中拂动。

老人好奇地看着我摆弄帐篷,说:“就这么过夜?”

我说是啊。老人臂弯里还挽着那个篮子,蹲下看着,脸上笑吟吟的。她说:“你这是要搭个小屋啊。要不嫌弃,到咱家里宿下吧——离这里也不远。”

我有点犹豫。我只想在野外听着蛐蛐入眠,已经好久没有这样了。老太太又说:“你只要别嫌弃就好。前些年那些‘拉练’的学生娃儿就在俺家住过,俺就做这菜给他们吃,他们跟这叫‘忆苦饭’哩。其实苦个什么……”

老人说的大概是很早以前徒步进京的红卫兵吧?我这样想着,问:“他们衣袖上都戴个红袖章吧?”

“是呀,腰上还捆着皮带。那些学生娃儿怪俊哩,姑娘小子个个水光溜滑,只不怕走长路哩。”

那是多少年前的事了,老人还记这么清楚。我那时正好在大山里流浪,那也是另一种长路啊……我把打开的帐篷叠好,重新装入了背囊。跟她往前走时,我开了一句玩笑:“老妈妈,你敢领一个生人回家吗?如果他是坏人怎么办?”

“天哩,天底下哪有那么多坏人。再说坏人咱认得哩。”

“坏人脸上又没有记号。”

“有。坏人的眼神就是‘记号’。”

“那我的眼神……”

“你是个愁闷孩儿,急着赶路,心里有事。你是个好孩儿哩。”

我心里有点发热。

走了不远就进入小村。这个村子树木很多,这使我明白它比“柳棍”要富裕——只要树木旺盛,村子就好,这在山地和平原差不多全都一样。老人的小屋在村边上,那是一个小草屋——见到它我马上就要想到自己出生的那个茅屋。

进了屋子,有两只鸡扑棱着翅膀飞出来。老人说:“你看我心多粗,出来时忘记把屋门合上。”锅台,灶口,到处都是鸡粪。老人咕哝着打扫。原来这屋里只有老人自己,我没有多问。

老人把地肤菜洗净,然后掺上一些玉米面、一点盐和面粉。就要烙饼了,我蹲下烧火。老人夸我:“勤快孩儿。”

她不知从什么时候起一口一个“孩儿”叫我了。只有在山野大地上才有这样的老人,她们常用这样的口吻叫着所有的后生……这个夜晚就因为有了这样一位老人,有了灶里红彤彤的火苗,有了那张冒着热气、在老人手下翻动不停的饼,让我感到了一种久违的幸福和满足。这样的夜晚太少了。在我看来,这才是人的旅途啊——就因为这样的夜晚,一个人在路上经历再多的艰辛也无须反悔……

晚饭不仅有饼,而且还有咸菜和玉米糊糊。我们坐在一个干干净净的矮木桌前,而矮木桌又放在了炕上。这个平原迎接客人的桌子都是摆在炕上的,这与城里和其他地方完全不同。饭后,老人像喝了酒一样脸色红红的。她咕咕哝哝讲一些自己家里的事情,把灯苗拨亮。“我有两个孩儿,一个要活着也和你这么大了,他三岁那年死了。剩下的是闺女,二十多一点儿……”

说到这里老人不吭声了。停了好长时间才说下去:“她这会儿在南边庄里,给一个‘皮业家’打工……”

“皮业家”几个字让我迷惑,原以为那是一个经营皮货的人,或干脆就是熟制皮革的人——过去平原上打猎的人多,操这个行当的人可不少。可是听下去我才明白,老人缺牙少齿,把“企业家”叫成了“皮业家”:

“我们这一围遭出了一些‘皮业家’,他们雇人,给钱也不少。闺女就在南庄一个‘皮业家’那儿,十多天才回来一趟,带一些糕点、一些钱,那个‘皮业家’还真是好人。”

老人起身在镶满了黑白照片的镜框上指指点点。我看到了一个极其漂亮的小姑娘的照片。“这是俺闺女,叫‘加友’。”“这个名儿好听。”“她爸活着时候取的,她爸呀,死了几年了。”说着老太太抹了一下眼:“孩儿她爸是给村里挖地瓜井,井塌了压死的,还好,掘出个囫囵尸首。打那儿就俺娘俩过了。我要是有你这么个男娃……加友找了个男人,他在另一个‘皮业家’那里做。他们还没成亲。转过年去,正月里成亲……”

老人说那是加友几年前的照片了,“如今她比我还高,胖哩。‘皮业家’那里吃得好,顿顿有肉,这娃儿长起来哩。”

我在心里为老人和孩子祝福。

四

夜晚老人让我住到了西间屋。这儿就是打算给她的加友成亲用的。老人给炕加了火,一会儿它就热烘烘的了。平原上的人春夏秋冬都要睡炕,只有年轻人才在夏天挪挪窝儿。夜晚我躺在炕上,不由得在闪跳的灯火下端量起这间屋子。我发现它们都用一些报纸仔细裱糊了一遍,而且都是用同一种报纸糊成的,由于年代久远都变黄了。仔细看了看,发现是中苏友好的蜜月时代留下来的苏联报章——在这偏僻的农村竟然有这么多外文报纸,而且至今还糊在墙上,可见在那些年代里它的发行量有多大!我读不懂俄文,却可以看很多印得精致的黑白照片。我从上面找到了一些熟悉的政治人物,他们都微笑着,或者举杯,或者握手,或者彬彬有礼地站着。俱往矣。

窗外黑漆漆的,不时传来小猪和鸡的哼叫。睡前我照例要读点东西,于是摸了摸身旁的背囊……几年前我和武早结伴而行,从平原坐车,后来徒步穿过丘陵进入泰山东南部的山地。在那些夜晚里,我们很少宿在外面,因为当时正是一个寒冷的季节。就像眼下一样,我们躺在了房东热乎乎的大炕上,我在睡前总是听着武早那些梦呓似的故事……多么有趣的、令人怀念的岁月啊。

今夜,我从背囊里掏出的是行前装入的那些信件。

……艾克还为那三个碟子闷着。可我就是不给。那时候我心里想着象兰。它们是艺术品,粗糙,象兰喜欢——她平时喜欢的都是一些乱七八糟的东西:眼睛歪斜的人,说起话来像破锣的家伙,一片树叶,一块古里古怪的石头,一条干鱼,一只蟹子,她都喜欢。有一种通红的蟹子,她把蟹壳挂在墙上,说样子像我。我到现在都搞不明白自己哪儿像它?她的两条腿倒像蟹子——两只大螯!陪同的是艾克,这家伙结结巴巴说着汉语。本来要离开了,我们一伙中有人嘴贱,提出去查理夫人家里看看。艾克结结巴巴把这个提议翻过去,查理夫人慌了。她两手不停地比划,对艾克说着什么。夫人七十岁了,可是她飞动的两只手很容易使人想起老猫的前爪。艾克告诉:夫人对我们提出的要求毫无准备,说家里脏呀,花园没整理啊,等等。可爱的老太太,她以为我们那么在乎花园呢……我们每人至少要带一件礼物,有人建议我找同行的一位姑娘借点什么。我借了一个景泰蓝手镯,漂亮而又廉价,装在一个精致的小盒子里。

玩得开心。查理夫人像五六十岁。她大概要活一百多岁。一幢两层楼,楼房前后都是花园。我们在一个大厅里喝了一点酒。可惜我没有带自己的酒。祝夫人健康。她独身一人,令人惋惜。夫人幽默愉快。我们一块儿去爬山,山上长了一片荨麻。有人碰了一下,疼得啊啊叫。查理夫人拔起荨麻,顺着毛刺去捋。她真露了一手。路边咖啡店里贴了一张图画:女人两个乳房间插了一支蜡烛,燃得正旺,查理夫人拍手。温水池边,蓝水诱人。欧洲艾滋病可不是闹着玩的,望而却步。查理夫人穿上游泳衣,像娃娃一样跳进去了。她登山时竟然把我们这些年轻人都甩在山下,一路上披荆斩棘,弄出一条小道,欢呼着。赠给夫人一根拐杖,它来自泰山。查理夫人舞拐如剑。还有人赠她一把腰刀,她整天悬在腰上。该查理夫人分赠礼物了。艾克得到了一个桃木刻成的小人儿,小人儿骑在骆驼上。艾克耸了耸肩膀,瞟我的三个碟子。

我把它们摆在玻璃橱后面,象兰问这是什么?我说碟子。象兰用它盛鱼。刷碟子时打碎一个。我把碎片拾起,包好。后来不知是哪个狗东西看上了我的碟子,它们没了。只有碎片、碎片。

象兰买通了两个王八蛋,他们一块儿合计好,把我送进林泉。她在心里判我死刑。我跟查理夫人喝酒的那一会儿,她躺在谁的床上?我看不出那个眼睛歪斜的家伙有什么好。狗男女。这大概就是我的命。天下第一流的婚姻总是难以进行。狐狸精。不错。

我怀疑所有的不幸,皆因得罪司机。他背后有一手。抽顶级烟,住洋房,非吉兆。象兰对他说了什么,领导才会知道。象兰指天发誓。无奈。司机是我的克星。那小子的一对眼睛像猫头鹰,圆亮,放射死光……

悬崖。抓住一根草一条藤。一个念头决定一生。她走了,小娘儿们坐着波音,钻进云彩。

一辈子苦寻、苦寻、苦寻?问你问自己问小白问眼镜小白这家伙也好久不见……没有别的办法!还不想撞死自己——于是,而且,当然——也就苦寻……

曾记否?深夜饮酒,撒尿长谈?咱们的交情一辈子用不完!我到山上盖孤屋,招呼你去。出家人老年酿酒,遍采野果。长生不老,得道成仙,原也不难。那就没人往我脸上打了,没有象兰也没有铁笼子,没有穿白衣服的人,没有凶险的针管。我等你,好兄弟!死亡的消息都是谣传。当然,活着,深山。你以前讲过什么?想一想吧!你的炫耀之地就是我的久居之地。我的酒自己喝一些,分给野物一些。我和野物成亲,夜夜搂紧狐狸。你来时别带家眷——我不接待任何女人。请与小白同行。我要睡了,饮尽最后一滴。公鸡叫了……

高山流水

一

人流与水流的方向常常是一致的,起码在这个半岛上是这样。每到了闲散的季节,比如在冬天或初秋,就有一些男人和女人走下丘陵,一直走向海滨平原。这些人去寻找崭新的生活和可能的幸福,沿着山谷走下来,往前追赶,溪水奔流的方向就是他们的方向。从那个大山的分水岭开始,溪水分别流向东南与西北。开始只是一些小溪,渐渐形成一个细密的水网,纵横交织。除非是极其干旱的年头,它们很难干涸,总是滋润出一丛丛茂密的绿草。最后形成了几条粗壮的支流,向北流淌,即形成了有名的芦青河和界河、栾河。在分水线以南,差不多是相似的一些细小的溪流,形成了注入南海的林河和白河。那些奔涌而下的人群,自古以来就是顺着河流往前的,水到哪里,他们就跟到哪里,就这样一直走向了平原、走向了海边。

那些生活在大山深处的人一生都没有见过大海。他们从流浪者口中探听大海的消息,却怎么也没法明白大海的真正模样。流浪到远方去的人,都是大山里特别野性不安的家伙,他们的一生是完全不同的,这辈子会像河水一样流淌不止——一开始是小伙子,后来是上了年纪的男人,再后来连女人也跟上走了。这支男女混杂的队伍像水流,一涌出山口就在平原上漫开来,纷纷四散。他们一边打工一边走,到了夜晚找不到东家安歇,就会睡在草窝里,睡在干涸的沟底或高秆作物间。一年一年过去,这种游荡的生活成为他们固定的节日。在田野上,只要看到那些走来走去的人,小村的人就知道他们来自哪里、准备干些什么。他们一般来讲都是些规矩人,从来不做平原人不喜欢的事情。在这些流浪人眼里,平原上遍地黄金,总有一天会寻到一个意想不到的美好结局。他们随身带着一个很大的口袋,盛了各种晒干的吃物。这样一直等到有机会返回大山,口袋里的东西都不会变质。所以他们再辛苦也要把它们背回去,再沉重也要扛在肩上。

记忆里这都是很早以前的事情了。可是直到今天,这个故事仍然没有完结,只不过稍稍改变了一下头尾和情节。一个在野外过久了的人或有这样的经验:河水偶尔也会倒流,会由低向高流去。奇怪吗? 不,在风高浪急的涨潮期,河湾里的水就会凭借巨大的浪涌逆流倒灌,使大河里的一些淡水鱼远远地逃开。这样直到咆哮的大海平静下来的时候,河水才会慢慢复原,沿着原来的路径流回海湾。

眼下平原上的人群就像倒灌的河水一样,离开了自己的家园,然后一直向着高处奔涌。我一路上常常惊讶地看着这些背负沉重的赶路人,想从他们默默的神情上揣摸出一点什么。这些走在沟边和田野小路上的人,有的说不定就来自鼓额的那个村庄。我几次走近他们询问是不是小村里的人,结果都有点失望。他们压根就不知道那个叫“柳棍”的村庄,但的确是平原人。

这些人到山区打工的原因都差不多:土地干旱荒芜、沉陷和污染、被各种集团占据等等,反正是田园凋敝。而这些年丘陵和山地一带却热闹起来,那里发现了各种各样的矿藏——过去无力开采或不许开采,现在则是一片繁忙景象。山里已经布满了各种各样的矿井和采矿场。由于这些矿藏分布得极不均匀,所以那些没有矿藏的村庄就非常窘迫,仍要像过去一样依赖贫瘠的山地,或者像平原人一样外出打工。进山后很容易发现,山区村庄的贫富悬殊程度令人吃惊:有的村庄已经开始兴建一幢幢的两层小楼,而且正在有计划地抛弃那些河滩和山隙里的祖居石屋。看上去很像“山村别墅”的一幢幢小楼令人眼前一亮——当看到与之相距不远的另一片寒酸小屋时,又会使人心生悲凉。一路上要经过许多采矿场,那儿坐了一些头上捆了一条脏脏的布巾、用锤子一下下砸着矿石的老太太和老大爷。他们手上差不多都有被锤子击伤的疤痕。富裕的山村里跑出来的大狗,像一匹匹小马似的肥壮,油亮亮的,脖颈高昂,头颅上两只尖耳直立着,双目炯炯。它们在采矿场上奔来跑去、阵阵嗥叫……

我经过的这道山谷十分熟悉,它离砧山山脉还有四十多公里,时下望去已经有点面目全非了。这一地区的岩浆岩活动频繁,具有多期旋回的特点。往西延伸的这道山谷主要为花岗岩,侵入早,规模大;从谷岸陡峭部分的露出可以看到岩石成块状、片麻状构造,为中粗粒、中细粒黑云母花岗岩。这种矿体往往与金矿的关系密切,所以周围的几个村子都为金子疯迷。其实这里的岩石含金量极低,可即便这样,也总算让山里人有了发财的门径,因为劳动力太廉价了。近年来的采金业除了集体经营之外,一些个体采金设备极其简陋,大半还要使用兽力人工碾粉和碎石。提炼金子的办法是极其危险的,因为仍要使用氰化物,所以一直被严令禁止。但还是不断出现严重的氰化物伤害事故。更可怕的是氰化物污染水源——因为这里处于分水岭以北,所有的溪水都要流入河谷,在雨季一齐汇拢到丘陵北部大大小小的水库里——平原地区几条著名的河流、海湾都受到了污染。除了金矿而外,这条山谷还分布有石英石矿、滑石矿等。

矿石已经被采乱了,所有权也异常复杂,公采私采、国家集体,都搅混在了一块儿。执法部门怎么也没法把它们从头理顺。大概世界上再也没有比这种管理更为艰难的工作了。与我曾经去过的砧山山脉以西的富矿区不同,这里主要是露天开采;而西部的一些矿藏要深入地表上百米,最深的七八百米——那里活动着一些专门打洞子的队伍,俗称“敢死队”。而这里只要用锤子和钢钎在岩石上打孔,然后装上黄色炸药就成。山岭上一处又一处显赫的大坑都是淘金者炸出来的。在植被很好的山坡上,常常会看到炸开的一个个大坑,四周的树木被拦腰斩断,绿色的草皮被石块和黄土翻压在下边……

二

山里人有了金子也就有了一切。他们认为过去几十年里真是蠢极了——虽然那时也在频频放炮开山,可不是为了采金,而是为了修整农田。他们像绣花一样把那些梯田围上了整齐的石堰,耗去了多少人力财力,换来的却只有贫穷。眼下为了找金子,很久以前精心砌好的那些石堰,还有灌溉渠网,都被拆毁砸烂了。

我在这些忙忙碌碌的人们中间奔走,身上的背囊常常使他们好奇。许多人把我当成了地质勘探队的:在金矿规划初期,这里常有戴着太阳帽和黑眼镜,背着这样一个大背囊的人走来走去。打听了一下让我吃惊不小,那些地质人有的就来自我的母校!他们咿咿呀呀讲出一些奇怪的故事——

“说起来没人信,从那个学校里来了个戴眼镜的老师,手指老长,会弹钢琴——人家不笑不说话,文明哩。可就是这家伙把村头的闺女给拐跑了……”

我听下去才搞明白,原来那个领队是一位青年讲师,住在村头的家里,这个村头家里很有钱,共两座房子,其中的一座是二层小楼。他们把楼上最好的房间让给了这位教师住,一月之后村头的闺女竟然与他私奔了:眼下学校和村头都在找他们,直到现在都没有音讯。

“你看看,这么好的一份家产！这个贼丫头连万贯家财也不要了,一尥蹄子跑了,真是色力大过天哪!”

我觉得最后一句说得有意思极了。不过那个教师失去了一份职业也怪可惜的。可见这个村头的闺女一定别具魅力——那所享有盛名的地质学院有多少女孩子,他竟会跑这么远来寻一个山沟里的姑娘。爱情令人迷惑。

“狗东西,书都念到驴肚子里去了,来祸害咱庄稼人哩。”说这话的是一位老太太,她一边抹着鼻子一边讲,不知不觉火气上来,砸石子的锤用过了力,把砧石也砸裂了。

河谷两旁的梯田在这一带称得上是最好的土地,可这会儿上面的庄稼又瘦又小。田里没有多少人做活,显然这些土地基本上被遗弃了。过去山里人会把每一棵庄稼照料得无微不至,得到的却是一份艰难的日子——令人悲哀的一个事实是,有时候庄稼人也会厌弃土地。山坡高处那些被地堰围成一块一块的梯田都属于褐土,它们大半都是薄层粗骨褐土或淋溶褐土,不太适于耕作。在钙质岩丘陵顶部,这种土质是最多的,可是他们硬是花去了几十年的时间,用汗水将其浸润得变了模样:把捡不完的砾石倒进河心,把山下的肥料担上来,最后竟然可以在上面播种麦子和玉米了!可惜就是这些人,现在回过头把那些当年花了无数血汗、费尽时日垒好的石堰统统毁掉了……雨天来临,梯田上几尺厚的泥土开始顺流而下,一直泄进下游的河道,再由日夜不息的河水把它们送进河湾、送进大海……

从平原上来这里打工的农民分长短期两种。长工的生活稍稍得到了改善,散居在山沟的村子中;短工只好自己动手,在工地附近用秸秆搭一些铺子。他们一般都带来了自己的家口,把家中最常用的东西也如数携来,如风箱、大铁锅,以及面粉和瓜干等等。草铺旁边还开垦了一些小片菜地,种了菠菜、韭菜、萝卜等。

我沿着一条崖畔的窄窄小路往东南方走去。整整走了半天，中午时分稍作休息，下午接着赶路。在太阳落山之前，终于又看到了一些稀稀落落搭在河谷流沙上的铺子，心里一阵高兴。

我在这里开始了逐一询问，令我惊喜的是，这里终于有了那片平原上的人——有的竟然就是我要找的那个村庄的人！他们喊着："柳棍，那是我们庄啦！"

当我问起鼓额一家时，有人喊着："天，这一家子早走了，跟上几大家子一块儿走哩。"

我的语气急切起来："他们去了哪里？"

他们伸手指着西边苍苍茫茫的大山——那是险峻的砧山山脉，"早翻过大山了！大概往远里去了……"

"他们为什么要去那么远？"

"为钱嘛。山那边有南方来的淘金队，那里招做杂活的人。谁都留不住他们……"

我半晌不语。

"你是他家亲戚吗？城里亲戚？"

"是的……"

我这会儿心里盘算着是否翻过砧山山脉——那可能要花费许多时间，从这里翻山后再进入采矿区，至少也需要七八天吧。看来此行只好先停下来，我要从这儿折回了——需要去完成此行另一个、也是更重要的任务，那就是找到小白和老健他们……而后我会把园子里的一切稍作安置，寻一个更充裕的时间再去大山西部。

三

下面的一段路程让人既谨慎又兴奋。我在心里忍不住念叨起几个人的名字，不知分别以来，小白几个人是怎样度过这段日子的？我和朋友们没有他们的任何音讯，因为各种联系方式已经切断,彼此真的成为一个个孤岛。他们也未必知道我后来的处境……整个事件一定会以某种方式了结的,我一直在想如何凭借自己以及其他人的力量,来援助这些无辜者;我不信如此的不义和黑暗竟可以长存下去。我见到小白他们最重要的事情,就是商量整个计划:从哪里着手、怎样开始?一切都不能贸然行事,不能有一点莽撞——在这些方面小白应该是一个经验丰富、十分沉着的人。我甚至想过,目前他与朋友的处境,或许也是他早已预料的一个结果、一个过程?因为在长期的交往当中让我深有感触的是,小白虽然在年龄上小于我,但在某些方面已经拥有相当复杂的经验,有着并不单薄的阅历,有着相当严整的判断和运筹能力。我想听听他的意见,他的下一步决定,特别是——我应该做些什么、怎么做?

我一直牢牢记住了分手那一天的情景,他说的每一句话。他让我一定要在事态平稳一段时间再去那个地方。可我担心这些日子如果拖得太长,他是否还会待在那里?他一旦离开我就无从找到,我们再要见面也只能是他设法找我——这样就会冒更大的风险。我在想老疙对我的提醒,我必须谨慎至极。我甚至从城里返回后再也没有去过那个村子,只去探望过三先生和他的跟包。我一遍遍咀嚼跟包的故事,以此来安慰自己,抵御着难言的悲伤和寂寥。煞神老母和乌坶王的幽灵就在平原上徘徊,现代人竟然不得不与他们共舞——我在长长的跋涉中常常陷入这样的默想,忍住心底泛上来的阵阵惊讶。

从山地丘陵和平原的交界处——芦青河西岸往南二十华里有一个镇子,镇子东南有一个"草炭厂"。所谓的"草炭"即是将废弃的作物秸秆之类粉碎沤制,做园林种植业所需要的底肥和基料。小白在那里有一个叫"长闩"的技术员朋友,自己的公开身份是对方的合作伙伴兼技术同行,所以以前在那里不事声张地待过许多次。这次草炭厂即是小白所选择的第一个滞留点。一般情况下他一定会在那里等我。

我用了两天的时间抵达了那个镇子,然后就直奔草炭厂了。当我远远地看见那一片低矮的厂房、听到隆隆的机器声时,心里真有点按捺不住。我为即将到来的相会而兴奋。那种心绪真是难以表述。

进厂后直接找"长闩",有人就把我引到一个面色黢黑的四十多岁的男人面前。他正一下下咬着一根甘蔗样的东西,仔细看了看是甜高粱秸。他加紧咀嚼了几口,吐出一口口渣屑,等引我进来的人走开后才问:"找我?"我点点头,声音压得很低:"我想见一下小白。""他嘛……嗯,我们没有这么个人啊。"我看看旁边——一个人正推着一辆手推车匆匆走过。待那人走远,我说:"我是他的朋友,姓宁,与他约好的。"

"长闩"不再说话,把我领到一旁,从一条小胡同里拐进一个小院。这里由几幢青石做基的黑瓦泥墙围起来,很隐秘的样子,惟一的不好处是噪音稍大。我想即便习惯了这种环境,要在这里长期生活下去也不是一件易事。我们进了最边角的一间,进门后立刻合上门扇——原以为马上就可以见到小白了,谁知道黑乎乎的屋子里空无一人。"长闩"拉开窗帘,这才让我看清小屋里的炕、小桌,还有一个小小的书架。凭直感,这是小白的屋子!我问:"人呢?"

"长闩"一声不吭,只从炕席子下边摸出一个信封。

我急急打开,只见一张纸上只有寥寥几个字:"这里太吵了。和那个村子一样吵。我得换个地方住了。还记得你讲过的那个夜晚遇见鬼的故事?那个老太婆?常常想到那儿,真有意思!再见!"

我怔怔地看着,一时有些迷茫。显然,这里面埋下了玄机,藏下了暗语。显而易见的是，这里并非是什么噪音的问题，而是那个集团或者刀脸的人盯上了这里——他害怕这封信落到那些人手里，同时又因为“长闩”并不认识我，为了牢靠稳妥，也只有写下这样一封信——这样即便别人看了也不会有什么问题。可是由此带来的最大困境是，我自己一时也弄不懂这其中的意思了。我问“长闩”：“小白是什么时候离开的？”他一直在看我的背囊，听了我的话像刚刚醒过神来似的：“唔，他嘛，他早就走了呀。”

我在炕上坐了一会儿，又翻看小书架上所剩无几的书。奇怪的是这些书全都是市场上绝迹的、六七十年代的政治读物或文学类书籍。它们陈旧的封面，特殊的气息，一下就把人拉回到久远的年代，那种如梦似幻的感受在心头一闪而过……我又一次问“长闩”：“他走前说了什么？没留下什么话吧？”

“长闩”摇头：“他只说把这封信交给你，你一看就知道了。”

可我无数次地看着，还是不知道。

老 酒 肴

一

煞神老母让秃头老雕捎信给乌坶王，说把那个老酒肴快快差来吧，带上浑身的武艺和家巴什儿，这回有了他的用武之地。这边眼下最需要的就是美酒，越有劲儿越好，越多越好，酿出一坛又一坛，醉死一个算一个。乌坶王把呼呼大睡的老酒肴揪起来，说快跟上本王去东边造酒去——限半天时间收拾好各种物件，什么酒曲漏子大口罐。老酒肴搓着眼打个哈欠说：“大王这就用不着了，东边是忒富庶地方，随地抓一把也比咱这边好东西多，咱空着两手去就得。”

老酒肴跟上乌坶王朝行夜宿，骑了飞驴，没有两天就到了东边平原上。乌坶王凭嗅觉也找得到煞神老母，因为她急躁的时候会散发出一种海龟粪一样的气味。飞虫一团团迎着这股气味拥去，乌坶王就追赶着它们往前。到了一片密密的林子里，好不容易才找到她和憨螈的窝：那是搭在棘丛中间、大树椏下边的一团黑乌乌的东西，远看就像巨型蜂巢或某种怪鸟的大窝。走近后，见他们母子俩坐在窝里，只露出两个后头：一团乱蓬蓬的红草球，一个长了稀拉黑毛的半秃瓢。他拍拍巴掌，他们就回过头来——老酒肴立刻吓得昏了过去。乌坶王顾不得他，只叫了几声煞神老母。窝里的人一先一后蹿出来。憨螈巨大的身量让乌坶王吃了一惊，他指一指问煞神老母：“这是什么凶悍物件？”她笑笑：“说哪搭了，这是我孩儿。”“狗日的，生出这么一大泼物！”

两个人正说话，憨螈却专心研究趴在地上的人，先把他翻转身子，又伸手揪下了他的裤子。憨螈凑上去看了看，扫兴地蹲在一边。煞神老母对乌坶王说：“不要紧，他就这样儿，一天到晚只琢磨男女事儿——他要看看是不是女的。”乌坶王笑了：“还有这等奇物。”说着掀开憨螈的小草裙，见到了一根鳞茎似的东西，“嚯”了一声。

老酒肴的身个只抵常人肩膀那儿，身子粗胖，头发又长，所以从背影上看很像个女人。头上为防风沙扎了一条棕色布巾，下身是宽腿半截裤，猛一看就像一条裙子。露在衣服外边的皮肤都呈酱色，泛着一层油亮。脸庞上没有深皱，顶多五十来岁，五官端正，双眉轻扬，嘴巴窝着。煞神老母端量了一会儿躺在地上的人，问乌坶王：“你领来这个酒墩子油滋滋的，怕是一天到晚喝酒吧？”乌坶王一边点头，一边按住他头上的穴位使劲儿转揉，“老酒肴别的毛病没有，就是胆子太小。”说话间地上的人活了，吐出一口大气，翻翻眼坐了起来——一转脸又看到了憨螈,“啊呀”一声爬起来就跑,被乌坶王一把揪住:“这就是煞神老母和她孩儿,他们亏待不了你。今后就好生造酒吧,有力气尽使出来!”

老酒肴吸着凉气,不断地斜眼去瞥憨螈。煞神老母抚摸着为他压惊:“别害怕,我孩儿身大力不亏,平原上有谁敢欺负你,你找他说就是。还有,搬搬扛扛那些力气活儿你就找他,自己动动嘴儿就行。”

老酒肴一会儿蹲一会儿站,四下寻摸起来。

乌坶王对煞神老母说:这个人就是这样儿,每到一地都得四下里看看找找,就地取材,遇上什么就使什么,没有什么不能造酒的。煞神老母不信:“咱可不信,沙子也能造酒? 石头也能造酒?”乌坶王说:“你以为怎么?”正说着憨螈放了个吓人的屁。煞神老母说:“屁也能造酒?”乌坶王点头:“你以为怎么?”

老酒肴紧了紧裤带,又把腿脚扎了扎,甩着两只短臂四下走了起来。他随手捡来一些植物叶子、五颜六色的石头、树根树皮、草籽之类,东张西望。这样一连两天过去,杂七杂八的东西积了一堆。他还是没有停歇,继续往北往东游逛,看到了大海和大河,就跳进去洗了个澡,回来时肩上还扛了一些蒲草和海蜊子皮。所有这些东西都码在一块儿。他拍拍身上的尘土,说就是这些物件了,它们要用来造酒。煞神老母愣着神儿,恣得大喊:“憨螈我孩儿快些去找,就这些东西哩!”

老酒肴动手捏起了坛坛罐罐,然后点火烧制起来。他三天就制好了家什,又开始搭起一溜草棚,告诉说:“这叫酒坊。”煞神老母问:“以前都听说用粮食造酒。”老酒肴说:“对呀,那倒是好哩! 我在大漠里穷惯了,忘了这搭子事!”煞神老母拍手,然后喊来一些两眼尖尖的野物,吩咐说:“快去周边村子搬来高粱和薯干、南瓜和芋头!”这些东西半天就堆在了脚边,有一人多高。老酒肴高兴得跳

了起来,喊着:

“大王啊,煞神老母啊,你们就等着喝好酒吧!”

煞神老母恨不得立刻就能怀拥酒坛。她将老酒肴一把揽到怀里,又搓又揉,还亲了一下他的脑门。老酒肴哎哟哎哟直叫,说咱喜死了。“你赶明儿就得给我拾掇出一些酒来!”她盯住他的脑门,又狠狠吮了一口。一块紫色的印痕凸起来。老酒肴痛得哭了。乌坶王想起什么,牵过飞驴,从褡袢里解下酒囊给她解馋……煞神老母喝过了酒,快活地冲着老酒肴大叫:你这个头上包土布的家伙啊,快快忙活起来吧,俺就等着你捣鼓出一坛坛美酒哩!事成那天,俺要封你个“一品酒王”……

老酒肴一听到“一品”两个字,眼都直了。

一溜草棚里的坛坛罐罐下边都架起火来。烟气缭绕,臭气熏天。煞神老母叫道:“日你妈酒香怎么变成了臭气?”老酒肴答:“贵老母有所不知啊,这是刚刚熬炼哩,先熬去俗臭,才能露出真香。这里面有蒲根、柳树根、鬼姜和地瓜,还有淘洗了十二遍的河卵石、深井里的黄金泥、鹌鹑蛋、狗宝蟾蜍鞭……”“慢着,什么是‘鞭’?”煞神老母愣着神。乌坶王赶忙答:“哦咦,这是他们酿酒人的行话,‘鞭’嘛,就指我们大老爷们才有的东西。”煞神老母眨巴眨巴眼:“明白了。这里面的学问可真大。”

二

一连熬了三天三夜,老酒肴眼都没合。第四天一早他实在抵不住了,两腿一伸就呼呼大睡起来。煞神老母急了,上前要把他揪起来:“酒坊里烟熏火燎的,他不盯紧还不全完了?”乌坶王拦住她:“惊不得惊不得,你让他好好睡上一觉——他让瞌睡虫缠住了,非睡不可。”“那酒坊怎么办啊?”“你等着看就是。”

煞神老母和乌坶王大气不出地蹲在一边。这样过了片刻,只见地上打着鼾的老酒肴摇摇晃晃站起来,像踩在云彩上一样,端起水罐进了酒坊。他在酒坊里忙着,在白气里钻进钻出,摸摸索索,鼾声如雷。煞神老母凑近了,见他大睁着两眼,就伸出手指在他眼前晃悠,他像没看见一样。乌坶王小声对她说:“他正睡呢,他这是在梦里给咱干活。”

整整两天两夜,老酒肴鼾声越打越响,人却一刻未停下忙活。煞神老母还是不放心,和憨螈轮换休息,盯着他干活。他们发现老酒肴虽然打着鼾,却能一丝不差地绕过地上的炭火、水坑,还不时地端起酒舀子品酒,再把接满的酒倒进小口罐里——扬勺过顶,让细细的酒线拉出一道弧形,一滴不少地落进罐子里。他打着鼾扒拉酒糟、扛袋子,还打着鼾撒尿。

第三天黎明,老酒肴从酒坊出来,一仰身子躺下了,鼾声立刻小了许多,也均匀了许多。煞神老母问乌坶王:“这可怎么办?”乌坶王说:“不要紧。只要造酒都是这样哩。你想想,又没有谁能替换他,酒坊里开了锅又停不下,他不边睡边干又能怎么办?”“要这会儿酒坊里出了麻烦怎么办?”“不会。他睡着了心里也有数——这是躺下歇息的空当儿,就好比干活的人累了抽袋烟。”他们说着话,憨螈就凑过来。乌坶王掀开草裙看着,用一根木棍挑起那根鳞茎,憨螈就恼怒地发出一声:“哞——”接着双目圆睁,牙齿频频磕碰。乌坶王赶紧扔了木棍。煞神老母呵斥他:“敢跟大王龇牙咧嘴?神将战混沌那会儿你爹还是条虫哩,别说你了……”憨螈垂着头离开了。

第四天老酒肴的鼾声一停,乌坶王马上对煞神老母说一句:“成了。”只见老酒肴这会儿反复搓眼,连连叫着“啊呀好睡”,挽起袖子,又把头上的粗布扎紧一下,大步往酒坊里走去。三个人都跟在后边。老酒肴喊着“起酒”,把一溜二十几个罐子都一字排开,然后将桦树皮做成的流子对准它们,像野猪撒尿似的,哗啦啦响成一片。从早晨到正午，二十几个罐子全都装满，又用黏土封口，让憨螈扛上，埋到了深深的沙坑里。

“都埋了，那咱们喝什么？”煞神老母问。

“不用急，只要起酒了，就有一场好喝！”乌坶王说。

正在他们说话时，老酒肴在酒坊里扑嗒一声趴下了，鼻子“蓬蓬”响着，从一堆乱七八糟的东西里面嗅着。嗅了一会儿，他将散落地上的一层酒糟扒开，像狗从土里掘一块埋藏的骨头似的，把沙土扬起了很高，有几次还扬到了周边三个人的脸上。这样折腾了一会儿他才从地上爬起，拱出酒坊时肩上扛了一个半大的罐子，罐子上有一个树皮做成的塞子。他砰一下将罐子放在他们跟前说：“喝！”

煞神老母看看面前的罐子，一脸茫然。

乌坶王说：“这是‘酒底子’，是一场酒里最醇的一罐哩！专门留着起酒以后咱们大喝哩……”

乌坶王伸手揪掉了塞子，一股冲人的酒香扑面而来。憨螈从生下来还没沾过一滴酒，这会儿被一股特别的气息给吸得牢牢地趴在罐边。煞神老母用大泥碗接了满满一碗，吮一小口，咂了咂，嘴巴一窝，像是要哭的样子：“老天爷这才是酒哪！这真是馋死人不偿命啊！”说完一仰脖子饮下，呼呼吐出一口长气，快活得翻出了眼白。

乌坶王和憨螈都不吱一声地饮着。老酒肴则取一个小碗，蹲在一边细细品尝起来。

他们喝酒的这一会儿，四周的林子里都有一些眼睛往这边望。原来所有的野物都被酒香给熏出来了，它们大大小小的鼻子一阵抽搐，发出“吠吠”的声音。只是这四个人专心喝酒，没有一个发现凑近的野物。

大约到了傍晚时分，那个罐子已经空了。四个人倒在火红的晚霞里，只出气儿，像死了一样。这场大醉要持续一夜，第二天太阳出来之前没有一个会苏醒。

所有的野物看在眼里，急在心头。它们也想尝尝这神秘的液体，只不过没胆子过去。其中的一只老羊理理胡子说："这四个人不是睡着了，那是醉倒了，也就是说他们这会儿管不着咱们了。"它的话令其他野物将信将疑。兔子王为了证实老羊的话不是妄言，就用一根树条远远地捅了几下憨螈和乌坶王，发现他们真的没有反应。它们呼一下蹿出，扳起地上的罐子又吮又舔。一点点余酒。香。野物酒量极小，所以它们竟然都醉醺醺的了。它们扛着完全干净的罐子跳了一会儿，然后一抛，又试着踩了踩四个人的后背。兔子王说："他们平时作威作福，谁敢说他们一句、动他们一下！瞧这会儿，咱就是杀了他们，他们也没辙！"老羊说："那是当然了。他们人这种东西，'酒醉如山倒'！"兔子王说："你说得不对，是'病来如山倒'。"老羊捋捋胡子："一样，其实醉了，也就等于病了。"

三

太阳升至半空，老酒肴最先一个醒来。接上是憨螈、煞神老母、乌坶王。煞神老母第一个发现了大家身上的野物蹄印，又看看空中的太阳，这才知道昏睡了不少时候。她笑着："夜里它们没把咱一口口嚼巴了，也算天大的福分。啊呀舒坦。"她看着乌坶王，一口发紫的牙龈露出来："有了这样好酒，还愁大事不成？美夜叉也好，别的什么物件也好，他们沾酒就醉。剩下的事就该咱们放手折腾了不是？你就等着看老娘我的吧……"

憨螈因为喝了一场好酒，一下就上了瘾，瞅个空子就要去扒那二十个大酒罐。开始几次被煞神老母喝住，再后来酒瘾泛上来，劲头大得不得了，所有人都拦不住。正在焦急时候，老酒肴献上一计：让他喝，等他醉倒时再绑起来。果然，憨螈一口气喝了个烂醉，摇摇晃晃一倒地，几个人就拥上去把他绑了。他们把他绑在一棵最粗的大橡树上，这样即便醒来也挣不脱——一般的树木经他三摇两摇就连根拔起来了。老酒肴说：这个人可得好好看住，不经过三个月亮天、三个日头天，这酒罐无论如何不能出土。为了保险，煞神老母在儿子醒来前，又特意用一根桑树根将他的鳞茎悬在了树枝上——这样他只要挣跳就会疼得啊啊叫。

一切妥当之后，静等圆月之夜。第五天大月亮总算爬上来了，煞神老母泪花闪闪。憨螈醒来后，他们只往他嘴里抹一点地瓜糊糊什么的，不敢解开。他果然大喊大叫，有一次蹿跳得太急，鳞茎给拉疼了，就再也不敢狂了。这样六天过去，二十个酒罐就要出土了。三个人不敢让憨螈帮忙，只好一块儿费劲地弄出来。煞神老母扑打着身上的沙土说："这回该让咱喝个痛快吧？"乌姆王指指老酒肴："听他哩。"

老酒肴把头上的土布抹下来："老母啊，这二十罐都是母酒——有它就能生出更多好酒。你要它们更好喝、更对一些人的脾性口味，就得配成几种不同的酒。一种人喝一种酒，那时一口顶两口，才来劲儿哩……"

"几种什么酒？"

"俺主人喝的是'大王酒'；您老喝的是'五毒酒'；憨螈喝的是'铁鞭酒'；送给上边的要是'宫廷酒'；一般人最想喝'欢喜酒'……"

煞神老母听得眯了眼，似有所悟，连连点头。过了一会儿，她又皱起眉头问："你这小鳖虫子说得也是，老娘我听了怪对劲儿；不过这么花花黧黧一大坨子，得费去多少辰光呀？你要让我等白了头发不成！"

老酒肴咂咂嘴，吱溜溜吸着口水："这倒好办，先配出'五毒酒'和'铁鞭酒'，让你娘儿俩火刺辣辣的先喝着，剩下的咱慢慢倒腾去——两种酒全弄好也不过是个把礼拜的事儿……”

煞神老母眉开眼笑了:“这小矬子的话我越听越愿听。你好好弄去,等几种酒全收拾好了那天,我去林边村子里揪来个圆脸闺女送你!”

老酒肴赶紧红着脸谢过:“老母,人是各走一经,咱不喜那事儿。”

说完这番话,老酒肴转身取来一个大口袋,一撑袋口,煞神老母见里面全是蝎子蜥蜴毒蛇蜈蚣之类。他将其放在一个大夹板下夹住,下面再用一个汤盆接住。按动夹板时,吱吱尖叫听得人头皮发瘆。血水一滴滴洒了半盆,叫声始停。当他将血水与五毒残肢一起投入熬炼时,煞神老母就问:“你怎么不整个儿熬它?”老酒肴答:“夹板压下去,就取来了杀气,酒会更有劲儿。”煞神老母龇着牙龈吸气,不时地瞥一下乌坶王。

熬炼的五毒液汁掺到酒里,再煎上几番,最后用酒糟煨几个时辰,重新埋入沙土。五毒酒眼看着成了。

“铁鞭酒”取鹿鞭、虎鞭、海狗鞭、野猪鞭和野牛鞭,合炖慢煎一夜,然后入酒。其余工序与“五毒酒”同。

“宫廷酒”掺的是橡树上采来的野蜜、迷叠香花、无花果、豆蔻、威灵仙、老鼠胡子和野兔子屎。这些东西先要磨细调匀,蒸馏一天一夜,然后放到深井里镇住。待黎明时分太阳未出的当口,再把它们一家伙倾进大酒罐里,慢慢熬炼即成。

“欢喜酒”取的是肉苁蓉、海马、菟丝子、蚕蛾、獐头鼠目和大快朵颐。这所有的原料用一个大陶盆反扣了,放在一口大铁锅里慢慢炖上,灶里点燃的要是雷劈过的桃树枝,看火的要是魑魅魍魉。

“大王酒”则一定要远离花花草草,投放的都是质地坚硬之物:透明的水晶石、浑玉、野猪獠牙、海胆和霹雳火。这一切在煎熬浓烈之时,才能将现成的酒浆倒上去,借着逼人的白气和“刺啦”声,倾入事先备好的一勺猞狸眼泪。

最先造好的是“五毒酒”和“铁鞭酒”。煞神老母喝了一口专为自己酿造的酒,品了品,浑身的汗毛立刻竖了起来。她大口饮下一碗,双拳抄在胸前,又噗一声将一只空罐捣碎了,一脚踢倒了就近的一棵椴树。

憨螈喝了一碗“铁鞭酒”,腰上的草裙马上飘荡起来,眼里渐渐射出两道幽幽的绿光,长长的鼻中沟抖个不停。他开始咚咚跺脚,然后发出了一声长嚎。林子里有一种疾风呼啸掠过,接着是一群野物没命地逃窜,四蹄蹭着草尖,发出刷刷的响声。他不知是追赶四蹄野物还是半空里的大鸟,仰着脸,奓开两臂,一跳一蹿地往密林深处扎去了。

第 八 章

唯一的逃路

一

在我离开茅屋的这段时间,斗眼小焕和半语子竟不止一次来过。四哥眯着眼,吸着烟斗对我说:“我告诉他们你一时半晌不回哩,小焕就说:‘那我就到城里去逮他。’”

小焕使用了一个“逮”字,这让我觉得好笑。

“只隔了一天这家伙又来了。他以为我把你藏在什么旮旯里,这次是突然闯进来的,大概就为了让我们没有防备,回来‘逮’你个正着。”

我笑了。这家伙烦人而有趣。

“就是这么个物件,你瞧哩。”四哥唏啦唏啦抽烟,也笑了。

大老婆万蕙看看男人,又把脸转向我:“玛丽也来了,这一回又开了那辆小车。这女娃啊,人倒是俊气,不过眼神儿不对劲儿。”

万蕙的观察力是第一流的。我在心里说:是啊,就是这个“俊气”的姑娘,却怀揣着一个可怕的阴谋,她正和另一个家伙联手,对我们惨淡经营、濒临绝境的园子张开了血盆大口。瞧吧,这就是一个美女的故事,这真应了某个朋友的话了:这个年头啊,一个不道德的女人如果再有几分姿色,你就等着看吧。可怜而浅薄,卑微和下贱，就是这么回事。事实上这个世界就是如此地乖戾和险恶，还有廉价和脆弱。目前我已经非常明白，拒绝她也就等于拒绝那个“老总”。尽管这样也许会遭受莫大的损失，招致没完没了的麻烦，可是不这样就会更惨——我们将给连根拔掉。

村头老驼突然也到园子里来了，他的到来使我有点惊奇：他竟然在做与玛丽差不多的一件事，为“老总”当说客来了。

话题刚刚打开，他就扯到了村子西边的那片地：“矿区要包赔咱的地，可咱那上面有点‘小建设儿’……”我知道他是指前些年修建的水渠之类。“不过它们早就没用啦，机井也塌了半截。可总算有东西在嘛。矿区根本不理这个茬，说‘什么小建设儿，一堆破烂石头！’差点没把我气死！”

我听着。我觉得矿区说得没错。

老驼瞥瞥我，大口喘气，拍手：“可就是这些破烂石头，我领着村里人干了一冬一春呢，手都冻裂了。我咬住了牙关，心想：‘日你妈，我这回非咬住你不行’，嗯哼，矿上的头儿秸子也不是个省油的灯，他真有个艮劲儿。后来我才明白，他和‘老总’暗里好着——这应了那句老话：‘天猫地狗，配成了两口’。唉，最聪明的办法是回头来求‘老总’。结果你猜怎么？‘老总’又拍我的肩膀，又攥咱的手，挤眼拿样儿，那是做暗号哩。他们黑道上的人都这样，有话不明着说，心里是明镜。嘿，到头来真利索啊，谁也不吃亏，村子得了个大数，‘老总’也得了个大数……”

“国家丢了一个大数。”

老驼像没听见，吸着烟锅，吸得嗞嗞响，开始给我出主意：“你一个外乡人，里外都没帮衬，什么辙都没有。不求‘老总’，秸子会一口把你吞了，连点骨头渣也不剩。”

老驼瞪的大眼可真吓人。我忍着：“我们并没有太大的奢望。他们按规定付给就行。”

老驼不语。我看见他的眼珠突然飞快地活动起来,嘴唇一撇:“老宁兄弟,事情最后也怕揭底啊!”

他这一句话低低的,但十分阴沉。我愣住了。我发现他那张黄黄窄窄的小脸上,所有的皱纹差不多都交成了十字。这使人觉得对方是一个充满了心计的老人。实际上大概也正是如此。我正费解,他开始咂嘴:

“你知道,土地这东西,村子上可不能与你一个外乡人买卖啊。这原本不合法哩。”

我一下明白了他所谓的“揭底”是什么意思。一阵愤怒使我无法抑制,声音不知不觉提高了:“刚开始那会儿我就说要承包这片园子,也提出过买卖的合法性——可你说庄稼人才不管这些,一切由你兜着。你说只要有了这张契约也就‘神鬼不怕’!这是你当年的话吧?”

老驼把粗糙的手掌利落地一摆,像割断了眼前的一道游丝:“这倒不用犟哩,因为你我心里如明镜,契约都在。这是咱们倒腾出来的蹊跷物件——只是国家不认哩!国家要揭你的底,你受得了吗?打官司告状?啊呀你胆气怪大,怪大!”

我立刻觉得事情有点严重——这真是糟透了。事情怎么会这样呢?我甚至想到了更复杂的一面——玛丽和“老总”几个暗中串通了老驼,那么此刻他就不仅是一个说客,而直接就是一个“利益攸关方”!如果刚才的一番话仅仅是老驼自己的判断也倒罢了,问题在于这极可能是他们一起合计出来的。我想我应该尽快弄明白这一点。想到这里我口气缓和下来,故意说:这事还要您老多帮忙呢,村子严格讲也算我们的上级,希望组织上在关键时刻给予指导和帮助,等等。

老驼听了有些高兴,立刻拍打我的肩膀:“伙计,这就对啦。你看咱都是好心好意的,就该互相提个醒儿。我跟你说的这事儿,不过是摆弄那块地的一些体会,你做也成不做也成,最后还不是由你说了算?有些事情真是犟不得哩——我年轻时候比你火气还大,那会儿吃亏大哩……"

老驼走后,我陷入了深思。我在从头回味他来到之后说的这番话。我想如果这时玛丽来了,我倒可能与她探讨一些事情。就是说,我开始怀疑自己在最后关头是否挺得住了。事到如今,我真的会让"老总"插上一手?

二

四哥咂着烟斗,时不时地看我一眼,大概在琢磨我的心思。我心里想的是那笔赔偿费怎样使用。如果我没有犯傻,那就应该趁早给四哥夫妇买下一套房子:一个流浪了多半生的老人,他和老伴起码该有一个窝,以安度晚年。我当然明白他们的后半生因我而耽搁,想起来心里就沉甸甸的。除了那笔赔偿费,我还将使用自己剩下的一点积蓄,为他们最后的日子作好准备——时下里最急迫的就是先买下一套房子。我知道小城西郊正出售商品套房,那应该是一个去处、一个选择了。我把自己的主意藏在心里,但没有说。

第二天我去了小城,直接找到了那个新建小区。在小区里转了半天,觉得这里环境尚好,房子盖得也可以,价钱却不高——比起我居住的那座大城市房价低多了。我需要一套三居室的房子,但盖好的已经大半出售,动作稍慢一点就得等到下一批了。我瞅着那一幢幢拔地而起的楼房,长时间目不转睛。时下横亘在眼前的问题是怎样尽快把购房手续全部办完。这并非什么轻松的事情,因为这个小城与其他地方完全一样,常常是买主交了钱,房地产商又搞出许多新名堂,使买主难以顺利地拿到产权证——结果最后不是再花上一大笔冤枉钱,就是无限期地等待下去。我必须将一切做得稳妥。

四哥夫妇对我这一段的来来去去忙忙碌碌全无察觉,他以为我仍在为矿区赔偿的事情奔走呢。好不容易办好了按揭手续,我心里松了一大口气,人一下轻松了许多。这些都暂时搁在心里,那种高兴却很难完全藏得住。

四哥低头吸烟,他的身边是斑虎:它想亲近他,却又被烟味儿呛得躲躲闪闪。四哥偶尔瞥来一眼,目光里满是深长的关切,透着浓浓的温情。我在这个老人身边,心头总是一阵阵发烫。一会儿他终于开口了——问的不是土地赔偿的事情,而是小白和老健他们。我心里鲠了一下。我从不想隐瞒四哥任何事情,但关于他们的下落这会儿还是不能吐露……“那伙血性汉子在熬自己的苦日子啊!我睡不着净想这些人,心里为他们难过。有家不能回啊,谁来帮帮他们?一伙人这会儿还不知在哪里躲藏呢……”

小白那封简短的信像出给我的一道谜语,一天破解不了就一天硌着我的心。显然其他地方也找不到他了——他和老健几个人肯定是分开的——我心里明白这时与他相见有多么危险,同时也知道集团那些人,还有刀脸一伙,搜寻最急的并不是老健他们,而是小白。这些下流的家伙,为了达到目的竟然借用了刀脸一伙——其实他们原本就是同类。我一直在留意园子四周的情形、我几次出门是否有人跟踪——我想起老疙的话,从心里感激他的善意提醒。我在城郊小区里转悠的时候,曾发现有几个可疑的人在不远处瞄我,后来又觉得是自己过于敏感。

无论如何我要设法见到小白。我已经焦思如焚,再也不能拖延了。“那个夜晚的故事”——是的,在这座茅屋,还有那个村子的马棚通铺上,我们相互讲了那么多。我讲述往昔,那些令我难以忘怀的故事、各种趣事……这会儿一遍遍回忆,仍然想不明白我对他讲的到底是哪一个“夜晚”、哪一个“闹鬼的故事”?

面对沉默的四哥，我几次想把心里的淤积一吐为快，特别是今后的打算，我为他所作的最后安排。但我还是忍住了。我们俩很少像现在这样长时间地沉默。我发现万蕙在窗前闪了一下，大概刚要进屋，见我们俩在桌前一声不吭地坐着，就离开了。

四哥夫妇总要按时到园子里做活，一有时间就给那些仍然活着的葡萄树修枝培土。这种情景让我想起往昔岁月，想起那些忙碌的日子。可惜即便真的操劳起来，即便我们当年的那一帮人全部归来，也仍然是一场虚幻的热闹。这就是命运，所谓的时运不济——它已经不是某些个体的力量所能扭转，它是无法战胜的厄运。他们令人感动的是：只要在茅屋里待上一天，只要园子里还有一棵树活着，他们就要悉心照料，就像对待自己的亲生孩子一样。我与他们相处越久越是明白：我的力量，品行，一切的一切，都不配拥有这片美丽的田园——这样想绝不是为了给未来的逃遁寻找一种借口，而是心灵深处的悟想，是瞬间而至的谦卑。

现代人已经没有了救赎之方。心灵倾斜以至于坍塌。我们再也不敢失去某些机缘，不敢放弃。深夜想来，凶狠的诅咒也会是一针强心剂，一记粗粝的提示，让人怦怦心跳。回到屏息静气之时吧，悄悄地靠近仁慈，靠近牺牲……忘不掉一个城里挚友的驳难。那次他喝多了，头脑却非常清醒，只是没有了往日的矫饰。他说：“我们这一代长期被英雄主义吸引，简直是疯迷；其实眼下需要更多的是坚忍，我们欲罢不能，可又没有勇气……”

我无法忘记，并一直在想他到底说些什么，表演欲？英雄主义？一代人的基因？是的，任何高远的目标一旦成为侈谈，伪君子就有了嬉笑的机会。世界迅速走入下流，教唆者变为英雄，流氓成了导师。娇男猛女嚎出的怪声，黄口小儿编造的奇闻，正像烟雾一样弥漫四方。文明被挫骨扬灰——人类有史以来收获的精神之籽将流散不存，湮灭无声。深邃的思想？严整的探索？一切都随着时光的流动熄灭和衰减,化进了遗忘之河。

三

就在昨夜无眠的时刻,我一遍遍想啊想啊,终于想起了“那个夜晚”是怎么一回事……我似乎可以确认——不,我真的确认了它在哪里!我告诉四哥:我要去找鼓额了,这次一定要找到她——然后还要找到武早。其实我始终隐瞒了的一个人就是小白,我急于见到的恰恰是他……我忍住了没有说出来。

四哥没说什么,只是点点头。

我想他可能仍旧担心,担心我离去的时间会越来越多,直至最后一去不归,从此消失,走开。我说:“四哥,等这一切过去,等我们能够好好喘一口气的时候,咱们还要像过去一样,携着一壶酒到处去走,痛痛快快地走上一场啊——咱多久没有这样了!”

“你自己走吧,我走了快一辈子了,走不动了。”

我心里沉沉的。白发苍苍的四哥啊,难道你就这么老了吗?难道我们一起在芦青河两岸那种来复奔走,那种自由流畅的岁月,真的永远成为过去?

自己走,是的,永远是一个人……这是他年轻时候说过的话,我至今记得。我真想告诉四哥,告诉这个流浪的导师:本来我上一次就应该直接翻越砧山去找鼓额,只是时间太紧了,我还要急急地往回赶——我心里挂念着多少事情,我心里有一把火,一把忧伤的火,这火是为他、为他们,也是为你而燃啊!这会儿好多了,我们终于在那个小城西郊的小区里有了一把钥匙,它这会儿已经被我攥在了手里,我将在合适的时候把它交给你。这是长时间以来惟一让我高兴的事情。

“不要紧,园子里有我哩,你放心走吧。”

我开始整理行囊……四哥又说:“这回你可一准要找到她,找不到就别回哩!”

是的……一次寻找,却更像一次出逃——焦烦不安,愤懑低回,撞击和投掷,困兽之吼,都等待我在匍匐大地的那一刻一丝丝消融……如果没有一个小白,没有鼓额和武早他们,我就能安稳地待在这个茅屋里吗?我无法回答……我知道,对我来说,大山和莽野真的埋下了一块生命的磁石。

那个夜晚

一

尽管这次远行得到了四哥夫妇的首肯和鼓励,我还是无法走得从容,再也没有了以前那种幸福的漫游感。在地质学院读书时,假日里我自己或相约一两个伙伴,带着一把地质锤和一些杂七杂八的东西,就开始了在大山和原野上的奔走——那时候简直不知疲劳,一路都兴冲冲的。我们每个人打扮得都多多少少像一个游侠,追求一种引以自傲的浪漫精神。我们当时怎么也不知道、也很少去想自己这一生将如何打发,只知道给水壶灌满了水,进入灌木丛生的地带给自己打上裹腿。初学打裹腿的情景让人难忘……有一次我们还跟上一位老师到苏北去看一条大断裂带——那是一条有名的大断裂,后来我曾经有机会一个人仔仔细细地观察过它……老师是个美男子,那一年四十多岁,第一次带领我们作实地考察。我敢说一定有人在偷偷地爱他。他温厚而冷漠,机智又随和,那种随和与温厚的背后却是拒人于千里之外的一点什么。他有可能成为第一流的学者,这在我们这些不懂事的弟子眼里也看得清清楚楚。我们都认识他的爱人,她的一张脸长得又扁又大,外号叫“蒲扇”。师母的样子连我们做学生的也不敢恭维。可就是这个“蒲扇”使他获得了极大的幸福。他们一有时间就手挽手地在校园的林荫大路上散步……关于老师的故事不敢再想下去了,因为去年五月份传来了他的可怕消息:他患了一种不治之症,死的前一个月还在野外考察的帐篷里……

往年的这个季节,我们的园子总是进入最繁忙的日子。那时我们的其他工作都要停下来,全部人马投入采收前的准备。后来还要忙着榨葡萄汁,因为我们有了自己的榨汁厂和酒厂。那时我记得自己累得腰都直不起来,夜晚想爬上土炕睡觉,可是手按在炕沿上怎么也动不了——鼓额在窗外看见了就嘻嘻笑;有一次她甚至停止了笑声,跑进来用力地往上推拥我……海边上的这种大炕别处罕见,它宽阔而高大,一个年迈之人往往要很费力地爬上爬下。那些秋天让我累得每个骨节都疼,却赢来了舒服的睡眠。睡得像死人,什么都不知道,一种彻底的休息。我这一生中,大概只有小时候在山里奔波的野外有过这样的沉睡。汗水真的从里到外把人洗刷了一遍,让我变得轻松而洁净。那样的秋天哪,它真的使我自信、结实,满眼都是愉悦。可是如今,在同一个季节里,我却沿着平原上窄窄的泥路往前追赶,行色匆匆……

我要寻找的人在一种漂泊不定的旅途中,危机四伏。见不到他们我就无法安宁。在那个可怕的日子里,我们的两手紧握而后分开,然后再也没有相见……这是一次匆促的追寻,一次命运的约会。这种感念只要让人稍稍触动,心底就会泛起一种久违的激动。

跨过芦青河之前,沿着河堤一直往南、然后再折向西南,只需三天的时间就可以翻越砧山。那样就可以较快地到达那个矿区。可是我这会儿急切奔赴的却是另一个方向,它的名字叫——“那个夜晚”,一个美丽而神秘的地址,一片月色笼罩之地。那个地方是我在一天夜里失眠时与小白谈到的,当时他饶有兴味地听着,显然是被这个故事打动了。当时我想,是的,这个真实的经历对于一个自小在城里长大的人而言,的确是迷人和有趣的。它最为吸引人的方面,就在于是我的亲身经历。

穿越在河两岸这些村庄和沙丘链之间,不由得又想起以前的那种生活——一边走一边记录途经的地形地貌、植物和动物,而且还要时不时地采集植物标本。这些标本以前搞了很多,制了很多卡片,已经积起了很大的一堆,放在那个逼仄的住处。梅子把它们看得十分珍贵,尽管我们那个小窝连放衣裳的地方都没有,她还是尽可能地归拢好,对其奉若神圣……我明白,今天无论如何也不可能恢复学生时期的那种缜密和严整以及那个时代所独有的热情了。我只想一丝一丝、悄悄地把什么恢复起来,把各种忧心和渴望消融在一些琐细的,然而是极有意义的事情当中。这样坚持下来很难——我只是走着看着,只是一个旁观者和目击者。我再也没有了那份耐心和恒力,没法把一切真实抓到手里。我只是在心里重复:我看到了,我记住了……如此而已。我同时还告诫自己:假若今生有充裕的时间,我将把这片平原和丘陵的一切都好好地记录下来、让一切仔细清晰——那将是多么重要的一件事啊!因为这块土地已经发生了令人震惊的变故,并且是越变越快,再用不了多久就完全会是另一副模样了。如今真的需要为未来"作证",需要留下我们的证词和证言呢?

"那个夜晚"包含的是那么多!我对自己的挚友深情地回忆着十几岁所看到的大海、海滩上的沙岗、杂树林、河流——它们与现在几乎完全不同。沙岭挪位,大海变色,连海湾的弧线也发生了变化;树木消失,生灵死灭……总之一切都在变化和消亡——既然我们当中没有一个人能够阻止这种改变,那么,就相信和依赖你自己的眼睛、你的心和你的手吧!你该记下来、刻下来——有了这样的人,那么将来的某一天,当我们对所有的一切感到无比厌烦、忍到了一个极数,对我们的过去有着刻骨铭心的追念时,就可以按照这一份记录去重新复制……

这是令人浑身灼热的一个念想,它甚至要用力压抑这份冲动——抬眼望去,蓝天上有一只苍鹰,它有一段时间一动不动地凝固在空中。它在俯视大地。这苍鹰一定看到了大地上的一切。如果它阅历深广的话,那么它将看到一幅与以往大为不同的图景……百灵鸟像过去那样上下翻飞,发出了莫名其妙的歌唱。百灵不是一种焦躁的鸟,就是浅薄的鸟,它总是一声连一声地歌唱。这里最常见的是灰喜鹊、麻雀,还有一些没有离去的夏候鸟,有燕子、夜莺、黄鹂,偶尔还能够看到几只红脚隼。往年这时候很容易看到灰鹭和池鹭,还有金腰燕。可是这回我一次也没能看到它们的身影。杂树林子里本来有很多小动物,像狐、黄鼬、草獾等等,几乎每次走到林子内部都能够看到它们。除此而外还有凶猛的豹猫、漂亮的花面狸。而眼下这里只有为数不多的草兔了——矿区的人发明了一种奇怪的狩猎方法,他们在深夜用上了强光聚焦灯和双筒猎枪:在超亮的灯光下兔子吓得一动不动,于是杀手就可以从容地开枪,常常是一个多小时即可以捕杀四五十只兔子,然后赶在早市上卖掉。那些串乡收购兔皮的人随处可见,有的竟来自遥远的南方。

这片泥土上的庄稼大概是多年来最可怜的一茬了,长得高矮不一,有的地方正成片地枯死。玉米长得稀稀落落。记忆中,这无边的玉米田曾经墨绿油亮逼人——在田边歇息时,抚摸着它们粗壮的根茎,常常让人有一种惊异的感动:那像龙爪一样的根柢有力地抓住了一块土壤,长长的叶片像锋利的长刀,上面的丝络发着银光;无数的红缨播散出西瓜似的甜丝丝的香味,小孩牙齿一样的籽粒胀开了苞皮,真像一个娃娃咧嘴在笑……眼下这一切都没有了——它们无精打采,好像在昏睡中挨着所剩无几的时光。田间地头，只要看一眼那些茂长的藜科植物、盐角草和碱蓬菜，就会知道土质里所含的盐分已经严重到无以疗救的地步了。在这样的土地上，谁也不会指望还有好的收获。大部分土地都干得厉害，一些地块正在下沉，渗出了一片片的水洼，长满了喜欢水边湿地的红蓼、酸模叶蓼和两栖蓼，它们红的白的小花看上去倒是非常美丽，引来一只只蜜蜂……

二

傍晚时分终于跨过了河桥。西岸的沙丘不知从什么时候开始，经过了缓慢的、坚忍不拔的移动，已经吞没了一片片褐土。沙丘在这里驻足是因为沟渠边上那些紫穗槐灌木的阻挡；它们想把灌木压在下面，而灌木却不甘埋没，总是用力地往上钻挤——在沙岗上，一枝枝灌木茎条像直立的麻秆，稀稀疏疏栽成了一片。

我想在河岸不远的地方搭起帐篷过夜，可后来发现这个想法有些荒唐：四周到处都是发黑变质的水，早已不能饮用，远远地就能闻到一股刺鼻的气味。我不得不离开这条河，一直往西，直到翻过两座沙丘……沙丘间有一丛碧绿可爱的芦苇，一片栗色的芦花立刻吸引了我。有芦苇的地方就有水，我看了看，那儿果然有一湾清澈的水；用手指沾了舔一舔，它们是甘甜的淡水。我当即决定就在这里过夜——这儿背靠丛林茂密的沙丘，又面对一汪明净的水洼，该是个好去处了。

我动手揪来一些干茅草，又在水洼边上把草屑和树叶拢起来，以备生火。帐篷一会儿再搭，先取水生火。小铁锅被火烧得热烘烘的，这会儿想到该弄点什么野菜来。我发现这里除了不多的马齿苋之外，几乎什么可食的绿色植物都没有。我在离帐篷几十米远的地方找遍了，又转到水洼的另一边，终于发现了一种藤蔓植物：木天蓼。我曾经吃过它的嫩叶，我们的园边就长了这种藤本植物。我揪了一大捧,几乎洗也没洗就投在了锅中。

我专心煮饭。当太阳落下去的时刻,沸滚的水里发出了越来越香的米饭味,我感到了无法言喻的快慰。世上只有极少一部分人才能体味到这种愉快。火焰舔着锅底,又映红了我的脸。折两根灌木枝条做筷子,不时地搅弄一下锅里的食物:野菜、金黄色的小米和一点点盐。我从来不在食物里加放味精,因为没有比野外采集的新鲜菜叶味道再好的了……长期的游荡生活使我对野炊已经十分在行了,能够恰到好处地掌握食物的火候。我亲手做成的每顿野餐,差不多一粒米也不会剩下,一点汤水也不会浪费。即便是顺手就可以采到的大把野菜,我也决不多采,而只采一餐饭所需要的数量……

用过晚饭之后,我在四周徘徊了一会儿,准备搭起帐篷。我用几个很大的土块把灶火围住,然后在上面盖一些树枝,又用一些湿草覆罩:这样既不容易熄灭,又不会在短时间内燃尽。

眼前这片水洼不足四十个平方米,若有一半生满了芦苇,一汪水既浅又清……随着入夜,苇丛里面竟然响起了咯咯的叫声——声音清脆;接着又有另一种声音在应答……它们一唱一和,让人想到这是一个热闹的小世界。我从不记得来过这个地方,即便来过,也会是很久以前的事情了。那时的景物与现在相差悬殊。我最为担心的不是别的,是害怕走失了“那个夜晚”。

水潭的北部有一个不大的沙岗,它同样是由一些密密的灌木枝条固定的。大风把沙岗旋成了金字塔的模样。我爬上了塔顶观望,看一道道沙岗连绵不绝,在夜色里闪动着银白色的影子。这座“金字塔”的下方斜长着几棵柳树,不知为什么被当头折断,顶部生出了一层细密的柳丝,看上去就像一柄柄巨大的拂尘。往北望去,大约一华里左右像有一道高墙,星光下看去它黑乌乌的,齐整阴森……我一时迷茫起来——今夜来到了哪里?怎么荒郊野外出现了一道围墙？我下了沙岗往前走了几步，终于看清：它们原来是一片榆林的边沿！这儿的榆树都不太高，只有靠近林边的部分长得粗壮，而林子的当心正在衰死，所以夜色里看上去就像围墙。我仔细辨认，又一次问自己身处何方？这个地方怎么会让我阵阵心动——它恍若梦境，似曾相识。我在榆树林旁久久徘徊，不忍离去。后来我一下怔住了——终于想起来，这就是“那个夜晚”啊！瞧这就是我对小白讲过的那条小路、那片榆林……我压抑着心头的惊讶看着远近四周，竟然差点儿忽略了它……

“那个夜晚”是这样开始的——我穿过芦青河下游的木桥往西，一直穿过这片树林，到很远的那片灌木林中……家里人总是阻止我，不让我一个人走得太远，因为这片荒滩上有各种各样的野物出没，甚至还发生过猎人误伤行人的事情。传说中这片黑乌乌的林子、渺无边际的荒原，有着各种各样的妖怪，特别是——沙妖。但这一切都没有吓住我、阻止我。我会在天黑之前赶回我们的茅屋。可是这一次我不知怎么就把时间耽搁了，好像时间一晃就到了午夜，我有些慌了……那是一个有月亮的夜晚，天空悬着一个小小的月牙，它的光亮要映照这么大的一片原野已经是很吃力了。夜风很小，但是它把地上的落叶吹出了沙沙的声音。树梢上干结的种子被风一吹，就发出摇动小铃或是吹口哨似的声音。猫头鹰一声声号叫。我深一脚浅一脚地往前，还要躲闪着荆棘和伸到脸前的树枝。

我迷路了，只好凭着感觉往前摸索，感到了从未有过的恐惧。我想到了传说中的狐狸——它们能迷惑人，常常扮上一个老人或其他的什么，与你搭讪，然后把你引向歧途，弄得你一身狐臊再把你放走……路上还要经过一两处传说中的坟场，据说那是古代的人在这儿打仗时留下的——今天看只是一片片沙丘。那些长着荒草的沙丘看上去很像一座座的坟头，所以没有任何人能够区别坟头和沙丘……一阵风掠过，我仿佛真的听到了隐隐的泣哭，或打斗似的扑哧扑哧的声音。

我的头发梢都竖起来了。

人们说这片荒丘在很久以前还是一片大海。这个夜晚我看着洒满了月光的沙滩，觉得自己就站立在大海中央了。这里曾是一片深渊——那是多么可怕的一片大水啊，我想它既然能够莫名其妙地退走，就会无声无息地归来。我的心里一阵阵发紧，心想如果某个时刻大海归来不打一声招呼，那可就糟透了。我、我们的那片园林、小茅屋，还有这荒野上一片片的树林、小草和动物，全都会被大海淹没——它归来时如果脚步迟缓，我们还可以跑开；它如果像一个年轻人那么急躁，那我们可就全完了。大海大概也像人一样，有年轻的时候，有衰老的时候；有时脾气暴躁，有时又心慈面软。它衰老的时候就会哼哼呀呀地拄着拐杖走——我希望将来的大海是一个衰老的大海。

那个夜晚我一遍遍想着一个传说：这片茫苍的深处有一个沙妖，她是一个女人，美丽得无法言说，周身上下都像沙子一个颜色。与人不同的是，她永远也不会衰老——她其实既不是一般的妖怪，又不是神仙；既不是死去的亡灵，又不是转世的魔鬼。她只是这片荒滩上永不衰老的一个迷人精。无数的砍柴人、猎人，一些长得好看的小伙子，都与她偷偷地相会。她常常在一个人最孤寂的时刻出现在面前，抚摸你，把你抱在怀中。她曾经用永不干涸的乳汁饲喂过一个饿得半死的迷路老头儿。那个老头儿是来海边上找儿子的。儿子失去了音讯两年多了，老人有一天做了一个梦，梦见儿子还在海边活蹦乱跳地打鱼，就急急穿过荒滩来了。他走啊走啊，在这个陌生的地方迷了路，耗尽了力气，再也走不动了。可是他思念儿子，有一点力气就往前爬上几步。那时候大海滩人烟稀少，简直只有动物没有人迹。眼看老人就要饿死在荒滩上了，野果子离他几尺远，他都没有力气去揪下来——就是揪下来，也没有力气吞咽了。正在老人奄奄一息的时刻，那个丰腴美丽的女人从沙滩上出现了。她双手托起老人的头，像托着一个婴孩，抚摸他的头发，给他摘去头上的草梗和蚂蚁，然后就解开衣怀，大大方方地捧出温暖的乳房，对在了老人焦渴的嘴上。老人刚才已经没有了力气，这会儿本能地张大了嘴巴。就这样，她给老人喂足了奶，留下了一个谁也没有见过的微笑，飘然而逝。总之那个女人亲近的全是一些好人，一些无辜的人。她会把遭难的人从危险的边缘争抢过来，比如把猎人从野兽口边救下，把迷途的好人指引到大路上，等等。传说中的沙妖无比善良也无比顽皮，她为了逗弄行人，会变成各种各样的人和物：老人、小孩，或其他的动物，一切都不过是为了和人玩耍……这传说感动了那么多人，有人竟然痴迷得专门去沙滩上寻找她，还在幻想中画出了她俏丽的模样……

那个迷途的夜晚让我胡思乱想，最后真的希望与之不期而遇。我模模糊糊地感到，她出现的地方必然会有一片最亮的月光，她脚踏之地必然会是一片洁净的沙子，她的衣服闪动着纯洁的月牙似的光亮，走路袅娜动人，声音好似流水，手指又白又嫩，摸在身上使人阵阵战栗。我觉得她的眼睛像月光，看向谁，谁的身上就会暖融融的一片银色。我依靠想象来抵挡着恐惧和不安，一边往明亮的沙原走去。就这样暂时忘记了迷路的恐怖，也忘记了烦恼。

我走着，不知走了多远，眼前突然出现了一些高低不平、起起伏伏的沙丘。这时我才突然记起了坟场的传说，一股冷汗从头上涌出。就在我猛地止步时，有什么野物嘎呀一声从前面飞起，吓得我蹲在地上，一颗心嗵嗵狂跳。一个又一个沙丘笼罩在阴影里，月光在沙丘的背面留下了神秘的黑色，好像有什么东西随时都能从暗处钻出来。我蹲下等待，等待着巨大的恐惧慢慢过去……不知待了多久，我一猫腰蹿了起来，屏住呼吸往前跑啊跑啊，直跑离很远才放缓了步子——我尽量轻轻地往前走,尽可能不惊动什么野物——当我觉得离那片坟场很远了时,才试着把头转过去:只向那边的坟场瞥了一眼,满头的毛发立刻竖了起来……

只一瞥,我的心中就留下了一个永远没法破解的谜、一个巨大的恐惧。

我看到了什么?我看到了一个白衣白裤的女人坐在沙丘旁边,长长的头发披散着。她在泣哭,可又没有声音。我只觉得她的身子一耸一耸地往前伏去——大概就是那种姿势让我想到了泣哭。我全身的血液都凝固了,像块木头一样戳在那儿,牙关紧咬,全身发抖,用尽力气抵挡着什么。汗水又一次涌出,不过它很快被身上的一阵灼热给耗干了。最后我两眼直直地盯住了那个世界上最可怕的东西——那个白色的影子——它始终没有回头……

许久之后我想,她如果回过头我也就完了。值得庆幸的是,我这一辈子所能记住的只是一个白色的背影。但它绝对不是幻觉,而是我实实在在目睹过的——她伏去的身体、在风中撩动的长发,我都看得清清楚楚——当时我就盯着它一步一步往后退去、退去……不知退了多远,直到发现一群麻雀往空中飞去,更远的地方好像有狗在一声声呼唤……我至今还记得这声音使我多么快活,我像突然挣脱了死境一般,身体一下子放松起来。有狗的地方就一定有人,我真想放开喉咙和远处的它应答一声,以此来证明自己的愉快和侥幸,还有无畏。但我没有那样做,只是憋住了一口气,无声而飞快地往前跑去……

三

当我走出林子,狗吠也在远处消失了时,再次感到了夜路的迷茫和漫长。我怀疑刚才听到的吠叫只是一种幻觉。再往前,又穿越两座沙岗,看到了两个像绵羊那么大的巨鸟,它们伸长翅膀在一块儿嬉闹——我当时离开它们大约只有十几米,月光下看得清清楚楚。它们居然没有一点害怕,见到我也不躲闪,好像明白我已经没有力量和勇气去干涉它们了。它们闹了一会儿,瞪着眼睛看了我好长时间,还把脚下的沙土踢起来,扬得很高很远。这样一会儿,它们又在身边扒开了一个大沙坑,沙坑里冒出了袅袅烟气,这立刻让我嗅到了一股奇怪的气味。我赶紧捂着鼻子跑开了。两个巨鸟发出了幸灾乐祸的笑声——那呱呱的笑声让我又一次害怕起来。

这片海滩上有多少古怪的事情啊。那两只巨鸟是什么?是鹰还是鹭?都不是。我敢肯定,它们更不是大雁和野鹅。

记得那一夜,我只顾匆匆逃离,最后才抵达了一条水渠。水渠是南北走向的,这使我有可能判明自己的方位——在水渠两旁,如果是白天,就会看到一处又一处稀稀落落的园林。我发现这个夜晚不知什么时候阴得严严实实,月亮没有了,星星没有了,真是黑得伸手不见五指——这时我才在心里庆幸,如果再耽搁一会儿,那么就真的找不到回家的路了。

往前摸索了一会儿,后来终于磕磕绊绊走进了一片林子里。一道道石木交错的栅栏挡住了我,青色的石桩在墨夜里发着寒光,铁丝扯起的横梁上挂着一串串干结的豆角。这个季节,看林人都撤回村庄了,只有极少数无家可归的老汉才搭起一个草窝,挨过漫长的冬天。我想这片林子里有一个人多好,随便是什么人都成。哪怕他只发出一声咳嗽,也会给我带来一点安慰。总之,我特别希望在这片陌生的地方遇到一个活着的人。这样想着,我真的看到了一个小草铺的轮廓。我咳嗽了几声,立刻有一条狗扑出来。我一边躲闪那条狗一边想:原来在林子逃奔那会儿真的听到了狗吠,原来那不是幻觉啊!

狗大叫着往前扑,我一弯腰,那狗就跳开了。我向前挪动了两步,一点点接近了那个铺子。

里面有一个红色的光点一闪一闪,我知道那是看林子的老头在吸烟。我想他的年纪一定很大了,因为老人们常常深夜不眠。接着一个很粗的嗓门喝住了狗,招呼我走过去。我走到铺子跟前,他伸手摸了摸我的头,又把我揽到身边,在黑影里费力地看了看我的脸,好像刚刚看出我是一个少年。老人对在我的耳朵上问:

“抽烟儿吗?”

直到了这一刻,我才从声调里辨别出,坐在面前的原来不是一个老头儿,而是一位老太婆!我的心不知怎么咚咚地跳起来,大概因为太出乎意料了吧。

“我还以为是老大爷呢。”我怯怯地说。

“抽烟儿吧。”

老太婆把烟锅递过来,后来又想起什么,磕了磕,重新装上了一锅烟。她不管我嫌不嫌脏,把烟袋杆儿一下捅进我的嘴里,接着划亮了火柴。

我借着火光盯了一下她的脸,再也顾不得吸烟了。那是一张特别衰老的脸,嘴巴窝窝着,好像没有一颗牙齿了。她穿得破破烂烂,戴了一顶黑呢子小帽,花白的头发从帽檐那儿钻出来。从她的眼睛里可以看出,她的年纪不是特别大,因为闪着兴冲冲的光。

我装着会吸烟的样子咂着烟嘴,她却把我一下搂进了怀里,还在我的额头那儿亲了一口。我想这是一个脑子有毛病的人,她怎么能跟一个不认识的过路人这样亲热啊!那时候我已经把自己看成一个男子汉了……我吧嗒吧嗒吸了两口,只是掩饰慌乱而已,因为这一路上我都惊魂未定。我没有把烟吸到肚里去。老太太看着我吸烟的样子,高兴起来,咯咯笑,还把烟锅从我嘴里拔出来,插到自己嘴里吸上两口,然后再送进我嘴里。我觉得有黏黏的丝线连着我们俩的嘴巴,就禁不住吐了一口。老太太说:

“我掐着指头算了算,知道这夜间会有个孩儿来。”

“我不是孩儿。”

老太太笑起来:“怎么不是? 你还不是孩儿吗?”说着又把我往怀里按了按,甚至解开了那脏腻的棉衣大襟,把我揣进了深处,搓揉两下又包裹起来。她的手硬硬的,我想挣脱已经有点晚了。就这样,她默不做声地抱了我一会儿,然后商量似的说:

“孩儿,躺这铺里和大娘过一夜吧。”

我使劲摇头。

“从来没个孩儿和我一块儿过夜,只好一夜一夜搂着狗睡。”

“我又不是狗。”

老太太笑了,笑着去擦眼睛,擤鼻涕。她把手在衣襟上擦一擦,说:“我的狗懂事啊,搂着它,它一动也不动,夜里怕我惊醒,起来解手都是轻手轻脚。”

我感到真好笑。

老太太沉默一会儿,又说:“你还是在这儿过一夜吧,啊,就让我搂一个孩儿吧。”

“我不,家里人等着我哪。”

老太太不做声了。她肯定十分悲伤。她那两只手一直紧紧地搂着我。这样又搂了一会儿,她才把衣襟掀开,把我放了出来。她嗓子变得哑哑的,说:

“那你走吧,孩儿,回去找你妈吧。唉……”

她深深地叹了一声,那嗓子低极了,好像在一瞬间我们俩有了什么深情厚谊似的。

她一句话说完,鼻子就被什么堵住了。

我趁这工夫赶紧逃开了。因为跑得太急,一起身就被石桩绊倒了。她上前把我扶起,我却吓得连头也没有回,一跃跨过了栅栏。跑呀跑呀,直到听不见狗的吠叫才停下脚步。我的心扑通扑通跳,望着漆黑的夜色,突然愣住了。我猛地醒悟:这个老太婆,还有沙丘里的白衣女子、大鸟,肯定都是一个人——他们都是那个顽皮的沙妖变成的啊!

我久久地回望,望着这片无边的朦胧……

这就是"那个夜晚"——小白当时神往地一遍遍坐起,询问着沙妖。我强调这是一个亲身经历,并仔细讲了故事发生地的方位:当然是以那条河和那条林边小路作为坐标的。

四

我甚至不再等待那个黎明,掮起背囊,恨不得一步跨到那个看林人的窝棚里。这儿离那个地方只有不足十华里,或者还要近一些。最大的问题是如今的荒原已经变得面目全非,我担心那片林子已经不复存在——令我惊讶的是小白为什么会选中这个地方藏身?如果不是情况紧急,那么他一定会在那个草炭厂等我;除此而外,他一定是被荒原上那个美丽的传说给迷住了!我知道一个人在走投无路的困窘时刻,是极易走火入魔的——他渴望那个沙妖施予无私而神奇的搭救吗?如果是这样,那就太荒唐了……

一道道风成沙丘上长满了灌木,荆棘丛生,有时要穿越十分困难,不得不绕行。这些奇特的屏障使我花费了更多的时间,而且不止一次迷失路径。我在心里叫着:老天,难道又到了李胡子的年代了吗?这真像一种神秘的游击和藏匿,除了给人局促不安和焦虑之外,还有一种特异的兴奋在心底一阵阵泛起。一只夜鸟在半空发出一声极为短促的呼鸣,好像在头顶那儿荡了一下,随即消失了。我费力地辨认四周景物,想找出当年的那片林子——一切都不见了,除了沙丘还是沙丘,它们大多呈东北西南走向,横亘着,交织着灌木和荆棘。我真像走入了迷魂阵一样,不知在这其间转了多久,很长时间只在不大的一个区域里打转。这样直到登上一座最高的沙岗,这才从朦胧的月光下看到由大小沙丘包围起来的一片不大的林子,心里立刻一阵兴奋:这就是当年的林子?那个奇遇之地?我快步走下沙岗,一时顾不得荆棘划破衣衫。

我小心地寻觅着一切窝棚之类的痕迹。这里还会有看林人吗?没有听到狗吠声,而看林人总是要与它们为伴的。我在林中蹚着,磕磕绊绊往前,终于发现前边有木栅栏的影子,它矮矮的,月光将它的一道阴影投下来。我的心跳多少加快了一点,步子不觉中迈大了。伸手打开栅栏门的一瞬间我终于明白了:这里真的有人。因为我搭手的地方有经常触摸的滑腻感。与此同时我很快发现了坐北朝南的一座地窨子,即半截卧在地下的窝棚。这里一片月光,到处静静的。我轻叩那扇小门,一下一下……等待回应。

大约过去了十几分钟,像猫一样的脚步在身后响起,还没等我回头,一只手就按到了我的肩上。“小白!”我一边喊一边转身,与此同时,一只胳膊把我紧紧揽住了……

我在月色下看着他,一时无语。我一直以为他会变得破衣烂衫面色憔悴,这会儿却要暗暗压住一个惊讶:他还是像分手时一样的神色,衣服也还整洁,只是人稍稍黑了一点、瘦了一点。他的手还是那么有力。

我们进入地窨子。一盏桅灯点亮了。啊,一个收拾得井井有条的小窝!瞧这个人在任何时候都是这么有条理、洁净。地铺是由蒲草做成的,上面是简单的行李;特别让我注意的是地铺旁有一个搁东西的小台子,上面是一小排书。离开铺子远一点的是一个小小的灶台,是自炊的用具等杂七杂八。显然这就是记忆中的那个林子的原址——或相距不远的地方。但这绝不是当年那个护林人的小窝了。记忆中的那个古怪老太婆如在眼前,她那支长长的烟斗好像还在面前冒烟……我忍不住脱口而出:

“真不容易!像猜谜语一样!我差不多完全想不起这儿来

了……我直到最后也不敢确定。我还以为你是被传说中的那个沙妖给迷住了——你在沙滩上真的遇到了她,然后就赶来欢会了……”

他一直在端量我,不吱一声。这时“欢会”两个字终于让他露出了笑容。这微笑只是一闪而过,他随即脸色绷紧起来,说:“那个草炭厂待不下了,因为刀脸的人注意上了那里。我不知道去哪儿才能摆脱他们,就连原来准备去的另一个地方也不得不放弃——那里还是不行。我想起了这儿,当然是因为你的故事,还想到了那个沙妖,不过我还不至于蠢到了来这里寻她……正式迁入前我来看过,当第一眼看到这座废弃的地窨子时,就喜欢上了。可我又怕你找不到这里,想啊想啊,好不容易才想出了写那样的一封信——这样即便它落到刀脸的人手里也没事,这信只有你一个能看懂嘛。”

我简要叙述了一遍分手之后的所有情况,但没有过多地讲述在集团保卫部里受到的折磨。我只想强调如下的意思:下一步怎样通过自己和另一些人的努力,摆脱刀脸等人的可能性——我会在城里全力做这个事,我今天主要就是来讨论这个的,看看我们能做些什么、该怎样做。我特别问到了红脸老健他们。小白听着,缓缓摇头:“不,那些人把你从集团保卫部的黑屋里搭救出来,却不会原谅我,也不会原谅老健他们。你有岳父的关系,这是两码事。这点我还不存奢望。这一摊子要搞明白最少也需要好几年,我们没有那么多的时间了。再就是,那天的整个行动是有缺陷的,因此才造成了那么大的损失——冷静下来想一想,自责得很。我们起码应该更智慧一些才是。后来发生了那么大的事儿,我真的没有想到……也许当时气昏了头。我现在矛盾的是,如果不想任人宰割,就很可能是这样的结果:损失了那么多财产,再搭上人命……我为这个不停地责备自己,也觉得对不起老健他们。可问题是,后悔已经没用了……"

我知道小白难过的心情。他想表述的也是极其复杂的问题，就是这些使他不安，还将让他长时间处于不能解脱的痛苦之中。我问："老健和苇子他们呢？"

"我们是去草炭厂以前分手的。他们几个由老健领着去山那边的采矿区了。估计混下去没有问题，那一带老健很熟……老宁，我真急着见你啊，只要一天不见到你，我就不能离开……"

"你还要离开？去哪儿？"

小白盯着桅灯说："我一直想去西部……那里有我的几个朋友。他们是两年前去那里的。这个平原我不能待了——我也不想回城，你知道，离她那么近，我会受不了的。"

我知道他还是纠缠在那个女人的身上……我叹息一声，不知说什么才好。此刻我真想告诉他：快些走出这座迷宫吧，快些放弃吧！如果你能够稍稍地将目光移开一点，就会发现另一个世界，那里有一个同样可爱甚至更加可爱的女性，她就是肖潇……我这样想着，却没有勇气说出来。

"离开前我想托付你一件事：代我去见见她吧，你们也早该认识一下了……去替我向她道个别。你把发生的事情向她从头至尾讲一遍，告诉她：我马上就到西部去了，并且肯定不再回她的那座城市了。如果她有一天真能够摆脱那个家伙，我们就到高原上去过另一种日子！快离开那个肮脏地吧，让我们俩重新开始吧——我会在那儿等她，在那儿和她白头到老……"

"你……真就这样定了？"

"真的，这不是一时冲动。我已经决定了。人哪，不能一辈子待在这片洼地上，这儿人密得挤都挤不动，窝了一团脏气，会把人憋死、闷死！随着年纪越大，肺活量就越小，我想下半辈子好好喘一口气，站到高处畅畅快快地呼吸一场——还是走吧，不想再耽搁了,一转眼就这么大年纪了。这些日子,连做梦都是朋友站在高地方喊我,他们在放开嗓子喊:‘喂——’”

我在微弱的灯光下看着这对晶亮的眼睛。我能明白他的意思。我的另一个挚友辗转了大半个中国,最后也到高原地区定居去了。我抚摸着胸口,那儿被撞得发疼。我不知该规劝还是该鼓励。最后我不知怎么把那个女人的形象与沙妖混在了一起,这使我觉得他必须远离她,与之分离,只有如此,才会走出这无边的荒漠。我的嗓子一阵沙哑,说:

“记住了。我会找到她,我会把这些话告诉她……”

独身大侠

一

告别小白之后,整天都在穿越一座座的沙丘,直到抵达芦青河的姊妹河——界河。身上满是汗渍,风一遍遍把湿漉漉的衣服吹干。这条在上游与芦青河平行的河流,沿着砧山以东的丘陵拐来拐去,虽是水旺季节,但河里的水仍然不多。弯弯曲曲的水流在河谷里绕来绕去,时而分成辫形。由于这里已经靠近了砧山山脉,更主要的是它的上游流经了那个山谷,所以尽管流沙中的含金量极少,也仍然有人在界河里淘金。这儿看上去污染较轻,水色清清,但有人做过检测,它同样有氰化物污染。好在各种水生植物长得也还茂盛,河堤两岸的原野基本保持了原貌。河谷宽阔,干涸的谷底差不多全是淤泥和新冲下来的细沙,一些野草和灌木被埋上了,新的又刚刚生出。这里很容易看到西伯利亚蓼、两栖蓼和浓得像绿毯一样的葎草。靠近河堤处有很多钻天杨,靠近水流的地方是密密麻麻的河柳。河堤的护坡上偶尔还能看到一两株油松,它们的表皮在阳光下泛出一种好看的粉红色。一只喜鹊站在枝丫上,粗糙的嗓门叫起来很像咳嗽,原来另一只喜鹊正在与之遥遥相对的另一棵柳树上。河床中间有几只正在啄食的沙雉,野鸡在对面堤坝的灌木丛中一声声啼叫……

一个猎人打着裹腿,戴着奇怪的翻耳帽,顺着我旁边不远的一条小路走下来。他的挎包是皮革做成的,塞得鼓鼓囊囊。我想那里面一定装着霰弹、一点点吃物等。他的枪挂在肩上,远远地看了我一眼,大概被我的背囊吸引住了,走开几步又转脸看我。他的模样让我想起了武早,有一瞬间我甚至想,武早说不定正在哪一片山地里漫游、偶尔打打猎呢。我想跟那个人打个招呼,后来又忍住了。我直看着他向河的下游走去。那里的芦苇、蒲草和各种各样的灌木长得密密麻麻,有时还可以遇到一片小小的沼泽。我知道那里行路艰难,可是各种野物很多,特别是各种各样的飞禽,简直多得目不暇接。在这繁忙的季节里仍然还有猎人在活动,这是因为各种野物已经开始到了每年里最肥的时候——它们总是在秋天积蓄脂肪,准备度过严酷的冬天。

太阳斜向西方,一天的流云渐渐合拢,天空一片朦胧。山谷变得阴阴沉沉,那长得不高却十分茁壮的油松显得青森森的。山岭的另一面传来断断续续的歌声,声音模糊不清,像是一些稚嫩的嗓门。我迎着一座山岭的上坡走去,很想看到那些活动的人群,找到那些唱歌的人。不过凭经验知道,他们一定在更远的地方——山岭的回音有时使他们的声音听起来很近,实际上却不知要转多少路才能看见他们的身影。我一直往上攀登,不断有酥石被什么野物蹬塌了,顺着陡陡的石坡滚下来,落在前面几米远的山路上。我脚踏的这条山路很窄,它们甚至连马车都跑不开。这些山路都是由打猎的人、在山间赶路的人踏出来的。可以行走的车辆仅仅是一种独轮车,而独轮车在界河以西的丘陵地带非常实用——推车人把连接扶柄的粗绳子挂在脖颈那儿,叫做襻绳;有了襻绳,既可以省些力气,又不容易使车柄从手中滑脱,可是也带来了另一种危险:我曾看到一个在崖坡上推车的老汉在翻车时被襻绳拧住,随着车子一块儿滚下了山崖。

各种各样的灌木填满了油松间隙。从这儿往上,油松渐渐退居了次要地位,而那些叫不上名字的灌木和杂草却长得越来越旺。这儿的水土渐渐好起来,岭上的土层很厚。由于四周的山岭都比较高,这儿就可以自然地汇集起大量的山落水……正走着,突然听到灌木中有什么东西发出咔嚓嚓的响声——抬眼望去却什么都没有。又走了几步,一丛小叶杨下猛地钻出了一只草獾:它往上跳跃了一下,像中弹了似的,滚动一下跑走了。它的那个奇怪动作吸引了我,使我觉得真是有趣。在山里赶路常常能看到这种奇怪的情景:各种野物像小孩子一样顽皮,它们能够独自找乐。有一次我看到了两只喜鹊在地上打架,其中的一只把另一只按在地上,那姿势很容易使你想到那些淘气的娃娃,一个把另一个压在身子底下,还不停地挥掌拍他的屁股。还有一次我看到了一只猫头鹰,在离我不远的一块花岗岩上,一只眼睛睁睁闭闭,因为正是早晨,天不太亮,它一定能够看到我。可是它竟然没有飞走,就这样一直让我走到它跟前,直盯盯地看着我。它头颅上的毛发长得无比和顺,让人想到一些上年纪的人留起的背头。我在它的"背头"上梳理了两下。这家伙竟然一点也不慌张,只把抓在岩石上的两只爪子挪动了一下,像我们常常看到的那些走钢丝的猴子一样。我曾看到一只漫步的黄鼬:一般而言,这种机智胆怯的小动物一闻到人的声息总是很快蹿掉;可是那次我却看到它缓缓走在一道石堰上,一边走一边用鼻子嗅着什么;当它抬起头时,那双水灵灵的大眼睛在瘦小的脸庞上尤其显得生动明亮。它就那样盯着我,目不转睛地看了半天,竟然忘记了赶路。它昂首挺胸的样子让我神往。那一刻我想,这是多么美丽的一种动物,可惜人们在各种各样的传说中总是把它说得有点邪恶。这是不公平的。

二

登上一个山岭,又听到了那种懒洋洋的、若有若无的歌唱。抬头寻找,什么都没有。从这儿往下看去,可以看到一片开阔的谷地上到处长满了灌木和野草。我觉得那些灌木丛上有着异样的标记,仔细看了看,才发现有的枝条上绑了一些红色布绺。我觉得奇怪,就快步走了下去。

一丛槐棵上绑了红色的布条,在风中呼呼飘动。远处还有不少这样的布条。与此同时我还闻到了一股浓浓的香味。原来灌木下的杂草间好像有什么东西,踢一下,露出一团拌了油脂的糠麸——取一根枝条把这些糠麸拨开来,一群叫"土元"的昆虫在其间爬来爬去。

就在我低头好奇地探究时,突然从一边的树丛里蹦出了一个人,他厉声吆喝了一声,我给吓了一跳。这家伙有四十多岁,脸黑黑的,所以眼白显得很大。他的衣服破破烂烂,用一根桑树皮束着,左手抹腰,右手做成剑指朝我点了一下,嘴里发出一声:"咄!"

我往后退了两步。他又重复着刚才的动作,往前跨了一步。

我正不知所措,又围上三四个和他打扮差不多的人。这些人全都嘻嘻笑着,抄着手看我。他们当中有一个老者,看上去有六十多岁,脸色蜡黄,长着两撇往上翘的胡须,还戴了一顶古怪的、有着一个红豆的黑呢子小帽——只有他一个人不笑,背着手站在那儿。他身边的人指指点点,口气里充满了嘲笑。我觉得不好,就小心翼翼绕过一丛灌木,想从一边走开——经验中这样的路遇,快些躲开才是上策。我知道如果遇到一伙人松松散散,那倒大可不必害怕;

这些人若呈现某种有组织的状态,那就要尽快规避了。眼下的这群人分明有个头儿,于是我马上嗅到了一种危险的气味。

可是我刚走开没有几步远,突然听见身后的那个老者厉声喝道:

"给我拿下!"

随着这声吆喝,最先蹦出的一个汉子颠颠地跑到我的前边,一叉腿就挡住了我的去路;接着又拥上来两个人。他们不容分说扭住了我的胳膊。我差不多没有反抗,因为反抗没用。有人去抓我的背囊,我就把肩膀一缩勒住了背带。几个人一齐动手,把我往前推搡着。

老者仍然背着手,头也不回,好像自顾自地赶路。

就这样,绕过了一个矮矮的小山包,来到了一个奇怪的地方——这里还躺卧着两三个人,他们利用一道石壁躲风,在四周铺了一些麦草和各种各样的杂草枝条,摆放了一些石块。石块旁边,就放着熏黑了的、破了半边的铁锅和搪瓷缸等,还有一些塑料口袋。我知道这是他们过夜的地方。可见这些人与一般的流浪汉不同,他们是成群成伙的:寻到一个满意的住处往往要住上一段时间,住腻了再往前赶;他们一般很少到村子里讨要,而是要兼做其他的营生,像剪径抢掠、偷盗,都是他们的拿手好戏。不过也有不犯这些毛病的流浪群体,比如他们可以组织起来淘金、采药等。

我被狠狠掼在地上时,那个老者才转过身来。他坐下,伸手摆弄自己的几根脚趾,慢腾腾地拖音拉嗓问:

"怎么不懂规矩啊?"

我觉得这像土匪的黑话。我问:"怎么啦?"

"你怎么敢毁俺香窝?"

我愣了一会儿,终于恍然大悟:那些糠麸皮做成的东西叫"香窝"。原来它是这帮流浪汉故意搞成的,大概用来诱捕那些土元——土元可以入药。这时候我才明白,自己刚才有点莽撞了。我连连道歉说:“我不太懂,我是外地人……”

一边的人笑笑:“外地人长了三个蛋不成?”

所有人都哈哈笑起来。这笑声让我有点难堪。我搔搔头,又把背囊往上耸了耸:“我正急着赶路,看见红布条……总之我真的不明白,没有恶意……”

老者笑了:“赶路,谁不赶路?俺这一群也是赶路的,从南到北,又从北到南,从来没见过你这样的怪鸟。”

旁边的人又笑。

我赶忙解释:“我要过砧山,到金矿那边去,真的不想偷别人的东西……”

老者说:“你以为俺就是偷东西的人吗?伙计,可不能说些没根没底的话。刚穿上一条裤衩,就踢开了光腚客,你眼里没有穷人哩!”

我想跟这帮人简直没法对话,他们总是有说不完的俏皮话,尖酸刻薄到极处,想方设法挖苦人。

一边一个满脸沾满了土末的家伙说:“你鼻子里插葱,装什么大象?”

另一个笑嘻嘻接上:“看见水,绕着走;看见狼,莫当狗;睡刺猬,你得有耐性。干什么有什么规矩哩,是吧是吧是吧……”

旁边又爆发出一阵大笑。我有点恼怒,刚要站起来,一只脏乎乎的大手立刻拍拍我的肩膀:“兄弟别急,别急别急,到了哪里有哪里的饭吃,反正饿不着你,急个什么?在这儿和贫农打上几句哈哈不行吗?”

他的口气很和善,这又使我有火发不出。

老者往前挪动了几步,在一堆燃起的炭火上烤了烤手,慢声细语道:“兄弟,俺这些人吃物不缺哪,野菜、柳树芽、香喷喷的小米饭,什么都吃得上。俺缺的是零花钱,要找钱买酒嘛,”他咂咂嘴,“野地里湿气重,弟兄们缺了酒还行?”

我想起了什么,放下了背囊,翻找出了拐子四哥给我带上的一瓶瓜干烈酒——刚刚取出,四周的眼睛都放出了光。但我不想把一瓶酒都给他们,只想分出一半。可是那个老者一下子抢到手里,打开盖子就对在了嘴巴上。糟了。我忍着疼说:

“这瓶酒都给你们吧。”

老者哈哈笑,一边的人也笑。一个鼻子上带着红伤的家伙凑近了,一声连一声说:“有了这东西,你把香窝都给俺毁了也不怪你哩。像这样的义气人多年不见了。你是哪来的?”

我告诉他们从哪里来。

“俺还以为你是那家伙呢!”

“什么家伙?”

“独身大侠。”

我听了一阵兴奋。怎么也想不出眼下的这帮流浪汉如何将我猜成了那种人。

老者接连喝了两口酒,极度兴奋。他摸着翘翘的胡子,大声嚷:“做饭,开宴,招待贵客,一起吃哩!”

他这一声喊叫,竟然使我的心情安定下来。我看了西边黑下来的天色,又瞅瞅这个地方,心想大概也只得在这里过夜了。不过我只想自己做饭,就在旁边搞了两个石块,然后支起了小钢精锅子,倒出了一点米煮起来。

一边的人都围上看我兴炊,还用什么东西伸进锅里搅弄,说着:“你这套家巴什不错啊。”一会儿,旁边破了半边的那口大锅也冒出了米饭的香味。我去看了看,见里面是一些野菜玉米粥,其中还掺了一片片的瓜干。那个老者取过两个小瓶子:一只瓶里装了盐,另一只瓶里装了黑乎乎的粉面。他各取一些撒在锅里,我才闻出那黑的是胡椒粉。“好东西啊。”老者感叹着,用一根棍子用力地搅弄锅里的东西。这一大锅东西要多少人才吃得完?

饭做好了,大伙都从角落里找出了自己的搪瓷缸子。他们不用勺子,直接把手中的家伙往滚烫烫的锅里插,每人捞起一大缸子端到一边去了。我正出神,那个老者取过我放在旁边的一个搪瓷缸,也到大锅里舀了一下。我连连摆手,不过又不能说出心里的嫌弃。我指着自己的小锅子说:“我的饭也好了。”老者说:“都是赶路的人,还分你我?”说着竟用自己那个破搪瓷缸子在我的小锅里舀了一下。黄澄澄的米饭立刻被弄黑了一片,我皱皱眉头。奇怪的是对方一点也看不出我不高兴,只顾狼吞虎咽地吃起来,烫得啊啊大叫。那瓶酒发挥了作用,他们轮流喝着,一会儿就喝光了。饭后他们用力地伸展双臂,长呼短叹:“天哪,一年里也没这么好的吃物哩。”

他们把酒也叫成“吃物”,这使我觉得十分新鲜。

三

天黑下来,大家准备睡觉了。他们取过一旁的松树明子点起来。闪跳的火光下,这些人很像一帮强盗。不过他们大致都有一副好心肠,没什么恶意。我就在他们旁边支起了帐篷。简易帐篷一搭起马上引起了他们的好奇,一个个走上来,伸手抚摸着光溜溜的化纤篷布:“哎哟,光溜溜像大闺女的皮儿。”老者咳嗽着:“我看看,我看看。”说着钻进来,摸了摸又躺下试着,说:“还是你这样的人会享福啊!哎,身上带刀了吗?”我愣着。他小声对在我耳朵上问:

“你是不是一个反叛?”

“你是什么意思?”

老者压低了声音:“我还真以为你是一个‘独身大侠’呢!”

我笑了。

一帮人都离开了自己安歇的地方,围到了我的帐篷口上。这个帐篷太小,只能勉强容下我和老者两人。就这样,我们俩在里边坐着,一帮人蹲在帐口,七嘴八舌,热热闹闹。老者说:“今夜你是远来的客啊,讲个呀,讲个呀……”

我说:“你们讲个呀!你们是干什么的?”

老者说:“不瞒你说,俺都是一些跑出来找饭的,都是这样的主儿。一开头俺在砧山西边的金矿里打工,接连死了两个弟兄,后来一拍手,说得,人为财死鸟为食亡,俺可不能为几个鸟钱丢了身子。就这样游荡开了,翻过砧山,往大河下游走了。听说那里吃物忒多,大鱼大肉;说不定俺在下边的村子里安个窝,找个笑眯眯的丈母娘……”

说到这儿他哈哈大笑。我问他们的老家在哪里?

“他们嘛,有的在山南,有的在平原……人这一辈子怎么过不成?反正有吃物就中;没有吃物饿两天肚子也没什么大不了,实在不行咱就做个杀富济贫的人呀……”

他这样一说,帐子外边的人兴奋得搓手。老者又眨眨眼:“听说过吗?那些年在海边上,从这一遭再往北,就有一条好汉……”

我一时没听明白,抬起眼看着他。四周的那帮人一齐喊:

“就是李胡子——你不知道?就是那个‘独身大侠’!”

我一下全明白了,也弄懂了他们先前那样称呼我,原来包含了某种讽刺意味。

“讲个呀,讲个呀……”一群人呼叫着,看着老者。

老者说:“我常跟他们讲李胡子的故事,那个独身大侠呀,杀富济贫,一身武艺,手里的家伙真是百步穿杨。他骑着一匹黑马,也有人说是一匹青花马,沓沓沓夜行百里悠着走。擒了南边大户人家的小姐就扔在马背上,一溜溜飞跑,天明时分准跑回海滩。人家一辈子没断上好的吃物……”

大伙又笑了。

老者说:“不过这是个干净人,从来不近女色。他抢来的小姐都送给了穷人。穷人不要,再交给革命队伍——干什么用?当护士哩。你知道,这些小姐个个都有书底子,心灵手巧,会读医书,会念报纸,会绣花缝补衣裳。到后来大官都愿找她们当媳妇,生个娃娃又白又胖,双眼皮儿,咕咕哝哝念洋书。儿子大了,妈妈就说,你这辈子忘了谁也别忘了李胡子,是李胡子抢来你妈,你妈这才走上革命路……”

大伙笑得快活。我觉得这个老者有一种奇怪多趣的思路,虽然说的未必都是李胡子的故事,但也算贴谱儿。那是各种传说搅在了一块儿,越传越神,越传越奇,到后来都归到了李胡子身上,他就给弄得不三不四了。我想:瞧这个传奇英雄的影响多么大,他的故事已经远远地讲到大山的那一边……老者又说:

“说起来也许没人信,李胡子一个人在战争年代里端了六座炮楼,听说海边小城一围遭的那三个大炮楼,都是李胡子闹塌了的。有一年李胡子装成一个驼背老人,背着一个破布包,里面装了几只鳖。谁也不知道他在鳖里面下了毒。鬼子头儿吃了,七窍流血。还有一年上,李胡子把枪藏在鸡蛋篓子里,偷偷摸摸混进了英国人的海关,那些英国人黄头发蓝眼睛,鼻子上全是疙瘩,和洋夫人坐在铁椅子上听戏匣子。李胡子去了,大大方方撩开鸡蛋篮子,抽出了手枪,那些外国人把女人扔下就跑。扔的时候还两手抓住她们后背上的肉往前一拥,和李胡子撞个满怀。看,洋人多么坏!人家李胡子不是冲着女人来的,人家是冲着英国人的那两挺机枪。英国人的武器好,偷他们一支枪就等于偷来半支队伍。可那一次李胡子没能得手——因为有一支土匪比他先一步赶到,那枪已经被洋人献出去了。后来李胡子又登上了一只运金子的船,那些金子都出在砧山西边的金矿上。他就硬是把这只船押着，开到了咱们这边儿来……”

他说到这儿，那个鼻子上有伤的人睁大眼睛问：

“‘咱们这边儿’又是哪里？”

老者把手一划拉说：“就是咱们这边儿。李胡子枪法好，人也硬气。多少人打他的主意，都没能得手。那时候啊，这一围遭队伍多了去了，都是些杂牌子，几杆枪再添几个人，一支队伍就拉起来了——那名字叫‘拉杆子’。最早站出来‘拉杆子’的人就是司令。这一围遭有八个司令，八个司令一人占一块地盘，哪一个都想把李胡子网罗进去。李胡子一个也没看上眼。有一个满脸长了红胡子、头顶上有两块大疤的‘二疤瘌’，亲自派人给李胡子送礼传话，说李胡子如果入了他们的队伍，那么他就把司令的宝座让给他，自己甘当副手。李胡子把东西收下，一摆手说：‘告诉你们的二疤瘌，他想活得好，就别来刺挠我。’来人把他的话回报了二疤瘌，二疤瘌气得满地打滚，再后来就生出个办法：让人给李胡子送毒酒。谁知李胡子心眼才多，他腰上有一根银簪子，往酒里一插变了颜色，嘿嘿一笑，就把送酒那家伙的一只手给剁了去。再后来二疤瘌就联合起其他的几个司令围剿李胡子。他们在海滩上什么方法都使尽了，也没伤着李胡子一根毫毛，自己倒损失了几十个鸟人。再后来他们又使上了美人计，把那些大闺女小媳妇描了花脸儿，穿上绫罗绸缎送到林子里，说什么做了个梦，梦见英雄踏着五彩祥云飞走了，心里急得慌，就来找英雄了。李胡子哪吃这一套，笑一笑，然后把她们如数捉起，一个装一个袋子，一五一十码好，扛到马上，全交给了革命队伍。革命队伍那时候正缺女同志，就把她们交给了识字班。再后来又把她们押上了火车，最后又改坐轮船，运上了东北。听说如今这时候都在东北做了女官……”

一个小伙子问：“那李胡子加入革命队伍多好？”

老者摇头:“李胡子是个独身大侠嘛,他吃的是独胆食,要的是英雄气,依仗别人合伙的破烂事,他才不干。革命队伍也封过他,给他讲过大理,他还是没有归顺。”

“后来呢?”

“后来总算归顺了,结果惹了大祸,招来杀身之罪。”

大伙一声不吭了。

说起李胡子的结局,老者流下了长长的两行泪水。他把手搭在我的肩头说:“年轻人哪,做人不能太义气了,太义气了就要招灾。那个李胡子是个义气人哪,刀搁在脖子上还不忘兄弟情义,到后来还不是让他的兄弟把他弄死了!说起李胡子的死啊,咱这些庄稼人都难过哩,一般都闭口不提李胡子的死。为啥哩?就因为咱穷人疼他哩。他是咱穷人的一把刀,他是咱穷人的关胜爷,骑在白马上,一刀一个,砍下那些恶人的头。当年一提起李胡子,穷人拍手,富人打抖。那会儿河口那一围遭儿路不拾遗,夜不闭户。恶人怕什么?就怕遇上李胡子。年轻人哪,俺这一帮人别人不敬,就敬一个人:李胡子。有人把俺当成了偷鸡摸狗的流浪人,俺要说,那事与俺不相干,俺是一帮干净人,只吃有来路的东西,只花有来路的钱,弄到最后活不下去了,大不了是杀富济贫……”

这个夜晚,一帮人的兴致越来越高,他们不断地嚷着:“讲个呀,讲个呀。”接上每人都讲了一段李胡子的故事。结果那情节互相冲突,破绽百出。原来每个人的心目中都有一个李胡子,每一个绝不相同,但个个都高大威猛,智勇双全。他们的故事不断引出一阵哈哈大笑,还有时引出一阵哭泣……瞧眼前是一帮多么好的人,他们尽管满脸灰尘,粗鲁野蛮,却有一颗婴儿般柔软的心。大概由于一瓶白酒的缘故,他们这个夜晚实在太兴奋了。

月亮升到了正中,可能是深夜一两点钟的时候,我实在困了。我闭上眼睛,最后听到的一句话还是:“李胡子……”

夜里梦境纷乱：小白、老健和李胡子全搅在了一起；一匹青花大马上驮了一个如花似玉的女人，她是小白的妻子，被李胡子从强人那儿救了回来……

路 遇

一

第二天我醒得很晚。起来后发现，这些人早忙活开了。他们在做饭，往锅里丢一些刚刚采到的野菜，还不知从哪儿逮来了几条小鱼，就整条地往锅里扔。他们已经把我当成了好朋友，当然不仅是因为一瓶酒的缘故，而主要是因为我们一块儿听了独身大侠的故事。

吃过早饭，他们都一个劲地挽留我，说另几个取酒的朋友很快就要回来了，他们一回来酒就多得喝不完；再说都是赶路的人，投脾气就坐下大喝一场嘛。我不太情愿，但觉得这一帮流浪汉蛮有趣可爱，他们身上有某种迷人的东西：狂放不羁、豪爽，还有或多或少的一点匪气；乍一看懒懒散散，实际上秩序井然。比如说，他们这些人都极其尊重那个老者。高兴的时候，老者给他们讲一些乱七八糟的故事，不仅是李胡子的故事，而且还有一些荤故事，一些奇奇怪怪的传说。他无论说什么，他们都张大嘴巴倾听。没有任何人敢顶撞和嘲笑老者，老者一瞪眼，所有人都规矩起来。他们除了逮土元之外，还在灌木丛中揪来一捆捆的柳条，剥去皮，编起了一只只雪白的小筐、笊篱和篮子等等。上游五六里有一个大村子叫“河头集”——河头集有一个很大的集市，到时候他们去那儿把这些卖掉换一点钱。

我问他们:“换钱就为了打酒吗?”

他们说可不光是为了打酒。其中的一个从衣兜里掏出塑料壳的打火机:“这也是买的哩。”我问他们未来的打算——总不能这样漫无目的地流浪,这走到哪里才算一站?谁知他们对我的话大不以为然。老者说:“人哪,怎么还不是一辈子?不就活个自在?知道找自在的人才天南地北拢到了一块儿,吃不愁穿不愁,冬天来了钻大沟。俺攒点钱再买一杆火枪,看见野物叭勾一枪。那时候有酒有肉,毛皮给上岁数的人做个皮袍……”

一个年轻人说:“先给您老做个皮袍吧!”

因为我要去的地方正好就是他们曾经做工的那个矿,就请他们讲讲淘金人的事儿。一提这个,他们都咝咝地吸冷气。老者说:“了不得哩,现在那个大金矿,最苦最累的活儿都招外边人干——山外的,还有的是从南方来的。从南方来了一些‘蛮子’,个子不高,如狼似虎,都带着家口,十几个人一帮,二十几个人一队,包下一个洞子就没命地往里打。他们挣下的钱哪,用你身上的这个大包装还差不多。”

一边的年轻人伸伸舌头:“那都是卖命的钱哪!”

老者点头:“一年里总要死上几次人。开头俺这帮人也想学他们,做个拼命的好汉,可后来才知道,死人可不是好玩的。你想一想伙计,刚刚还在一块儿喝酒吃菜,一转眼说塌在下边了,扒出来一看脸也青了,皮也紫了,还砸掉了一只膀子。妈呀,这兄弟吓人啊,你就得赶紧用麻包装上,用平车拖出来,哭一会儿就把他打发了……伙计,那滋味怎么受得了?再多的钱也买不来一个兄弟啊!”

我问他们淘金队的女人多不多?他们说淘金队里女人也有,不过不多,“女人不下洞子,她们在外边做饭洗衣裳,愿意帮个大忙的,也有花不完的钱。”“‘帮个大忙’?”他们哈哈笑。老者说:“那些敢拼敢死的淘金队,这些年也不知挣了多少钱。照理说他们挣足了钱,像俺一样过自在日子不中?不中,钱这东西啊,比骨胶还黏,让它粘上,挣掉一层皮还连着肉哩……”

大伙儿都沉默起来。一个二十多岁的小伙子狠劲揪着自己的头发,然后一迭声地哭起来。大家安慰着他。原来这个小伙子的哥哥就死在淘金队里,就是他哥哥死去的第二天,大伙儿一咬牙一跺脚,也就离开了。老者站起来,指着浑浑苍苍的砧山说:

“你看见那架大山了吧?它的西面藏满了金子,也藏满了鬼魂。打大清年间里面就淘金,金子淘不完,人就死不净。眼下的淘金队一支比一支勇,一支比一支人多,俺走开的那一会儿,又去了好几支人马。他们都争着承包山洞,那些女娃儿啊,可怜巴巴,瘦得一手就能擎老高。她们也得跟上男人到那里找饭吃。她们家里人死了,哭干了眼泪也没人管,到后来还不是另一些淘金队把她们收留?苦命的娃儿啊,一辈子没个下场。俺这些人都是些软心肠,发了誓,一辈子不招女人跟俺受磨难。等大伙儿混好了,穿上千层底鞋,戴上狗皮帽子,围上狐狸皮围脖儿的时候,再找女人也不晚。那是人世间的宝物啊,你不能让她们也跟上遭罪。她们遭了罪就没完没了地哭,小嘴一瘪一瘪,泪就出来了。那时候啊,男人心口不疼吗?”

他的话让好几个人流下了眼泪,句句印在我的心里。我抬头看看老者,这时越发认定这真是一个好老人。我一声不吭地听下去。

“那些淘金的包工队,人送外号‘敢死队’,可怜哩!为几块金子敢死,可怜哩!要敢死就学李胡子,李胡子不敢死吗?他明明知道前面是一个死,就挺着胸脯往前走,头也不回。李胡子啊,临死以前还完成个大事儿。他死得那才叫硬气呢。他为什么死?说到底还不是为了穷人?为了心里边的女娃?前边我说过,李胡子这个人不近女色，他从来不糟蹋女娃，别看是个英雄，弹无虚发。可是他把女娃都装在心里，都放在心底。他放在心底，轻易不把她们拿出来。这个好汉哪，爱惜全天底下的女娃，知道天底下的女娃都能迎着日头笑出来，这围遭才有太平。他就是求个太平，这才把个性命舍上哩。男人这个死法好。要不俺怎么说，这辈子就佩服李胡子呢！俺要恨的那个人、俺最恨的那个人哪，不瞒你说，兄弟，以前他们都跟他叫司、司令，如今也许坐了官府——这人就是李胡子的拜把子兄弟哩。如今有人说起他们，都说：'他那个拜把子兄弟啊，太认老理儿了。'要我说啊，那可不是认'老理儿'，那是一肚子坏下水，心里嫉恨李胡子哩！想一想吧，一山不容二虎，两英雄尽管是拜把子，一个还不是死在另一个手里！有人说，是他那个拜把子兄弟亲手用枪打碎了李胡子的脑壳，我说不是哩，一是一二是二哩，传说归传说。是拜把子兄弟让手下人干的。那时候王八崽子闭上了眼，不忍心去看哩。枪响了以后，拜把子兄弟跪在地上，泪流满面，哇哇大哭，好几天不吃不喝，狗娘养的这也都是真哩。不过这事儿实说起来，还不等于拜把子兄弟亲手杀了李胡子？该这样看哩！"

满场的人都咬着牙关。大家拍打着膝盖说："是啊，该这样看哩，该这样看哩……"

二

在一阵阵唏嘘里，我仿佛看到了六月落雪。那个不知听了多少遍的李胡子的故事，这一次在胸间拧成一个疙瘩，硌得人心疼。

正这会儿有人吆喝了一声："取酒的人回来了！"一伙人全站起来，有几个往前迎了几步——我一回头马上愣住了，差点喊出声来！我好不容易才忍住……来的人当中有红脸老健、老冬子和苇子！苇子正歪着身子，肩扛一个大酒篓……一些人把他们围住，我站在稍远一点。这时候老健第一个看到了我,大喊一声跨了过来。我在他挨近时使了个眼色,他马上换了副神情,蔫蔫地说:“你这个人……我以前好像在路上见过哩,”说着伸手指指我对苇子几个人大声说,“肯定是见过他,瞧他怪面熟啊!”我点点头应道:

“我也觉得你们几个面熟!这一段过得还好吧?”

苇子和老冬子放下酒篓走过来。他们对我使着眼色,点着头。苇子哑着嗓子说:“俺有个兄弟,戴了眼镜,比你个头矮些,你赶路时候可见过这人?”

老健听了这话也凑近了听。

我盯着他们的眼睛:“见过!你们那个兄弟随处都好好的,没磕着没碰着,放心吧……瞧你哥几个过得挺开心啊!”

红脸老健扳着那个走来的老者说:“这是我的拜把子兄弟,他是老哥!有他吃的就有我吃的,咱这辈子都饿不着!他是老哥,剩下的都是兄弟……”

老者喊:“都是兄弟,都是兄弟!来,快尝尝新搬来的酒,找家巴什儿满上……”

几个人一齐应声,一会儿茶缸瓷碗摆了一片。有人打开酒篓,一股异香立刻涌了过来。我马上知道这是烈性的瓜干酒,与四哥常喝的一模一样。老者举起一碗酒说:“喝呀,咱先尝尝第一口。”说着咕咚咚喝了下去。我愣了。这种烈酒没有这样喝法的。老者一喝,旁边的人竟然全像他一样,一口气喝了个精光!但我发现老健等人只饮了一小口就放下了,他们在端量我。我也抿了一口。这酒真烈啊!我说:“真想不到,现在还有人使用这种酒篓盛酒!”老健手指老者:“那是老哥的器具——他说这东西是当年李胡子留下来的宝物!”

我钦敬地望向老者——他已经喝多了,这会儿歪在了一旁,脸色红红的。他旁边的几个人也喝多了。老健嘴里咕哝着:“我这兄弟几个啊,什么都好,就是——贪杯!”他说着把一旁的一件破衣服给老者盖在了身上。

我引老健他们走向一边。

老健低着嗓门问:“小白被追得急吗?”

“是刀脸一伙。这些家伙被集团的人雇用,有了钱什么都干,下手最狠!小白可能——可能不会在平原上待久了……”

“让他到山里来嘛!他该和我们在一起啊!”红脸老健急得搓手。

我点头又摇头:“是啊。不过他有更多的心事……”

“戴眼镜的都这样,主意忒大。”苇子说。

大家一阵沉默。

老健咬咬牙关:“集团的人,还有刀脸,都是另一回事。我现在最急着干的事情他妈的只有一件,你猜猜是什么?”

我说猜不出。

“找到独蛋老荒,把他的另一个蛋也揪下来。”

他们笑。老健虎起脸:“不用笑,这是真的。”

这会儿那个老者搓搓眼爬起来了,咕哝:“嗯嗯唉,咱酒量减了……”

老健笑了:“不是减了,是你把它当成老黄酒了。”

老者伸脚踹踹几个歪着的年轻人:“起来起来,让风吹吹就好!”

几个人站了,有的还是站不稳。老健哈哈大笑。

我重重地拍着老健他们的肩膀,要向他们道别了。还有这些半途相逢的流浪汉,这些来路含混、去路也模糊的男人们!我们一起度过了一个怎样的夜晚,一段多么难忘的时光。我说:我要赶路了,我要尽快翻过前面的那座高山,等归来的时候,我还要走原路,说不定会在河的下游重新遇到你们呢。那时候也许我还会搞到一瓶好酒送给你们——“总之,”我说,“我也是一个经常背着背囊在这两条大河之间、在这一片片的大山和丘陵之间走来走去的人,咱们总会相逢的……”

那个瘦瘦的老者把大手握在我的胳膊上,使劲攥着,又把我拉到他身边:“兄弟,俺一看你就是条硬棒汉子,别看你脸相焦巴巴的,两眼净是些红丝子,那是躁得哩!那是让心火烧得!我是说,你是个有血性的人……”

四周蓬头垢面的那一溜年轻人、中年人,都不住地端详我,点头,咬着下唇,发出“嗯嗯”的肯定的声音。这使人不由得想到这个老者在他们心里有着多么高的威信和号召力。老者又说:

“不瞒你说,我这人是一个铁匠。”

我听了多少有点不解。

他解释:“是这样,俺爹也是一个铁匠,我从小跟他身边拉风箱打帮锤,再后来就承下了那一套家巴什。我为什么要告诉你这个哩?我是说俺爹看起来是个铁匠,从根上讲也是‘独身大侠’那一路的人物!”

说着他向边上的几个人看了几眼,指指那个大酒篓,伸出右手——那只大手上下扇动着:

“俺爹是个干地下事的人哪!”

一句话让我陷入更大的迷茫。后来他稍加解释我才明白:他父亲是一个地下工作者。也就是说,是一个“暗地里通队伍的人”。我不由得升起一层景仰。

“他打着铁活,暗里做一些队伍上的事情。他连着好几支队伍哩,好几支队伍的头脑都在他这儿会合。他死的那年,几支队伍,都是革命队伍,送来了挽幛。上面写了一句话,叫做——‘袖里乾坤大’。你别看俺不识几个字,可是这几句话我可懂得是什么意思、怎么写……”

说着，他就趴在地上，很费力地写下那几个字——很大的五个字，都深深地刻在了沙土上……

我端量地上的字许久……最后要跟他们告别了。那个老人伴我走着，一直往前走，突然回身对几个人说：

“送送大兄弟怎么样？”

几个人一声吆喝：“好！”

接着，他们一齐伴着我往前走了起来。

太阳越升越高，越升越高，渐渐，东边的山崖都被染红了。我们迎着太阳照亮的砧山山脉走去。我的身边是老健和苇子他们，是瘦瘦的老人，身边还有一群破衣烂衫、满面欢欣的人。这样走着，那个老人来了兴致，突然昂昂地唱了起来；他一唱，身边的几个人也扯起了嗓门。

这歌声，这不成其为歌声的歌声，在西风里回荡，在群山里发出了轰鸣。这呜呜啊啊的、昂昂的歌声，听上去自有一种节奏；一种刚烈悲壮的情怀从中扩散开来……那歌声怎么也听不清歌词，可我知道，那是流浪人的怀念之歌——我想这歌肯定是献给李胡子的。

第 九 章

山 中 老 人

一

翻过了砧山，就算进入了真正的丘陵区。

这儿的几个大金矿都有几百年的开采史了，围绕这些金矿不知发生过多少殊死搏斗，我们与异族人几场有名的争执，还有当地人的械斗等等，百年来无休无止，这里的大小山蛪都被鲜血染过几遍。如今的金矿数量已经多得数不胜数，有国家的也有村办的，还有的干脆就是公私联手的半明半暗的私矿。近年来，开矿者因为争夺矿脉发生的残酷打斗层出不穷。缉私队几乎每年都能破获一些要案。淘金者来自四面八方，他们大多受雇于当地势力强大的雇主。雇主招用大量民工，甚至索性把整条矿脉承包出去。而那些外来民工队一开始还是赤手空拳，后来差不多一点点搞来了全部的采矿设备——再过一段时间就形成了自己的一套办法，他们会不断地从那些流散在外的农民当中挑选强壮劳力，或者低价从他们手中统购矿石。这样，一些非常复杂的淘金网络也就逐渐在这一带的大山里形成了。

要找人吗？那就得钻到炮声隆隆、到处都是工棚的山岭沟蛪之间。不过千万要小心，那些标划得十分模糊的开掘区危险万分，一不小心踏进去也就凶多吉少。山岭上到处是爆炸声，是腾起的烟尘雾霭。私采者在山腰上掘了一个个石坑，像仰天睁大的眼睛。那些含金量丰富的矿脉往往都藏于深处，于是就要从山脚掘一个洞口，再在山底开出一条条巷道。洞口旁，一溜摆开的那些帐篷和各种各样的草棚，就是开洞人的驻扎地——或者干脆叫做“老营部”。一排排铁锅冒着蒸汽，一道道绳索挂满了破烂衣服，这些都标明这里的一群人有多么忙碌和匆促。从各地赶来的淘金队来不及安一个舒适的窝，就急匆匆地往大山深处抢掘金子去了。

我在这混乱不堪的工地上一连住了两夜，寻一切机会打听那个来自平原的三口之家。我有时不得不比比划划描述着他们的模样，特别是仔细说着鼓额的样子。我知道找到这些淘金群落，也就不难打听到那个村子、那个三口之家的下落了。

可是两天过去了，我还是一无所获。后来有人指点，说我可以到山的另一面——那里属于另一个县份，也有一些金矿。

我发现山那边的金矿规模要小得多，找人也许方便一些。可那里同样也有一些四面八方拥来的淘金者，淘金队里照例有一些打杂的服务工——鼓额和她的父母如果来了这儿，那也只能做服务工。我在这些人当中问得十分仔细，走开的人和新来的人都要询问。后来终于有人告诉我：真的有从那片平原来的人，他们都在另一个淘金队里……

我按他们说的去找，可还是让我失望：这些人虽然都来自那个平原，却同样是互不相识，只不过是凑到了一块儿而已。他们聚到一块儿的目的也是为了互相保护，因为这儿经常死人，挣大钱也冒大险。金矿上几乎所有人的脾气都暴躁吓人，有时蛮不讲理，对服务工则特别蛮横，不少人只得带着一肚子窝囊气走掉了。

我仔细问那些走掉的服务工，结果找到了一点线索——他们说有一对年老的夫妇，领着一个小女孩儿，在这里干了好几个月的服务工:原先讲好一个月付一次钱,可是队上的头儿只给了他们一个月的工资,找个由头就把他们辞退了。几个月的工钱也就算完了,大伙儿都一起帮他们争,队上头儿恼羞成怒,就诬他们偷去了什么东西。"淘金队的头儿张嘴就骂人,那个小女孩刚强哩,扯上爸妈的手说:'咱走,哪里水土不活人!'就这么走了……"

我问了那个小女孩的模样,他们描述着:"……不高,有一个鼓鼓的大脑壳哩。"

"就是她啊,到哪里去了?"

"就顺着山坡一直往上,翻过那边的岭子,往东南去了。他们说要到山下的富裕村子找活做……"

他们说的那个岭子就是砧山。丘陵和平原之间确实出了很多企业家。我想他们很可能去那一带打工去了……这一次曲曲折折的寻找让我心里生出了阵阵感动。我在想:无论你走到哪里,无论你藏在什么角落,我都要找到你,你这个额头鼓鼓的小姑娘!

就像身负使命,就像苦寻亲人,我在山隙间边走边问,无法停歇……我只是走着、走着。

二

一连几天都在砧山和鼋山之间奔走。这是一个极为贫穷的地区,每一座村庄都小得可怜,使人一打眼就明白这里压根不可能招平原人打工。但不知为什么我却迟迟不愿离开。这个地区以前很少来过,它离开大河太远了,也远离了大路,自己过着一份沉寂的日子。这里差不多看不到一根电视天线,也听不到一声引擎。一辆又一辆的手推车、地排车和马车都在盘山路上缓缓移动——从天蒙蒙亮一直到太阳落山、到深夜。车轴发出了尖厉的吱扭声,有时这声音可以传到山的另一面。从距离上看,他们与比较富裕的那些开金矿的村子仅仅相隔二十多公里,可这儿的人却生活在另一个世界。

进了村子可以发现，年轻人的打扮还停留在上一个时代，姑娘们在这个秋天还仍然穿着花布中式夹袄，那种蹩脚的剪裁制作使一个个人看上去就像穿了什么拘束衣，两只手臂要被一股力量往上牵拉着。这样的衣服多少会遮掩和抵消她们苗条的美。每个人都在匆匆地奔走，两条迈动不停的腿带动着宽大的裤脚扫来扫去。她们一生都在山间奔走、忙碌，为一口吃食流尽了汗水。她们的青春停留得很短，一个二十三四岁的姑娘，看上去就像三十四五岁的样子：脸上没有光泽，眼角的皱纹一道连着一道。那是被日光、被冷风和汗水给弄成的。她们一生最重大的变故、最重要的改变命运的机会，就是婚嫁。可是她们出嫁的范围最远也只是到山岭的另一面去——在她们眼里，平原或是砧山以南的林河白河地区，简直就像传说中的外国一样。一台小小的收音机、一支别致的手电筒，或者是一座石英钟，都让人新奇。那种早已过时的棕色军用人造革皮带，往往成了一个小伙子的珍物，他们与人谈话时，手指就放在闪闪发亮的电镀皮带扣子上，一边抚摸一边回答问话。街巷上坐着马扎晒太阳的那些老头老太太，他们谈论的事情至少是四十年以前的了。各种各样的古旧传说被一遍遍品咂，兴味盎然。如果有外地人走近了听一下，都是一时没法明了的话语，既支离破碎，又深藏秘密："真人不露相哩，到后来，八个司令都让他灭了。""三爷他二儿坐了龙廷。""散尽了家财赎回了金身……"等等。每个短句背后都连接着虚实参半的长故事……

只要走进村中，照例有一些男女老少围上来。他们端量着，在心里评估：这人哪，哪儿来的？官衔多大、背囊里是什么？要到哪里去？很少有人迎面搭话，他们只是凑到一块儿，壮起胆子研究生人——当走过去问他们当中的一个，向他打听点事情的时候，他会像见了可怕的动物一样，往人丛后面钻挤躲闪。这里的老头子也像姑娘一样羞涩。而那些姑娘又躲在老头子后边看人。这情景让我想起了在更远的大山后边的那些贫穷山村。这儿的世界任凭外边怎样变化,总是很少被触动和干扰。这也是大山里的不幸和有幸。在这里,仍然到处可见那种久违的平和与温顺,看到乐于助人的美德。这里很少丢东西,大多数家庭和睦而贫穷,老婆婆差不多都抱着一个猫。狗很瘦,它们一步不离地跟在主人身边——主人注视你的时候,它们也昂头盯你,主人转过身,它们也转过身。它们的兴致和主人几乎完全一致。这儿,所有的家养动物都与人的生活节奏相似,也同样地闲散、贫寒和自由。猪像狗一样满街走,而不是固定在圈里,它们都认得自己的家,总是按时跑回一个个小院里。如果它在街上遇到了自己的主人,就凑过去,在他们的腿上蹭痒,仰起脸来哼几声。所有的动物都看不得生人,一见了生人目光就变得冷峻起来,浅浅一嗅,一会儿就没了影子。那些光溜溜的满身泥污的娃娃就与这些动物混在一块儿,一起惊呼,一起奔跑,然后站在远处向这边观望。

天黑下来。我不想在村庄里投宿,而总是在暮色降临时分走到山中。我找一处干净的、有着一层白沙的谷地搭起帐篷,再笼上一堆火。好好享受一个人的山区之夜吧。

这天晚上,我刚把帐篷扯起来,在背囊里翻找着东西,还没来得及把火燃起来,就听到了哼哼声。抬头一看,不远处正有一个瘦瘦的小老头,抄着手站在那儿。他的身子躬着,腰间还过早地捆上了御寒的一截草绳。我立刻招呼了他一声。

他一哼一哼走过来,长时间看着我弄水、点火,最后跺跺脚说:“麻烦……”

我不解地仰起脸。他又说一遍:“麻烦……”

我问怎么了?

“山上有屋有锅哩,弄这干啥?”

我这才明白他想邀请我到山上过夜,就连连摆手谢绝。谁知他虎起脸:“走吧!”

那简直是一声命令。我有点不快,可一时又没法拒绝。我望了望他,见他的眼神有点发尖,回身执拗地指点着一个地方。大概那儿有他的小屋。

我问他是干什么的?

“看山人哩。”

既是看山人,那么他在这座大山里就有着绝对的权威。看着他不能通融的严厉样子,我只得把刚点上的火熄掉,像个俘虏一样,被押解着向山坡登去。他在前边弓着腰,一边走一边哼哼。我背着背囊往上攀,穿过一片密匝匝的柞树棵,来到了山阳处一个光秃秃的慢坡。看得出这片慢坡的灌木都被这个人除掉了,显现出一个院落的样子。在院落尽头,他利用山的陡坡开凿了一个挺好的小石屋子。石屋露在外边的一截用茅草搭了顶,而里边的四壁都是山石。这其实是一个大石窝、一个洞……门板是用整根的黑松木做成的,看上去已经陈旧得很。小窗户不大,糊着窗纸,整个看去显得隐蔽、陈旧而又温暖。他见我站在那儿端量,立刻笑了,脸上的严厉飞得光光的。他把门打开,先把我让进去,然后又点上了灯。小石屋里一片通明:屋里有很大的一铺炕,炕洞里像那些平原和山区的人家一样,正点着一堆火,炕席子热乎乎的。屋里还有一张很破的桌子,桌旁就是一个小锅灶,锅灶通着那个很大的土炕。

老头子抓起烟锅,添烟礼让。我谢绝了。

“俺这里有屋、有炕、有锅灶,也有吃物,你还用一个人在野地里点火支篷子?像个特务?”

后边的那个字眼使我警觉。他是否怀疑我来路不正?于是就主动地作了介绍:我为了找一个亲戚,从砧山西面转过来,还要从这儿继续往东往北,等等。

老头子说:“我不过想帮你个闲忙,没别的意思哩,晚上我做饭你吃。”

我说:“还是由我来做吧!”

三

我从背囊里掏出了一点米,然后又自己动手细细地刷了一遍锅。老人开始往屋里抱柴火。我跟出去一看,原来在石屋西边一点摆了很多劈好的木柴,它们垛得真是齐整。柴垛旁边是一些引火草,也给束成了一捆一捆,规规矩矩地放着。显然这个老人是非常有条理的、爱干净的人。这时我在升起的月亮下又一次好好地端量了一下,发现他至少有六七十岁了,一脸的深皱,深皱旁的皮肤有些泛白。一个看上去非常和善的老人。一开始我对他有些误解,其实他真的只想帮帮我——我也看出来,他独自一人在山里待久了,也多少有点寂寞。

我们一边做饭一边交谈。原来他差不多做了一辈子看山人,从十几岁一直做到现在。老头子说,很早以前他是给一个“东家”看山,再后来山峦归了公社,他又给公社看。这些年公社用不着看山的人了,他也不能下山了——那个小村子里没有他的屋子、没有他落脚的地方。再说他也在这里住惯了,眼下让他回去还难过哩!

“你平日里吃些什么?”

“那吃物多哩,只要手勤,大山上还缺了吃的东西?”

他指点着,让我看了在大炕旁边的一溜泥坛子。他把它们逐一打开。有的盛了绿豆,有的盛了豇豆,有的盛了麦子和玉米,还有一个散发着不好的气味——他掏出什么给我看:“你看,这是咸菜干、鱼干……”

吃饭时,我们俩都捧起了一只大碗。饭菜香极了,也可能是我走了一天,有点饥渴的缘故。我觉得很久没有吃过这么好的饭了。正吃着,老人突然一拍膝盖站起来:“天,了得!”

我以为出了什么事情。老人放了饭碗,弓着腰到一个角落里忙活了一会儿,然后拿出一个柳条编的大笸笼——“大酒篓!”我喊了一声。老人瞥我一眼,摸出了两只碗,把笸笼抱在怀里,一掀盖子,冒出了一股浓浓的酒香。他倒出了茶水一样颜色的酒。我知道这是自酿的米酒。老人拍拍他的酒篓,把它放到了一边。

我盯着这碗酒。那种奇怪的香味老要诱惑我。我抿了一口。我得承认,这是一种滋味深长的自酿老酒。接着我就把那碗酒一点一点喝光了。

酒后全身清爽,痛快极了。老人问:“怎么样?”我点点头。老人说:“这种造酒的法儿,哼,大山里只我一个人会。”他告诉这是他年轻时跟东家学的。“东家是个大户,用如今的话说,大户没有好东西。不过咱这会儿得偷偷告诉你:可不是那么回事。比如说俺这东家吧,待俺就好,从没把俺当外人看。给俺大馍吃,还给俺点心,造酒的法儿也是他传给的。你看,他把俺当外人了吗?他家还有个闺女,心眼也怪好……”

他说到这里咂咂嘴,看了我一眼,不吭声了。最后他叹了一口气,这场谈话就算完了。

睡觉的时候要横着躺,因为这特别宽大的炕横着也可以躺下。看来这个老人一直是横着躺的。炕很热,所以用不着盖任何东西。我们俩仰躺着,老人还要吸烟。那种浓浓的烟味老要呛我的鼻子。后来他见我不停地咳,就说:“不吸哩不吸哩,拉呱!”

不知是拉呱的兴致还是吸烟太多的缘故,老头儿高兴极了,他把枕头往这边挪了挪,这样就离我很近了。他的小眼睛在黑影里一闪一闪,让我看得清清楚楚。他说起了很多年轻时候大山里的一些传说,我觉得很有意思。他这样讲了一会儿,突然问:

“你一个人走来走去,没有家口吗?”

“有家口啊。”

老头子不吭声了。停了一会儿他又问:“这么说,你是搂抱过女人啦!”

我笑了。

老人沉默了一会儿说:“我差一点也搂抱过……”

我给逗笑了。我听他说下去。

“女人都嫌俺穷,再说咱一个人在山上过,都不愿跟上俺哩。那一年村里人挨饿,俺在山上倒怪恣哩。俺剜野菜,熬糊糊喝。有一天村里一个女人来山上喝糊糊,天黑了还不想走。俺知道她还想再赚下一顿哩。我又给她盛了一大碗糊糊。喝完糊糊,我看她抹着小嘴,心口一阵乱跳,就说:‘闺女,留下睡哩。’闺女说:‘俺不。’那以前俺还从来没搂抱过女人哩。俺张开大手说:‘闺女,俺想哩,搂抱个中不?’闺女说:‘不中。’你看咱是个老实人,人家说‘不中’,咱就搓搓手作罢。后来眼瞅着她往山下慢吞吞地走了。她走了我才琢磨:糟,这回就剩下我一个人啦!”

老头子说完哈哈大笑。我却有点难过。老人又咕哝:“天哩,俺一辈子没搂抱过女人。在俺眼里,女人慢慢成了神物哩,碰不得哩。俺琢磨:只要有个女人跟了俺,不管丑俊,咱都把她揣在怀里,一辈子也别让什么磕碰她。天底下的人都饿死了,俺也要出去抓挠点吃物喂她哩。俺要把她养得白胖。到了冬天,俺就用棉花、用那些软绵绵的茅草把她包裹起来。夏天,俺把她背到山口背阴地里,让凉风儿吹她。别看俺没有金钱银两,俺也能让她享大福哩!”

我听着听着,心里一阵感动。再后来老人声音低沉下来,说了什么都没有听清。在这个黑洞洞的山下小屋里,在这个老人不停的咕哝声里,我突然想到了一个人——少年时候的音乐老师……我想,真正懂得爱的,是面前的这位老人——生活多么不公平哪,就是这样的一个人，却一生没有触摸过女人。神灵之手为什么不把一个女人、一个好女人推到他的面前呢……黑影里我还想起了那个混账的斗眼小焕，这个无耻之徒有一次喝醉了酒，竟然炫耀起跟几十个女人的过往。一个彻头彻尾的流氓。面对眼前的老人，我不知该讲些什么。这个世界太不公平了。男人如果是一个真正懂得爱的人，就会死死护住最珍贵的东西。

在小屋的一片寂静里，我似乎又望见了音乐老师的面容。那是多么温柔、善良和美丽的一张脸，那双眸子在今夜一闪一闪……

下　房

一

告别看山老人的那一刻，他倒有点舍不得我，而我也不愿马上离开了。我想该送给老人一点礼物。他见我在背囊里边找着，连忙摆手——后来他看到一只打火机，那目光就一直盯着它。这时我才明白：老人引火的器具还是最最古老的东西：火镰和打火石。他的屋子里甚至没有一盒火柴。我对这个发现感到惊奇，老人却一边用眼角瞥着打火机，一边躲闪着说：

“这东西好哩，下雨阴天也不怕，淋湿了也不怕，现在新兴的那种洋火（火柴）受了潮不行，沾了水不行，麻烦哩。”

我把打火机在他面前按了一下，一股火苗伸出来。我告诉他：如果里面的可燃液体用完了，就可以找一个下山的人，让他捎回一点就行了。老人不知听没听懂，我又解释了一遍。他取到手里，一下连一下地按，看伸长的火苗，后来又用两手捂起来说：“这叫‘自来火儿’。”

我们告别了。走了老远，老人还举着手里的“自来火儿”。我不知那是什么意思。显然，他把我送与的这件礼物当成了最珍贵的东西。老人高高地举着它。

离开了他，我一路上都在默想：人这一生啊，萍水相逢者太多了，有人只是匆匆一面，可是再也不会忘掉；他唤起你心底的那种东西，如柔情，如感念，会浓烈深长，比得上跟另一些人一生的厮磨……就是这一次又一次的漫游，让我不断地遭逢和感受，探求和触摸——它们差不多无一例外地来自那些淳朴的、与劳动紧紧结合在一起的心灵。这到底是为什么？他们共同的拥有就是单纯。单纯是一种无与伦比的美——除此而外，单纯还意味着什么？它还意味着贫乏吗？不。比如说这座大山，关于大山里的一切，谁又比得上刚刚分手的这位老人富有呢？每人都拥有自己的一份，他们怎样相互比较呢？单纯只是被山野和劳动洗炼磨砺出的一种性情和特质。不单纯就不会忠诚，不会真正地去爱，就会犹豫不前，疑虑重重——既不把自己的心交给别人，又不让别人的心靠近自己——而在那些人头攒动的烦恼的街巷，在那个大城，一个人要生存，他首先要学会和掌握的一个最重要的技能，就是藏起自己的心……

我想到了从这片平原和山区回到那座城市的情景：每次回城之初，都有很长时间与周围的人谈不拢，别别扭扭——一种巨大的陌生感和不适感笼罩了我。我自己莫名地烦躁，其他的人也烦躁。现在我终于明白了其中的缘故，知道那是山川大地重新给我注入了一种单纯，我与周边环境不再相谐，二者之间处于抗斥的状态……

越是往前，越是不由自主地加快了脚步。我发现自己是如此地急促，全身热汗涔涔的。好像是那个山中老人给了我一种催促，进一步改变了我的心情似的——我想尽快见到鼓额和她的家人。

沿河的村子出现了茂盛的树木。再往前走,竟看到了绿色掩映下的几座小楼。我心里一阵高兴。这是一个好兆头:人们告诉我离这儿不远有一个不起眼的小村,大约只有二百户,如今已经有一半的人家盖起了这样的小楼;村里的人差不多全都不种地了,搞起了工业,只雇来了很多长工和短工务农——最远的是从南方来的,最近的也是从大山两边、从平原上来的。他们说去那里打工的人比原来村里的人还多,如今这个小村已经更名了——原来的村名儿叫“车前”,那么眼下就是“车前集团了”。

“集团”在如今的农村并不罕见,尽管它让人觉得不伦不类。我不知道为什么人们纷纷放弃了美好的村名,而叫起了这样非驴非马的怪名,让人感到很不自在。

往前走时,我打听“车前”时人们都知道,而要问什么“集团”,就很少有人知道它是怎么一回事了。

走近一幢幢小楼,发现它们式样不太好,建得也非常粗糙,而且千篇一律。我一路上听人说,很多外地首长只要走到这里,一定要去看看车前的小楼。我走进新开拓的一道道宽敞的街巷,开始犹豫起来。我突然想到,在这儿打听一个打工的外地人大概是十分困难的。那些围着围裙、戴着套袖和工作帽的工人偶尔在街上走过,要向其打听一个人就像大海里捞针。后来我想,所有的打工者不可能没有花名册,于是我就找起了村办公室。一个黑胡子说:

“你是问‘集团’,还是哪个‘分公司’?”

他非常烦躁。我只好仔细地解释。

“那种小事领导怎么会知道?这里有成千上万人呢,老总能管那档子事?”

“那么我到哪里去问呢?请你告诉我好吗?”

“你到服务公司去吧!”

“服务公司”就是统管所有短工和长工的一个机构。我去了那儿,看到了一个红脸膛、双眼皮、肚子很大的四十多岁的汉子。他傲慢地抽着烟,用手指敲击着桌子,敲出了一种奇怪的节奏。我向他说明来意,他却故意拖延着时间,不回答我的话,慢悠悠地端起茶杯喝茶。他眼睛乜斜着,从上到下端量我,问:“有证件吗?”

我想了想,幸亏原来工作单位的一个证件还在身上,于是就交给他。

他看了看,见是某某杂志社的,鼻子哼了一声:“又是来拉广告的吧?”

“不,我说了,来找一个朋友。”

他从身边找出一个大本子翻来翻去,很快甩到一边说:“没有。”

我大失所望。我想如果她不在这里,那么要找就更难了,这里是各种各样的长工短工汇集地啊。我又问下去,描述我要找的是怎样的一个人,他们为什么到这儿来,有可能在哪里做工等等。那人烦烦地说:

“反正她不在服务公司,去了哪我可说不上。再说在这儿打工的又不一定都在这里落名——他们一家一户自己雇的,你得到那里去找。”

这一下我可真的作难了。不过我绝不想轻易放过这个村庄。

二

我在这个村子宿下,一有时间就用心地打听起来。有一天我遇到一个老太太,她告诉我说:“你到‘老哈’家里去看看吧,他家就雇了几个女娃……”

原来“老哈”就是“集团”总经理,是这一片领地的头儿。

“‘老哈’这个人怎么样?”

老太太忙说:“俺总经理好,俺总经理让大家都富裕,俺总经理觉悟高哩,书底子也厚……”

她像背书似的背出了一串。我也就不再问了,只想立刻去找“老哈”。

他住在一幢二层小楼中。我发现这幢楼跟其他的二层楼并没有什么区别,打眼一看混在了一片建筑之中。这使我对“老哈”有了一点好感。

我按了一下门铃,立刻有人开了。开门的人几乎没怎么阻拦我。可是我刚刚走进一步,里边就传出一个声音。原来他在呵斥那个开门的人,他在喊:“干什么干什么?”我抬头一看,见一个二十多岁的女人,穿着红色的衣服,正捂着肚子,踮着脚尖从院里往屋内跑,砰的一声反脚把门踢严了。

我站在那儿进退两难,回头看一眼开门的老太婆。

她一副心慈面软的样子,对我笑了笑,然后把我让到了院子东侧的一个小屋里。

原来那是一个小会客室,里边有一溜沙发。老太太边给我倒水边问:“城里人吗?”我点点头。“你是报纸派来的人?”我一下明白了,这里的人已经知道我了。我告诉老人误会了,我是到这儿打听一个人的。

“这是‘老哈’经理家呀……”她的声音放得很低,还抬起眼睛往外望了望。

“有一个额头鼓鼓的小姑娘在这里打工吗?”

“你是说雇的人哪,”老太太板起脸来,“她们怎么会住这儿,她们要住‘下房’……”

我不知道“下房”是什么意思,问了问才明白,村子原来留下的那些小房子叫“下房”。现在的“下房”大半都用来堆积一些杂物,或者住一些临时打工的人。

老太太告诉:“你说的那人八成也有,不过得到‘下房’去问,你还是去那里找吧……”

她开始逐客了。我谢过了老太太,走了出去。

老太太没有送我,她只是在我迈出门槛的那一刻,“砰”地把门关了。

“下房”实际上就是原来的村子,它与新兴的这片楼房之间隔开了一百多米。这里倒可以好好端量这个村庄原有的面貌了。它们大半都是土屋和茅屋,其中只有几幢瓦房,不过盖得同样矮小,一色的石头墙。每一家都有围墙矮矮的小院,这一点和平原上那些小村没有什么两样。如果不是转过身去看那一片簇新的楼房,这些小屋子一点也没有令人吃惊的地方。走进街巷,一种极熟悉的感觉扑面而来。我觉得这才是自己熟悉的地方,而刚刚走过的那一片楼房,总让我感到有点不真实的感觉,就好像为了拍摄一部影片而匆匆搭起的布景一样。

街巷里,几只狗仰脸看着我。临街的墙倚坐的都是一些老人。我弯下腰来,一次次向他们打听事儿,一提“老哈”,他们都说:“你该到‘上房’去。”他们用烟锅划拉着那一片新盖起的两层小楼。我摇摇头:“我找的是‘下房’。”老人们眯上眼睛待了片刻,其中一个站起,用烟杆点戳着北边的小巷子:拐进去,走几步遇到一棵半朽了的老槐树,“正对着的那座小瓦房就是了。”我谢了他们。

老远就看见一棵粗粗的槐树,走近了一看,它真的朽过了半边,只是还没有死。槐树旁是一个矮矮的院墙,一扇虚掩的黑门。我敲了敲,没有应声,就直接走了进去。

原来是一个小小的四合院,前后两幢小瓦房。可以看出,这个院落已经是整个“下房”区最好的建筑了。院里青石铺地,半空里扯了一道又一道绳索,上面晒了各种各样的衣服。有的衣服湿淋淋的,这说明刚刚搭上去。我敲门,没有应声。我耐心地敲着,明白房门与院门不同,生人绝不可以贸然进入的。一会儿,终于听到了轻轻的脚步声:轻轻的,极像一个女人……门吱扭一声打开了,探出一个姑娘的头——一个十几岁的女孩,瘦极了,眼睛特大,就是这双突然瞪大的眼睛把我吓得身上一抖。她头发乱蓬蓬的,手和脚露在很短的裤脚和衣袖外边,瘦得像一根麻秆。她的衣服紧紧地贴在身上,小得不能再小了。她那样子惊厥厥的,嘴唇乱抖:"找谁?找谁哩?"

"我打听一个人,她叫'鼓额',还有,她的父母……"

女孩一声不吭地盯着我,眼神尖利利的,的确让人害怕。她并不回答我的话,而是把门打开了。

我得到了应允,心里噗噗跳着,跨进门去……原来屋里搭了一溜地铺,地铺旁边是一些大柳条筐子,里边放了一些杂物。一眼望去就知道这是长工睡觉的地方。这个村子的奇怪之处是不仅企业雇来了很多外地工人,而且一家一户还分别雇用了自己的短工,有的还是童工。在芦青河和界河两岸,这种情况是极其罕见的。这样一个发了热病似的村子,一个富裕的、疯魔一般旋转的村子,它养活了一大帮外地人。可我总觉得是外地人的脊梁支撑着,是他们顶起了一座又一座拔地而起的楼房,不过他们却要住在"下房"里,用剩下的最后一点力气给这个村庄打扫着一片陈旧的垃圾。

女孩两手冒着热气,通红通红。原来她一直在洗衣服。她的手简直不成其为一双手:它显得有些过大,红肿得可怕,有一个地方还在流血……我正看着,小家伙立刻把手背到身后。我忍住了,又一次问她鼓额的事情。她说:

"你说的是那个大脑瓜吗?"

"是呀是呀,她在吗?她在哪?"

"她爸她妈进泊里了,她出去买菜了。"

一块石头落了地。天哪,终于让我找到了!我挨近了地铺,一扯背囊坐了下来。

三

女孩把我扔在那儿，一个人到后边那幢房子里忙活去了。我待了一会儿，也到后边来了，一边帮她提水搬筐子，一边问着："你和鼓额都是在这里打工的吗？""是哩，俺俩在'下房'拾掇零碎、洗衣刷碗做饭……"

"你们给那个'老哈'做饭吗？"

"不，他嫌脏气哩，他在'上房'有自己的厨子，俺是做给长工吃。还有，喂这里的猪和鸡……"

我这才注意到院落旁边连着两个大猪圈，有一些鸡和鸭子在旁边啄食。院子很大，南端靠院墙那一围遭种了韭菜、葱和豆角等等。看来这些蔬菜远远不足以养活这么多做工的，所以鼓额就出去买菜了。

等待的这段时间里，我有说不出的急躁。我张望着，真想马上就听到一阵脚步声。我问小姑娘叫什么名字？她告诉："小杆儿。"这名字取得恰如其分，她细瘦得真像一枝小麻秆儿。我又问她来这里多久了？她说："刚来时俺才十二岁，如今俺十七了。"可她看上去顶多有十三四岁啊。她说当年是跟爸爸一块儿被领来打工的，爸前年死了，她就一个人在这儿了……小杆儿说着，起身到旁边端那个水盆，那个大木盆让她端得很吃力，可还是用力把它抱起来。她走起路来一歪一歪，我去帮她，她却一闪身躲开了。

她转回来时，脚还是一歪一歪。我这才发现她是一个瘸子……在后来的交谈中我才知道，小杆儿是从很远的地方来的：她爸领她出来打工，实际上好多日子都在乞讨；讨不到饭，就帮路边的人家做点零碎活儿。他们这一路上苦极了，不知过了几条河，翻了几座山，只听人说到了平原就好了，平原上的日子最好混。她们就一直往平原上赶。谁知道平原这么远啊，他们走啊走啊，有好几次差点饿死……她爸是个艮性子，遇事不慌，就那么慢吞吞地一边做活一边讨要，说：“孩儿，不用急，咱走到哪里都是‘一站’。”

小杆儿告诉说：他们原来的那个村庄有不少人早就跑开了，有的到东北，有的去南方，有不少就死在外边回不来了。她说爸领着她跑过了两个夏天，第三个夏天才看到了这片楼房。爸说：“平原到了，停下吧。”他们入了这个村子，再也没有挪窝儿。她爸在田里做活，秋天就搂着枪给老哈家看场院。“有一天俺爸的枪走了火，差一点伤了人。俺爸吓坏了，再后来就害了心口疼，不几天就……”

这故事让人不忍听下去。我说：“小杆儿，你该把手包扎一下，它养好之前再不能沾水了。”“我这手老这样，不碍事的。”她说着伸手就在裤子上蹭，大约很痒。这双手必须赶快包扎。我离得近了端详一遍，又一次催促：“它已经发炎了，你必须包扎了。”小杆儿觉得奇怪似的，瞥我一眼。那惊异的眼神让我想起刚见面的样子。

正这会儿我听见院门在响——开门进来的是一个四十多岁的红脸汉子。他的个子比我还要高，也比我粗壮多了，脸是红色的，像印第安人那样的皮肤。他迎着我看，嘴巴很快鼓起来：“唔……”

他发出了狗吠一样的声音，这声音让我不由得往后退了一步。

“哪来的人？”他问。

我告诉他，我来这里找鼓额和她父母。

“你是她家什么人？”

“我们是朋友。”

“朋友？”他哼了一声，甩开我，径直向屋里走去。小杆儿早迎出来了，手藏在背后，不停地哆嗦，看一眼我，又看一眼进来的汉子，嘴里连连叫着：“连长，连长……”

这个叫“连长”的人好像被小杆儿挡在了门口，站在那儿吸烟。他一边吸烟一边瞥我，问小杆儿：“‘大脑瓜’还没回吗？”“没哩……”连长走近我：

“你打算在这儿住下？”

“我还没见到他们呢，我想见了再说……”

连长看着我，突然眼皮飞快眨动起来。这让我想起了以前见过的那些平原上的权势人物——他们有时就会做出这样一些怪异的举止，刚开始让人觉得好笑，后来才明白这是显示自己的与众不同，就像显露权力的徽章。比如说，在平原上常常发现一些握有重权的人，这些人手上不离一根牙签，有事无事都要剔牙。实际上他根本不是为了牙齿，而是从乡间大宴上学来的一种特别的行为习惯。我还遇到过一个五十多岁的村头儿，他的特征是不停地吸鼻子，每一次吸鼻子都要带动上唇一阵猛烈抽动，发出嗤嗤的声音。然而就是这个动作，使村里人充满了畏惧和景仰。眼前这个人则是不停地眨动眼皮。

他一条腿跨出半步，斜着身子站了一会儿，又眨了一会儿眼皮，就走开了。他甚至没有打一声招呼。他离开之后，小杆儿赶紧把门合上了。我问她：“这个连长是怎么回事？”

“他是负责武装保卫哩……”

我明白了。一个村庄与一个国家一样，也需要自己的“武装”。刚刚离去的这个人就是“老哈”的兵头儿。眼前的这个孩子大概和很多人一样，十分惧怕这个“连长”。

我们说话时，外面传来了脚步声——这声音让我一下就听出是鼓额！我喊了一声，打开了院门：小巷子里走来的正是鼓额……

她把刚买来的那些蔬菜和篮子紧紧拥在了胸前。她看到我时站了一瞬，然后就跑起来。她的菜篮子几乎顶在了我的胸前……这一团绿蓬蓬放着浓烈青生气的菜蔬横在我们之间……我把它们接在怀里，兴冲冲地和她一块儿进门。

“鼓额，鼓额……”

这鼓鼓的脑瓜多沉哪，它简直再也抬不起来了……

阴暗故事

一

鼓额的衣着、神气、身个，好像没有一点变化；她的父母倒完完全全像两个土人：他们比我以前见到时老得多了，头发和脸上、衣服上，到处都沾满了泥土。他们刚从地里归来，刨了一天玉米秸，挥动了一天镢头，全身都被泥土和汗水纵横涂抹过。他们刚见了我时，有一阵只木呆呆的，好像不认识似的，这样待了一会儿才使劲搓手，吐出一声："东家。"

"天哪，孩儿该哭哩！"鼓额妈拍打着膝盖，不停地喊："孩儿，看见东家了吧？看见了吧？"

鼓额就站在我的身边。

"她整天念叨哩，夜里不睡也念叨。这孩儿啊，就是恋着园子。你再不回来，她就毁哩。"

两个老人咕哝着，鼻涕眼泪都下来了。鼓额这时候反而一滴眼泪也没有，不好意思地扳扳爸爸和妈妈的肩膀，扶着他们到另一间屋里去了，一会儿又出来端了一盆水……

他们很快给我在这儿搭了个地铺。"东家，多住些天吧……我把她拽出来，出来打工。你不知道俺这日子是怎么过的。跑东走西，翻过砧山……"

鼓额母亲说着抹起了眼睛。鼓额爸有点不好意思，一下下推拥着老伴。我告诉这一阵怎样追着他们的踪迹，从东到西地在山里奔波，如今总算找到他们了，我真高兴……

老哈家里的一大片土地就靠这两个人做。小杆儿和鼓额负责料理内务，做饭、喂鸡喂猪，有工夫还要到地里帮忙。小杆儿太弱了，腿又不好，做不了更多的事，就往田里送饭，帮着抱庄稼秸秆，拔拔草等。最忙时，他们一天三顿都要在地里吃，差不多要忙到半夜才能回来。鼓额告诉说，在这里做活可比园子差多了，“死挨……”

第二天我想跟两个老人到地里去看看，可是鼓额拽了一下我的衣襟，说有事情跟我说。她的爸爸妈妈也极力劝阻我留下“歇着”。老人走了之后，我就和鼓额小杆儿忙起来：给猪添食，把鸡赶到南边菜畦那儿，又到院角的土井里打好洗衣服的水。小杆儿的手让我担心，可是鼓额并没有说什么。她坐在地铺上，一直看着我，咬着嘴唇。后来她哭出了声音。我听见门外面小杆儿在做活，好像不知怎么把盆里的水推洒了。鼓额强忍着哽噎，抬起头：

“宁哥，我以为再也看不到你了……”

“怎么会呢，四哥和万蕙还在那儿，到时候你也要回去……”

鼓额一下兴奋起来：“什么时候啊？”

“总有一天……”

鼓额的眼睛又垂下了。

“我看见了你，知道你安顿下来，就放心了。”

鼓额将信将疑地看着我。我期待着她说出什么。她又一次把头低垂，像在想什么。

下午我来到了田野里。这儿的土地还没有沉陷，是一大片很适合耕种的平坦无垠的土壤。庄稼一片金黄，秋天的收获刚刚开始。两位老人把老哈的那一大片玉米只刨掉了很少几垄，正在一刻不停地挥动着镢头。我帮他们把刨倒的玉米秸抱到一块儿，然后打捆。这里最累的还是刨玉米秸，我想亲手试一试，但他们推推拉拉不愿放弃手里的镢头。“这怎么使得，怎么能让你来做这苦活计……"我差不多是从鼓额母亲怀里硬把镢头给夺过来。她眼巴巴地看着我扬起镢头。

玉米棵简直像一株株小树,结实茁壮,我费了好大劲儿还是没能把它刨下来。一边的鼓额妈看着笑起来:"噢哟东家,你握镢头架势不对哩。"

她上来帮我,这才算把一棵玉米刨下来。只一会儿我的周身都被汗水浸透了,每扬一下镢头都要带起一些土,结果脸上头上都沾满了泥土。我想这天下午自己给予他们的惟一帮助,就是收获了几行玉米……

我们三个一块儿坐在地头歇息时,我发现自己全身都快要散架似的,又酸又疼;饥饿袭来,肚子咕噜噜响。鼓额妈从身后一个布套子里取出了一块玉米饼。我们一块儿吃起来。布套子里还有一点咸菜,一个装了凉开水的瓷壶。这食物让我觉得那么香甜,好像许久都没有吃过这么好的一餐了。鼓额爸说:"在这儿做活不比别处,肚里要实在些。"我看着这一大片玉米,问:"难道就靠你们两个人收它们吗?"他点点头:"不过要看天气哩。天气不好,事情急起来,老哈就会再雇人帮忙。种麦子时还会添两个零工。"

我又问起了小杆儿的事:"这孩子真可怜,她的手伤成那样,也不让她歇息……"

说起了小杆儿,两人都不吃东西了,半张着嘴,相互看着。我继续问,两个老人就一声连一声叹气。

鼓额爸说:"那孩子啊,这辈子完了。"

鼓额妈也点头:"完了……"

我又问,他们才告诉:小杆儿爸在世时她的处境还要好一些,她爸一死,这个孩子干脆就成了老哈家的一块抹布,谁都拿过来用一用。"小杆儿那时候才十四五岁吧,有人就来欺负她,她呜呜哭。爹实在没法儿,就把她领到了场院上。有一天夜里爹背着枪沿场院溜达,那个坏种又钻到窝棚里去。小杆儿哇哇一哭,爹背着枪就往回跑。那一天是个月黑头,她爹看不清从窝棚里跑开的人影,就紧着问小杆儿那个人是谁?小杆儿只是哭,一个字不说。她爹就追上几步,瞄准那个逃远了的人影打了一枪……”

我想起了那个连长:凶狠的大眼、鼓鼓的腮帮子……

鼓额妈又告诉:小杆儿一开始也跑过,她受不了这些折磨,一天晚上抱了东西,撒开脚丫子往南山跑了。可惜刚跑了一会儿就让连长领人抓回来了,一回来就把她结结实实揍了一顿,身上再没一点囫囵皮。“俺来的那会儿她的伤才长好,一身的疤瘌吓死人。这孩子后背上的疤瘌有碗口大,你想想这孩子哪敢再跑……”

我实在不解:“就这么一个小姑娘,他们怎么就不放开她呢?”

“小姑娘肚里装了一些事儿哩。你想想,到哪一天她说出来,这一伙还不要吃官司?要不说他们死也要把她抓回来。有一阵他们怕小杆儿跑,就吓唬说:跑到天边也要把你捉回来,再跑一次,就把你腚上用火筷子烙上记号。她的腿就是因为那回逃跑让人给打断的……”

这该是我在大山里听到的最阴暗的故事了,可它就发生在眼皮底下。我把最后的一点玉米饼啃在嘴里,用力咀嚼……

这个夜晚,我尽管一再耐心地劝导和询问,小杆儿总是不愿开口。后来我把知道的一些事情说出来,只简单地复述一遍,问是否真的如此?小杆儿看了我一眼,又很快摇头。我鼓励她什么也不要怕。她就哭了起来:一开始像蚊子似的,后来呜呜大哭,用溃烂的手去揉眼睛。她一哭,瘦骨嶙峋的身子就球成了一团。我想这孩子身上一定有什么重要器官受了损害,不然就不会瘦成这样。她的头颅显得很大,那是因为她的脖子太细了,肩头尖尖的。

她一边哭着一边盯着门口。她大概害怕这时候有人突然闯入吧。我安慰她,给她壮胆。最后她总算断断续续地讲了事情的经过。

二

那还是她很小的时候,就是十五岁吧,一个夏天,大白天,那个连长就往她身上扑过来。她狠狠地咬了他,他就揍她。她的肋骨那儿差一点给打折了,疼得一动也不敢动。后来好不容易长好了,连长又来折腾她。她就告诉了爹。爹只得忍住,见了连长说:“连长,我给你跪个,啊?跪个还不行吗?”爹后来没有法子,就把她带在身边,看场院时也带在身边——这就发生了后来的事儿……那个连长只受了一点轻伤,好像是左胳膊出了一点血。连长恼恨至极,他把爹踢坏了……

我把小杆儿的话记下来。因为小杆儿不识字,我读给小杆儿听,让小杆儿按上了手印。小杆儿颤颤抖抖地在手上抹了点墨水,按了一下。余下的时间我一直在寻思,该怎么做这个事情,我是否有点莽撞?我知道有一点是肯定的,那就是一定要做,要救人——小白如果在这儿,也一定会这样做的。

第二天,那个连长和几个人到这儿来了。他们对我问来问去:什么时候走?到底要干什么?等等。他们问不出什么,又叫走了鼓额和小杆儿。鼓额回来时已经半天过去了,她告诉:他们一个劲地问你是从哪里来,到底来干什么?最后又把小杆儿单独留下了。

我和鼓额正说话,来了一个系着领带、非常文雅的年轻人。他请我到总经理的办公室去一趟。我随他走出下房,见小巷尽头有一辆轿车。我说:“路很近,就让我们走走吧。”他执意让我坐车,我还是拒绝了。

我往前走,轿车就在身边缓缓地开。窄窄的街巷上,所有的人都伸长了脖颈观望。

在一幢五层楼的顶层,我见到了大名鼎鼎的老哈。我原想这是一个凶神恶煞般的家伙,可见了面不由得让人一愣:一个五十五六岁的人,脸白得很,非常消瘦,下巴略有些歪,样子非常和善。他说起话来细声细气的,口气就像与对方商量事情似的。他说:“听说你是个有学问的人哩,俺这个集团最愿结交的就是你这样的人。好哇,咱大欢迎哩!”他随手把一个茶杯往这边推了推。我打开杯盖一看,原来是一杯浓浓的咖啡。我没喝。我心里琢磨的是,像这样一个心慈面软、面皮白净的人,怎么会有那么多运筹的心机,又怎么会重用一个连长?

“听说你关心年轻人哩,学问人都是这样。小杆儿,她现在成了孤儿啊,可怜。我整天忙集团里的事情,也没工夫问她怎样。下一步该送她进职工夜校哩,”他吸一口烟,“送夜校。我们准备把教育抓紧起来,这才重要哩……”

我特别注意到,老哈的手边竟然有一本厚厚的英汉词典。

他请我晚上一块儿吃顿便饭,再谈谈教育的事。我一脸惶惑地谢绝了。原来这是一个热衷于结交文化人士的企业家,当年还是一个“文学青年”——在他的自我介绍中,我惊讶地得知,二十年前他发表过几十篇诗文,直到现在还试着写书呢……我吸了一口凉气。既然如此,我想直截了当地问问他了,我说:“你肯定知道‘连长’是怎样一个人了,用当地人的话说,这是一个‘挨千刀的’。你准备怎么办呢?”

老哈的脸沉下来,然后眯着眼看我,说:“不错,这是一个坏人。可是你见过车前集团这一大摊子了吧?我想告诉你,没有坏人办不成事。所以我要用坏人,保护坏人,最后还要除掉坏人——只要是作恶的人,就没一个有好下场!”他说过之后,再不吱声。

我还想问他什么时候除掉“连长”?终于忍住。我太书呆子气了。

在分手的门口,他望着下房的方向,声音沉沉地说了句:“苦啊！就让我们一点一点来吧……”

他握住了我的手耸动一下。他的手十分柔软。

我回到了鼓额他们的下房，只有鼓额一个人忙来忙去。我问小杆儿呢？

“一直没回……”鼓额很担心的样子。

直到很晚了小杆儿才回来，见了我们总要躲躲闪闪。她差不多像一只小老鼠那样，一下溜到了自己的屋里。

鼓额走进去，屋里传来她们怯怯的说话声。后来就没有声音了。一会儿我听见鼓额在一声连一声地催促她，说了什么听不清。小杆儿没有声音。

鼓额出来，小声对在我耳边说：“坏了，连长逼着小杆儿写下了什么，还让她按下了指印……”

我设法让小杆儿明白：他们逼她做的事情有多么危险，这样一来大概会把整个事情都给搞糟——我最后一字一字叮嘱她：“你无论如何要相信，一定会有人帮你、救你，你必须离开这里，这是迟早的事儿！”

小杆儿浑身打抖，最后哭起来，用力掩住嘴巴：“你走吧，你快走吧——快些跑吧……”

她伸出了那双红肿的手推拥我时，我什么都明白了。一阵绝望。我没有更多的时间再耽搁下去了。

我出门时，鼓额就站在那儿。离去的时刻就这样突兀地到来……

夜色越来越黑，我出门后又踌躇了一刻，正想着什么，鼓额急匆匆地追来了。她有些喘：“连长诬你是窜进山里的‘人贩子’，还让小杆儿按了手印，让她出来作证……他们给了她三千块钱……”

我瞪大了眼睛：“小杆儿答应他们了？”

“答应了。她那会儿心里亏，才让你快跑……”

我一时什么也讲不出来。我站了一会儿,望着村子。没有多少灯火,那儿黑黑的。我最后一遍叮嘱她:“鼓额,你待在这里,一定不要乱跑。我们那边的事情了结后,我会来这里把你接走。”

鼓额急促地喘息:“宁哥,不管等多久,我都会等……你放心。那个连长是老哈的亲戚,老哈真的不坏,可就是灯下黑。老哈早晚会知道连长有多坏的……”

“老哈……他也说过让你进夜校的事情?”

“说过。他太忙了。他灯下黑,他真是不坏的……你不知道,他还写书、想学外国话呢!”

“我知道。我担心他一边写书学外国话一边坏——那或许更坏呢……”

要分手了。我终于转过身去。这个夜晚真黑啊。

憨　螈

一

憨螈在林子里奔走,所有的雌性野物都望风而逃。有一只远近闻名的大骚狐不以为然,抽着自制的烟斗大模大样地在白茅地上溜达,说:“老娘我这辈子什么鸟儿没见?还用得着呼天号地吓唬咱?”它大口吸烟,抹着口水,故意站在上风头。这样它身上的气味会顺风吹到很远,让一些大型雄性野物循迹而来,在树丛后面驻足观望。那些从身边逃开的雌性野物有的好心劝它:“快拔腿撒丫子吧,这一回可不是闹着玩的!”骚狐喷出一股浓烟,吐了一口:“哧!”

一个黑乎乎的家伙,头顶是红黑间杂的稀疏的毛发,半裸,宽额深目，下巴格外大格外坚实，从一棵大赤柳后边晃晃悠悠出来——从模样上看有点像大猩猩，仔细看又是一个强壮的男人。骚狐看了一眼，笑嘻嘻的，心里说："就是你了啊！"它向他远远地敬了一下手里的烟斗，一扭身子扮成一个村姑。那个黑家伙揉揉眼，朝这边望了望，马上急步走了过来。当他走到近前时，骚狐又一次递上烟锅。想不到黑家伙一伸手抓住，啪一下扔出了老远，余下的另一只手把它没头没脸地卷住，横着抱到一个结实地方，噗一声摔下了。它可从来没见过这样的蛮物，故意大声疯笑、蹬腿，喊着说："嗯呀，好有劲的郎君！"黑家伙摩挲着草裙，龇牙咧嘴，发出一声声叹息。这声音开始不大，沉闷低缓，渐渐才急促起来。当他三下五除二将其压在身子下边时，那连连叹息竟像海浪一样呼啸而起。它什么也不顾了，只用两手使劲堵住耳朵，嚷叫："受不了咱受不了，硬是受不了！"黑家伙只用三根手指就把它的两腿捉紧，提起来摔打了几次，仰着脖子大叹。这真是一座黑乎乎的山峦啊，这是骚狐一辈子经历的雄性伙伴相加的重量和力道，还有活活宰人的凶残劲儿。憨螈把骚狐改扮村姑用的那条方格花头巾咬碎了，又将它一头浅黄色狐毛咬得湿淋淋的。最后这叹息达到了顶峰，长吁三声之后又变成了哼哼……"哼哼、哼哼！"他叫唤的声音越来越小，接着一歪头死在了它的胸前。骚狐吓坏了，用剩下的仅有一丝的力气举起手掌，一下下拍打他的脸，推拥，挣脱，总算从这个死去的家伙身子底下挪移出来。

"我的天哪，就像遭了一顿滚雷一样！我这辈子不死也成了残疾，我得试试能不能挪动腿儿……"骚狐先费力地蹲了一下，然后才攀着旁边的一棵小树站起来，身子摇摇晃晃，"还好，天无绝人之路，这杀人的郎君总算没把我活活吞了！哎呀咱今生再也不夸海口了，原是天外有天山外有山哪……"骚狐回身端量这个死去的大家伙，想细细看一眼他的草裙，一伸手，发现他的肚子还一鼓一鼓呢！“老天，这家伙还没死透哩，他大概是累昏了头了。”这么想着，并不离去，就从十丈之外找来烟锅，装上一锅烟吸了。它要等他醒来。

一直等了一袋烟的工夫，他还是昏着。骚狐走过去，盯着这家伙看，磨牙，屏气，浑身又一阵痛疼。它一怒之下，就将一撮红色的烟火磕在了憨螈的脑门上。眼瞅着那儿的黑皮烧得嗞嗞响，起了一个水泡——这家伙“嗷”一声大叫，跳了起来。“啊呀呀……”他抓着脑门，跳着，一转眼看见了骚狐，怔住了。他笑了。骚狐害怕地往后退着，退着，一下跌倒了。骚狐这才发现，刚才他们滚动的地方，凡是印下了他们体痕的这片泥土上，到处都生出了一种带鳞茎的蘑菇——蘑菇还在往上茂长，一边钻挤一边发出吱吱的叫声。憨螈揪起地上的蘑菇啃了一口，白色的汤汁顺着胸脯哗哗流下。他把蘑菇递给骚狐，它试着咬了一口，觉得那味道就像刚刚撕去了毛皮的鸡腿一般，又鲜又香，还带着微微的腥气。它不知不觉就吞下了一根，又从地上揪了另一根。吃过几只蘑菇以后，骚狐发现自己两腿、浑身，从上到下随处都不痛了。

他们吃着蘑菇，再次相拥一起。他的大嘴只几下就印遍了骚狐的全身，它因为出奇地发痒，有好几次它实在忍不住，不得已让下身闪出了原形。他使劲揉眼，摇摇头说：“嗯？我刚才分明看见你是红毛肚子……”它嘻嘻笑，说一句“咱明人不做暗事”，索性一抖瑟，让全部身子露出了真形——一条红毛斑斑的老母狐狸。

憨螈一声不吭看着它，哭了。骚狐问他怎么了？一下下揩他的脸、脖子，好不容易才止住了他的哭泣。他说：“俺妈说，我是人，咱人就不能找野物，咱人只准找人……”

骚狐拍着膝盖：“嗐嗐有多么死心眼儿！什么人啊野物的，还不全都一样！刚才你觉得哪点不一样了？”

憨螈摇头：“我妈说了，咱要和她们生下一堆小憨螈……”

正说着,前边的树木摇动起来。憨螈惊嘘嘘地站了,说一声“不好”,侧着身子就想跑开,却被一长声吆喝止住了。那声音粗疵疵的好不吓人:“憨螈你给我老实待着!”

憨螈身子一委蹲下了。骚狐赶紧变回村姑,颤颤地趴在那儿。

原来煞神老母从远处听到了巨大的叹息,就一路追赶过来。她瞥一眼骚狐,上前将其一脚踩住,用脚跟三转两拧就让它痛得显出了原形。“你这个畜牲色胆包天啊,敢勾引我家孩儿!看我不立刻撕巴了你!”说着提起它的两条腿就要发力,嘴里“嗯嗯”发狠。

憨螈一下挡住煞神老母,一声声哀求:“妈吔饶了它吧,妈吔,都是孩儿性急哩……”

煞神老母咬着牙:“我恨不得把你这只骚狐开膛破肚才好!人畜不通婚,你这么高的道行还不懂这个?敢破了我家规矩,该当死上几回?”

骚狐哭成了泪人,叩头不息:“小狐罪该万死,不过也怨老母的孩儿太俊朗了,他这副身子这张脸儿,谁见了都受不了啊,谁见了都得提着裤子满地乱窜哪!咱这辈子什么没见,比他再俊朗的咱可从来没遇上,我敢说你孩儿天下无双……”

煞神老母听了喜在心头,闭闭眼,一脚把它踹起:“看在动了真情的分上,就饶你不死吧。不过从今个起罚你给我当差三年,去周边村子里为我卖酒——你得把几大坛‘欢喜酒’全卖出去,让村姑们一个一个品尝……然后……”

骚狐心领神会,赶紧接上话茬儿:“然后俺就把她们引到林子里来,亲手交给这个俊朗孩儿……”

二

“卖酒了卖酒了,仨钱儿一碗,俩钱儿一盅,咂吧咂吧嘴就知道不贵。咱卖女不卖男,女的喝了欢天喜地,男人喝了肚子痛得打滚儿……卖酒了卖酒了……”骚狐扮成一个上年纪的村妇,在大街小巷里吆喝着。真的有长辫子姑娘过来,掀了柳条篮子看里边那个油光光的瓷坛子。“你这闺女长得怪水灵,不用花钱就喝上一口吧!”姑娘说:“俺是小媳妇儿了。”“那也中,那更得张大嘴巴泼喝!”长辫子小媳妇试着饮了一口,一拍手,又连着饮了几口。她把一碗酒都咽下了肚,翻翻眼:“哎呀!我呀——”骚狐盯住她:“你怎么了?”“我觉得一股热气从肚腹这儿呼呼呼往上冒……”骚狐拍手:“那才好!一点不假,这就对了,这就对了!”

它和她拉着呱儿,不知不觉就把她引到了村外林边。长辫子小媳妇问:“你家忒远哪?”骚狐说:“荒野人家,别的没有,有的就是好酒、好男——”她说着小声对在她耳旁说:“这林子里近日出了个俊朗男人,他长得忒大块头儿,粗胳膊,一跺脚地皮都颤,哈出的气儿能传十里,最知道心疼女人了……”长辫子小媳妇不知是因为酒的缘故还是害羞,脸像一块红布:“你们林子里什么好东西都有,人参、蘑菇、还阳草,样样馋死人哩!”骚狐说一声你待会儿,我得撒泡尿了,然后就钻到了林子深处,再也没见人影。

长辫子小媳妇等得心急,就喊了起来。喊着喊着起风了,树梢摇得厉害。她有些害怕,刚要转身寻找回家的路,就看见一个大块头半裸男人抄着一条斜路赶了过来。她吓得身上一哆嗦,抬腿要跑时才发现身子已经不听使唤了。那男人浑身毛刺刺的,五大三粗,迎着她笑。她吓得连连倒退,像肚子痛一样蹲下了。男人也像她一样蹲下,撩着草裙说:“喏。”她不敢抬眼。对方这样盯了一会儿,开始发出缓缓的、低低的叹息。她在这一点点增大的叹息声中身子一下下摇晃,不知怎么就跌倒在地上。

憨螈嘿一声大叫,顺势压住了她。接着巨大的叹息铺天盖地而来。她吓得双手堵住耳朵,觉得整个的身子都给压进了泥土和沙子中,就像一只可怜的小沙鼠。她不停地求饶,说我再也不敢了，再也不来你的林子啦——我今生今世也不敢了，快饶了俺胆小怕事的良家妇女吧！憨螈哪里听得进半句，只将全身的重量加上去，同时声声叹息变得更加急促。整个林子里一片寂静，所有的四蹄野物，还有小鸟，都吓得一声不吭。

这时那个村子都听到了林子里传来的叹息声——像发力深长而又遥远的海浪，像海底的大涌发出的低沉之声——海边人跟这种声音叫“发海”。“发海了。”他们互相叮嘱一样看一眼，悄声说道。“也许是妖物在叫——”一个细心人听了一会儿，终于从中听出了什么怪异。因为他听到“呜呜嗷嗷”之声当中，还掺杂了一些巨喘和哽咽——类似于泣哭。“欧——欧——”还有这样奇怪的声音。“妈的巴子，林子里出了妖精也说不定，赶明儿找打猎的看看去。”村里人议论，但还是掩不住地害怕。

憨螈终于停止了叹息。他压住的长辫子小媳妇已经气息奄奄。他昏倒在一边时，小媳妇才渐渐缓过一口气来。她爬着，爬着，全身上下痛得要死，好不容易才坐起来。她发现身边这个畜牲一样的大男人仰躺着，已经半死了。她的第一个念头就是杀了他。她四处爬着，好歹摸索到了一根尖头木棍，两手攥紧高高举起，想把他的脸戳个稀巴烂——她攥紧，颤着、颤着，最后哇一声大哭，棍子掉在了地上。她觉得自己的五脏都在刚才那一会儿给搓揉碎了，不久就会七窍流血而死。正这时一种吱吱的声音吸引了她的注意：有什么正争挤着钻出地表，是一种带鳞茎的蘑菇！它们像蛇一样扭动，一钻出地表就疯长起来，一转眼就是一大片了。她伸手揪了一支，断茬儿上有奶汁似的白水哗哗流下来。她口渴难耐，就急急吮了一下。她一连吮了好几支，奇怪的是全身上下都不疼了，两条腿能站起来了……

她跑到一边的树丛下，小心地趴下，从树叶间看着那个昏死的男人。大约过了一刻，她看到他在沙子上蠕动了几下，竟唉声叹气地坐了起来。她捂着嘴巴不敢叫出声来,直盯着他宽宽的后背摇晃着,一挪一挪消逝在林子深处……

长辫子小媳妇回到了村街上,所有人都用怪异的眼神看她。他们觉得她的身体一转眼膨胀起来,两眼变得圆圆的像两枚铜钱,眼窝深陷且灿灿发亮,胸脯膨胀高过了下巴——总之整个人都与以前大不一样了。

“卖酒了卖酒了!”那个老太太又来了。长辫子小媳妇一溜烟跑出来,一把抓住老太太说:“哎呀你可害死我了!”老太太故作惊讶:“你这是怎么了?你上次喝酒还没给钱哩!”长辫子小媳妇红了眼圈:“我在林子里遭了男人!”老太太一瞪眼:“那是好事啊!多少人盼着这一天哩!”长辫子小媳妇咬着嘴唇,捏弄着辫梢:“你是没见哪,粗粝粝怪臊人的……”老太太伸手按按她的乳房,说:“快怀个孩儿吧,老大不小的了——猫三狗四,人是九个月——你到明年春就能下出小崽儿来。”“看看大婶说的,怪臊人的……”

长辫子小媳妇常常看着林子深处出神。有人问她怎么了?她就答:“里边出了个大妖怪,不过也怪实在的。”这样说话间肚子就大了起来。她突然明白了那个老太太的话,心里一慌,还有些高兴。

长辫子小媳妇每逢大街上卖酒就尾随上看,不止一次看见有大闺女小媳妇喝了老太太的酒,然后就相跟着进了林子。她们进去了,没过多久,林子里就传来一阵阵吓人的叹息。这声音像发海一样,呜呜叫、嗡嗡响,还间杂着哐哐声、抽泣声。街上的人都在这奇怪的声音里驻足不前,一脸惊慌之色。长辫子小媳妇咬着牙关谛听,面带微笑,对村里人说:“俺可知道这是怎么一回事儿。”

开春第一个月,长辫子小媳妇生下了一个男孩。

这男孩见风就长,不到半年就蹿到了母亲肩头那么高,除了说话还不太利索,已经奔跑自如。他七个月时模样像个半大小伙子了,唇上生出了一层黑茸。有一天他跑到街上，一下按住了邻居家的大婶，不容分说就要剥她的裤子。大婶费尽了九牛二虎之力才算挣脱了，后来逢人便说这桩奇事："看这个悍巴物，还没过生日哩，就想那事儿。天打五雷轰的没牙崽儿，把我胸口上抓了一块淤青！"

三

林子里不断发生离奇的事情。那些进林子里砍柴的、采药的，还有猎人，渐渐都有些畏惧。男人不曾遭遇什么不测，倒是女人常常出事。出事的女人一般缄口不语，回家后闭口不提发生了什么。不过这些事情是瞒不过人的，因为只要哐哐嗡嗡的怪声，还有那种奇怪的叹息声一阵阵从林子里传出时，都知道那只林妖又在折腾了。男人千叮万嘱，不让女人进林子。只有个把泼辣风骚的女人全不在乎，说："也不过就是壮实一些罢了，他还能吃人不成？"一位大个子麻脸女人模样很像男人，方面大耳，嘴上还长了浅浅的胡子，是一位出了名的悍女。她一直没有孩子，一直盼着生一个，于是隔三岔五去林子里欢会。结果她不生则已，一生即不再停止，一胎三个，一口气连生四胎，正好一打。

林子四周的村子里全都人丁兴旺，而且新生儿一色男孩，个个壮实。他们身材长得出奇地快，一般在生日前就会走路，一岁左右即呈现出明显的性征。人们把这些孩子一律称为"悍娃"。这样的孩子渐渐多起来，于是大家也就见怪不怪，都觉得是理所当然的事情——俗语说"靠山吃山靠海吃海"，靠近林子的村庄，就少不得生出一些悍娃吧。悍娃们长大了，四处急匆匆游走了，一个个脾气怪异，他们如果看到什么不顺眼的东西，抬手就砸。他们最愿意毁坏林子，好像要把密匝匝的树木尽快毁尽，以便从中找出自己的老祖宗似的。只不过三五年的时间，那无边的大树就少了大半。村里的老房子，比如一些老辈传下来的家庙祠堂之类，也全被他们砸得差不多了。老年人唉声叹气,忧心如焚却毫无办法。因为家家都护着自己的孩子,谁生的谁疼。最主要的是害怕,都知道这帮悍娃发起火来,砸巴起老胳膊老腿来简直不在话下。不止一位老年人被他们发火时砸死了。有的老人可能与他们积怨太深,砸死了埋进土里,过了十几年还要被他们扒出来,噼噼啪啪再砸一顿,觉得解气了才算罢手。

时间久了,都知道林子里的那个大块头儿其实不仅不是妖怪,而且从辈分上看,渐渐就要变成了老祖宗。因为这个关系,后来人只要一提到那个在林中时不时发出吓人叹息的家伙,都要细声细气的,都要说“咱老祖”怎么怎么……日子再久,大家也知道了他的名字,说一句:“咱老祖叫憨螈哪!”

一群悍娃起性最早,寻摸女孩的劲头也最大。他们从数量上看比女孩多出数倍,所以就要到周边村子里找尽女孩配对儿。这样很快就闹起了女孩荒——没有办法,悍娃们只得蹿到镇子里、城市间,以各种方法寻找女子。一代代过去,他们生出的下一代看上去渐渐与常人无异,身体发育也没什么特异之处,只是那脾性是深藏了的,根子扎在了血液中,一有合适的时机就会发芽,那时候呈现的一切特征都和老祖宗无异。

憨螈在林子里以逸待劳,从来就没有缺过女子。这不光因为有人喝了酒要进林子,还因为有个脾气暴躁的煞神老母——她动不动就发火,一发了火就要将村子里还有过路的女人往林子里驱赶。她凶神恶煞般张着大手驱赶她们,就像赶一群羊:“嘬呼!嘬呼!”她们在这声音里没命地跑啊跑啊,常常是没头没脑地一头扎到了林子里。这里正有一个穿了草裙的大家伙等着哩,他身上背个酒囊,时不时地饮上一口,见她们进了林子,就抹抹嘴巴,当仁不让地走过来。

煞神老母这期间像个总监工一样,动不动就催促迟迟不愿出窝的憨螈说:“就知道死睡！快去林子里吧!”憨螈打个哈欠,咕哝:“我想俺爹了。”煞神老母哼一声:“那是个畜类玩意儿。”“你又骂我爹了。”“我就骂你爹。”憨螈叹口气说:“摊了这样的妈谁也没有办法。”“你知道了就好。你给我乖乖地上工去吧。”

憨螈为了报复母亲,有时故意和一些野物嬉闹一场。特别是那只骚狐,他和它就从来没有断过那事儿。他发现它闪化成村姑的那一会儿,脸上会有一种特别的慈悲。骚狐总是用饱经沧桑的目光打量着他,与之诉说衷肠。他愿意和它分享自己的酒——因为这不适合雌性饮用,所以骚狐每次都被这酒醉得双眼斜刺,原形毕露。他于是正好借这机会看它蓬蓬的大尾巴、腹部那两溜干瘪的乳头。年岁不饶人哪,瞧一只风骚母狐老成了什么模样！他有时在心里将它比较自己的母亲,觉得这只母狐对他远比煞神老母要体贴温暖许多。他总是将任何事情都拿来与它商量,从中请益。骚狐说他:“你也太老实了！人在江湖,身不由己,还管什么人啊畜的,只要你相中了就尽管睡——你妈不是说你爹就是一只畜牲吗?”憨螈觉得这话实在有理,而且一提“爹”这个字,就让他悲从中来,然后就更加怨恨起煞神老母。

憨螈从此真的过上了自然流畅的生活,一路睡了不少野物。他和犀牛、河马、海象,甚至是一只大蟒,都生下了一些小憨螈。这些生命从模样上看更加怪异,从脾性上看又与村里女人生的有所不同——好在它们都有亲缘关系。

一个大好的月亮天里,受母狐几天来的暗中召唤,不知多少憨螈的后代都默默地往林中走来。他们是来看望父亲的。

憨螈身背大酒囊坐在一棵老橡树下,头顶是大伞一样的浓密树冠。他的面前跪了一片大大小小的人儿,这些人当中有野物生的,也有人生的,所以如果仔细看看脸庞,一个个有着不同的神气:有的像河马,有的像蟒,还有的像野猪和海象。

卷四

第 十 章

心 旅

一

……蓦然立定,看一座座山岭甩到身后,看苍苍茫茫、波浪起伏的山峦消失。开始的时候会惦记来路,一根细而柔韧的线在牵拉不息;后来这线越扯越长,终于化为一根透明的、若有若无的游丝……从哪里来?到哪里去?心界里一片茫然。前边是混浊而宽阔的河流,但模糊了河流的名字;找不到河桥就踅回。脚印在茫野绘下了奇妙的图案。朦胧中幻想一个仇人、一位挚友、一次宿命般的爱情、一点微薄的希冀、一腔忧伤、一次深深的创痛。空荡荡的长路将各种呼唤都甩在了身后。心里隐下了火焰,背囊里装满了友谊和宿怨、一把匕首、几支折碎的香烟。一遍遍默念武早——你同样行走在漫长的旅途上,你挣脱了林泉,却无法走出象兰的迷宫。

武早的信在旅途上成为我惟一的读物。我能够想象他的状态,他沉浸在一种情境之中,疯迷一般写下了这些无头无尾、前后纠缠的话语。在信中,他越来越多地把我和象兰这两个不同的收信人搅到了一块儿——这使我不由得要想:最终怎样将这些信转交给那个女人?

这样的时刻，多像跟酿酒师面对面地对饮，倾听他的呓语。

……他们把我囚在铁笼里。可我不会伤害任何人……有了想事情的时间，从头想了一遍仇人。我不认识他们：可他们把我弄到这里来，想毁掉我。是的，我明白，有什么在一点点靠近……模糊的不认识的仇人更是可怕，他们才是真正的仇人！你快来吧，来吧……我听到了咚咚的响声，从地下传来。有人硬是用十根手指挖开了一个洞。

日夜想你。合计自己有多少钱。一千六百多元积蓄，全部取走吧。我当年属于承包集团成员，按奖罚条款，可获两万八千三百元——你可以支配它的百分之八十，剩下的，嗯……装一点放在衬衣小口袋里……钱是小小的通行证。有个家伙长了一双女人的眼睛，猛士的心肠。他在煅制一把宝剑，一旦功成，削铁如泥。时势造英雄啊，我觉得在这个家伙身上，也包括他的那些北方朋友，有点特别的力道……让我们拭目以待。你属于海底精灵。告诉你一个秘密：茅屋一角有两块青砖，上面盖了一层浮土；把砖头撬开，下面就是一个木匣，油纸里包了三万金币。

这是为一桩大事情准备的本金。我告诉你，不是让你取走——一旦发生大事——那个大事眼看就快了——你我都要用它。我们要有个提防。有一天我把砖头撬开，摸了摸金币，那个拐子老头用枪顶在我的后背上，枪口冰凉。他误以为我是来取它的。我头也不回，只慢腾腾把怀中的一点钱掏出，合到一块儿，然后放平砖头，再蒙上浮土……那支枪筒从后背撤开了。我看也不看，拍拍手走开。

半夜里睡不着，惦记那个大事——它真的快了，北风里传来了消息。我点上蜡烛，到那个角落一摸，砖头还在。我撬开看了，里面空空的！我哭了。让我真正难过的是……象兰，你知道我那会儿看到了什么？那儿只剩下了我刚放上的那一点钱。他们取走了所有的金币,然而扔掉了我的钱。他们遗弃了我——

只有你才能收留我,才是我的归宿。可是如今你也厌恶地把我推开。从此我就成了一个无家可归的流浪汉。那就一个人走开吧。我想有一支枪,一支连发短枪,藏在衣襟下面,在孤单无望愤怒难挨的时候,在急得要撞墙的时候,就拔出来:砰砰!

我也是一个独身大侠,有一天会将你劫走,把你驮在马背上,一阵鞭打快马……老宁啊,这家伙偶尔唱几句滑稽歌谣。酒中的亚铁氰化钾,在酸的作用下会产生剧毒氰化物,一旦超过五十毫克准要死人。结果毒死了一片少女——一个个水灵灵的,十七八二十来岁,一米七以上的个头儿。可惜!这真应了那句话:"情有可原,罪不可逭。"所以我才落到今日下场。不过你得给我申诉的时间,并请少用术语,法官们不懂。那些家伙见了女人就越发严肃。官司打不赢是铁定的了。不过你该走走过场,以便心安理得地躺在那个鬈毛小子怀里。那家伙胸脯上刺了一条青龙,属于刀脸一伙。那瓶酒给我留着,不准开启。

你怎样对待梅子?都将在我功过分明的笔尖下记得一清二楚。谁都逃不掉惩罚:我因为酿酒的过失,你因为更可怕的事情。咱们承受吧。不要后悔也不要埋怨。承受吧!

…………

二

……你必须承受。还记得那个刮风下雨的夜晚吗?门紧闭着,可门缝里射出了灯光。有玻璃杯相撞的声音,有哧哧的笑声,捂着嘴笑!风雨声里我听得分明。刚下了飞机,这是你始料不及的。我知道鬈毛小子与你扳着手算好了日期,可就是不知道我会提前飞回,咱马不停蹄。我认识一位女司长,胖大俊美神通广大,没有官腔,温柔过人。她亲手给我偷偷打了两件毛衣呢。她的哭声让我猛醒,糟! 那会儿奋力攀住悬崖,指甲脱落,疼痛钻心……攀住,用力一翻,就过来了。迎面闻到了芬芳的酒香,那是我亲手酿制的啊。

黑人朋友搂住我。崇拜者,一个异邦兄弟。艾克这家伙把我们强行分开……女司长冷若冰霜。艾克对在我耳朵上说了一句粗话。险些与他一刀两断。女司长生了两个孩子。她想躺在桌子上撒娇,泪流满面,叙说童年往事。她的大脸像面盆,硕乳可日产两公斤优质奶……她为我,可以忽略从未忍受的污辱。厂长见过女司长,回来说,她指着他的鼻子训话,脾气太暴躁了:“都是为工作上的事儿,用得着这样?”厂长龇着一口大牙,不停地埋怨。

象兰,歌里这样唱:“大半个晚上我看书,冬天我到南方……”听从歌的劝告,冬天咱们也到南方。我抵达之后会给你写信……在南方,我将向你讲出一切的秘密、隐私,讲出埋藏积蓄的地方——将来要做的那个大事、小时候的一切奇遇,以及梦中的不检点、不卫生,还有那个朋友的冒险、奇遇、艳遇,以及有失国格人格的一些经历……绝不向你隐瞒什么。我将作最后一次申诉,你如果厌烦,我就躲开好了。

妖精,腰缠万贯的美女,这之前除了看澡堂的王大爷,就没人见过你的裸体。鬈毛小子! 双眼像鱼鹰……一个恶心鬼,人渣。有一个留背头的人,说起话来瓮声瓮气,穿花格子衬衫,在宾馆耍流氓。这家伙庸俗不堪,曾向我讨要治秃疮的药方,后来才知道他妹妹患了秃疮。那个早晨女房东一起床就向我做了个鬼脸,我吓得慌忙不迭地躲进浴室。我告诉艾克,艾克简简单单一挥手:无稽之谈。可那是真的啊,外国鬼脸实在令人心悸!

老宁,你做酿酒师,我来写歌谣。我会用粗拉拉的嗓门唤醒宇宙。我还要告诉你一些锤炼生活作风的小窍门,告诉你做苦艾酒的新方法,告诉你 1985 年之后,英语里面又出了哪些新词儿……我们酒厂有人搞同性恋,有人吸毒,食堂老师傅午夜捣鬼。象兰的父亲是万恶之源,象兰的母亲亭亭玉立——她已离开两年了,咱可否将其母视为岳母?我将告诉你,你的女儿剥夺了我的全部权利:爱的权利,亲热的权利……“法庭上见?”聪慧的朋友,无所不谈的至交,我既然向你真诚讨教,那你就该对我直言相告。还有鬈毛小子的无理以及各种荒唐举止,他与厂长家人的风流韵事,以及象兰晚年可能遇到的种种伤害……我是否该向有关部门以及我至爱至亲的人儿早日提个醒?其次,我是否应该及早索回我出国归来填制的那些表格,以及我被捕之后遇到的种种不堪忍受的虐待和人身污辱,并将此详细记载呈送相当层级的领导?再其次,我还担心丧失某种功能,因而曾一度拒绝服药接受治疗。可是他们在病人失去知觉的状态下完成的那一切不得而知,并且是否有损我的尊严,以及剥夺了我的某些起码权利,等等……

象兰对我造成的心灵伤害以及肉体伤害,却让我难以忘怀,耿耿!耿耿!我曾发誓不言隐私,可是我仍要指出象兰的一些怪癖、奇才异能,以及任何男人都无法忍受的蛮横折磨和某些无理取闹。她以爱情为名尝试一切,使人痛苦不堪,只留下一息尚存置之死地而后快……整个细节无法详述,总之你该听到我的午夜呻吟,一个活生生的肉体在风干,直至化成灰烬。我如果是被毒死的,那你将从化验报告单上看到氰化物的提示。我如果失踪,你就该到最肮脏的那些角落里去找找,细细挖掘一番。也许我已经在马路旁的枯井里变成了一只风干鸡。也许这一切压根就不会发生,不过是虚幻的假设。很久以来我就瞄准了一块幸福之地,它远在天边近在眼前:我将要在那里与世人展开周旋,捉一场天大的迷藏。待我胡须斑白再做儿童。我将告别凡俗尘世,气死和尚与道人,在人所不知的一个角落里微笑:嘲笑、冷笑、讥笑。我将变得无私无欲心底坦荡,变成一个自由自在的真人。在那里,我既不乏创造的欲望和劳作的机会,又不乏一个温暖的小窝。那地方也许对你并不陌生,可是你做梦也想不到我届时到底会在哪儿——我不是说这里、那里和哪里,也不是说昨天、今天和前天;你和我走过的地方,你自己总该有个划算吧——我不说你也知道那里有多么美妙,那次你差点落进了一个挺好的圈套——你摆脱了,我走进了;你离开了,我回来了。象兰!接生婆来了,不用嗥叫了!先喝上一点白兰地!再喝上一点老白干!

…………

我读到这里,突然觉得武早的信在提示什么,这或许是一个至关重要的问题——读至今日,我终于、我渐渐——想到了一个地方!天哪,他现在真的会在那里?

"那里多么美妙""你和我走过的地方""你差点落进了一个圈套"——它在哪儿呢?想啊想啊,我当然不会忘记,从这儿望去它就在西北方向,离此地大约四五十公里外的河口!是的,它就是界河和芦青河入海口,是它周围那片无边的水洼沼泽——在那一处处沙堡岛上,在蒲苇遮天蔽日的荒凉之地,我和武早曾经历了一段新奇的冒险……

武早信的字里行间显然正在暗示:他要重新回到那个地方。

我的心头一阵豁亮。不过当我抬起头来,遥望西北方向的那片迷茫时,又开始有些犹豫了。

……你的真正秘密从来也没有告诉我,我想学你一样闷着,可惜做不到。我的秘密就藏在一块破布后边,你把眼睛对准上面的洞眼,就会看到……老伙计,你不要把我看成一个满嘴胡言的人,也许有一天我真的把象兰抢在马背上,一口气跑到那个地方,关上门过起与世隔绝的日子——她想不过都不行!硬过!好兄弟,好久没有坐在一块儿喝酒了。你不该喝那些葡萄酒,无论它多么有名,也都是为一些小脸苍白的人准备的;你该喝拐子四哥的瓜干酒——喝了它满脸通红,浑身冒火,勇气倍增……

从信上看,这种暗示正渐渐变得清晰。我怎么没有更早地读到这封信!我此刻真的认定:他去了那个沙堡岛。

三

我沿河畔急走,一路听着哗哗水声。河道尽管污染严重,但蒲苇仍然活得很旺。只有仔细端量,才可以发现那些蒲草在这个秋天里过早地黄了梢头,而且蒲棒细如手指。往常它们总是长得十分肥硕。我记得小时候常去揪一些嫩嫩的蒲棒咀嚼,感受一种奇特的蒲香。那时拐子四哥叫它"蒲米",说:"吃一点蒲米哩。"蒲棵旁有什么发出"咕咕"的叫声,溅出了水声。那种动物的生命力是何等顽强,竟然能在棕色的河水里存活。我想它们不会是鱼,也不可能是青蛙。

河边潮湿的盐土上有几棵瓦松,这种草本植物一般都生在屋顶瓦缝中,它们胖胖的肉质莲座叶那么可爱。瓦松旁边有几株大马齿苋,黄色小花已经枯败了;臭荠、地丁草和球茎虎耳草在这里都不罕见。过去随着走近河的下游,会看到各种各样的树木越来越密,灌木连接一片,以至于很难通过;一群群的鸟雀栖在其间,人走一程它就送一程,起起落落,吵闹不停。以前在中下游地区还可以看到美丽的枫树、麻栎、蒙古栎和柽柳、流苏树,甚至还能看到一两棵日本泡桐。而今这些都消失了,剩下的寥寥树种大半是黑榆和旱柳;灌木则主要是紫穗槐棵……

好不容易找到了那座摇摇欲坠的木头漫桥。过了河往西,再沿着东岸走向河口的沼泽——而今我对那里的变化一无所知。当年我和武早完全是在一个偶然的情况下闯到了那片天地去的,所见所闻让我们目瞪口呆。

我们那会儿在芦青河西岸的林子里,不知怎么就接近了那些密密麻麻的水网,穿过曲曲折折的蒲间小路,来到了一个沙堡岛上——它是我们见过的所有沙堡岛当中最大最不可思议的一个。这里除了有一条小路可以穿过沼泽,通向海滩平原之外,其余都被淡水或海水严严实实地包裹了。沙堡岛四周有着各种各样的水生物,鱼类贝类丰富。所以岛上住的那些人是相当富裕的。刚开始我们还以为那儿只有一些打鱼人、流浪汉等等,后来发现了一片简陋而古旧的土屋,才知道这儿已经有了相当多的定居者,显然从很早以前就形成了一个村落。它是自然形成的,所有居民一开始都是逃荒者和流浪汉,后来又来了一些采海蜇、做海蜇皮的手艺人,一些逃避计划生育和逃婚者……我不敢说这其中就没有身负重罪的逃犯。这些都无从考究了。最令我们惊讶的是他们自给自足的生活——在那些穿戴奇特、神态怪异的自由散漫的一伙当中,竟然还有自己的头儿、自己的"赤脚医生"。

在这个自然形成的"公社"里,首领竟然是一位三十岁左右的女人,她有两个娃娃,但没有男人。所有的人,无论老少都跟她叫"大婶"。所以既可以把"大婶"当成绰号,又可以当成名字。这是一个神奇的去处,一个令人难以置信的聚居地,这里没有治安官也没有税务官,没有当代社会的其他组织,却维持了大致不错的生活秩序。"大婶"君临一切,像个女王。我们因为贸然闯入,结果受到了囚禁,不知费了多少口舌才算消除了误会,最后总算受到了不错的款待。可是"大婶"提出的各种各样的要求也真令人难堪,这就是武早所说的那个"差点落进的圈套"。总之那一次脱离是颇费周折的……

我一路想的是,如果武早真的跑到了那里,对他而言也许真的是一个不错的选择;不过我又替他惋惜,因为我宁可让他待在那片即将沦陷的土地上,待在我们身边。

"大婶"是一个神秘莫测的人。她长得并不难看,但长期离群索居的生活,使她有了一副古怪的神气,这神气已经完全不同于我们平常所看到的那些人。她望着你,一双眼睛喷吐着激情和欲望的火焰,野生生的,像看一个猎物,一个囚徒。她伸出那双粗糙不堪的手,指挥着岛上的居民。他们在她身边既嘻嘻哈哈又规规矩矩,一个个奔跑起来撅着屁股,多少有些慌里慌张的样子。我想她就是靠这样的一双粗手,才把这样一个不大不小的原始村落管理得井井有条。村里差不多没有一件现代用品,没有电视机,没有收音机,更没有其他的机械。这些人的主要收入,就是每年夏秋两季在海边上静静地等待风浪推涌上来的海蜇。他们把海蜇在沙滩上直接放上明矾做成海蜇皮,入冬以前再运出去,换回米面油盐和其他生活用品。他们很少知道外界的事情,说起所有的现代事物,都要奇怪地加上一个儿化音。比如说他们跟飞机叫"飞机儿",跟电视叫"电视儿",跟美国叫"美国儿",跟开会叫"开会儿",而只有称呼自己岛上那些习以为常的东西才免掉这个儿化音。后来我琢磨,那种儿化音除了在表示一点点新奇之外,大概还有一点儿藐视和拒绝的意味。儿化音也是一个标记,以便于将外部的东西与岛上的东西加以区别。我发现他们治病主要靠一根银针——我曾问,如果这里的人得了重病怎么办?大婶说:"那就多扎几针。"我说如果有些病无法医治怎么办?大婶说太重就更好办了——死。他们的饮食很大一部分是海产品,所以我不知道发生了食物中毒怎么急救?在外地,一旦有了这种情况就要赶紧输液,晚了就会脱水不治。但在这里他们似乎生活得很好,好像压根就没有那些忧虑似的。事实上也正是这样,住在这个沙堡岛上的人很少有患重病的,在几年的时间里,除了几个老人的自然死亡之外,差不多没有一个因疾病身亡。大婶告诉:在他们这儿,最危险的事情就是逮海蜇时被它们有毒的彩带沾到身上。她说这里的人知道怎么对付那些怪物:"把铁抓钩柄弄长一点就是哩。"尽管这样,在捕捉海蜇的季节受伤的人仍然不少。

我们那次还了解到，有一个壮汉，竟然在天冷时划着一个小木船到大海深处去采一种大海贝。那种大海贝的名字叫“天鹅蛋”，吃的时候要连壳一块儿放在锅里蒸熟，那真是鲜美无比。不过这种美味只有到大海的深处才能采到。大婶说那一天她过生日，沙堡岛上的壮汉没法表达自己的心意，非要划船去采“天鹅蛋”不可——天暖还好说，他们一头扎到水里就成，可是天太冷了，眼看就到了深冬；结果呢？那个壮汉还是一头扎进冰凉的水里，一连采了十几个“天鹅蛋”，这才划着船往回走：半路上冻得手不会动了，桨也握不住，再后来就冻得半昏，伏在船底……那一次这个人眼看就给冻死了，岸上的人呼天号地喊他，点起了几堆大火；北风越吹越大，呼呼开着浪花，雪白雪白——谁知道这场大风也有个好处，它硬是把那个冻僵的汉子和小船一家伙掀到了岸上……大婶说那一天是她亲手把那个冻僵的汉子抱回来的。大伙让她把他抱到火边上烤，她知道这一烤准会要了他的命，就解开衣怀抱着他，在大伙的注视下，一直抱到自己的小土屋里。她把两个娃儿推到一边，搂着那个大汉，硬是用自己的身子把他暖过来了。大婶说：“如今他就是俺屋里的人了，两个娃娃见了他也都一连声喊‘大，大’……”

那一次大婶对我和武早说：“你俩要能留下，孩儿也跟你俩喊‘大，大’……”

那个让人惧怕又让人怀念的沙堡岛啊！

疯迷的海蜇

一

在我的印象中，这是界河水位最低的一次。过去在这个季节，河水会把近堤的蒲苇蒙住,只露出很小一片梢头,连水柳都给盖在了波涛下边。浩浩荡荡的河水一下子使河床开阔了许多,往日看到的辫形河流,那些五颜六色的植物,还有高高低低、极不平整的堤下凸起,都被覆盖了。打鱼人也寻到了一个最好的季节,他们吆吆喝喝,在河的中下游奔忙:小船上的人奋力操纵,一次又一次阻止了船体打横——在风浪中横船是很危险的,所以他们总是注意让波涌与船体保持一个十字交叉。各种水鸟也突然多起来,嘈杂的叫声震人耳膜。不时有大鱼在水面上一跃——整个洪汛期的河流就是这样。

而眼下由于上游取水和蓄水越来越多,加上天旱,界河只留下了可怜巴巴的几条小水流,吃力地濡湿了河床当心的一条水道。所以我在下游蹚过界河时,竟然毫不费力。水流只达到膝盖那儿,最深的地方也达不到腰际。界河与芦青河的不同之处就是它的水流还算清澈,不过无论如何我还是不敢忘记上游淘金者使用的氰化物。据说有一条牛饮过界河水后就死去了。

临近河口处是一片沼泽,水草稀疏处还可以看到闪闪发亮的水流。这儿的地下水位已经很浅了,所以漫流过来的河水不会渗掉。在那儿行走必须小心翼翼,要绕着一些凸出的沙丘往前穿行。杂树棵子和茂密的水草老要挡住去路。这里还有很多蛇,有一次我差点踩在一条盘得圆圆的蛇上。

这次我想绕开沼泽,沿左岸到达海岸,然后往西寻找那个沙堡岛。如果顺利的话,那么沿着海岸向西走上二十多公里,就可以找到那个最大的沙堡岛了。不过类似的岛子很多,很难弄清到底哪一座才是最大的。我这会儿后悔上次没有画下一个地形图,因为那时可没想过有一天还要返回这里。

在界河以西这片平坦的野地里,我和武早曾经消磨了很多时间。这片海滨地带实际上不是一个开阔的平原,它与河右岸那片海滩只是勉强地联结着:如果从高处俯视,这只是一个镰刀形的沙坝。这道沙坝形成的年代没法考证,不知是先形成了水下沙坝,待一年年海退之后遗留下来的,还是因为其他缘故堆积而成的。我的一位老师一度认为沙坝是冰川后期海面上升所淹没的岸外沙堤——后来围绕这个观点发生过很多争执,他从未改变自己的看法。人们发现无潮区的沙坝发育最好,于是对于沙坝的成因至少在以下三个方面取得了共识:小潮差有利于沙坝的发育,而无潮海岸的沙坝往往发育得最好;其次,绝大多数的沙坝是暴风浪的产儿;再其次,沙坝形成的位置与破波点的位置大致相当——沙坝的发育总是与暴风、与海浪作用的近岸流系、与泥沙输移有着极为密切的关系。在暴风浪期间,往往会出现强劲的波流,这时候受袭的海滩物质就随着低层回流向大海输送,并且不断堆积在一个流速较小的区域内;而另一方面,暴风浪在向海岸传播的过程中又会变形,使底部水质点的向岸速度大于离岸速度,这就形成了底部水体和泥沙的汇聚点——泥沙堆积形成沙坝。

我的老师在当年喜欢用一个术语,叫做“崩波”,动不动就说:“简直给我来了个崩波!”刚开始我弄不懂这是什么意思。后来他的婚恋受到了意外打击,为了表达那种无法抵御的痛苦,他搔着头发说:“她简直给我来了个‘崩波’!”我琢磨着这个词的大致意思,直到几年后才真正弄明白了什么是“崩波”——这是那些搞海岸动力学的人捣鼓出来的一个词儿,指波峰附近出现的、沿着下坡漫延的浪花,它到了海岸线附近布满泡沫——是逐渐消失的一种破碎波。除了“崩波”之外,还有波浪扑向岸面时变得陡立、进而上部发生弯曲,最后以整个水体向前卷倒的那种“卷波”。另一种具有湍流特点的波浪,它们移向海岸冲上岸坡,然后还能返回海中,这种波浪被称为“激波”。一般而言,“崩波”大都发生在坡度非常小的海滩上,看起来“崩波”并不比“卷波”显得更来劲,只不过“崩”字发音的时候,必须双唇紧闭,猛地吐出来,这会造成一种更强烈的效果罢了。而你如果身临其境地站在海边上,一眼望去,显然会觉得“卷波”更来劲,它给人一种侵犯和裹挟的恐惧感。人在“卷波”面前不由得要连连退却。

界河入海口这一周遭看上去要比蚬子湾污染得轻,几乎察觉不到海水的任何变化。不过走在海岸上,仍然可以看到冲刷上来的石油凝块,并要小心翼翼地绕过那些乌黑黏稠的东西。还有,这里死亡的扇贝和鱼类也很多,一个有经验的赶海人绝不会随便捡拾它们。但这里的海水仍然是蔚蓝的、清澈的,它起码没有改变颜色,没有漂浮化工厂和造纸厂倾卸的那些废料。而在蚬子湾,风浪滔天的日子里一眼望去,可以看到名副其实的“雪浪花”,不知就里的人会欢呼雀跃蹦跳过去,站在久久不愿消失的雪浪前边拍一幅照片,却不知那些泡沫含有强碱和其他化学物质。而界河入海口这儿仍是一片蔚蓝安静的海,风浪很小,鸥鸟也很少。我想那些聪慧的鸥鸟大概也知道河口附近孕育的危险吧。

再往西走,远离河口的地方渐渐出现了翱翔的水鸟。原来它们在躲开从陆地冲来的物质。向西十几公里就可以看到那些沙堡岛了。所谓的“堡岛”就是露出在高潮位之上的堆积体,它们延伸的方向差不多总是与海岸线平行,这种堆积地貌就是当地人喊的“沙堡子”。由于历史上芦青河和界河屡有改道,在几百年时间里输出了大量泥沙,这就使沿岸的一大片地方形成了泻湖淤填,最后成为沼泽洼地。在整个界河以西方圆一百多平方公里的范围内,就有很多这样的沼泽地。这些洼地和岗状起伏的地形镶嵌交错,形成了极其复杂的地貌。由于后来这片沼泽与大海彼此阻隔,呈现封闭状态,所以只有特大的暴风天气海水才有少量倒灌,于是环绕沙堡岛的大致是淡水,里边的鱼类也是混合水类生物。

我用了多半天的时间走完了二十多公里的路程。因为海浪把湿湿的沙土拍实了,又正好赶上退潮,整个濡湿的一段细沙海岸与浪印相隔几十米,就像一条筑起的公路,走起来十分便利。眼前逐渐热闹起来,鸥鸟欢叫,远处还出现了一个个小船的影子,接着又听到了轰鸣的机器声。那一片大海显出一片繁忙的景象,海岸上的人来来往往,吆吆喝喝。那些船是一色的机帆船,马达轰鸣,喷出的浓烟在海面上形成了一条黑色的烟带。我走向一条靠岸的小船问了问,他们说正是从沙堡岛上来的。我打听那个最大的沙堡岛,他们忙得顾不得细说,只伸手胡乱指点一下。到处都堆积了海蜇,简直堆成了小山,一岭一岭地码在苇席上,不断有人从这儿把它们拉走。从海岸到沙堡岛那儿已经筑起了一条结结实实的沙路,沙路上面有一层树木枝条铺垫的路面,这样车辆在上面行走就不至于陷下去。

二

我顺着这条通路一直往前,终于走到那个最大的沙堡岛上。

令人震惊的是,眼下的一切都让人难以置信——这里的一切与记忆中的竟然大相径庭!往日看到的那些高高低低的土屋和搭起来的芦苇棚子全没了,代之而起的是帆布帐篷和一排排工房。到处竖着一个个电视天线,在阳光下闪闪发亮;每一条狗都高大肥胖,它们迎着人狂吠,却没有一个人过来阻拦。我迟疑着不敢往前,远远地看着那些男男女女捣弄海蜇。那些刚刚制成不久的海蜇皮倒在一个个大塑料袋里,又堆成了小山。旁边,新开辟出的货场和停车场上不断有汽车和拖拉机开进来。整个沙堡岛嘈杂得很。这儿哪里还有什么“大婶”和流浪汉?

我走上去向他们敬烟,打听事情,他们随手接过烟叼在嘴里,但就是不愿搭腔。我问一句,他们就被动地答一句,有时干脆装作没听见,手里噼噼啪啪忙着。我觉得这有点像葡萄收获季节里的那种忙碌劲儿。我还从来没有见过这么多的海蜇一下子涌向海岸。“这里是海蜇加工点吗?”他们摇头:“不,是一个铺子。”其他的就什么也不讲了。后来我费了好大劲儿才弄明白,沿海的这几个沙堡岛到处都住满了捕获海蜇的渔民:近年来发生了一个极其特别的现象,海蜇出现了百年不遇的旺季,它们简直疯迷一般向海岸涌来,结果一下子招来这么多发海蜇财的人。那些人从南山和平原、甚至从东北一下子汇拢过来,只一转眼就占据了所有的沙堡岛。每一支队伍都分割了一块海岸,互相不得侵犯。这个最大的沙堡岛是由界河岸边的那些老乡包下来的。

“原来岛上的居民呢?那些流浪汉呢?”我固执地询问。

做活的人被问得有些不耐烦,抬起头来:“你说的是哪朝哪代的事?”

“不久以前,两年还不到呢,那时候我和一个朋友到这儿来过,他们还在……”

一个中年汉子瞥瞥我,一边继续忙活儿,一边用香烟往旁边甩甩,指着一些老太太说:“你问她们去吧,她们来得早。”

我到老太太跟前打听,她们说:“那些人哪,早被当地人赶跑了。那些人哪,都是一些盲流,有的还不知是从哪来的哩,做什么的都有,他们在这里胡捣弄哩,做贼、养汉子,什么胆大的事儿都干,当地人把他们赶跑了,不愿跑的就留下打工。看见那边几个抬海蜇的汉子了?那个穿红袄的就是……”

四个壮汉抬着满满一大筐海蜇,其中的一个壮汉穿了儿童才穿的红花衣服,那衣服小得可怜,衣襟只达到肚脐那儿。当他们放下海蜇歇息时,我就走了过去。我问那个汉子:岛上原来的居民哪去了?知不知道有个叫“大婶”的女人?他嘻嘻笑了:“谁不知道‘大婶’?俺原来的头儿。”“她哪去了?”他瞥瞥旁边的人,好像有点害怕:“到天边去哩,俺嫌路远,没跟上。”

他告诉,和他一块儿留下的打工者还有十几个,大多数人都跑了,跟上"大婶"跑了。

我明白了,这个最早由"大婶"他们开拓出来的一块土地,如今已经易手了。这里出现了百年不遇的海蜇旺季,贪财如命的当地人就如狼似虎地扑上了岛子。"大婶"一帮本来就是一些在大地上飞来飞去的人,没有故园……我回想着当年的沙堡岛,还记得起"大婶"他们在蒲苇间割出的一道道规整的通路、一个个菜畦、用蒲苇做成栅栏的院落。那些土屋和草棚显得既安静又整齐,是一种安谧的、有条不紊的生活……

一个脸上有着红斑的、特别高大的人抬起碗口粗的胳膊挥动着,不断地斥骂着那些抬海蜇的人。他显然是个首领。骂了一会儿,又咋呼着向海岸驾船的那些人走去。他一个人在海岸上来来往往,所有的人都不敢正眼看他。有一个人在这吆喝声里抖了一下,结果手指被割破了,鲜血立刻染红了海蜇……

入夜了,一个角落里响起了引擎声。原来这里靠自己发电,工人们要连夜赶制海蜇皮。通向海岸的那条沙路和海岸,到处都扯上了大功率的灯泡,整个沙堡岛竟然亮如白昼。这片吵吵嚷嚷的声浪伴着潮涌,一直到了午夜两点还没有停歇。有个工人说:这是百年不遇的大丰收,他们一天捕获的海蜇可以卖两万元,昨天一天的收入已达到两万五千元。他说从老辈起没遇到这样的现象:"怪哩,都说怪哩,海蜇都涌到这个地方来了……"

我也觉得奇怪。因为往年在夏末秋初收获海蜇的季节,人们一个夏天里最多也只能捕获几十只。沙堡岛这个地方是盛产海蜇的地方,可是像眼前这种盛况真是百年不遇。这一定是因为海流变暖,或者地磁变化等等难以预料的自然现象造成的,未必就是一个吉兆。我听老人们讲过,有一年海边上突然收获了大量的青鱼:那些青鱼越涌越多,到后来简直用不着使网去捞,把竹篓伸进海里盛就行了。它们像米饭一样浓稠,一条挤一条地浮起一层。那种情况差不多持续了一个星期——青鱼多得成灾,海滩上到处是臭烘烘的青鱼,人们的食物全是青鱼,田里的肥料也是青鱼。吃不了的青鱼晒鱼干、腌渍起来,能想的办法都想过了……转过年来,平原上发生了罕见的大风暴和水灾,第三年上又发生了旱灾,饿死的人数也数不清,就像当年堆起的青鱼……

眼下能否算得一场灾难的征兆,我不知道,但它实在是太反常了。那些海蜇简直是没头没脑地来送死,到后来小船干脆就不往大海深处去了,因为它们像一个个巨伞一样在水中漂游,一只接一只地往岸上汇集,工人们只需用一柄抓钩把它们拖上海岸——后面还是源源不断,源源不断……

三

每天人们都忙到午夜两点,海蜇还在不断地往上涌。天还没有亮,那个脸上长红斑的海上把头就在喊:“你他妈的还睡,你他妈的不到海边上去看看!”

大家搓着眼睛,没头没脑地往海上跑。到了海边一看,先登岸的海蜇被后来的海蜇给压在了下边,海浪继续噗噗地往上推涌着死海蜇,还不断有活着的海蜇卷上来。这种一心赴死的海上生物堆积了足有一米高,再后来大量蜂拥而上的海蜇简直引不起工人们的一点欲望,大家再也没有了兴趣和好心情了。它带来的是双倍的疲劳,他们已经没有一点力气了。这里的海蜇给人带来了恐惧,也带来了灾难。他们开始仇视它们。

脸上有红斑的那个家伙把工钱给他们增加了一倍。可是他们还是支持不住,白天拿刀的手老要打抖,受伤的越来越多。那些用一面大扣眼网到海里兜海蜇的机帆船锚在岸上,用绞轮往上绞网。结果有人在绞轮上给截掉了胳膊。那惨不忍睹的情景啊,让人谈虎色变——那个人的喊声震天响,他用力地挣掉了连接断臂的一块皮肉,跳着喊着,一头扎到了海水里……

从“大婶”时代留下来的那几个流浪汉,住处离这片新搭起的简易工棚很远。原来他们不习惯住在这样的地方,仍然待在用蒲草搭成的那种茅屋中。他们在那里尽可能地保持了原来的习俗。我找到他们时,他们有点害怕——过去所表现出的那种野性和悠然自得的样子全然不见。但我确信他们是留下来的土著。我问他们在这个岛上住了多长时间?有的说五年,有的说七年。来岛上最早的人告诉:他一来这儿就记得有个大闺女,后来就是大伙儿喊的那个“大婶”。说起“大婶”和那时的日子,大家都一阵神往。看得出,他们至今怀念那一段岁月。“那时候哟,”那个穿短小红袄的汉子说,“俺从来用不着发疯似的做活。‘大婶’说了,够吃的算哩,天一黑俺就睡觉,大伙儿和和气气,有酒一起喝,有好吃物往一块儿凑。无论多大的年纪,都是‘大婶’怀里的娃儿哩。‘大婶’对俺多好,从来没把俺当外人,不论来早来晚,只要入了岛就是一家子,吃不愁穿不愁,就是想女人哩。‘大婶’说:‘一个一个都给我把毛病收起来,慢慢候哩!’咱候了一年又一年,这岛上一年里也来仨俩女人,有的是老太太,有的是十几岁的小女娃。俺几个见了就举着抓钩往外冲,说:‘抢啊……’大婶就伸手吓唬俺。这些女人在岛上做菜洗衣,缝缝补补,看上谁跟谁哩……”

另一个五十多岁的汉子听着,突然呜呜地哭起来。我去劝阻他,旁边的都说:“让他哭吧,哭吧,哭哭好受哩。他是想那一帮子人,过去那班耍友哩。”许久以前,沙堡岛上的人朝夕相处,谁什么脾性都知道,有的已经是十几年的交情了——大伙儿走时他们没有跟上,这会儿后悔得要死。

我问:“为什么不去找‘大婶’的人?”

“哪里找去?他们走了两年多了,沿着大海滩往西,往南,兴许进了山哩。只要是有人烟的地方他们就不会停歇。那一帮子端着锅子扯着娃儿,抱着鸡领着狗,一路摸索着往前走哩,再说俺这伙也没脸见‘大婶’哩……”

我问怎么?

“怎么?那时‘大婶’劝俺,说走吧走吧,这个窝废了。俺怎么也不听,舍不得这儿。咱也寻思,反正都是做活吃饭,当地人又能把咱怎么样?谁知道如今悔也晚了。”

我让他们好好想想——有没有一个红脸的高个子,一个酿酒师,头发有些鬈的人到这儿来过?

他们回忆着,说红脸白脸的人都来过,“俺这里什么人都收留,连盗贼也收留哩。”

我无可奈何,摇着头听下去。

“新来那些手不老实的人,到了半夜就要爬起来,摸摸索索想弄些东西。后来他们也就改了这毛病。俺这里有什么可偷的?连盛粮食的缸都是泥捏的,到后来他们看实在没东西可偷,就住下来,老老实实过起日子来了。可也有的一下子戒不掉,手老要发痒,不过偷之前就跟咱讲好,说俺这手老要痒哩,到时候俺摸来了你的什么你再取走——丑话说在前边啊,生气恼人可不行啊!就这样,一个人偷走了俺的一条裤衩,还有一顶帽子,天亮了俺再拿回来……东西倒来换去也怪有趣。”

我笑了。

“还有一个要饭的,是从南边山地来的,他们那里遭了灾,就领着一家三口到俺岛上来。他有个手艺,会剃头,‘大婶’就让他开了一个剃头铺,全岛上的人都让他给剃成了光头。他想给‘大婶’也剃个光头,‘大婶’不依。俺这儿还来了个接生婆,来得怪巧,因为‘大婶’肚子又大了。那年春天‘大婶’生了个男娃,起名叫‘春狗儿’。还有一个女人是个生娃的好手,她一口气生了六个娃,她们那地方的人要捉她，她就在一个月黑头跑出来，一口气闯到了咱这岛上。她身边就领着六个娃，一个比一个矮，一个比一个瘦，一个比一个眼睛大。'大婶'对她说：'女人不生娃，闲着又做啥？今后在咱这岛上，你就敞开怀儿生。'那个女人听了'大婶'的话，像吃了定心丸，不到半年，又生下了一个男娃，让'大婶'给他取了个名字，叫'老七'。岛上人烟越来越旺，房子不够住了，'大婶'就领俺盖草屋。一口气盖了二十幢，一家子接一家子住进去。家家都养了狗猫，到了黑夜你听吧，狗也叫，猫也闹，小孩子哇哇哭，老头子又抽烟又咳嗽，老婆婆就数叨过去的事儿，眼泪鼻涕一大把。人老啦，就爱想过去的事。老婆婆哭的是她过世的男人……"

说起那个脸上有红斑的人，他们都不住声地骂，说那个混账家伙心狠手辣，这时候腰里最少也有千儿八百万了。一个秋天过去，他一准再弄个几百万。在他手下打工的人，他给的工钱也不一样。从南山里来的人是一个价，当地人是一个价。岛上留下来的这些人最不值钱，工钱还没有当地人的一半，还给他们起了个外号，叫"沙猪"。

正在说话的当口，突然外面传来猛烈的争吵声。穿小红袄的汉子一下跳起来说："了不得哩，打起来啦，打起来啦，又打起来啦！"

说着就往外跑。

我问刚要一步跨出门去的汉子："谁打起来啦？"

"那是另一个岛上来抢海蜇的。走啊，看看去。"

我随他跑出去。

四

这时候外面早熄了灯，那些拥出去的人都点了松树明子。大家吵叫着往海边上跑。有个粗粗的嗓门——一听就知道是那个脸上长红斑的老大。他在催促人们快抄家伙,说:“这些狗娘养的,这可不是第一回了。”

原来,后半夜沙堡岛上的人睡得沉沉时,有人就乘船划一个弧线,从海上偷袭过来。这边的人有个提防,就趴在海岸上等着他们上钩。这个夜晚,脸上有红斑的老大布置好了人马,把所有的狗都集中在一个地方。大约是午夜三点,那些偷袭的人上岸了。他们把积在海滩上的那些鲜海蜇抢劫一空,伏在海滩上的人正想动手,但没有听到暗号。那些上岸的人贪心不足,一不做二不休,想深入到岛的深部,干脆把码在货场上的那些海蜇制成品也给掠走。谁知他们刚入了棚子中间,就听到一声吆喝,接着岛上人点着火把全拥出来了。那些偷袭者迅速往海上撤,想不到那条沙土路已经被堵截了。这是一场没有退路的厮杀,对于他们而言也只好拼死一搏。他们掏出了刀子,挥舞着船桨,噼噼啪啪地干起来。

我亲眼看见一个人扬起一块洗衣板,啪的一声盖在了一个人的头顶上。那个人摇晃了一下就倒下去,鲜血从鼻子眼睛旁边流出来。没一个人去管他。引起我注意的是一个披头散发的三十多岁的女人,好像也是跟了这伙人闯到岛上来的——她疯了一般伸手抓挠着,挨上谁就狠狠地咬谁一口。有人用脚踢她,有人用一根套绳往她身上抛,可不知怎么总也套不中。就在这时候,火把下钻出了那个脸上有红斑的家伙。他吆喝一声伸出脚来,照着那个女人的小腹就是一脚,女人随之“哎哟”一声栽在了沙滩上。旁边的一个汉子过来救女人,又被脸上有红斑的老大用膀子撞倒。由于偷袭海滩的那一帮人寡不敌众,他们开始一块儿嚷起了软话。

老大喊着:“不依,奶奶,一个一个收拾……”

接着就听见了噼噼啪啪的打斗声和刺啦刺啦勒绳子的声音。一会儿,十几个人全被绑了起来。老大把他们拴在木头柱子上,点亮了火把,一个一个在他们脸前晃动。那个女人不停地咒骂,有人上去扇她的耳光，然后手插在衣领那儿猛地一拽，衣服就破了，露出了两个乳房。

老大指点着她说："你个臭婊子，色大胆才大，哪个是你的男人？"

有人指指点点，他就把那个秃头秃脑的四十多岁的人揪过来，把他一下子掀在了那个女人身上，说："你不当着大伙的面把她收拾服帖了，你就是个狗娘养的！"

那个男的不停地求饶、说软话。

老大说："我这辈子就见不得孬种。"说着一拳打在那个人的鼻梁上。好像有一颗牙齿被打落了。那个人吐了一口，一声不吭地偎在那儿。有人上来踢他的屁股，一连踢了十几下，他还是一声不吭。

一时静得很。就这么停了一瞬，突然那个满脸是血的汉子呜啊一声蹦了起来——他每只手里都抓满了沙土，一扬，眯住了四周人的眼睛，接着趁机扼住了老大的脖子。老大憋得呜呜叫，那汉子仍然不松手。

"松开，狗日的，快松开！"

他还是不应，只是用力地扼住老大的脖颈。

"老大完啦，老大完啦，快快快，给你刀子……"

一个家伙举刀去砍他的手腕。就在这个时候，绑在柱子上的那个女人长喊一声，这边的刀子掉了……老大已经爬不起来了。他瘫软在地上，好多人围了过去。

我不由自主地随上人喊着……可我的喊声早被这一群嘈杂淹没了。我试图拨开人群钻过去，可是在混乱中有人把我推翻在地上。一群人向西拥过去，又向东拥过来。他们好几次差一点把我踩在下边，我好不容易才站起来。天哪，这个可怕的像沸水一样滚动的沙堡岛……

正这会儿，黑乎乎的人群中传出了尖厉厉的一声喊叫，我听出这是那个女人的声音。

这一声喊过之后，就是一片沉寂。

我不知道发生了什么。人流挤成了疙瘩，叫骂、呕吐、打斗、扬起的沙尘、尖叫……一切都搅在了一起。

天乌黑乌黑……

噩 梦

一

……你这个藏在夜色里的家伙，我撕破喉咙喊你。没有应声！老宁！没有应声。我诅咒这黑夜，两手撑、撑，撑破铁笼。一口气跑出去，跑向大道，往北，往北，没命地疯跑。到了，这么大的喧嚷，人群蜂拥！真正的北方，咱的荒原。哦哟，好大一片……我以前说过的那件大事——它大概发生了。可是我为这一天准备的积蓄却不在身上。我早就作好了准备，可是如今身上分文没有。我把所有的东西，好吃的好用的，全给了他们，我的酒窖！我的孩子！我双泪长流，忍不住地流啊。老宁你在哪里？我不信你会逃到别的地方——你肯定在这里，我才不信你会去别的地方。到处是呼喊，是人群。我找你，费力地打听。最后实在累了，不得不躺下，在人堆里蜷着。我快死了。疲惫极了。长途跋涉几天，一路跑来，三天三夜没睡。合上双眼，连咚咚的脚步声、呼喊声都弄不醒我。

我们在梦中相会。象兰，另一个女子——一个二十多岁的青年，手挽手相拥一起。往前跑，躲避什么，追赶什么。跑啊跑啊，不知有多少人，脚步声轰轰震得大地发抖。我突然想起了一个人，我们的好友小白……一些人围上我们。路被堵死了。我想看到你，看到小白，可是人太多了……呼喊的声音一阵高过一阵，像海潮。大白天就阴得乌黑。你在哪里啊？你总不会自己藏在酒窖里吧？我看见那些穿白色隔离衣的家伙了，他们原来在暗暗追我，一直追到了这里！他们又想给我注射那种针剂。就在这时，我发现了枪——一片片的枪刺，裹了黑布，这样就不会泛出光亮了。枪，针管。象兰把我按趴下，我们在一辆大巴底下爬、爬，一口气爬到了对面——那儿有一排铁色大疙瘩，像一溜溜酒桶。嗒嗒响，咕咕响——这是什么在叫？酒浆咣咣涌出来了。我问象兰，这娘儿们一脸镇静，一下下朝我点头，咬着牙。我们俩正说话，天啊，我敢说我亲眼看见了，而且这辈子都不会忘记：一个孩子栽在了那儿！象兰呜呜大哭，然后又掩住嘴巴……我伸手去擦泪，一抬手僵住了——我这时候看见了你，这是真的，是你啊——你正往酒窖上攀呢，睁大一双血红的眼睛，发狠地咬着下唇，两手流血，往上攀。我喊不出声来。我在心里给你加劲儿……老天爷啊，终于爬上去了。真解气啊……我们一齐喊叫。可就在这时候那怪物朝你扑了过去……

我在梦里与你共饮。这是一杯血色。到处是这种颜色。这是比红酒黏稠十倍的浆汁。整个酒城的大火都烧起来。天哪，大火旺极了，真是火旺无湿柴，瞧土块、石头、半边墙壁、柏油路、星星……一切都烧起来！大地天空都变成了无边的红，风刮得乱吼。所有的鸟都烤得吱哇大叫，它们叫着老宁的名字往西飞了。有的鸟被烤焦了，砰一声掉到了又脏又烂的车顶。狗杀得差不多了，这些聪明的生灵啊，我的伙伴啊，全倒在了血泊里。我的酒城啊！我的酒城啊！我找象兰，在地上画了她的身形儿，双手合十叫她的名字。她没了，不知被哪个蓝眼人趁火打劫掳了去。真可惜，我的宝物价抵千金，就在一眨眼的工夫没了。我们俩如果有个孩子，我就会到姥娘家寻人。可是我没有孩子也没有丈母娘,如今是光棍一根净受地主老财的气。他们动用狠招对付我们——手无寸铁……我的酒城啊!我的酒城啊!

二

我在梦中赶去会了李胡子,谈酒城的那场大火,边饮边聊。火光映得脸上汗漉漉的。我看见李胡子后脑勺上有一个枪眼,知道那是拜把子兄弟送他的一份好礼。奇怪,李胡子谈起那场丧命大冤,一点气都没有。老天!他只说没什么,说要奋斗就会有牺牲;他只叹时间紧了点,若是再给一些时间,他会把大海滩上那些狗日的物件杀个差不离儿。我让他多喝些酒,大口喝!最后他的脸色像猪肝,两手哆嗦着抓烟。我说走走走!他虎着脸问干什么去?我把酒城大火一五一十全说了,告诉他:咱的老宁没了!他说那孩子我见过。我说不可能啊,辈分不对啊。他说:队伍上原是没什么辈分的,只讲个主义什么的,主义对了,其他的都好说,吃得差点也不要紧,喝得孬点更不在话下,要紧的只有一个主义!他瞪着大眼看我,想看看我是不是有主义的人。当然有。如果没有,怎么会关进铁笼?这不是明摆着的嘛!他瞅我,想看穿我心里想些什么。我这个人痛快,就直接告诉他说:你啊,传奇英雄,干脆别揣摸了,我实话实说吧,我这人如果走到你当年的队伍上,别的毛病没有,只有一条,离不开家——离不开象兰,在野外打游击什么的恐怕不行。可我这人有主义。

我和李胡子朝行夜宿,最后来到酒城,来到荒原。因为当年烧得厉害,这里人烟不多了,房子还在,上面黑乎乎的烟痕全在;一些痕迹也清清楚楚,红濡濡紫乎乎。我一看就想哭。李胡子一声不吭。他后来问:你凭什么说老宁死了?我说是亲眼所见。李胡子看看远处,咕哝:他是从我们营地起程来到这里的,他大呼大喊,直到喊破了喉咙……

我不明白:老宁怎么会从他们营地起程?看来死人的话就是不能信。我没糊涂:李胡子已经是一个死人了,尽管他永垂不朽;老宁那会儿还是活人嘛!如今老宁和他才是一类,都在阴间共事了。你握握他的手,冰凉哩!这就是先烈的手!

你真的去了他的营地?也许你从阴间弄清了李胡子一伙儿,然后又返回来?你什么都明白了,所以只看了一眼,立刻火冒三丈!于是你就拼上了,不惜喷洒一腔热血。可我不懂,你一个大活人怎么去了李胡子营地?因为阳间阴间两不相通,这到底是怎么回事?你得给我说说清楚!

还有,象兰凭什么也去蹚了一家伙?她这会儿大概也要与李胡子相会了。我担心的不是其他,是她在那边的媚眼。那了不得啊!那可是要命的事儿呀!你想想,在李胡子营地上闹起了那事儿,那不是找死啊!

老天,我现在干着急,没办法!阳间阴间两重天,我管不着她了。所以一切拜托老兄了,你可得看在朋友一场的分上,给我好好看管象兰——总的看来,她是一个不太懂事的、可爱的、软乎乎的小孩儿……

三

醒来时满头大汗,两眼大睁,吓个半死。我已无法将梦与真事分得两清,也不知你和象兰是死是活?天啊,对我最重要的两个人偏偏死活不明——我大喊大叫,老房东气得砰砰砸炕,还威吓我:再嚎就送你去林泉!我为这句话恨她一辈子,如果不是因为她年纪大了,会做出令她吃惊的事情。算了,现在算了。

人人都有点小秘密哩。艾克那小子,他对象兰的一些眼神什么的,我全知晓。这小子吹大了,在那场大火之后大发豪气,我不相信。我每到了深夜还要流泪，为那个梦，为那一桶桶好酒……从此我常常被一阵噼啪声惊醒，然后就坐起来，跑出门去。老房东赶紧拦我，我挣脱，叫，告诉她外面烧起来了——酒城需要我，我要和自己的老婆死在一起！大火一直烧，这冲天大火烧啊烧啊，烧个不停，再大的雨都浇不灭。我看见大水冲跑了我的爱人，我的兄妹，我的至亲，我的朋友，我的一切……

所有人都说我是一个精神病，胡言乱语。他们说：再要胡说，就把你押起来！有人上来打嘴巴，往我嘴里塞不干不净的东西。可一切都是我亲眼所见。"你在哪儿见的？"有人问我。我说：酒窖！他笑着，使个眼色，一边就有人冲上来架住我。他们把我绑起来。我踢四周的人：你们这些哮天犬、哮天犬的儿孙，死无葬身之地！你们全身沾满红酒！你们有一天要死在一个深潭、一个酵糟池里！蛆虫爬到你们脸上，然后用血粉掺上氰化物腌渍一年，再送给主子！你们的主子是一些柩瓢儿……我嘴里的东西掉下来。他们一个劲儿问"什么是'柩瓢儿'？"我哈哈大笑，说"柩瓢儿就是柩瓢儿"，痛快得要死！

只要从李胡子营地走了一遭的人，再也不会安心过日子了。因为这不是人过的日子！我心里明白酒城大火是怎么一回事，就去告诉李胡子，盯着他后脑勺上的枪眼说个不停。他脑瓜上的枪眼黑乎乎的，焦了。这是他的同志留下的一个纪念，再也长不好了——一生一世、待到来世，都得带着这个焦黑的洞眼了！我长时间盯着这个洞，终于看出了门道！是什么？是这样——这个洞眼里藏下了今天的全部奥秘！原来那一帮混蛋骗了李胡子，从后面开了家伙！

老天，这可是我发现的大秘密，你可不要乱说——杀头之罪！嚓！

四

这杆枪今生有了着落！我大口饮酒，往西迅跑！我从阳间追赶阴间的兄弟，好比楼上楼下。只听得刷刷脚步响成一片，两路大军往前飞奔！四哥的猎枪也使上了，大老婆万蕙也上了阵！李胡子当了阴间的总兵，骑马挎枪，真是一条好汉！我没别的本事，只好一个劲儿从他的大酒篓里倒酒，让他喝个肚儿圆。他只要有了豪气，咱就全胜嘛。

那一天我老婆也卷在里边！小娘儿们天下第一，瞧她为了追上李胡子，还是及时赶到了！老宁，你老婆在城里呢！她和你的岳父一起骂我们呢！

问题就在这里。

我的痴迷追赶，对象兰的一心不舍，这会儿你该全明白了！你要随我赞颂：女英雄！一片火红的罂粟！花的海，红色的海，燃烧的海……我梦中看得真真切切，咱这一大片荒原都浸在了红色中，然后一点点沉下去，沉下去……酒城炸了！

没有了一点声息。光芒收走了。红与黑合到了一起……

合 欢 仙 子

一

煞神老母给美夜叉连连献上宫廷酒。美夜叉不再管这片平原的事了。而过去他每隔十天半月就要四处里走一走看一看，回到宫里逐一禀报给合欢仙子。“那可是我的后花园，你要给我好好照管。叉！”合欢仙子因为心里喜欢这个小伙子，故意只叫他一个字：

“叉”。这个字让她联想许多,比如捉迷藏时他一下将她按住、使其再也不能动弹的时候——她觉得那会儿就是被这个帅气的小伙子给“叉”住了。她能够长达一个钟头地和他闲聊,看着他火红的头发、琥珀色的眼睛。这个小伙子真是纯洁到了极点,什么邪念都没有,这是宫中所有人都知道的。他如此英俊,却偏偏像一个中性人一样,对女人没有感觉。但问题是他又是一个男人,一个货真价实的男人哪。有一次他在这儿沐浴,有意无意地,合欢仙子观察到了他的下体——虽然是不经意间看到的,但也让她好一阵心神慌乱。真真切切的一个男人哪,而且胸脯上的肌肉一棱一棱的,腋窝与下体毛发浓烈。“这家伙才棒呢。”她小声说。正由于这小伙子没有一丝邪念,并且这方面在宫中也是出了名的,所以她才能与之来往频繁而不至于惹恼了大神。大神的嫉妒心和猜忌心都大得不得了,没有人敢在这些方面丝毫触犯。有一次就因为他看到了一个卫士向某位女人飞眼,连审一下都没有,就把那个卫士好端端的一只耳朵给割掉了。大神当着众女子的面用那片滴血的耳朵喂狗时,所有人都吓坏了。

合欢仙子没事了就问一些杂七杂八的事情,主要是美夜叉一路巡海的见闻。她让他照直说来,千万不要专拣顺耳的说——近几年宫里有了一种不好的风气,即所有禀报事情的人都要设法让宫中人高兴。过去他们只是将不好的消息瞒着大神,如今也瞒着所有的宫中人了。她觉得这就失去了好多乐趣。有人说言路通畅才能治理天下,她倒认为大神是无往而不胜的,天下随意扔在那儿就成了。她关心的只是戏耍,是好奇,于是一切都要求有点意思才行,遇到任何事情,首先问的一句话就是:有趣否?如果有趣,怎样都好。她问:“我的那个后花园里一切怎样啊?叉,给我说细发一些。”美夜叉说:那里一切管理得井井有条,野物和人各司其职,井水不犯河水。野猪和野猪交欢,刺猬和刺猬配对儿。人群里,大姑娘小媳妇都按时找到合适的男人嫁了,从不乱来。她们生出的娃娃个个健康、欢乐,男女人数相抵,将来绝无女子嫁不出或是男子无妻可娶这样的尴尬事儿。合欢仙子最爱听的就是雌雄之间交往的一些事情,尤其重视不同品类的动物要恪守本分,因为她知道,如果野物与人有了那事儿,就会是大乱的开始。“还好,他(它)们各配各的。那我问你了,煞神老母这悍妇服不服管?私下里对大神吐没吐恶口?还有,说没说过我的坏话?”

美夜叉提到煞神老母就谨慎多了。他反复思量,注意挑拣出一些平和词儿来用:“她嘛,主要是在南边大山里,倒也安稳吧。我一般见不着她。那是个兔子不拉屎的穷地方,我想这些年也够她受的了。有一回我巡到后花园南边山根底下,这才遇见了一次……我发现她整个人都大变哩!”“变了?”“变大发了!”合欢仙子笑眯眯把头探过来:“给我说细发些!”“她的头发全白了,脸上深皱横一道竖一道就像粗麻绺,连奶子都瘪了……”合欢仙子笑出了声:“她这个人主要是奶子大,前些年就凭这一手正经唬了大神一番。今生她的好日子算是过去了!”美夜叉点头:“那是自然的了。没吃没穿,草裙子围腰,连个像样的男人都找不着……”合欢仙子像武士一样拍着大腿:“那才好哩!她没有这一手也就完了,要知道这个悍骚物件一辈子就是离不开男人!也是活该,她敢挤对大神和我——我是谁?再过几年也该是‘国母’了吧?”美夜叉点头:“我看现在就差不离儿!”

合欢仙子一再问起的,还有刺猬交配的姿势、一只公兔有几房老婆、去海狗鳝那儿听房听到了什么等等。这些平时美夜叉全不在意,所以也就胡编一通应付过去。

合欢仙子只要不和大神在一起,就要找美夜叉谈天说地消磨时光。近来大神身边的女人越来越多了,她一人独自打发的时间也就更长了。好在她从一开始就立志忍受下来,并在心里警告自己:千万不要学那个煞神老母,对大神的事万万议论不得——不光不能有一丝怨言,而且还要从里往外地欢喜起来才好——因为大神高兴也就是天下高兴,天下高兴了,这才是求之不得的好事呢!她对美夜叉说:“咱在一块儿拉拉呱儿,这比什么都好。就有那么几个贱货不知天高地厚,还想管教大神呢!大神也是她们能管得了的?”她抚摸着美夜叉的头发一声声叹息:“看,数一数二的好小伙子,真是让人心疼。你不近女色,通身干净得就像一枚秋桃似的。你如果喜好那事儿,你说咱在一块儿该多么难为情!有时候看着你威风凛凛扛着金叉回来了,风把一头红毛都吹鬈了,我的一颗心就上紧着跳、跳……”他眨着长长的眼睫毛问:“为什么‘上紧着跳’?”合欢仙子叹气:“唉,这你就不懂了。女人总有些自己的心事……”“什么心事?”合欢仙子捏捏他的嘴唇、眼眉,拍拍他:“傻孩子。你就像我的亲生孩子!等大神哪会儿高兴了,我求他封你一块疆域吧,干脆让你也弄个王子当当!”

美夜叉的心噗噗跳。他低下了头,脸红到脖子。

合欢仙子见他害羞了,就动手挠起他的下巴那儿,让他像猫一样仰脸看她。他盯住她,突然有些口吃:“我下次回来,要献、献酒给、给你……”

二

美夜叉对煞神老母说了献酒的事。煞神老母一听“合欢仙子”四个字,牙根都发痒。她磨了一会儿牙齿,想象中已经把那个白白细细的女人磨碎了咽下去。她闭着眼磨牙。“到底答不答应呀?”美夜叉催问。

煞神老母又咽了几口,磕磕牙:“那就献呗。她喝了,还会给大神尝尝吧。我夜夜想大神哩,想得睡不着——也不怕你们年轻人听了笑话,昨夜里还梦见他和咱好呢!不过到底是年纪不饶人哪,他在咱身上那会儿喘得厉害,呼哧,呼哧,活像拉风箱……”

美夜叉笑了。

煞神老母在想:宫里有了这种酒,欢乐也就多了。他们乐成一团,再也不会管天下的事儿了。最可恨的是所有欢乐都没有了自己的份儿。她继续磨牙,吞咽,闭着两眼。

美夜叉说:“今天跟你说话可真费劲儿,老磨牙。”

煞神老母哼一声:“年轻人等着吧,也有你磨牙的时候。”

美夜叉不解地仰脸看时,她就扳住他亲了一口。多浓的烟火味儿!美夜叉不得不立刻擦嘴,还吐了一口。煞神老母叹一声:“唉,失宠的女人不如狗。”

美夜叉把宫廷酒献给了合欢仙子。“叉,你先喝一口给我看看。”美夜叉知道她不放心从宫外取来的任何东西,就大口饮了几次。一股特别的香气从酒坛中、也从美夜叉周身生出来。她看着他白中透红的脸庞,小声念一句:“怎生了得啊!”她握紧了他的手,感受着汗津津的手心。他给她斟了一杯,她试着小饮了一口,品着,面色很快像桃花一样。她照照镜子,又回头看他。

合欢仙子把酒献给了大神。大神饮过了,目光远望山峦,说:“这酒让我想起了战混沌的日子。那时乌坶王就有这种酒。”他一口气喝了三碗,很快就醉倒了。迷幻中到处是大丽花瓣在闪烁旋转,帐中,床上,厅堂,大丽花瓣堆成了海洋,几乎把他给淹没了。他费尽全身的力气才揪住从花间伸出的一只纤手,那是合欢仙子。大神这会儿有一种从未有过的依恋,像个孩子一样贴紧在她的身上。

整整三天三夜,合欢仙子都和大神在一起。他们除了饮酒还做起了猜谜游戏。这是合欢仙子最初结识大神时才有的情形。那些美好的欢会时光一下子又复活了,她幸福得哭了起来。大神为她抹去泪水,细细查看久违的胴体。像百合根一样洁白的肌肤上,一道道青色的脉管那么清晰。他觉得自己手里托着一个颤动的婴儿,一朵大丽花。无数的回忆纷至沓来,他极力想记起以前经历过的所有女人,奇怪的是一个个全都面目模糊。她们离开了,他也就遗忘了。只有一个女人是他永远也忘不掉的,那就是煞神老母。他在宫中不提她的名字,可是有时会于半夜时分浮现出她的面容。这会儿,大神轻声吐露了那个女人的名字,然后咬住牙关,就像害冷一样。

合欢仙子告诉大神:千万不可太善良了,您大神这辈子是个至高无上的、最完美的神,惟一的、美中不足的,就是心地太善良了——几乎牵挂和宽恕着天底下所有的生灵,也包括那些孬人和神将们。如果不是因为大神的威德和天地再造之功,那些得了大神好处的各色人等还不知闹成什么呢!“就拿煞神老母来说吧,她犯的本是死罪,可大神不光没有一抬手剪除了,还最终给了她一块安身之地,这是在九天九地什么旮旯里也找不到的好事儿吧!可她知道感恩吗?不知!她一天到晚躲在大山后面咒你、咒我、咒天下……”

“啊?还有这样的事?”

“就是这样嘛。好在小小的我让巡海夜叉镇住了她,把她打在山石下边,让她从今往后到死都不能动弹了……”

大神的脸色这才和缓下来,捋着胡须说:“她这是罪有应得。”

“太应得了!”合欢仙子拊掌而笑。

停了一会儿大神说:“宫里有人上了折子,说我已经三年未出宫门,沉湎酒色,早该去各王封地巡上一圈儿,察省不昧……”

合欢仙子大惊小怪地尖叫一声:“哎哟……害、害死人喽!”

“怎么回事?你在说什么?”大神的拇指刮刮她的眉毛。

“大神战混沌那么多年,九死一生,好不容易才安稳下来,才喘口气儿,有人就看着不顺眼了!巡疆的事儿是大小夜叉们干的,哪能劳大神的驾？大神今后要做的应该是饮饮美酒找找美人，尽取天地精华——宫里通事理的都说了，大神怎么保重自己都不过分，因为只有大神高兴了，天地才高兴啊！难道大神不想让天地高兴吗？”

大神皱着眉头看她，“哼”了一声。

“小小的我说错了吗？”

“仙子说得有理。不过大神我这些年酒色正经染得不浅了，还要怎样才好？”

合欢仙子抿着嘴摇头：“讲起战混沌这些火刺辣辣的大事咱就不懂了，要论玩耍嘛，小小的我还多少懂一些的，咱还要有些儿进言。”

“说来听听。”

“比如喝酒，大神以前喝的都是宫里那些贡酒，像今天这样奇巧妙物可曾饮过？大神以前找的美色都是相好一个算一个，单独欢喜上几天算完，那多么败兴，也算不得大欢喜——天下美色这么多，大神该造一个长十八尺、宽九尺的大床，让她们一伙儿躺在上面，一块儿来一场大欢喜才是……”

大神脸色木木的。合欢仙子知道大神害羞时才有这副模样。她明白所有的人都会害羞，只不过表情不同而已。这样僵持了一会儿，合欢仙子说：“如果大神不烦气，就让小小的我为您操办起来吧！”

大神脸色仍然木木的，在她额头上轻轻亲了一下。

两人继续饮酒。当彼此的脖子、锁子骨都红了时，合欢仙子说：“大神，我有个话不知当讲不当讲，这话嘛——”大神点点头：“那有什么不好说的？”她就说了：“小小的我得了个‘身口闷’的小毛病，非得那个小夜叉子按巴按巴、搓巴搓巴才好。”大神说：“那就按巴按巴、搓巴搓巴去。”合欢仙子低下头：“说得容易啊，宫里人多嘴杂,小杂毛在大神面前还不知说下什么坏话呢,大神一怒,我的小命也就算完了!"

合欢仙子说到这里眼圈一红,跪了下来。

大神把她扶起来,拍打安慰:"小小物件礼道真多!你今后什么也用不着怕,你尽管做去!"

三

天地间开始为宫里选美,一切事体皆由合欢仙子操办。美人儿三个一组五个一簇送到宫里,再分为三等。最上等的留在合欢仙子身边等待遣使,次一点的要在宫里做些杂活儿,并等待遣使。

在合欢仙子的亲手指点下,大神的寝室经过大肆扩建再造,并在中央摆放了一张闻所未闻的大床。为了这个床,二十个上好的木匠用掉了四十三棵大橡树。此床既坚固无比,又朴实无华。当有人提出要找细木匠雕上一些花儿时,合欢仙子拒绝说:"不要那些虚繁物件。大神做事从来脚踏实地,是个实实在在的神。"

一坛坛的美酒搬到了大神的餐室和居处,然后就是三五成群的美女去侍候大神。她们侍候几天之后,回头还要向合欢仙子一一描述现场情景,只可惜她们一个个满面羞红讲不利索。这时候合欢仙子就呵斥说:"老娘见得多了,这算什么!宫里可不是荒村野泊,干什么都得大大方方、规规矩矩,小小气气扭扭捏捏可不行!"

她们说着大神的矜持和怪癖,一些细枝末节。有的说:"大神哪,那会儿也会支棱着耳朵出神儿,兴许是想起了天地大事哩!"有的说:"他小拇指甲里也有灰……"有的说:"大板牙咬人怪疼!"有的说:"不瞒你说,他嘴里有股臭皮子味儿。"有的说:"昨儿个他又吃鱼了。"有的说:"俺半夜趁他睡了,往他和咱手脖儿上拴了根红绳儿……"有的说:"到了紧七慢八,他像驴一样叫唤!"有的说:"他一睡着,什么都顾不得了……”

合欢仙子觉得自己生来最大的乐趣,就是和她们的这一场场交谈。就像亲临现场,就像督工监工,既给予细细的指导,又一块儿分析得失成败,那种情趣可真是难以言喻。

合欢仙子在为大神翻造宫殿厅堂的同时,也顺便给自己造了一间华丽的浴池。这个浴池大到可以游泳,还配有餐厅和卧室。她把美夜叉带到这里,指着一池碧水问:“叉,喜不喜哩?”美夜叉说:“我巡海惯了,见水喜,离水躁。”说着就脱了外套,一个漂亮的姿势跃入水中。小小短裤真可爱！合欢仙子真想为美夜叉的短裤编一首歌儿——她在入宫之前一直是唱歌的好手,最初就是以甜美的歌声吸引了大神的。不过她不敢肯定天上人间有没有专门为短裤编成的歌？如果没有,她担心这样做会显得突兀。

她用力忍住了,没有唱出来。可是她觉得那条小小的短裤裹住了美夜叉可爱的臀部,真是有说不出的美妙和含蓄。好男子臀部和腰际的曲线哪,总是让人百看不厌。它肯定会进入自己梦境里来的。这样想着,下巴开始阵阵发胀,一激灵,就脱口唱了出来:“小小短裤,湿呀么湿漉漉。因为有了你呀,再也不粗鲁。咱这就脱巴脱巴下水,吾道不孤！呜呜呜,呜呼呜呼,吾道(真他妈)不孤!”她唱着,一边脱得只剩下一条短裤,噗一声跳入了水中。她一进水里就环住了美夜叉的脖子,还在他的短裤那儿拥了一下。“多好的孩子啊！如果有不明白的,远远看了咱俩这样,还以为我有什么歪心哩!”“你最没有歪心！你怎样都没有歪心。再说我也不喜好那事儿,这个宫里都一清二楚的,是吧！是吧!”

“那是的！当然是的!”

水中戏耍了许久,终于有些累了,他们于是回到卧室的床上歇息。合欢仙子说:“哎哟,我的‘身口闷’又犯了,你得动动手了。”

她几乎脱得一丝不挂躺在那儿,呻吟不止。美夜叉跪在床上为她捋、按、揉、抟，捏弄拍打。这样一会儿她又一个鲤鱼打挺儿坐起来，说要“一报还一报”，让他躺下，然后随意捏弄起对方。她两手不停，手法时而细腻时而粗蛮，当美夜叉略有迟疑时，她就语重心长地说：“只要心静，就没有邪念了；只要没有邪念了，咱干什么都不妨呢。你说是吧？”美夜叉泪花闪烁，应道：“是的……”

“你反正是不喜好那事儿，这个宫里都一清二楚的。”

她像骑马一样骑在美夜叉的身上，用力亲吻，刮他的鼻子，重复着他刚才说的那句话。“‘不喜好！不喜好！’多好的一匹小马儿呀。”她用力颠着。

美夜叉使劲咬住下唇，闭上了眼睛。他这会儿想象自己正巡视在无边的大海上，像脚踏飞轮一样疾速滑行，手持一柄金闪闪的神叉——他发现了海面上有一团黑影，于是奋力飞起一叉。叉子划一道漂亮的弧线，像彩虹一般落入水里，随着“吱呀”一声大叫——叉中了一个母妖，而且叉在了它的要害部位。这个母妖因为极度的痛苦渐渐缩成了一小簇，在金色的叉齿上痛苦地挣扎、呻吟、求告，他只是不饶。

“饶了我吧……”

“叉、叉、叉！”

“饶了我吧……”

“叉、叉、叉！”

第十一章

雪白的双鬓

一

放下背囊却没有时间喘息。我第一眼看到四哥时,就知道他被气蒙了。他甚至没有来得及问我一路行程,也没有问一句鼓额和武早,只焦急地把这几天发生的事情从头复述了一遍。

原来矿区的人不止一次进了园子,装模作样地东瞅西看,最后总算亮出了底牌:要把园子按照丈量面积,以一般的农用地赔偿。四哥当时忍住气问:“毁掉的葡萄树怎么办?”领头的是一个白脸胖子,他笑嘻嘻的:“您老不懂嘎,您老是一个没有文化的人,换个人来说吧!”四哥不明白“不懂嘎”是什么意思,只回一句:“你那点文化用来喂斑虎,它都不吃哩!”

四哥毫不通融:这里必须与园艺场同一个标准赔偿。“我不跟你们争吵,我只守住俺的园子和茅屋,一步不离……”

他把身上的那杆枪耸了耸,然后转身回屋,不再理他们。有人在身后嗥:“记下来,他背着枪……”

这就是当时的情形。四哥愤愤喊道:“你回来得正好,听我的话没有错,这笔账咱不算哩,这园子咱不卖哩!”

面对倔犟的四哥,我不知说什么才好。我发现这十几天里,他双鬓上最后的几缕青丝也变成了白的。可以想象他在这些天里眼巴巴地盼着我回来,等我领回一个鼓额或武早,可这一切全落空了——他长时间一声不吭,只盯着两手空空的我。

我开始诉说一路的情形:怎样费尽周折寻找鼓额和武早——我尽可能地把鼓额的处境说得好一点,却无法瞒住四哥这双洞彻的眼睛……他声音懒懒地、有些疑虑地问:"鼓额不愿回来吗?"

我点头又摇头。

大老婆万蕙在旁边摊着手:"连这孩儿也叛了?"

"不,是我让她等一等,等一等再说……"

四哥拍着膝盖:"听!是你这样说啊!怎么还要等一等?咱的园子还养活不起这么个小丫头?"

怎么对他们解释呢?在这个特殊的时刻里,在何去何从的十字路口,我怎么会让她冒冒失失归来?此刻我难以表述那种复杂的心情,也不想说……我忍住了,没有说出自己已经在作最后的打算,更绝口不提在那个海滨小城购买了一套单元楼房的事……

"到底怎么办?"我像自问一样,发出了一声低语。

四哥马上接口:"这好办,不用你管哩,你拿腿走开就是——你要信得过,只把园子托付给老哥好啦。"

我没吭声。转过脸去时,我看到了斑虎惊讶的目光。我这会儿才发觉,这么长的时间里,它一直立在旁边,一声不吭地昂着头颅,直盯盯地看我。我相信它听得懂我们的每一句对话。

二

无法与气闷决绝的四哥讨论下去。我要一个人待一会儿。我明白:需要不再犹豫地作出一个决定了,这一切都不能继续拖延下去。人生的又一个机会正从手中一丝丝滑脱,所有的幻想、希求、追逐,结局竟是如此!我不知这一场中年的丢失之后,是否还有勇气重新开始？而这个现实对于四哥夫妇显得更为残酷：他们毁掉的是自己暮年的安逸，是苦苦找到的最后一块落脚地。这对夫妇没有孩子，内心里是把鼓额和肖明子当成了亲生儿女——他们却一个个先后离去。

我在想围绕赔偿问题老驼和那个场长出过的主意：紧紧咬住，寸土必争。可眼下却正好相反，具有讽刺意味的是：对方正变得咄咄逼人。显然，我们即便拒绝了他们的赔偿条件，他们也不会停止毁坏。他们像鼹鼠一样在地下开掘，我们地面上的人毫无办法。

我想见一下矿长秸子了，我要认识一下鼹鼠首领。

这个夜晚我想了很多。我愈加明白，我的平原更包括我的田园、这个风雨跋涉中得以安歇的小小茅屋——在她们面前，世上的一切稀世珍宝都变得无足轻重了。这些是不可以赔偿的。问题是眼下我又的确需要一笔钱，因为我必须为四哥一家安一个小窝。它会是最后的窝吗？我的泪水像在心里涌流，难过得彻夜无眠；黎明时分，我真的听到了它的汩汩之声……我在心里默默回答：但愿你从此安居，再也不要流离失所四处奔波了。

天快亮了，我终于作出了一个决定，心上一阵轻松。我明白秸子在用一种不可接受的苛刻条件，逼迫我回头求助于老总，然后就是他们两人分赃！这是他们合计的一个如意算盘，一个金钱的圈套！我必须摆脱它，也只有如此才会割断一切幻想和俗念。我翻身起床，在屋内一片微微的光色里徘徊了一会儿。我这时想起了沙堡岛上的"大婶"——他们这会儿正被一些爱财如命的家伙用血淋淋的刀子逼走，背着破锅烂碗，领着惶惶的狗和满身泥巴的孩子，在大地上开始了新的跋涉……比起她来，我显得何等怯懦！

我轻轻推开门，走了出去。

一出门，我发现在茅屋前的那棵树下，有一个火头不断地闪亮。原来拐子四哥没有睡。那个闪亮的火点一扬一扬地升起，他看见了我,站了起来。旁边发出了轻轻的呜吠声,斑虎扭动着身体跑了过来。我拍拍它的头,发现它的全身都被露水打湿了。四哥披了蓑衣,怀里搂着那支猎枪。他看着我,一声不吭地站在那儿。后来我们领着斑虎走进园子深处。晨光中的园子,此刻看起来就像我们刚刚获取那会儿一样地破败,不同的是它已经失去了再生的机会。它走到了路的尽头。我们坐在一个倒塌的石桩上。四哥换了两支烟,说:“老宁兄弟,我算佩服梅子的心力啦……”

我听着。他说下去:“还是她看得远哪,早就知道咱这个地方不能久长。你看,无论你怎么喊她、叫她,她就是不来。你该明白哩,兄弟,你找了个心里有数的好女人哪,这是一辈子的牢靠……”

他的话中没有一丝调侃的意味,这让我更加难过。梅子因为不想迁居,这些年带给了我多少痛苦。人哪,离不开心安理得的生活,离不开没有做完的事情。我如果独自走掉,就会遭个报应。我现在还能想起在旅途上、在城里,那种难忍的焦灼和折磨。我总是不失时机地、一次次地投进这片园林。这会儿它虽然即将陷落,可仍旧是一片滚烫的土地。就让我匍匐下来,和它一块儿沉沦吧——让咸水一丝丝漫过,浸过我的躯体吧。我亏欠了什么?做过了什么?我为什么会有如此深重的负罪感?我不知道……我在一时的冲动中只觉得自己要救赎、要报答,要在这个度过了苦难童年的地方一次次地流血流汗;我想安慰一些人,寻找一些人,接受未知的苦难和磨损,直到皮老骨硬,一头乌发让北风吹个精光……四哥啊,在残留的夜色里,我又一次看清了你在短短几天里变得雪白的双鬓,知道你开始了一生中最大的愁楚。你这辈子经受了多少磨难,却从来没有忍受过这么深、这么大的苦情,它来自心底,来自根。

三

天大亮了。我没有跟四哥商量什么,一个人悄声走开。

终于见到了秸子。这个黑瘦的家伙弱不禁风,高不过我的肩头,牙齿乌黑,两眼放着奄奄一息的光。他见了我,脸上泛起一层虚假的敷衍的热情;当他弄明白我是谁、为什么而来时,那张可怜巴巴的焦黄小脸立刻严肃起来,然后很快打起了官腔。我心里想:从你的模样上看很可能已经不久于人世了,既然如此,这种细致入微、绞尽脑汁的计算到底还有多少意义?我虽然并不要求你死前行善,可总希望你对人能有一点起码的公平吧。因为你要活,别人也要活;你把物利钱财稍微看得淡一点不行吗?人之将死,其言也善,你这家伙从种种迹象上看肯定活不久了,你这样阴毒又是何必呢。

我可能露出了一丝冷笑。他惊讶地问:“你笑什么?怎么——还笑?”

“我是来签那个合同的。”

“那个赔偿条款吗?”

“是的。你们的人去园子里催过了。”

他越发不解地皱了一下眉头,吸了口凉气。但他终于支派起旁边的秘书:“你陪这位同志到隔壁去、去谈谈……”

隔壁是一位白白胖胖的人,当他弄明白我就是那个园子的主人时,大白脸马上抽动起来。他好不容易才发起火来:“你们那个老头儿,凶器的事,嗯,你必须负责!必须全面负责!嗯!”

他的火气终于大起来,开始指着我的鼻子,站起又坐下,像一条被烫了屁股的狗:“你必须明白,你的人用枪威胁,辱骂政府。”

我笑了,忍不住问了一句:“你是‘政府’吗?”

“我们是国家机构!”

我笑了,不再与他吵了,只请他早些拿出那份表格,说我今天就是来签字的。

“你来签字?胡扯!你搞什么名堂?”

我说不搞名堂啊,我真的是按你们的通知来签字的。

他迟疑着,出去了一趟,回来时鼓着嘴巴。他极不情愿地从抽屉里拿出了那份表格。我简单看了看,拔出自来水笔飞快地签了。我抬起头时,看到了一张非常懊丧的脸。他垂下了手,好像所有的力气都在这一瞬间丧失了,盯着蓝色的墨汁,咬了咬嘴唇。

长期以来,给我和四哥造成莫大痛苦的一笔账,就这样被我利利索索地结掉。好像我笔尖一挥的那一瞬间把什么给击中了。以前做梦也想不到的是,我们的园子有一天会成为一块悬在高处的肥肉,引得一些人处心积虑地算计……我的这种抉择是迫不得已的,因为我不想落入别人的圈套,也不想让人逼到绝境。最后我还是露出了一个田园经营者的精明,那种或多或少的市侩气和商人气——那好吧,就这样吧,让我这会儿不失时机地打住吧,把尴尬和痛心疾首留给别人——那些盯住这块肥肉流着口水的家伙会扑个空。他们想利用我对金钱的欲望达到自己的目的,而今扑了个空,令我快意。这只是一种机智而已:釜底抽薪。

回到了园子。四哥夫妇对我一整天的安静感到奇怪。他们仍然愤愤的,我却没法说明刚刚做了什么。四哥在心里与这片田园和茅屋,还有护园狗斑虎,在深层上已经结为一体。他们像是正在经受一场共同的毁灭;他们对于一片土地的维护和争斗,实际上等于爱护自己的一个器官。我现在很难跟他讲得明白,很难让他理解自己的选择与之深层上的一致性。为了这种维护和看守,他在一切方面都毫不松懈,并觉得合理的赔偿是理所当然的:它或多或少标志了一份尊严和价值。

我试图向他讲清:在矿区与地方的一系列赔偿中,老总其实总是与那个秸子暗中联手,每到事成之后两人再坐下来分赃——他们在这个平原上的一切活动,就是由一系列不可告人、险恶而又狡猾的动作连缀而成的。他们伸向我们以及周边村子的手,只是无数次的掠夺和盘剥中的又一次罢了。

四哥惊愕地听着，终于明白过来了。他恍然大悟般地叫着：“啊呀！凶险……”

善良的老人愣怔怔的，久久合不上嘴巴。

拒　绝

一

也许我们的园子该有一段宁静了，它将在一片安逸中等待自己的黄昏。我会偶尔地、时不时地想到斗眼小焕，想他那一对轻微的斗鸡眼，那副自命不凡的神气。前一段听说因为生意摩擦，一个合作伙伴竟然要追杀他。想想小焕东躲西藏的模样就忍俊不禁。我曾见过他那个反目为仇的伙伴：瘦瘦的，比小焕还要矮小，两眼尖尖，即便在平时也像受到了巨大惊吓一般。然而就是这样一个人，竟发誓要把斗眼小焕“剐成八瓣”。

其实斗眼小焕不宜于做个富人：关于匮乏与精神之间的关系的那套理论，对小焕起码是完全适用的。只有让他匮乏，让他远离奢侈，他才能活得像人一样——世上就有这一类人，他们只要腰里有了几个钱，就会结构出一段荒唐的生活。眼下的小焕基本上算是贫穷潦倒了，做大亨的尝试已告失败，虽然身边还勉强跟着一个半语子仆人，但那只不过是余下的一缕淡弱的尾音罢了。他通常对两种人的攻击是颇具才分的，一是女人，再就是以前的朋友。他对这二者的攻击痛快淋漓，往往让人觉得既击中要害，又十分解渴。他说玛丽是“馋死人不偿命的婊子”；骂肖明子：“别看一辈子吃着粗茶淡饭，实际上却长了颗邪恶的心灵。”他一再尝试用出色的口才去征服别人:善于背诵,能够让一些警句脱口而出,一只手掌像鸟儿扇翅一样在耳侧翻动不停……

园子里的安宁只是一种假设。从矿区回来的第二天,玛丽又开着那辆蓝壳轿车来了。她这次穿了一套庄重的深色西装,却仍然掩不住一身风骚。她喜欢像时装模特儿那样走路,努力突出胸与臀。她告诉,这次是到园艺场去,可忍不住还是要顺路到这儿看看。"很久没见了!"她伸出手,像过去一样微笑:"您瘦了,好像还有点……焦灼?"

她大概希望我变成那样吧。我没有搭腔。她自己倒算得上神采奕奕,楚楚动人。看着她,有时会觉得小平原上能够出产这么一位尤物,也着实不赖呢。说真的,她作为一个人而言,也像斗眼小焕一样,极富观赏价值。就像夹竹桃,有毒,几片叶子就可以毒死一头老牛,可它的花瓣仍然十分美丽。

我知道她为什么而来,只是忍住了不说。她也好像早已习惯男人的这种克制和矜持了,悠然自得,一双漂亮的长腿动来动去——用小平原上流行的一句话说,即是个"水灵灵的大闺女"。她长了一张真正的樱桃小口,平时就由它吐出一些言不由衷的假话。我喜欢这样一张小嘴。

"我还是担心你的园子,顺路赶过来看看。"

"真是一个可怜穷人的好孩子。"

玛丽尖叫一声:"哟,你是穷人吗?"

"比起你的那一大笔遗产,还有你的老总,我当然算是穷人。"

"真正的富有来自精神。"

"也来自姑娘。"

她瞥我一眼,那微微受惊的眼神在问:为什么?

我说:"一个人能和他喜欢的姑娘在一块儿,握住她们的小手,就什么都有了……"

玛丽高高的胸脯急剧起伏,咽了一口唾沫,抚摸着桌子……她抿着嘴,满意地笑了。

我却没有一丝笑容,说下去:“握着她们的小手,还要迷惑:这么漂亮的姑娘,真像一朵花,小脑瓜里为什么会有那么多的邪恶念头?”

她愣怔怔的。一会儿,这个樱桃小口咧开了,嘴唇微微上翘,让人觉得有一种难以言传的东西在那儿时隐时现:“你的黑胡楂真浓啊——你这人多么有意思啊!你说话真有意思啊……”

“我可不觉得有什么意思。”

“可我总想来找你呀!”

“是吗?找我干什么?”

“找你……”她嗫嚅了一下,“想和你多说一会儿话呗,听你讲话就是一件很有意义的事情哦!”

“是吗?我自己一点儿都不知道。”

玛丽笑了:“实际上你狡猾着呢。”

“啊,老狐狸了。”

“你不过是装糊涂罢了,你把别人吸引到自己身边,还装作若无其事。”

“若无其事?”

“当然了……”

“你错了。像你一样,我正为这片园子上火焦急哩。”

玛丽连连摆手:“这……不会吧……”

“你总想把这片园子捣鼓到老总手里,这事儿一旦成了,他会给你多少报酬?”

玛丽跳起来:“你开什么玩笑,你怎么啦?”

“这一点都不是开玩笑,这是钱,是你的命根。”

玛丽的脸色马上变了……

二

经过了一段时间的蛰伏,色狼老礴又出动了。不断有关于他的令人震惊的消息传出来,恐怖像细菌一样在空中扩散,弄得人人不安。老礴每一次都成功了,而分局头儿老疙那一伙每一次都失败了。老礴在灌木丛中、在生活区,在一切地方都留下了他的臭迹,让老疙追踪,让他像一只猎狗那样嗅来嗅去。午夜里偶尔爆出了枪声,人们都以为那是老疙的人与老礴交火。但事实上老礴根本不给老疙这个机会。他只是一个影子,一个可望而不可即的怪物。传说中老疙真的绝望了,真的想把解决老礴的任务交给刀脸一伙。刀脸信心十足,说与老礴虽然是井水不犯河水,但一旦接受了官家的任务,就一定会干得出色,利利索索地交差。这是平原上都在传说的一些消息,传得煞有介事,有鼻子有眼,不由人不信。

一个伸手不见五指的夜晚之后,人们在某村落一处雪白的墙壁上,发现了老礴留下的一幅巨大的淫荡的图画。图画上竟然出现了老疙的形象。这个官家的缉凶能人在作品中竟然成了一个可怜巴巴的受害者。人们看着那幅漫画想,老礴肯定在这儿花去了不少工夫,而且还有着惊人的艺术天分。人们传说,老疙面对着这一巨幅漫画,气得嘴都歪了。当然他很快把它涂掉了,可是在涂掉之前却是认认真真地拍照取证——连那幅漫画下边的一些杂乱的脚印都浇了石膏模型;而且还取了一些土,小心地包起来。据人讲那里面留下了老礴难以祛除的臭气,将留给那些鼻子尖尖的德国犬好好嗅嗅。庄稼人都说,老疙平时对人多凶,可他撅着光屁股的模样还是让人给画到了墙上。

整整一个秋末就让老礴给搅得惶惶不安。矿区赔偿的事情退居了次要地位,因为无论附近的村子还是那个园艺场,都在谈论老礴。老礴特别可憎之处还在于,他欺辱的都是一些真正的弱女子,比如说乡镇企业的女工,刚满一年教龄的女教师,农村少女等等。

就在这极其不祥的日子里,斗眼小焕又领着半语子来了。看来我们的园子再也不会享有安宁了。

他一来就笑嘻嘻的,仿佛逢遇到了极大的喜事:“听到老磚的事情了吧?”没容我回答又说:“这家伙是条汉子,是个快手。”

我不明白他是什么意思。

“你看,几天的工夫就收拾一个,三下五除二解决了,不留痕迹,不是‘快手’吗?”

小焕的邪恶遮掩了他残存的一点同情心,但我知道他倒不见得有多么凶狠。后来他见我不再应声,又涎着脸说:“我想,有一个人交给老磚倒比较合适。”他一边说一边伸手向半语子讨要什么,半语子赶忙递过一支雪茄。小焕深深地吸上一口:“该把园艺场的那个姑娘交给老磚了。这一对凑在一块儿,会有一阵像样的扭杀。”

我狠狠盯了他一眼。他不理不睬:“玛丽也可以——不过老总的人老磚也不敢碰啊。刀脸那一伙老磚也不敢碰。什么东西碰得,什么东西碰不得,人家老磚心里忒有数。可见这不是个一般的人物儿……”

“这个家伙落网的那一天,该处以绞刑。”

“你想得倒好,这样的人还会落网吗?这样的人从来只有一个下场,就是自己收拾了自己。这个人活得真痛快,就是心太狠了点儿。”小焕东瞅西瞅:

“那个拐子告诉我你回了城里。我心里有数,他是骗人哩,想调虎离山。他哪里知道我最摸你的脾气,你在这儿等着卖地呢……”

最后两个字把我刺了一下。我心里的厌恶陡然增大。

他又问:“见到武早啦?”

我没有回答。他自言自语:“那是一个鬈毛疯子,一头公羊。我知道这么说你又要发火啦,我可不怕你发火。老伙计,你对我翻脸的时候可不算少。想一想吧,你都用什么话刺过我?我不记仇。你诽谤过我。那种恶毒的语言只有你才说得出来。这一方面表明你有很高的想象力,有才华,另一方面也表明你是一个最了解我的人——我心里常常想,我和老宁是一对棒打不散的鸳鸯啊……”

最后一句让我哭笑不得。我瞥了瞥那个在一边哆哆嗦嗦、激动不已的半语子,心想你们才是一对“棒打不散的鸳鸯”呢!

“你看,我们俩初中时候就是同学,有一段还是同桌,记不记得?”

我实在想不起了。因为那时的小焕没什么出色之处。我只记得他是全班最脏的一个,总是拖拉着两淌鼻涕,下雪天就穿着一双很大的蒲草窝,拖拖拉拉地走,裤脚异常肥大,总是遮去蒲窝的一大半;他的父亲在一边昂着嗓门一喊,他就跑起来。他的父亲先是在园艺场里做一个不太重要的负责工作,后来就调走了。小焕一家也迁走了。记得他后来回忆起自己的父亲,竟然莫名其妙地说:“一个伟大的人,有伟大的性格!”还说:“我作为一名高干子女……”大家听了一阵发愣:他怎么算是“高干子女”呢?

我知道小焕到这里完全是找消遣来了——而我也并非不需要这种消遣,只不过想更好地观察一下,想看看一个堕落的家伙又有什么新花样、能走多远?当小焕与我说话时,半语子就在一边看着,满怀钦敬地盯着主人,又同情地看我一眼,目光在我们两人脸上扫来扫去;时间长了,大概也觉得有点无趣,一个人转到了一边,从写字台上摸起一本书,看着看着竟吟哦起来……小焕很快注意到了半语子的阅读,屏住呼吸,用眼睛向我示意。

一瞬间只有那个奇怪的声音在屋子里震响。它节奏分明,抑扬顿挫,但无论如何也听不清读了些什么。

小焕皱着眉头，叹息一声："他多么好地再现了、再现了那一刻的激情……"

三

小焕谈起我城里的那些朋友，心情松弛下来。他一个一个评价、议论，问他们这些年的近况，有什么作为，与我来往密切否。我不接茬。小焕不知为什么说着说着大骂起来，用语之粗鲁令人大吃一惊：他一个个挨着骂了一遍，把一些莫须有的罪名全加了上去。小焕骂得肆无忌惮，旁若无人，在屋里走动，激动扬手，滔滔不绝。那一瞬间他真的变得才华飞扬了。我真不知道是一种什么力量刺激了他，使他变得如此大气磅礴、妙语连珠？再看看他的眼睛，这会儿闪着贼光，一双斗鸡眼正在费力地调整着焦距，迎着我射来，使人从里往外发冷。这个具有极大毁坏力的人物就像一架大功率的扬声器，又像一台破烂不堪的推土机……

他骂着，一口气把那支粗大的雪茄烟吸完，这才粲然一笑，肩头一耸说："刚才咱也玩了一回嫉妒同行的把戏！"

半语子将一切都听在耳朵里，迎着小焕笑了起来。

小焕说："轻松过了，也该说点真格的吧，老宁，那个玛丽没少来打扰你是不是？"

"来过几次，都是为工作上的事情。"

"对，都是为工作上的事情，在荒郊野泊的一个茅屋里接头，就像搞地下工作似的……"

还没等我解释，他又皱皱眉头："真的，搞地下工作那会儿要选一男一女扮成假夫妻……"说着眉开眼笑："多么有意思的年头啊，让我干，我就会找玛丽当搭档……你也该好好教玛丽几手，让她回头结结实实收拾老总……"这个喜怒无常的家伙说到这儿突然想到了什么，大声吵着：

“听说你常常跟分局的那个老疙接火?”

“我们见过一次。”

“嗯,那么就拜托了——给我捎句话吧!就说我小焕跟他誓不两立……也不知哪个狗娘养的向他隆重推荐,说什么‘很有可能小焕就是老礴’——你别吃惊,生气的事还在后边,你猜老疙说了什么?”

我听着。

“‘怎么会是小焕?怎么又是这个小崽子?’他跟我叫‘小崽子’……”

我笑了。

“你还笑,还有啦……”小焕拉着哭腔,“老疙直摇头,说人家老礴是‘大盗’,小焕只不过是个‘小偷’,不会是他……这家伙糟蹋人真狠!”

我觉得多年以来,真正气着了小焕的,应该是老疙的这一番话。他宁可当大盗也不愿做小偷。可他实在也只配做后者。现在回忆一下,连我也惊异于自己的忍耐力。我太能容忍了。虽然我们不止一次闹翻,可对方总能很快动手修复。我有时也深感茫然,不知有什么办法才能终止这种奇怪的关系。我已经意识到,这种关系会使我内心的秩序悉数破坏,给我带来真正的痛苦。面对着一个彻头彻尾的混账,我竟然无动于衷,这到底是为什么?我常常强调的道德感遇到了真正的考验,实际上我已经在有形无形地鼓励和怂恿这个家伙。这种鼓励是隐性的,合作却是显性的。我想斗眼小焕那些恶狠狠的话,也许正把人性中某些角落里的东西给翻腾出来了——只不过是揭露了一些正人君子某一个侧面罢了。在那种谴责和一迭声的辩解里,我不是也隐约透出了一点快意、一丝若有若无的附和吗?斗眼小焕实际上正与另一个更加隐蔽的“我”合作良好——这个念头在脑海里一闪,使我一阵厌烦。每每听着小焕那些肆无忌惮的、粗俗到了极点的攻击和诽谤，还有性的宣泄，好像受到了某种精神按摩似的，一种放松和愉快感让人不忍拒绝。

我这会儿终于没有让另一个“我”逃掉，伸手揪住了那片衣襟，不再放松。我发现当小焕颤颤抖抖地出现，并且身后还跟了一个半语子时，我心底的厌恶与欣喜竟然同时出现——一种可能来临的崭新的契机、一番奇异的精神经历，正一齐诱惑着我。小焕是一朵恶之花，恶得有魅力，这也是一个事实。总之一切都该有个了结之期，这与那个矿区的账目需要当机立断一样。想到这里，我说：

“小焕，不要讲了，我想和你认真谈一件事。”

他止住了话头，愣怔怔地望着我。

“我想跟你商量——实际上这事我在心里酝酿了很久，已经有好多年了……今天总算考虑成熟了，我想告诉你：我要终止我们之间的关系，再也别来往了。”

“废除我们的友谊？”

“我们不要再来往了。”

小焕往后退了一步：“你说什么？你是什么意思？”

“我想跟你心平气和地讲明白。我觉得这种关系损伤了我的心情，使我活得很不愉快，很痛苦；我也不适合做你的朋友。就是这样，真的。”

小焕好长时间没有做声。他看看自己的手，又抬头看看我。后来他的眼睛终于一动不动地盯在我的脸上，像要好好研究一番似的。他这样研究了一会儿，鼻子里发出了一声奇怪的声音，“哼哼”着，转向旁边：“听到了吗？”

半语子一直痴呆地昂着脸，眯着眼睛倾听我们的对话，这会儿像大梦初醒一样大叫：“我也听明白了！”

小焕走近了他，扳住了他。他俩站在一处，与我有了一段距

离,一块儿长时间地看着我。小焕说:

“看到了吧?这家伙装模作样。不过他大概疯了!”

小焕留下了仇恨的一瞥,拉一下半语子,嘴里咕哝:“让他等着吧!”

他们跨出茅屋,头也不回地走进了园子,然后沿着一条小路往前踟蹰,消失了。

我从窗户上看着他们的背影,一声不吭。我没有跨出茅屋一步。我在心里称自己为“冷酷的家伙”。是的,就这样结束吧。在这个世界上,各种事物之间都有一种奇怪的关系,有的就是需要割断。我结束的,正是它们当中的一类。这种拒绝对我而言有些沉重。但我明白,宁静只能来自一笔一笔“账目”的了结。一个人最终会发现,他只要活到了中年,那么下半辈子的主要工作就是忙于“了结”——如此而已。这时他会惊异地发现自己已经不由自主地搅进了很多笔“账目”之中,它们繁琐地纠缠一起。

了结吧,要不厌其烦,要有耐性。即使为此累得焦头烂额也必须做,因为不这样就不会拥有片刻的宁静——心灵的宁静。

她的琴

一

睡不着,很想与拐子四哥夫妇待一会儿。看到他们的屋子里还亮着灯,就走了过去。

他俩盘着腿,盖着一床薄薄的被子,旁边就是半卧的斑虎。斑虎见我跳上了土炕,马上兴奋地坐了起来。四哥拍拍它的头颅,它又重新卧下。可是它的眼睛分明露出了笑容。

万蕙说:“坐吧,一块儿拉拉呱儿。”我坐下了,她又说:“老宁兄弟,你不在的日子里,我和你四哥就是这么坐着,他吸烟,俺俩说话。你四哥老跟俺讲年轻时候的故事——你四哥那时不是个老实人哩。”她这样说着,笑嘻嘻的。我看看四哥,看看他窄窄的额头四周那些发红的绒毛——它们这时大多都白了。过去我曾欣赏过他这窄窄的额头,因为它多少有点滑稽的意味。可是这会儿却没有这种感觉了。那变白了的鬓发使他显得更为庄严,看上去不可侵犯。大老婆万蕙说对了,他从来不是一个老实人,老实人会成为一个流浪汉吗?

他曾经是真正的流浪汉,拖着一条拐腿走过了南南北北。我虽然长了两条比他更健壮的腿,可是这一生不见得会比他走更多的路。他无论在我的童年、少年,还是中年,都成为我生活中极为重要的一个参照,一位人生挚友。

万蕙突然笑吟吟地问:“那个玛丽姑娘怪俊的,她对你有点意思吧?”

我问四哥:“有点意思吗?四哥?”

四哥把烟斗从嘴里拔出,咝咝吸气,说:“剃头刀子揩腚,好险!”

万蕙笑得前仰后合。我也笑了。这句稍稍粗鲁的俏皮话在平原上十分流行。

接下去的时间里三个人一块儿沉默了。四哥吸烟,不时看看昏黑的窗外,低头自语:“这闺女走了可有些日子了……”

我的心里一动。如果我没有猜错的话,那么他一定在说肖潇。果然,他咂着烟锅,把脸转向我:“我看出来了,她走得日子一长,你就烦疵疵的。嗯,也真该回来了。”

万蕙一点都没觉得男人的话有什么玩笑的意味,紧随上说:“真是好大闺女啊!安安稳稳的,我就喜欢这孩子,想她了想她了……”她这样说着，却抬起眼看着我。

“你没打听一下她回了没？”四哥问我。

还没等我回答万蕙就说：“这还用打听？她只要回了，第一个来看的就是咱这里了——是吧大兄弟？”

我点头。今夜让我如此不能平静。我真的很久没有看到你的面容、听到你的声音了。我于午夜想得最多的一个人就是她——起码一度是这样。我们曾经走过了一些惊心动魄的时刻，那真是激越而漫长的日子，总算一点一点走过来了。回顾过去，会觉得一切坦然吗？似乎是这样——我们真的已经身心笃定了。这种异性之间的信任和依赖美好到了极点，是人生的一种理想状态，我常常为了这种结局而感到庆幸。她多么敏慧，即人们常说的那种“冰雪聪明”，只要一瞥我的眼睛也就明白了我心里的一切。我甚至知道她在初见小白的一刻，不是从对方，而是从我的目光里明白了，知晓了我没有说出的每一句话。这样的一种相知，一份兄妹般的情谊，每每使我产生出阵阵感动，那一刻，她差不多可以替我说出：看到了吧，多好的一位男子！多好啊，你们俩多么合适多么般配啊，这可是我最信任的朋友，我作为一位兄长，这会儿就把你交给他了……这番话没有说出来，彼此闷在心里，以后也就不再提起了——我们似乎都在小心翼翼地绕开这个话题，回避着什么。这种回避稍稍让人忐忑不安，也让人尴尬，甚至还掺杂了一丝小小的幸福……但总有一天我还是要说出来，因为我固执地认为他们是最好最合适的一对。这不会伤害她，最终不会的。我会一再地强调：小白是我所看到的最好的男人了，有勇气，有心劲儿，长得也有模有样的。还有，最重要的是，他懂得爱并能深深地沉湎其中——在这个滥情轻薄的时代，这是多么可贵的一种品质！像畜牲一样随处交配的男女猪猡得意洋洋，哪怕能够稍稍恪守一点的矜持都要备受嘲弄。小白的一往情深恰好说明了他作为一个人的力量：

对爱人,对土地,对真与美,莫不如此。一个两性上混乱如猪猡的男子或女子会对这个世界有仁有信?谁遇到过呢?那么离开了仁与信,他(她)作为一个人又会有多少价值呢?所以,亲爱的肖潇,我正是从如上这个意义上,向你郑重地介绍了我的朋友。

一两年前的那一刻,我们差不多是在一道悬崖旁一块儿停下来的。我们当时没有了任何办法,似乎也就没有了任何秘密,然而最终却没有逾越那一道线。这真是了不起的一个成就,虽然为新时代的现代人物所讪笑,或被斥责为另一种虚伪。可这也不失为一种良好的处境和慎重的选择。这同样是一种自由,它的源头既古老而又现代。

我那时候终于有机会告诉:当我第一次见到你之前,已经被你的琴声所吸引——我身掮背囊站在离园艺场大门不远处,听着从小学校园里传来的风琴声,全身灌满了激越的潮水,它一下就涨到了最高点。我得用尽力气才能将自己从幻想中拉回现实。一切都因为它太相像了,太像当年我的音乐老师弹出的风琴声。我就这样伫立了一会儿,然后不顾一切地走进校园,推门而入——就这样,更大的奇迹发生了,我看到的是和当年的女教师一模一样的一位姑娘,她就坐在风琴前面弹奏!我傻乎乎地盯着你,以为是做梦——还是那间屋子,那架风琴,就连一旁小桌上的那瓶花都完全相同!天哪,人世间就是有这样的巧合,它就发生在眼前——当你缓缓地转过头来我才发现,你和当年的老师侧面轮廓完全一样,然而正面还是有一些差异……当然,你们不是同一个人。

可奇怪的是那一次幻觉不仅不能消失,它反而会一直延续下来。我从年龄上远大于你,可是心里一直有,仍然有——一种奇怪的东西,它就是少年时代扔下的一枚种子。它在那里鼓胀着,渴望长大……我像信赖当年的音乐老师一样,信赖着你……

二

她如果仍然还在那间小屋里——我是指当年的老师，我处于今天的境地又会怎么办呢？我一定会得到最大的援助。我将按时向她求助，请教，诉说，并相信诸多痛苦和忧烦都会因此而减弱甚至消失。对你呢？肖潇，我还稍稍缺少一点把握，因为一种远比往昔更为激越的情绪在左右我，摇动我，阻止我。我最终没能那么坦然地待在你的身边，特别是一开始……

这会儿，我只盼你早些归来。因为这是一个相当特殊的时刻。我需要你，需要你离我再近一点。

黄昏时分，我在四哥夫妇的注视下走出了园子，一直走向园艺场里。我们在一起流连过的地方，如李子树和枫叶树下，我久久站立。我甚至希望再次听到北风里传来的阵阵琴声。当然这不可能。

你的那扇窗户黑着灯。这曾经是荒原上最温暖的一扇窗子。

就像走在永远没有尽头的少年时代一样，我的怀里至今还抱着一大束鲜花，它在等待着一个人收下它。我在长长的寻觅之路上走啊走啊，一直走到了中年。我怀中的这束花已经碎成了屑末，可是依然没有放弃。我总会找到你，我的老师。我一天都没有绝望，我会一直地寻找你。

有一天，你似乎真的出现了，你出现在这同一间屋子里，你仍旧在弹琴。

——是你吗？

你们同样地芬芳，同样地美丽，同样地聪慧，同样地善良……就因为你还在这里，还在这架琴的旁边，我就会守望在这个荒原上，寸步不离。我要守望下去，所需不多，只想偶尔听到你的琴声，只想知道你还在这儿，与我同在一片荒原上，这也就足够了。

夜露洒下来,衣服不知不觉被打湿了。我蹲在树下,背倚着它,眯上了眼睛。这样直到许久过去,一只手掌搭在我的肩上——四哥的烟味一下飘进我的鼻孔。我睁开了眼睛。

“她还没回哩。”他望着那个窗子。

我点点头。我问:“四哥,你说肖潇会不会不辞而别呢?”

“这怎么会呢!”

“如果她已经绝望了呢?比如说她喜欢的海边,这里的自然环境被破坏成这样了,她会不会干脆离开呢?比如说有一种鹭鸟,它们自从河水变色之后一次也没有飞回来……”

“肖潇不是鹭鸟。”

我没有回答。其实在我的心里,她早就是一只洁白无污的、高贵的鹭鸟。

沉默了一会儿,四哥重新点了一锅烟。他吸了长长的一口,吐出,看着远处的一颗星,叹息了一声。“伙计,咱们走一走吧,往北边走走……”

我们一起走出了园子。往北,一直走到了一条沟渠旁边。再往前就能听到噗噗的海浪了。月亮升起来,刚刚树梢那么高,黄黄的。一只不知名的小鸟沙哑一叫。我止住了步子。四哥催促我,我屏息静气,一动不动。“怎么了?”他问。我问:“你听——听到了吗?”四哥取下烟锅。他向着海的方向转着头颅。我告诉他:“是琴声!你听——”我真的听到了丝丝缕缕的琴声在风中响起。还没等他回答,我已经在转头向着回路走去了,步子也变得急促起来。

四哥一声不吭跟上我。

我们又来到了那棵大树下——对面的那扇窗户依旧没有灯光……

三

这是永恒的记忆:不知何时,我被一种浓浓的香气牵引着,进入了一间小小的然而是十分洁净的小屋。这是哪里？啊，我看到了一束浓旺的野花插在一旁的水罐里。窗外的月亮这么明媚，它的光色从一片薄薄的纱帘透进屋里，让一切都笼罩在透明的芬芳中。你在琴边坐下，双手轻触琴键。与秋天的微风合在一起的、像呼吸、像激动的喘息一样的声音缓缓响起。生命的呼吸之声，偶有深深的叹息。这是穿行而过的活生生的气息，吹向大地、田野和人心。我无法平静，却要屏息静气。你在这架琴旁坐了许久许久——二十年？三十年？你用这古老的琴声召唤了一个中年男子，他两手空空地站在琴旁，欲罢不能地沉默，或往窗外张望。

不，那不是现在，而是二十多年前，是十几岁的少年——他在这间琴声缭绕的屋子里垂首而立。

风大起来，他留下来。你让他留下来或直接就是他不再离去？已经无从记忆。夜深了，他睡过去，头颅抵紧你的胸窝。你无所不在的气息却让他一次次醒来——他发现自己正在梦中吸吮你的双乳，你给惊醒了，满面含羞却又不忍推开。是的，一个孩子，而且，梦中。你一下下抚摸他的额头、颈上的茸发，又亲吻他的眉毛、眼睛……多么热啊，这个秋天的夜晚宛若盛夏。你的臂弯是幸福的摇篮，是人世间最大最香的一块生命的糕饼。他试图咬一下：轻轻一口，稍稍用力……你开始呻吟。你的呻吟让少年——也许是一个青年或中年——梦境中的年轮缓缓转动模糊不清——血脉贲张。就算一个少年吧，这少年出奇地顽皮和执拗，让你惊讶地张大了嘴巴……啊，你洁白的牙齿在那一刻美极了，你用它咬一下少年的头发、手指和随便什么地方。

你如花的胸窝上印遍了他的嘴巴、眼睛、头廓、十指和双颊。你如同雏菊一样的体息弥漫了整个夜晚，整个生命。

……恍惚中两个人在琴声里越走越远，最后一直走到了海边。两个人徘徊了许久，一会儿站立一会儿奔跑。好像倚住了一棵红叶李,你们久久地相拥。风大起来,往回走。琴屋或其他的地方——只有一片星光从窗上洒下来,印在床上。在隐隐约约的晖光里,你们阅读、停息,把最隐秘最亲近的语言送进彼此的耳廓……后来发生了什么已经不记得了,但你们并没有走得更远。似乎是这样。秋天,或深秋。

从那一天开始,有一个人的胡楂变得更黑。乌黑如铁。

她用琴声告诉远方的亲人,自己的母亲:我在荒原上找到了自己的兄长,一生一世的旅伴和挚友。顽皮而深情的家伙,很棒的土著,根扎在土里的愣小子。这个人啊,可以绝对信任,可以一万次无所保留地将自己交给他。可是我们约定了不这样做——彼此谅解彼此宽容,装模作样信誓旦旦。不,我们极其认真。后来的恪守即说明了一切。

仿佛就在那个深秋的夜晚,两人在一道险崖上游走……马上就要跌落的时刻,我们紧紧地攀住了。

一切都消失了,远去了。我咂咂嘴,口腔里还隐约留有雏菊的气息。

四

从园艺场的边界继续往前,四哥迷茫地站住了。我今夜胸间一片灼热,只不愿停下脚步。他站在那儿吸了一会儿烟锅,一直目送我走进黑漆漆的夜色里。

我走着走着,一抬头发现前边就是村庄的轮廓……我绕开它,竟然还是往前。这样大约走过了三两个村庄,还是不想停步……最后,我看到了一片茂密的小树林。心上的灼烫立刻化为一股浓浓的热流——我小声咕哝了一句:"三先生……"

林中的那两只大白鹅声声不歇地叫了起来。只一会儿就出来了一个人,就是那个留了长发的跟包。

当他辨认出摸黑走进来的人是我之后,颇为吃惊。我不想进去打扰老人了:他说三先生正在打坐,一会儿结束后还要亲手订正《四疾论》。这使我问起他们的著述可否顺利?对方答:已经进行了三分之一,还算好;老人字字严谨哪,所以这项工作别指望会很快完成。

“你呢?”他问。

他指的是我正在记下来的乌坶王和煞神老母——那个关于平原的不寒而栗的寓言……我只说一句:“我会做好的。”

我们站在林中说了一会儿话,跟包再次邀请我进屋喝茶:“我们悄悄的,别惊动了老人就是。”他揽了一下我的肩膀,然后走在前边。

我们是蹑手蹑脚进入那个方厅的……老人打坐的身影投在了一面拉扇纸壁上,这使我觉得就像面对了一尊雕塑似的。我无声地吮着手里的黑茶,眼睛却一直没有离开那个投影。

看着看着,脑海里突然萦绕起一支旋律,它就是那丝丝不断的风琴声——某一天该请肖潇为三先生也演奏一曲!我这样想着,就说了出来。跟包马上凝神望着我:

“你是说园艺场的风琴?”

“你也知道?”

跟包点头:“就是。三先生采药路过时,只要听到了就要停下来,会一动不动听上半天……”

我一声不吭。我的心里充满了感动。“啊,那是她的琴,她的琴……”

蚂 蚱 神

一

一群小憨螈在平原上游动不息,这让煞神老母从心里高兴。

她饮酒,大口吞食各种吃物,腹胀难耐,排泄出的气体把高处盘旋的鹰都熏跑了。这些日子里她突然想念起山魈来了,就对憨螈说一声“我找你爹去了”,拔腿就去了大山里边。

山魈是个没记性的人,差不多将这个女人给忘记了。她一见了他就喊:“要、要,要你的命啊!”只有这呼喊让山魈愣住了神,专注地看她。她于是像第一次见他那样,噗一声躺在了一块大石板上,四仰八叉,一丝不挂。这场景让山魈一下想起了几年以前,于是像上次一样蹲下端量她,这样许久,伸出脚一下下踩起了她的肚子。那些小虫吱吱叫,显而易见,她的肚子里又生满了馋虫。这些馋虫的呻吟声由大到小,直到无声无息。山魈侧耳听听,最后狠力按住了她。

她和山魈在一起待了三天,身上布满了青一块紫一块的印痕。她搔着身子说:“真解痒啊!”她开始与之诉说起这些年的分别,告诉他:你已经有了一大群孙子和重孙子了,这些小家伙长得全都一样壮硕,他们既像他爹他爷那样悍暴,又比他爹他爷还要阴毒,一个个都是要命的主儿。而且他们和自己的长辈一样,全都是交配繁殖的好手,还没等成年就急着干那事儿,结果平原上的女人一时都不够使唤的——实在没有办法了,他们也只能拥进城里去找对儿……山魈从来没听说过“城”,就问那是什么东西?是日物还是吃物?煞神老母哈哈大笑,许久没有笑这么痛快了:“你就挂记这两种东西啊,日和吃!‘城’嘛,它大了去了,那里人山人海,一个人只要入了‘城’,就像一尾小鱼游进了大海里一样,你就再也找不见他了!”

山魈望着莽林的山影,呼呼大喘,好像正远望自己的儿孙似的,长长的鼻中沟抖动不息。他突然就大声呼叫起来:“要、要,要你的命啊——”

山峦发出了一阵阵的回声:“要命、要命、要命……”

煞神老母从大山往回走的时候，一脚踏入山地与平原交界处，就看到了天上有一群黑乎乎的东西在飞旋，像云彩一样时浓时淡——当它们落在一片绿地上时，不过是一小会儿的时间，再次飞离时，地上竟然只剩下了光秃秃的泥地！“啊哟，啊哟，这东西歹毒！真歹毒！”她一直瞅着它们在半空里旋转、旋转，有时追上几步，有时又蹲下来看。有一个来不及离去的小东西被她捉住了，原来是一个小蚂蚱！“就你这样的小物件，会有这等神力？你们是从哪里来的？”小蚂蚱嘴巴活动着，不会说话——或者它说了她也听不懂。

煞神老母决心要与这种小东西通通声气，因为她喜欢世间一切歹毒的东西！用什么办法呢？想得头痛，想到了找乌坶王商量——这个急性子家伙总是催促她快些干，恨不得一大早就把这片平原——合欢仙子的后花园搬个净空。可是世上万事万物都有个限度，少不了还得一步一步来。只说眼前吧，它的通则是：这边毁掉一棵树，乌坶王那边才能添上一棵树；这边毁了一块田，那边也就多了一方土。乌坶王找来十八条飞驴，六只神驼，每到了夜深人静时分就驰骋搬运起来。可是飞驴和神驼近来一次次空载而归，让他好不懊恼！这会儿乌坶王又开始埋怨。煞神老母瘪瘪嘴巴，冤得差一点哭出来：“没法儿，小憨螈们尽了全力，可是什么事都不能一口吃成个胖子吧……还有就是，以前咱们只看重大家伙，像我孩儿，他们一个个身大力不亏，就忘记了找一些小不点儿——其实它们个头儿虽小，合起伙儿干事更歹毒哩！”

她这样说时，乌坶王一直用奇怪的眼神瞅着她。

“这是真哩！我从山魈那儿探亲回来，半路上就遇见了一大群蚂蚱——老天，小东西们一起一落，眨眼的工夫，一地的绿色就没了！你说它们要是帮帮咱的憨螈，那事儿该多好办？愁的是它们听不懂咱的话呀！我这会儿就是求你快快找来个‘通嘴子’，把咱的话一句一句说给它们，它们如果依了咱，兴许这事儿就成得快了！”

乌姆王扳着手指算了一下，说战混沌那会儿倒是结识了几个“通嘴子”，问题是许久不用他们了，一个个老的老死的死，还不知能不能遇到顶事的呢！“我差人找找看，只要他们当中有一个会喘气的，我就让飞驴驮了送给你。”

离开乌姆王两天不到，飞驴就将一个白胡子老头送来了。这人看模样足有二百岁了，问了问，他说只有一百岁多一点。“那你怎么老成了这样？你喝过了神将的仙酒，本该有大寿限啊。”煞神老母见他衰老不堪的模样，心中颇为不快。老头说：“战过混沌之后，咱就成了没用的人，心里一空荡，也就老下来了。再说已经好几年没沾一滴酒了，馋……”煞神老母立刻让人端来一碗“大王酒”，看着他饮下。老头只抿了一小口就笑了，然后徐徐饮下最后一滴，两眼渐渐变得雪亮：“有什么事儿？您就尽管吩咐！”

煞神老母发现虽然“通嘴子”乐于帮忙，但这人实在是太老了，除了一张嘴能说会道，全身已经没一处灵便管用的了，大小便失禁，走路要被人抬着，吃饭只能喝流汁。但这家伙实在是贪酒，喝起来就没个够，喝醉了就躺在地上，留下一摊摊排泄物。她忍住极大的秽气，捏着鼻子从一处处大小解空隙里费力地走向前去，手捏一只刚捉到的蚂蚱说：“这小东西的话你听听，看能不能听得懂。”

“通嘴子”咳着，嘴角流涎，半撑着爬起来，颤颤抖抖的手好不容易才捉住小蚂蚱，捏弄着，咕哝：“哎，这就对了，哎，踢蹬也没用，服管吧……哩噜连勾，啊巴拉哑，吱吱呀巴！喀！喀！豆！——”

老人皱起眉头，转向煞神老母说：“老天，它总算开了金口……”

“它说什么？”

“它开了金口……让我来问细发些吧。”

二

“它说了什么?”煞神老母急急追问,死盯住老头儿,恨不得一下把他的嘴巴撑开。

“唉,唉,小东西啊,它说了,自己是一个大族里落队的人!”

“呸!什么人,是虫。当然是落队了,这还用说。问问它,能不能把一族‘人’都召了来,咱这边有人要雇用它们,想让它们帮个大忙。”

老头儿擦擦涎水:“帮个大忙,嗯,我问问它看行不行。小蚂蚱,咕噜巴稀,斯达斯达,啊,啊。豆——”

“它怎么说?”

“等等,它打嗝哩……”

“这些臭毛病一样不少。”

“就是呀,大小也是个性命哩。”

煞神老母等着,极不耐烦。

老头儿把小蚂蚱放在耳边,一会儿摇动一下:“妈的,它还是打嗝儿。大约是刚才你把它吓着了也说不定。说呀!豆——”

小蚂蚱双翅张开了一下,露出火红的羽翼,又蹬了一下双腿。老头儿再摇动它,笑吟吟的:

“它说了,那是千军万马的事儿,那可不是闹着玩的,那得是它们里面的神——那只‘蚂蚱神’开口说话才行。‘蚂蚱神’手里有令旗,旗往哪边摇,它们一伙儿就往哪边飞。这是一点都马虎不得的,俗话说了,军令如山嘛。”

煞神老母哼了一声:“小小东西还没有指头大,倒也这么多穷讲究。”

老头儿对准小蚂蚱咕哝了几句,又将其对在耳朵上,回头说:“它不高兴了!它说别以为自己个头大就傲横,个头并说明不了什么！还是实打实地说吧,想求咱帮个什么忙吧!”

煞神老母差一点气坏了。可是没有办法,还真是得求它！于是她忍气吞声,低声细气地说:“求求蚂蚱物件了,咱们是口头语不同,心里的敬重是一开始就有的——这么着吧,事成之后咱会重重谢你,只不知你有个什么喜欢……”

老头儿很快对准它咕哝一番,又把话转译到这边:

“俺并不是贪恋东西的人,俺不过是要个尊重罢了。俺不是一般的蚂蚱,俺是大队人马里的文书——你要是个懂行的,就会掀开羽翼,看到上面比一般的蚂蚱多出两个斑点儿……”

煞神老母笑了,但极力忍住了才没有笑出声音,生怕惹恼了它。她心里说:“老天,有了点学问,就连一只蚂蚱也气壮神足的。没法儿,就是这样。唉!”她弯弯腰,叫一声“文书阁下”,恭恭敬敬说道:“我想请教阁下,究竟用什么办法才能见到‘蚂蚱神’它老先生哩?”

“咕噜啦皮,么,么,豆——”老头摇动它,倾听,转述:

“俺‘蚂蚱神’一般人怎么会见呢！它忙天下大事,日理万机,指挥千军万马,平时连我们都见不着呢！它白天领队行军,夜里攻读兵书,光是门卫随从就有一百多个！进它的帐子要通五关答五令,口令答错了就得杀头！哧,凡人还想见它？下辈子吧……”

煞神老母恨得牙根痒,但还是忍了,声声哀求:“文书阁下行行好吧,事不到万分紧急哪能劳您大驾呢！还是为我们想个办法吧,事成之后……”

“咕噜呀么,呀么,豆——就别说什么事成之后了,这会儿有什么嫩苗儿、清新露水什么的,就先端上来吧！我这就告诉你,咹,你先支棱起耳朵给我听好了……”

老头儿顿了顿,煞神老母赶紧说:“我听好了……”

“你要摆好一个供桌,上面放了最香的嫩苗儿、清露、一小勺槐花蜜、一滴香油,最后再点上香。要紧就是这香,'蚂蚱神'要闻着它的味儿才来的——它要是小燕子焙成了粉,再掺上豆油搓成的。这香条要到了午夜时分才能点上,东西南北四个风向都得点,为什么?就因为你不知道这时辰俺'蚂蚱神'到底是在哪个方向哩……"

煞神老母长叹一声:"老天哪,这事儿可真麻烦!"

"哜哜咕咕,咕咕,豆——当然麻烦。不麻烦,如果一招呼就到,那还叫'神'? 凡是'神'都得这样哩。"

"那倒也是,"她搔搔头发,向着蚂蚱施个礼,"我今夜就办起来,不过还求您蚂蚱文书多多关照……俺这就给您上嫩苗儿和清露水……"

余下时间就是让人准备各种物料:最难的是小燕子。逮,逮了一只又一只,都是老燕子了。好不容易才捉住了一只小的,刚会飞的。还是一只黄口呢,挣扎,叫。蚂蚱说:"实在没法儿,对不起了,人世间要做成一点事儿,残忍还是少不得的。闭上眼一狠心也就成了。"在煞神老母听来这都是多余的聒噪,她一下就把小燕子的脖子拧断了。找一片瓦烧上,焙透,制粉,浇上豆油……忙完了这些,天也就大黑了。

午夜到了,供桌摆好。

两支细细的香燃上,袅袅青烟往上,摇动几下,往一旁飞散而去……

这一夜是东风。没有一点讯息。

第二夜再摆供桌。西风。大约是黎明三点左右,老头手里的小蚂蚱不停地蹬腿,发出奇怪的吱吱声。老头赶紧将其对准耳朵,听了没有一会儿就大喊大叫起来:

"老天,不得了啊,'蚂蚱神'正往这里赶哩,它已经在三里之外了,它才听见咳嗽声……还不快快跪了接、接驾! 接驾……"

煞神老母小声说:“我,我不情愿哩……我还是……施个弯腰礼吧……”

她向着供桌弯下腰,一动不动。

三

不知过了多久,只听得一阵微风吹过,供桌上“噗”的一声,落下了什么东西。煞神老母小心地低头去望,见是一只碧绿中透着紫红、长约两寸的大蚂蚱。它一落下就高翘起两只长满了尖刺的大腿,只用几只前爪走动了一圈。它的羽翅振了两次,在灯烛下发出五色虹光。老头儿看傻了眼,一手没有捏紧,那只小蚂蚱一头跌在了供桌上。大蚂蚱一踩长腿,小蚂蚱浑身乱抖,又发出了刚才那样的吱吱声。

煞神老母一遍遍弯腰,说:“蚂蚱神驾到,有失远迎!有失远迎……”

她刚刚说过,老头就大声咕噜起来,并低头听供桌上的声音。这样许久,老头涨得满脸通红,还是说不出什么。煞神老母焦恼地看着他。

老头摊着手:“实在没、没法儿啊。它们蚂蚱就像咱人一样,也有个口音的问题——它的方言很重哩……”

“那就请文书——让它帮帮你嘛!真是死心眼儿……”

“哦对哩,这倒是个法儿。不过转过来转过去的,您老母就得耐住性子,凑合着听吧!”

老头清清嗓子,咕噜一阵,侧着头看看小蚂蚱,又看看大蚂蚱,半晌才开口转述:

“蚂蚱神说了,军情紧急万事缠身,何方胆大之徒,竟敢这般莽撞邀来本神?快快报上姓名来!”

煞神老母施一个礼:“我乃宫中上人,来此平原视事,有大使命在身,不敢懈怠啦。今个有要事烦请蚂蚱大神相助,如若功成,愿不惜代价,赠与千金……”

“咕噜哩哩,哩哩,豆——豆——本神还稀罕你那仨瓜俩枣儿?有事说事吧,不用绕这些圈子!”

“哎哟蚂蚱神真是大方之家!我等佩服之至!不过话还是说回来了,报答还是要有的,咱好歹也是宫里出来的上人,总拿得出东西……我想借贵神大兵涤荡平原,令旗指处,岂有完卵?往复几次,就像篦头发似的,也就草枯禾尽了,岂不快哉!”

“咕噜噜——那花的工夫可大发了!我可吃不消;还有,旅途劳顿,枪械辎重的这么一大沓子……”

“事成之后,我将为您修一座金碧辉煌的蚂蚱庙!”

老头一时不敢吱声,小声问她:“这,这可是天大的事儿啊!话一说出去就收不回来了,我可真要告诉它了!”

“你照直说就是!”

“那好,我可真说了……咕噜哩哩,哩哩,豆——豆——嗯,怪了,我说了,瞧蚂蚱神一声都不吭了,嘿,它哑了口了!哦,慢着,它咕哝起什么了,我得问问蚂蚱文书了……嗯,它是这么说的——感谢、感谢不尽!若宫中上人真能如此破费,咱就先谢过了——看在你搬兵心切的分儿上,俺兵是出定了……”

煞神老母第一次露出了笑容。

老头将耳朵凑近了供桌听了一会儿,又补充说:“它说了,不光是自己手下的兵,它还有兄弟武装哩,全能给你招呼来——比如说‘白毛神’‘土挠神’——这也是两种虫子,专咬树叶和根茎之类,也都不是等闲之辈啊……”

煞神老母兴奋得鼓掌:“谢天谢地,咱真是交了好运!那就快快调兵吧,咱们说干就干怎么样?咱们还等个什么?”

“咕咕噜噜,哩,哩,豆——蚂蚱神说了,供桌前的这个娘儿们真是个急性子……‘嘿嘿嘿’，它还这样笑了呢——我对蚂蚱的笑声不一定转达得准确，不过大概也就是这样笑吧……”

一个无风无雨的日子里，大约是到了半下午时分，西天里生出了一块黑云。这黑云绞拧翻滚，发出了若有若无的嗞嗞声，就像锅里煎了什么东西似的。那云彩越滚越近，上下荡动，呼一下扑进了庄稼地里——待它瞬间飞离飘移之后，地上的绿色竟然全都没了。

人群盯住这云彩，先是发出尖叫，接着是祷告，是泣哭。

这黑云在平原上旋动，每三天就要从南到北过一遍，凡是它经过的地方，都变成了一片光秃。不久树叶也开始脱落，接着是大片枯黄死亡。

“老天爷啊，快救救可怜的平原吧，这是招了哪门灾星啊！你快睁开眼看看吧，看看吧……”

人群呼天抢地，泣不成声。

只有一些五大三粗的年轻人格外兴奋，跳着叫着像过节一样。他们也不知为什么高兴，只是觉得来劲儿。他们在大街上叫着：“好啊！真好啊！快点吧，该怎样就怎样吧！让它们……来得再猛烈些吧……”

与此同时，煞神老母真的招呼起一件不大不小的工程：盖一座蚂蚱庙。庙址就选在离大海不远的一个沙嘴上。她让儿子憨螈找来一些野物，让那个年迈的骚狐做了监工，自己画图。

这座庙只有三尺高、四尺宽，倒也精致。通嘴子老头到新落成的庙前看了看，大为惊骇，说：“老母啊，你可是给人家蚂蚱神许过愿的，你如今盖这么小的东西，还不要惹恼了它？”

煞神老母摇头：“这你就不懂了。我许愿那会儿可没说盖多大的呀！再说了，在蚂蚱眼里，这庙已经是大得不得了啦！它是一种小东西，它看什么都比咱人大！”

第十二章

秋虫纷乱

一

到处都是鼹鼠的消息。地下的隆隆之声时有可闻。大地从南往北沉陷,其速度远比我们预料的要快……我和四哥在园子四周徘徊,有时要从一条条地裂上跨过。我们从一丛丛灌木穿过,一直走到它西边的那片茅草地。西沉的太阳把大地照得一片火红,稀疏的几棵马尾松像在燃烧。几只鸟儿落在马尾松上,发出轻轻的低语。它们当中有一只翠鸟、一只四声杜鹃。它们从看见我的那一刻,就沉默起来。

我坐在草地上。傍晚时分的秋野这样寒冷。斑虎和四哥也坐在了我的旁边。太阳落下去了,天渐渐变得乌黑,我们仍然没有离去的意思。各种秋虫鸣叫起来,细碎的声音仿佛把人引入一片迷茫。不知过去多久,我发觉衣服和头发全都湿漉漉的了。秋天的露水还是这么繁盛。我闭上眼睛,脑海中映现出那个繁花似锦的春天——大李子树像雪花一样的苞朵挥挥洒洒,像雪一样铺展着,把整个平原染白。这平原哪,落满了眼泪凝成的雪花。

四哥脱下了身上的蓑衣,披在了我的身上……不知过了多久,四哥突然说:“瞅时间咱们也到那儿去看看吧……我估计用不了多久也会……”

我知道他在想一个人——李胡子。是的,听说连日来不少人都去那儿烧香上供什么的。四哥掏出了烟锅。黑影里火头一明一灭,秋虫鸣叫得更响了。仿佛整个原野都在议论即将来临的事变,议论这些长眠的人,他们那些令人心碎的故事……

一片秋虫鸣叫着。它们纷乱的声音让我想起父亲和李胡子的交往,想起了大酒篓的故事。那一次在南部山区之行,流浪汉们口中的英雄神采奕奕——他们特别提到李胡子和女人的关系——他把她们放在马背上,然后鞭打快马,一溜烟在平原上奔驰——一个个女子情性刚烈,全是绝色,她们都向往革命的队伍。李胡子冒着巨大的危险,为了满足她们的要求,总是突破一道道封锁线将其送到另一支队伍上。

当年绝色今何在?这片秋虫啊,你们议论纷纷,是无所不知无所不晓的大地精灵啊,你们回答我!秋虫还是鸣叫,乱成一团。它们肯定达不成共识,无论是关于这个秋天还是那个英雄,那些绝色的来路与去路,时过境迁,都说不清楚了。

然而我却知道,绝色也会老去、消失。她们闪着光泽的面庞曾经映照过的这片原野也会沦落。如今这片荒原上只留下了一个巨垒,当年抢救过她们的那位英雄的坟头,还有关于他的各种各样的传说……

李胡子经得住绝色的诱惑、金钱和权力的诱惑,最后却经不住那一夜的长谈。那一天,纵队司令揭开大酒篓,与他谈了一天一夜。李胡子就这么归顺了一支队伍。这之前李胡子有意与父亲结成拜把子兄弟,父亲佯装酒醉,回头立刻报告了组织。纵队司令却说:“留待以后吧——”这个“以后”就是司令本人与之结成了拜把子兄弟,他们当时海誓山盟,又是酒又是香的,一切都按照平原上的礼数办过了。

也许那个司令兄弟过分相信自己的游说能力,后来要只身闯到海港上去,想以舌为剑,取来权倾一方的港长的心——再不就是此人的首级。李胡子在最后一刻阻止他的非分之想:“兄弟,你千万不能去,我可知道港长是个什么东西,你罢手吧。”

司令兄弟说:“港长也是苦出身,他的爹被人用火筷子烙死了,他的娘被八司令掳了去。我将晓以大义——事实上我们已经在两年前接过头,我们还喝过酒,谈过许多。”

李胡子摇头:“那是什么时候?那时候平原上还没有吃紧,现在不同了,港上要运金子,四边都让队伍围起来,就是进得去也出不来,等于刀山火海哩。”

二

可是那个兄弟一旦决定了就不可更改。他是整个队伍的灵魂。李胡子说不服他,只好带上几个强壮的兄弟在外面接应。李胡子说:到了午夜三点人不出来,他们就得动手了。司令兄弟劝阻李胡子:港上有一挺歪把子机枪,这事儿蛮不得,还是算了吧——我能进得去,就能出得来。

司令兄弟自信,傲气,嘴角上的一块子弹擦伤闪闪发光。

李胡子骑着马去送兄弟。这一次任务太艰巨太凶险了,要知道下面整个解放小城的战斗都与此行紧密相连。如果能够解决那个港长,如果成功,那么接下来的事情也就容易多了。当时看来整个海港的控制权都在那支驻港部队手里,实际金子能否顺利运出却取决于这位港长。每一次往海港押送金子的汽车都派了重兵护送,我们拦截一辆运金车就要损失几十个人。而且我们与这个海港合作的重要意义,还在于结束平原上的战争——在今后的战斗中,我们尤其需要这个港口。

李胡子对这事儿没有多少信心。他与港长不知打过多少交道,只用一句话概括那个家伙:一个“小人”。这一点上他与父亲的看法是一致的——他相信如果父亲没有接受另一个任务暂时离开这里,就会和他一起说服司令改变主意。按照李胡子的判断标准,一个人可以死心塌地去为另一方效力,但他必须是“一条汉子”。如果对方是一个“小人”,那么无论如何,最终也还是没法指靠。他的话曾遭到司令兄弟的强力驳斥,后来就不得不把这些话藏到心里。但他仍然认为,凡“小人”都是不可信赖,也不能与之谋事的。

队伍先是派一个助手去港上接头。一天过去了,天黑时分助手回来了,说:港长有一些话必须跟司令兄弟面谈。这个要求好像丝毫不出所料,但李胡子却认定是一个骗局:人人都知道谁是这支队伍中的灵魂,他们如果把灵魂摘除了,下一步收拾这支队伍也就容易了。司令兄弟摇摇头:“你是过虑了。为防万一,我已经指定了一个人——你做他的左膀右臂吧!”

当时所有人都以为他会在临行前把队伍交给李胡子,结果却不是这样。李胡子点头:“不过,我还是放心不下你哩!”

两兄弟骑着马一直往前走。

他们挥手告别的那一瞬,李胡子紧紧咬着牙关。司令兄弟没有回头看他,只迎着一片晚霞往前。等他的影子消失了之后,李胡子才鞭打快马赶回营地。他开始想带上六七位得力的人手接应司令兄弟,后来想了想,索性带上整支队伍——那个留守的带兵人不同意,后来李胡子执意要干,他也只得应允。不过那个人直到最后还说:“你要为一切后果负责。”李胡子铁青着脸,一声不吭。

海港就在海滨小城西北方的海中“犄角”上,壁垒森严,高墙电网,一队队的士兵在午夜里巡逻。事先讲好,过了午夜三点无论怎么,都要由港长的人把司令兄弟送出来——如果过了这个时刻,那就是一个凶兆。兄弟行前,坚持要把最后的时间再延续一个钟头。李胡子说:“那就到了四点了,天快亮了,有什么风声城里的敌人就会赶过来……”

夜晚的士兵虽然不归港长指挥，但他们长期驻扎在港上，与港长有着极其特殊的关系，港长其实在很大程度上可以左右他们。李胡子让队伍把住了几个路口，然后又带上一小队人马钻进青纱帐，往海港那儿逼近。

时间一分一秒过去。那个夜晚，那叫成了一片的秋虫啊，一阵阵催逼人心！多么缓慢的时光，它简直像凝住似的一动不动。眼看接近三点了，港口那儿一点声息没有。来来往往的士兵枪刺闪亮。显然这是一个特殊的夜晚。敌人一切都有准备，李胡子预感到了一个结局。最后，只差一刻就到了三点时，他再也忍不住了，命令：队伍原地待命，当城内响起枪声的时候就冲上去接应。

他把一切布置完毕之后，就消逝在青纱帐里。

事后人们才知道他打了什么主意。这里除了青纱帐，水道沟渠纵横交织，即便和驻扎海港的敌人接上火也没有什么危险——虽然不可能正面攻入海港，可海港的队伍也不敢深入野外追逐对手。李胡子只想让队伍逼近海港，作好交火的准备，自己则潜入了海港——时间到了午夜三点，李胡子认定港长搞了一个骗局。

港内响起一阵枪声之后，外面也打响了，整个港区瞬间大乱起来。驻港的队伍开始慌慌张张向外冲，两边的人远远地交起火来。这时候都看到了李胡子：他胳膊上、脸上到处都是血，不知是自己受了伤还是沾了别人的血，反正在一片火光之下，他扭着港长走出来——港长披头散发像个女人，衣服上也沾了鲜血……

他们出现在一片光亮下，四周都是混乱的士兵。他们吵嚷着把他们团团围住。港长和李胡子紧扭在一起。李胡子的眼睛瞪得像牛眼一样。港长开始大声吆喝，让士兵全都闪开。一会儿有人把司令兄弟带到这边来，三个人靠在一块儿。各种各样的吆喝声、枪声搅在一起，港长不断地吆喝，全身哆嗦。李胡子一开口像雷鸣一样，震得空气发抖。所有的人都哑了嗓子，港区内的枪也不响了。

驻港的部队眼巴巴看着他们三个人往前，一直接近了青纱帐……司令兄弟对李胡子喊："把那个家伙……快，快！"

李胡子却在离青纱帐几十米远的地方停住了，用粗嗓门对港长大声喊道："我们两清了！"说着用力一拥，把港长推开了。

青纱帐里有人瞄着港长开枪，李胡子指着打枪的说："别做不讲信誉的'小人'！"

一声吆喝，那人吓得把枪扔了。

司令兄弟拿过一支枪。李胡子用厚厚的胸脯挡住了他。

"大哥让开！"

李胡子只咬着牙关，一手攥紧司令兄弟的枪……

回到了驻地大家才发现：李胡子的一只袖子已经被血浸透，原来左臂受了伤。司令兄弟亲自给大哥包伤，说："我这条命是你抢出来的。不过我必须讲，你救出了一个兄弟，也放走了一条恶狼——功过两抵。"

李胡子呵斥一句："我的兄弟是金子做的，那小子是粪土捏的，这怎么会两抵？"

秋虫窃窃私语，响成一片……

三

从平原到山区，都知道李胡子拼着性命救出了那个兄弟。

也就是这个秋天，平原上发生了最凄惨的一幕。战事到了关键时刻，恰如所料，争夺海港码头成了整个战局的关键。平原上的各种势力开始了最后的博弈。种种心机都开始运转和算计，明暗穿梭不断，威胁，说服，所有令人瞠目结舌的伎俩都施展出来。平原上有一座显赫了好几代的"战家花园"，是这个省份最有名望的官宦人家，历史上出了不少大人物，他们散布在全国各地，有的还到了海外。战家在大江南北许多有名的大城市里都有自己的产业，只把根留在这片平原上。当时府里主事的是四少爷，另外三个都在官府身居要职；四少爷从海外归来，开始服务于一支队伍，再后来就与官府闹翻了。

四少爷赋闲在家，成了这里的实际主人。他当年三十五六岁，英气逼人，为人正直，是这片平原上最有人望的一位豪富。他亲手书写的一副对联后来刻木镂金，悬于厅堂，上联为：古今来多少世家无非积德；下联为：天地间第一人品还是读书。他出手阔绰，平原上受过施舍的不在少数。就是这样一个人，几乎把所有的时间都耗在书房里。尽管如此，这里每年还是要接待许多商贾富豪、军事要人、政客官僚等等。

随着局势的发展，战家的名望以及巨大的财富，都对纵队一方构成了严重威胁。传言四少爷即将出任敌方一个要职——这对纵队意味着什么，不言而喻。司令兄弟夜不能眠了。

四少爷是在队伍上的那一阵与李胡子相识的。而且最早规劝李胡子到队伍上的就是他。后来李胡子在一次战斗中被俘，四少爷成了他的救命恩人。于是他们成为生死之交，二人相互钦佩。李胡子认为对方是所有豪富当中惟一具备心胸志向者、一个心怀大义的人……

司令兄弟让李胡子去找四少爷。一天一夜的交谈中，四少爷不时地摇头。黎明时分李胡子叹息一声，道一声珍重，不得不离开了。

司令兄弟铁青着脸，沉吟良久，最后咬着牙齿说：“可惜，实在可惜！好吧，就这样吧！”

一个决定作出并得到迅速批准：解决“战家花园”，不惜代价；四少爷需活捉或击毙——事关整个战局，不得丝毫有误。一切都在周密策划中。具体时间和步骤为：李胡子负责将四少爷诱出战家花园并相机捕获；司令兄弟率部包围老巢。

李胡子于行动前恳请最后一次努力——将倾尽全力说服四少爷。他与司令兄弟争执了半夜。对方告诉：木已成舟，任何改变都不可能了，现在要做的只是——执行命令，万无一失。

李胡子一个人到战家花园去了。他知道对于四少爷而言这等于一次诱骗和绑架。他一声未吭，默默前行。这是一个早晨，按照原来的计划，他们最迟要在当天下午把四少爷的问题解决，这样夜间就可以动手端窝了。李胡子和四少爷老友相逢，从早晨起喝酒，一直喝到了中午。四少爷说：“大哥，你到这里来还有别的事情吧？”

李胡子杯子没有捏稳。放下杯子时，流下了两滴眼泪。

四少爷看着他，点点头。

李胡子说：“我这一辈子大概就做这一次违心事儿了——我要把你带走，带给纵队。你只要跟我上了大路，大概这辈子都不能回家了……”

四少爷把一杯酒饮下：“我估计你是怀了一个心事来的。大哥觉得我该是那样的下场吗？”

李胡子摇摇头，把剩下的一大杯酒喝掉了。

这时太阳已经偏西。四少爷走出屋子，又站在院子当心看了看西面的天色：“咱上路？”

李胡子也看了看太阳：“上路吧。不过你得先走一步，你要准备一匹最快的马，快……你知道他们是下得手去的……”

四少爷抱住了李胡子，号啕大哭。最后他们俩就分手了。

李胡子回到队伍上，谎称诱捕失败。司令兄弟骂了一句。

队伍包围了“战家花园”。几乎没费一枪一弹就把“战家花园”的武装缴了械。因为四少爷临行前作了安排：不必抵挡。他知道抵挡也是枉然,不必白白流血……

队伍将四周围得铁桶一般,目的就是抓到四少爷。只有李胡子明白:那个人早已远走高飞了……

交织成一片的秋虫啊,像在有意遮掩那嘚嘚逃奔的马蹄声——马蹄声震动了秋天的原野:嘚嘚,嘚嘚,由远而近,由近而远……

风 婆 子

一

沙滩上的树木大片死去以后,一阵阵风就要刮起来。这风打着旋儿,一会儿堆成一座小沙丘,一会儿又展平了。东南西北四面风,再加上一些偏风,一共八面来风。它们有时打架,有时还汇合成一股。一些小灌木和草时不时地压到沙丘下,在里面发出揪心的呼唤。

煞神老母常常盯着旋转的沙子出神。她知道这可不是沙子自己在打转儿,是有一只看不见的手在搅动它们,这只手伸到哪里都是无形无迹的,它的名字就叫风。风是一种动物,会喘气打喷嚏,会隐形。这种动物一般人不知道,大多数人傻乎乎地认为风就是风嘛,吹来吹去的气体罢了。其实风这种动物十分聪明和狡猾,别说人了,就是神也并不能总是捉得住它们。它们除了会隐身,再就是会缩骨法,收声敛气法。这种动物最爱摇树玩,戏水玩,有时脾气还十分暴躁。它们玩起东西从来不知道轻重,玩得烦了就摔摔打打,比如咔嚓一声把大树折了扔了,把海里湖里的水扬到岸上,有时还会一把将房子推倒。

至于这些风为什么迷上了沙子，把它们堆起来又移开、再堆起来，她可不太明白。“这可能是没长大的一些‘小风’，即一些小动物，它们脾气就像小孩儿一样，喜欢玩沙玩泥哩！”她觉得好奇，就一直看下去。她渐渐猜想它们的小手怎样在沙子里抄动，很想趁机捉住它们一两个，看看它们长了什么模样——她从来没有见过这种动物，心里一直遗憾。她蹲在一个正在打旋的沙丘边上，似乎能看到那只小手在撩动沙子。猛地一下，她腾空一抓，手里真的抓住了细细的、游丝一样的东西。真滑呀，而且还会像橡皮筋那样抽动。她握紧了，就是不松！“呀呀，吱——”它在叫，它疼了。“你要显形我就放开你！你显形吧……”她叫着。

沉寂了一会儿，她感到手中有什么在拧动，一抻，它显形了：白白的透透的，就像海蜇一样！有无数小爪，像树叶又像花瓣。胳膊在花瓣中缩着，这会儿就抓在煞神老母的手里。它的眼睛大而无色，睫毛雪白；一张小嘴儿没有血色，说话时不是一张一闭，而是横着嚅动。

“你今年多大了？”

“俺，六岁。”

听声音很像女性。煞神老母问：“你是女孩儿？”

“俺们风都是女的。”

“喔，原来是这么回事！怪不得呀，哪里光棍汉多哪里风大！这理儿从古到今谁也解不开，今个算是让咱弄明白了……我来问你，你们在这里一撩一撩的，堆起这么多沙子又掀掉，到底想干什么？”

“我们，我们想玩儿、玩儿……”

“我就不信！哪有这么贪玩儿的，玩起来没个头了？”

它的小嘴飞快嚅动：“俺就是贪玩儿呢。”

“我还是不信！你们到底要干什么？说不说？不说？嗯——”

煞神老母用力一攥,它“哎呀”一声尖叫。

“说不说?说不说?”

“哎呀俺说了,说了——俺说了还不行吗?俺在这儿,淘——金!”

煞神老母瞪大了眼睛:“这里面有金子?怪不得呀!你们一群都是干这个的?”

“都是,都是哩。我们年纪小,就搬小的沙丘,那些有力气的,就搬大的沙丘……”

“噻咦!”煞神老母吸了一口凉气,“老天爷啊,原来你们整天干的是这个!你们淘的金子呢?给我看看!”

“没了,没了,都交给风婆子了,她是俺的总头儿,她要用这金子造头簪子、衣服扣子、手溜儿,再多积攒一些,还要造一只金碗……”

“这个贪心不足的家伙!”煞神老母骂着,“她这是活活折腾小孩子家呀!她想用金子把自己包起来呀,到了那一天,她非让金子把自己活活埋了不可!”

它在手里挣扎,叫着:“好心的大婶呀,你快放开俺吧,俺受不了啦,俺得透透气了——呼哧——呼——喳!”

“你告诉我怎么才能找到风婆子?你说了我就放开你,说吧!”

“我们交金子时她才来呢,这要大伙儿手里的金子多到拿不了的时候,那会儿俺就会一齐摇动大树,到处发出呼呼响——她一听就知道怎么回事了,她就会来取金子了。”

煞神老母咬咬嘴唇:“我怎么才能看见她?她长了什么模样?”

“她走哪儿都带起一股大风,飞沙走石的——不过她有时候为了不露痕迹,也会悄悄的,小步颠着走,那时就不碍事了。如果天好好的突然就阴了,风一阵凉似一阵,那大半是她起程了,就要过来了。她是个老太婆,满脸都是皱皱,戴一顶黑绒小帽,两手一绞乱、鼓起腮帮子一吹，都是一阵大风。老太婆要搬一座沙山，吹一小口气就成……”

“怎么才能让她现形呢？”

“胳肢她就成——她蹲在那儿时，你揪住她不放，然后胳肢她——她受不了就哧哧笑，笑着笑着原形就出来了。”

二

煞神老母坐在林子边上等风婆子了。一连等了三天。好不容易等到了满滩树木摇动，可就是感觉不到有什么异样。她拍打树木，扬起沙子，用一根棍子横着抡，还是无济于事。后来她想出了一条妙计：用一个大布袋子装上一些石块，然后在树木乱摇之时就吆喝着：“金子啊金子啊，这么多的金子啊！谁要金子啊！”

她喊了一会儿，树木一动也不动了。她闭上眼睛，觉得有一个黑乎乎的影子悄没声地滑到了一边——它就在近处一拃远的地方，颤巍巍的，开始过来伸手触摸袋子了。她藏住冷笑，抬手横着一抓、一攥，发狠地一屏气，喊：“哪里逃哩！”

一点声息都没有了。手里好像有什么，颤颤的，像一块豆腐。她使劲攥住。她直到把它攥成了水也不会放手。

她这样攥紧了，就用另一只手在近旁绕动、捅弄，越来越快。后来又是胡乱胳肢，不停地胳肢。终于听见沙哑的笑声了，它是忍住的、由小到大的：“啊哈哈、哈哈哈、啊哈……”她继续不住手地胳肢、胳肢，屏着气捅弄、捏、揉。“啊哈哈！啊哈哈……”笑声越来越大，后来戛然而止。一个年迈的老婆婆的脸庞渐渐清晰起来，瘪着嘴，就坐在她身边，一只胳膊被她攥得紧紧的，一脸不快的模样。

“风婆子啊，好风婆子！咱俩是头一回见面，你也别生气，我不用这法儿诓诓你，你能和咱打个照面？你位高权重的，又有钱又有势的，哪里会搭理咱这样的穷老婆子！不过咱俩都是老婆子，也该成个知己吧!”

风婆子嗓子沙沙的,说话时都不愿睁眼:“天地两界,我给天上当差,咱俩成不了知己。”

“话也不能这么说啊,我也是宫里出来的人,不过是一时羸顿,你也别门缝里看人,把我看扁了……说不定我也有些儿上好的东西赠你……”

风婆子慢慢睁开了眼睛:“你会有什么?金子?”

“那黄不拉叽的东西咱没有。不过咱有别的物件……吃的用的,好小伙儿——壮得牛犊似的,这些咱都有。”

风婆子“哼”了一声,又闭上了眼睛。

“我估摸着你一个人过惯了,见了好小伙儿该不会嫌弃吧?他的名字叫‘憨螈’,那是我家孩儿。我想让他没事了给你捶捶背什么的,顺便怎么都行——我这当娘的睁一只眼闭一只眼,交给老知己又不是交给外人……”

风婆子一下睁开了大眼,黑呢帽上的琉璃闪着阴阴的光:“谁是你的‘老知己’?”

“就算不是吧,也是新相识的朋友吧?我又没有恶意,只一心想结交天下有大能的人。”

风婆子瘪瘪嘴:“我不喜好那事儿。”

“那你喜好什么?我总得帮你一点忙啊!”

“你放开我就中。”

煞神老母咬咬牙:“咱可不能放你。咱俩见一面不容易,还没亲热够呢……唉,我忘了说哩,咱有不少好酒,连宫里大神他们都来讨,抿一口再也忘不掉,半夜馋得扑啦扑啦打滚儿,你老姊妹不想尝上一小口儿?”

风婆子的眼睛第一回变得这么亮,斜着她:“有好酒?”

“嗯哪!”

“那你取些来试试看……”

煞神老母这才把风婆子的胳膊放开，领着她往前走了。走了一会儿风婆婆嫌累，说一句“你搂紧我”，就化为一片云气，在树梢上一缠，借着树干的弹力腾空而去。煞神老母喊着“到了到了”，使劲捅弄几下，风婆婆就显出形来，降在了地上。煞神老母招呼几只野物出来帮忙，又喊憨螈，让他们起酒去。都问什么酒？煞神老母回头瞥一眼风婆子说：“看老姊妹凶巴巴的模样，就搬来我常喝的五毒酒吧。”

两个老婆婆你一碗我一碗地喝，从半下午一直喝到了掌灯时分。风婆子醉了，走路晃荡，咕哝：“真好酒啊！喝了你这酒，我真想移山填海，再把沙子扬个满天满地。我今夜火气一下就变大了，好像又回到了年轻时候，”她把两拳攥起，“你看看我手上的筋络，鼓胀起来了啊！”

煞神老母凑过去看了看，又按住她的后背拥了拥，拍了拍她干瘪的乳头，奉承说：“老姊妹浑身都是劲道，就是十七八的大闺女，也比不上你一个小脚趾哩！你再别说自己老了，从今以后你就瞧吧，那些神将和大神——不管是谁，见了你一准都得红了脸想那事儿……”

风婆子正色：“我说过了，我不喜好那事儿，从年轻时候就不喜。”

“你是不喜啊，我是说他们男人。他们见了你的美貌……”

风婆子打断她的话：“也美不到哪里去吧！干脆些吧，酒喝到了这数儿上，咱也算是一对知己了，你想求我干点什么？有话这会儿直着说吧，我这人性子忒急，心眼也直，见不得绕来绕去的人。”

煞神老母拍拍手：“真是一对知己！老知己啊，我的脾气和你真是一模一样，咱们现在就直通通地全倒出来吧——我想让老姊妹帮我把海滩上新长的树呀苗的全毁了他娘的，也就是说，你得用一个个大沙丘把它们压在底下,让它们永世不得翻身……嗯,不得翻身!”

因为发狠,煞神老母说话时脖子上的青筋都暴起来了。

风婆子歪着头看她:“老天!它们总是一条条性命啊,压在地底不舒服哩,我平时害怕它们给压在了下边,淘金时都不敢把沙子扬得太高……”

“这就是你的不对了!你往狠里扬沙就是,你就可着劲儿翻找金子吧!有了金子,你打一对大耳环,再做一只大金碗——捧着金碗吃饭,一走路金耳环滴里当啷的,那多来劲儿啊!你怎么就这么死心眼儿哩?我会天天送酒给你,让你一天到晚喝个肚儿圆……”

风婆子眼珠转着,瘪着嘴。这样停了一会儿,她点点头:“就按知己说的办吧。”

三

风婆子三天两头就要醉酒一次,只要醉了就要狂舞。那时真是飞沙走石,整个平原上连一只小鸟都不敢飞。所有的人家都要关紧门窗,说不得了啦,风婆子又来了,这老太婆真是疯了,她要把大海翻个底朝天,把好生生的平原堆成一片坟场……

真的,大风停息之后,满海滩都是大大小小的坟头。这坟头会随着时间的推移越垒越高,变得像山一样。沙丘上新长出的灌木和荒草不久又会被涌起的沙子埋葬。沙尘说不定什么时候就要腾起,届时人在十步之内只闻其声不见其影。沙尘一旦停息,会在荒原上捡到被飞沙打死的鸟儿。

煞神老母与风婆子共饮一坛酒,彼此亲密无间。她们不约而同地讲起了自己的年轻时代,对那个年纪的自己极尽赞许,什么“勾魂眼”了,“菩萨心”了,“小猫手”了。“咱不喜那事儿,不过咱做那事儿一天一夜也不累,”风婆子说,“他们一个个都给咱治得服服帖帖,头搁在咱膝盖上看咱的脸,像个孩子差不离儿。他们吃什么,不吃什么,都是咱一手操办——也怪了,累是累点,心里不烦。咱的活儿是刮风,可是忙着男女的事儿,有时也就忘了正事儿,结果世上有不少人给闷坏了……”煞神老母拍手:“要论正事儿,这才是正事儿。老姊妹和咱真是一对知己呀,你年轻时候和咱简直是一模一样!那会儿哪还管什么别的,是吧是吧!人没有一个不是打年轻时候过来的……唉,不过话又说回来,我直到如今还是喜欢那事儿,只是想找些更泼皮的男人……你是怎么冷了心的?”

最后一句让风婆子哭了起来。煞神老母拍打着她的后背安慰着:“老姊妹别价,我知道你想起了伤心事儿。其实天上人间全都一样,哪里都有负心汉,这个嘛忘了他就行。你说说到底是怎么一回事哩?”风婆子咬咬牙:“我把身子给了他,他临走偷了咱的金簪!这还不算,我日后不怪他,又和好了,谁知他勾连上一帮恶人,想把我卖给窑子……”

煞神老母咝咝吸着凉气,小声惊呼:“天哪,真是只有说不到的,没有做不到的!瞧瞧这是什么恶人!你就不能一伸手逮住他撕巴了?你就那么老实?”风婆子抹泪:“一日夫妻百日恩哪,有时静下心来,想想和他相好时候的模样,一些事儿,也就忍了。他着实长了一副好脸面儿……”

“听听,这就是你的不对了!咱女人啊,就是这么一点一点给欺负死了的!我不说你了,我这个人哪,这方面也好不到哪里去……算了,不说那些了,咱喝酒吧,喝吧……”

她们在一块儿诅咒一些人、一些神和一些事,认为天地都应该分给她们一大块儿才好——那些执掌权柄的家伙算些什么啊,一个个不是色痨就是财迷。煞神老母最后忍不住,就往天上指一指,悄悄告诉了对方一点大神的隐私,让风婆子好不兴奋。“你该知道有个叫‘合欢仙子’的小疯浪东西吧?”“我不知哩。”风婆子说。

“那娘儿们真是坏到了一个数儿上,她和大神玩得也太过了。听宫里人说,大神在她屁股上栽了棵葱,这葱还真一天天长起来了……”风婆子大惊失色:“要这葱做什么啊?”

“做什么?卷煎饼吃呗!大神战混沌那会儿在山东地界上待过,喜欢上了这一口儿……”风婆子吐着:“呸呸呸!恶心死人了!”

煞神老母这时才凑近了她的耳朵说:“老姊妹啊!老知己啊!不瞒你说,咱现在折腾的这块地方,本是合欢仙子的后花园啊!她多么招人恨哪!”“太招人恨了!恨死我了!”

“你说咱不给她三下五除二毁巴了,还能出来这口气?”

风婆子咬着牙关,脸上的皱纹勒得更紧了,瞪大了一双透明的空洞洞的眼睛望着天空:“咱刮啊刮啊,刮上三天三夜不歇气儿!咱把大海刮个底朝天!咱把她刮个倒栽葱……”

当你老了

一

已经不能再耽搁了。我告诉四哥:与小白分手时答应过他一件事情,就是去看望他原来的妻子,有些话要亲口转告给她。“就是那个演《锁麟囊》的闺女?”“就是这闺女。”四哥叹息一声,算是答应了。

临行前四哥找出他的那个酒坛,又让万蕙做了一道焖鱼,添上几盘野菜。四哥一会儿就喝得满脸通红,后来只闷闷地吸烟。每逢到了这时候万蕙就有点害怕,摇晃他,逗他说话,可他仍然一声不吭。一会儿他又举起酒杯:满满的一大杯,我们一饮而尽。我的酒量远远小于四哥,所以很快觉得头有点晕,而四哥这时却开始高兴起来，有了笑容，也有了豪气，连连说："好啊，多好啊，我们好久没喝这么多了。痛快啊，只管痛痛快快地喝吧……"

太阳把一切都晒得暖烘烘的。大地蒸出了淡淡的水汽，那些稀稀拉拉的树木在阳光里露出了微笑，享受太阳。四哥伸手指点着前边——一只漂亮的红点颏落在一棵青杨树上。这只红点颏上体是橄榄褐色，两只翅膀和尾巴的颜色稍浅，羽翼外缘是一片棕黄，脸颊却是油黑油黑，而眉毛和喉头那儿有一片粉白。所以它颏上的那一抹赤红就显得特别明亮，洁白的肚腹像棉花。有一只长着长长的彩色尾巴的绶带鸟叫了一声，不知从哪个树梢上滑翔下来，瞪着眼睛看着我们，然后又钻到了旁边。斑虎追了过来，四哥抚摸着它的头说："我和老宁兄弟走一会儿，你在家里陪陪万蕙。"

斑虎低一下头，不再往前迈步。

因为四哥陪伴，我无法在近处上车，索性一起走一段路。他肩上的枪显得沉沉的，我要替他背一会儿，他却执意不肯："武器哩，随便给人还行？"真的，他一直和这支枪在一起。也许这支黑乎乎的枪直到最后也派不上用场，但他会牢牢地攥住，攥到最后一刻。我问："四哥，你还记得我们从什么时候开始到处游荡的？"

"噢，怎么不记得。那时候你才那么大一点儿，我们俩就结伴儿了。咱在芦青河里洗澡，一口气能游到河口。上岸时天也黑了，咱们懒得回家，就在河岸用玉米秸搭成一个小铺子。咱捉几条鱼，挖来一些红薯，就在河边上点火烧了吃……你就是那时把性子跑野了，这也是我的错哩。"

这是真的。小时候我们是一对儿，只要一跑上野地，什么忧愁都飞个精光——我那时觉得拐子四哥才是天下最快乐的人，跟他在一起特别有意思——我那样的年纪无法察觉对方的心事，不知道他心中也装满了忧郁……只是在一起玩，从他嘴里听无穷无尽的故事。关于李胡子的传说让人泪流满面，那个独身大侠的形象永远凝在少年的视网里——一匹大马在原野上奔跑，随处撒下了神奇的种子，这种子破土而生，在无边的泥土上一阵阵茂长。如今这片平原啊，那个骑马人不在了，传说中那个巨大的沙岗就是他的坟墓……

我看着四哥，想着几年前茅屋中的那些不眠之夜——那时外面是掺在风里的海浪声，灯火闪跳，烟叶老茶，他拉了一会儿呱之后，会盯着我手里随便某一本书说："念个念个……"我吟哦时他就屏住气，虽然不一定听得懂，但总是睁大了一双明亮的眼睛。我还记得他有过特别喜欢的句子，那是一些明白如话、动人心弦的诗行。这会儿我看着他雪白的双鬓，心上一动，背诵道："当你老了，头发白了，睡思昏沉／炉火旁打盹，请取下这部诗歌／慢慢读，回想你过去眼神的柔和／回想它们昔日浓重的阴影……"

四哥的嘴唇动了一下，喃喃地吐出："昔日……阴影……？"

他的目光抬起来，望望前边，又转过身望望我们的来路——一条弯弯曲曲的褐土路，两旁长满了马齿苋和地丁草，野生的石竹花开得一蓬一蓬。一只又一只乌鸦，它们粗糙的嗓子简直像咳嗽一样。它们飞起，落下，就是这些不祥而孤独的鸟儿送了我们一程又一程。

"垂下头来，在红光闪耀的炉子旁／凄然地轻轻诉说那爱情的消失／在头顶的山上他缓缓踱着步子／在一群星星中间隐藏着脸庞……"

我吟哦时，脑海里一直闪动着李胡子的面庞。他在凝视我和拐子四哥呢。我看到了他浓密的黑胡子和鼻中沟……是的，我们的李胡子为了这片平原祭了肉身。这片土地啊，任何一次救赎都花费了可怕的代价，这是因为她真的太美了——没有任何人知道她有多么开阔和美丽，一种世上任何地方都不能取代的美丽。平原啊，你是我心中的守护，我为你愁蹙终生，悲苦满面，白了头发——而另一些人为你流尽了最后的一滴血。我刚刚还在吟哦，因为我两手空空，只有吟哦……屈原吟哦之后投进了汨罗；李胡子中了自己人的枪弹，倒在了平原上。

我们来到了一个岔路口：再走几步就该分手了，我要往南去大路上乘车。正北方是那片生满了杂树林子、堆满了一座座沙丘链的大海滩；往西可以直走到芦青河入海口。往东北方一路下去，可以一直走向那个巨大的、传说中的英雄的坟头。我每一次去那儿都要采一束花献上……拐子四哥抬起眼睛，神色迷茫。

我搀扶他往前又走了几步——因为他定定地往东北方望着……他那雪白的头发在下午的阳光里一片灿烂，像戴了羽冠的王子，像一个超凡脱俗的圣者，一个远道而来的高僧，看上去矜持而傲慢……我们走向东北方，迎着他遥望的那个方向……

"念念你刚才的那些……再念一遍吧……"

"……当你老了，头发白了，睡思昏沉/炉火旁打盹，请取下这部诗歌……"

四哥屏息静气听着。我相信他每一个字都听得懂。

"多少人爱你青春欢畅的时辰／爱慕你的美丽，假意或真心……"

"那是哩！"四哥仰着脸，打断了我。我想他大概又记起了年轻的时候，那些无法忘却的爱的经历。

"……只有一个人爱你那朝圣者的灵魂／爱你衰老了的脸上痛苦的皱纹……"

四哥的皱纹像刀刻一样沉重有力。他伫立了一会儿，又眯上了眼睛。他在想些什么？这满头白发闪闪发亮，这时突然让我打个愣怔：老天！这头发更白了，它好像是一夜之间褪掉了最后的一根乌丝啊……

二

显然,他要去那座巨大的坟岗看一眼。走了几步他想起什么,说:“你去乘车吧,我自己走走……”我应着,却一时没有转身。他走进了一片杂树林子里,我犹豫了一下也追上来。一条时隐时现的小路被这个秋天蓬蓬茂长的茅草给盖住了,走在这条小路上,不断地躲闪着酸枣棵,会记起我们一次次的游走。只要一走向芦青河边浑茫一片的林子,我们就会高兴起来。四哥和万蕙就是在这条河边相逢的。那时候人们常常看到这个一拐一拐的浪荡青年:身材颀长,头发微微发黄,一双眼睛深邃而锐利,对异性有着说不清的吸引力。万蕙好像当时正在河边洗衣服,他的脚一下踏进了水里……

以前这里差不多可以看到所有的北方树种。因为土质的关系,有些树种没有长成高大的乔木,如矮矮的毛榛、鹅耳枥,甚至有榔榆和朴树。最茁壮的是加拿大白杨、毛白杨和一片片的旱柳。如今的白杨树一棵接一棵地枯死,旱柳干掉了枝条,就连加拿大杨也枯黄了半边。秋天仿佛在这里变得非常短暂,它们像是打一个照面就要匆匆离去了。地上,各种各样的杂草都开始枯萎,像风轮菜、锦带花、芒萁、石韦,以及泼辣的葎草,都是一副蔫蔫的样子。造成这些的直接原因是海水倒灌和芦青河的污染——我怀疑太阳蒸发的水汽中也含有毒素……

我们又一次走近了它。尽管人们说这只是一座传说中的空坟,是一座风成沙岭,可我一直认为他的灵魂就在这儿,因为我从小就认定了这个巨垒是英雄的坟头,他永远属于我们这片平原,永远要在这里安歇。我不敢想象未来的一天,连这座巨垒也要迁移——谁来迁移?他没有后人,也没有亲属——在所有的塌陷区内,只要是找不到主人的那些坟头,最后只得随着土地下陷,浸到了污浊的水中。他是人们口口相传的英雄,可是却不能指望有效的保护。没有墓碑,没有特殊的标志,只有一些口口相传的故事伴着它。

四哥眨动着眼睛,好像第一次看到它似的。巨垒前又多了一些烧纸,还有摆放的糕点水果之类。"咱们也该带些祭品来啊!"他燃起一锅烟,敬一下李胡子,深深地吸起来。"咱可别舍下这海滩哩。剩下的日子不多了,咱可要陪陪李胡子……就留下我一个老头子吧,什么时候我都不会走。"

"……你不会一个人留在这里的。"

"我就快走不动啦,你还是个小伙子哩。你趁着还能走动,就走吧,我不再拦你了……你和我一样,也会有走不动的那一天。"

他说着说着,一下咬住了烟斗,不再吱声……

三

按照小白提供的所有方式,我总算与她取得了联系。电话上的声音比想象中的有些粗闷,并不是那种特别响亮的嗓子。似乎还有些沙。也许是长时间脱离舞台的缘故,反正这声音没有让我感到惊异。我曾以为会听到无法形容的美声,以至于手持话筒的手都有些发抖……她好不容易才相信我是小白的朋友,最终答应与我见面。但究竟在哪里见,什么时候见,又要重新约定。无奈,我只好先待下来。

第二天我们又通了话。她指定了一个地方。那儿有些陌生和偏僻,让我花费了许多时间才找到——穿过临近郊区的集市,小心地绕过一个个农贸小摊,再从几个小店铺的空隙寻索那个胡同的名字……我不相信自己的眼睛,心里的疑问越来越大:她会住在这儿?

一排矮小的平房围成的一个小杂院,红瓦顶让岁月的风尘染成了黑色，墙皮脱落了大半。小院里有一棵不小的槐树，树下正有一个老人在蘸水磨刀。一群小孩子嚷叫奔跑，见了进来的生人就伸着舌头做鬼脸。我仔细辨认平房上的号码，当确定无疑的时候才伸手敲门——就在我刚刚敲了第一下的时候，门吱一下打开了。“请进，请进吧！”正是那个稍粗一些的嗓子。我多少有些慌促，几乎没有正视她的面庞，只随她进了屋内。

因为窗子太小，屋里有些黑，我几乎看不清内部的陈设，更看不清正为我倒水的主人。这样过了一小会儿，我终于适应了这里的光线：第一眼看到的是一些陈旧简陋的家具；转过脸看她——纤纤的背影——藕荷色的衣服——当她的面庞转过来的一瞬，我只觉得有一种蜂鸣声在耳侧突然喧哗而起……我说：“您，您好！”淡淡的笑容，温文尔雅，徐缓的肢体语言……我注意到她端杯子的手像舞台上的动作：无名指和小拇指跷得那么好看。她脸上有一种微微的怨艾，可是两眼像星星一样闪亮——这眼睛极为特别，似乎从未见过；这双大眼比常人的陷了一点，看人时不是直射过来，而是一种温柔的抚摸。她中等身材，稍瘦；走路没有声音。我无法寻找合适的语言评价，只在心里忍住了，不让一声叹息吐出口腔。如果要找两个字来准确地说她，那就只有“清”和“美”。她不太像尘世里的人，不太像有烟火气的那种真实的人。说她是逼人的“绝色”，那将不能表达其内容的几十分之一。我一瞬间突然明白了——我是指小白的沉湎，他的不能自拔。同时我也为他们感到了深深的遗憾。世界就是如此地残酷。世界上正因为有掠夺者，所以才有可怕的、让人恐怖的牺牲。我一直没有说话，因为在这种无法表述的、活生生的美丽面前，一时找不到合适的语言。我甚至在长达半个多小时里，完全忘记了自己此行的目的，扔掉了肩负的使命。

她仿佛也不急于问我。在这安静的一小段时间里，我竟然自觉不自觉地将她与肖潇对比了一番。我发现自己真是荒唐之至。她们二人完全没什么可比性。她们是那么地不同。一个是生活中真实可感的人;另一个则稍稍脱离了这种真实,走向了某种幻想,好像在飞翔——我说不好,我不知该怎样才能表述出这种区别。总之她们处在不同的维度上,每一个都让人过目难忘甚至震惊不已。

她从一旁的小包里取出了一个精致的纸袋,将其中的东西取出一点又装回去,我看出是几张光盘。她交给了我。我知道这是她的演出录影之类。

"给小白吗?"

她点头:"你很快能见到他吗?"

"一般会的。如果晚了一步,以后也会设法联系上。"

她疑惑地看着我。我马上明白她还完全没法听懂——因为我并没有将发生的一切从头复叙。话茬在这儿了,我开始将平原上那个惊人的事件说了出来。她听着,不时惊讶地微张嘴巴。有一阵她站起来不安地走动。关键还是最后的几句话,这才是我今天的重点。我说:

"小白让我告诉你,他永远爱着你——如果你能够离开那个人——不是现在,而是将来;随便的什么时候,他都会等你。他说要把你接到高原上,在那里过完这一辈子……"

"他是说当我老了的时候?"

"可能……也许用不着等那么久?"

她咬住了嘴唇,久久不语。

我心里有一句话强烈地冲撞着,但我后来还是克制住了,没有说出来。

"他为什么不亲自来呢?为什么不打一个电话呢?"

前者似可解释,后者我也答不上来。我只好摇摇头。

她站到小小的窗前,像是在看院里的孩子。这样一会儿,她转过身说:“谢谢你捎来了他的话,谢谢你!”

“可是你还没有回答我呢。我要回他话的。”

“我老了以后,他会讨厌我的……”

“‘……只有一个人爱你……/爱你衰老了的脸上/痛苦的皱纹……’”我心里泛起一句诗行,它这会儿竟脱口而出。

一双长泪从她的脸颊滑下。

离开之前我忍不住好奇,问了一下这个地方——“这是哪里?”

她回答:“我出生的地方。”

…………

泪　水

一

脚下的土地在抖动。显然它在逼近……茅屋真的在隆隆声里颤抖。斑虎一次次蹿出,神色紧张。它大概感觉脚下有一个难以捉摸的妖魔,令其愤怒却又无可奈何。园子里的地裂进一步加重,一眼看去到处都是一些宽宽窄窄的裂缝,远看就像老人满脸的深皱。万蕙喊着:“咱这园子还没卖哩,咱还没答应哩!”

我夜里想了许久,觉得再也不能耽搁:有些事情应该告诉他了。一大早我就约上四哥到那个海滨小城去,四哥背起枪看了几眼,没问什么。万蕙抄着手站在那儿,见斑虎要随我们走,就像拦孩子似的伸手抱住了它。她一直看着两个男人走出园子。

我没有讲到小城去的真正目的,担心那样他根本就不会跟我走。我想让四哥亲眼看一下他和万蕙晚年的居所,看看那套相当不错的房子:他亲眼看了那个地方,在一种真实而具体的环境里,在无法改变的现实面前,一定会接受下来的。我就抱着这样的期望而来。我深知这不仅是他的事情,更是我的事情。它对于我内心的安宁至关重要。显而易见的是,当这一对夫妇在平原上失去了最后的落脚点,我也会因为愧疚而不得安生。或许我的未来也会像他们一样飘荡终生,成为一条再也找不到岸的船。我实在不忍心看到两个如此善良的老人因为一个多少有点冒失的计划而毁掉了晚年。这是我根深蒂固的一些想法,也是纠缠了许久的一个牵挂和痛疼。总之我想尽快地把他们安顿下来。

越是逼近那座小城,心中越是涌起一股复杂的滋味。我在想,那套新居实际上只是我们全面撤退时找到的一处掩体。我们被一种陌生而巨大的力量击溃了,我们需要一个地方躲避一下,休养生息、舔净自己的伤口。

进了街巷,我发觉这个小城比上一次来时烟雾更多了,人流更密了。才多长的时间啊,这儿竟会变得面目全非:各种车辆鸣叫着喇叭往前挤,穿着怪异的男男女女在人行道和机动车道上穿行。各式轿车仿佛一夜之间拥在了这儿,它们像是要一齐赶来开一个世界甲虫大会。主要街道两旁盖了比较体面的楼房,或是玻璃幕墙,或是涂了彩色涂料。但只要走进任何一条稍窄一点的巷子,马上就可以看到那一幢连一幢的旧楼或平房,它们显示着真实的生活的颜色。所有稍微体面一点的楼房都是机关驻地,是公司和商场。

为了尽快赶路,不至于被拥挤的人流把我们吞没,只得沿着曲折的小巷往前。穿过几条窄街往西就到了小城西郊,那儿有新盖的一片商品楼小区。实际上这儿大部分被机关单位集中买下来做了宿舍,只剩下一少部分出售——因为我们刚刚穿过了几条小巷,所以一脚踏进这片崭新的楼群时简直有点头晕。连我都有点迟疑了,似乎觉得身边这个背枪的人,这个须发皆白的老人,完全不适合住在这样的一个地方……

二

我费力地寻找那幢楼房。从西边数第二个单元,四楼。我领着满脸迷惑的四哥往上攀。四哥仍旧一声不吭,可他沉重的脚步却像踏在我的心上。我们俩像爬一座高高的山。不过是爬到四楼嘛,竟然有点身心俱疲。我们在一面漆得很亮的门前站住了。我伸手掏出了一把闪亮的钥匙,插进匙孔轻轻一转,咔的一声,门开了。一股新鲜的木头和油漆味儿混合一起,扑面而来。新镶的玻璃窗锃亮耀眼,阳光把整个房间都照得暖融融的。

“这是什么地方?”

“新买的一套房子。是你和万蕙的……”

四哥抚摸着墙壁、窗户,望望天花板。他咕哝:“你不该瞒着我。这么大的一个事情,你瞒了我和万蕙!”

他说这些时,脸一直向着墙壁;当转过身来时,我发现他眼里竟是一丝深藏的愤怒,眼膜好像是焦干的……

我扶了一把四哥。我很少见他这样,有些害怕了。但我知道事已至此,已经无法改变。他在我眼里是一个不会流泪的人,已经被田野的风吹糙了吹冷了,没有那么纤弱的情感。可是一种深藏的愤怒一旦爆发出来,会是难以预料的。所以他的目光一直让我回避着,我想寻一个机会向他解释,求得他的原谅……可是他没有再次发出责备。

我退到一边待了一会儿,看着他在屋里走动。

“你盘算了多久?”他从一间屋里出来,开始吸烟。

我没有直接回答,只说:“事情明摆着,茅屋总有一天会塌的。你和万蕙辛苦了一辈子,该有一处结结实实的房子……”

“你以为咱们完了？该走开了？”

“这是它的结局，我们已经没有别的办法了……”

四哥摇着头：“嗯，你是这么看。可咱就是为这个，才留下来：看着它怎么一点一点往下沉，我就不信它真的会沉到地底下去，沉得没了影儿！我要等着它安稳下来的那一天！那时我会亲手再盖一座茅屋，先把水洼填平，然后是栽树！我这人说到做到，我今个要告诉你的就是这个！”

我呆呆地望着他。

好一个拐子四哥呀，好大的拗气啊，可你所说的这一切——这一切要等到什么年月啊！

我摇摇头，不知说什么才好。

四哥一歪雪白的头颅：“我和万蕙住到这里，斑虎怎么办？这里也是养狗的地方？”

“这个嘛……”我一时也不能回答。

“你说，斑虎住在哪儿？”

“依我看嘛，那是一条懂事的狗，它也许……也许在这里住得下去的。”

“你胡诌！”四哥用枪托捣着楼板，“它是在海滩上跑惯了的一条狗！你自己也明白说了假话！”

我无语。是的，斑虎离不开大海滩。

“老宁兄弟，你以为用这么几间房子，就能把我给打发了吗？”

他这话刺得我一阵战栗。我身上有点发冷。

四哥嘀嘀笑了，笑出了眼泪：“你到底把我的脾性给忘了，忘了我也和斑虎差不多，也是在大海滩上游荡惯了，沟底渠边、树棵子里、庄稼地里，哪里都是安身的好地方，走哪儿都是一站。在我眼里，几间茅屋就是最好的窝了，我要真的住到这个什么小区，死得也就快了……”

我一声不吭地站在空荡荡的屋子里。我心里明白,他的每一句话都是真的,都让我难以驳辩。

“你早该明白,我不会离开那个地方的——园子要全被水浸了,没有一块立脚的地方了,我就往大海滩最里边转,就像打游击似的。我要等着咱的地重新安稳下来的那一天……你啊,你真想得出呀,一直瞒着我哩。我要早知是这样,就不该跟你走这一趟了。你这个心思活动了多久?不过我明白了,这一回你是下决心要把我们老两口扔下了,扔在这么个破笼子里——这个破笼子用来养鸡还差不多,养我们这辈子游荡惯了的人,实在是太窄巴了……其实你只管抬腿走了就是了,我们不会拦你。只一条:你有工夫就回来看看老哥老嫂。你不用牵挂我俩,你老哥老嫂只要有一口吃食就能活下来。别说咱的茅屋一天半日塌不了,就是塌了,我和万蕙也能活。你这个大嫂子可不是一般的女人,她拖不垮也磕不坏,什么也伤不着她,她是一生一世相跟着咱的那种女人。冬天里她身上的热气比别人多,夏天里她会拖着男人找片树阴凉坐下,还会从野地里捣弄来一些吃物,大冷天煮热糊糊给我喝。兄弟,你只管放心就是,你是打小跟我一起的朋友,我的意思你可明白?”

我心里涩涩的,不知该怎样回答。

“我的意思是,我这会儿年纪是大了些,可身后头有个万蕙哩,你该放下心走。你再不用牵挂了。你不是说要把这片园子交到我手上吗?那你就要用人不疑!”

我一个字都没有遗漏,全听到了心里。让我难以忍受的是,他说我这回要下决心把他扔下。心里泛起一股不可忍受的委屈,却又无言以辩!我的人走了,可我的心、我的魂魄还在这里啊——一个人只要把魂魄留下了,又怎么会离开呢?

我无法摆脱这个问号。我日夜都被这个问题所纠缠。我分明感到那种粗暴而邪恶的力量要把他一起赶走——赶到一个角落里，让其离开最后的小窝，然后倒地而死！四哥分明更早地感到了那种无所不在的力量，知道它多么险恶阴郁执着——它一定要达到自己的目的，一定要割断他的根脉，把他生生地拔离泥土。我明白他眼中的悲愤和哀伤为何如此深长。

可怕的是，这一对可怜的夫妇还不知道我与那个矿区签订的赔偿协议，不知道这当中所有的细节——这会儿我终于明白，自己没有权利这样做……可事到如今，我该怎么办呢？

我踌躇不安，不敢看他的一头白发。我似乎从来没有这样害怕过一个人，尤其是对面的这个兄长……没有办法，一切只得说出来，再也不能拖延了，而且越快越好。我咳了一声，接下去，就缓慢地、尽可能详细地从头说起……我告诉了他玛丽和老总恶毒的主意，他们怎样处心积虑；就为了对付他们，为了摆脱这可怕的阴谋和令人厌恶的盘剥，我宁可只得这几万元的赔偿费，也要当机立断，尽快摆脱他们的纠缠……

四哥一开始双目圆睁，后来即蔫下来，垂下了眼睛。他半天不语。我说完了。停了半晌，他问了一句："你就用这笔赔偿的钱买下这套屋子吗？"

我点点头。

他搔了一下雪白的头发："不管怎么说，这等于用卖孩子的钱买了件皮袄。"他说完就走出了屋子，头也不回……

三

这些日子，最重要的一件事是迁坟——我连日来一直忙着为先人寻找一块安息之地。我徘徊在无边的大海滩上，却不知哪一片土地最终才是洁净无污、能够获得永久的安宁——谁来监护？谁来怜悯？谁来饶恕？谁又来担保？

我一遍遍看着那张找来的开发图。所有的免采区都被一些未来的工业企业和开发商占去了，剩下的一点空隙又留给了待迁的村庄。从图上看，开采区只在离大海一二里远才打住。也就是说，离海最近的那一片沙原有可能不会沉落。可是那里离大海太近了，几乎生不出一株像样的树木；而且在大海涨潮的时候，会给人更多的担心。

一连多少天都在海滩上游走，像一场心急火燎的追赶。有时觉得自己真的在寻觅一个灵魂——我真切地感到了它的存在，它在引诱我，使我不能停止，使我徘徊终生！也许在别人看来，拐子四哥已经是没有任何希望的人，古怪执拗，永不服输，就连那种凶险而陌生的驱逐之力也无可奈何……我不由得又想起了武早、寄身在“下房”的鼓额，以及那些流浪汉——他们不停地周游，一头毛发被风吹拂，一身衣服褪了颜色；当他们躺在土地上歇息时，就像一些田间突起一样，因为早已与泥土化为了一色。

坐在海滩上，看着逐渐衰败的灌木和乔木，看着这失去了植被而变得漫天飞舞的沙尘，听着脚下的隆隆之声，一个人就会突然想起关于乌坶王和煞神老母的故事，心上一栗。我口中喃喃：这不是神话也不是民间传说，这是一种隐匿的真实……

在这样的时刻，每一片丛林，每一道沙岗，每一株茅草，都在等待告别。你们才是这片平原上最忠诚的生者，正在平静地等待。我这会儿和你们相依为命。你们见证了我的童年，看见过我在此地赤脚奔波和暗自神伤的时刻。在乌坶王和煞神老母他们将荒原推向深渊之前，我要把你们的名字记在心间——正像那位可敬的三先生所说，这里真的需要一个大地书记员，他要把一切都记下来，等待有朝一日的复原——真的会有那一天吗？冥冥中真的会有那样的一只大手吗？比如说真的能够复制一个生气勃勃的童年、一片蓬勃的原野吗？

我曾细细地记述了从南部山区到北部半岛——它们之间这片开阔的大地。我把它们固定在图表上,不厌其详地一次又一次订正。这是一片断陷盆地,从南部山地到北部海岸,从最西部半岛的海蚀崖到东部的绵延丘陵。整个的海滨平原由南向北缓缓倾斜,高程自五十多米降至四米左右。平原上有数条河流切入平原,将其分成若干部分。区内的主要河流为芦青河、界河及滦河。它们是这片冲积平原的主要塑造者。平原形成于中新生代断陷盆地,堆积了一千多米厚的第三系河湖相含煤系地层,顶部为第四纪洪冲积物所覆盖。平原北部是沙脊海岸带,海积地貌非常发育,沿海布满了由沿岸堤沙嘴和连岛沙坝构成的滩脊。它们都属于过去的海岸后滨的堆质地貌,脱离海洋,成为陆地……

这就是我的海滩平原,梦中的故园和花园!无言的朋友大睁双目,寻找那片蔚蓝的蚬子湾!我的一声连一声的水鸟的呼号和拉鱼的号子,我的赤身裸体、浑身晒成古铜色的渔人!我在金色的阳光下抖动不停的长达数里的渔网啊,我的洁白洁白的渔帆!在风中摇动的浆果,在夏日里开放的繁花,在春天里涌动的槐花海……煞神老母用一片肮脏的幕布把你遮住了,我再也看不见你的容颜,听不到你的呼唤……

一条干燥的被沙土淤了半截的浅水渠,渠底铺满了杂草的屑末和干枯的蒲苇。这里再也没有一滴水了。而往日里有多少这样的水渠,每一条渠里都可以看到各种各样的水生植物;鱼在清清的水中翻跳,青蛙、绕着水流翻飞的燕子,被惊起的饮水兔子和其他的动物……过早干枯的草,蔫蔫的草,被风沙遮去了一半的灌木、只剩下一个梢头的野菜、葛藤……天哪,我好不容易才看到了你,生长在沟边的球果、已经谢掉了淡黄色小花的小花糖芥;那棵华茶藨仍然生长得生机勃勃,褐紫色的老枝经受了多少风霜?你那香气四溢的花朵呢?噢,在这里,它们长成了红色的球果。你旁边是一株多么大的珍珠梅,它差不多长得有五米多高。东边一点屹立着一棵孤单的黄连木,那红色的枝丫多么美,那极其特殊的气息我远远地就可以嗅到……稀稀疏疏的灌木,一棵又一棵,在杂草间像一个人在那儿踞着,沉默着。扶方藤匍匐在地,随地生根,显示了多么强的生命力。往日里你生在林边,绕在树上,或干脆伏到石头上。我愿像你一样永远抓牢脚下的这片泥土,只要有一口气,就把它抓牢抓紧。在爬着长长藤蔓的胶东卫矛旁边,一株亭亭玉立的小乔木白杜,已经开始长出了红色的假种皮。长得像白杜一样高的还有鸡爪槭,它紫色的细瘦小桠不知怎么让我想起了可爱又可怜的鼓额:孤零零地立在渠旁,低着头。一边那株矮矮的灌木是垂丝卫矛……再往前又看到了一株泡花树、一丛琉璃枝、一棵长着球果的糠椴——它有二十多米高,可惜已经枯黄了半边。这棵糠椴大概活了几十年,显然已经走到了路的尽头。糠椴旁有很多光果田麻和苘麻,有一株日本三蕊柳——这种紫褐色的杨柳科小乔木总在河岸上成片地生长,它们从来都怀着喜悦的心情,居守在潺潺流动的沟渠旁,却做梦也想不到水渠的干涸。

我还记得这条童年的沙渠,它是那样开阔,清清的水流长年不断,即便在洪水期也不混浊。它的上游连接着芦青河的一个水汊,水汊中生了密密麻麻的水生植物,像蒲草芦苇,像酸模叶蓼和两栖蓼——从南部山区冲刷下来的水流经过了河汊的过滤,而后注入渠水。它在我看起来就是一条可爱的小河,两岸有各种各样的浆果、野花、碧草,加上各种各样的树木,简直形成了一幅斑斓的图画——沿着它一直往北走向蚬子湾,一路上尽是歌谣图画。还有叫不上名字的、长着花脸和白肚腹红下颏或雪白小脑袋的鸟,有兔子、刺猬、草獾,一些我不认识的高大动物。我可以确凿无疑地说,那时有狐狸和狼,还有偶尔一见的花鹿……渠边有一条泥路,不知是多久以前开辟出来的,它有一个多么好的名字:赶牛道。也真的常常有人在这条路上赶着几头牛走来走去，湿润的路面上总是有深深浅浅的牛蹄印。我觉得再也没有别的名字更适合于这条路的了。它两旁被起伏的灌木丛掩盖着，几乎不见阳光。晚上走在这条路上，如果再赶着几头牛，听着它们“哞哞”的叫声，该是多么美妙的一件事。我常常追逐着赶牛的老汉，听着他们与牛的对话或假装出来的呵斥声……我记得赶牛道旁生满了车前子和马齿苋。车前子每到了夏末秋初就长出两三枝穗子，它油亮亮的大叶片又像猪的耳朵，所以当地人又叫它“猪耳朵菜”。水渠往前奔流不停，一路上要穿过两道大沙岗。

站在第一道沙岗上就可以看见那片蔚蓝的水了。水里有无狂浪、有多少船，都可以看得清清楚楚。第二道沙岗上立着一个木架子。那高高的三角木架引起了多少畅想。当时不知它是一个航空标志，只觉得它是一个神秘的信号。渠水在第一道沙岗那儿变得窄了一点，因为它切开沙岗是如此费力。我们常常躺在沙岗的剖面上玩——这些沙子是活的，不停流动的，所以总也生不出杂草，总是洁白可爱。那儿还长了一棵茂密的大蓉花树，每到了黄昏时分，它的叶片就像含羞草那样闭合了。初夏时节，它开放着深红色的花朵，那花是由一些细丝组成的，像一些红色的火苗往上撩动，又像是枝叶碧绿的蓉花树点亮的一盏盏的小灯。

四

正因为人人都会遗忘，所以才需要笔录。我发现自己对原来的那一切，对那些无言的朋友，再也不像小时候那样专注，那样细致入微……童年的我可以盯住它们看上半天，可以长久地观察大树身上的纵裂、纵裂的深处有什么？叶子有多少片？怎样长满了奇妙的叶络？这浓云一样的叶片是怎么生出的？它那向上翘起的边缘为何长出了锯齿？一个身上长着花斑的小瓢虫在上面爬着，小小的叶片因为承受了它的体重而颤抖——精明的小瓢虫翻转身体,像荡秋千一样悠动一下,悠到了叶子的背面……感受春天的来临,不是凭记忆和经验,而是真的听到了它那美妙的、轻手轻脚的声息,捕捉到它向前行进的节奏,还有它的气味。

那时的春天才是真正的春天,可惜它只存在于记忆之中。好像我长大之后再也没有真正地遇到它。我作为一个生命已经发生了蜕变——一个对春天漠然不察的人,同样也不会知道什么是夏天和秋天,以及严肃的冬天……那时的春天是循着哗哗的渠水往北,先在沙岗上停留一会儿,然后在整个海滩上铺展开来……一片片三楞草联结着泛青的芦苇再往东蔓延。密匝匝的槐树高耸云天,每一株都伸出了细小的叶芽,像一只孩子的小手拳住,慢慢地展开——它的掌心里就握住了一个春天!接着就要疯痴般地鲜花怒放,花朵密挤得像山像雪……我在其间遨游。只要没有草棵的地方,就是一片干净细白的沙土。躺在热烘烘的沙子上,小棉衣被太阳烤热了,被沙土烘暖了。我用力地在棉衣里抻着身体,伸展着手臂和腿,包裹在一片春天的温柔里。那些不幸和恐惧一瞬间飞得无影无踪;各种各样的小甲虫从四周走来,我小心地捏起一个甲虫,它就奇怪地向我点头,并发出一声声磕巴磕巴的响动;它的躯体微微震动,颤悠悠的,体内像有一根丝弦在震响……

走出那片槐花再往北,是一片桃园和杏林,那儿有着更奇异的春天。桃园还没有开花,可是杏林已经是繁花盛开了。各种各样的蜂蝶搅成了一团,最大的蝴蝶竟然像碗口那么大。有一种黑花蝴蝶叫"花椒蝶";有一种浅绿色的蝴蝶大小比得上燕子,它叫"苹果蝶"。我完全可以捕捉一个大白蝴蝶,它们飞得缓慢悠闲,有一次落在一个地方,我就毫不费力地把它捕到了。我满手沾满了银粉,一阵担心就赶紧把它放掉了……

我舒服地睡着了,正做梦,一个采药老人从一个地方钻出来:

手里拿一个竹铲,挎着大布口袋。老人蹲在那儿看了我好久。可是我睁开眼时一点也不害怕。让我感到奇怪的是,他穿了一条古怪的棉裤,它只达到膝盖上边一点,严格讲不过是两只棉筒,用带子吊在腰上——这个奇怪的打扮让我笑了好久。老人会抽烟,手里捏的烟杆只有一二寸长,一个小极了的烟斗,真是好玩。他吸一口,见我一直兴致勃勃地瞅,就插到了我的嘴里。我用力地吸了一口,却不敢像他那样把白色的烟雾吞到肚里。老头教我怎样让烟从鼻孔里面流出,就像流水一样……一只老鹰在我们头顶一动不动,老头就用烟杆朝上指着,做个瞄准的样子,发出“轰”的一声。老鹰那一瞬间真的像被击中,全身剧烈一抖,逃了。

无论在海滩上走多远,玩得多惬意,我都要沿着赶牛道回家。一片又一片的杂树林子,一片又一片的灌木和乔木,密得没法插脚,人一进去就看不见太阳,看不见天空,甚至也看不见土地。那里面湿漉漉、阴森森,只能听见各种野物的啼叫。老野鸡的叫声最响,嗓门最粗。我总是听见它喊“渴,渴”,我知道它太需要喝水了。沿着赶牛道往回奔跑,跑啊跑啊,翻过一道沙岗又一道沙岗,偶尔还可以看到一座冬天刚刚旋成的沙丘——这沙丘走近了看有点异样,湿乎乎的,原来下面是白白的雪呢。槐花开了,春天这么深入,雪竟然没有融尽,用脚踏一下就露出了雪芯。我取走一些雪,准备像炫耀一件稀罕的礼物那样,捧给别人看。

兄　弟

一

那一回他们没有逮到四少爷,司令兄弟恨得咬牙切齿。还有,他知道这一次自己重责难逃。他正准备如实地向上级禀报整个过程,李胡子却站起来:“是我故意透底,放走了四少爷。我知道他到了咱们手里大半要死——大不了一个死,他死不如我死……”他说这些时,旁边的人都瞪大了眼睛,吓坏了。那个司令兄弟好几次要大声打断他的话,都被他拦住了。最后他对旁边的一个人说:“把我捆了吧。”那个人就是司令的助手,早就嫉恨李胡子,这时还没等司令开口就抽出了绳子。可是司令兄弟把他喝退了。

司令兄弟扳着李胡子的肩膀,一块儿往树林子里走去。在林子里,他埋怨李胡子:“你只该告诉我一个人……”

李胡子摇摇头。

“你当着大伙的面讲出来,就等于把自己交出去了。”

“我说过,明人不做暗事。”

司令兄弟跺脚:“混账!你不要命了?”

李胡子不吭声了。

司令兄弟泪花闪闪。

李胡子拍拍他的肩膀:“该做的做去吧。”

四少爷终于赚了一条命,他很快在整个平原战事当中起了极坏的作用,使纵队一方蒙受了巨大损失。围绕着争夺海港交通要道,还有最后的决战,他都成了一块顽石。更可恨的是,在即将收复这片平原的时候,他竟然随着那一方的要员撤到了江南……

上峰对于这个事件的批复未出预料:将李胡子就地正法。这个批复是绝密的,整个队伍里只有司令一个人知道。

那一天司令兄弟一夜没睡,喝一会儿酒哭一会儿。他让警卫员去看看李胡子睡了没有?警卫员去看了,说:“睡了。”

“那好,不要惊动他,他醒了立刻告诉我。”

司令兄弟在屋里踱步,好不容易把眼泪止住。后来警卫员报告说李胡子醒了,他立刻戴上帽子往外走。

他在门口迟疑了一下,然后让守门的人走开。

他进了囚室。

李胡子坐起来,好像还有点瞌睡的样子。

“大哥,你真睡得着啊！不过我不得不赶紧到这儿来——趁着天还没亮,或许一切还来得及……”

二

黎明前的一阵黑暗里,司令兄弟把囚室不远处的两个士兵赶开,再次进屋。李胡子再次醒来。司令兄弟说:“大哥,我不得不来告诉你,趁着天还没亮,你必须走。”李胡子笑了笑,他的手掌上还沾着干结的鲜血,一抬手,凝住的血块一片片脱落下来。他像没有看到,伸手拍打司令兄弟的后背,最后还笑着摘下了对方那圆圆的眼镜。他放在手里看着,哈了两口气,用衣襟擦了擦,擦得一片洁净,然后又给他戴上:

“好兄弟,我正要找你,你说得对,我要走就得赶快。不过我还要回来,你等我吧！”

“回来？你赶紧吧,跑得越远越好。你骑上我的马,我的马快。还有,你带够水,带够干粮,不要回头,不要再想这支队伍,也不要留恋这片荒原。快走,赶快走,天快亮了……”

司令兄弟一次次地掏出怀表。在这黎明前最黑暗的一段时光里,两人抱在了一起。

司令兄弟的泪水把镜片打湿了。他拍打着李胡子。

李胡子说:“我该有这个结局,你知道,我对不起队伍,对不起你。不过在那一会儿,我心里的老主意又泛上来了。我明白自己干了什么,放走四少爷的那一会儿我什么都想过了。我如果要跑,那时就能跑哩……你知道,我在这荒原上没有父母,也没有兄弟姐妹,只有孤单单一个人,骑在马背上。因为太孤单,我认了一个干娘——她就住在这片大海滩的东头哩,在一道岭子脚下的小村子里,八十多岁了。她挂念我啊,可我整整一年里都忙着打仗,一次也没去看她。剩下最后几天了,你让我见她一面吧。我这辈子攒了几个钱,也要送给她。还有两件旧衣服,还有……我想托付小村里的一个人,让他给干娘养老送终……也不过七八十里地,我鞭打快马,办完了事,一准在明天太阳落山之前赶回来,你等着!”

司令兄弟用手捂住了他的嘴,厉声呵斥,又举起巴掌。

李胡子等待巴掌落下,喊:“你打吧!老哥这是最后一次给你带来麻烦……”

司令兄弟说:“你快滚,你这个混蛋!你这个叛徒!你这个天底下最坏、最没有良心、最糊涂的一个糊涂鬼!滚,滚!我再也不要看见你,我这一辈子都要咒你、骂你!你滚!你离开我的队伍,你滚!”

司令兄弟跺着脚,喊着,用力地拍打膝盖。

小小的囚室发出了隆隆的雷鸣似的声音。脸色苍白的司令这会儿竟然像炸药制成的,一次又一次炸响。

李胡子咬咬牙关站起来。后来他又笑了。

“你劝不走我,更骂不走我。我不会离开这支队伍,我以前是这么说的吧?我自从跟你结了兄弟的那一天起,就是这支队伍里的人了,再也不会离开。我变成了鬼的那一天,我的魂灵还会随着这支队伍。兄弟,你说得不错,你没有哄骗我。不过四少爷也没有哄骗我。人的一辈子能结交你们这样的朋友,把命舍上也值了。我的兄弟,我死了能闭上眼,我在人世间没有亏心。我这一辈子做过各种各样的事儿,可是我得告诉你一句:我一辈子没有行亏……”

司令兄弟一连声催促:“走吧,大哥走吧,天亮啦……”

李胡子站起来,看了看天色,说一句:“走。”

司令兄弟出门拉来了自己的马。李胡子的马本来比他的还要好,可它在一次战斗中后腿受了伤,这会儿就比不得他的马快了。李胡子牵着马,然后又把身边的一个小布包用绳子缠了几道,拴在了身上。在他上马的那一刻,司令兄弟突然喊:“慢。”说着把自己的那件棉大衣脱下来,给他套在身上。

李胡子掉过马头:“兄弟,等我,明天太阳落山之前一定把事结了。”

他还没容对方说什么,立刻打马奔驰起来。

司令兄弟盯着地上的一溜烟尘。“嘚嘚”的马蹄声刚刚消失,他就叫来一个士兵,说:“传我的命令,队伍立刻开拔!”

刷刷的脚步声响起来。队伍以最快的速度离开了驻地。

司令兄弟想把他的队伍带到何方?当时谁也不知道。队伍上的人都不知道这次急行军为了什么。天到了中午,他们的队伍已经赶了近一百华里。太阳往西滑下去,天色微微发红了。该考虑新的宿营地了。有人问是不是停止前进?司令兄弟摇摇头,继续往西急行。眼看太阳就要落山了,司令兄弟骑在马上,四处看了看,这才点点头,让队伍停下来。

太阳往下沉落、沉落,西方一片血红。这一天的傍晚哪,晚霞是那么浓,千沟万壑,所有的山岭、茅草和树,都染上了血的颜色。队伍忙着野炊,蒸汽冒出来,米饭的香味也噗噗溢出。司令兄弟不能待在帐篷里,他急躁不安,出来踱步。他觉得胸口灼热,这热力使得他只能急急地走、走,把好大的一片茅草都踏平了。后来他觉得一阵饥饿,正想走回帐篷时,突然听到了一声马的嘶鸣。

在这嘶鸣声里,他全身一抖。

队伍里许多人放下碗筷,往这边走来。在战争年代里,他们对马的叫声特别敏感——在这个黄昏,他们都听出那是他们指挥员的马……踏踏,踏踏,马蹄声越来越近,一会儿,一个黑点儿渐渐逼近过来。

驰来的是一匹棕红色的马,马上是李胡子。李胡子和马都大口喘息,全身像水洗了似的。李胡子已经喘得说不成声,跳下来,对司令兄弟说:“我……我,追得你们好……好苦……”

司令兄弟一下子扶住了他。两双眼睛对视着……李胡子说:“你带着队伍跑,你想躲开我,甩掉我,哪有那么容易?兄弟,你也尽了心。快些吧,太阳已经落山了,眼看就伸手不见五指了。上级规定的时辰到了,再拖上一个时辰还是一样。我现在该做的事情也做完了,快点吧。”

在天彻底黑下来之前,司令兄弟下达了一个命令。他背向着行刑的那个方向跪下了。

李胡子就在两棵白杨树下站住,他最喜欢的就是这种树。他的脚下是一片波浪起伏的茅草。他低头看了看茅草,又抬头看了看浓绿的巨大树冠,对行刑的战士点点头:“准备好了吗?来吧!”

一声巨大的轰鸣……

三

我沿着那道起伏的沙岭一直往东,好像从来没有这么急切。我担心已经来不及了。

这次记忆丝毫没有出错,我很快就找到了那片沙丘链包裹的林子,找到了那个地窨子。敲着小门,又敲小窗。没有回应。我拥门而入……地铺还在,其他东西全都没有了。显然,小白已经离开了。

你真的一直向西,奔向那个高原了吗?

我久久地望着西部,看着天际那簇美丽的高卷云……这样站了一会儿,我开始往回走去。从这个方向往北,再有不远就是另一个地方——那个巨垒。它还完好无损地屹立于这片荒原。

走啊走啊，当我看到那一片茂密的槐树林时，就开始弯腰采摘鲜花。这个秋天的野花是那么少，那么瘦。我费力地采摘，再也找不见石竹，找不见千层菊。我不知费了多少劲儿才采到了几簇野菊。我把它们勉强归成一大束，一步步向前走去。

“当你老了，头发白了，睡思昏沉／炉火旁打盹，请取下这部诗歌／慢慢读，回想你过去眼神的柔和／回想它们昔日浓重的阴影……”

我走着，被一个树桩绊了一下，跌倒了。一丛荆棘扎在了手上、脸上，一阵钻心的疼痛，鲜血立刻流下来。我擦都没有擦一下脸上的血，只是攥紧了这一束花，生怕它们从手中散落……

“多少人爱你青春欢畅的时辰／爱慕你的美丽，假意或真心／只有一个人爱你那朝圣者的灵魂／爱你衰老了的脸上痛苦的皱纹……”

“垂下头来，在红光闪耀的炉子旁／凄然地轻轻诉说那爱情的消失／在头顶的山上他缓缓踱着步子／在一群星星中间隐藏着脸庞……”

一个巨大的沙丘立在了我的面前。它上面有蓬蓬荒草，有不知多久以前被人压上的黄纸，有无数朵枯萎的野花。我小心地把自己的这一束献上。

我蹲在了坟边。起了一点风，我听见头上的槐枝在互相碰撞，发出了嘁嘁嚓嚓的声音。各种野鸟飞起又落下。天暗下来了。我终于在这儿迎来了一个黄昏。我甚至梦想在这个秋天的夜晚就此睡去，再不复醒，淹没在来年的荒芜中——那就没人能够将我驱赶，我将永远属于这片平原了。我的魂灵在这里陪伴了一个英雄。从此任何催逼的声音对我都无可奈何，也无济于事了。我会在此大睁双目，盯住荒原上的一切，看晚霞怎样一点点消逝……

暮色终于把一切都隐去了。不知过了多久，我好像听到了隐隐的呼唤。

这呼唤和闪亮的星星一块儿逼近了。我没有回应,也没有寻找。

有什么轻手轻脚走到了我的跟前。接着一只湿漉漉的嘴巴对在了我的脸上。我再也不能沉默了,轻轻抱住了它的脖子,贴住了它毛茸茸的面颊。它这样一动不动地停了一会儿,突然挣脱着把头歪向一边,大声地吠叫。那吠叫里有着多少热烈和欢快——更有惊喜。

哒哒的跑步声越来越近。我听得清楚,是他们。到近前了,他们端量着我,并没有立刻弯下腰把我搀起来。

他们看清了黑影里蜷伏的人,然后一左一右坐在了我的身旁。我的前面就是它。我们四个紧紧地挤在了一块儿。

风渐渐大了一些,我们往一块儿围了围。

黑夜开始走向深入……

缀章：小白笔记

上　篇

▲“也许是这对镜片隔开了一个真实的世界。”老师说。他自己也戴了眼镜，所以可能是有感而发。我的老师！一个多么好的人，历尽沧桑，老婆也丢了。他对我无话不谈。整个大学时代他就像兄长或父亲。我知道了他童年的苦难，父亲差点儿被杀掉。当然是一段深冤。妻子也足够不幸，两人是患难之交——可这并不能保证他们会是白头偕老的恩爱夫妻。日子稍稍好了一点，她就跟上了一位副校长——那家伙年轻帅气，会两门外语。“她是钦佩他，不是爱权势，所以这还不算最坏的。”老师多么宽容。

老师读过的书大概是一个天文数字。他像一个巨大的知识与思想之筛，滤出了最好的东西，精华，再交给我。我从这方面来说，会永生感激。

那些日子里我常常在他那儿吃饭、过夜，因为我们要谈到很晚。最多是哲学和文学话题。他不可谓不渊博。至于他为什么没有更大的成就，我也答不上来。好像一个把什么都看透了的人，已经不适宜再专注于一门学问了吧。我也说不好。我只是在内心里替老师不平，因为就我前后接触过的一些大学问家、一些名流来说，他们在才华方面，在深邃精微方面，其实根本就难望老师的项背。

问题就在这里。老师不是一个成功者,无论是生活方面还是事业方面。他甚至可以说是一个失败者。他更多的是观望和目击,尽管足够不幸,可是很少牢骚。这真是难能可贵。比起一些只会牢骚,觉得整个世界都欠了自己的那些人,老师太让人佩服了。他在这方面真可以说是一个完人。

不,他绝不是完人。他同样给人巨大的困惑和遗憾——甚至是愤怒……我在深深的感激中也不能原谅。我在他给我留下的一些深刻的灵魂印记中,可以找出最最美好的以及另一些——可怕的斑点,还有污垢。就在这矛盾痛苦的交织中,磕磕绊绊往前走。好像我的一切都在学生时代注定了,决定了。我不可能再改变什么了。这真是不幸啊。

关于眼镜的议论,是指一个人的精神经过了强大的孕育之后,已经永远无法回到过去了。眼镜当然是一个象征。我们学会了用另一种眼光打量这个世界。从此我们尽力与面前这个世界沟通,可就是无法达成一致,无法忘却也无法苟同。

▲如果没有另一些记忆,那该是多么好啊。可惜,只要是发生过的也就再也抹不掉了,这无论对于他和我,都一样。我的老师,有时候看着我的样子,眼光里充满了绝望。我甚至在想,他已经用尽了全身最后的一点力气来挣脱这个魔圈。他不知怎么走出这个迷宫,这个捉弄人的命运。他亲手做下了什么,他竟然无法管束自己! 我相信一定是这样。

我们夜里谈到很晚,有时通宵不睡。如果第二天没有课,他一定是不睡的。睡眠不好,这是一类人的通病。他睡不着时就像动物一样小心翼翼地活动。生怕惊醒了我。我就睡在隔壁。

有一天夜里我正做梦呢,有一只手把我扰醒了。这只手轻轻地抚摸我,我把它融入了梦境。可是我很快醒了,并且一下就明白了是老师在一边。他睡不着,不,他不仅如此。他的热烈的目光即便是黑夜里都能让我感到。我从来没有这么惶恐害怕,还有突然涌出的厌恶。我往一旁躲了一下,这就给他造成了误解,他竟然爬到了床上,和我躺在一起。一些亲热的话和动作。我的心怦怦跳。这是我一直感激和敬重的那个人吗?一位六十多岁的教授?

我忍住了才没有流出眼泪。当时我没有愤怒,因为我也许觉得自己不配愤怒吧,只有委屈。我委屈极了。我几乎是以哀求的语调拒绝。我躲开他温柔的手,他靠近过来的脸庞。他的声音太可怜了。

当时我只穿了一条短裤,浑身差不多赤裸。他也差不多,可能刚刚从自己床上爬起来。他用力地拥住了我,力气比我想象中的大上十倍。“老师!老师……”我低沉而恳切地呼叫,想让眼前这一幕像梦一样飘散。可是他拥我更紧了。我泪眼汪汪地忍受着,希望这一切快些、尽快地过去吧。

老师试图做一点什么,他急切的样子让人怜惜。我小声恳求说:“我不行,我万万不行……老师,这会让我死的。我想起来会死的……”他剧烈喘息说:“你不会的,你会过去的。你只要迁就一小会儿……我克制得太久了,你可怜可怜自己的老师吧……”

就这样规劝、安抚,手却从来没有停过。我身上给弄脏了。我哭了整整一个下半夜。我认为自己失去的不是别的,而是一位至为敬仰的人——老师。这个人在我心中一下死去了。

这个夜晚关于人的全部黑暗与可怕,全都掀开了幕布。从此我不会对其他任何脏丑感到吃惊了。

一切就这样发生了。我如果今生能够忘掉多好啊。我活着就忘不掉。

毕业之后我们再也没有联系过。大约是十年过去了,有一天我突然想起了他,与久别重逢的一位同学谈起,小心翼翼的……同学沮丧和同情地说出了一个惊人的消息:老师后来身体非常不好,像得了自闭症一样不愿见人,也不能正常上课了。在六十五岁生日那个月里,他患了中风,结果在病榻上纠缠了一个多月就死去了——是自杀的……

▲老师首先致命地伤害了自己。他未能修复这道创伤,最后无法忍受那种痛苦,没能挨过去。这会儿一想,我会为老师难过。我在离开他以后曾经长时间回忆他的和善,还有过人的睿智,他的博闻强记与惊人的阅读量,开阔的视野。同时我当然要惊讶于他在那个夜晚的举动。我试图了解老师在许久以前是否也有过这种荒唐,类似的劣迹?没有,或无从了解。

那个时刻他脖子上由于过分激动而颤抖的肌肉,他泛着白茬的胡子,额角上一处以前总是被忽略的大如拇指的秃斑,我还记得一清二楚。那一刻我是厌恶的,而现在我是充满了怜悯的。他的由于邪恶的激情而迸发出来的力量真是让我吃惊。他的双臂竟然让人无法招架。那时如果说我是屈从,还不如说我是震惊和绝望。我心上的创伤也无法修复。

就带着这伤离开了他,永远地离开了,今生今世都不会再见。我也没有真正原谅过他。

▲我去了一个大机关工作,不少人羡慕我。这儿是一个全新的世界。上司是一个五十多岁的女人,善良而严肃。她对我有一种过来人的宽容和理解,这让人十分感动。说不上具体的事例,但我的感受是这样。她的爱人是一位严厉的理论家,不少人都知道他的名字,所以我这里必须隐去他。上司很以自己的男人为傲,可还是背叛了他。

她总是带上一位副手出差。副手是一个小她十多岁的男人,长了浓重的络腮胡子,金鱼眼,高度近视。这个人不苟言笑,可是不知为什么我第一次见他就有一种奇怪的感觉。我觉得他是一个伪装严肃的家伙。他身上有一股浓烈的男人气味,这气味即便刚刚洗过澡都无法去掉,我在学校里就领教过。副手长时间在上司屋里,有时门紧紧关闭,其他人要请示工作都没有办法。

议论上司与副手的话很多,使人觉得别扭。那时我们要值班,值班时就睡在办公室。不同的处室要联合值班,这样两层楼上只有一人留下即可。我作为一个单身汉是极愿值班的,因为一个人享用整个大楼的感觉是很好的。我特别喜欢占有偌大的资料室,那儿的各种图书丰富至极。有一天我正值班,胡乱出去吃了几口东西就回到了办公楼。我一头闯进了那一排排书架之间,却被猛然蹿起的人影吓了一跳。出于强烈的责任心,我要弄清是怎么一回事。我打开了所有的灯。结果令我震惊的事情发生了:一男一女正在急急整理自己的衣服。他们竟是机关上最稳重的两个人,男的就在隔壁办公,四十多岁;女的是一位处长,我们副局长的爱人。

我觉得整座办公楼上弥漫着一股淫荡的气氛。这样的气氛让我想起了自己的老师。

我的厌恶达到了顶点。青春的渴望被这种厌恶冲击一空,变成了某种很陌生的东西。我想尽快拥有自己心爱的人,我甚至想好了怎样一丝不苟地去爱她,并且永远回避不雅的动作,以及其他——不过它的边界在哪里,我也不甚了了。

这就是那时的真实情形。

我费尽九牛二虎之力才调离了那个机关。我离开的时候心里颇为迷茫的一个问题还没有解决,那就是从老师到上司,再到隔壁的男子以及副局长的夫人——他们陷入其中的事情意味着什么?难道这个对我隐藏着的世界上,人们除了工作和其他,还在一天到晚忙碌着这样的事情吗?

▲我在一个文化机构又工作了两年。这两年没有什么值得记下来的东西,只有一次不太成功的恋爱,后来一个极其偶然的机会,一个大学同学改变了我的命运——我的恋爱完全是匆忙的生理方面的催促造成的。我一开始就不太喜欢她。可是她的十分主动让我不忍割舍。我对异性积蓄的全部好奇这会儿一齐迫近了。我们花去了许多时间来了解双方的身体,只是没有走到最后一步。我们彼此都感到了对方的吸引有多么强烈。她在我耳边的哈气声、叽叽咕咕的说话声会让我一直记住。我同时清楚地知道,我不会和她结成伴侣的。我会和谁呢?不知道。但我知道不会和她。我需要她,正像她需要我一样。她长得不好看,胸脯单薄,毛发枯黄,但皮肤极其白细,形体完美无缺。她的双眼像一种可爱的小狗,单纯清澈地看着我。我的身体在她来说就是一个奇迹,反过来她对我也一样。

那一两年里因为她的存在,我才不至于病倒。因为我知道自己快要倒下来了,快要被击溃了。这种力量就来自性。

她渐渐知道我要离开了。我不得不强制自己,告诉自己要赶紧结束这种没有前途的缠绵。她哭了,但没有说我不道德。她是真爱我的,但我对她没有那种不可遏制的爱怜。我愿意和她做最好的朋友,她不愿意。

就在我们分手的这一年,我的同学介绍我认识了一个人,这个人不知怎么相中了我,让我做了一位首长的秘书。这是个以前不敢多想的特别职业,它让我兴奋了许久。那时我多么幼稚,我今天会为这种幼稚而深深地羞愧。

▲首长以及他的一家打破了心中的神话。近似于拙讷的一个

男人,闷着,并以此维持着某种特殊的尊严,这种现象别人一定会觉得怪极了。但其实就是这么回事。他恰恰是以极端的平庸而立身,听来这也有点奇怪,实际上就是这么回事。他用了半生的时间才学会将一些套话说得流畅,其余的一切就迎刃而解了。正好因为胆小怕事和无能,所以只说套话,这就是最大的秘诀。他占便宜的办法却有很多,因为这些事情是本能的、没有什么难度的。就这样,嘴里说着套话,手里办着坏事,生活一天天烂下去。

他的保姆是农村来的小姑娘,是下边那些巴结他的人送来的,漂亮明媚。这样的保姆已经换了几个了。她们当中有两个确切无疑是被这家伙糟蹋了,另一个毁在他儿子的手里——这小子当时刚刚上高中一年级。

有三个很大的公司是寄生在这个家伙身上的。公司的董事长都是他私下的朋友。钱在这里从来不是问题,那真是像水一样流。

我如果不尽快地离开,我就会心疼而死。这时候我又想起了我的老师,他说我透过这对镜片看到的世界,是被隔离的真实。是的,但我总是拒绝承认它的真实。

我走开了。

▲从那儿就转到了一个以大人物的名字命名的基金会。这里同样不缺钱。但这里最大的好处是能够接触各种机构和人。我特别难忘的就是与东部葡萄酒城的来往——结识了著名酿酒师武早。在东部的城里和乡下的经历使我大开了眼界。我第一次觉得一个从小长在城里的人就是先天不足。武早是一个走过许多国家,却又能把根扎在故乡的非凡人物。这个人有激情,有想象力,那么善良又那么专注。他对不公平、对人间苦难耿耿于怀。

也就是在这段日子里,我一生最重要的时期开始了,它让我始料不及。这就是与她——就让我叫她“查查”吧——的结识。与以前所有的结识都不同的是,这次她让我第一眼就强烈地意识到:我一生都不会改变了,无论怎样都不会改变了。这当然是我自己的事情,因为她还什么都不知道。我内心里受到的冲击无法说得清。她在舞台上,我是一名观众。这种距离感造成的单相思是经常发生的。但我却明白这次有点不同。这不太可能是那种平庸的故事。她太美了,我只能这样感叹,这样苍白地重复一句。

想不到的是,卸下妆的人比舞台上的人更加神奇和迷人——我不知应该用什么来说明自己的感受了。总之她不像是尘世间的生命,仿佛整个是屈原写的那种饮露食英长成的人。我对自己说:让我走近她吧,哪怕用死亡去换取。

▲接下来的两年像是一直在眩晕。幸福两个字太简单直白了,无法表达我心中满溢的东西。我相信她也是一样。她的爱甚至让我进入了另一种恐惧:能否因为这种烟火气而稍稍令其毁坏、一丝丝的毁坏?她从心灵到躯体的一切都不容改变一点点,因为那是最完美最和谐的呈现与组合。

我也像个戏迷那样出入剧院了,这在以前连想都没想。伟大的艺术!我得说自己结识得太晚了。唱念做打,一招一式,所有的都是这么神奇,魅力无穷。我走入了她所扮演的角色,并且在长达几个小时里无法从中走出。她洗去彩妆,只是戏中的那个可爱的女人换上了这个时代的衣服。

查查啊,我怎么把你还原到现实生活中,又怎么与你走在滚滚烟尘的大街上呢?我内心深处一直恐惧的什么,它肯定是要发生的。

▲那个人出现了。这只是时间问题。我不能接受的是她的离去。她在明处,就像一轮皎月,地上的人都在仰望。可是地上的某

一个人会误以为这轮皎月只为他一人拥有。这是最大的错误,是悲剧的开始。

现在我想问的是,究竟是月亮的过错,还是人的过错?

任何一个可恶的浊人都可以,也都有权利仰望或在心中拥有她。是的,这不是月亮的错。

但道理是这样,我还是想杀掉那个霸占皎月的人。

反过来,别人也想杀掉我——我也曾独霸过皎月,幻想着永远拥有。我更想将其掩藏起来,一辈子秘不示人。可见我有多么狂妄和无知。这种贪婪必然会遭受相应的报复。

那些痛不欲生的日子里,全是这一类推理。我不过是想说服自己,但明白这完全无济于事。

▲那个家伙就在离我几米远的地方出现过。我好好观察过他。不是因为嫉愤造成的偏见,而是一种真实的目击。这个家伙身高一米八以上,一脸横肉,四肢粗壮,双眼恶狠狠地凹进里边。肉嘟嘟的嘴,没有胡子。所有长这样嘴巴的人,哪一个会是好东西?还有,他的肚子完全像一口锅!他的屁股是方的——四方屁股,谁见过啊?这是真的!我在看他的时候,只觉得有一种毁灭世界的力量在朝我夯过来!那是一顿不分青红皂白的猛击啊,夹带着一些像粪便一样的恶臭摔到脸上,糊人一身……

我仇恨的已经不是一个具体的人。他代表了粪便的力量。粪便真的是有力量的。我如此简单地认识,并且把这种认识表达给其他人,不是因为超级愤怒,而是深入和真实。

我深入其中的,我自己知道。

我今生最心疼最可怜的一个人,就是查查。她死去一百次相加的痛苦,也没有现在这样大。她没有背叛过。她是被一座黑暗的大山压成了粉末。

我小心翼翼一丝都不敢孟浪的一个仙子,竟然被千钧之力一下压成了屑末。

我会花上自己的一生来收集这些屑末……

▲我们后来又约会过。冒着生命危险。在她出生的那个小屋里,一个贫民窟里,我们爱得死去活来。用她的话说,就是“你不要再怜惜我”——可我,怎么会不怜惜她呢?她就是我的所有、我的一切啊。

从那里走开,我觉得自己好像第一次拥有了她似的。

那天一路上我在想:该怎样惩罚那个凶恶的白痴和粪便呢?该用一颗当量足够大的手雷塞进他四方形的屁股里,来一次酣畅淋漓的拆解。有声音。滚滚雷声。

▲我几乎不想为基金会工作了。但我没有辞掉这份公职。我知道这个世界上谁在玩钱、他们的大部分秘密。那是低等动物所热衷的一种游戏。我生来不是做动物的,我是一个人。

人也有动物性。我的老师是一个大写的人,可是他也有动物性。猛烈的动物性,侵犯和撕咬。但这不是他的常态,而玩钱的那部分人却是以动物性作为常态。从这方面来说,我突然为死去的老师感到难过了,甚至觉得自己对不起他——我如果早一点将内心里的原谅告诉他,他会不会避开那条绝路呢?

老师是一个人,他想杀死自己身上的动物性,结果连同自己这个人一块儿杀死了。

▲在东部平原上我看到了真正的富庶。这儿真是得天独厚,自然条件棒极了。怪不得最大的葡萄酒城要出现在这里,遍地都是葡萄园。这些园子随便拿出一个都像人间天堂。可是你不能走

到一些旮旮旯旯里，不能到一些隐蔽的角落——这里会像其他地方一样肮脏可怕。

一个人一旦变为书生也就再也不可能成为其他什么人了。他一生都会是野蛮的敌人。他追求所谓的正义和公理，直到死亡。他走到任何一片土地上，都睁着这样一双执拗的眼睛。

我一直感到和她在一起，就必须像一个最好的兄长那样生活。我会是一辈子不让她失望的男人。我一旦发生了偷窃之类的行为，她就会为我难过而死。我不是那种纯洁无污的不食人间烟火的人，可是我会冲动——为正义去冲动。有时我也想杀死这种冲动，可是我做不到。

有人讨厌“正义”这两个字，认为它是骗人的，它根本就不存在。不，它存在，每时每刻都存在。它坚如磐石，就看你有没有勇气去搬动和触碰了。

有一个人曾经恶狠狠地对我说：“看看你这张苍白的小脸儿吧，你能做什么？”他在蔑视我。他以为我身材单薄，体重不足七十公斤，就一定是个微不足道的角色。他可能忘记和忽略了一些事实，一些历史上出现过的例子。

一个人的记忆力、决心、爱和仇视的能力，从来不是由身高和体重来决定的。那些粪便也许应该小心我一点才是。是的，我可能是、我必然是——他们一生的顽敌。

▲我有一个平原上的朋友，以前误解了他的名字，总把他的“伽”读成“佳”这个发音。他也从来不作纠正。后来我才知道那个字在这儿念“茄”。不同的念法大有区别。这里面隐含的东西让我渐渐体味着，深以为然。“伽”是他内心深处的一个向往和象征？甚至是一个去处？具体到一个“去处”也许是不可能的。这里面隐约透露出他的两难心境，还有难言的一种悲凉。

我像他一样,有时真的不知该走向何处。我只好在这儿拥挤着,挣扎着,爱着和愤怒着。

另几位朋友——他们有的是大学里的同学——去了高原地区。那片苍凉之地上,他们几乎在重新开始。我深深地羡慕着。心底的向往日益强烈。

而这片洼地已经太挤了。经过了上千年的淤积,腐殖层深不可测。一代又一代的茂长和繁殖,拥挤不堪……我应该离开了……

我如果与之在高原相约呢?我是说那位平原上的朋友?还有,我如果与她相约呢?我的查查!我愿意变得一贫如洗,你呢?你敢于从出生地的那个贫民窟开始,和我手挽手地往前,走出第一步吗?

▲如果不能离开,那么以我目前的处境来看只有两条路可走:一是堕落,二是撞碎自己。

撞,碰撞,剧烈碰撞,可是一时还不想撞碎自己。

可是那一天已经不远了。我似乎已经听到了血肉迸裂的声音。我还年轻,血流滚烫。

我多么想念你,查查!查查!查查!

下　篇

▲回到城里的日子格外煎熬。这儿离查查太近了。当然她可能不在城里,要知道那个家伙带着她到处跑,一会儿天上一会儿地下。无数的隐秘处所,各种花样,他都要让她从头经历一遍。就像接近了世界末日一样,他疯狂地挥霍。他们昨天还在美国西部晒

太阳,今天可能就在城郊的一个别墅里游泳了。

基金会里的二老板只大我五岁,是极有背景的一个女人。她在财富上虽然难以和那个家伙相比,可是已经进入了物质享乐的自由境界了。她可以随心所欲。平时她像个男人一样,举止帅气,这不但不让我讨厌,还令我多少有点喜欢。她留了男人一样的板寸头,因为眉目英俊,所以有了另一种可爱。因为大老板基本上是不问事的,所以她的权力超大。

她喜欢我,给了我许多自由。我一连许久不到单位上来,她也可以容忍。她对我的要求十分简单,即为其完成一些轻松的工作,如果稍有难度,她即让别人去做了。我渐渐发现她对我表面上的文弱有一种同情在里面;或者有一种爱惜在里面。人是特别复杂的,比如她,与我交谈时很希望我们都是男子——一对男性伙伴。她心理上愿把自己归于男子,但这又与她开拓事业的魄力无关。

她在城东的一个地方有一个稍稍隐蔽的地方,从表面上看是一般化的带阁楼的平房,内部却是极高级的。这儿甚至有室内人工湖,有湖边沙岸。几把躺椅一摆,你恍惚觉得是在野外的某处——大河或大海旁边。她带我到这里来过。在湖边她偶尔要吸一支烟。平时她没有这个嗜好。她从不下水,但衣服穿得十分宽松简单。她要求我也这样。

我从没有对她说起过查查的事情。

从阶层上划分,她多少接近一点掳走查查的那个家伙。但我不厌恶她。因为她有一种无法掩藏的朴素,对人还算诚恳。她并不掩饰对我的喜欢,却从来不让我难堪。她说:“都是过来人了,愿意做你就做一点,有障碍、不愿意就算了。”我说:“我不愿意。”她说这没有什么,这种事勉强不得的。

在深夜无眠的时候,我们俩在湖边躺了几个小时。这时愤恨的泪水在我的眼中旋转,但她一无所知。我在想自己的查查。我真想以吓人的堕落报复一下。我这样想时,竟然十分冲动。

我真的有些蛮横地对待了她。她有些害怕和吃惊。她说:“白,你也是豹子啊。”

我的泪水不适当地流了许久。这让她明白了什么。她何等聪明啊。她吸了一支烟,说:“白,你是有爱情的人。”我没有回答她的话。我恨自己在她面前流了泪水。

我对她有特殊的感激。她并不邪恶,虽然在金钱的方向走得很远了。就因为她,我离开这个基金会的日子拖了很久。是的,我未能毅然割舍。

后来我们那方面的事情极少。但是她因为我心里埋藏的东西而怜惜我。她没有深问,但她感到了我心里的痛疼。

▲这片美好的平原!我在心里将其当成了查查,她们有一样的命运。都一样被掳走了。一时不能归还,饱受侮辱欺凌。我为老健他们所感动,回头看一下自己这几十年,几乎没有过这样清晰透明的友谊。完全是无关乎个人利害的交往。

是的,我的一些朋友鼓励了我。但我并非按照他们的旨意做事。我有自己的眼睛和心。我甚至不能听从宁伽的劝阻。我比他更加一意孤行?我曾在私下里将自己与之作了对比,发现我们之间差异很大。表面上看志同道合,实际上不是那么回事。首先是经历的不同造成了这些区别。他的生活道路比我曲折十倍,比我深谋远虑,也不乏韧性。可是他的顾虑也远大于我。他还有反复判断以至于丢失了宝贵机会的那样一种缺陷。但我不愿说他更胆小,而只说他缺少某种行动的性格。

▲我渴望痛快淋漓的冲决和行动。在这次行动之前我除了与城里的那些好朋友谈过,还和我的直接上司诉说了心中的忧愤。

她的心离平原上的农民多远,可是她竟然完全理解他们,也理解我目前的处境。我知道这不完全是因为情感上的关系。她痛恨不平和欺凌,但她却稳稳地做了一个利益享受者。这就是她的复杂与矛盾性格。

她愿意从金钱上资助我,我拒绝了。

第二天就要回平原了。我们在一起待了一夜。仿佛有什么预感似的,她这一夜对我好极了。好像我就要一去不归了似的。就是这一夜,我问了她一个绝不该问的问题:许久了,从来没有见到你的男人,你也没有提到他。她听了就笑,说:“那东西!”

说过这样一句话就不再提他。但我知道她现在的男人是一个严肃而正统的人,职位很高。她没有孩子,她和他基本上也没有往来。有人私下评价说:“只要是事业干大了的夫妇,他们之间的关系都是这样。”

▲宁伽最有趣也最让我感动的是,将我引见给一位绝好的姑娘。这样说没有一点玩笑或不恭,那姑娘真是可爱——极其可爱。她的聪慧与敏感、善良,都是第一流的。第一次见她时吃了一惊,就像夜间的满天云朵里突然闪出了一轮明媚的月亮。那双眼睛面前什么都无可逃匿。我甚至认为她一眼就可以看穿我在想什么。

可是我不能走近她。为什么?因为宁伽的缘故吗?当然不是。他和她情谊深厚,但仅此而已。

我觉得自己比她更为污浊,她的纯洁让我望而却步。再就是,我无法忘记查查。查查对我来说,可能就是永远的查查。

我是一个什么人啊?深情,专注,却又和另一个女人有了那种暧昧。我鄙视金钱的腐蚀,可是又常常并不拒绝,甚至是多少贪图物质方面的安逸。我嫉恶如仇,但在巨恶面前又不止一次地忍让和退步。我刚毅冲动死都不怕,但有时在得失之间又会反复权衡,屡屡贻误。我所钦佩并努力实践着的行动性格,不但没有严格地贯彻下去,实际上还差得远呢。

▲书籍给予的丰富与单薄,在我身上得到了最恰切的体现。阅读使我变得视野开阔,使我更有勇气;但也正好反衬出经历的浅直和简单,这恰恰是多少阅读都不能弥补的。我在复杂的问题面前能够迅速给出答案,可是不久就会发现这些答案的浮浅。我没有曲折深远的经历给予的忍耐力,也没有这方面的智慧。冲撞、冲撞,这就成为最后的解决办法。

宁伽对他们这一批五十年代出生的人,特别是对他自己,给予了无情的剖析。他对自己作为概念接受下来的英雄主义、表演的欲望、批判而不自省的性格,以及复杂阅历和经验所带来的巨大能力、伴随这种能力的各种有效尝试,曾有过一些令人信服的表述。那些交谈的长夜给我多少启迪,真是愉快啊,真是激动人心。

我不是那个年代的人,可是我承认,自己是受这一代人影响最深刻的人。无论如何,我无法回避他们这一代人的影响。我和他们之间常常结为最好的朋友,并把他们当成榜样。可是我们既带有他们的部分弱点,却又没有他们的优点。对比之下我们显得更无力、更脆弱。我们很容易就接受并实践起更可怕的、赤裸裸的实用主义。我们可以不加掩饰地直取利益。比起他们,我们当中一些人盗铃从不掩耳。

▲极端的实用主义几乎变成了我们的信仰。我在基金会,在我的同学聚会当中,在东部平原的经历中,都强烈地感受到了这一点。在有的人那里,这种极端实用主义甚至成为新的正义守则和个人伦理。只要不是实用的、极端实用的,就是不道德的。所以那些公然提倡公正、公然为社会不平等而愤怒的人,就成为一种不道

德——至少他们是虚伪和虚假的,所以——他们不道德。没有人再相信牺牲、献身、为真理冒死一搏这类神话。

而同样是这一类人当中,却又会在一夜之间冒出一群“热血沸腾”的家伙,他们冲动起来了,并且不可遏制地愤怒了!但如果仔细听听,他们愤怒的理由却是那么浅薄和盲目。完全没有自己的见解,只是一种人云亦云的偏执而已,只是一种时髦而已。因为愤怒和呐喊也是现代社会特别是西方社会的一种时尚,他们决心要试上一把。胆小鬼的冒险只能是可笑的模仿,是格外平庸和安全的。

我没有宣布,但我一生都要退出他们的行列。我要脚踏实地走上一回。我的人生,没有更多的尝试机会。在迅速走向下流的并不弱小的群体里,我是弱小的。但我偏不顺流而下。

▲老健他们的要求最简单也最质朴:保住自己的家园。有人以最堂皇的理由干着最卑鄙的事业。这场掠夺与合谋中,农民是最弱的一块肉,人人可以吞而食之。需要土地干坏事,就从农民手里夺。夺走了土地,剩下的一块存身之处还要毁掉。老健他们双手护住的不是已经夺走的那片土地,而是赖以存身的最后一块了,是极小极小的一块!

我亲眼看到的是这一幕——我正好遇到。我心里的淤愤与他们的暴怒对接一起,它们一碰,就炸了。我现在想起来都不后悔,我现在仍然还在叮嘱自己:再遇到再做,还要做!我和老健他们是朋友,我喝了他们的酒,吃了他们的饭,他们像对待亲戚朋友一样对待我,我对他们也要一片真心。这就叫以心换心。

老健他们并没有多少文化,却扳着手指给我算了一笔账——对农民的掠夺。一次掠夺,又一次掠夺,再一次掠夺……农民是土地上的人,而土地好比母亲;掠夺离母亲最近的人,这该是多大的罪恶!

我被这罪行所激怒,怒不可遏。我仅仅帮了他们一点,与他们一起讨还。不过是据理力争,温和地讨还而已。

然而,与这么大一片土地上的人一起温和地讨还,掠夺者就恐惧了。恐惧者使用了暴力——这一点必须记录下来。

▲西部来人了。一次次彻夜长谈。我们分别得太久了。他被高地之风吹黑了脸膛,身体消瘦,可是一双眼真亮!上次见过的一个西部朋友也是如此:眼亮!

而东部的人油胖一些,眼睛却普遍没有我的朋友他们亮。这是一个真实的发现,让我难忘。

我们商量具体的迁居事项。不太麻烦,只要有决心就行。与多少人结伴而行呢?不需要。与我爱的人一起,这当然是人生最快乐的事情。如果没有,也只好这样了——与朋友在一起,也算是人生很快乐的事情了。

他说到了妻子能做一手极好的红烧土豆粗粉丝,冬天里一大盆冒着热气端上小桌的情景,让我馋了起来。好啊,这道主菜我们是吃定了。

说到羊,它们纯洁善良的脸,以及它们的牺牲。人类有永恒的悲伤和苦难缠着,就像人和羊的关系。

▲打开电视,顺手就打开了。因为它的色彩和便捷你不可能回避。这是重要的发明,不可忽略的东西。可是我却在想怎样彻底戒掉它。没有办法,它伤害了我。只要一打开就是无聊的、无耻的调笑。粗俗成为理所当然和家常便饭。理由是“群众欢迎”。是的,群众永远欢迎——谁是群众?谁不是群众?当你需要群众的时候,群众就来了。你不需要群众,群众就消失了。

所有行恶者都善于使用“群众”二字。

人和世界就在这无边的戏闹和调笑中沉沦下去。我仇视电视这种器具,可是我又离不开它。我因此而更加仇视它。我对朋友说:我会把家里的电视机砸掉或扔掉。

我真的做到了。没有人能从我的居所、我的身边找到这种东西。它是有用的,我从来没有怀疑过。但是我们既然没有能力驯服这头猛兽,那也只好将它关在笼子里。

类似的还有铺天盖地的小报。它和电视一样,或者是它拙劣的模仿者,那些粗俗的艺人掉了一颗牙也会写上满满一大版,稍稍有点意义的思想和艺术却常常遭到嘲弄和歪曲。这些内容肮脏的读物简直是毫无顾忌和丧心病狂,因为它们已经自认为是商业物质主义利益团体中的一员。

未来肯定还会有更大的猛兽出现。我们以目前的能力而言,能够驯服它吗?不太可能。所以我们在未来,极有可能将自己暴露在最危险的生存环境里。

现在我们已经没有了十九世纪那样伟大的精神孤独者,并将彻底失去培养这种孤独者的土壤。

▲我所听到的关于煞神老母和乌姆王的故事零零散散,而且大多来自于宁伽的转述。三先生的跟包说了一些。他仿佛有意让宁来系统地记录这个故事。这究竟在多大程度上是三先生的意思,我不得而知。那个深奥的老人与我们这一代已经有了交流障碍,这是很不幸的。本世纪最大的不幸,就是我们失去了与最深刻的传统衔接的机会和可能。我们都流于时髦的浅薄,像浮萍一样随肮脏的河水往前流啊流啊,什么都不知道。

三先生他们所代表的核心的价值,其实与神秘主义无关。这种感受世界的思维系统,与机械生硬的逻辑主义格格不入,并对其有巨大的杀伤力。所以有些黄口小儿最乐于嘲弄和最为迷惑不解,也是最为恐惧的,就是另一种思维系统。

为了自身的可转述性和通俗性,三先生他们拾起了那个乌姆王的故事。我不但没有以嬉戏的心情去轻薄它,反而愿意和宁一起去挖掘它、它简易浅直的外表遮掩下的所有蕴涵。

有一些符号是颇能引申和指代的。比如我的查查、那个家伙、我、基金会的女上司、原来的大机关、那个首长……所有人都在这个神话模型里时隐时现。

这个故事里有各种酒,今天也有各种酒。陶醉的场景一再上演,一代代都会如此,一直进行下去,一直走到最后的预言里去。

▲那个集团的保卫部是凶残可怖的。我知道无数例子。我当然要竭尽全力与之周旋。它的存在和畸形成长已是某种必然。至于刀脸一伙与它的合作,更是合情合理的。它们之间没有什么区别。我还不至于像宁一度所期望的那样,受到正常和有效的保护。绝没那么简单。

所以更可靠的办法还是一个"逃"字。

他曾经以自身的例子来说服我。他的例子可以在这世界上复制吗?他的认识上的不彻底性,与他的复杂阅历形成了多么大的矛盾!

我可求助的人也有很多,比如基金会的二老板,比如另一些人。但我不会这样做。我正在做的事情,好像有意为了让人把我逼到高原上似的,其实完全不是。那个向往已经十分久远了。这不是孤注一掷,这是我亲手设计的生活。

▲常常感到的愧疚,就是老健他们现在的处境。在很长的一段时间里,他们不能回到自己的家园了。这其中的部分责任需要

我来负吗？我想是的。我在事情的一开始应该有更周密的设想，更好的建议。实际上我对现实的严重性估计不足。

老健他们很乐观也很有勇气地接受了目前的处境。这让人钦佩，却并不能减轻我的自责。苇子、老冬子，所有牵扯在这个事件中的人一次次出现在梦里。他们一生或半生就这样浪迹下去？何时才是个头呢？

他们与我不一样，因为我是一个人。我能够独行，他们不能；还有，他们有自己的一片土地。

宁这个家伙也有自己的一片土地啊！想到这里，突然也就明白了他与我到底有什么不同了……

▲一遍遍看查查的录像。《锁麟囊》。不知道多少遍了。这不是人间的声音，这是一种酒。是的，人有各种陶醉，我找到了一种，不能自拔。她在那个世界里生活着，从头至尾地走下来。我极力想进入那个世界，一只脚跨了进去。那个世界用一根绳子拴住了我的脚，从此我就不再自由了。

我常常陷入奇怪的想象，即从头回忆我所理解和看到的查查——从躯体到灵魂。我想得很细，但从来不敢、从来都怕亵渎了她。我越来越觉得她是上天以某种方式投放下来的一个异物，她原本就不属于我们人间。没有瑕疵。没发现瑕疵。如果有，那也不是她的，而是肮脏的当下沾在她身上的。

结果她给沾脏了一些。所以说我们所有人生存的这个地方是有罪的。

还有她的服装，那时候的服装，我觉得美极了。色彩绚丽，与那个时空正相匹配。睡梦中，她把我领走了，远去登州。“登州发大水了，”她在梦中对我说，“我的孩子冲散了，不知是死是活……”她呜呜哭泣。后来，后来是喜剧的结局，孩子找到了，她无比幸福地唱道:“又给我珠归掌上!”

竟然于朦胧中觉得我和她的孩子失而复得了,感动得泪水涟涟。是啊,我们如果有一个孩子,那会是另一种情形了。

▲一方面是无比精致的艺术,一方面是粗粝吓人的生活,人夹在这二者中间,会多么苦。除非他是个傻子,是个麻木的家伙。我因此而愿意在一片黄土流沙上开始全新的生活。这既源自想象,又具备现实的依据。我先行一步的朋友说明了这一点。

多少向基金会的她透露了这个计划。因为是人生的大计划,我想向她说一说。她是我第二个将自己交付过的人,因此我不能也无力超越。我想无论是她还是自己,都领悟到了这一点。她绝不是随随便便的人,她自有可尊敬的地方。

对我的计划她未置可否。她提出了一个可能性,即是否可以在高原地区施行一个基金会的项目?如果这样,我仍然还是基金会的人。我在心里却悄声说:“换言之,我还是你的人。”我没有说出来。我害怕揭破她的想法。她真的喜欢我,对我的长期离去会有一种沮丧,短时间可能战胜不了。我在这次对话中曾在脑海中蹦出一个问号:我是谁?

我要回答这个问号可不容易。

还没有回答呢。她直到最后也没有听到我一个字的同意。是的,她那么聪明,怎么会不明白我因为厌恶才走开?她不再劝阻我说服我,但一定要让我带上一大笔钱,不管我做什么,为了安全,她说我需要这笔钱。我不需要。有了这笔钱,我就毁掉了一半,还谈什么安全。

最后她说:你经常回来吧,就像休假一样。你不能老在那里。你听到了吗?

我点点头。我听到了。我如果经常回来,我为什么还要走开呢?

▲我身上带有累累创伤,这创伤有我尊敬的人留下的,也有我心爱的人留下的。他人是否如此?不为人知的创伤,隐秘的创伤?它们交叠一起,压迫我的心。只有深夜时分,我才能感知它们的疼。需要多长时间才能康复?快二十年、三十年了,还不够吗?还要我等待多久呢?

我也给别人留下了创伤。人生就是相互损害、挫伤、折磨,有意或无意。不管怎么说,人生都是这样。你如果能够稍稍认真地追究以往,就会同意这个说法。

人宽容下来,才能活下去。谅解他人吧,给予一点原谅。原谅了之后就是爱,爱他们——为相逢,为相识和交往,为更进一步的那些事情。如果有了肉体的接触,那么应该十二分地珍惜。背叛了致命经历的人,会是世界上最冷酷最无义的人。

▲基金会的她曾经对我概括,说人的一生大约有四种办法——这四种都是下策——来回应自己的绝望:一是挥霍;二是醉酒;三是吸毒;四是滥交。这四种办法既古老又常见,是无能的、没有想象力的人愿意就近踏上的捷径。

"你呢?"我当时很不礼貌地问了一句。

她立刻不假思索地回答:"我是第一种,挥霍。我不停地烧钱,远远超出了限度,这也是一种麻醉。不少人用这种办法缓解痛苦。可是这会给其他许多人造成痛苦。因为钱不是无缘故地得来的,平常说血汗钱嘛。这种办法比较起来更是罪孽深重。可是没有办法,我不挥霍已经不能活。"

难得她会这么直率。其他的三种不用解释了,例子多得不得了。我见过天天泡在酒里的人,最后就那么死了。有几个酗酒的人是生气勃勃的、能够较真的人?吸毒者更不用说了。至于滥交的人,我还比较陌生,因为这大概还不止于一般的花花公子式的人物吧——她可能猜到了,喝了一大口饮料,看着我说:"我有一位女伴就是这样的人,她不是坏人。她看上去什么都有了,可就是绝望,对生活绝望。她几乎每天都要找一个男友,有时更多。她用这种办法来麻醉自己。她多么可怜。我问她为什么不能尝试别的办法——更有想象力、更有难度的方法?她摇头,说做不到了。还有一个男子看上去很不错的,事业各方面也相当好的,也采用了这种办法。这个男人也是每天都要找女人。他们真是可怜。他们以这种办法打发绝望,就会更加绝望。其中的一个已经完了,那个可怕的后果很快显现出来……其实他们都逃不脱那个结局。当然,没法不悲惨……"

"有的人出家了……"我打断她的话。

"是啊,这比起如上的那四种方法,较有想象力一点。"

我琢磨着。我在问自己是不是已经绝望?我发现常常要答一句:是的。但是我在用这四种方法之外的什么来麻醉自己吗?如果是,那么它无论多么有想象力,在本质上又与那四种方法有什么区别呢?这一问,吓出了一身冷汗。

关键问题是我要告别绝望。

人不能绝望。如果绝望了,可要赶紧走出来啊……

▲我逃脱之路上的居处没有告诉老健他们。在匆忙的那一刻,我支吾了一下,说会设法找到他们,回避了这个要命的问题。我一个人时想起这个就不安。可是没有办法。我不能太大意——这与信任与否没有关系,这是逃脱的一个规则。

正像我不让他们相互联络使用电话一样,这也是一个规则。保卫部那些人已经动用了高科技,你不遵守这个规则就得付出巨大代价。我对老健他们给予我的无微不至的关怀、特别是信任会永远感激——那么对照自己的提防,就显出了某种冷酷。城市人和小知识分子的戒备心出现了。可是我不敢让他身边的人知道我的行踪。那些人因为善良或其他会口不择言,然后就是暴露。

比起正规缉拿人员,保卫部和刀脸他们已经是更难对付的一伙。这一伙因为金钱的魔力,已经变成了一架高效运转的机器。这机器效率空前。没有信仰也没有金钱的队伍,最后要败在有金钱的队伍手下。当然,金钱的队伍比信仰的队伍还是要差一筹。问题是现在已经没有信仰的队伍。所以刀脸,还有保卫部这一伙就成了最厉害的角色。

▲我最艰难的日子里,想的却是另一个人的艰难。查查会比我更苦——她或者正痛不欲生呢。她需要选择的是哈姆雷特说过的那句名言:“活着还是死去?这是一个问题。”

她不是一个深中实用主义蛊毒的人,所以她才美丽,才有那样的严峻选择。没有人会明白她的离去包含了什么,只有我——两人当中的一个才知道。

她不会背叛我。她在用自己比生命还要宝贵的东西保护我。所以,我怎么会对自己的安逸这么小心翼翼?我不该做个胆小鬼了。

想起这些,就对平原上的愤怒冲决毫不畏惧了。

我甚至在想,她柔弱的双手有一天会攥紧什么,会杀死那个家伙?老天,求求你吧,你放下吧,这不是你做的事情。这样的血脉贲张的时刻留给男儿吧,自古以来就是这样。

▲那个混蛋竟然在后来不让她登台演出。他只让她在隐秘的居处化妆演唱过。只凭这一条,这家伙就该死。这家伙的父亲就

是一个十恶不赦的恶人。看看那副嘴脸吧。

更多的细节她不曾讲过。我知道这是因为她的善良,她害怕伤害我。她不愿将一些抹不掉的记忆留给自己的爱人。

我们分手后另有一次极短的相处时间。除了说话,就没有别的事情。我们没有过于亲近。她叫自己“脏人”。我也叫自己“脏人”。两个不干不净的人在一起诅咒着,忘记了温存。这样的世界啊,谁干净得起来呢?

▲如果没有巨大的噪音,朋友的那个草炭厂该是多么好的隐居地。机器隆隆,在粉碎秸秆之类。什么都粉碎了。人类的幸福有多少是被这噪音给粉碎的?我看很多很多。人一路奔逃,有时就为了躲开这无时不在的噪音。

它充塞了所有的角落,无处不在,让你无处躲藏。没有什么东西像它一样无孔不入。

我特别喜欢基金会的她——那个安静得要命的地方。什么都听不见。安静是福,不仅是心的安静,还有环境的安静。

人在寂静之地,望着一片星空。这就是我一生的追求。

在平原上的日子已经屈指可数了。我再待一些日子就该起程了。这之前我还要换一处居所,并为此煞费苦心。

在安静的地方阅读、想事,这是多大的幸福。我这辈子都离不开书了。我会把一些老书反复阅读。它们曾经有过的那些气息,是我更年轻的时候领略和记忆的,所以我从中寻找的,只是自己的青春。

我老得多么快啊,已经往四十里走了。我得抓紧时间啊。我快些行动吧。

▲“绝望”这个词在那个夜晚一直在我的脑子里徘徊不去。因

为基金会的她与我谈得太多了。她很少谈这么多,她是一个默默做的人——在一切方面都是如此。话少,享受生活和沉默。隐在自己的角落里享受,一个极聪明的人。她有一副不太大,然而相当丰腴的体态,并不臃肿,紧凑可爱。她以自己的聪明保护着身体和一切。由于平时话很少,她暗中感悟的东西真的不少。比如她对"绝望"的见解,对我有很深的启发。

"你选择了冲撞的方法对付绝望,这就比那四种老法儿更有想象力。"她这样说。

我多想说:不,我没有绝望。正因为不绝望不颓丧,才有这样的激愤,才有所行动……只是这样想,没说出来。因为我心里的底气不足,因为我多少知道自己真的是绝望的。

天哪,快让我走出绝望吧!让我走到与自己的年龄相匹配的积极当中吧!

我不甘心以任何一种麻醉自己的方法去对待绝望。

同样是为正义和不平而搏,它的出发地也会是不同的。忘我,迷狂,不管不顾,不问后果,这也可能是在使用一剂止痛药,是在麻醉自己。

我那个晚上失眠了。我没有反驳她一个字。我要从头想好。

▲和基金会的她的分别,与查查的分别有什么区别呢?一个是多多少少的依赖,一个是心痛。一个是身体和心情的需要,一个是触电一样的战栗。

我将在合适的时候告诉查查。不然就是欺骗。我想告诉她:亲爱的查查,我找到的这个人,比你身边那个家伙好多了——压根就不是一类人。如果硬要把他们比作动物,那么一个是土狼,一个是长颈鹿。食肉与食草、脏与洁之别。

查查,我们俩暂时就需要这么待着。来不及泣哭了,生活太峻急了，人在湍流里挣扎还顾得上那么多怨艾悲凄？先活下来吧，总有办法。只要我们足够大气足够顽强，总会有办法吧。

▲走出绝望的最好方法就是种植和建设。我很少在这样的劳动者当中看到被绝望缠得半死不活的人。他们有愤怒，但没有赌徒之勇，痞子之悍。看看他们的两只手吧，比如看看老健他们的手吧，筋脉，茧子，那是写满了朴实和力量这几个字的。而赌徒和痞子的手青魆魆的，而且发黏。

所以要找一块开阔的地场，去通风透气的高处，那儿阳光灿烂。是的，已经有那么多朋友先行一步了，我跟上去吧。

开始吧。人生还未过半，来得及。就算八十岁了，我也有勇气重新设计自己的生活！我疯了！

1992 年 1 月—2007 年 5 月一至四稿于龙口、济南

2009 年 7 月五稿于万松浦